傅武光 主編

唐宋詩擧要精選今注

傅武光 題耑

李清筠　徐國能　林保淳　林佳蓉　李欣錫

孫永忠　賴麗娟　李嘉瑜　邵曼珣　張玉芳

合撰

序

　　詩，尤其是唐宋詩，在辭章藝術中是最為亮眼的一環。

　　「辭章」是用於表現「意象」的，乃結合「形象思維」、「邏輯思維」與「綜合思維」而形成；這不但關係到先天語文能力的發揮與經驗知識之累積，也同樣支撐著後天科學化「模式研究」的成果。

　　就先天語文能力的發揮與經驗知識之累積來看，這三種思維，各有所主。如果是將一篇辭章所要表達之「意」，訴諸各種偏於主觀之聯想、想像，和所選取之「象」連結在一起，或者是專就個別之「意」、「象」等本身設計其表現技巧的，皆屬「形象思維」（運用典型的藝術形象來顯示各種事物的特質）；這涉及了「取材」、「措詞」等有關「意象」之形成與表現等問題，而主要以此為範圍的，就是「意象」（狹義）、「詞彙」與「修辭」等。如果是專就各種「象」，對應於自然規律，結合「意」，訴諸偏於客觀之聯想、想像，按秩序、變化、聯貫與統一之原則，前後加以安排、佈置，以成條理的，皆屬「邏輯思維」（用抽象概念來顯示各種事物的組織）；這涉及了「運材」、「佈局」與「構詞」等有關「意象」之組織等問題，而主要以此為範圍的，就語句言，即「文（語）法」；就篇章言，就是「章法」。至於合「形象思維」與「邏輯思維」而為一，探討其整個「意象」體性的，則為「綜合思維」，這涉及了「立意」、「確立體性」等有關「意象」之統合等問題。而主要以此為範圍的，為「主題」（主旨、材料）、「意象」（廣義）、「文體」與「風格」等。

　　既然辭章是離不開「意象」的。而「意象」卻有廣義與狹義之別：廣義者指全篇，屬於整體，可以析分為「意」與「象」，形成「二元」；狹義者指個別，屬於局部，往往合「意」與「象」為一來稱呼。

而整體是局部的總括、局部是整體的條分，所以兩者關係密切。不過，必須一提的是，狹義之「意象」，亦即個別之「意象」，雖往往合「意」與「象」為一來稱呼，卻大都用其偏義，造成「包孕」的效果，譬如草木或桃花的意象，用的是偏於「意象」之「意」，因為草木或桃花都偏於「象」；如「桃花」的意象之一為愛情，而愛情是「意」；而團圓或流浪的意象，則用的是偏於「意象」之「象」，因為團圓或流浪，都偏於「意」；如「流浪」的意象之一為浮雲，而浮雲是「象」。因此前者往往是一「象」多「意」，後者則為一「意」多「象」。而它們無論是偏於「意」或偏於「象」，通常都通稱為「意象」。如著眼於整體（含個別）的「意象」（意與象）來看，則它應於綜合思維，能統合形象思維與邏輯思維，並貫穿辭章的各主要內涵，以見「意象」在辭章上之地位。

若就後天科學的「模式研究」之成果來看，如著眼於「意象」之形成與表現，都與形象思維有關，因為形象思維所涉及的，是「意」（情、理）與「象」（事、景）之結合及其表現。其中探討「意」（情、理）與「象」（事、景〔物〕）之結合者，為「意象學」；這是就意象之形成來說的。而探討「意」（情、理）與「象」（事、景〔物〕）本身之表現者，如就原型求其符號化的，是「詞彙學」；如就變型求其生動化的，則為「修辭學」；這是就意象思維之表線來說的。若著眼於「意象」之組織，則與邏輯思維有關，而邏輯思維所涉及的，則是意象（意與意、象與象、意與象、意象與意象）之排列組合，其中屬篇章者為「章法學」，屬語句者為「文（語）法學」。至於綜合思維所涉及的，首先是核心之「意」（情、理），即統合內容材料一篇主旨」，屬「主題學」範疇。其次是審美風貌，屬「風格學」範疇。

可見以辭章來表現意象，以形成藝術，就其主要內涵而言，有偏於字句的，主要為詞彙、修辭、文（語）法與意象（個別）；有偏於章與篇的，主要為意象（整體含個別）與章法；有偏於篇的，主要為主旨與風格，以統合全篇，「一以貫之」。這些內涵，是針對先天語文能

力的發揮與經驗知識之累積，經後天歸納、演繹的科學化研究所得出的「模式成果」，是以「人為」（模式研究）以反映「天然」（可觀存在）的。

用這樣的辭章內涵來看待高步瀛所選注的《唐宋詩舉要》，以選詩來說，既維持超高的標準；就是注（含評）詩而言，更堅守同樣的高度。因此很多中文系或國文系的「詩選」或「詩選及習作」課程都採作教本。而由於高步瀛的「注」（含評），大都十分多樣而簡略，甚至艱難，尤其是引用舊評，更是如此。譬如杜甫五古〈望嶽〉，「造化鍾神秀」兩句下引吳北江曰：「此十字氣象旁魄，與岱嶽相稱。」涉及「風格」。結句下引浦二田曰：「透過一層收。」涉及章法；又引吳曰：「抱負不凡。」涉及主題；又引邵子湘曰：「語語奇警。」涉及辭彙、修辭與文（語）法。又，李白七古〈夢遊天姥吟留別〉，「雲霓明滅或可？」句下注：「起以瀛洲，陪出天姥。」涉及章法與主題；「一夜飛度鏡湖夜」句下注：「入夢遊。沈曰：『以下皆言夢中所歷。』方曰：『已下愈唱愈高，愈出愈奇。』」涉及章法、主題與風格；「忽魂悸以魄動」注：「轉到夢醒。」涉及章法與主題；結句下引方曰：「留別意只末後一點。」涉及章法與主題。其中「起」、「入」、「轉」、「末」，即所謂的「起、承、轉、合」，以規律形成章法結構系統，在詩文中是極其常見的。又，杜審言五律，〈和晉陵陸丞早春遊望〉，起句下引紀曉嵐曰：「起句警拔，入手即撇過一層，擒題乃緊，知此自無通套之病。」引吳北江曰：「起句驚矯不群。」涉及詞彙、修辭、章法、主題與風格；頸聯下引吳曰：「華妙。」涉及修辭與風格；結句下引紀曰：「末收和字亦密。」並注「此等詩當玩其興象超妙處。」涉及詞彙、章法與風格。又，王維七律〈積雨輞川莊作〉，起句下引方曰：「此題命脈在積雨二字。」涉及「主題」；頸聯下引方曰：「寫景極活現。」涉及修辭與主題；結句下引吳先生曰：「此時當有嫉之者，故收句及之。」引趙松谷曰：「澹雅幽寂。」涉及主題與風格。這些依劉勰《文心雕龍·章句》所謂「篇」、「章」、「句」、「字」來看，都與「意象」

相關：屬「篇」、「章」的是整體意象，屬「句」、「字」為局部意象；而就單篇而言，多是「一意多象」，就多篇而言，多是「一象多意」。凡此種種，往往使教師在上課詩必須作書面或口頭的補充說明，以致嚴重影響教學進度與效果。

　　因此，傅武光教授為了解決困難，突顯「詩」在辭章上的藝術表現，以便利教學，增進效果，早在幾年前，就商請國內大學國文系或中文系講授「詩選」或「詩選及習作」以及相關課程的教師，從事集體編注的大工程。前後經過多次的各別修改，然後由傅主編統一體例，一一校閱，並作必要之調整，終於推出了這本期待已久的鉅編：《唐宋詩舉要精選今注》。

　　在出版前夕，忝為萬卷樓圖書公司的董事長兼總編輯，謹代表本公司向所有參與編注的學者專家與工作助理，致上誠摯的敬意與謝忱。

2012.9.21 中午

自　序

　　人生沒有詩，猶如宴會沒有酒。

　　文化的中國，是詩的大國。

　　是以大學國文系或中文系必有詩學課程。而該採什麼書籍當教材方能收良好的教學效果，是教課老師們的當務之急。於是這本《唐宋詩舉要精選今注》（以下簡稱《今注》）便應運而生了。

　　顧名思義，《今注》之作，就是以《唐宋詩舉要》為底本，粹選其精華，而為之作現代化的注解。

　　興起編注此書的心路歷程，有一番曲折。

　　回思四十七年前，汪雨盦老師（名中，字履安，號雨盦）教我「詩選及習作」，採用高步瀛先生選注的《唐宋詩舉要》（世界書局影印北京中華書局排版本，以下簡稱《舉要》）為教本。這是我認識這本書的開始。

　　在此之前，對於詩的選集，只認識《唐詩三百首》。在那「強說愁」的年紀，特別愛讀其中言情而又具風華之美的作品，如：「昔日戲言身後意，今朝都到眼前來。……誠知此恨人人有，貧賤夫妻百事哀。」（元稹〈遣悲懷〉）、「洞房昨夜停紅燭，待曉堂前拜舅姑。妝罷低聲問夫婿，畫眉深淺入時無?」（朱慶餘〈閨意獻張水部〉）、「勸君莫惜金縷衣，勸君惜取少年時。花開堪折直須折，莫待無花空折枝」（杜秋娘〈金縷衣〉），以及李白的三首〈清平調〉。後來發現，這些詩都沒收進《舉要》裡。

　　不僅如此，其他在別處讀到的許多極令年輕人喜愛的詩，也不在裡面。例如被聞一多譽為「詩中的詩，頂峯上的頂峯」（〈宮體詩的自贖〉）的〈春江花月夜〉（張若虛）、令宋之問擊節稱賞的「年年歲歲花

相似，歲歲年年人不同」（劉希夷〈代悲白頭翁〉）、調侃暗諷不著痕跡的「玄都觀裡桃千樹，盡是劉郎去後栽」、「種桃道士歸何處？前度劉郎今又來」（劉禹錫〈戲贈看花諸君子〉、〈再游玄都觀〉），以及近世被諸管弦的「花非花，霧非霧」（白居易），這些膾炙人口、令人激賞的篇章，都被高步瀛先生割愛了，難免覺得此書並不討喜。

民國六十八年開始，有幸在母校教「詩選及習作」。既然繼承了雨盦師的衣缽，自也以《舉要》為教本。但對它的態度，與當學生時大不同。做學生，或許可採六十分主義，得過且過；但做老師，必須是一百分！在認真的備課過程中，以及累積多年的教學經驗後，轉而對高步瀛先生由衷的敬佩。

原來，高先生在選材上，有他高華精粹的標準。在情境上，選了有波瀾壯闊的杜甫〈北征〉，也有生活點滴的「晚來天欲雪，能飲一杯無？」（白居易〈問劉十九〉）在情感的表達上，必含蓄婉轉，或有所寄託，往往洗盡鉛華，流露真淳，故書中所選，少有穠豔之詞、旖旎之句。宛如多年夫妻，靈犀勝於言語。請看「思君如滿月，夜夜減清輝」（張九齡〈自君之出矣〉），多麼深摯而含蓄，哪像「衣帶漸寬終不悔，為伊消得人憔悴」那般露骨？再看「香霧雲鬟溼，清輝玉臂寒」（杜甫〈月夜〉），寫相思深情，委婉穠至；古今情語，孰能過之？

高先生這樣內斂的選詩標準是怎麼來的？看看他的學術背景，就不難理解了。

高先生字閬仙，河北霸縣人，生於清末（1873～1940）。民初任教於北平師範大學、女子師範大學。著作甚豐，除《唐宋詩舉要》外，另有《唐宋文舉要》、《南北朝文舉要》、《駢文舉要》、《經史諸子文選》以及《散文選》等。曾受業於桐城派古文大家吳汝綸（1840～1903），為高第弟子。吳汝綸門下知名人物有馬其昶、姚永樸、王樹枏、柯劭忞、傅增湘、范當世、李剛己、尚秉和及汝綸之子吳闓生。這些人都是清末民初學術界的翹楚。高先生悠遊門下，聲氣相通，瑳磨薰習既久，宏識孤懷，自然趨於高華閑雅。譬如人到中年，繁華經

眼，風波歷盡，性靈轉趨清淡。沉浸詩國，所與共鳴的，自然偏向於矜鍊真樸的作品；而那風華綺靡、藻繪穠艷的篇章便隨青春歲月而逝去了。這應就是上舉那些詩章沒被選入的原因。所以年輕人暫勿因此而不喜歡它，且先讀它誦它，隨著歲月的增累，就會像嚼橄欖般，越嚼越覺甘美。

又由於高先生學術淹博，《舉要》的另一特色是注解詳贍，例如李白〈登金陵鳳皇臺〉一詩，高先生為交代鳳皇臺的史蹟，在題目之下引述了《宋書・符瑞志》、《太平寰宇記》、《六朝事跡》、《法苑珠林》、《大清一統志》及王琢崖注引《江南通志》，共六種記載。而每一首詩凡涉人物、山川、宮殿、職官、船艦、草木、蟲魚、鳥獸、神怪、史實、典故，無不詳徵博引，使人知其原委本末。

再則高先生是桐城派古文大家的嫡傳，故評論古文，講究「義法」；其論詩，也講究開合轉折、首尾照應。於是又形成《舉要》的另一特色，就是在詩句中以「夾注」的方式隨處引述前人的評語，或自己逕作品評，以醒豁詩章的來龍去脈，或提點詩句的警策神妙。對讀者的鑑賞，翼助極多。

還有一點為別的選本所無，就是在每一種詩的體裁之前，必有一段文章敘論該體詩的起源、流變、特色、著名作家及其風格。依五言古詩、七言古詩、五言律詩、七言律詩、五言長律、絕句之序，一一敘論，凡六篇；合而觀之，儼然一部中國詩學史。

故從詩選學的角度來看，《舉要》的學術價值是很高的。而從高先生編著此書的用意而言，則仍以傳薪續火的價值為大。也就是從浩瀚的詩作中揀其精華以教後學。

然而「學」與「教」是不同的。明末主持東林書院的高攀龍曾批評王陽明的「四句教」說：「姚江天挺豪傑，妙悟良知，一破泥文之蔽，其功甚偉。豈可不謂聖人之學；然而非聖人之教也。」（《高子遺書・卷九・崇文會語序》）意思是說：良知之學，直承孔孟，怎可不說是聖人之學；但是境界太高了，儘管說得天花亂墜，卻不知要從何下

手，才能體現？不像孔子，孔子說仁，便教人「克己復禮」，更具體地說，就是「非禮勿視，非禮勿聽，非禮勿言，非禮勿動」（《論語・顏淵》）。所以良知之說，雖是聖人之學，卻非聖人之教。

以此為衡量標準，則《舉要》對初學者而言，其「注出處」的注解方式，便如天際垂虹，凌空布彩，看得眼花撩亂，卻不解其意涵。因為初學者第一步必須暢通訓詁，了解詞句的意義，才能進一步會通全詩，再進而分析鑒賞。而高先生則是設想讀者已經具備訓詁功夫，了解字面意義了，故把字面的訓詁解釋逕自略過。如歐陽脩〈啼鳥〉：「綿蠻但愛聲可聽。」，《舉要》注云：「《詩・小雅》曰：『綿蠻黃鳥。』」只注「綿蠻」的出處，而未解釋意義。《今注》則注云：「狀聲詞，模擬（形容）鳥聲。」又如黃庭堅〈次元明韻寄子由〉：「日月相催雪滿顛。」《舉要》注云：「杜子美〈寄杜位〉詩曰：『鬢髮還應雪滿頭。』」仍是注「雪滿顛」的出處，而未解釋「雪」的意義。《今注》則注云：「白髮滿頭。」又如黃庭堅〈次韻裴仲謀同年〉：「交蓋春風汝水邊。」《舉要》只注「汝水」，而未解釋「交蓋」，初學者恐不懂什麼意思，《今注》則注云：「交蓋：傾蓋相逢。指彼此訂交為朋友。蓋，車廂的頂蓋。停車時，車蓋前傾，謂之傾蓋。」由以上三例，便可知作《今注》的必要了。

而且以教學時數而言，《舉要》所收的數量也太多了。現今各校國文系或中文系所設的必修詩學課程，多的，六學分；少的，三學分。往往絕句都講不完，遑論其他。而此書共收了 828 首（唐詩 619 首、宋詩 197 首、金詩 12 首），份量厚重，價格不菲，學生也覺負擔不輕。所以從教學的角度而言，也有再加精選的必要。

以上所述，關於教學方面的問題，幾乎是詩學教師的共識問題。於是商請各大學教詩學課程或具詩學專長的老師攜手計畫，將《舉要》再行精選，重新注釋。定名為《唐宋詩舉要精選今注》。我們以類似投票的方式選定 371 首，約原書之半。然後以均分的方式分別撰寫。每首詩包括題目、詩文，皆以最簡要明白的文字作注。每位作者

第一次出現，均為作一小傳冠於篇首。每首之後，採選歷代名家對該詩的品鑑，稱為「集評」。而原書文本內的「夾注」論評則予以保留。

編選詩集，是教學所必須的一種手段，因為作品太多了。即以唐宋兩代而言，《全唐詩》所收即有四萬多首；近人編《全宋詩》，收達二十餘萬首。合共二十五萬首。弱水三千，但取一瓢，怎能不有所選擇？既是選擇，則必見仁見智，遺珠必多。高先生以「舉要」為名，雖選了八百多首，也不過總量的千分之三，其「要」可知。今再從中採選一半，自然是「要」而又「要」，精而又精了，故名之為「精選」。這一切都是為教與學的需要而設。對於初學者而言，這本書只是開端。讀熟了本書，仍然要回頭讀原書，再進而研讀詩家專集。

參與編注這本書的學者凡十一人，即：臺灣師範大學國文系的李清筠老師、林保淳老師、徐國能老師、林佳蓉老師、清華大學中文系的李欣錫老師、成功大學中文系的賴麗娟老師、臺北教育大學語文與創作學系的李嘉瑜老師、輔仁大學中文系的孫永忠主任、元培科技大學通識教育中心的邵曼珣主任、張玉芳老師，和我；而由我統整畫一，以底於成。編注過程中，大家兢兢業業，莫敢自遑；損益斟酌，必求至當之歸。然求好心切，往往反多疏失，尚祈方家不吝指正。此書得以付梓，一切作業，都由萬卷樓吳家嘉小姐居中調度，備極辛勞，特此致謝。

傅武光

2012.10.10 於

國立臺灣師範大學

今注者簡介（依姓名筆劃排序）

主編：

傅武光，1944 年生，臺灣新竹人。國立臺灣師範大學國文系，國文研究所碩、博士班畢業，獲國家文學博士學位。曾任母校國文系講師、副教授、教授、兼系主任、研究所所長。另曾任國文天地雜誌社總編輯。現任師大國文系兼任教授。著有《四書學考》、《論語著述考》、《呂氏春秋與諸子之關係》、《孔孟老莊思想的平等精神》、《中國思想史論集》、《鳳陽牧歌》等。所編《國文天地》曾獲行政院新聞局金鼎獎、優良雜誌獎。所著《呂氏春秋與諸子之關係》獲中國學術著作獎。創作集《鳳陽牧歌》獲教育部 2005 年古典詩創作獎首獎。

撰稿：

李清筠，1963 年生於臺灣宜蘭，臺灣師範大學國文研究所博士。曾任臺東高商文教師，現任臺灣師範大學國文學系副教授。研究領域主要集中於六朝文學、古典詩歌及國語文教學。著有《晉名士人格研究》、《時空情境與自我影像》等書。

李欣錫，1974 年生，臺灣彰化人。國立中山大學中文系，國立臺灣師範大學國文研究所碩、博士班畢業。現任國立清華大學中文系助理教授。著有碩士論文《杜甫巴蜀詩「生活」題材研究》、博士論文《錢謙益明亡以後詩歌研究》及單篇論文〈錢牧齋〈讀梅村宮詹豔詩有感書後四首〉析論〉等。大學時期即從事古典詩創作，多次參與全國大專青年聯吟大會，獲首獎及優選。

李嘉瑜，臺灣桃園人。輔仁大學中國文學所博士。曾任銘傳大學應用中國文學系副教授，現任國立臺北教育大學語文與創作學系副教授。主治元代詩歌及唐詩理論。專著有《元代唐詩學》、《納蘭性德及其詞研究》。另有單篇論文〈從眾聲靜默到七絕典範——讀者對〈江南逢李龜年〉的接受與闡釋〉、〈記憶之城・虛構之城——《灤京雜詠》中的上京空間書寫〉、〈國小國語教科書中（1952-2003）李白詩的選詩研究〉等。

林保淳，臺灣新竹人，44 年次，臺大中文研究所博士，曾於中研院文哲所作短期研究，後任教於淡江大學中文系，目前就職於臺灣師大國文系。碩、博士期間，以明清思想及文學理論為研究目標，畢業後轉向鑽研古典說部、通俗文學及民俗學，尤其是當代武俠小說。著有《經世思想與文學經世》、《解構金庸》、《古典小說中的類型人物》、《台灣武俠小說發展史》（與葉洪生合著）等，並有大小論文數十篇。

林佳蓉，1961 年生，臺灣雲林縣人。國立臺灣師範大學國文學系博士。現任國立臺灣師範大學國文學系教授。撰有《杭州聲華——以張鎡家族、姜夔、周密之詞為探討核心》、《承擔與自在之間——從朱熹的詩歌論其生命趨向的依違》、《詩經雅頌中德治思想研究》、〈論《苕溪漁隱叢話》的詞學觀〉、〈論《樂府指迷》的詞學觀〉、〈論《碧雞漫志》的詞學觀〉、〈朱熹之茶詩與茶論〉、〈如坐春風中——論程明道所體證之「孔顏樂處」〉等。

邵曼珣，1965 年生，臺灣新北市人。東吳大學中國文學系，中國文學碩士、博士班畢業。曾任東吳大學、中原大學兼任講師，學生書局、民俗曲藝編輯。現任元培科技大學國文組專任副教授兼通識中心主任。著有《明代中期蘇州文人生活研究》《論真——以明代詩論為考察中心》，編有《大學國文選》、《實用華語文教學概論》等。

徐國能，1973 年生於臺北市，東海大學中文系畢業，臺灣師大國文博士，曾任教於淡江大學中文系，現任教於臺灣師大國文系。著有《歷代杜詩學詩法論研究》、《清代詩論與杜詩批評》等，另有散文集《第九味》、《煮字為藥》；童書《字從那裡來》、《文字魔法師》及古典詩集《並蒂詩花》、《花開並蒂》等，編有《海峽兩岸現當代文學論集》，並曾獲中國文藝協會頒贈「中國文藝獎章」（散文類）。

孫永忠，1957 年生，祖籍江蘇省阜寧縣。輔仁大學文學博士，現任輔仁大學中文系專任副教授兼系所主任、國文共同科召集人。教授文學史、詩詞曲選、書法、應用文、詩詞吟唱等課程。同時擔任輔仁大學東籬詩社詩、北京師範大學南山詩社、江蘇師範大學悠然詩社、北京清華大學青蓮吟誦詩社、淮陰師範學院采菊詩社之指導老師。長年致力於詩詞吟唱教學推廣活動。著有《類書淵源與體例形成之研究》、《朱希真及其詞研究》、《實用書牘》、《公文寫作》等。曾多次獲輔仁大學「教學成果獎」、「教學績優獎」、「教師及研究人員研究成果獎勵」等獎。

張玉芳，1967 年生，臺灣瑞芳人。國立臺灣大學中文系，中國文學研究所碩、博士班畢業，獲臺灣大學中國文學博士學位。博士論文為《藩鎮與中唐文學》，曾獲得行政院國科會專題研究計畫學術專書寫作補助、教育部優質通識課程計畫補助。曾當過臺北市立建國高級中學、臺北市立成功高級中學國文老師，現於新竹元培科技大學擔任國文助理教授。

賴麗娟，1963 年出生於嘉義民雄。國立成功大學夜間部中文學士、歷史語言研究所中文組碩士、國立中山大學中文博士。曾任教於南臺科技大學，現職為國立成功大學中國文學系助理教授。100 年榮獲國立成功大學「第八屆跨領域通識人文哲學類優良教師」獎。研究領

域：繪畫理論、女性文學、唐宋詩、近代文學、臺灣古典文學。編有
《清代宦臺文人文獻選編》、《劉家謀集》。專著：《文同詩畫之研究》、
《劉家謀及其寫實詩研究》、《劉家謀社會寫實詩研究》等。

目 次

卷五　七言律詩 …………………………………………… 317

卷一‧五言古詩

　　五言古詩，當探原《三百篇》[1]而取法漢魏。〈古詩十九首〉，鍾記室[2]稱其驚心動魄，一字千金，殆非後人所能企及。建安[3]而後，雄渾沈鬱，曹、阮[4]為宗；沖澹高曠，淵明為雋[5]。宋、齊以來，漸趨綺麗。而精深華妙，大謝[6]稱工；沈奧驚創，明遠[7]獨擅。太白低首於玄暉[8]，少陵託懷於庾信[9]，各有其獨到者在也。唐初猶沿梁、陳餘習，未能自振。陳伯玉[10]起而矯之，〈感遇〉之作，復見建安、正始[11]之風。張子壽[12]繼之，塗軌益闢[13]。至李、杜出而篇幅恢張[14]，變化莫測，詩體又為之一變。韓退之[15]排空硬語[16]，雄奇傲兀[17]，得杜公之神而變其貌。本編所錄，以三家為主，而王、孟、韋、柳[18]，風神遠出，超以象外[19]，又別為一派，亦并錄之。王阮亭[20]論詩，以神韻為主，於唐五古取陳、張、李、韋、柳[21]五家，而不及杜、韓，偏矣。儻[22]如昔人[23]所譏「未掣鯨魚碧海中」[24]者乎！宋人五言古詩又遠遜於唐，惟錄歐、王、蘇、黃[25]數家，以見厓略[26]云爾。

【今注】

1. 《三百篇》：指《詩經》。
2. 鍾記室：即鍾嶸（約 480～552），南朝梁潁川（今河南長葛）人，字仲偉。官至晉安王記室參軍，故稱鍾記室。著有《詩品》3 卷，為第一部評詩的專著。
3. 建安：東漢最後一位皇帝——獻帝的年號（196～219）。
4. 曹、阮：指曹氏父子及阮籍。曹氏父子包括曹操、曹丕和曹植。
5. 淵明為雋：以陶淵明為最出色。雋，ㄐㄩㄣˋ，通「俊」，才智出眾。
6. 大謝：即謝靈運（385～433），南朝宋陽夏（今河南太康）人，謝玄之孫，襲封康樂公。好山水，喜遨遊，後人稱為山水詩人，有《謝康樂集》。
7. 明遠：即鮑照（414～466），南朝宋東海（今江蘇灌雲）人，字明遠。工詩文，有《鮑參軍集》。
8. 太白低首於玄暉：李白佩服於謝朓。李白〈秋登宣城謝朓北樓〉詩云：「一

生低首謝宣城。」玄暉，即謝朓（464～499），南朝齊陽夏（今河南太康）人，字玄暉，曾為宣城太守，工五言詩，後世以與謝靈運並提，稱為「小謝」，有《謝宣城》集。

9. 少陵託懷於庾信：杜甫景仰庾信。少陵，即杜甫。杜甫〈詠懷古跡〉詩云：「庾信平生最蕭瑟，暮年詩賦動江關。」庾信（513～581），南北朝新野（今河南新野）人，字子山，擅辭賦，作品綺麗，有《庾子山集》。

10. 陳伯玉：即陳子昂（661～702），唐射洪（今四川三臺）人，字伯玉。武后時，官至右拾遺。擅五言詩，有《陳伯玉集》。

11. 正始：魏明帝年號（240～249）。

12. 張子壽：即張九齡（673～740），唐曲江（今廣東曲江）人，字子壽，玄宗時為相、能詩，有《曲江集》。

13. 塗軌益闊：道路更加開闊。塗，通「途」。

14. 恢張：擴張；擴展。

15. 韓退之：即韓愈（768～824）。

16. 排空硬語：氣勢壯盛而聲調鏗鏘的語辭。

17. 傲兀：高傲突出。

18. 王孟韋柳：指王維、孟浩然、韋應物、柳宗元。

19. 超以象外：超越於世俗之外。象，物象；形象。指世俗人間。

20. 王阮亭：即王士禎（1634～1711），清新城（今山東桓臺）人，字子真，號阮亭，又號漁洋山人。順治進士，官至刑部尚書，工詩，主神韻說。著有《帶經堂全集》、《漁洋詩話》等。

21. 陳張李韋柳：指陳子昂、張九齡、李白、韋應物、柳宗元。

22. 儻：音ㄊㄤˇ，或許。

23. 昔人：指元好問。

24. 未掣鯨魚碧海中：未能在碧藍的大海中拉起鯨魚。語出元好問〈論詩絕句〉。

25. 歐王蘇黃：歐陽脩、王安石、蘇軾、黃庭堅。

26. 厓略：概略的情形。厓，一ㄞˊ，山邊。

（傅武光）

【作者】

張九齡（678～740），字子壽，韶州曲江（今廣東韶關）人。中宗景龍年間（707～709）進士，累官至中書侍郎同平章事，遷中書令。後為李林甫排擠，貶為荊州長史。卒諡文獻。張九齡以剛正不阿、直言敢諫著稱。他汲引才雋，強調任用「智能之士」，被稱為開元時期賢相之一。張九齡是盛唐前期重要詩人，張說曾稱之為「後出詞人之冠」（《新唐書・張九齡傳》）。尤其是五言古詩，在藝術風格上，洗盡六朝鉛華，以和雅清淡為宗，在唐詩發展中具有很大的影響。代表作有〈感遇〉12 首、〈雜詩〉5 首等。著有《張曲江集》20 卷。

感遇其四[1]

孤鴻海上來，池潢[2]不敢顧。側見雙翠鳥，巢在三珠樹[3]。矯矯[4]珍木巔，得無金丸[5]懼？美服患人指[6]，高明逼神惡[7]。今我遊冥冥[8]，弋者何所慕[9]！

【今注】

1. 開元 25 年，張九齡遭讒貶謫荊州時作〈感遇〉詩 12 首，樸素遒勁，寄慨遙深。詩中往往運用香草美人的比興手法，表達自己雖在困境，仍堅守高潔的人格和不屈的精神。本詩以孤鴻自喻，雙翠鳥喻其政敵李林甫、牛仙客，詩中說明了「高而必危」的道理，透顯出詩人洞明世事人情的智慧，同時也隱寓著詩人的身世之感。
2. 池潢：池塘、積水池。

3. 三珠樹：神話傳說中的珍木。《山海經・海外南經》：「三珠樹在厭火北，生赤水上，其為樹如柏，葉皆為珠」。

4. 矯矯：高舉的樣子。

5. 金丸：打鳥的鐵彈子。

6. 美服患人指：穿上美麗的衣服，就會招來別人的嫉妒。

7. 高明逼神惡：指居高位者易遭鬼神所忌。揚雄〈解嘲〉：「高明之家，鬼瞰其室。」《文選》劉良注：「是知高明富貴之家，鬼神窺望其室，將害其滿盈之志矣」。

8. 冥冥：天空高遠處。鴻飛冥冥，比喻超然世外，以遠禍患。

9. 弋者何所慕：獵鳥者對高飛的鳥束手無策。比喻隱逸的賢者不自罹禍亂，統治者無可如何。弋者，獵鳥的人。慕，此為「欲獵取」之意。「遊冥冥」二句用揚雄《法言・問明篇》：「鴻飛冥冥，弋人何篡焉？」語意。

【集評】

1. 明・高棅《唐詩品彙》：張曲江公〈感遇〉等作，雅正沖澹，體合風騷，駸駸乎盛唐矣。

2. 明・周珽《唐詩選脈會通評林》引周敬曰：曲江公詩雅正沉鬱，言多造詣，體合風騷，五古直追漢魏深厚處。

3. 清・王士禎《古詩選・凡例》：奪魏、晉之風骨，變梁、陳之俳優，陳伯玉之力最大，曲江公繼之，太白又繼之。

4. 清・沈德潛《唐詩別裁集》卷一：唐初五言古漸趨於律，風格未遒。陳正字起衰而詩品始正，張曲江繼之，詩品乃醇。

5. 清・沈德潛《唐詩別裁集》卷一：〈感遇詩〉，正字古奧，曲江蘊藉，本原同出嗣宗，而精神面目各別，所以千古。

6. 清・陳沆《詩比興箋》卷一：公被謫後有〈詠燕詩〉云：「無心與物競，鷹隼莫相猜」，即其旨也。孤鴻自喻，雙翠鳥喻林甫、牛仙客。

（李清筠）

感遇其七[1]

江南有丹橘，經冬猶綠林。豈伊[2]地氣暖，自有歲寒心[3]。
可以薦嘉客[4]，奈何阻重深？運命[5]唯所遇，循環不可尋。
徒言樹桃李，此木豈無陰[6]？

【今注】

1. 本詩是首詠物詩，張九齡以橘喻人，托物言志。全詩詩意承自屈原〈橘頌〉：「受命不遷，生南國兮。深固難徙，更壹志兮」，藉頌讚橘樹「經冬猶綠」的堅貞，彰顯自己的守節不變；並以丹橘內外兼美而不得薦嘉客的遭遇，寄託君子懷才不遇的感嘆。全詩婉而多諷，含蓄蘊藉。
2. 豈伊：難道，反詰詞。
3. 歲寒心：指耐寒的品性，《論語・子罕》：「歲寒，然後知松柏之後凋也。」李元操〈園中雜詠橘詩〉：「自有凌冬質，能守歲寒心。」
4. 薦嘉客：進獻給貴賓。薦，呈獻、進獻。
5. 運命：命中註定的遭遇。
6. 徒言樹桃李，此木豈無陰：現在大家只知道種桃李，難道橘樹就沒有繁蔭嗎？《韓非子・外儲說左》：「君子慎所樹」，詩人遂以此寄託不遇之慨。樹，種植。樹桃李，典出《韓詩外傳》卷七：「夫春樹桃李，夏得陰其下，秋得食其實。」陰，同「蔭」。

【集評】

1. 明・鍾惺、譚元春《唐詩歸》卷五：感慨蘊藉，妙於立言。
2. 清・方東樹《昭昧詹言》卷七：言物各有時，人能識此意，則安命樂天。興而比，收所謂「運命唯所遇」。
3. 清・劉熙載《藝概・詩概》：曲江之〈感遇〉出於《騷》，射洪之〈感遇〉出於《莊》，纏綿超曠，各有獨至。

4. 清‧厲志《白華山人詩說》卷一：初唐五古，始張曲江、陳伯玉二家。伯玉詩大半局於摹擬，自己真氣僅得二、三分，至若修飾字句，固自精深。曲江詩包孕深厚，發舒神變，學古而古為我用，毫不為古所拘。

5. 近世‧高步瀛《唐宋詩舉要》：即屈子〈橘頌〉之意。

（李清筠）

【作者】

王維（699？～761），字摩詰，太原祁（今山西祁縣）人，因父徙家於蒲州（今山西永濟），遂為河東人。9歲知屬辭，天才早慧。開元9年（721）進士，授太樂丞，進右拾遺，監察御史。安祿山之亂，陷長安，為賊所得，迫任偽職。亂平，因〈凝碧池詩〉得以減罪，授太子中允。後遷至尚書右丞。年四十以後，半官半隱，居於終南山之輞川別業。王維精善詩、書、畫、樂，與弟王縉齊名，有「左相筆，右丞詩」之譽。又與孟浩然同為盛唐自然詩派之大家，並稱「王孟」。其詩時將畫境、禪意與詩情調和為一，形成淡遠閒靜之風格。蘇軾曰：「味摩詰之詩，詩中有畫；觀摩詰之畫，畫中有詩。」著有《王右丞集》。

渭川田家 [1]

斜光 [2] 照墟落 [3]，窮巷 [4] 牛羊歸。野老念牧童，倚杖候荊扉 [5]。雉雊 [6] 麥苗秀；蠶眠 [7] 桑葉稀。田夫荷鋤立，相見語依依。即此羨閒逸，悵然歌式微 [8]。天趣自然，躕武靖節。

【今注】

1. 渭川田家：此詩寫作者羨慕農家閒逸之生活，而興歸隱田園之意。渭水，源出於甘肅省渭源縣，經陝西省，至華陰縣渭口入黃河。
2. 斜光：夕陽斜照的光輝。

3. 墟落：村落。

4. 窮巷：偏僻的小巷。

5. 荊扉：荊條編的門，即柴門。

6. 雉雊：野雞鳴叫。雉，野雞。雊，音ㄍㄡˋ，野雞的鳴叫聲。

7. 蠶眠：蠶脫皮時，不食不動，狀若睡眠，故稱。

8. 式微：出自《詩經・邶風・式微》篇：「式微，式微，胡不歸？」本詩取「胡不歸」之意，抒發作者嚮往歸隱田園的心情。式，發語詞，無義。微，衰落。

【集評】

1. 清・王夫之《唐詩評選》：通篇用「即此」二字括收前八句，皆情語，非景語。屬詞命篇，總與建安以上合轍。

2. 清・張文蓀《唐賢清雅集》：真實似靖節，風骨各別，以終帶文士氣。

3. 清・沈德潛《唐詩別裁集》：「吟式微」，言欲歸也，無感傷世衰意。

（林佳蓉）

送別 [1]

下馬飲君酒[2]，問君何所之[3]？君言不得意，歸臥南山陲[4]。但去莫復問，白雲無盡時。妙遠。○沈歸愚曰：「白雲無盡，足以自樂，勿言不得意也。」

【今注】

1. 送別：這首是作者送別友人歸隱終南山之作。

2. 飲君酒：請君飲酒。飲，音一ㄣˋ，使飲。
3. 之：往。
4. 南山陲：終南山邊。南山，即終南山，位於陝西西安南。陲，邊。

【集評】

1. 明‧鍾惺、譚元春《唐詩歸》：(「但去」二句) 感慨寄托，盡此十字，蘊藉不覺。深味之，知右丞非一意清寂，無心用世之人。

2. 清‧黃周星《唐詩快》：白雲無盡，得意亦無盡矣，除卻白雲，亦何足問！

3. 清‧張文蓀《唐賢清雅集》：五古短調要渾括有餘味，此篇是定式。略作問答，詞意隱現，興味悠然不盡。

（林佳蓉）

【作者】

孟浩然（689～740），唐襄州襄陽（今湖北襄陽）人。前半生主要是在家閉門苦學，灌蔬藝竹，為鄉里救患釋紛。曾一度隱居鹿門山，以詩自娛。40 歲赴長安應進士試，落第後遊歷吳、越一帶多年。開元 25 年（737），張九齡貶荊州刺史，孟浩然曾應辟入幕，不久辭歸家鄉，直至去世。孟浩然學識淵博，也有用世之心，但始終仕途失意，因此詩作中常流露出進取與退隱間的衝突。其詩今存二百餘首，絕大部分為五言短篇，題材不寬，多寫山水田園和隱逸等內容。孟詩以清曠沖澹為基調，匠心獨妙，往往在閒雅之中，透出豪爽和秀逸。

彭蠡湖中望廬山 [1]

太虛生月暈，舟子知天風 [2]。挂席候明發 [3]，渺漫平湖中。中流見匡阜，勢壓九江雄 [4]。黤黕 [5] 容霽色，崢嶸當曉空。香爐初上日，瀑布噴成虹 [6]。久欲追尚子，況茲懷遠公 [7]。我來限于役，未暇息微躬。淮海途將半，星霜歲欲窮 [8]。寄言巖棲者，畢趣當來同 [9]。興象華妙。

【今注】

1. 這首詩是作者漫遊東南各地、途經鄱陽湖時的作品。孟浩然的山水詩大多表現出觀察細緻的特點，這首詩卻風格迥異，從大處落筆，繪出大自然的壯

闊。詩寫從鄱陽湖中望廬山，開篇即氣吞山河，寫出廬山的雄偉氣勢；再由黎明到日出的變化，見出廬山的嫵媚多姿。詩人巧妙地把時間的推移、空間的變化、思想的矛盾，緊密地結合起來，過渡自然，結構緊密。雖是一首古詩，但對偶句相當多，工穩、自然而且聲調優美。彭蠡湖，即彭蠡澤，鄱陽湖的古稱，在江西省北部。

2. 太虛生月暈，舟子知天風：遼闊無邊的天空，出現一輪月暈，舟子明白這預示著將要颳風。太虛，古人稱天為太虛。暈，太陽或月亮周圍出現的光圈，古諺云：「月暈而風，礎潤而雨。」

3. 掛席候明發：天亮即可出揚帆出發。掛席，揚帆。明發，破曉，天色發亮。

4. 中流見匡阜，勢壓九江雄：廬山突兀而起，矗立在九江之上，它的氣勢壓住了波濤滾滾的江流。二句進一步扣題，點出廬山。「壓」字寫出了廬山的巍峨高峻，也把靜臥的廬山寫得虎虎有生氣。匡阜，廬山的別名，相傳殷周之際有匡俗兄弟七人結廬於此，故稱。九江，說法有兩種，一是「眾水滙集的地方」，「九」是虛指；二是九條江河滙集的地方（即贛江水、鄱水、余水、修水、淦水、盱水、蜀水、南水、彭水），「九」是實指。長江流經九江水域境內，與鄱陽湖和贛、鄂、皖三省毗連的河流滙集，水勢浩淼，江面壯闊。

5. 黯黮：一ㄢˇ ㄊㄢˇ，同黯黮，深黑不明的樣子。

6. 香爐初上日，瀑布噴成虹：瀑水飛流直下，被香爐峰上的旭日映照，煙水氤氳，色如雨後的彩虹，高懸天空。以虹為喻，不僅表現出廬山瀑布之高，而且顯示其色。香爐，廬山北峰名，奇峰突起，狀似香爐，氣靄若煙，有如焚香，故稱。山下有瀑布，頂有巨石，其形如人，為廬山名勝之一。

7. 久欲追尚子，況茲懷遠公：二句表明了作者超脫隱逸的思想。尚子，東漢隱士尚長，又作向長，事見《後漢書・逸民傳》：「向長字子平，河內朝歌人也。隱居不仕，性尚中和，……建武中，男女娶嫁既畢，敕斷家事勿相關，當如我死也。於是遂肆意與同好北海禽慶俱遊五嶽名山，竟不知所終。」遠公，即東晉高僧慧遠（334～416），俗姓賈，并州雁門樓煩縣（今山西寧武附近）人。西元 381 年，欲往羅浮山（今廣東境內）靜修弘教，路經潯陽（今江西九江），見廬山峰林閑曠秀麗，即定居於此，建造精舍龍泉寺，領眾清修。後來又在江州刺史桓伊的全力資助下，在廬山東面新建東林寺，作為集眾行道的場所。

8. 淮海途將半，星霜歲欲窮：整個行程還進行不到一半，而一年的時間卻將要過去了。星霜，星宿一年周轉一次，霜每年因時而降，故古人常用「星霜」代表一年。「淮海」、「星霜」這個對偶句，用時間與地域相對，突出了時間與空間的矛盾，顯示出作者急於漫遊的心情。也說明了雖「久欲追尚子」，

而「未暇息微躬」的原因。

9. 寄言巖棲者，畢趣當來同：儘管現在不能棲留在廬山，但將來一定會與「巖棲者」一同歸隱，表現出對廬山的神往之情。對以上四句又是一個轉折。巖棲者，棲身於巖穴間之人，指那些隱士高僧。畢趣，指盡其隱逸之趣。畢，疑當作異，形近而誤。

【集評】

1. 唐・殷璠《河嶽英靈集》：浩然詩、文彩丰茸，經緯綿密，半遵雅調，全削凡體。

2. 清・彭文定等編《全唐詩》：浩然為詩，佇興而作，造意極苦，篇什既成，洗削凡近，超然獨妙。雖氣象清遠，而采秀內映，藻思所不及。當明皇時，章句之風，大得建安體。論者推李杜為尤，介其間能不媿者，浩然也。

3. 清・潘德輿《養一齋詩話》：精力渾健，俯視一切，正不可徒以清言目之。

4. 清・姚範《援鶉堂筆記》：孟公高華精警，不逮右丞，而自然奇逸處則過之。

（李清筠）

夏日南亭懷辛大 [1]

山光忽落西，池月漸東上 [2]。散髮 [3] 乘夜涼，開軒臥閑敞。荷風送香氣，竹露滴清響 [4]。欲取鳴琴彈，恨無知音賞 [5]。感此懷故人，中宵勞夢想 [6]。

【今注】

1. 此詩寫夏夜水亭納涼的閒適趣味及懷念友人的悵惘情思。前六句寫納涼情景，後四句寫懷人情思。詩人由境界的清幽想到彈琴，再想到「知音」，於是從納涼過渡到懷念友人。全詩層次分明，感情細膩。辛大，孟浩然之友，詩人作有〈西山尋辛諤〉詩，或即其人。日，一作夕。

2. 山光忽落西，池月漸東上：指夕陽西下，素月東升，點明時間，為納涼設景。「忽」、「漸」二字同時寫出了詩人的主觀感受──對炎炎「夏日」用「忽落」送去，對清澈「池月」用「漸上」迎來。山光，山邊的日光，這裡應指夕陽。

3. 散髮：披散頭髮。古人在正式場合要束髮戴冠，閒逸時就鬆開頭髮，披散下來。

4. 荷風送香氣，竹露滴清響：二句由嗅覺、聽覺寫納涼的真實感受。荷花的香氣清淡細微，所以「風送」時聞。露水從竹葉上滴下，其聲清脆，所以是「清響」。

5. 恨無知音賞：無人能明白自己琴音中的心志。知音，喻知心朋友，此指辛大。典出《呂氏春秋・本味》：「伯牙鼓琴，鍾子期聽之。方鼓琴而志在太山，鍾子期曰：『善哉乎鼓琴，巍巍乎若太山。』少選之間而志在流水，鍾子期又曰：『善哉乎鼓琴，湯湯乎若流水。』鍾子期死，伯牙破琴絕弦，終身不復鼓琴，以為世無足復為鼓琴者。」恨，惋惜。

6. 中宵勞夢想：即使進入夢鄉，也會深深憶念親愛的朋友。中宵，夜半。勞夢想，極言相思之至，即使在夢中亦想望不已。

【集評】

1. 唐・皮日休〈郢州孟亭記〉：先生之作，遇景入詠，不拘奇抉異。……謝朓（當為何遜）之詩句精者，有「露濕寒塘草，月映清淮流」，先生則有「荷風送香氣，竹露滴清響」。此與古人爭勝於毫釐也。

2. 明・陳繼儒《唐詩選脈會通評林》卷三：風入松而發響，月穿水而露痕，〈蘭山〉、〈南亭〉二詩深靜，直可水月齊輝，松風比籟。

3. 清・沈德潛《唐詩別裁集》卷一：「荷風」、「竹露」，佳景亦佳句

也，外又有「微雲淡河漢，疏雨滴梧桐」句，一時嘆為清絕。

4. 清·宋宗元《網師園唐詩箋》卷一：「荷風」、「竹露」亦寫夏景者所當有，妙在「送」字、「滴」字耳。

5. 清·賀貽孫《詩筏》：詩中有畫，不獨摩詰也。浩然情景悠然，尤能寫生。

（李清筠）

【作者】

儲光羲（約707～約763），潤州延陵（今江蘇丹陽）人，祖籍兗州（今屬山東）。開元十四年（726）進士，與綦母潛同榜。仕宦不得意，曾隱居終南山的別業。後出山任太祝，世稱儲太祝。天寶末，奉使至范陽，安史亂起，叛軍攻陷長安，儲光羲被俘，受迫任偽職。安史之亂平定後，被定罪流放嶺南。儲光羲和王維是好友，擅長作山水田園詩，體裁多為五言古詩，以清淡閒適、純真質樸見稱。有《儲光羲集》5卷，《全唐詩》編為4卷。

田家雜興其六[1]

楚山有高士[2]，梁國有遺老[3]。築室既相鄰，同田復同道。
糗糒常共飯[4]，兒孫每更抱。忘此耕耨勞，愧彼風雨好[5]。
蟋蟀鳴空澤[6]，鶗鴃傷秋草[7]。日夕寒風來，衣裳苦不早。沈曰：此種真樸，右丞田家詩中未能道著。

【今注】

1. 雜興是指有感而發，隨事吟詠的詩篇。儲光羲〈田家雜興八首〉描繪了不同的田家生活場景，深入反映農民的各種心態及自我優遊恬然的心志。清新樸素，既表現了田園生活的恬靜淳樸，也表現出詩人閒雅的逸興。本詩從農村中人與人之間的關係這個角度，引用典故，運用日常生活中的細節表現農民待人接物的真誠、熱情，並藉與高士為鄰，抒寫自己隱居生活之樂。
2. 楚山有高士：指商山四皓，是漢代有名的隱士。楚山，此指商山；高士，品德高尚而隱居不仕的君子。

3. 梁國有遺老：指莊子，《史記·老子韓非列傳》：「莊子者，蒙人也。」《集解》：「蒙縣屬梁國。」一說「梁國」亦作「梁園」，則遺老似指鄒陽、枚乘等人。「楚山高士」和「梁國遺老」在詩裡借比鄰居。

4. 糗糒常共飯：鄰居們在從事農務時，常常不分彼此地在一起吃飯。糗糒，音ㄑㄧㄡˇ ㄅㄟˋ，以乾飯做成的乾糧。

5. 愧彼風雨好：在此借以表示對鄰居到來的感激，表現了村民的熱情好客、質樸善良。《詩經·風雨》：「風雨如晦，雞鳴不已。既見君子，云胡不喜」。

6. 螹蛄：音ㄏㄨㄟˋ ㄍㄨ，即寒蟬，吻長，體短。雄性腹部有鳴器，聲音響亮。約在農曆七、八月間鳴叫。

7. 鵜鴃傷秋草：此句化用《楚辭·離騷》：「恐鵜鴃之先鳴兮，使百草為之不芳」語。鵜鴃，音ㄊㄧˊ ㄐㄩㄝˊ，杜鵑的別名。相傳為古蜀王杜宇之魂所化，或稱為「杜宇」。「螹蛄」「鵜鴃」二句寫季節變換，藉螹蛄（蟬）和鵜鴃（杜鵑鳥）發出的聲音，告知人們夏天已經過去，秋天悄悄來臨。

【集評】

1. 唐·殷璠《河嶽英靈集》：儲公詩格高調逸，趣遠情深，削盡常言，挾風雅之迹，浩然之氣。

2. 清·沈德潛《唐詩別裁集》：太祝詩學陶而得其真樸。

3. 清·施補華《峴傭說詩》：儲光羲田家諸作，真樸處勝於摩詰。

4. 清·管世銘《讀雪山房唐詩凡例》：儲光羲真樸，善說田家。

5. 清·《四庫全書總目提要》：源出陶潛，質樸之中有古雅之味，置於王維、孟浩然間，殆無愧色。

（李清筠）

【作者】

王昌齡 字少伯，唐京兆人（即長安，今陝西西安市），生於武后聖曆元年（約 690～757）。早耕讀於陝西石門谷，久處貧賤。開元十五年進士及第，後又中博學宏辭科。曾任河南汜水尉、秘書省校書郎等職，晚年貶龍標尉。工詩，各體均有佳作，《新唐書》稱其：「緒密而思清」。尤善七絕，《唐詩別裁》：「七言絕句貴言微旨遠，語淺情深。如清廟之瑟，一唱而三歎有餘音者矣。開元之時，龍標供奉，允稱神品。」其詩多寫邊愁、閨情及送別。沈德潛評云：「深情幽怨，意旨微茫，令人測之無端，玩之無盡，謂之唐人騷語可。」有「詩家天子」之美譽。有《王昌齡集》，今《全唐詩》存詩一百八十餘首。

塞上曲 [1]

蟬鳴桑樹間[2]，八月蕭關[3]道。出塞復入塞，處處黃蘆草。從來幽幷客[4]，皆向沙場老。莫學游俠兒[5]，矜誇紫騮好[6]。

【今注】

1. 一作塞下曲，共四首，一種古代的軍歌。主要描寫士兵在邊疆行軍作戰和紮營的情形，或思鄉之情。高步瀛自注：「〈塞上〉〈塞下〉皆新樂府辭，見《樂府詩集》卷九十二。」本詩依《樂府詩集》所載之名。
2. 桑樹間：《三昧集》、《唐詩選》作「空桑林」。
3. 蕭關：在今甘肅省固原縣東南方，為關中四關之一。

4. 幽幷客：幽幷乃古代燕趙之地。《隋書·地理志》：「自古言勇俠者，皆推幽
幷。」幷，音ㄅㄧㄥ。

5. 游俠兒：有作「遊俠者」。謂好交遊、重義氣、能救困扶危的人。《史記集
解》引荀悅之說：「立氣齊，作威福，結私交以立彊於世者，謂之游俠。」

6. 紫騮：駿馬，馬身色赤而頸鬣色黑。

【集評】

1. 清·張文蓀《唐賢清雅集》：情景黯然，妙不說盡，低手必再作結
句。

2. 清·王闓運《唐詩選》：荒寒在目。

（孫永忠）

【作者】

常建，唐代詩人，生卒年均不詳。開元 15 年（727）與王昌齡同榜進士。一生沉淪失意，耿介自守，交遊中無達官貴人，文字唱酬，除王昌齡外也無知名之士。曾任盱眙（今江蘇省淮安市盱眙縣）尉，後隱居鄂渚（今湖北武昌）的西山，陶醉於山水之間。工詩，多為五言，常以山林、寺觀為題材。造語警拔，構思精妙，風格淡泊，有《常建集》傳世。他的詩現存數量雖不多，而「卓然與王、孟抗行者，殆十之六七」（《四庫全書總目》）。

弔王將軍墓[1]

嫖姚北伐時，深入彊千里[2]。戰餘落日黃，軍敗鼓聲死[3]。
嘗聞漢飛將，可奪單于壘[4]。今與山鬼鄰，殘兵哭遼水[5]。殷曰：屬思既苦，詞亦警絕。劉須溪曰：形容古所未至。

【今注】

1. 這是一首憑弔英雄的詩。王將軍，即唐朝將軍王孝傑（？～697）。一生征戰，有勝有敗，但不失愛國之心。他在最後一役與契丹軍作戰中，不幸以身殉國。為了凸顯他為國捐軀的悲壯，詩人選取他一生的最後一戰，全詩不重過程的述寫，而重悲壯氛圍的渲染，寄寓了詩人深沉的哀悼之情。
2. 嫖姚北伐時，深入彊千里：二句以霍去病的戰績，借比王孝傑率軍北討契丹，深入敵後超過了千里。嫖姚，指西漢抗擊匈奴的名將霍去病，以其受封為嫖姚校尉，故名。彊千里，謂過於千里。

3. 鼓聲死：謂鼓聲不作。《漢書·李陵傳》：「吾士氣少衰，而鼓不起者，何也？」此二句正面描寫唐軍與契丹軍激戰而敗的場面。

4. 嘗聞漢飛將，可奪單于壘：二句以漢飛將李廣借比王孝傑的聲威人品。漢名將李廣愛兵如子，深受士兵擁戴。《漢書·李廣傳》：「廣在郡，匈奴號曰『漢飛將軍』。」

5. 遼水：即遼河，在今遼寧省，契丹即居住在遼河上游一帶。

【集評】

1. 唐·殷璠《河嶽英靈集》卷上：一篇盡善者，「戰餘落日黃，軍敗鼓聲死」，「今與山鬼鄰，殘兵哭遼水」，屬思既苦，詞亦警絕。

2. 宋·范晞文《對牀夜語》卷五：哀之至矣，第二聯尤妙。

3. 清·許學夷《詩源辨體》卷十七：常建五言古，風格既高，意趣亦遠，然未盡稱快。惟短篇堪入錄耳。

（李清筠）

【作者】

李白（701～762），字太白，號青蓮居士，隴西成紀人。「五歲誦六甲，十歲觀百家」、「十五好劍術，遍干諸侯」、「十五遊神仙，仙遊未曾歇」，25 歲，始有四方之志，「仗劍去國，辭鄉遠遊」，三十歲時初入長安，無功而返，四十歲以後，始透過玉真公主的推薦，奉召入京，任職翰林供奉，在京二年，備受玄宗重視。後因其灑脫狂放之性格，加之以小人譖毀，被賜金放還。此後十年飄泊，行蹤莫定。天寶 14 載（755），安史亂起，李白本隱於廬山，接受永王璘徵召，頗有「為君談笑定胡沙」之志。永王璘兵敗，李白受累被羈，判流夜郎。後逢大赦，獲釋。李光弼東鎮臨淮，拒史朝義，李白聞訊規往，因病折返，未久，病逝於當塗令李陽冰任所。李白與杜甫齊名，為盛唐詩宗，所著詩篇，洸洋恣肆、飄然不群，夙有「詩仙」之稱，而究其內涵，既有屈原之忠悃，復有莊子之曠達，而俠氣淋漓，英偉傲岸，實結合儒、仙、俠三者為一，以瑰麗之想像、生動之比喻及恢狂之氣韻，為後人所稱賞。其詩以樂府為多，五律次之，絕句更「語近情遙，含吐不露」，為後世傳誦不衰。今有《李翰林集》存世，詩約千餘首。

古風其一 [1]

大雅 [2] 久不作，吾衰竟誰陳？王風 [3] 委蔓草，戰國多荊榛。龍虎相啖食，兵戈逮狂秦。正聲何微茫？哀怨起騷人 [4]。揚馬 [5] 激頹波，開流蕩無垠。廢興雖萬變，憲章亦已淪。自從建安來，綺麗

不足珍[6]。聖代復元古，垂衣貴清真。群才屬休明，乘運共躍鱗。文質相炳煥，眾星羅秋旻[7]。我志在刪述，垂輝映千春。希聖如有立，絕筆于獲麟[8]。

【今注】

1. 此詩作於唐玄宗天寶九年（750），李白時年 50 歲。本詩透過描述上古至今文體的變遷，並以詩道的傳承自我期許，是李白十分具有代表性的作品。

2. 大雅：詩經的體裁名之一，講的是有關王化政事之詩，此處是借代為自詩經一路承傳下來的詩學正統。

3. 王風：詩經十五國風之一，指東周平王東遷洛陽後的詩歌，此處也是借代為傳統的詩學，已經埋沒在荒煙蔓草之間。

4. 正聲何微茫？哀怨起騷人：當傳統的正聲已經不再被重視時，興起了屈原等騷人的哀怨吟詠。騷人，指的是屈原所代表的楚騷體。

5. 揚馬：揚是西漢文學家揚雄，馬是西漢文學家司馬相如。此句是說揚雄與司馬相如開啟了兩漢文學的風格。

6. 自從建安來，綺麗不足珍：自從建安以後的文學作品，多半只追逐文字的華美綺麗而忽略了內容，這是不值得重視與效法的。建安，東漢獻帝的年號。

7. 秋旻：秋天。古人認為秋天萬物成熟，紋彩斑斕，所以把秋天稱為旻。

8. 我志在刪述，垂輝映千春。希聖如有立，絕筆于獲麟：李白此處用了孔子作春秋的典故。孔子自稱其作春秋是「述而不作」，僅止於記錄與描述當時的狀況，而不是以自己的意見無中生有的創作。之後魯國人捕獲了一隻麒麟，孔子認為麒麟是象徵王道的聖獸，被捕獲殺死是象徵王道不行，於是停筆不再繼續刪述《春秋》。李白此語是說：我就像孔子作春秋一樣傳承自古以來的詩學傳統，如果將來有所成就，也希望我的作品能像《春秋》一樣的垂映萬世。

【集評】

1. 宋・朱熹《朱子語類》：李白詩不專是豪放。如首篇大雅久不作，多少和緩。

2. 宋・劉克莊《後村詩話》：此古今詩人之斷案也。舂陵楊齊賢云：

「唐興，文變極矣，掃魏晉之陋，起騷人之廢，太白蓋以自任矣。覽其著述，筆力翩翩如行雲流水，出乎自然，非思索而得。」豈欺我哉？

3. 元·蕭士贇《分類補註李太白詩》：按《本事詩》曰：「李白才逸氣高，與陳拾遺子昂齊名，先後合德。其論詩云：『齊梁以來，艷薄斯極，沈修文又尚以聲律。將復古道，非我而誰？』」觀此詩則太白之志可見矣。斯其所以為有唐詩人之稱首者歟？

4. 清·沈德潛《唐詩別裁集》：昌黎云：「齊梁及陳隋，眾等作蟬噪」；太白則云：「自從建安來，綺麗不足珍。」是從來作豪傑語，不足珍謂建安以後也。〈謝朓樓餞別校書叔雲〉云：「蓬萊文章建安骨」一語可證。（唐詩）

5. 清·王琦《李太白全集》：「吾衰竟誰陳」是太白自嘆吾之年力已衰，竟無能陳其詩于朝廷之上也。楊氏以斯文衰萎為釋，殊混。唐仲言詩解引孔子吾衰之說，更非。徐昌穀謂首二句為一篇大旨，「綺麗不足珍」以上是申第一句意，「聖代復元古」以下是申第二句意，其說極為明了。學者試一玩味，前之二解不待辯而確知其誤矣。

（林保淳）

古風其九 [1]

莊周夢胡蝶，蝴蝶為莊周 [2]。一體更變易，萬事良悠悠。乃知蓬萊水，復作清淺流 [3]。青門種瓜人，舊日東陵侯 [4]。富貴故固如此，營營何所求。

【今注】

1. 此詩作於唐玄宗天寶四年（745），李白時年45歲，在山東一帶遊歷。

2. **莊周夢胡蝶，蝴蝶為莊周**：莊周為戰國時人，曾經做夢自己變了一隻蝴蝶，不知道自己是莊周；醒來後發現自己是莊周而不是蝴蝶，於是開始懷疑究竟是莊周作夢變成蝴蝶？還是其實是蝴蝶作夢變成莊周？此故事常被用來表達人生的虛幻不實。

3. **乃知蓬萊水，復作清淺流**：漢代仙女麻姑曾說：「自從成仙以來，已經見過東海三次變成桑田，前陣子經過蓬萊仙島，發現那邊的海水已經比以前又低了一半，或許又將變為陸地了。」此用以比喻人間的變幻無常。

4. **青門種瓜人，舊日東陵侯**：廣陵人邵平，在秦朝時封為東陵侯。秦滅亡之後，隱居在長安東南的青門外，以種瓜維生。此句是說即使當年的東陵侯，現在也不過就是個種瓜賣瓜之人，比喻人世富貴不過轉瞬即滅，不必過於強求。

【集評】

1. 宋・謝枋得：此篇見世態可慨。言能燭破達生者之理，則尚何所求耶。（引自《李太白詩醇》）

2. 元・蕭士贇《分類補注李太白詩》：此詩達生者之辭也，然意卻有三節。謂忽然為人，化為異物；忽為異物，化而為人。一體變易尚未能知，悠悠萬事豈能盡知乎？況又何能知滄海桑田之變乎？故侯種瓜，富貴固如是也，既燭破此理，尚何所求而營營苟苟以勞吾生哉？

3. 明・徐禎卿：此篇歎世之難保而人貴達理以自守也。（引自《李太白全集》）

4. 清高宗《唐宋詩醇》：作達語是白本色，然意在後半，前乃興起耳。莊周三句起第四句，五六兩句橫空插入，實貫上下，無此二語，全詩便是率直。青門二句就事指點，結出本意，有無數層折。至其詞意自然，則韓愈所云「文如翻水成，初不用意為」也。

5. 清・沈德潛《唐詩別裁集》：言一體尚有變異，而富貴能長保耶？

6. 清・方東樹《昭昧詹言》：言世事妄幻，不必營營富貴。

（林保淳）

擬古 其八 [1]

月色不可掃，客愁不可道。玉露生秋衣，流螢飛百草。日月終銷毀；天地同枯槁。蟪蛄 [2] 啼青松，安見此樹老？金丹寧誤俗，昧者難精討。爾非千歲翁，多恨去世早 [3]。飲酒入玉壺，藏身以為寶 [4]。

【今注】

1. 此詩作於唐玄宗天寶四年（745），李白時年 45 歲，在山東一帶遊歷。
2. 蟪蛄：即蟬。蟬春天出生，秋天化而為蛹，未能看到一年過去，所以多用來比喻人生短促。
3. 金丹寧誤俗，昧者難精討。爾非千歲翁，多恨去世早：許多人因服金丹而死，所以大家以為服丹是誤人性命，這是因為一般人不能精研煉丹的奧秘所致。更何況一般人無法活到千歲，還等不及金丹煉成就已抱恨去世，怎能說是金丹的問題呢？
4. 飲酒入玉壺，藏身以為寶：古代仙人壺公平時在街頭賣藥，到了晚上就跳進所背的壺中。此處李白是說與其勞勞碌碌的在世上追求，不如飲酒求仙，藏身於天地之間，這才是最寶貴的事情。

【集評】

1. 宋・嚴羽：興情皆從三百篇來，直是無可奈何。「流螢」一句，草化螢乃云飛百草，靈變至極。五六句可見大。一結用費長房事，乃入渾冥。（引自《李太白詩醇》）
2. 宋・劉辰翁：其初未有此意，肆言及之，達之又達。（引自《李太白詩醇》）

3. 元‧蕭士贇《分類補注李太白詩》：古詩：「榮名以為寶」。太白素志學仙，此詩是反古詩中「服食求神仙，多為藥所誤」之意，猶反騷耳。

4. 清高宗《唐宋詩醇》：起句妙語天然，不由思索而得。

5. 日本‧近藤元粹：（蕭士贇云太白）素志學仙，是不知太白寓意也，劉（辰翁）說得之。（引自《李太白詩醇》）

（林保淳）

擬古 其九 [1]

生者為過客，死者為歸人。天地一逆旅 [2]，同悲萬古塵。月兔空搗藥 [3]，扶桑 [4] 已成薪。白骨寂無言，青松豈知春？前後更嘆息，浮榮安足珍？

【今注】

1. 此詩作於唐玄宗天寶四年（745），李白時年45歲，在山東一帶遊歷。

2. 逆旅：即旅舍，指天地不過就像旅舍一樣，是個暫時寄居之所。

3. 月兔空搗藥：據說月亮上有白兔搗長生不死之藥，此處是反用其典故說明即使有長生不死之藥，也沒有意義。

4. 扶桑：《楚辭》記載東方有一株扶桑樹，太陽每天在暘谷洗浴完後，登上扶桑之頂，就是一天的早晨。此處是說過去的扶桑樹現在已經成為薪柴，比喻世事沒有亙久不變。

【集評】

1. 宋‧嚴羽：莊生之言。（引自《李太白詩醇》）

2. 明・朱諫《李詩選注》：賦也。逆旅，物之暫聚者也；更嘆息，言更代而嘆息也；浮榮，言其榮華之不久也。

3. 日本・近藤元粹：與春夜宴桃李園序同旨趣，玩味此詩，益知榮貴當及時之什非正言也。（引自《李太白詩醇》）

（林保淳）

【作者】

杜甫（712～770），字子美，居長安時嘗號少陵野老、杜陵野老、杜陵布衣；後人尊稱為杜工部。祖籍湖北襄陽（今湖北省襄樊市），生於河南鞏縣（今河南鞏義市）。青年時代舉進士，不第，流落長安，獻三大禮賦，玄宗奇之，授「右衛率府兵曹參軍」。天寶 14 載（755），安祿山陷長安，玄宗禪位太子李亨為肅宗，杜甫於奔赴行在途中為叛軍所得，押返長安。次年逃往鳳翔，肅宗憫其忠，授「左拾遺」。收京後，杜甫扈駕返京，惟論事與上多有不合，貶出為「華州司空參軍」。後輾轉流寓秦州、同谷（今甘肅天水），後往蜀地，依劍南節度使嚴武，於成都浣花溪畔築草堂而居。代宗立，武薦為節度參謀，敕封「檢校工部員外郎」。嚴武卒，杜甫出蜀入湘，晚年飄泊於岳陽、長沙、衡陽、耒陽之間，時間多在船上度過。770 年冬，杜甫死於長沙到岳陽的船上，年 59 歲。杜甫一生所傳詩篇現存 1400 餘篇，後人編為《杜工部集》，其中深刻反映了安史之亂前後 20 多年的社會樣貌，並詳細而生動地記載了杜甫一生的生活經歷，世稱「詩史」；其高度的藝術創造與忠愛精神，後人又尊為「詩聖」，與李白齊名，合稱「李杜」。

望嶽 [1]

岱宗 [2] 夫如何 [3]，齊魯青未了 [4]。劉須溪曰：「只五字雄蓋一世。」造化鍾神秀 [5]，陰陽割昏曉 [6]。吳北江曰：「此十字氣象旁魄，與岱嶽相稱。」盪胸生曾雲 [7]，決眥 [8] 入歸鳥。吳曰：「奇情寫望嶽之神。」會當

[9]**凌絕頂，一覽眾山小。**浦二田曰：「透過一層收。」吳曰：「抱負不凡。」○邵子湘曰：「語語奇警。」

【今注】

1. 望嶽：杜甫在唐玄宗 24 年（736）應試落第後，往兗州（今山東省境）探望父親杜閑時所作。
2. 岱宗：泰山別稱。岱，初始之意；宗，長的意思。泰山為五嶽之首，故稱岱宗。在今山東省中部，主峰玉皇頂在泰安縣北方，海拔約 1532.7 公尺。
3. 夫如何：究竟是什麼樣子？夫，音ㄈㄨ，語助詞。
4. 齊魯青未了：泰山青翠的山色綿延於齊、魯兩個大邦，無窮無盡。
5. 造化鍾神秀：大自然將神奇靈秀之氣韻集中於泰山。造化，天地自然。鍾，聚。神秀，神奇而峻秀。
6. 陰陽割昏曉：泰山面朝東方且高聳入雲，故山前山後，明暗不同，好像被分為黃昏與清晨兩個世界。割，分。
7. 曾雲：層層疊疊的雲海。曾，同「層」。
8. 決眥：睜大眼睛。眥，音ㄘˋ，眼角。
9. 會當凌絕頂：必定要攀登於泰山的頂峰上。凌，登臨。絕頂，最高峰。
10. 眾山小：《孟子‧盡心上》：「孔子登東山而小魯，登泰山而小天下」。

【集評】

1. 明‧王嗣奭《杜臆》：「齊魯青未了」、「蕩胸生雲」、「決眥入鳥」皆望見岱岳之高大，揣摩想像而得之。
2. 清‧仇兆鰲《杜詩詳注》：此望東嶽而作也。詩用四層意寫，首聯遠望之色，次聯近望之勢，三聯細望之景，末聯極望之情。上六實敘，下二虛摹。
3. 清‧浦起龍《讀杜心解》：杜子心胸氣魄，於斯可觀，取為壓卷，屹然作鎮，豈惟鑴剡年月云爾。
4. 清‧吳瞻泰《杜詩提要》：此古詩之對偶者，猶自選體中來，而其結撰嚴整，已似五律。
5. 清‧施補華《峴傭說詩》：「齊魯青未了」五字，囊括數千里，可謂

雄闊。後來惟退之「荊山已去華山來」七字足以敵之。

（徐國能）

奉贈韋左丞丈二十二韻 [1]

紈袴不餓死 [2]，**儒冠** [3] **多誤身**。邵子湘曰：「起突兀，二語一肚皮牢騷憤激，信口衝出。」○王嗣奭曰：「儒冠誤身，乃通篇之主，紈袴句特伴語耳。」**丈人試靜聽，賤子請具陳** [4]。楊西河曰：「開出全篇。」吳曰：「局勢甚大，故以淡筆開拓。」**甫昔少年日** [5]，**早充觀國賓** [6]。**讀書破** [7] **萬卷，下筆如有神** [8]。張廉卿曰：「二語沈雄，杜詩專以沈雄擅長，然此二語乃自道所得，乃其所以沈雄之由也。」**賦料揚雄** [9] **敵，詩看子建親** [10]。**李邕求識面，王翰願卜鄰** [11]。**自謂頗挺出** [12]，**立登要路津** [13]。**致君堯舜上，再使風俗淳**。吳曰：「反跌下文有神力，四句一氣讀。」○以上自陳素志。**此意竟蕭條** [14]，吳曰：「轉筆儁快。」**行歌非隱淪** [15]。**騎驢十三載，旅食京華春。朝扣富兒門，暮隨肥馬塵。殘杯與冷炙** [16]，**到處潛** [17] **悲辛**。此等皆是加倍寫法，實事杜公當不至此。**主上頃見徵，欻然欲求伸。青冥卻垂翅，蹭蹬無縱鱗**。[18] 以上自陳失意。**甚愧丈人厚**，劉須溪曰：「入得磊落。」吳曰：「接筆奇矗。」**甚知丈人真。每於百寮上，猥誦佳句新** [19]。**竊效貢公喜** [20]，**難甘原憲貧** [21]。**焉能心怏怏** [22]，**祇是走踆踆** [23]。吳曰：「二語中截斷多少語，所謂嗚咽之音也。」**今欲東入海** [24]，吳曰：「此下雄奇萬變，蒼莽無端，不可一世矣。」**即將西去秦** [25]。**尚憐終南山**，吳曰：「兜轉萬鈞神力。」**回首清渭濱** [26]。**常擬報一飯** [27]，**況懷** [28] **辭大臣。白鷗沒浩蕩，萬里誰能馴**。吳曰：「收束尤超恣奇橫，神變不測。」

【今注】━━━✦

1. 奉贈韋左丞丈二十二韻：本詩作於天寶 11 載（752），當時在長安謀官的杜
   甫因苦無出路，故擬暫歸洛陽，而與時常協助他的韋濟以詩話別。韋濟，時
   任尚書省左丞相。
2. 紈袴二句：紈袴，用細絹做的褲子，泛指富貴子弟。袴，同「褲」。
3. 儒冠：古時士人的帽子，借指讀書人，這裡是杜甫自稱。
4. 具陳：仔細說明。
5. 甫昔少年日：開元 24 年（736），杜甫以鄉貢的資格在洛陽參加進士考試，
   當時他 25 歲。
6. 觀國賓：參觀王都的賓客，典出《易‧觀卦》：「觀國之光，利用賓於王。」
7. 破：超過。
8. 神：心思靈敏的超凡狀態。
9. 揚雄：字子雲，四川成都人，西漢末著名辭賦家，有〈甘泉賦〉、〈羽獵
   賦〉、〈長揚賦〉等賦篇。
10. 詩看子建親：詩作與曹植相當。看，比較。子建，曹植的字，三國時著名詩
    人，後人稱其才高八斗。親，接近，差不多。
11. 李邕求識面，王翰願卜鄰：李邕（678～747），李善之子，因任北海太守，
    世稱李北海，唐代文豪暨著名書法家。王翰，字子羽，盛唐著名詩人。卜
    鄰，選擇鄰居。
12. 自謂頗挺出：自認為自己特別英挺出眾。
13. 要路津：朝廷中重要的地位。
14. 蕭條：冷落、落空。
15. 行歌非隱淪：自己因窮困而行歌，並非隱士之流。行歌，且行且歌。隱淪，
    隱逸之高士。
16. 殘杯與冷炙：喝剩的酒和吃剩冷掉的烤肉。
17. 潛：藏著。
18. 主上頃見徵，欻然欲求伸，青冥卻垂翅，蹭蹬無縱鱗：天寶 6 載，唐玄宗下
    詔徵求有一藝之長者赴京應試，杜甫也懷抱希望參加了這次制舉。宰相李林
    甫唯恐士人於皇帝面前吐露民間不滿宰相的言論，使全部應試者都落選，並
    上表稱賀「野無遺賢」。杜甫自比於想要高飛卻折斷翅膀的鳥，以及期盼一
    躍成龍卻摔落的魚。主上，指玄宗。見徵，被徵召。欻然，忽然。欲求伸，
    意指希望表現自己的才能，實現致君堯舜的志願。青冥，青天；高空。垂
    翅，飛鳥折翅，不能高飛。蹭蹬，失勢下跌的樣子。

19. 猥：謙詞，猶「承蒙」之意。

20. 貢公喜：貢公，指西漢人貢禹，他與王吉為友，聽說王吉貴顯，便高興得彈冠相慶，以為自己也有出頭之日。這裡杜甫自比貢禹，以王吉比韋濟。

21. 原憲貧：原憲，孔子的弟子，能安於貧困的有道之士。

22. 怏怏：氣憤不平的樣子。怏，音一ㄤˋ。

23. 踽踽：步履艱難的樣子。踽，音ㄘㄨㄣ。

24. 東入海：不滿現實而避世隱居。孔子曾說過「道不行，乘桴浮於海」。

25. 西去秦：向西辭別長安。

26. 尚憐終南山，回首清渭濱：不忍離開長安。終南山在長安以南；渭水在長安以北，杜甫以此二地借指長安。

27. 常擬報一飯：想要報達您對我的恩情。擬，打算；想要。報一飯，報答一飯之恩，典出《史記·范雎傳》：「一飯之恩必償」。

28. 況懷：正是懷抱著（報答您的心情），況，正、適之意。

【集評】

1. 宋·蘇軾《東坡志林》：杜子美云：「白鷗沒浩蕩，萬里誰能馴」，概滅沒於煙波間耳，而宋敏求謂余云：「鷗不解『沒』，改作『波』字。」……便覺一篇神氣索然也。

2. 明·王嗣奭《杜臆》：此篇非排非律，亦非古風，直抒胸臆，如寫尺牘，而縱橫轉折，感憤悲壯，繾綣躊躇，曲盡其妙。

3. 清·仇兆鰲《杜詩詳注》：詩到尾梢，他人幾於力竭。公獨濤濤滾滾，意思不窮，正所謂「篇終接混茫」也。然須玩其轉折層次，不可增減，非汗漫敷陳者比。

4. 清·沈德潛《唐詩別裁集》：抱負如此，終遭阻抑。然其去也，無怨懟之詞，有「遲遲我行」之意，可謂「溫柔敦厚矣」。

5. 清·吳瞻泰《杜詩提要》：一起如風雨驟來，不知何為而發。蓋此老一肚皮稷契，思以致君堯舜為己任，而當路無一援手，故開口便罵，其蓄意則在句前也。……又曰：題是贈韋丈，詩具說己況，惟於末段遙應，有煙雲斷續之妙。

（徐國能）

述懷 [1]

去年潼關破，妻子隔絕久 [2]。今夏草木長，脫身得西走。麻鞋見天子，衣袖露兩肘。朝廷愍 [3] 生還，親故傷老醜 [4]。涕淚授拾遺 [5]，流離主恩厚。張廉卿曰：「真朴之中，彌復湛至。」柴門雖得去，未忍即開口 [6]。寄書問三川 [7]，不知家在否。仇曰：「此受職行在而回念家室也。」比聞 [8] 同罹禍，殺戮到雞狗。山中漏茅屋，誰復依戶牖。摧頹蒼松根，地冷骨未朽。吳曰：「逆折一筆，悲涼沈鬱。」幾人全性命，盡室豈相偶 [9]。嶔岑猛虎場，鬱結回我首 [10]。自寄一封書，今已十月後。反畏消息來，申鳧盟曰：「非身經喪亂，不知此語之真。」寸心亦何有 [11]。仇曰：「此寄書至家，恐其遭亂難保也。」漢運初中興 [12]，吳曰：「突起。」生平老耽酒。沈思歡會處，恐作窮獨叟 [13]。仇曰：「末傷家信杳然，又恐存亡莫必也。」吳曰：「收極凝重，所謂盛得水住者。」○楊曰：「亦以朴勝，詞旨深厚，卻非元、白率意可比。公詩只是一味真。」吳曰：「此等皆血性文字，至情至性鬱結而成，生氣淋漓，千載猶烈。其頓挫層折行氣之處，與《史記》、《韓文》如出一手，此外不可復得矣。」

【今注】

1. 此詩作於唐肅宗至德 2 載（757），杜甫自長安淪陷區逃出，奔至肅宗所在地鳳翔縣，官拜左拾遺，思及親人而作。
2. 去年二句：天寶 15 載（756）6 月，安祿山破潼關，玄宗倉皇奔蜀。7 月，太子李亨在靈武即位，是為肅宗，改元至德。8 月，杜甫隻身投奔靈武，途中被叛軍俘至長安，與家人隔絕，至此已近一年。
3. 愍：同「憫」。哀憐。
4. 親故一句：親友故舊皆感嘆我的憔悴蒼老。

5. 至德 2 載 5 月 16 日，肅宗任命杜甫為左拾遺。

6. 柴門二句：剛授拾遺，不便開口請假探親。柴門，指在鄜州的家。

7. 三川：縣名，今陝西富縣三川驛，唐代屬鄜州。杜甫家即在三川縣。

8. 比聞：近來聽說。比，音ㄅㄧˋ，近。

9. 幾人二句：在亂世中有多少人能保全性命，這種情況下怎能盼望全家團呢？
   全，保全。盡室，全家。相偶，團聚。

10. 嶔崟二句：當我回想叛軍的縱暴，心中不免充滿了抑鬱之情。嶔崟，音ㄑㄧㄣ
    ㄧㄣˊ，山勢高峻的樣子，這裡指世道的艱險。猛虎場，指叛軍縱亂之地，
    如猛虎食人。鬱結，心中的深憂。

11. 反畏二句：反而害怕收到不幸的消息傳來，心中其實已經不抱什麼希望了。
    畏，害怕，是本詩的主眼所在。

12. 漢運初中興：唐朝的國運剛剛開始出現轉機。漢，唐人常以漢喻唐，在此特
    別區別出「胡」與「漢」的差異。中興，指玄宗禪位於肅宗，國家有了新主
    人。

13. 窮獨叟：孤獨困苦的老人。

【集評】

1. 清·申涵光：「麻鞋見天子，衣袖露兩肘」，一時君臣草草，狼藉在
   目。「反畏消息來，寸心亦何有」非身經喪亂，不知此語之真。此
   等詩，無一語空閑，只平平說去，有聲有淚，真三百篇嫡派，人疑
   杜古鋪敘太實，不知其淋漓慷慨耳。（引自《杜詩詳注》）

2. 清·李因篤：〈北征〉如萬山之松，中蔚烟霞；此詩如數尺之竹，
   勢參羅漢。（引自《唐宋詩醇》）

3. 清·浦起龍《讀杜心解》：詩從一片至情流出，自脫賊拜官後，神
   魂稍定，因思及家室安否也。

4. 清·黃生《杜工部詩說》：篇中寫公義私情無不曲盡。

5. 清·沈德潛《唐詩別裁集》：「反畏消息來」二語妙在反接。若云：
   「不見消息來」，意淺薄矣。作詩須如此用筆。

（徐國能）

玉華宮 [1]

溪迴松風長，蒼鼠竄古瓦。不知何王殿，遺構絕壁下 [2]。張廉卿曰：「橫插不知何王殿二語最妙，太史公往往如此。」陰房鬼火青 [3]，壞道哀湍 [4] 瀉。萬籟真笙竽，秋色正蕭灑 [5]。蔣弱六曰：「二句點綴尤為淒絕。」仇曰：「首記舊宮淒涼。」美人為黃土，況乃粉黛假 [6]。當時侍金輿，故物獨石馬 [7]。憂來藉草坐 [8]，浩歌淚盈把。冉冉征途間，誰是長年者 [9]。仇曰：「此撫遺跡而增感也。」○劉須溪曰：「起結淒黯，讀者殆難為懷。」○邵曰：「簡遠淒涼，以少許勝人多許。」吳曰：「矜鍊跌宕，詩境極為沈鬱。」

【今注】

1. 玉華宮：貞觀 21 年（西 647）所建，位於坊州宜君縣北的鳳凰谷，高宗永徽 2 年（651）廢為玉華寺。此詩作於肅宗至德 2 年（757），時因杜甫觸怒肅宗而放還鄜州省親，途中所作。
2. 不知二句：不知是何時所營建的宮宇，如今只剩絕壁下的遺跡。
3. 陰房鬼火青：陰暗的室內彷彿有青藍的磷火飄飛。
4. 哀湍：急流飛瀑。
5. 萬籟二句：秋風吹拂，發出動人的聲音，使人驚覺秋色瀰漫天地。籟，孔竅所發出的聲音。
6. 美人二句：當時在殿中的美人都已成為黃土，我在此卻彷彿看見了當年她們美麗的倩影。況乃，恍若、好像的意思。假，妝扮。上句為實寫，下句為想像之詞。
7. 當時二句：承上句，過去這些侍奉君王的人物，如今只剩石馬立於殿前。金輿，皇帝的車駕，借指為皇帝。
8. 藉草坐：坐在草地上。

9. 冉冉二句：在漫長的旅程中，誰是可以獲得永生的人。征途，一指杜甫的行旅，一指漫浩的人生。

【集評】

1. 宋・洪邁《容齋隨筆》：張文潛暮年在宛丘，何大圭方弱冠，往謁之。凡三日，見其吟哦此詩不絕口，大圭請其故，曰：「此章那風雅鼓吹，未易與子言」。大圭曰：「先生所賦，何必減此」，曰：「平生極力摹寫，僅有一篇稍似之，然未可同日語也。」遂誦其〈離黃州詩〉。

2. 明・李攀龍輯《唐詩直解》：一片淒暗，極為驚心駭目。末更自傷悼一番，方不是口頭搬弄。

3. 清・金聖嘆《杜詩解》：本欲哭人，忽然自哭。正欲自哭，忽然不哭。哭人痛、哭自痛，總不如不哭尤痛也。看他「溪回」等句，一路是行來到，然忽然藉草坐下，人生至此，真是通身都歇。

4. 清・沈德潛《說詩晬語》：詩貴寄意，有言在此而意在彼者。杜少陵〈玉華宮〉云：「不知何王殿，遺構絕壁下」，傷唐亂也。

5. 清・楊倫《杜詩鏡銓》：（「不知」二句）只極言荒涼之意，他解深求反失之。

（徐國能）

北征 [原注：歸至鳳翔，墨制放往鄜州作。按鄜在鳳翔東北，故曰北征。][1]

皇帝二載秋，閏八月初吉[2]。杜子將北征，蒼茫問家室[3]。維時遭艱虞[4]，朝野少暇日。顧慚恩私被，詔許歸蓬蓽[5]。拜辭詣闕下[6]，怵惕[7]久未出。雖乏諫諍姿[8]，恐君有遺失。張上若曰：「曲

折沈至。」**君誠中興主**，楊曰：「伏結末意，緊接上句，斡旋得體。」**經緯
固密勿**[9]。**東胡**[10]**反未已，臣甫憤所切。揮涕戀行在**[11]**，道途
猶恍惚。乾坤含瘡痍，憂虞**[12]**何時畢。靡靡**[13]**踰阡陌，人煙眇
蕭瑟。所遇多被傷，呻吟更流血。回首鳳翔縣，旌旗晚明滅。前
登寒山重，屢得飲馬窟**[14]**。邠郊入地底，涇水中蕩潏**[15]**。猛虎
立我前，蒼崖吼時裂。菊垂今秋花，石戴古車轍。青雲動高興，
幽事亦可悅**[16]。吳曰：「哀痛惻怛之中，忽轉入幽事可悅，此之謂天矯變
化。」**山果多瑣細，羅生雜橡栗。或紅如丹砂，或黑如點漆**。張廉
卿曰：「此與夜深經戰場數語，就途中所見隨手生出波縐，興象最佳，須玩其風神
蕭颯閒淡之妙。」**雨露之所濡，甘苦齊結實。緬思桃源內，益歎身
世拙**[17]**。坡陀望鄜畤**[18]**，巖谷互出沒。我行已水濱，我僕猶木
末。鴟鳥鳴黃桑，野鼠拱亂穴。夜深經戰場，寒月照白骨。潼關
百萬師，往者散何卒**[19]**。遂令半秦民，殘害為異物**[20]**。況我墮
胡塵，及歸盡華髮**[21]**。經年至茅屋，妻子衣百結**[22]**。慟哭松聲
迴，悲泉共幽咽。平生所嬌兒，顏色白勝雪。見耶背面啼，垢膩
腳不襪。床前兩小女，補綻才過膝**[23]**。海圖坼波濤，舊繡移曲
折。天吳及紫鳳，顛倒在裋褐**[24]。吳曰：「沈至中乃具恢詭意境，大家
意興所到，輒具數種筆墨，唯《史記》杜詩能之，韓公尚不數見也。」**老夫情
懷惡，嘔泄臥數日。那無**[25]**囊中帛，救汝寒凜慄**[26]**。粉黛亦解
苞，衾裯稍羅列。瘦妻面復光，癡女頭自櫛。學母無不為，曉妝
隨手抹。移時施朱鉛，狼籍畫眉闊**[27]。張廉卿曰：「敘到家以後情事，
醰嬉淋漓，意境非諸家所有。」**生還對童稚，似欲忘飢渴。問事競挽
鬚，誰能即嗔喝。翻思在賊愁，甘受雜亂聒。新歸且慰意，生理
焉能說**[28]。蔣曰：「忽然截住，萬鈞之力。」**至尊尚蒙塵，幾日休練
卒**。張廉卿曰：「忽入時事，筆力絕人。」**仰觀天色改，坐覺祆氛豁
[29]。陰風西北來，慘澹隨回紇**[30]。吳曰：「此下至末，氣勢驅邁，淋漓
雄直。」**其王願助順，其俗喜馳突。送兵五千人，驅馬一萬匹。
此輩少為貴，四方服勇決**[31]**。所用皆鷹騰，破敵過箭疾。聖心

頗虛佇，時議氣欲奪[32]。伊洛指掌收，西京不足拔[33]。官軍請深入，蓄銳何俱發[34]。此舉開青徐，旋瞻略恆碣[35]。昊天積霜露，正氣有肅殺[36]。禍轉亡胡歲，勢成擒胡月[37]。胡命其能久，皇綱未宜絕[38]。楊曰：「應起處東胡二句，特作快語。皇綱句又開下。」○吳曰：「氣象旁魄，語語有擎天拔地之勢。」憶昨狼狽初，事與古先別。姦臣竟葅醢，同惡隨蕩析[39]。不聞夏殷衰，中自誅褒妲[40]。周漢獲再興，宣光果明哲[41]。桓桓[42]陳將軍[43]，仗鉞奮忠烈[44]。微爾[45]人盡非，於今國猶活。凄涼大同殿，寂寞白獸闥。都人望翠華，佳氣向金闕[46]。園陵固有神，掃灑數不缺[47]。煌煌太宗業，樹立甚宏達[48]。吳曰：「收極英邁壯烈。○李子德曰：「大如金鵬浮海，細如玉管候灰。上關廟謨，下具家乘。其材則海涵地負，其力則排山倒岳。有極尊嚴處，有極瑣細處，繁處有千門萬戶之象，簡處有急弦促柱之悲。元河南謂其具一代興亡與風雅相表裡，可謂知言。」《峴傭說詩》曰：「〈奉先詠懷〉及〈北征〉是兩篇有韻古文，後人無此才氣，無此學問，無此境遇，無此襟抱，不能作。然細繹其中陽開陰合波瀾頓挫，殊足增長筆力，百回讀之，隨有所得。」

【今注】━━◆

1. 北征：安史之亂初期杜甫陷落於長安，得知太子李亨在靈武即位，冒險逃出長安投奔唐肅宗，並受封為左拾遺。後因論事與肅宗不合，至德二載（757）由皇帝親自詔令杜返回鄜州省親，杜甫在返家後將一路所見所思寫成此詩。因鄜州在當時天子駐蹕處的東北，故題為「北征」。
2. 皇帝二載秋，閏八月初吉：即肅宗至德二載（757）秋天，8 月 1 日。初吉，即陰曆每月初一。
3. 蒼茫問家事：杜甫當時在唐肅宗政府所在地鳳翔縣任左拾遺，因戰亂與家人隔絕，故以探親為名請假歸家。蒼茫，悵惘的樣子。問，探望。
4. 維時遭艱虞：當時局勢緊張而困難。
5. 顧慚恩私被，詔許歸蓬蓽：自感慚愧皇帝的恩澤加於我個人，下詔特許我回家探望。當時杜甫因疏救房琯惹惱了唐肅宗，肅宗便以探親之名要求杜甫暫

時離開朝廷。蓬蓽，用草和樹枝搭成的簡陋房屋，指貧苦人家。

6. 拜辭詣闕下：到朝上與皇帝拜別。

7. 怵惕：惶恐不安的樣子。

8. 諫諍姿：諫官的品質和才幹。杜甫當時為左拾遺，諫諍是他的職責，本句呼應下文「有遺失」。諫諍，向朝廷直言規勸。

9. 經緯固密勿：固然會辛勤謹慎地治理國家。密勿，黽勉的意思。

10. 東胡：指安祿山、安慶緒等叛亂集團。

11. 行在：「行在所」的簡稱，指天子所居的地方，這裡指肅宗臨時所在地鳳翔。

12. 憂虞：憂慮，憂愁。

13. 靡靡：步行遲緩沉重的樣子。

14. 飲馬窟：戰爭遺留的窪地與水池，可供戰馬飲水。

15. 邠郊入地底，涇水中蕩潏：走入了邠州的原野，穿過了流動的涇水。邠州，今陝西彬縣，「邠州郊原」是個盆地，從山上往下看，如在地底，故曰「入地底」。涇水，即今涇河，從邠州北境流過。蕩潏　水流動的樣子。

16. 青雲動高興，幽事亦可悅：山中青雲讓我開懷，美好的景物使我愉悅。興，音ㄒㄧㄥ，「興致」。幽事，山中景象。

17. 緬思二句：詩人見山水清幽如桃花源，令人嚮往，因而更加感歎自己選擇在塵世尋覓功業的不智。緬思，遙想。桃源，即陶淵明〈桃花源記〉所寫的世外桃源。

18. 坡陀望鄜畤：在山坡上已隱約可見鄜州。坡陀，起伏不平的山崗。鄜畤，指鄜州；畤，音ㄓˋ，祭祀天地及古代帝王的壇場，春秋時，秦文公曾在此築鄜以祭神，故稱為鄜畤。杜甫家在鄜州，望鄜畤就好像看到了家。

19. 潼關二句：天寶14載12月，安祿山攻陷洛陽，玄宗命哥舒翰率兵二十萬守潼關。因楊國忠促戰，被迫出關迎敵。15載6月，大敗於靈寶，全軍潰散，死者數萬。卒，音ㄘㄨˋ，同「猝」，倉促。

20. 遂令二句：遂使眾多秦地百姓，為叛軍所殘殺。異物，化為非人之物，指死亡。

21. 況我二句：而我正不幸身陷賊中，我由長安逃至鳳翔時，頭髮都花白了。

22. 經年二句：杜甫於去年八月離開鄜州，今年閏八月才到家中，整整經過了一年。衣百結，形容衣服破爛不堪，打滿補丁。

23. 補綻才過膝：縫補過的舊衣才剛到膝蓋，形容衣裳破舊短小。

24. 海圖四句：用繡有波濤圖案的舊衣料來縫補粗布短衣，所以天吳、紫鳳這些圖案，都被胡亂縫在衣服上。坼，裂開。天吳，虎身人面，是八首八足八尾

的水神。

25. 無那：怎會沒有？

26. 凜慄：冷得發抖。

27. 狼籍畫眉闊：把眉毛畫得亂七八糟。

28. 新歸二句：意謂歷盡艱難，能活著歸來就已經很欣慰了，家裡的生計又怎麼能在乎那麼多呢？慰意，心情獲得慰藉。生理，生計。

29. 仰觀二句：夜觀天象，覺得好像與前些日子不同了，因而猜測是不是叛軍的氣數將盡。妖氛，指叛軍氣數。豁，掃除一空。

30. 陰風二句：至德 2 載 9 月，肅宗聽從郭子儀建議，向回紇借兵平亂。回紇懷仁可汗派遣太子葉護及將軍帝德，率兵四千餘人至鳳翔幫助唐朝收復兩京。陰風，回紇人衣帽皆白，故稱之「陰風」。慘澹，黯淡無光的樣子。回紇，即今維吾爾族。

31. 勇決：驍勇善戰，堅毅果決。

32. 聖心二句：肅宗一心想倚賴回紇平定安史之亂，當時朝中雖有不贊成借兵的，但懾於皇帝威嚴，也不敢堅持。史載，回紇軍至鳳翔後，肅宗接見葉護，「宴勞賜賚，惟其所欲」，並命廣平工李俶和葉護結為兄弟。聖心，皇帝的意旨。虛佇，徬徨而有所期待。時議，指當時反對借兵的朝議。

33. 伊洛二句：收復長安與洛陽，易如反掌。伊洛，二水名，均流經洛陽。指掌收，形容很快就能光復。西京，指長安。不足拔，不堪一擊。

34. 官軍二句：唐軍在養精蓄銳後，亦可與回紇軍一同進擊，深入叛軍的根據地。據《資治通鑑》卷 220 載，回紇軍至後，「元師廣平王（李）俶，將朔方等軍及回紇、西域之眾十五萬，號二十萬，發鳳翔」。

35. 此舉二句：收復兩京後，要乘勝攻破青州及徐州，然向北經略恆山及碣石山，直搗叛軍老巢。此舉，指上述唐軍與回紇聯合進攻。青徐，青州、徐州，指今山東、蘇北一帶。旋瞻，轉眼之間。略，攻取。恆碣，恆山和碣石山，指山西、河北一帶。

36. 昊天二句：時當正是肅殺的秋天，凜然的正氣有助於一舉掃平叛亂。昊天，秋天，秋於五行屬金，有肅殺之氣。

37. 禍轉二句：厄運已經轉到叛軍這一邊，叛軍不久就要敗亡了；官軍的聲勢盛大，勝利在望，近期內就要擒殺胡酋。

38. 胡命二句：叛軍運數豈能長久，皇朝的綱紀不會因此斷絕。其，同豈。皇綱，指唐王朝的正統地位。

39. 憶昨四句：追憶去年潼關失守、玄宗逃往成都危急時刻，君王當機立斷鏟除危害朝廷的奸黨，與代君王遭遇到類似情況時的處置有所不同。狼狽初，指

玄宗倉皇出走。姦臣，指宰相楊國忠。竟，最終。葅醢，音ㄗㄨˇ ㄏㄞˇ，剁成肉醬。蕩析，掃蕩；消滅。這是指至德元載 6 月，龍武大將軍陳玄禮領禁兵扈從玄宗逃難入蜀，至馬嵬驛，發動兵變，誅殺楊國忠，軍士「爭啖其肉盡，梟首以徇」。

40. 不聞二句：玄宗能從國家大局出發縊死楊貴妃，這與歷史上周幽王寵愛褒姒，商紂王寵愛妲己而亡國的昏君是不同的。夏殷，指夏商周三代。褒妲，以褒姒、妲己來涵括夏桀寵幸美女妹喜。

41. 周漢二句：肅宗皇帝就像周宣王和東漢光武帝劉秀一樣果斷而睿智，可以成為中興之主。

42. 桓桓：勇武的樣子。

43. 陳將軍：陳玄禮。

44. 仗鉞句：以忠烈之心持著大斧保衛國家。鉞，音ㄩㄝˋ，古代兵器，形似大斧。

45. 微爾：假如沒有你。

46. 淒涼四句：大同殿與白獸闥現在都在一片淒迷中，人民無不盼望官軍早日光復長安。大同殿，在長安興慶宮勤政樓北，玄宗常在此朝見群臣。白獸闥，即白獸門，長安宮中禁苑南門，在凌煙閣之北、太極殿西南，玄宗曾在此攻入太極殿誅殺叛亂的韋后，成就帝業。翠華，以翠羽為飾的旗，為皇帝所用儀仗。佳氣，中興、祥瑞之氣。

47. 園陵二句：唐代歷代帝王的陵墓必然以其神靈護祐後代，讓祭祀的香火不會斷絕。

48. 煌煌二句：唐太宗所開創的基業宏偉昌盛，光照後世。煌煌，光明宏大貌。宏達，宏偉昌盛。

【集評】

1. 宋・葉夢得《石林詩話》：長篇最難，魏晉以前，詩無過十韻者。蓋常人以意逆志，初不以敘事傾盡為工。至老杜〈述懷〉、〈北征〉諸篇，窮極筆力，如太史公紀傳，此固古今絕唱也。

2. 宋・（釋）惠洪《冷齋夜話》：〈北征〉詩，識君臣大體，忠義之氣，與秋色爭高，可貴也。

3. 清・金聖嘆《杜詩解》：（「猛虎立我前」等四句）世間有如此怪文，陡然寫一猛虎出來。為是真一猛虎？為是實無猛虎？設使真有

虎在前，日竟如何得過蒼崖耶？先生異樣眼力，上觀千年，下觀千年，故今日行到此處，便明明見有一虎，正立我前，振威大吼。必問虎在何處？哀哉小儒！

4. 清‧王士禛《師友詩傳錄》：五七言詩有二體：田園丘壑，當學陶、韋；鋪敘感慨，當學杜子美〈北征〉等篇。

5. 清‧楊倫《杜詩鏡銓》：凡作極緊要、極忙文字，偏向極不要緊、極閒處傳神，乃「夕陽返照」之法，惟老杜能之。如篇中「青雲」、「幽事」一段，他人於正事、實事尚鋪寫不了，何暇及此，此仙凡之別也。

（徐國能）

新安吏[1]

客行新安道，喧呼聞點兵[2]。浦曰：「起提明點兵，末詳言軍潰，是首章體。」借問新安吏，縣小更無丁[3]。楊曰：「客問。」府帖昨夜下，次選中男[4]行。楊曰：「吏答。」中男絕短小，何以守王城。楊曰：「客又語。」○仇曰：「從點兵後記一時問答之詞。」肥男有母送，瘦男獨伶俜[5]。楊曰：「無父在言外，尤慘。」白水暮東流，青山猶哭聲。莫自使眼枯，收汝淚縱橫。眼枯即見骨，天地終無情。吳曰：「千古傷心之言，無此刻至。」○仇曰：「此於臨行時作悲憫之語。」我軍取相州[6]，日夕望其平。豈意賊難料，歸軍星散營。王嗣奭曰：「此不言軍敗而曰歸軍，諱之也。」楊曰：「軍敗事敘渾。」就糧近故壘，練卒依舊京。掘壕不到水，牧馬役亦輕[7]。況乃王師順[8]，撫養[9]甚分明。送行勿泣血，僕射[10]如父兄。仇曰：「此為送行者作寬慰之語。」邵曰：「結意深厚。」○楊曰：「先以惻隱動其君上，後以恩誼勉其丁男，仁至義

盡，此山谷所云論詩未覺〈國風〉遠也。」○邵曰：「新安至無家六首，皆子美時
事樂府也。曲折悽愴，直堪泣鬼神。」吳曰：「以下六章寫亂離兵役之苦，多椎心
刻骨之詞，使人不忍卒讀。」

【今注】

1. 新安吏：本詩作於唐肅宗乾元 2 年（759）3 月，本月初三，由郭子儀、李
   光弼等九個節度使所統率的 60 萬唐軍，圍攻鄴城的安慶緒卻遭到慘敗，洛
   陽幾乎再次失陷。官軍為了補充兵源，在民間強制徵兵。杜甫正好由洛陽返
   回華州，便將一路上的聞見，寫成了〈新安吏〉、〈石壕吏〉、〈潼關吏〉及
   〈新婚別〉、〈垂老別〉、〈無家別〉等六篇作品，今通稱「三吏」、「三別」。
   新安，今南省新安縣，近洛陽。
2. 點兵：徵召男子入伍當兵。
3. 借問二句：詢問新安縣負責徵兵的官員狀況如何，官員感嘆新安縣已經沒有
   可以徵召的男子了。丁，23 歲以上的成年男性。
4. 中男：18 歲以上，不滿 23 歲的青年。
5. 伶俜：音ㄌㄧㄥˊ ㄆㄧㄥˊ，孤獨的樣子。
6. 相州：即鄴城。
7. 就糧四句：就在洛陽這一帶做軍事訓練，糧食相當充足；頂多做一些挖掘戰
   壕的工作，或是幫忙放牧戰馬，勞役十分輕鬆。
8. 況乃王師順：正適逢唐朝的軍隊順天應人而作戰順利。況乃，正好；適逢。
9. 撫養：軍官愛護、照顧士兵。
10. 僕射：音ㄆㄨˊ ㄧㄝˋ，指揮官，此指郭子儀等。

【集評】

1. 明・鍾惺、譚元春《唐詩歸》：讀此語，僕射不得不做好人。
2. 明・張綖《杜詩通》：凡公等此詩，不專是刺。蓋兵者凶器，聖人
   不得已而用之。故可已而不已者，則刺之；不得已而用之，則慰之
   哀之。若〈兵車行〉、〈前後出塞〉之類，皆刺也，此可已而不已則
   也；若夫〈新安吏〉之類，則慰也；〈石壕吏〉之類，則哀也，此
   不得已而用之者業。

3. 清・施閏章《蠖齋詩話》：杜不擬古樂府，用新題紀時事，自是創識。就中〈潼關吏〉、〈新安〉、〈石壕〉、〈新婚〉、〈垂老〉、〈無家〉等篇，妙在痛快，亦傷太盡。

4. 清・楊倫《杜詩鏡銓》：從〈新安吏〉至〈無家別〉蓋紀當時鄴師之敗，朝廷調兵益急也。皆乾元二年自東都回華州，道途所經次，感事而作。

5. 清・吳瞻泰《杜詩提要》：「縣小」以下是新安吏一片淒慘語，「莫自使眼枯」以下是送行者一片寬懷語。一問、一答、一慰，如聞其聲。中用「白水青山」二語攔住，欲聯反斷，如抗如墜，不絕如線。新安吏詞畢便應哭，乃偏不說吏哭，偏說青山哭，則氣局不商於促，而問答線索愈分明。此以斷筆為聯筆者也。

（徐國能）

石壕吏

暮投石壕村[1]，有吏夜捉人。浦曰：「起有猛虎攫人之勢。」老翁踰[2]牆走，老婦出門看。仇曰：「首敘征役驅迫之苦。吏呼一何怒，婦啼一何苦。聽婦前致詞，三男鄴城戍。一男附書[3]至，二男新戰死。存者且偷生，死者長已矣[4]。室中更無人，惟有乳下孫。有孫母未去，出入無完裙。老嫗力雖衰，請從吏夜歸。急應河陽役[5]，猶得備晨炊。盧元昌曰：「以上述老婦應吏之詞。」夜久語聲絕，如聞泣幽咽。楊曰：「孫母在內。」天明登前途，獨與老翁別。李子德曰：「嫗從吏去，老翁夜歸，公天明登途，獨與翁別也。」案：李解甚明；而近人有釋末句為老婦與老翁別者，大謬。○仇曰：「末結老翁潛歸之狀。」案：結與翁別為起二句之去路，此一定章法，非獨結老翁潛歸而已。○李子德曰：「急絃則響悲，促

節則意苦，最近漢、魏。」吳曰：「此首尤嗚咽悲涼，情致淒絕。」

【今注】

1. 石壕村：今名甘壕村，在河南陝縣。
2. 踰：音ㄩˊ，翻越。
3. 附書：託人送信。
4. 長已矣：永遠完了。
5. 河陽役：河陽即將爆發的戰爭。河陽，今河南孟州。相州敗後，河陽成為重要的前線據點。

【集評】

1. 明‧陸時雍《唐詩鏡》：其事何長，其言何簡。「吏呼」二語便當數十言。文章家所云要令，形而得情，去情而得神故也。
2. 明‧許學夷《詩源辯體》：〈石壕〉效古樂府而用古韻，又上、去二聲雜用，另為一格，但聲調終與古樂府不類，自是子美之詩。
3. 清‧王夫之《唐詩評選》：片段中留神理，韻腳中見化工。故愈刻愈精，規模愈雅，真自〈孤兒行〉來。嗣古樂府，有非楊用修所得苟丹鉛。
4. 清‧徐增《而庵說唐詩》：一篇述老嫗意，只要藏過老翁。用意精細，筆又質樸，又妙在一些不露子美身分。
5. 清‧浦起龍《讀杜心解》：起有猛虎攫人之勢。

（徐國能）

新婚別

兔絲附蓬麻，引蔓故不長[1]。王嗣奭曰：「通篇作新人語，起用比意，逼真古樂府。」嫁女與征夫，不如棄路旁。吳星叟曰：「首四語作一篇之綱，後便曲折寫之。」結髮為妻子，席不煖君床。暮婚晨告別，無乃太匆忙[2]。君行雖不遠，守邊赴河陽。妾身未分明，何以拜姑嫜[3]。陸時雍曰：「建安中亦無此深至語。」父母養我時，日夜令我藏[4]。生女有所歸[5]，雞狗亦得將[6]。君今往死地，沈痛迫中腸[7]。誓欲隨君去，形勢反蒼黃[8]。以上敘別，瑣瑣以陳，字字悽惋，所謂發乎情也。勿為新婚念，努力事戎行[9]。婦人在軍中，兵氣恐不揚。自嗟貧家女，久致羅襦裳[10]。羅襦不復施，對君洗紅妝。以下勸勉，侃侃而道，字字懲憤，所謂止乎禮義也。仰視百鳥飛，大小必雙翔。楊曰：「比結。」人事多錯迕[11]，與君永相望。仇曰：「終望夫婦之相聚也。」○李榕村曰：「小窗喁喁，可泣鬼神，此〈小戎〉板壓下去之遺調。」黃白山曰：「此下三題相似，獨新婚之婦起難設辭，故特用比興發端。」

【今注】

1. 兔絲二句：借用兔絲子依附蓬麻，來比喻嫁給征夫難以白頭偕老。兔絲，即兔絲子，蔓生植物，依附於別的植物生長。蓬、麻均甚低矮，兔絲子依附之，則引蔓必不能長。
2. 結髮四句：晚上剛結為夫婦，早晨就被迫分別，這樣難道不會匆促嗎。無乃，難道不是。
3. 姑嫜：丈夫的母親稱姑，丈夫的父親稱嫜，音ㄓㄤ。
4. 藏：深居閨中，不輕易見人。
5. 歸：女子出嫁。

6. 將：順從。

7. 中腸：內心。

8. 蒼黃：本指青色和黃色，後指極大的變化。

9. 事戎行：效力於軍旅。

10. 自嗟二句：自嘆因為生在貧家，努力多年才置辦了這身美麗的嫁衣。嗟，音ㄐㄧㄝ，感嘆。

11. 錯迕：錯雜交迕，這裡指生活中的不如意。迕，音ㄨㄟ，逆。

【集評】

1. 宋・羅大經《鶴林玉露》：《國風》：「豈無膏沐，誰適為容」；杜詩「羅襦不復施，對君洗紅妝」，尤為悲矣。國風之後，唯杜陵為不可及者，此類是也。

2. 明・王嗣奭《杜臆》：起來四句是真樂府，是三百篇興起法。

3. 清・王夫之《唐詩評選》：意韻婉切，其或傷於煩縟，而至竟與白香山有雅俗之別。

4. 清・仇兆鰲《杜詩詳注》：陳琳〈飲馬長城窟行〉設為問答，此〈三吏〉、〈三別〉諸篇所自來也。而〈新婚〉一章，敘室家離別之情，及夫婦始鐘之分，全祖樂府遺意，而沉痛更為過之。

5. 清・沈德潛《唐詩別裁集》：與〈東山〉零雨之詩并讀，時之盛衰可知矣。

（徐國能）

無家別

寂寞天寶後，楊曰：「追敘起。」園廬但蒿藜[1]。我里百餘家，世亂各東西。存者無消息，死者為塵泥。賤子[2]因陣敗，歸來尋舊蹊

[3]。久行見空巷，日瘦氣慘悽。但對狐與狸，豎毛怒我啼。寫盡陰森景象。四鄰何所有，一二老寡妻。以上亂後回鄉情況。宿鳥戀本枝，安辭且窮棲[4]。方春獨荷鋤，日暮還灌畦[5]。縣吏知我至，召令習鼓鞞[6]。雖從本州役，內顧無所攜[7]。近行止一身，遠去終轉迷[8]。家鄉既盪盡，遠近理亦齊[9]。劉須溪曰：「寫至此可以泣鬼神矣。」○以上述無家而又別。永痛長病母，五年委溝谿。生我不得力，終身兩酸嘶[10]。追述母亡，極寫無家之慘。人生無家別，何以為蒸黎[11]。此詩人結論。或以為自述之語，非是。○盧元昌曰：「先王以六族安萬民，使民有有家之樂。今〈新安〉無丁，〈石壕〉遺嫗，〈新婚〉有怨曠之夫婦，〈垂老〉痛陣亡之子孫，至戰敗逃歸者，又復不免，人生無家別，何以為蒸黎，收足數章。」

【今注】

1. 寂寞句：指天寶 14 載（755）安史之亂以後，田園房舍只剩下一片野草。
2. 賤子：老兵自稱。
3. 舊蹊：舊路。這裡指故里。
4. 宿鳥二句：用歸巢的鳥總是依戀本來棲止的枝，比喻人生眷戀故鄉，既然能回家，再怎麼困苦也要活下去。
5. 灌畦：為菜園澆水。
6. 習鼓鞞：操演軍技，隨時準備上戰場。鞞，音ㄆㄧˊ，通鼙，戰鼓。
7. 雖從二句：雖然在本州服兵役，但家中沒有人可以話別。攜，掛記。
8. 近行二句：孑然一身在本州服役固然是幸運的，但說不定哪一天，又要遠去他鄉征戰也不一定。終轉迷，不確定、不可逆料。
9. 家鄉二句：不過反正家園都已經蕩然無存了，那麼在本州與在外地服役也沒什麼不同。齊，都一樣；沒區別。此數句是老兵自傷無家之辭。
10. 永痛四句：縈繞在心中的傷痛是久病的母親去世已有五年了，當初不能救母於死，母親死後又不能安葬，沒有盡到做兒子的責任。委溝谿，棄於溝谿，指死去未得安葬。酸嘶，失聲痛哭。
11. 蒸黎：老百姓。

【集評】

1. 明・王嗣奭《杜臆》：〈垂老〉、〈無家〉其苦自知而不能自達，一一刻畫宛然，同工異曲，隨物賦形，真造化手。

2. 清・王夫之《唐詩評選》：「三別」皆一直下，唯此尤為平靜。

3. 清・仇兆鰲《杜詩詳注》：上章〈垂老別〉結出報國之忠，此章結出思親之孝，具有關於大倫。

4. 清・沈德潛《杜詩偶評》：上章以忠結，此章以孝結，可以續三百篇矣。

5. 清・吳瞻泰《杜詩提要》：古詩貴用轉筆，看此篇句句轉處，愈委婉，愈酸楚。

（徐國能）

夢李白[1]二首

其一

死別已吞聲，生別常惻惻[2]。蔣曰：「起便陰風忽來，慘澹難名。」吳曰：「一字九轉，沈鬱頓挫。」江南瘴癘地，逐客無消息。故人入我夢，明我長相憶。恐非平生魂，路遠不可測。長相憶下倒接恐非平生魂二句，疑真疑幻之情，千古如生，再以魂來魂返寫其迷離之狀，然後入君今二句，纏綿切至，惻惻動人。若依黃本仇本移君今二句於長相憶下，神氣索然盡矣。魂來楓林青，楊曰：「白所在。」魂返關塞黑[3]。楊曰：「公所在。」○吳曰：「此等奇變語，世所驚歎，然在杜公猶非其至者。」君今在羅網，何以有羽翼。悱惻沈至。落月滿屋梁，吳曰：「撐起。」猶疑照顏色[4]。

吳曰：「親切悲痛。」**水深波浪闊**，吳曰：「再轉。」**無使蛟龍得**[5]。吳曰：「剴切沉鬱。」

【今注】

1. 此詩作於唐肅宗乾元 2 年（759）秋，杜甫當時在秦州。李白因參與永王李璘在江南的叛變，被判流放於夜郎（今貴州一帶）。
2. 惻惻：悲痛的樣子。
3. 魂來二句：你（李白）的魂魄來自於楓林青翠的江南，當魂返後，我（杜甫）卻獨醒於邊塞的黑夜。
4. 落月二句：夢醒時迷離不清，月照屋梁，好像還能看見你（李白）的容貌。
5. 水深二句：比喻世路多艱，盼李白小心處世，勿讓小人有機可陷。

【集評】

1. 明‧胡應麟《詩藪》：「明月照高樓，想見餘光輝」，李陵逸詩也。子建「明月照高樓，流光正徘徊」全用此語而不用其意，遂為建安絕唱。少陵「落月滿屋梁，猶疑照顏色」，正是用其意而少變其句，亦為唐句崢嶸。
2. 明‧鍾惺、譚元春《唐詩歸》：無一字不真，無一字不幻。
3. 明‧王嗣奭《杜臆》：瘴地而無消息，所以憶之更深。
4. 清高宗《唐宋詩醇》：沉痛之音發於至情，情之至者文亦至，有誼如此，當與〈出師〉、〈陳情〉二表並讀，非僅〈招魂〉、〈大招〉之遺韻也。
5. 清‧施補華《峴傭說詩》：「魂來楓林青」八句，本之〈離騷〉而仍有厚氣，不似長吉鬼詩，幽奇中有慘淡色也。

其二

浮雲終日行，吳曰：「先墊一句以取逆勢。」**遊子久不至**[1]。**三夜**[2]**頻**

夢君，楊曰：「補前所未及。」情親見君意。仇曰：「首從頻夢敘起。」告歸[3]常局促[4]，苦道[5]來不易。江湖多風波，舟楫恐失墜。出門搔白首[6]，若負平生志。仇曰：「此代述夢中心事，曲盡倉皇悲憤情狀。」冠蓋滿京華，吳曰：「再墊再挺。」斯人獨憔悴[7]。吳曰：「詠歎淫泆。」孰云網恢恢[8]，將老身反累[9]。吳曰：「此中刪去幾千百語，極沈鬱悲痛之致。」千秋萬歲名，吳曰：「逆接。」寂寞身後事[10]。吳曰：「致慨深遠。」○陸時雍曰：「是魂是人，是真是夢，都覺恍惚無定，親情苦意，無不備極，真得屈〈騷〉之神。」浦曰：「次章純是遷謫之感，為彼耶，為我耶，同聲一哭。」

【今注】

1. 浮雲二句：像浮雲般的遊子終日漂泊，卻不與我相遇。此句化用《古詩十九首》：「浮雲蔽白日，遊子不顧返」之意。李杜於天寶4載（西元745年）在山東分手後，一生未再見面。
2. 三夜：一連幾個晚上
3. 告歸：告別。
4. 局促：匆促不安的樣子。
5. 苦道：悲苦訴說。
6. 搔白首：以手撓頭，若有所思的樣子。
7. 冠蓋二句：許多才幹不如李白的人都在長安富貴顯達，李白卻流落江湖，困頓失意。冠蓋，冠冕和車蓋，借指達官貴人。京華，京城。斯人，這個人，指李白。憔悴，困頓失意的樣子。
8. 孰云網恢恢：誰說人間有公平正義？網恢恢，語出《老子》第73章：「天網恢恢，疏而不漏。」恢恢，廣大貌。
9. 身累：指李白被繫獄梳放。
10. 身後：死亡以後。

【集評】

1. 宋・劉辰翁《唐詩鏡》：結極慘黯，情至語塞。（引自《杜詩鏡銓》）

2. 明・陸時雍《唐詩鏡》：是魂是人，是夢是真，都覺恍惚無定，親情苦意，無不備極矣。

3. 清・仇兆鰲《杜詩詳注》：此商其遭遇坎坷，深致不平之意。身累名傳，其屈伸亦足相慰。但惻惻交情說到心痛鼻酸，不是信將來，而是悼目前也。

4. 清・黃生《杜工部詩說》：造物予人以千秋，必怵人以九列，二者常不可得兼。往往終身憔悴而後償以不朽之名，而才人亦遂樂之。不恤見前，而獨急其身後，究竟為造物所愚耳。讀末二語，無限感慨。

5. 清・吳瞻泰《杜詩提要》：此首較前首俱深一層。前止言夢，此則言三夜，言頻；前止言明我，此則言見君；前止言魂返，此則言告歸局促；前止言避禍，此則以身後名惜之，甚有淺深。

（徐國能）

【作者】

岑參（715～770），祖籍南陽（今屬河南），出生於荊州江陵（今湖北江陵）。唐玄宗天寶 3 載（744）登進士第，累官左補闕、起居郎、候出為嘉州刺史。天寶年間曾兩度出塞，充任安西、北庭節度使府書記、節度判官等職，由於長期生活在塞外，足跡遍及天山南北，擅以七言歌行體與七言絕句寫邊塞風情，是盛唐時期邊塞詩代表性作家。其邊塞詩與高適喜從政治角度反映邊塞問題不同，岑參好奇，富於激情，喜以審美角度書寫邊塞風物人情，又多慷慨豪邁之語，故作品多奇偉壯麗之美。文集稱《岑嘉州集》。

與高適薛據同登[1]慈恩寺浮圖[2]

塔勢如湧出，沈曰[3]：「突兀。」孤高聳天宮。登臨出世界[4]，磴道[5]盤虛空。突兀[6]壓神州[7]；崢嶸如鬼工[8]。塔之大勢。四角礙白日[9]；七層摩蒼穹。仰觀。下窺指高鳥；俯聽聞驚風。俯觀。連山若波濤，奔走似朝東。遠觀。青松夾馳道，宮觀何玲瓏[10]？近觀。秋色從西來，蒼然滿關中[11]。五陵[12]北原上，萬古青濛濛。地勢。淨理[13]了可悟；勝因[14]夙所宗。誓將掛冠[15]去，覺道資無窮。志願。〇氣象闊大，幾與少陵一篇並立千古。〇沈曰：「登慈恩塔詩，少陵下應推此作。高達夫、儲太祝皆不及也。薛據詩失傳，無可考。」

【今注】

1. 詩題《全唐詩》無「同」字；「奔走」作「奔湊」；「青松」作「青槐」。唐玄宗天寶十一年（752），詩人杜甫、岑參、高適、儲光羲及薛據，到長安城南的慈恩寺遊覽，並且登上了大雁塔眺望長安的秋景，面對眼前的美景，使得五位詩人興致大發，每人賦詩一首。由於個人生活經歷不同，詩的內容和意境也有很大差別。這五首詩只有薛據的詩失傳。

2. 慈恩寺浮圖：大雁塔，又名大慈恩寺塔，唐高宗永徽三年（652）玄奘法師為供奉從印度取回的佛像，舍利和梵文經典，在慈恩寺的西塔院建起一座高一百八十尺的五層磚塔，後在武則天長安年間改建為七層。大雁塔塔體為方形錐體，造型簡潔，氣勢雄偉，是我國佛教建築藝術中不可多得的傑作。

3. 清·沈德潛《唐詩別裁集》評點意見。

4. 出世界：高出宇宙之上。

5. 磴道：原為山上的石路，在此詩為登閣之道。

6. 突兀：即突杌，高聳的樣子。

7. 神州：為「赤縣神州」或「神州赤縣」的簡稱，指中國。

8. 崢嶸：原指山勢高峻，本詩藉以形容塔勢之高。鬼工，即鬼斧神工，非人力可及。

9. 礙白日：因塔勢高，而妨礙太陽運行。

10. 玲瓏：分明清晰。

11. 關中：地名。位於今陝西省。東至函谷關，南至武關，西至散關，北至蕭關，位於四關之中，故稱。

12. 五陵：長陵、安陵、陽陵、茂陵、平陵五個漢代帝王的陵寢。皆位於長安，為當時豪俠巨富聚集的地方。

13. 淨理：謂清靜妙理。

14. 勝因：佛教語，即美好的因緣。

15. 挂冠：比喻辭官。亦作「挂冠」、「挂衣冠」。

【集評】

1. 明·胡應麟《詩藪》外編卷四：若高適、岑參、杜甫同赴慈恩塔三古詩，……皆才格相當，足可凌誇百代。

2. 明·唐汝詢《唐詩解》卷九：此詩首狀塔之高，中述望之遠，末始有悟道意。言此塔孤立，高出世外，足以鎮壓神州。是非人力，鬼

神所建也。究其巔而窺聽，則高鳥驚風悉在其下，山陵宮闕盡入於目中。舉關中之秋色靡不在望，所見博矣。因言於此頓悟禪機，是亦夙緣所聚。我若掛冠而皈依，是真資我無窮之覺路者也。

3. 清‧沈德潛《唐詩別裁集》卷一：〈登慈恩塔〉詩，少陵下應推此作，高達夫、儲太祝皆不及也。

4. 清‧陳婉俊《唐詩三百首補註》卷一：（首二句）先從下望，登臨出世界四句登，四角礙白日二句到頂，下窺指高鳥二句從上臨下，連山若波濤八句四方之景，東、南、西、北。

（孫永忠）

【作者】

韋應物（西元 737～約 792），人稱韋江州或韋蘇州，唐代大曆時期大詩人。其詩以寫田園風物而著名，語言簡淡而意蘊深遠。風格高雅簡淡，情趣閑適，「發纖穠於簡古，寄至味於淡泊」（蘇軾《書黃子思詩集後》），受到陶淵明、謝靈運、謝朓與王維、孟浩然之影響。如田園詩《觀田家》，山水詩《滁州西澗》、《寄全椒山中道士》等詩。有《韋蘇州集》。

寄全椒山中道士[1]

今朝郡齋冷[2]，忽念山中客。澗底束荊薪，歸來煮白石[3]。欲持一瓢酒，遠慰風雨夕。落葉滿空山，何處尋行迹？一片神行。一片神行。○沈曰：「化工筆，與陶淵明采菊東籬下，悠然見南山，妙處不關言語意思。」

【今注】

1. 全椒：在今安徽東部、滁河上游的一個縣。王象之《輿地紀勝》曰：「淮南東路滁州：神山在全椒縣西三十里，有洞極深。唐韋應物寄全椒山中道士詩，此即道士所居也。」《清統志》曰：「安徽滁州：神山在全椒縣西。」此詩寫作者思念山中修道的朋友，是歷代詩人和詩評家高度讚揚的名篇。
2. 郡齋：州郡的衙署。韋應物曾任滁州刺史，此指滁州刺史官署中的齋舍。
3. 白石：這裡借喻全椒道士，說他生活的清苦。煮白石：道家有一種服食的方法：把薤白、黑芝麻、白蜜、山泉水和白石英放在鍋裡熬煮。《抱朴子》中

也有修道人煮白石當糧的記載。葛洪《神仙傳》卷二：「白石先生者，中黃丈人弟子也，至彭祖時已二千餘歲矣，不肯修升仙之道，但取不死而已。初以居貧，不能得藥，乃養羊牧豬，十數年間，約衣節用，置貨萬金，乃大買藥服之。常煮白石為糧，時人故號曰白石先生。彭祖問之曰：『何不升仙之藥？』答曰：『天上復能樂比人間乎？天上多至尊，相奉事更苦於人間。』故時人呼白石為隱遁仙人，其不汲汲升天為仙官，亦猶不求聞達者也。」韋應物此詩以「煮白石」之典故暗喻全椒道士之修為，亦為自己擔心拜訪不遇尋求合理解釋。

【集評】

1. 宋・洪邁《容齋隨筆》：此篇高妙超詣，固不容誇說，而結句非語言思索可得。東坡依韻，遠不及。

2. 宋・許顗《彥周詩話》：韋蘇州詩：落葉滿空，何處尋行迹？東坡用其韻曰：寄語庵中人，飛空本無迹。此非才不逮，蓋絕唱不當和也。如東坡羅漢贊：空山無人，水流花開，此八字還許人再道否？

3. 清・沈德潛《唐詩別裁集》：化工筆，與陶淵明采菊籬下，悠然見南山，妙處不關言語意思。

（張玉芳）

【作者】

韓愈（768～825）字退之，河南河陽（今河南孟縣）人。祖籍昌黎、世稱韓昌黎。韓愈三歲而孤，隨兄韓會播遷韶嶺。會卒，從嫂歸葬河陽，由嫂鄭氏鞠養。貞元 8 年擢進士第。然後三試博學鴻詞不入選，便先後赴汴州董晉、徐州張建封兩節度使幕府任職，後至京師，官四門博士。後遷監察御史，以論事切直得罪權要，貶陽山令。憲宗即位，徙江陵府法曹參軍。元和元年（806）6 月，授國子博士，分司東都。四年改都官員外郎。翌年改河南令。6 年秋，至京師，為職方員外郎。7 年，坐事降為太學博士，作〈進學解〉以自喻。8 年擢比部郎中、史館修撰。次年轉考功郎中，修撰如故。後兼知制誥，遷中書舍人。為飛語所中，降為太子右庶子。12 年 8 月，先從裴度征討淮西吳元濟叛亂，任行軍司馬。淮西平定後，升任刑部侍郎。因排斥佛老，元和 14 年（819）憲宗迎佛骨入大內，他上表諫迎佛骨忤旨，貶潮州刺史，量移袁州刺史。不久回朝，歷官國子祭酒、兵部侍郎、吏部侍郎、京兆尹等顯職。為兵部侍郎時，鎮州王庭湊叛亂，他前往宣撫，成功而還。官至吏部侍郎，又稱韓吏部。諡號「文」，又稱韓文公。韓愈大力提倡古文，反對駢偶文風，主張文道合一，以道為主，形成唐代的古文運動。其詩亦稱大家，主要風格表現為奇特雄偉，別開生面。宋詩受其影響至鉅。著有《韓昌黎集》近人馬其昶有《韓昌黎文集校注》、錢仲聯有《韓昌黎詩繫年集釋》較為通行。

秋懷詩十一首其八

卷卷落地葉[1]，隨風走前軒。鳴聲若有意，顛倒相追奔[2]。四句寫落葉。空堂黃昏暮，我坐默不言。童子自外至，吹燈當我前[3]。問我我不應，饋我我不餐[4]。退坐西壁下[5]，讀詩盡數編[6]。作者非今士，相去時已千。其言有感觸，使我復悽酸。顧謂汝童子，置書且安眠。丈夫屬有念，事業無窮年[7]。○吳北江曰：「結語兀，韓公本色。」

【今注】

1. 卷卷：音ㄑㄩㄢˊ ㄑㄩㄢˊ，零落貌；乾縮蜷曲貌。
2. 顛倒相追奔：顛倒，迴旋翻轉；翻來覆去。追奔，猶追趕；追逐奔跑。
3. 吹：吹滅。
4. 「問我」二句：謂小僕人問我，我沒有回答；送飯給我，我也吃不下。饋，進食於人。「不言」、「不應」、「不餐」可見韓公深懷憂愁。
5. 坐：或作「臥」。
6. 編：一作『篇』。
7. 「丈夫」二句：丈夫，家長，主人。詩中為答童子而自稱。屬，正在，適值。

【集評】

1. 宋‧劉辰翁《須溪集趙仲仁詩序》：耿耿如在目前。荊公「拋書還少年」，不如此暢。
2. 清‧李光地《榕村詩選》：「言誦古人詩，與古人相感，默然安寢，而志乎無窮之業。《詩》所謂『獨寐晤宿，永矢弗告』者歟？」
3. 清‧陳沆《詩比興箋》：「此與『霜風侵梧桐』篇，俱以落葉起興，

不言不應不餐，即『霜風侵梧桐』章所指之憂也。憂之無益，則置之而尋書。書復生感；又置之而就枕。然所感何事，終不能言也。

4. 清·程學恂《韓詩臆說》：此首在十一篇中，最為顯暢。然情興感觸，亦正無端。

（張玉芳）

薦士[1]

周詩三百篇[2]，雅麗理訓誥[3]。曾經聖人手[4]，議論安敢到。五言出漢時[5]，蘇李首更號[6]。東都漸瀰漫[7]，派別百川導[8]。建安能者七[9]，卓犖變風操[10]。逶迤抵晉宋[11]，氣象日凋耗。中間數鮑謝[12]，比近最清爽。齊梁及陳隋，眾作等蟬噪[13]，搜春摘花卉，沿襲傷剽盜。國朝盛文章，子昂始高蹈[14]。勃興得李杜[15]，萬類困陵暴[16]。後來相繼生，亦各臻閫奧[17] 以上論詩之源流。有窮者孟郊，受材實雄驁[18]。冥觀洞古今，象外逐幽好[19]。橫空[20]盤硬語，妥帖力排奡[21]。敷柔肆紆餘[22]，奮猛卷海潦。榮華肖天秀，捷疾逾響報[23]。行身踐規矩，甘辱恥媚竈[24]。孟軻分邪正，眸子看瞭眊[25]。杳然粹而精[26]，可以鎮浮躁[27]。酸寒溧陽尉[28]，五十幾何耄[29]？孜孜營甘旨[30]，辛苦久所冒。俗流知者誰？指注競嘲慠[31]。以上言郊之文行。聖皇索遺逸，髦士日登造[32]。廟堂有賢相[33]，愛遇均覆燾[34]。況承歸與張[35]，二公迭嗟悼[36]。青冥送吹噓[37]，強箭射魯縞[38]。胡為久無成？使以歸期告[39]。霜風破佳菊，嘉節迫吹帽[40]。念將決焉去，感物增戀嫪[41]。彼微水中荇[42]，尚煩左右芼[43]。魯侯國至小，廟鼎猶納郜[44]。幸當擇珉玉[45]，寧有棄珪瑁[46]？悠悠我之

思[47]，擾擾風中纛[48]。上言愧無路，日夜惟心禱[49]。鶴翎不天生，變化在啄菢[50]。通波非難圖，尺地易可漕[51]。善善不汲汲[52]，後時徒悔懊[53]。救死具八珍[54]，不如一簞犒[55]。微詩公勿誚[56]，愷悌神所勞[57]。*以上反覆論薦。*○*何義門曰：「此詩多用譬喻，極縱橫歷落之致。」*

【今注】

1. 此詩為韓愈薦孟郊而作。凡四十韻。
2. 周詩三百篇：指《詩經》。
3. 雅麗理訓詁：謂周詩雅麗，可通於訓詁。雅，正。訓詁，指《尚書》。
4. 曾經聖人手：指孔子刪詩。《史記・孔子世家》：「古者詩三千餘篇，及至孔子，去其重，取可施於禮義三百五篇，孔子皆絃歌之，以求合韶武雅頌之音，禮樂自此可得而述。」
5. 五言出漢時：鍾嶸《詩品》：「逮漢李陵，始著五言之目矣。古詩眇邈，人世難詳，推其文體，固是炎漢之製，非衰周之倡也。」
6. 蘇李首更號：《文選》李少卿與蘇武詩三首，蘇子卿詩四首。《古文苑》李陵錄別詩八首，蘇武答李陵詩、別李陵詩各一首，俱五言。
7. 東都漸瀰漫：《文選》古詩十九首李善注：「詩云驅車上東門，又云遊戲宛與洛，此則辭兼東都。」
8. 派別百川導：〈吳都賦〉：「百川派別，歸海而會。」
9. 建安能者七：建安，漢獻帝年號。《典論》：「今之文人，魯國孔融、廣陵陳琳，山陽玉粲、北海徐幹、陳留阮瑀、汝南應瑒、東平劉公幹，斯七子者，於學無所遺，於辭無所假。」
10. 卓犖變風操：卓犖，卓絕出眾。風謂風雅。操，琴操之類。
11. 逶迤抵晉宋：曲曲折折發展到晉宋。逶迤，音ㄨㄟ ㄧˇ，斜行的樣子，也作逶迆、委蛇、委移。底，到。
12. 鮑謝：鮑照和謝靈運。
13. 等蟬噪：和蟬叫一樣。意謂聒耳而已，沒甚意義。
14. 子昂始高蹈：陳子昂始達到高尚的境界。子昂，字伯玉，梓州射洪人（今四川省境）。
15. 李杜：李白和杜甫。

16. 萬類困陵暴：萬物都被李杜所凌越。意謂所有的詩人都被李杜所超越。萬類，猶言萬物，此指詩人們。陵暴，凌越強壓。

17. 臻閫奧：到達高深的境界。猶登堂入室。閫，音ㄎㄨㄣˇ，閨門。奧，音ㄠˋ，內室。

18. 「有窮者孟郊」二句：魏本引樊汝霖曰：「公平日以朋友處之，字而不名。獨此詩曰『有窮者孟郊』，蓋薦之於王公大人，不得不名也。」雄驁，雄健。驁，音ㄠˋ，馬驕而不馴。

19. 象外逐幽好：在世俗之外追求幽靜美好的境界。象外，指世俗形象之外。

20. 橫空：凌空。一作「縱橫」。

21. 排戞：推擠。

22. 紆餘：曲折從容。

23. 捷疾逾響報：比回音還迅速。逾，超越。響報，猶言回音。

24. 甘辱恥媚竈：甘心受辱，而恥於諂媚執政者。

25. 眸子看瞭眊：從眼眸就可看出精明或糊塗。瞭，明。眊，音ㄇㄠˋ，視力朦朧。

26. 杳然粹而精：深遠純粹。

27. 鎮浮躁：壓制虛浮躁動。

28. 溧陽尉：溧陽，今江蘇溧陽。尉，縣令的屬官，從九品下。

29. 五十幾何耄：纔五十多歲就顯得老了。耄，音ㄇㄠˋ，老。

30. 孜孜營甘旨：勤奮地謀求食物。孜孜，音ㄗ，勤勉不息。謀，營求。甘旨，本指美味食物，此借代衣食。

31. 指注競嘲傲：指向他、注意他的人競相嘲笑他，侮慢他。傲，音義同「傲」，侮慢。

32. 「聖皇索遺逸」二句：當今皇帝尋找隱居之士，俊才每天登進朝來。索，求。遺逸，指被遺失隱逸的人才。髦，音ㄇㄠˊ，俊秀。造，到；升進。

33. 賢相：指鄭餘慶。

34. 覆燾：猶言庇護。覆，蓋。燾，音ㄅㄠˋ，同「幬」，覆蓋。

35. 歸與張：指歸登和張建封。二人都對孟郊有知遇之恩。一說，歸指登父歸崇敬。〔方世舉注〕冠歸于張之上，必其名位在建封之前，疑是登父崇敬也。舊唐書德宗紀：「貞元十五年，特進兵部尚書歸崇敬卒。十六年，右樸射張建封卒。」追而溯之，稱曰二公，固其宜也。登雖嘗與韓、孟周旋，然按登傳，德宗時饌至兵部元外郎，充皇子侍讀，史館修撰，不應並稱二公，又在張上也。崇敬，字正禮，蘇州吳郡人。新舊史皆有傳。

36. 迭嗟悼：更相讚歎。

37. 青冥送吹噓：盛情把人送到青天之上。青冥，青天。吹噓，噓枯吹生。指有力的推薦。

38. 強箭射魯縞：比喻竭盡所能地加以保薦。魯縞，魯國所產的絲織品。縞，音《ㄠˇ，素，潔白細緻的生絹。《史記‧韓安國傳》：「彊弩之極，矢不能穿魯縞。」〔高步瀛曰〕漢書韓安國傳顏注曰：「縞，素也。曲阜之地，俗善作之，尤為輕細，故以取喻也。」

39. 使以歸期告：謂東野自去溧陽尉來京師，久而無成，將東歸也。

40. 嘉節迫吹帽：意謂重陽節近了。嘉節，猶言佳節，指九月九日重陽節。迫，近。吹帽，《晉書‧孟嘉傳》：「為桓溫參軍，九月九日宴龍山，寮佐畢集。有風至，吹嘉帽墮落，嘉不之覺。」

41. 戀嫪：留戀珍惜。嫪，音ㄌㄠˋ。

42. 微微水中荇：那荇菜為水中微細之物。荇，音ㄒㄧㄥˋ，多年水生草本，浮於水面，嫩葉可食，故《詩經》稱荇菜。

44. 廟鼎猶納郜：宗廟裏尚且接納郜國所獻的鼎。郜，音《ㄠˋ，春秋國名，在今山東省境。

45. 幸當擇珉玉：正應分玉石。幸當，猶言正當。幸，本；正。珉，音ㄇㄧㄣˊ，同「瑉」，美石。

46. 珪瑁：皆瑞玉名。

47. 悠悠：深長貌。

48. 蠡：音ㄅㄠˋ，繫於帝王乘輿上的一種飾物，用犛牛尾或雉尾做成。

49. 禱：求福。

50. 啄菢：音ㄓㄨㄛˊㄅㄠˋ，孵蛋。《文選‧東征賦》注：「尸子曰：卵生曰啄，胎生曰乳。」《方言》：「北燕、朝鮮、冽水之間，謂伏雞曰菢。」《廣韻》：「菢，鳥伏卵也。」

51. 漕：水運。

52. 善善不汲汲：行善不急速。

53. 後時徒悔懊：錯過時機，只有懊悔。

54. 八珍：八種珍味。《周禮‧膳夫》：「珍用八物。」又：「食醬掌八珍之齊。」〔補釋〕周禮鄭玄注：「珍謂淳熬、淳毋、炮豚、炮牂、擣珍、漬、熬、肝臂也。」

55. 一簞犒：犒勞一簞食物。簞，音ㄉㄢ，圓形有蓋的盛飯竹器。

56. 誚：音ㄑㄧㄠˋ，責備。

57. 愷悌神所勞：和樂平易的人，神會佑助他的。愷悌，音ㄎㄞˇㄊㄧˋ，和樂平易。勞，音ㄌㄠˋ，猶言佑助。

【集評】

1. 宋・范晞文《對牀夜語》：東坡讀東野詩乃云：「孤芳擢荒穢，苦語餘詩騷。水清石鑿鑿，湍急不受篙。初如食小魚，所得不償勞。又如煮彭越，竟日嚼空螯。要當鬪僧清，未足當韓豪。人生如朝露，日夜火消膏。何苦將兩耳，聽此寒蟲號。」退之進之如此，而東坡貶之若是，豈所見有不同耶？然東坡前四句，亦可謂巧於形似。

2. 清・李光地《榕村詩選》：此薦孟郊之詩，而首段敘詩源委，極其簡盡。李太白便謂建安之詩「綺麗不足珍」，杜子美則自梁、陳以下無貶詞，故惟韓公之論最得其衷。雖然，陶靖節詩蟬脫汙濁，六代孤唱，韓公略無及之，何也？此與論文不列董、賈者同病，猶未免於以辭為主爾。

3. 清・王懋竑《讀書記疑》：縞、嫽、禱、潦四字見廣韻，今韻缺。

4. 清・朱彝尊《批韓詩》：正是盤硬語耳，若妥帖則猶未盡。

5. 清・查慎行《初白庵詩評》：窮源溯流，歸重在一東野，推獎至矣，其如慰命何？所謂得一知己，死亦無恨者也。

6. 清・查晚晴《十二種詩評附載》：此與微之銘少陵文同敘詩派源流，後人斷不可輕為拾襲。

7. 清・顧嗣立《昌黎先生詩集注》：公此詩歷敘詩學源流，自三百篇後，漢、魏止取蘇、李、建安七子，六朝止取鮑、謝，餘子一筆抹倒。眼明手辣，識力最高。唐初格律變于子昂，至李、杜二公而極，所謂「李杜文章在，光燄萬丈長」，知公平生最得力於此也。後以東野繼之，似猶未足當此。若公之才大而力雄，思沈而筆銳，則庶乎可以配李、杜而無愧矣。

8. 清・方世舉《韓昌黎詩集編年箋注》：昌黎之論詩，至李、杜而止，言外亦自任。李、杜論詩，卻有不同。杜有諸絕句，不廢六朝四傑。李古風開章，則專漢魏風騷。昌黎此詩與奪主李，故其自為，恆有奇氣，欲令千載下凜凜如生，不肯奄奄如九泉下人。劉貢

父議其本無所解，但以才高，此釋家見山是山，見水是水見地，未到見山不是山，見水不是水地位。仰天唾天，自汙其面，甚為貢父惜之。歐陽子以唐人多僻固狹陋，無復李、杜豪放之格，所以能好昌黎之不襲李、杜而深合李、杜者。王半山選唐百家詩後，又特尊李、杜、韓、白四家。白之與韓，迥乎不同，韓亦易白，往來者少。白寄韓詩，有「戶大嫌甜酒，才高笑小詩」，頗得韓傲兀之情。然白實學杜甫鋪陳，時取李之俊逸。學韓者當以半山兼羅幷收為準。東坡比山谷詩美如江瑤柱，多食卻發頭風。韓固亦異味也。

9.　清高宗《唐宋詩醇》：孟郊一詩流之幽逸者耳，殊未足躍武諸大家。而退之說士乃甘于肉，其自謂嗜善心無寧者此也。

10.　近世・夏敬觀《說韓》：世言韓退之「文起八代之衰」，賅詩言之也。唐詩承齊、梁、陳、隋之後，風氣萎靡不振。自陳子昂崛起復古，李、杜勃興，始開盛唐之風。然太白未嘗棄晉、宋、齊、梁，於謝宣城尤極推重。子美則不棄徐、庾，兼賅沈、宋。至退之，除鮑、謝外皆不齒及矣。退之薦士詩云云，雖為薦孟郊作，其論詩之旨，悉具於是矣。又〈說孟〉曰：孟東野詩，當貞元、元和間，可謂有一無二者矣。世稱韓、孟，然退之詩與東野絕不相類，蓋皆各樹一幟，不為風氣所囿，而能開衚成家，以左右風氣者也。退之在唐，雖未大行，至宋以後，則與杜子美分庭抗禮，學詩者非杜即韓。東野詩則至今無人能問津者。豈孟不及韓邪？抑知韓者不足以知孟耶？張戒歲韓堂詩話謂「退之於張籍，皇甫湜輩皆兒子蓄之，獨於東野極口推重，雖退之謙抑，亦不徒然」，此說甚是。

（張玉芳）

調張籍 [1]

李杜文章在，光焰萬丈長 [2]。不知羣兒愚，那用故謗傷？蚍蜉撼大樹，可笑不自量 [3]。伊我生其後，舉頸遙相望。夜夢多見之，晝思反微茫 [4]。徒觀斧鑿痕，不矚治水航 [5]。想當施手時，巨刃磨天揚。垠崖劃崩豁，乾坤擺雷硠 [6]。惟此兩夫子，家居率荒涼。帝欲長吟哦，故遣起且僵。翦翎送籠中，使看百鳥翔 [7]。此寫運窮，語極沉痛。平生千萬篇，金薤垂琳琅 [8]。仙官勅六丁，雷電下取將 [9]。流落人間者，太山一豪芒 [10]。此言所傳之少。我願生兩翅，捕逐出八荒。精神互交通，百怪入我腸 [11]。刺手拔鯨牙，舉瓢酌天漿。騰身跨汗漫，不着織女襄 [12]。顧語地上友，經營無太忙 [13]。乞君飛霞珮，與我高頡頏 [14]。結出調意。○吳曰：「雄奇岸偉，亦有光燄萬丈之觀。」

【今注】

1. 調張籍：猶言戲張籍。張籍（約 767～830），字文昌，唐和州烏江（今安徽省境）人，德宗貞元 15 年（799）進士。歷任太常寺太祝、水部員外郎、國子司業等官。工詩，長於樂府，著有《張司業集》。
2. 「李杜」二句：指李白和杜甫的詩歌文章存在世上，發出萬丈光芒，照耀千古。文章，包括詩歌和散文。
3. 「不知」四句：真不知那些愚蠢的小人，為何要故意誹謗中傷呢？正如同小螞蟻要去撼動大樹一樣，可笑的是太不自量力了。群兒：指貶抑李、杜的人。蚍蜉：音ㄆㄧˊ ㄈㄨˊ，大螞蟻，常於樹根築巢。
4. 「伊我」四句：寫對李、杜的追慕，流露出無限的欽仰。伊：發語辭，無意義。微茫，隱約，模糊不清貌。
5. 「徒觀」二句：意指現在只能徒然觀賞那千錘百煉的作品痕跡，已無法探究

當時大禹治水的航程。矚,音ㄓㄨˇ,注視,矚目。

6. 「想當」四句:想像當年他們下手時揮舞巨大的刀斧,直到天際,江崖峭壁突然間豁然崩裂,天地之間也發出天崩地裂的巨響。此以夏禹治水疏鑿山峽,喻李、杜下筆為文驚天動地。施手,動手。垠崖,邊崖。劃,分裂。擺,搖動。雷硠,山崩時石塊互相碰撞發出的巨響聲。硠,音ㄌㄤˊ。

7. 「惟此」六句:喻李白、杜甫這兩位夫子,閑居在家,生活孤單荒涼。可能是天帝要詩人如同鳥兒永遠發出歌吟,就故意賜給他們沉浮不定的不幸的命運,就像剪掉羽毛的籠中鳥兒,只能看著外邊百鳥的翱翔。

8. 「平生」二句:金薤,薤葉形的金片子。或謂金,指金錯書。薤,音ㄒㄧㄝˋ,草本植物,鱗莖名薤白,可食。

9. 「仙官」二句:勅,音ㄔˋ自上命下之詞,特指皇帝的詔書。六丁,道教神名。六丁為女神,尚有六甲為男神。六丁六甲為天帝役使,能行風雷、制鬼神。將,取。

10. 「流落」二句:言李、杜詩文,多已散佚,流傳下來的僅極為少數。毫芒,以喻細小。

11. 「我願」四句:言作者希望能生出雙翅,在天地八荒中捕逐它們。並因為我的一片至誠,忽然能與李、杜的精神相互感應,千奇百怪的詩境進入我的心裏。

12. 「剌手」四句:反手拔出鯨魚的牙齒,舉起大瓢去酌取天上的酒漿;騰身飛起,跨越到廣漠無垠的宇宙中,連織女織成的天衣都不屑去穿了。剌,音ㄌㄚˋ,剌手,意即轉手、反手。

13. 「顧語」二句:回過頭來告訴地上的朋友,構思文章不要太過於辛勞。地上友,指張籍。

14. 「乞君」二句:意指我給予您飛霞之玉珮,請與我高高地飛翔翱遊於天地。乞,音ㄑㄧˋ,給予。頡頏,音ㄐㄧㄝˊ ㄏㄤˊ,鳥飛上下貌。

【集評】

1. 宋・《陸象山語錄》:有客論時。先生誦昌黎調張籍一篇,云讀書不到此,不必言詩。

2. 宋・胡仔《苕溪漁隱叢話》引《雪浪齋日記》:退之參李、杜,透機關,於調張籍時見之。自「我願生兩翅,捕逐出八荒」以下,至「乞君飛霞佩,與我高頡頏」,此領會語也。從退之言詩者多,而

獨許籍者，以有見處可以傳衣耳。

3. 清‧朱彝尊《批韓詩》：議論時，是又別一調，以蒼老勝。他人無此膽。

4. 清高宗《唐宋詩醇》：此示籍以詩派正宗，言已所手追心摹，惟有李、杜，雖不可幾及，亦必升天入地以求之。籍有志於此，當相與為後先也。所以推崇李、杜者至矣。

5. 清‧吳闓生：雄奇岸偉，亦有光焰萬丈之觀。（引自《唐宋詩舉要》）

6. 清‧程學恂《韓詩臆說》：此詩李、杜並重，然其意旨，卻著李一邊多，細玩當自知之。見得確，故信得真，語語著實，非第好為炎炎也。調意於末四句見之。當時論詩意見，或有不合處，故公借此點化他。

（張玉芳）

【作者】

柳宗元

（773～819）字子厚。祖籍河東（今山西永濟），故世稱柳河東。貞元 9 年（793），進士及第。14 年，登博學宏詞科，授集賢殿正字。年少才高，踔厲風發，19 年，自藍田尉拜監察御史裏行。順宗即位，擢為禮部員外郎，協助王叔文等力革弊政，為宦官、藩鎮及守舊派朝臣所反對。憲宗即位後，貶宗元為邵州刺史，未到任，再貶永州司馬。同時遭貶者尚有同政見者韓泰、韓曄、劉禹錫等 7 人，史稱「八司馬」。柳宗元為唐代古文大家，與韓愈齊名，同為古文運動的倡導者，世稱「韓柳」。因官終柳州刺史，又稱柳柳州。柳宗元一生留下六百多篇作品，文比詩多，成就亦大。詩歌的數量較少，只存 140 多首，多是貶謫以後所作。東坡評其詩曰：「發纖穠於簡古，寄至味於淡泊」（蘇軾〈書黃子思詩集後〉）。「在陶淵明下，韋蘇州上」（〈東坡題跋・評韓柳詩〉）。後人評論柳詩，大多以為是繼承陶淵明傳統，與王維、孟浩然、韋應物並稱「王、孟、韋、柳」。著有《河東先生集》。

晨詣超師院讀禪經 [1]

汲井漱寒齒，清心拂塵服 [2]。閒持貝葉書，步出東齋讀 [3]。真源了無取，妄跡世所逐 [4]。遺言冀可冥，繕性何由熟 [5]？道人庭宇靜，苔色連深竹 [6]。日出霧露餘，青松如膏沐 [7]。何曰：「日來霧去，青松如沐，即去妄跡而恥真源也。故下云澹然有悟。」澹然離言說，悟悅心自足 [8]。

【今注】

1. 詣：往，到。師，對高僧的尊稱。
2. 「汲井」二句：謂拜見前先用井水漱口齒，再撢去衣服上的塵埃，以清靜心靈，表示至誠虔敬之意。
3. 「閒持」二句：謂到禪院讀經，點題「讀禪經」。貝葉書，貝多樹的葉，梵文的音譯，亦稱貝多羅、畢鉢羅樹、阿輸陀樹、菩提樹、道樹、覺樹等。古印度人多用貝多樹的葉子寫佛經，也稱貝葉經。
4. 「真源」二句：謂世人不悟真源佛理，卻追逐於邪道，走入妄途。真源、妄跡，梵語。真源，指真如心。妄跡，指迷惘的行為。
5. 「遺言」二句：謂希冀對佛理求得深刻體會，修養心性而知由何途徑而悟道。遺言，指佛言。冀，希望。冥，心思深奧曰冥，謂思索入於幽深。繕性，修養本性。
6. 道人：指超師。
7. 膏沐：婦女潤髮用的油脂。
8. 「澹然」二句：謂離開言語，無需解說，自然心中有所體悟，而充滿喜悅與滿足。澹然，恬靜貌。

【集評】

1. 宋·范溫《潛溪詩眼》：「向因讀子厚《晨詣超師院讀禪經詩》，一段至誠潔清之意，參然在前。『真源了無取，妄跡世所逐。遺言冀可冥，繕性何由熟』，真妄以盡佛理，言行以盡薰修，此外亦無詞矣。『道人庭宇靜，苔色連深竹』，蓋遠過『竹徑通幽處，禪房花木深』。『日出霧露餘，青松如膏沐』，予家舊有大松，偶見露洗而霧披，真如洗沐未乾，染以翠色，然後知此語能傳造化之妙。『澹然離言說，悟悅心自足』，蓋言因指而見月，遺經而得道，於是終焉。其本末立意遣詞，可謂曲盡其妙，毫髮無遺恨者也。」（引自《苕溪漁隱叢話》）
2. 宋·許顗《彥周詩話》：「柳柳州詩，東坡云在陶彭澤下，韋蘇州上。若《晨詣超師院讀禪經詩》，即此語是公論也。」

（張玉芳）

溪居 [1]

久為簪組累，幸此南夷謫[2]。閒依農圃鄰，偶似山林客[3]。曉耕翻露草，夜榜響溪石[4]。來往不逢人，長歌楚天碧[5]。 清冷曠遠。

○沈曰：「處連蹇困阨之境，發清夷淡泊之意，不怨而怨，怨而不怨，行間言外，時或遇之。」

【今注】

1. 元和 5 年（810）作於永州。溪，冉溪，柳宗元曾在零陵（今屬湖南）西南發現了冉溪，喜其秀麗風景，卜居於此，命名為「愚溪」，並著作《八愚詩》與《愚溪詩序》。
2. 「久為」二句：詩人言長期以來一直為官場冗事所束縛而不得自由，幸虧這次被貶謫到偏遠的永州之地，蓋曠達自慰之詞。簪組，冠簪與組綬，是古代官吏的服飾，此代指作官。簪，綰髮或插帽的飾品。組，繫印的綬帶。累，束縛。夷，古代對少數民族貶義之稱。南夷，指永州。
3. 「閒依」二句：謂投閒置散、壯志難酬，只好與田農為鄰，甚至有時還真像個山林中的隱逸之士。山林客，隱居山林之人。
4. 「曉耕」二句：謂清晨耕作，翻朝露的野草，夜中行船，聽聞溪石的響聲。榜，划船的用具，此指划船。
5. 「來往」二句：謂獨來獨往，望碧天而長歌。楚，指永州，在春秋戰國時期地屬楚國。

【集評】

清・沈德潛《說詩晬語》：愚溪諸詠，處連蹇困厄之境，發清夷淡泊之音，不怨而怨，怨而不怨，行間言外，時或遇之。

（張玉芳）

【作者】

歐陽脩（1007～1072），字永叔，號醉翁，晚年又自號六一居士，宋吉州廬陵（今江西吉安）人。4 歲而孤，以荻劃地學書，好學不倦。天聖 8 年（1030）中進士甲科，景祐初召試學士院，遷館閣校勘。景祐 3 年（1036），范仲淹以言事遭貶，修為書指責諫官高若納，坐貶峽州夷陵令；後移知光化軍乾德縣。慶曆 3 年（1043）范仲淹等推行新政，召還，知諫院，擢同修起居注，知制誥。五年新政失敗，降知滁州。至和元年（1054）入京，修《唐書》，遷翰林學士。嘉祐 2 年（1057）知貢舉，排抑太學體，取蘇軾兄弟、曾鞏等人及第。3 年權知開封府。5 年，新修《唐書》成，拜禮部侍郎，為樞密院副使。6 年，擢參知政事。神宗熙年間與王安石所行新法不協，4 年，以太子少師致仕。5 年卒，年 66，諡文忠。歐陽脩為人喜獎掖後進，曾鞏、王安石、蘇洵、蘇軾、蘇轍，皆受其提拔，為北宋詩文革新運動的領袖。除擅長詩、詞、文章外，於經史及考古學亦頗有成就。著有《歐陽文忠公集》、《六一詩話》、《六一詞》、《新唐書》、《新五代史》等。

送唐生[1]

京師英豪域，車馬日紛紛。唐生萬里客，一影隨一身。出無車與馬，但踏車馬塵。日食不自飽，讀書依主人。夜夜客枕夢，北風吹孤雲。翩然動歸思，旦夕來叩門。終年少人識，逆旅惟我親。來學媿道舊[2]，贈歸慚橐貧。勉之期不止，多穫由力耘。指家大嶺[3]北，重湖[4]浩無垠。飛雁不可到，書來安得頻[5]？此等詩猶見

盛唐步武。

【今注】

1. 本詩當為仁宗康定、慶曆間作，歐陽脩於康定元年召還京師，復為館閣校勘，慶曆初已為文壇盟主，前來求教者不少，唐生即在其中。唐生，永州人，事跡不詳。本詩詩題一作〈送唐秀才歸永州〉。永州，今湖南零陵。

2. 來學媿道瞢：你來向我學習，我慚愧學道不精。媿，音義同愧。瞢，迷糊不清。

3. 大嶺：大嶺謂五嶺也，指通往嶺南的五條路。《後漢書‧吳祐傳》注引斐氏廣州記曰：「大庾、始安、臨賀、桂陽、揭陽是為五嶺。」嶺：本字作「領」，「嶺」是後出字。

4. 重湖：洞庭湖的別稱。因湖南與青草湖相通，故稱。

5. 飛雁不可到，書來安得頻：你我距離那麼遙遠，你是否會常常寫信來？古有飛雁傳書的傳說，故云。

（賴麗娟）

【作者】

蘇軾（1036～1101），字子瞻，一字和仲，自號東坡居士。眉州眉山（今屬四川）人。北宋仁宗嘉祐2年（1057）與弟蘇轍同登進士。試禮部時，歐陽脩擢置第二，曰：「吾當避此人出一頭地。」曾授福昌縣主簿、大理評事、簽書鳳翔府節度判官，召直史館。神宗元豐2年（1079）知湖州時，曾上書力言王安石新法之弊，後因作詩諷刺新法而下御史獄，貶黃州團練副使，築室於東坡，自號東坡居士。哲宗元祐元年（1086）還朝，為中書舍人、翰林學士、知制誥。紹聖元年（1094），又被劾奏譏斥先朝，遠貶惠州、儋州。元符3年（1100），始被召北歸，次年卒於常州，卒後追諡文忠。蘇軾天才高妙，嘗自謂：「作文如行雲流水，初無定質，但當行於所行，止於所不可不止。」與父蘇洵、弟蘇轍合稱「三蘇」。其文縱橫恣肆，為「唐宋八大家」之一。其詩題材廣闊，清新豪健，善用誇張比喻，獨具風格。與黃庭堅並稱「蘇黃」。詞開豪放一派，與辛棄疾並稱「蘇辛」。又工書畫，與黃庭堅、米芾、蔡襄並稱「宋四家」。作品有《東坡七集》、《東坡樂府》等，今存《東坡全集》150卷。

寒食雨　二首[1]

其一

自我來黃州，已過三寒食[2]。年年欲惜春，春去不容惜。今年又苦雨，兩月秋蕭瑟。臥聞海棠花，泥污燕脂雪[3]。暗中偷負去，夜半真有力[4]。何殊[5]病少年，病起頭已白。詞清味腴。

【今注】

1. 元豐 5 年（1082）3 月 4 日作於黃州。宋神宗元豐 3 年（1080），東坡 45 歲，因烏台詩案貶謫黃州任團練副使。〈寒食雨〉二首就是在貶謫第 3 年所作。黃州：今湖北黃岡。
2. 寒食：節令名，清明前一天或兩天。根據《左傳》僖公 24 年記載，晉文公重耳避難流亡國外 19 年，曾經斷糧無炊，隨行臣子介之推「割股奉君」，後來重耳回國即王位與大臣論功行賞，因為「介之推不言祿，祿亦弗及」，與母隱居於綿山。文公屢次尋求不得，竟然放火燒山，想逼出介之推與其母，不料介之推與母親竟然抱著樹木燒死，文公悔恨不已，又因為他抱木焚死，於是規定以後這一天不准生火，並定名「寒食」，以紀念介之推。
3. 泥汙燕脂雪：指海棠花的凋謝零落。胭脂，色紅。由於產於燕國，又稱為燕脂。
4. 「暗中偷負去」二句：是說歲月流逝，好像被有力者夜半背負去一樣。見《莊子・大宗師》：「藏舟於壑，藏山於澤，謂之固矣；然半夜有力者負之而走，寐者不知也。」
5. 何殊：何異於。

【集評】

1. 清・紀昀評《蘇文忠公詩集》卷二十一：（「暗中偷負去」二句）「暗中」二句用事殊笨。（「何殊病少年」二句）末二句比擬亦淺。
2. 日本・賴山陽《東坡詩鈔》卷一：本集《寒食二首》，前詩起手雖可觀，至中段往往見病處，故今不取。

（邵曼珣）

其二

春江欲入戶，雨勢來不已。小屋如漁舟，濛濛水雲裏。固是極寫荒涼之境，以喻感慨，然但就春雨言，已畫所不及。空庖煮寒菜，破竈燒濕葦[1]。那知是寒食？但見烏銜紙[2]。君門深九重，墳墓在萬里[3]。也擬哭途窮，死灰吹不起[4]。結語雙關喻意。

【今注】

1.「空庖煮寒菜」二句：是說一空如洗的廚房煮著舊日的剩菜，破爛的灶中只能燒著被雨打濕的茅草。庖，廚房。竈，同「灶」。
2. 紙：清明前夕祭祀死者之紙錢。或焚化或掛於墓上。張籍〈北邙行〉：「寒食家家送紙錢，鴟鳶作窠銜上樹。」
3.「君門深九重」二句：君門有九重之深，欲歸朝廷而不得；祖墳在萬里之遠，欲返故鄉而不能。《楚辭・九辯》曰：「君之門兮九重」，鄭玄《禮記注疏》卷 15〈月令〉：「天子九門者，路門也，應門也，雉門也，庫門也，皋門也，城門也，近郊門也，遠郊門也，關門也。」
4.「也擬哭窮途」二句：意謂自己想效法阮籍遇到窮途就痛哭而返，不作死灰復燃之望。《晉書・阮籍傳》：「時率意獨駕，不由徑路，車跡所窮，輒痛哭而返。」

【集評】

1. 宋・黃庭堅《山谷全書・別集》卷七〈跋東坡書寒食詩〉：東坡此詩似李太白，猶恐太白有未到處。此書兼顏魯公、楊少師、李西臺筆意，誠使東坡復為之，未必及此。他日東坡或見此書，應笑我於無佛處稱尊也。
2. 清高宗《唐宋詩醇》：二詩後作尤精絕，結四句固是長歌之悲，起四句乃先極荒涼之境，移村落小景以作官舍，情況大可想矣。
3. 清・查慎行《初白庵詩評》卷中：此詩，公手書真蹟後有山谷跋，舊為檇李項氏所藏，後歸成容若侍衛，竹垞曾為題簽。
4. 清・賀裳《載酒園詩話》：黃州詩尤多不羈，「小屋如漁舟，濛濛水雲裡」一篇，最為沈痛。
5. 清・汪師韓《蘇詩選評箋釋》卷一：二詩，後作尤精絕。結四句固是長嘆之悲，起四句乃先極荒涼之境。移村落小景以作官居，情況大可想見矣。後人乃欲將此四句裁作絕句，以爭勝王、韋，是乃見山忘道也。
6. 日本・賴山陽《東坡詩鈔》卷一：如此章實是完然傑作也。韓、蘇

二公之詩並皆骨力過人，而其風韻之妙，韓亦輸蘇幾籌。如此篇雅
健俊絕，自是這老獨擅處，非韓非杜，王、孟以下，宋之諸作家，
夢想所不及。然近人選公詩，多收難題疊韻。難題疊韻，必竟是公
詩之病，而雋絕風韻以不用意得之爾，是最在人品上，所不可及
也。

（邵曼珣）

【作者】

黃庭堅（1045～1105），字魯直，號山谷，又號涪（ㄈㄨˊ）翁，宋洪州分寧（今江西分寧）人。英宗治平 4 年（1067）進士。歷官縣尉、北京（大名府）國子監教授、知太和縣（今安徽太和）、監德州德平鎮（今山東德州）。哲宗立，召為校書郎，任《神宗實錄》檢討官，遷起居舍人、國史編修官。紹聖 2 年（1095），為新黨所惡，貶涪（ㄈㄨˊ）州（今四川涪陵）別駕、黔州（今四川彭水）安置。又遷戎州（今四川宜賓）。徽宗立，起監鄂州說，知太平州。因忤執政除名，編隸宜州（今廣西宜山），卒。庭堅與張耒、晁補之、秦觀並稱蘇門四學士，詩與書法皆與東坡齊名。其詩奇警瘦硬，效其作風者，稱為江西詩派。

子瞻[1]詩句妙一世，乃云效庭堅體，蓋退之戲效孟郊、樊宗師之比[2]，以文滑稽[3]耳。恐後生不解，故次韻道之。子瞻送孟容[4]詩云：「我家峨眉陰[5]，與子同一邦[6]」即此韻。

我詩如曹鄶[7]，淺陋不成邦[8]。公如大國楚，吞五湖三江[9]。赤壁風月笛[10]，玉堂[11]雲霧窗。句法提一律，堅城受我降。枯松倒澗壑，波濤所舂撞[12]。萬牛挽[13]不前，公乃獨力扛。　精警　諸

人方嗤點[14]，渠非晁張雙[15]？但懷相識察，床下拜老厖[16]。小兒未可知，客或許敦厖[17]。誠堪埽阿巽[18]，買紅纏酒缸[19]。結句新穎，但稍失之纖仄。

【今注】

1. 子瞻：蘇軾字。

2. 退之戲效孟郊、樊宗師之比：退之，韓愈（768～824）字。孟郊（750～814），字東野，湖州武康（今浙江省境）人，長於五言古詩，為韓愈所推許。樊宗師，字紹述，著作宏富，韓愈屢薦之於朝廷，官至諫議大夫。比，類。韓愈有〈答孟郊〉詩云：「規模背時利，文字覷天巧。」又有〈酬樊宗師〉詩云：「梁惟西南屏，山厲水刻屈。」所謂戲效孟郊、樊宗師，指此。

3. 文滑稽：掩飾詼諧。文，音ㄨㄣˋ，飾。滑稽，言行諧謔，令人發笑。

4. 孟容：即楊孟容，宋眉山（今四川眉山）人，官至知懷安軍（軍是行政區劃名）。

5. 峨眉陰：峨眉山的北麓。峨眉，山名，在今四川眉山。陰，山的北面。

6. 同一邦：同一家鄉。楊孟容與蘇軾同為四川眉山人。

7. 詩如曹鄶：比喻詩作品秩不高。曹鄶，指《詩經》中的〈曹風〉和〈鄶風〉，即曹國和鄶國的歌謠。曹，周朝諸侯國名，武王克商，封其弟振鐸於曹，故址在今山東定陶一帶。鄶，音ㄎㄨㄞˋ，古國名，周初封祝融之後代於鄶，故地在今河南密縣東北。《左傳》記載季札觀樂，聞鄶、曹二國歌謠，不再評論，因為風力微弱。故云。

8. 不成邦：不成國。

9. 五湖三江：五湖，泛指五個大湖，一般指太湖、洞庭湖、彭澤湖、巢湖、鑑湖。三江，泛指三條大江，說法很多，其一指長江、吳淞江、錢塘江。

10. 赤壁風月笛：蘇軾〈李委吹笛詩序〉有：「東坡生日置酒赤壁磯下」云云。

11. 玉堂：漢代宮殿名。唐宋以後，稱翰林院為玉堂。

12. 春撞：衝擊；撞擊。

13. 挽：音ㄨㄢˇ，牽引。

14. 嗤點：嗤笑而指點之。嗤，音ㄔ，嘲笑。

15. 渠非晁張雙：他比不上晁張。渠，他。晁，指晁補之（1053～1110），字無咎，濟州鉅野（今山東濟寧）人。張，指張耒（1052～1112），字文潛，楚州淮陰（今江蘇淮安北）人。晁、張二人與黃庭堅、秦觀俱出蘇軾門下，世

人稱為蘇門四攉。

16. 床下拜老厖：指諸葛亮拜龐德公。老厖，指龐德公，漢末襄陽（今湖北襄樊市）人。諸葛亮每至其家，獨拜於床下，故云。

17. 客或許敦厖：也許有人會讚許他的溫厚。敦厖，敦厚。厖，音ㄆㄤ／，厚。

18. 誠堪壻阿巽：若真能做阿巽的夫婿。堪，能。壻，當動詞，作人夫婿。阿巽，蘇軾的孫女。蘇邁的女兒。按：山谷雖有此言，但其後契闊，終未成婚。

19. 買紅纏酒缸：買紅布纏酒壺。為當時定婚的禮俗。

【集評】

1. 清・方東樹《昭味詹言》：山谷之妙，在乎迴不猶人，時時出奇，故能獨步所以可貴。

2. 元・劉壎《隱居通議》：押韻險處，妙不可言。只此一「降」字，如何押得到此？奇健之氣，拂拂意表。

（傅武光）

卷二・七言古詩

　　唐初七古，亦沿六朝[1]餘習，以妍華[2]整飭為工，至李、杜出，而橫縱變化，不主故常，如大海迴瀾，萬怪惶惑，而詩之門戶已廓[3]，詩之運用益神。王、李、高、岑[4]雖各有所長，以視二公之上九天、下九淵，天馬行空，不可羈絡[5]，非諸子所能逮也。盛唐而後，以昌黎[6]為一大宗，其力足與李、杜相埒[7]，而變化較少。然雄奇精奧，實亦一代之雄也。李昌谷[8]詩，前人但稱其險怪，吾友吳北江[9]評之，精意悉出，惜卷狹不能多錄，僅取數首以公同好。白傅平夷[10]，恰與相反，而精神所到，自不可沒，故亦錄之。宋詩錄歐、王、蘇、黃數家。歐、王各有其工力，而蘇之御風乘雲，不可方物[11]，殆如天仙化人，而不善學者，或流於輕易。山谷[12]字字精錬，力絕恒谿[13]，其精者直吸杜公之髓。陸放翁豪放有餘，而氣稍獷[14]矣。茲編所錄，以李、杜、韓、蘇、黃為主。金源[15]之詩，遺山裒然稱首[16]，並附錄。昔姚惜抱[17]論文曰：「學之善者神合焉，善而不至者貌存焉[18]。」學詩亦然。夫學古人而僅貌似，下矣，然猶勝於汪洋而無範[19]者。

【今注】

1. 六朝：指三國時的吳、東晉、南朝的宋、齊、梁、陳六個朝代，它們都定都在今南京。
2. 妍華：華麗。妍，音一ㄢˊ，美。
3. 廓：廣闊。
4. 王李高岑：指王維、李頎、高適、岑參。
5. 羈絡：約束。羈，音ㄐ一，馬絡頭。絡，馬籠頭。
6. 昌黎：指韓愈。
7. 相埒：相等。埒，音ㄌㄜˋ。
8. 李昌谷：指李賀。
9. 吳北江：即吳闓生，清安徽桐城人，吳汝綸之子，號北江，秉承家學，詩與古文皆巍然成家，著有《詩義會通》、《古今詩範》、《孟子文法讀本》、《晚清

　　四十家詩抄》等。

10. 白傅平夷：白居易的詩平淺易懂。白居易曾做太子少傅，故稱白傅。

11. 方物：拿物類來比擬。

12. 山谷：即黃庭堅。

13. 恒谿：平常路徑。

14. 獷：《ㄨㄤ∨，蠻橫。

15. 金源：水名。後指金朝（1115～1234）。為宋徽宗時女真族完顏部領袖阿骨
　　打所建的朝代。建都會寧（今松江阿城），太宗繼位，滅遼及北宋，遷都汴
　　京（今河南開封），與南宋對峙百餘年。漢化甚深。

16. 褎然：才能出眾的樣子。褎，音一ㄡ丶。

17. 姚惜抱：即姚鼐（1731～1815）。清安徽桐城人，字姬傳，人稱惜抱先生。
　　乾隆進士，官至刑部郎中。為桐城派古文大家，著有《惜抱軒文集》、《古文
　　辭類纂》。

18. 「學之善者」二句：語見〈古文辭類纂序目〉。

19. 範：法則；界限。

（傅武光）

【作者】

王維（傳略見卷一・五言古詩〈渭川田家〉）

老將行[1]

少年十五二十時，步行奪取胡馬騎。射殺山中白額虎[2]，肯數[3]
鄴下黃鬚兒[4]！一身轉戰三千里；一劍曾當百萬師。漢兵奮迅如
霹靂；虜騎崩騰畏蒺藜[5]。衛青不敗由天幸[6]；方曰：「陪。」李廣
無功緣數奇[7]。方曰：「轉。」自從棄置便衰朽，世事蹉跎成白首。
昔時飛箭無全目[8]；今日垂楊生左肘[9]。方曰：「奇姿遠韻。」路旁
時賣故侯瓜[10]；門前學種先生柳[11]。蒼茫古木連窮巷；寥落寒
山對虛牖[12]。誓令疏勒出飛泉[13]；不似穎川空使酒[14]。賀蘭山
[15]下陣如雲，方曰：「轉。」羽檄[16]交馳日夕聞。節使三河[17]募年
少；詔書五道出將軍[18]。試拂鐵衣如雪色；聊持寶劍動星文
[19]。願得燕弓[20]射大將；恥令越甲鳴吾君[21]。莫嫌舊日雲中守
[22]，猶堪一戰立功勳。雄姿颯爽，步伐整齊。

【今注】

1. 老將行：這首作品寫一位老將，少時勇武過人，今雖窮老，猶壯心未死，冀
能復用。「老將行」，此係郭茂倩《樂府詩集》中之新樂府辭，樂府雜題亦有
此。行，曲，古詩的一種體裁。
2. 射殺山中白額虎：指晉代周處除三害事，白額虎為三害之一。《晉書・周處
傳》載周處：「臂力絕人，好馳騁田獵，不修細行，縱情肆欲，州曲患

之。」鄉里將他與南山白額猛虎、長橋下蛟合稱為三害。周處聞之，慨然悔悟，「乃入山射殺猛虎，因投水搏蛟。」除三害之患。或指漢代李廣多次射殺山中猛虎事。此處形容老將少年時之英勇威猛，並未專指一典。

3. 肯數：不讓之意。肯，豈。數，推許。

4. 鄴下黃鬚兒：鄴下，曹操封魏王時，建都於鄴，今河北臨漳西。黃鬚兒，指曹操次子曹彰，鬚黃，性剛猛，建安 23 年（218）在征伐代郡烏丸之戰中英勇破敵，曹操持彰鬚喜曰：「黃鬚兒竟大奇也。」見《三國志‧魏書》卷 19。

5. 蒺藜：本是有刺的植物，此處指鐵蒺藜，戰爭時布置路面以刺傷敵軍的器物。

6. 衛青不敗由天幸：衛青出戰未曾失敗，是受上天寵幸之故。衛青，漢代名將，因征伐匈奴有功，官至大將軍。由天幸，本是記霍去病事，衛青姊之子霍去病，曾深入匈奴之地，未嘗困絕，而被視為「有天幸」。因衛、霍常並稱，詩人當是借用霍去病事，講衛青屢戰不敗之功。

7. 李廣無功緣數奇：李廣打戰未獲功勳，是因為命運不濟。李廣，漢代名將，曾屢立戰功。元狩四年（前 119）李廣從衛青攻打匈奴，漢武帝以為他年老數奇，誡示衛青不得讓李廣抵禦匈奴，因而無功。緣，因為。數奇，命運不好。奇，音ㄐㄧ，單數，偶之對稱，奇即不偶，不偶即不遇之意。

8. 飛箭無全目：此借后羿善射，能使雀鳥雙目不全之事，比喻老將射術精湛。鮑照〈擬古〉詩有：「驚雀無全目」之句。

9. 垂楊生左肘：指老將年老，左肘上長瘤，不能俐落的射箭。垂楊，即柳。《莊子‧至樂》：「支離叔與滑介叔觀於冥伯之丘，崑崙之虛，黃帝之所休。俄而柳生其左肘，其意蹶蹶然惡之。」「柳」為「瘤」之假借字。

10. 故侯瓜：用秦故東陵侯邵平因貧種瓜之事，以喻老將家貧。《史記‧蕭相國世家》：「邵平者，故秦東陵侯。秦破，為布衣。貧，種瓜於長安城東。瓜美，故世俗謂之東陵瓜。」

11. 先生柳：晉陶淵明棄官隱居，因門前有五棵楊柳，故自號「五柳先生」。

12. 虛牖：敞開的窗戶。牖，音ㄧㄡˇ。

13. 疏勒出飛泉：意謂欲學後漢耿恭護衛邊疆立功。《後漢書‧耿恭傳》載，耿恭與匈奴作戰，引兵駐守疏勒城。匈奴截斷城下的澗水，恭於城內掘井十五丈猶不得水，恭仰天歎曰：「聞昔貳師將軍（李廣利）拔佩刀刺山，飛泉湧出。今漢德神明豈有窮哉！」旋向井拜祝，果然得水。士卒揚水以示匈奴，匈奴以為有神助。遂退去。疏勒：今新疆疏勒。

14. 潁川空使酒：意謂不能像灌夫那樣借酒發怒。灌夫，漢潁川（今河南許昌）人，為人剛直，時常借酒罵人，後因得罪丞相田蚡而被殺。使酒，恃酒逞意氣。

15. 賀蘭山：在今寧夏西北部，為唐代西北邊防重地。此指前線。

16. 羽檄：軍中緊急的文書。

17. 節使三河：節使，使臣。古代使臣持天子的符節以為信物，故稱。三河，漢時稱河東、河內、河南為三河。在今山西西南部和河南北部一帶。

18. 五道出將軍：謂發兵將，分五路出擊。《漢書・常惠傳》：「漢大發十五萬騎，五將軍分道出。」

19. 動星文：指劍上鑲嵌的七星紋飾。

20. 燕弓：古時燕地所產的勁弓。

21. 越甲鳴吾君：意謂以敵人甲兵驚動國君為可恥。《說苑・立節》載，越兵入齊，雍門子狄請自刎。齊王問其故，曰：「今越甲至，其鳴吾君也。」雍門子狄認為應以身殉之，遂自刎死。越軍聞之，解甲退兵。越甲，越兵。鳴吾君，驚擾我的國君。鳴：驚動。

22. 雲中守：指漢代魏尚。尚於漢文帝時為雲中太守，愛護將士，治軍有方，使匈奴不敢進犯邊域。雲中，漢郡名，在今山西北部大同市一帶（一說治所在今內蒙古托克托）。

【集評】

1. 明・唐汝詢《唐詩解》：對偶嚴整，轉換有法，長篇之聖者。史稱右丞晚年長齋奉佛，無仕進意，然觀此詩，宦興亦自不淺。

2. 明・邢昉《唐風定》：絕去雕組，獨行風骨，初唐氣運至此一變。歌行正宗，千秋標準，有此外者，一切邪道矣。

3. 清・沈德潛《唐詩別裁集》：此種詩純以對仗勝。學詩者不能從李、杜，入右丞、常侍，自有門徑可尋。賣花種柳，極形落寞。後半寫出據鞍顧盼意，不敢以衰老自廢棄也。

4. 清・吳喬《圍爐詩話》：右丞〈老將行〉，起語至數奇是興，自從下是賦，賀蘭下以興結。

5. 清・張文蓀《唐賢清雅集》：起勢飄忽，駭人心目。七古長篇概用對句，錯落轉換，全以氣勝。否則支離節解矣。轉接補幹，用法精細，大家見識。

（林佳蓉）

桃源行[1]

漁舟逐水愛山春，兩岸桃花夾去津[2]。坐看紅樹不知遠；行盡青溪不見人。出口潛行始隈隩[3]；山開曠望旋[4]平陸。遙看一處攢雲樹；近入千家散花竹。樵客初傳漢姓名；居人未改秦衣服。居人共住武陵源，還從物外[5]起田園。月明松下房櫳[6]靜；日出雲中雞犬喧。驚聞俗客爭來集，競引還家問都邑。平明閭巷掃花開；薄暮漁樵乘水入。初因避地去人間，及至成仙遂不還。峽裡誰知有人事；世中遙望空雲山。不疑靈境難聞見，塵心未盡思鄉縣。出洞無論隔山水；辭家終擬長游衍[7]。自謂經過舊不迷；安知峰壑今來變！當時只記入山深，青溪幾曲到雲林。春來徧是桃花水，不辨仙源何處尋。 沈歸愚曰：「順文敘事，自出意見，而夷猶容與，令人味之不盡。」方曰：「月明松下二句浮聲切響。」

【今注】

1. 桃源行：此詩依據陶潛〈桃花源記〉而作。係郭茂倩《樂府詩集》中之新樂府辭。
2. 津：原意為渡口，此處指溪流。
3. 隈隩：音ㄨㄟ ㄠˋ，山水曲深之處。
4. 旋：忽然。
5. 物外：世外。
6. 房櫳：窗戶。
7. 游衍：遊樂。

【集評】

1. 宋・陳岩肖《庚溪詩話》：武陵桃源，秦人避世於此，至東晉始聞於人間。陶淵明作記，且為之詩，詳矣。其後作者相繼，如王摩詰、韓退之、劉禹錫，本朝王介甫，皆有歌詩，爭出新意，各相雄長。

2. 清・張謙宜《絸齋詩談》：〈桃源行〉，比靖節作，此為設色山水，骨格少降，不得不愛其渲染之工。

3. 清・王士禛《池北偶談》：唐宋以來作〈桃源行〉最佳者，王摩詰、韓退之、王介甫三篇。觀退之、介甫二詩，筆力意思甚可喜；及讀摩詰詩，多少自在，二公便如努力挽強，不免面赤耳熱，此盛唐所以高不可及。

4. 清・翁方綱《石洲詩話》：古今詠桃源事者，至右丞而造極，固不必言矣。然此題詠者，唐宋諸賢略有不同。右丞及韓文公、劉賓客之作，則直謂成仙。而蘇文忠之論，則以為是其子孫，非必避秦之人，至晉尚在也。此說似近理，蓋唐人之詩，但取興象超妙，至後人乃益研核情事耳，不必以此為分別也。

（林佳蓉）

洛陽女兒行[1]

洛陽女兒對門居，才可容顏十五餘。良人玉勒[2]乘驄馬；侍女金盤膾鯉魚。畫閣珠樓盡相望，紅桃綠柳垂簷向。羅幃送上七香車[3]；寶扇迎歸九華帳[4]。狂夫富貴在青春，意氣驕奢劇季倫[5]。自憐碧玉親教舞；不惜珊瑚持與人。春牕曙滅九微火[6]，九微片片飛花璅[7]。戲罷曾無[8]理曲時；妝成祇是熏香坐。城中相識盡繁華，日夜經過趙李家[9]。誰憐越女[10]顏如玉，貧賤江頭自浣

紗？沈曰：「結意況君子不遇也。」○吳北江曰：「借此以刺譏豪貴，意在言外，故妙。」

【今注】

1. 洛陽女兒行：此詩寫一洛陽女兒家的豪奢生活，藉以諷刺盛唐時期京師中的貴族生活靡逸。結尾寓有君子懷才不遇之意。郭茂倩《樂府詩集》之新樂府辭。梁武帝蕭衍〈河中水之歌〉有：「河中之水向東流，洛陽女兒名莫愁。」

2. 玉勒：以玉裝飾的馬絡頭。

3. 七香車：指華貴的車。三國魏曹操〈與太尉楊彪書〉：「謹贈足下……四望通幰七香車一乘。」章樵注：「以七種香木為車。」

4. 九華帳：裝飾華麗鮮豔的花羅帳。

5. 劇季倫：（驕奢的生活）超過石崇。劇，超過。季倫，西晉石崇，字季倫，以豪奢著稱。

6. 九微火：指精美的燈具。九微，燈名。西晉張華《博物志》有九微燈。

7. 片片飛花璅：燈花片片，飛散成細碎的小花。花璅，指爆落的燈花。

8. 曾無：從無。

9. 趙李家：原指漢成帝皇后趙飛燕，以及婕妤李平之親屬。泛指貴戚之家。

10. 越女：指西施。越，今浙東一帶。西施貧賤時原為若耶溪的浣紗女。

【集評】

1. 明‧邢昉《唐風定》：非不綺麗，非不博大，而采色自然，不由雕繪。

2. 清‧宋徵璧《抱真堂詩話》：何大復惜王摩詰七言古未為深造，然〈洛陽女兒行〉一首，殊是當家。

3. 清‧沈德潛《唐詩別裁集》：結意況君子不遇也，與〈西施詠〉同一寄託。

（林佳蓉）

【作者】

李頎（690？～754？），穎陽（今河南登封）人。（辛文房《唐才子傳》載其為東川人。又據頎詩「我本家穎北，開門見維嵩」，有學者認為東川即在穎陽）頎早年曾出入兩京，結交權貴，任俠狂縱，後閉戶讀書十年，玄宗開元 23 年（735）進士及第，曾官新鄉縣尉。因久不得陞遷，棄官隱居，求道學佛。其詩擅長七古、七律。七古遒勁奔放，酣暢恣肆，為盛唐七古典型代表之一，可與王、李、高、岑比肩；七律風格朗暢，聲韻鏗鏘，所傳不多而成就非凡，明・李攀龍、清・王士禎等人甚為推崇。《新唐書・藝文志》著錄李頎詩一卷，《直齋書錄解題》載李頎集一卷，當是李頎最早的詩集本，久佚。《全唐詩》編其詩為三卷，乃明代流傳的版本。

古從軍行[1]

白日登山望烽火[2]，黃昏飲馬傍交河[3]。行人[4]刁斗[5]風沙暗；公主琵琶[6]幽怨多。野營[7]萬里無城郭，雨雪紛紛連大漠。胡雁哀鳴夜夜飛；胡兒[8]眼淚雙雙落。聞道玉門猶被遮[9]，應將性命逐[10]輕車[11]。年年戰骨埋荒外[12]，空見蒲桃[13]入漢家[14]。沈歸愚曰：「以人命換塞外之物，失策甚矣。為開邊者垂戒。」

【今注】

1.古從軍行：此詩約作於天寶年間，其時唐玄宗大舉開邊，窮兵黷武，故作者

寫詩諷刺，詩中描寫邊塞的荒寒和守邊之艱苦，以凸顯連年征戰所帶來的痛苦。從軍行，為樂府舊題，係郭茂倩《樂府詩集》中之相和歌辭，此詩借漢武開邊事以寓今情，所以叫《古從軍行》。

2. 烽火：古代邊防要地用以示警、傳遞軍情時燃起的煙火。

3. 交河：在今新疆吐魯番西，因兩河在此交會而得名。

4. 行人：行軍之人。

5. 刁斗：古代軍中用銅器，白天用作炊具，夜晚敲擊用來巡更報警。

6. 公主琵琶：據傅玄〈琵琶賦〉記載，漢武帝派江都王劉建之女細君，遠嫁烏孫和親，途中曾讓樂工「載琴、箏、筑、箜篌之屬，作馬上之樂」，為使易於流傳外國，故名曰琵琶。石崇〈王明君辭序〉亦云：「昔公主嫁烏孫，令琵琶馬上作樂。」

7. 野營：野外營帳。一作「野雲」。

8. 胡兒：胡人士兵。此句言胡兒如此，則漢卒可知。

9. 聞道玉門猶被遮：指皇帝不欲罷兵，更遣使閉玉門關，不讓漢軍進入。事見《漢書·李廣利傳》：「（貳師將軍）使使上書言：『道遠，多乏食，且士卒不患戰而患飢。人少，不足以拔宛。願且罷兵，益發而復往。』天子聞之，大怒，使使遮玉門關，曰：『軍有敢入，斬之。』」玉門，玉門關，漢代時通西域的關隘。遮，遮擋，阻攔。

10. 逐：跟隨。

11. 輕車：泛指將軍。漢代有輕車將軍、輕車都尉等職，唐代有輕車都尉。

12. 荒外：邊疆之外。

13. 蒲桃：即葡萄。亦作蒲陶，西域大宛盛產，胡人以此納貢。《漢書·西域傳上》「宛王蟬封與漢約，歲獻天馬二匹，漢使採蒲陶、苜蓿種歸。天子以天馬多，又外國使來眾，益種蒲陶、苜蓿離宮館旁，極望焉。」

14. 漢家：漢宮。

【集評】

1. 明·周珽《唐詩選脈箋釋會通評林》：李頎此作，實多刺諷意。吳山民曰：骨氣老勁。中四句樂府高語。結聯具幾許感嘆意。周明翊曰：體格少遜〈古意〉篇，氣亦自老。

2. 明·邢昉《唐風定》：音調鏗鏦，風情澹冶，皆真骨獨存，以質勝文，所以高步盛唐，為千秋絕藝。

3. 清·沈德潛《唐詩別裁集》：以人命換塞外之物，失策甚矣。為開

邊者垂戒，故作此詩。

4. 清·黃培芳《唐賢三昧集箋注》：氣格雄渾，盛唐人本色。結寓感
　　慨之意。

（李欣錫）

送陳章甫 [1]

四月南風大麥黃，棗花未落桐葉長 [2]。方曰：「奇景湧出。」青山朝
別暮還見，嘶馬出門思舊鄉 [3]。陳侯立身 [4] 何坦蕩 [5]，虯鬚虎眉
仍大顙 [6]。腹中貯書一萬卷，不肯低頭在草莽 [7]。東門酤酒飲我
曹 [8]，方曰：「換氣。」心輕萬事如鴻毛；醉臥不知白日暮，有時空
望孤雲高。長河浪頭連天黑，津吏 [9] 停舟渡不得。鄭國遊人 [10]
未及家，洛陽行子 [11] 空歎息！聞道故林 [12] 相識多，罷官昨日今
如何？方曰：「何等警拔！便似嘉州、達夫。」

【今注】

1. 送陳章甫：此為送別友人陳章甫的作品，詩中刻劃陳章甫之外貌形象、坦蕩
　　性格，表現對友人真摯的關懷。有惆悵之情而無哀惋之態。陳章甫，江陵
　　（今屬湖北）人，曾隱居嵩山二十餘年，應制科及第，官太常博士。
2. 長：指茂密。
3. 舊鄉：故鄉。
4. 立身：為人。
5. 坦蕩：光明磊落。
6. 虯鬚虎眉仍大顙：形容陳章甫之外貌。虯鬚，蜷曲的鬍鬚。虎眉，濃厚的眉
　　毛。仍，再；猶言又。大顙，寬闊的額頭。
7. 在草莽：隱居埋沒於草野。

8. 酤酒飲我曹：買酒請我輩喝。酤，與沽通，買酒。飲，動詞，作使動用法。

9. 津吏：管渡口的小吏。

10. 鄭國遊人：指陳章甫。河南中部春秋時屬鄭國。

11. 洛陽行子：李頎自稱，時或在洛陽相送。按，由於此次送別之時、地未詳，「鄭國遊人」與「洛陽行子」究竟誰指，眾說紛紜。

12. 故林：故園。

【集評】

1. 明・顧璘《批點唐音》：首二句化腐處須自得。接二句淺淺說便佳。「有時空望孤雲高」，豪語勝前多矣。

2. 明・郭濬評點，周明輔等參校《增訂評注唐詩正聲》：起四語淺妙，中段豪甚，不見其詍。

3. 明・唐汝詢《唐詩解》：敘別有次第。中段數語，何等心胸。

4. 清・王夫之《唐詩評選》：頎集絕技，骨脈自相均適。

5. 清・張文蓀《唐賢清雅集》：開局宏敞，音節自然。寫奇崛如見。收得妙。

（李欣錫）

【作者】

李白（傳略見卷一・五言古詩〈古風〉）

遠別離[1]

遠別離，古有皇英[2]之二女。乃在洞庭之南，瀟湘之浦。**海水直下萬里深，誰人不言此離苦？**先言別離之苦，起勢如風雨之驟至。**日慘慘兮雲冥冥，猩猩啼煙兮鬼嘯雨。我縱言之將何補？皇穹竊恐不照余之忠誠，**一作雷憑憑兮欲吼怒。此言壅蔽之害。〈離騷〉曰：「理弱媒拙兮，恐導言之不固。」又曰：「閨中既已邃遠兮，哲王又不悟。」皆為此詩所自出。**堯舜當之亦禪禹。君失臣兮龍為魚，權歸臣兮鼠變虎。或云堯幽囚、舜野死[3]，九疑[4]聯綿皆相似。重瞳[5]孤墳竟何是？**此言人君失權之禍。**帝子泣兮綠雲間[6]，隨風波兮去無還。慟哭兮遠望，見蒼梧之深山。蒼梧山崩湘水絕，竹上之淚乃可滅[7]。**結言遺恨千古，語甚悲痛，與起段相應。○胡孝轅曰：「此篇借舜二妃追舜不及，淚染湘竹之事，言遠別離之苦，幷借竹書雜記見逼舜、禹南巡野死之說，點綴其間，以著人君失權之戒。使其詞閃幻可駭，增奇險之趣。蓋體幹於楚騷，而韻調於漢鐃歌諸曲，以成為一家語。參觀之當然其源流所自。」

【今注】

1. 此詩作於唐玄宗天寶十二年（753），李白時年 53 歲。
2. 皇英：娥皇、女英，為堯帝之二女，舜帝之妃子。

3. 堯幽囚、舜野死:《竹書紀年》曾記載舜即位後,將堯囚禁。《尚書》記載舜晚年在蒼梧過世,就葬於蒼梧,不回國內埋葬,所以稱野死。

4. 九疑:山名,在今湖南。

5. 重瞳:即舜帝。相傳舜帝有重瞳,亦即一個眼睛有兩個瞳孔。

6. 帝子泣兮綠雲間:帝子即帝王之子,在此是指娥皇、女英。綠雲即綠水,江水蒼茫無邊無際,就像綠色的雲一般。此是說娥皇、女英在湘水邊哭泣舜的死亡。

7. 蒼梧山崩湘水絕,竹上之淚乃可滅:舜去世後,葬於蒼梧,娥皇女英在湘水邊上哭泣,淚水沾到竹子上,留下了斑斑的痕跡。此處李白是說惟有等到蒼梧山崩、湘水乾涸,娥皇女英的淚痕愁怨才能真正消除。

【集評】

1. 元‧蕭士贇《分類補注李太白詩》:此篇前輩以為上元間李輔國矯制遷上皇於西內時,太白有感而作。余曰非也,為是說者蓋未嘗以全篇詩意觀之。此詩大意謂無借人國柄,借人國柄則失其權,失其權則雖聖哲不能保其社稷妻子焉,其禍有必至之勢也。詩之作其在天寶之末乎?

2. 元‧范椁《李翰林詩選》:此篇最有楚人風。所貴乎楚言者,斷如復斷,亂如復亂,而詞意反覆行乎其間者,實未嘗斷而亂也。使人一唱三嘆,而有遺音。

3. 清‧王夫之《唐詩評選》:工部譏時語開口便見,供奉不然,習其讀而問其傳,則未知己之有罪也。工部緩,供奉深。

4. 清‧楊載:波瀾開闔,如江海之波,一波未平,一波復起。又如兵家之陣,方以為正,又復為奇;方以為奇,忽復是正。出入變化,不可紀極。(引自《李太白詩醇》)

(林保淳)

蜀道難[1]

噫吁戲，危乎高哉！蜀道[2]之難難於上青天。《唐宋詩醇》評曰：「二
語通篇節奏。」蠶叢及魚鳧[3]，開國何茫然！爾來四萬八千歲，不
與秦塞通人煙。西當太白有鳥道，可以橫絕峨眉巔。地崩山摧壯
士死，然後天梯石棧相鉤連。上有六龍回日之高標[4]，下有衝波
逆折之回川。黃鶴之飛尚不得過，猿猱欲度愁攀援。青泥[5]何盤
盤！百步九折縈巖巒。捫參歷井[6]仰脅息，以手撫膺坐長歎。以
上極言山川道途之險。問君西遊何時還？畏途巉巖不可攀。但見悲鳥
號古木，雄飛從雌繞林間。又聞子規啼夜月，愁空山。蜀道之難
難於上青天，使人聽此凋朱顏。連峯去天不盈尺。枯松倒挂倚絕
壁。飛湍瀑流爭喧豗，砯[7]崖轉石萬壑雷。其險也若此，嗟爾遠
道之人胡為乎來哉！以上隱喻幸蜀之非計。劍閣[8]崢嶸而崔嵬。一夫
當關。萬夫莫開。所守或匪親，化為狼與豺。此言蜀險不必可恃。
朝避猛虎，夕避長蛇。磨牙吮血，殺人如麻。錦城[9]雖云樂，不
如早還家。全篇歸宿。蜀道之難難於上青天，側身西望長咨嗟。
《詩醇》評曰：「結語收得住，有無限遙情。」○殷璠曰：「白為文章率皆縱逸，
至如蜀道難等篇，可謂奇之又奇。然自騷人以還，鮮有此體調也。」劉須溪曰：
「妙在起伏，其才思放肆，語次崛奇，自不待言。」沈曰：「筆陣縱橫如虯飛蠖
動，起雷霆於指顧之間。」

【今注】

1. 此詩創作時間與動機至今無一定論。詹鍈以為在唐玄宗天寶元年（742）；郁
　賢皓認為在唐玄宗開元 20 年（732）；安旗則認為是唐玄宗開元 19 年

（731）。至於寫作動機，一說是諫阻唐玄宗避安史之亂進入蜀地；一說是暗諷嚴武鎮首四川時放恣無度，為同在四川的房琯、杜甫等人擔心；一說是暗諷劍南節度使章仇兼瓊的囂張跋扈；一說是單純描摹蜀道之壯險，無有他意。今人詹鍈有文考證甚詳，可以參考。

2. 蜀道：橫跨陝西到四川的道路，為古代從陝西進入四川的唯一途徑。

3. 蠶叢及魚鳧：蠶叢、魚鳧皆是傳說中統治蜀國的上古帝王。

4. 六龍回日之高標：傳說羲和乘著六龍並轡的車，每日載送太陽從東而出，從西而入。此處一說言蜀山之高，連駕日而過的龍車都被其高標所阻。一說蜀山之高為羲和載日迴轉西下之標誌。

5. 青泥：山嶺名，在今陝西。

6. 捫參歷井：參、井皆星宿名。此處言山嶺之高，使人似乎可以觸摸到天上星宿。

7. 砅：音烹，水擊打岩石發出的聲音。

8. 劍閣：地名，在今四川劍閣北。

9. 錦城：即成都。成都古名錦官城。

【集評】

1. 明・張綸言《林泉隨筆》：蓋白之天才絕倫，是樂府諸題各效一篇以寓其傷今懷古之情，蜀道難亦其中之一耳，初非有諷有為如說者之云也。

2. 清・朱諫《李詩選注》：舊說此詩皆謂其有所指，或以為嚴武與子美，或以為章仇與兼瓊，或以為明皇之蜀，要之皆為附會穿鑿，不足據也。按《太平廣記》云：「白初自蜀至京師，賀知章聞其名，首訪之。既奇其姿，又請所為文，白出蜀道難，讀未畢，稱嘆數四，號為謫仙人。」此說近似。以白本傳考之，白自蜀遊山東，天寶初南入會稽，與吳筠善，筠被名，故白亦至長安。往見賀知章，知章見其文，嘆曰：「子真謫仙人也。」言於玄宗，名見金鑾殿。《廣記》云「自蜀至京師」者恐誤。又云「讀蜀道難而稱為謫仙」，夫史所謂文，疑非止此一詩也。大抵唐時士之謁名臣大官者，多以所作之文投見。白見知章，出所作文，則蜀道難一篇或在其內，稱為謫仙，非專為此也，奇其姿與文而稱之也。據此則蜀道

難之作在於未見知章之先，猶在天寶之初，其歲月與前所謂嚴武、兼瓊、明皇蜀俱相隔遠，似為不足信也。樂府諸篇不必一一求其所指，其有所指者，辭義明白，自有不可掩之實，亦不待強為之說。若牽合穿鑿，為詩家之大病矣。

（林保淳）

將進酒[1]

君不見黃河之水天上來，奔流到海不復回！君不見高堂明鏡悲白髮，朝如青絲暮成雪！人生得意須盡歡，莫使金樽空對月。吳曰：「驅邁淋漓之氣。」天生我材必有用，千金散盡還復來。烹羊宰牛且為樂，會須一飲三百杯。岑夫子，丹丘生[2]。將進酒，君莫停。與君歌一曲，請君為我傾耳聽。鐘鼓饌玉不足貴，但願長醉不用醒。古來聖賢皆寂寞，惟有飲者留其名。陳王[3]昔時宴平樂[4]，斗酒十千恣歡謔。主人何為言少錢？徑須沽取對君酌。五花馬[5]，千金裘。呼兒將[6]出換美酒，與爾同銷萬古愁。吳曰：「豪健。」

【今注】

1. 此詩作於唐玄宗開元 24 年（736），李白時年 36 歲，自太原南下洛陽，結識岑勛、元丹丘等人。
2. 岑夫子，丹丘生：岑夫子即岑勛，丹丘生即元丹丘。
3. 陳王：即曹植，曹植〈名都篇〉曾云：「歸來宴平樂，美酒斗十千。」李白此二句典故本此。
4. 平樂：臺榭名。

5. 五花馬：馬的毛色成五花之文，故稱。

6. 將：持。

【集評】

1. 宋・嚴羽《評點李集》：一往豪情，使人不能句字賞摘。蓋他人作詩用筆想，太白但用胸口一噴即是，此其所長。

2. 元・蕭士贇《分類補注李太白詩》：此篇雖似任達放浪，然太白素抱用世之才而不遇合，亦自慰解之詞耳。

3. 明・唐汝詢《唐詩解》：此懷才不遇，托於酒以自放也。首以河流起興，言以河之發源崑崙，尚入海不返；以人之年貌倏然而改，非若河之迴也，可不飲乎？難得者時，易收者金，又可惜費乎？我友當悟此而進酒矣。我試為君歌之：夫我所謂行樂者，非欲羅鐘鼓、列玉饌以稱快也，但願醉以適志耳。觀古聖賢皆已寂寞，惟飲者之名獨存。若陳王之宴平樂，非游於酒人乎？何千秋之名皎皎也。酒既不可廢，則不當計有無，雖以裘馬易之可也。不然，何以銷此窮愁哉？曠達如此，而以銷愁終之，自有不得已之情在。

4. 明・陸時雍《詩鏡總論》：宋人抑太白而尊少陵，謂是道學作用，如此將置風人於何地？放浪詩酒，乃太白本行；忠君憂國之心，子美乃感輒發。其性既殊，所遭復異，奈何以此詩定優劣也？太白遊梁宋間，所得數萬金，一揮輒盡，故其詩曰：「天生我材必有用，千金散盡還復來。」意氣凌雲，何容易得。

（林保淳）

襄陽歌[1]

落日欲沒峴山[2]西，倒著接䍦[3]花下迷。襄陽小兒齊拍手，攔街爭唱白銅鞮[4] 方曰：「興起筆如天半遊龍。」。傍人借問笑何事？笑殺山公[5]醉似泥。方曰：「借山公自興。」鸕鷀杓，鸚鵡杯[6]，百年三萬六千日，一日須傾三百杯。遙看漢水鴨頭綠，恰似蒲萄初醱醅。方曰：「二句又借興換筆換氣。」此江若變作春酒，壘麴便築糟丘臺。方曰：「起棱。」千金駿馬換少妾，笑坐雕鞍歌落梅。車旁側挂一壺酒，鳳笙龍管行相催。咸陽市中歎黃犬[7]，何如月下傾金罍？君不見晉朝羊公一片古碑材[8]，龜頭剝落生莓苔。淚亦不能為之墮，心亦不能為之哀。誰能憂彼身後事？金鳧銀鴨[9]葬死灰。清風朗月不用一錢買，玉山自倒非人推。方曰：「束題正意。」舒州杓，力士鐺[10]。李白與爾同死生，襄王雲雨今安在[11]？江水東流猿夜聲。吳曰「豪邁俊逸」

【今注】

1. 此詩作於唐玄宗開元 22 年（734），李白時年 34 歲，在襄陽江夏一帶遊歷。時韓朝宗守襄陽，李白求薦，謁遭拒，乃作此詩抒懷。韓朝宗頗有令譽，時人譽之為「生不用封萬戶侯，但願一識韓荊州」。
2. 峴山：山名，在襄陽東南方。
3. 接䍦：一種便帽。
4. 白銅鞮：童謠名。
5. 山公：即西晉時人山簡。山簡鎮守襄陽時常出遊，大醉而歸，襄陽兒童多作歌戲之。
6. 鸕鷀杓，鸚鵡杯：鸕鷀是一種長頸的水鳥，此處指像鸕鷀形的勺子與像鸚鵡形的杯子。此與後面之舒州杓、力士鐺都是酒器的名稱。

7. 咸陽市中歎黃犬：秦朝宰相李斯遭讒下獄問斬，斬前對子嘆氣說：「而今想要與你牽黃犬出遊狩獵，已不可得」。李白以此諷刺那些追逐功名者最終不過一死，豈如飲酒自適之愉快。

8. 羊公：即晉朝名將羊祜。羊祜鎮守荊州時頗得民心，常登峴山飲酒吟詠。過世後，百姓於山上建廟立碑紀念。百姓每當見碑文，想其仁政，莫不掉淚，故又名墮淚碑。此處李白是反用其典：當年的羊公碑已經崩壞，無法令人墮淚。暗喻世事變異，無恆久不移之理。

9. 金鳧銀鴨：古人墓葬時用以陪葬的器具。金鳧，黃金製成鳧鳥之形，故稱。鳧，音ㄈㄨˊ，水鳥名，俗名野鴨。

10. 舒州杓、力士鐺：舒州在今安徽舒城，唐代以出酒器與鐵器聞名。豫章指今江西南昌，唐時有力士在此販售酒器。故此亦是代指酒器。

11. 襄王雲雨今安在：戰國時楚襄王游雲夢，夢見巫山神女夜半相會，後多指男女相會事，此處則別指君王朝廷的恩澤。因唐代雖廣開進賢之路，但其實僅為徒具形式的空文，所以李白藉襄王事，暗諷朝廷諸侯欲選賢舉能的恩澤早已不存，只有江水猿啼依舊。

【集評】

1. 宋·歐陽修：「落日欲沒峴山西，倒著接䍦花下迷。襄陽小兒齊拍手，攔街爭唱白銅鞮。」此常語也。至於「清風朗月不用一錢買，玉山自倒非人推。」然後見其橫放。其所以驚動千古者，固不在此乎？（引自《分類補注李太白詩》）

2. 明·梅鼎祚：筆端橫蕩，遂不覺其重。（引自《李詩通》）

3. 清高宗《唐宋詩醇》：意曠神逸，極類唐之趣。入後俯仰移情，乃有心人語。「韜精日沉飲，誰知非荒宴？」亦同此懷抱耳。

4. 清·方東樹《昭昧詹言》：筆如天半遊龍，斷非學力所能到，然讀之使人氣王。「笑殺」借山公自興。「遙看」二句又借興換筆換氣。「此江」句起棱，千金駿馬謂以妾換得馬也。「咸陽」二句言所以飲酒者正見此耳。「君不見」二句，以上許多都為此故。「玉山」句束題，正意藏脈，如草蛇灰線。此與上所謂筆墨化為煙雲，世俗作死詩者千年不悟，只借作指點，供吾驅駕發洩之料耳。

（林保淳）

江上吟[1]

木蘭之枻[2]沙棠舟[3]，玉簫金管坐兩頭。美酒尊[4]中置千斛，載妓隨波任去留。仙人有待乘黃鶴；海客無心隨白鷗。屈平[5]詞賦懸日月，楚王臺榭空山丘。興酣落筆搖五嶽，詩成笑傲凌滄洲[6]。功名富貴若長在，漢水亦應西北流[7]。淋漓酣恣。

【今注】

1. 此詩創作有兩個時間，一是作於唐玄宗開元 22 年（734），李白時年 34 歲，在襄陽江夏一帶遊歷。另一說是作於唐肅宗上元元年（760），李白時年 60 歲。
2. 枻：枻通「楫」，即船槳。
3. 沙棠舟：用沙棠木做成的小舟。沙棠，木名，出產於崑崙山，相傳人食其實，入水不溺。
4. 尊：酒器。音義同「樽」。
5. 屈平：即屈原。屈原，名平，字原。又名正則，字靈均。
6. 滄洲：水濱。
7. 漢水亦應西北流：漢水，河名，源於陝西，自西北向東南流去。此處言漢水西北流，意謂不可能的事。

【集評】

1. 元・蕭士贇《分類補注李太白詩》：此達者之詞也。漢水無西北流之理，功名富貴不能常在，亦猶是乎！
2. 明・朱諫《李詩辨疑》：此詩文不接續，意無照應，而無次序，似白而實非也，故疑而闕之，不敢強為之說。辭頗整飭，又非猛虎行、去婦詞可比，雖非白作，亦是當時之能詩者，不知何故混入白

集之中，為可疑耳。

3. 明・梅鼎祚《李詩鈔》：此詩朱諫刪入辨疑大瀆。

4. 清・王琦《李太白全集》：仙人一聯，謂篤志求仙，未必即能沖舉；而忘機狎物，自可縱適一時。屈平一聯，謂留心著作，可以傳千秋不刊之文；而溺志豪華，不過取一時盤遊之樂，有孰得孰失之意。然上聯實承上文泛舟行樂而言，下聯又照下文興酣落筆而言也。特以四古人事排列於中，頓覺五色迷目，令人驟然不得其解。似此章法雖出自逸才，未必不加慘澹經營，恐非斗酒百篇時所能構耳。

（林保淳）

廬山謠寄盧侍御虛舟[1]

我本楚狂人，鳳歌笑孔丘[2]。手持綠玉杖，朝別黃鶴樓。五岳尋仙不辭遠，一生好入名山游。廬山秀出南斗[3]傍，屏風九疊[4]雲錦張，影落明湖青黛光。金闕[5]前開二峯長，銀河倒挂三石梁[6]。香爐[7]瀑布遙相望，迴崖沓嶂凌蒼蒼[8]。翠影紅霞映朝日，鳥飛不到吳天[9]長。登高壯觀天地間[10]，大江茫茫去不還。黃雲萬里動風色，白波九道[11]流雪山。好為廬山謠，興因廬山發。閑窺石鏡[12]清我心，謝公[13]行處蒼苔沒。早服還丹[14]無世情，琴心三疊[15]道初成。遙見仙人綵雲裏，手把芙蓉朝玉京[16]。先期汗漫九垓[17]上，願接盧敖[18]遊太清[19]。吳曰：「壯闊稱題。」

【今注】

1. 此詩作於唐肅宗上元元年（760），李白時年 60 歲。盧虛舟，字幼真，唐肅宗至德年間曾任殿中侍御史。

2. 「我本楚狂人」二句：我本是楚國的隱者接輿，聽聞孔子到楚國，便到其車前高歌，勸孔子明哲保身，不要再刻意孤高招忌。此處是李白自比接輿，寫詩贈於盧虛舟。

3. 南斗：星宿名，二十八宿之一。廬山當南斗的分野。

4. 屏風九疊：指廬山五老峯東北的九疊雲屏，亦稱屏風疊。

5. 金闕：指石門。廬山之北有雙石高簦，形狀若門。

6. 三石梁：廬山有三疊泉瀑布，水勢三折而下，狀如銀河倒掛於三座石梁橋上。

7. 香爐：山峰名，廬山有香爐峰。

8. 迴崖沓嶂凌蒼蒼：曲折重疊的山崖和山峯凌越青天。迴崖，曲折的山崖。沓嶂，重疊的山峯。凌，超越。蒼蒼，指青天。

9. 吳天：吳天借指三國孫吳時的領地，大約今之江蘇、浙江一帶。此處是指登上廬山東賞朝霞之美，遠望吳地遼闊無際，連鳥也無法飛到。

10. 閒：音義同「間」。

11. 白波九道：指長江流至潯陽（今九江），分為九道，波濤如雪，故稱。

12. 石鏡：在石鏡峯上，石圓如鏡，能照人影，故稱。鳳歌，指接輿以鳳喻孔子所唱的歌，歌詞是「鳳兮，鳳兮，何德之衰！往者不可諫，來者猶可追。已而，今之從政者殆而！」見《論語・微子》。

13. 謝公：指謝靈運，謝靈運曾遊歷廬山，並賦有詩歌。

14. 還丹：道家煉丹成水銀，又使水銀還原成丹，故稱。

15. 琴心三疊：道教用語，指修煉身心，達到心定氣靜神寧的境界。

16. 玉京：即天上的京闕，借代為天上。

17. 九垓：古人把八方極遠之處稱為極，中央到八極的土地就稱垓，故九垓就是指整個中國。此處用了盧敖的典故，相傳盧敖於北海見到一位仙人，想與他攀談，仙人說他與汗漫先生相約於九垓之上，不能久留，說罷縱身跳到雲端而去。李白在此是自比為仙人。

18. 盧敖：秦始皇時博士，受秦始皇命四處尋仙，之後卻未再回來，人云亦成仙而去。此處李白是以盧敖比擬為盧虛舟，希望盧虛舟也能棄官隱居。

19. 太清：太空。

【集評】————

1. 明‧朱諫《李詩辨疑》：辭有純駁，強弱不一，為可疑也。
2. 明‧梅鼎祚《李詩鈔》：朱諫刪入辨疑，非。
3. 清‧沈德潛《唐詩別裁集》：此詩先寫廬山形勝，後言尋幽不如學仙，與盧敖同游太清，此素願也。筆下殊有仙氣。
4. 清‧方東樹《昭昧詹言》：廬山以下正賦，早服數句應起處，而提筆另起，是以不平。章法一線乃為通，非雜亂無章不通之比。

（林保淳）

夢遊天姥吟留別[1]

海客談瀛洲[2]，煙濤微茫信難求。越人語天姥[3]，雲霓明滅或可覩。起以瀛洲，陪出天姥天姥連天向天橫，勢拔[4]五嶽掩赤城[5]。天台[6]四萬八千丈，對此欲倒東南傾。我欲因之夢吳、越，一夜飛度鏡湖月。入夢遊。沈曰：「以下皆言夢中所歷。」方曰：「以下愈唱愈高，愈出愈奇。」湖月照我影，送我至剡溪[7]。謝公[8]宿處今尚在，淥水蕩漾清猿啼。腳著謝公屐[9]，身登青雲梯。半壁見海日，空中聞天雞[10]。千巖萬轉路不定，迷花倚石忽已暝[11]。迷離惝恍，純是夢境，與他詩寫遊山風景不同。熊咆龍吟殷[12]巖泉，慄深林兮驚層巔。雲青青兮欲雨，水澹澹[13]兮生煙。列缺霹靂[14]，丘巒崩摧。洞天石扉，訇然[15]中開。青冥[16]浩蕩不見底，日月照耀金銀臺。霓為衣兮風為馬，雲之君[17]兮紛紛而來下。虎鼓瑟兮鸞迴車，仙之人兮列如麻。忽魂悸以魄動，轉到夢醒。怳驚起而長嗟。惟覺

時之枕席；失向來[18]之煙霞。世間行樂亦如此，古來萬事東流水。方曰：「因夢遊推開，見世事皆成虛幻也。」別君去時何時還？且放白鹿[19]青崖間。須行即騎訪名山，安能摧眉[20]折腰事權貴。使我不得開心顏？方曰：「留別意只末後一點。」〇沈曰：「託言夢遊，窮形盡相，以極洞天之奇幻，至醒後頓失煙霞矣。知世間行樂亦同一夢，安能於夢中屈身權貴乎？吾當別出遍遊名山以終天年也。詩境雖奇，脈理極細。」

【今注】

1. 此詩作於唐玄宗天寶 5 載（746），李白時年 46 歲，在山東一帶遊歷。
2. 瀛洲：傳說中的海上仙山。
3. 天姥：天姥山，在今浙江新昌。
4. 拔：超出。
5. 赤城：赤城，山名，在今浙江，是傳說中的仙山。
6. 天台：山名，在今浙江，也是傳說中的仙山。
7. 剡溪：水名，在今浙江嵊縣，剡，音ㄕㄢˋ。
8. 謝公：即謝靈運，曾登遊過天姥山。
9. 謝公屐：相傳謝靈運喜歡登山玩水，故設計一雙木屐，登山時去掉前齒，下山時去掉後齒，則登山遊覽更覺步履輕鬆，故後世常以謝公屐指登山遊覽之樂。
10. 空中聞天鷄：意謂天已亮。傳說東南有桃都山，山上有大樹叫桃都，枝與枝相距三千里。上有天鷄，日出初照此木，天鷄則鳴，天下之鷄皆隨之而鳴。
11. 暝：指天色暗下來。
12. 殷：眾多。在此猶言充滿。
13. 澹澹：水波搖動的樣子。
14. 列缺霹靂：閃電打雷。
15. 訇然：大聲的樣子。
16. 青冥：遠空。
17. 雲之君：雲神。
18. 向來：剛才。
19. 白鹿：指神仙所騎的鹿。
20. 摧眉：猶言低眉。

【集評】

1. 元‧范德機：夢吳越以下，夢之源也。其間顯而晦，晦而顯，至「失向來之煙霞」，夢極而與人接矣，非太白之胸次筆力，亦不能發此。「枕席」、「煙霞」二句最有力。結語平衍，亦文勢當如此。（引自《李太白全集》）

2. 清‧吳山民《唐詩選脈會通》：「千巖萬轉」句，語有包括。下三句，夢中危景。又八句，夢中奇景。又四句，夢中所遇。「唯覺時之枕席」二語，篇中神句，結上啟下。「世間行樂」二句，因夢生意。結超。

3. 清‧陳沆《詩比興箋》：此篇昔人皆不論，一若無可疑議者。……蓋此篇即屈子〈遠遊〉之旨，亦即太白〈梁甫吟〉「我欲攀龍見明主，雷公砰訇震天鼓，……閶闔九門不可通，以額扣關閽者怒」之旨也。太白被放以後，回首蓬萊宮殿，有若夢遊，故託天姥以寄意。首言求仙難必，遇主或易，故「我欲因之夢吳越，一夜飛渡鏡湖月」言欲乘風而至君門也。「身登青雲梯，半壁見海日」以下，言金鑾召見，置身雲霄，醉草殿廷，侍從親近也。「忽魂悸以魄動」以下，言一旦被放，君門萬里。故云「惟覺時之枕席，失向來之煙霞」也。「世間行樂亦如此」、「安能摧眉折腰事權貴」云云，所謂「平生不識高將軍，手汙吾足乃敢嗔」也。題曰留別，蓋寄去國離都之思，非徒酬贈握手之作。

4. 清高宗《唐宋詩醇》：七言歌行，本出楚騷樂府。至於太白，然後窮極筆力，優入聖域。昔人謂其「以氣為主，以自然為宗，以俊逸高唱為貴，詠之使人飄揚欲仙」。而尤推其天姥吟、遠別離等篇，以為雖子美不能到。蓋其才橫絕一世，故興會標舉，非學可及，正不必執此謂子美不能及也。此篇天矯離奇，不可方物。然因夢而悟，因悟而別，節次相生，絲毫不亂，若中間夢境迷離，不過詞意偉怪耳。胡應麟以為「無首無尾，窈冥昏默」，是真不可以說夢

也。特謂非其才力，學之立見顛踣，則誠然耳。

5. 清‧方東樹《昭昧詹言》：陪起令人迷，「我欲」以下正敘夢，愈唱愈高，愈出愈奇，「失向」句收住，「世間」二句入作意，因夢遊推開，見世事皆成虛幻也，不如此則作詩之旨皆無歸宿，留別意只末後一點。

（林保淳）

宣州謝朓樓餞別校書叔雲[1]

棄我去者昨日之日不可留，亂我心者今日之日多煩憂。方曰：「起二句發興無端。」吳曰：「破空而來，不可端倪。」長風萬里送秋雁，吳曰：「再用破空之句作接，非太白雄才，那得有此奇橫？」對此可以酣高樓。方曰：「二句落入，如此落法，非尋常所知。」吳曰：「第四句始倒煞到題。」蓬萊文章[2]建安骨[3]，翁覃溪曰：「蓬萊句從中突起，橫亙而出。」中間小謝[4]又清發。俱懷逸興[5]壯思飛，欲上青天覽[6]明月。抽刀斷水水更流；吳曰：「抽刀句再斷。」舉杯銷愁愁更愁。人生在世不稱意，明朝散髮弄扁舟。吳曰：「收倒煞到題。」

【今注】

1. 此詩作於唐玄宗天寶 12 載（753），李白時年 53 歲，宣州，今安徽宣城。謝朓樓，南齊詩人謝朓為宣城太守時所建。校書，官名。校書郎的簡稱。
2. 蓬萊文章：指高妙的文章。相傳蓬萊為海上仙山，經籍祕文以及天界珍妙的文章都儲藏在此。此指其叔李雲。因李雲為校書郎，在國家藏書之所校書，故稱。
3. 建安骨：建安末年，曹植王粲等人所做詩歌，骨格清奇，後人稱為建安風骨。此讚頌叔雲文章有建安諸子的風骨。

4. 小謝：指謝朓。謝朓字玄暉南齊人，曾為宣城郡太守。其詩以山水著稱，被
   沈約譽為「二百年來無此詩也」。此又讚頌叔雲可比謝朓。
5. 逸興：超越世俗的情懷。
6. 覽：王琦在此字下注：「一作攬」，在此覽應做「摘取」之意。

【集評】

清‧方東樹《昭昧詹言》：起二句發興無端，「長風」二句落入。如此
　落法，非尋常所知。「抽刀」二句，仍應起意為章法。「人生」二
　句，言所以愁。

（林保淳）

把酒問月 [1]故人賈淳令余問之。

青天有月來幾時？我今停杯一問之。人攀明月不可得，月行卻與
人相隨。皎如飛鏡臨丹闕，綠煙 [2]滅盡清輝發。但見宵從海上
來，寧知曉向雲間沒？白兔擣藥 [3]秋復春，姮娥 [4]孤棲與誰鄰？
今人不見古時月，今月曾經照古人。古人今人若流水。共看明月
皆如此。唯願當歌對酒時，月光長照金樽裏。吳曰：「奇氣。」

【今注】

1. 此詩作於唐玄宗天寶 3 載（744），李白時年 44 歲，因自認不被朝廷所重
   用，三月後離開長安，遊歷河南，在洛陽結識杜甫。
2. 綠煙：指月亮旁的煙雲。
3. 白兔擣藥：據說月亮上有白兔擣長生不死之藥。
4. 姮娥：即嫦娥。月神名。相傳后羿從西王母處得到長生不死藥，嫦娥竊取，

奔向月宮，遂為月神。本作恒娥、姮娥，漢人避文帝（名恒）諱，改作常
娥、嫦娥。

【集評】

清・王夫之《唐詩評選》：于古今為創調，必以此為質，然後得施其裁
　　制、供奉特地顯出稿本遂覺直爾孤行，不知獨參湯原為諸補中方藥
　　之本也。辛幼安、唐子畏未許得與此旨。

（林保淳）

【作者】

杜甫（傳略見卷一・五言古詩〈望嶽〉）

兵車行[1]

車轔轔[2]，馬蕭蕭，行人[3]弓箭各在腰。耶孃[4]妻子走相送，塵埃不見咸陽橋[5]。牽衣頓足攔道哭，哭聲直上干雲霄[6]。《詩醇》評曰：「寫得行色匆匆，筆勢洶湧，如風潮颷至，不可逼視。」方曰：「一起噴薄。」〇仇滄柱曰：「首敘送別悲楚之狀。」道傍過者問行人[7]，方曰：「接敘絕不費力，而但覺橫絕而不平。」行人但云點行[8]頻。蔣弱六曰：「點行頻三字一吞聲，小頓下再說起。」或從十五北防河，便至四十西營田[9]。去時里正與裹頭[10]，歸來頭白還戍邊。邊庭流血成海水，武皇[11]開邊意未已。楊曰：「一篇微旨。」君不聞漢家山東二百州，千村萬落生荊杞。方曰：「憑空生來。」縱有健婦把鋤犁，禾生隴畝無東西[12]。方曰：「二句間以陰調。」況復秦兵耐苦戰[13]，被驅不異犬與雞。仇曰：「次提過者行人，設為問答。」浦二田曰：「此段只是歷述從前，指陳慘苦。」長者[14]雖有問，役夫敢申恨？方曰：「二句又間陰調。」且如今年冬，未休關西卒。縣官[15]急索租，租稅從何出？方曰：「四句縱橫。」信知生男惡，吳曰：「逆折。」反是生女好[16]。生女猶得嫁比鄰，生男埋沒隨百草。方曰：「四句又縱橫。」〇仇曰：「再提長者役夫，申明問答。」浦曰：「慨歎現在行役之苦。」君不見青海頭[17]，古來白骨無人收。新鬼煩冤舊鬼哭，天陰雨溼聲啾啾[18]。方曰：「收段精神振蕩。」吳曰：「沈痛。」〇邵曰：「前君不見是役夫語，此君不

見是詩人語，故不病犯複。」沈曰：「人哭起，鬼哭終，照應有意無意。」方曰：「結與起對看悲慘之極，見目中之行人皆異日之鬼隊也。」方曰：「此篇真《史》、《漢》大文，合詩、書六經相表裡，不可以尋常目之。」張廉卿曰：「杜公歌行妙處，與漢、魏古詩異曲同工，如此篇可謂絕詣矣。」

【今注】

1. 唐玄宗天寶 10 載（751）劍南節度使鮮于仲通討伐南詔，全軍覆沒。宰相楊國忠隱瞞軍情，謊稱大捷，又募兩京及河南、河北兵繼續戰爭。時傳聞雲南多瘴癘，士卒未戰而死者十之八九，民皆不肯應募，楊國忠遣人分道補人，強徵入伍。此詩乃以古樂府之手法，諷刺玄宗好武。
2. 轔轔：車輛行走之聲。
3. 行人：出征之人，唐人詩中亦稱征人，即後文之「役夫」。
4. 耶：同「爺」。
5. 咸陽橋：舊址在今咸陽西南渭水之上。
6. 干雲霄：直達雲端。
7. 過者問行人：路過的人問出征的士兵為何如此哀怨。過者，過路人，就是杜甫自己。
8. 點行：按照戶籍強制徵調出征。
9. 或從二句：十五歲時便曾出征抵禦吐蕃侵擾，到了四十歲了仍在邊關防備。防河，吐蕃侵擾河右，故稱防河。營田，就是屯田。唐制軍旅無事則耕，有事則戰，亦兵亦農。
10. 里正與裹頭：里長幫他綁好頭巾。
11. 武皇：本指漢武帝。武帝喜開邊，唐玄宗亦好開邊，猶似武帝，當時不便直斥，故比之武帝。
12. 無東西：一說無所收成；一說不善耕種，分不清田中阡陌。
13. 況復秦兵耐苦戰：尤其關中地區的士兵最能吃苦耐勞。況復，特別、尤其。
14. 長者：行人對杜甫的尊稱。
15. 縣官：指朝廷皇帝。
16. 信知：這才相信了生男不如生女的傳言。
17. 青海頭：青海邊。唐高宗龍朔 3 年（663），青海為吐蕃所併。玄宗開元中，唐將多次擊吐蕃，皆在青海西，死者甚眾。
18. 啾啾：狀聲詞，淒切尖細的嗚咽聲，多指鬼哭之聲。

【集評】

1. 宋・蔡寬夫《蔡寬夫詩話》：齊梁以來，文士喜為樂府詞，然沿襲之久，往往失其命題本意。……惟老杜〈兵車行〉、〈悲青坂〉、〈無家別〉等數篇，皆因事自出己意，立題略不更蹈前人陳跡，真豪傑也。

2. 明・王嗣奭《杜臆》：此詩已經物色，其尤妙在轉韻處磊落頓挫，曲折條暢。

3. 清・仇兆鰲《杜詩詳注》：此章是一頭兩腳體。下面兩扇，各有起結，各換四韻，各十四句，條理秩然，而善於曲折變化，故從來讀者不覺耳。

4. 清・沈德潛《唐詩別裁集》：詩為明皇用兵吐番而作，設為問答，聲音節奏，純從古樂府得來。又曰：以人哭始，鬼哭終，照應在有意無意。

5. 清・潘德輿《養一齋李杜詩話》：若〈桃竹杖引〉，特一時興到語耳，非其至也。必求其至，〈兵車行〉為杜集樂府首篇，具長短音節，拍拍入神，在〈桃竹杖引〉之上。

（徐國能）

醉時歌 [1]

諸公袞袞登臺省[2]，廣文先生官獨冷。甲第紛紛厭粱肉[3]，廣文先生飯不足。張上若曰：「起得排宕。」方曰：「起敘廣文耳，每句用一襯，為曲筆避直也。」先生有道出羲皇，先生有才過屈宋。德尊一代常坎軻[4]，名垂萬古知何用。仇曰：「歎鄭公抱負不遇。」杜陵野客人更

嗤[5]，被褐短窄鬢如絲。日糴太倉五升米[6]，時赴鄭老同襟期[7]。得錢即相覓，沽酒不復疑[8]。忘形到爾汝[9]，痛飲真吾師。入同飲酒。**清夜沈沈動春酌**[10]，吳曰：「清夜以下神來氣來，千古獨絕。」**燈前細雨簷花落。但覺高歌有鬼神，焉知餓死填溝壑**[11]。方曰：「四句驚天動地，此老胸襟筆性慣如此，他人不敢望也。」**相如逸才親滌器，子雲識字終投閣**[12]。仇曰：「相如、子雲借古人以解慰也。」**先生早賦歸去來，石田茅屋荒蒼苔。儒術於我何有哉，孔丘盜跖俱塵埃**[13]。**不須聞此意慘愴**[14]，**生前相遇且銜杯**[15]。楊曰：「仍結到飲酒。」吳曰：「收掉轉。」○楊曰：「悲壯淋漓之至，兩人即此自足千古。」方曰：「豪宕絕倫，音節甚妙。」張廉卿曰：「滿紙鬱律縱蕩之氣。」

【今注】

1. 醉時歌：此詩作於天寶 13 載（754），原注：「贈廣文館博士鄭虔」。鄭虔，盛唐時藝術家，精擅詩、詩、畫，玄宗譽為「三絕」。其人才學高妙，卻坎坷不遇，杜甫當時困居長安已九年，兩人同病相憐，為密友知己。

2. 諸公袞袞登臺省：周圍的人一個接著一個做了大官。袞袞，音ㄍㄨㄣˇ，相繼不絕的樣子。臺省，御史臺及中書、尚書和門下三省，泛指朝廷顯要之職。

3. 甲第紛紛厭粱肉：豪門權貴每天豐衣足食。甲第，豪門權貴之宅第。厭，同「饜」，飽足。粱肉，精肉，泛指豐盛精美的餐飲。

4. 德尊一代常坎軻：品德高尚，為世所尊卻不被重用。坎軻　同「坎坷」。

5. 杜陵野客人更嗤：我更是被人所譏嘲。杜陵，本是漢宣帝的陵寢，在今西安市的東南方。杜甫祖籍在「京兆杜陵」；他來長安後居住在杜陵附近的「少陵」（漢宣帝許皇后墓）一帶，又因其實杜甫並未任官，故自稱「杜陵野客」、「杜陵野老」。嗤，譏嘲。

6. 日糴太倉五升米：因去年秋天水患傷稼，故朝廷出太倉米以救濟窮人。日糴，天天去糴米，意謂無隔夜之糧。糴，音ㄉㄧˊ，買入米穀。太倉，京師所設御倉，儲藏米糧以備災荒。

7. 時赴鄭老同襟期：時常到鄭先生家一起同抒不得志的感慨。襟期，懷抱、抱負。

8. 不復疑：不考慮、不遲疑。

9. 忘形到爾汝：酒後彼此親昵，不拘禮法之態。爾汝，本是尊長對卑幼的稱呼，但鄭虔長於杜甫二十多歲，杜甫亦以爾汝相稱，故曰「忘形」。

10. 春酌：美酒。

11. 「但覺」二句：在高歌暢飲中好像有鬼神來為我們助興，不去管明天會不會餓死於路邊。填溝壑，死於貧困，無所安葬。

12. 「相如」二句：司馬相如有那麼高的文才，仍不免有失意之時，需要自己親自為客人洗滌酒器；揚雄博學多才，也終不免跳樓自盡。親滌器，相如落拓時，曾和妻子卓文君在臨邛開酒店，相如身著犢鼻褲，親自洗滌酒器。投閣，揚雄曾教弟子劉棻作奇字。王莽時，劉棻因獻符命得罪，揚雄受到牽連，當使者來搜捕他時，他從天祿閣上躍下，差一點摔死。

13. 孔丘盜跖俱塵埃：聖人與大盜都不免同成塵埃。盜跖，相傳為春秋時之大盜，姓柳下，名跖。

14. 慘愴：悲傷痛苦。

15. 銜杯：飲酒。

【集評】

1. 清‧王嗣奭《杜臆》：此篇總是不平之鳴，無可奈何之詞，非真謂垂名無用，非真薄儒術，非真齊孔跖，亦非真以酒為樂也。

2. 清‧張謙宜《絸齋詩談》：衰颯事以壯語扛之，所謂救法也。如「燈前細雨檐花落」，蒼莽中忽下幽秀句，人不詫其失群，總是氣能化物。

3. 清‧浦起龍《讀杜心解》：前段先嘲廣文，次自嘲，而以「痛飲真吾師」作合，是「我」固同於先生也。後段先自解，次為廣文解，而以「相遇且銜杯」作合，是勸先生與我同也。「廣文先生」、「杜陵野客」迭為賓主，同歸醉鄉。

4. 清高宗《唐宋詩醇》：「清夜沉沉」兩語，寫夜飲之景，妙不容說；「但覺高歌」二句，跌宕不羈中權有此，使前後文勢備覺生色。

5. 清‧沈德潛《唐詩別裁集》：（末四句）本《莊子‧盜跖》篇，見賢愚同盡，不如托之飲酒。故作曠達語，而不平之意仍在。

（徐國能）

哀江頭[1]

少陵野老[2]吞聲[3]哭，春日潛行[4]曲江曲[5]。江頭宮殿[6]鎖千門，細柳新蒲為誰綠。仇曰：「首段有故宮黍離之感。」楊曰：「為誰綠，言無主也。」憶昔霓旌[7]下南苑[8]，方曰：「開。」苑中萬物生顏色。昭陽殿裡第一人[9]，同輦[10]隨君侍君側。輦前才人[11]帶弓箭，白馬嚼齧黃金勒。翻身向天仰射雲，一笑正墜雙飛翼。仇曰：「此憶貴妃遊苑事，極言盛時之樂。」○一箭句敘苑中射獵，已暗中關合貴妃死馬嵬事，何等靈妙？明眸皓齒今何在，方曰：「合。」血污遊魂歸不得。清渭東流劍閣深，王西樵曰：「清渭以下唱歎出之，筆力高不可攀。」去住彼此無消息[12]。人生有情淚霑臆[13]，吳曰：「更折入深處。」江水江花豈終極[14]。悱惻纏綿，令人尋味無盡。黃昏胡騎塵滿城，欲往城南望城北[15]。沈曰：「結出心迷目亂，與起潛行意關照。」

【今注】

1. 此詩作於唐肅宗至德2載（757），杜甫當時被叛軍俘至長安，有感而作。江頭，指曲江江畔，在長安城南，為初盛唐時遊賞勝地，玄宗與貴妃亦經常遊幸於此。
2. 少陵野老：「少陵」為漢宣帝許皇后陵墓，杜甫曾居家於此，故自稱「少陵野老」。
3. 吞聲：不敢出聲。
4. 潛行：躲躲藏藏地行走。
5. 曲江曲：指曲江岸邊。曲，岸。
6. 江頭宮殿：指江邊紫雲樓、芙蓉苑、杏園、慈恩寺等建築物。
7. 霓旌：雲霓般的彩色旗幟，指天子儀仗。
8. 南苑：指芙蓉苑，在曲江之南。

9. 昭陽殿裡第一人：指楊貴妃。昭陽殿本漢代宮殿名，漢成帝時皇后趙飛燕居
　　於此，甚得寵幸，故曰「第一人」。

10. 輦：音ㄋㄧㄢˇ，皇帝乘坐的車子。

11. 才人：宮中的女官。

12. 清渭二句：渭水東流，玄宗西去劍閣，一如玄宗與貴妃生死緲茫。渭水，在
　　長安城北，貴妃死後葬於渭水邊。劍閣在今四川，為玄宗西行入蜀所經之
　　地。去住，去指玄宗西行，住指貴妃永葬江濱。

13. 臆：胸膛。

14. 江水江花豈終極　江水東流，江花開謝，沒有窮盡的時候。此句連上句意謂
　　目睹永恆的自然存在，又想到在這個自然世界裡人間聚散生死的無常，因此
　　便動了情感，流下淚來。

15. 欲往城南望城北：時已黃昏，應該回到在城南的住處，但猶戀戀不捨地望向
　　城北。言外之意是盼望北方的官軍來收復長安。

【集評】

1. 宋・張戒《歲寒堂詩話》：楊太真事，唐人吟詠至多，然類皆無
　　禮。太真配至尊，豈可以兒女語黷之耶？惟杜子美則不然，〈哀江
　　頭〉云：「昭陽殿裡第一人，同輦隨君侍君側。」不待云：「嬌侍
　　夜」〉、「醉和春」，而太真之專寵可知；不待云「玉容」、「梨花」，
　　而太真之絕色可想也。至於言一時行樂事，不斥言太真，而但言
　　「輦前才人」，此意尤不可及。如云：「翻身向天仰射雲，一笑正墜
　　雙飛翼」，不待云「緩歌慢舞凝絲竹，盡日君王看不足」，而一時行
　　樂可喜事，筆端畫出，宛在目前。睹「江水江花豈終極」，不待云
　　「比翼鳥」、「連理枝」、「此恨綿綿無盡期」，而無窮之恨，黍離、
　　麥秀之悲，寄於言外。題云「哀江頭」，乃子美在賊中時，潛行曲
　　江，睹江水江花，哀思而作。其詞婉而雅，其意微而有禮，真可謂
　　得詩人之旨者。〈長恨歌〉在樂天詩中為最下，〈連昌宮詞〉在元微
　　之詩中乃最得意者。二詩工拙雖殊，皆不若子美詩微而婉也。元、
　　白數十百言，竭力摹寫，不若子美一句，人才高下乃如此。

2. 清・黃生《杜工部詩說》：此詩半露半含，若悲若訊。天寶之亂，

　　實楊氏為禍階，杜公身事明皇，既不可直陳，又不敢曲諱，如此用
　　筆，淺深極為合宜。

3. 清・王西樵：離亂事只敘得兩句，「清渭」以下，以唱嘆出之，筆
　　力高不可攀，樂天〈長恨歌〉便覺相去萬里。（引自《石洲詩話》）

4. 清高宗《唐宋詩醇》：所謂對此茫茫，百端交集，何暇計及風刺
　　乎？敘離亂處全以唱嘆出之，不用實敘，筆力之高，真不可及。

5. 清・蔣弱六：苦音急調，千古銷魂。（引自《杜詩鏡銓》）

（徐國能）

茅屋為秋風所破歌[1]

八月秋高風怒號，卷我屋上三重[2]茅。茅飛度江[3]灑江郊，高者
掛罥[4]長林梢，下者飄轉沈塘坳。仇曰：「此記風狂而屋破也。」南村
群童欺我老無力，忍能對面為盜賊，公然抱茅入竹去。脣焦口燥
呼不得，仇曰：「此歎惡少陵侮之狀。」歸來倚杖自歎息。俄頃風定雲
墨色，秋天漠漠向昏黑。布衾多年冷似鐵，驕兒惡臥踏裡裂。牀
牀[5]屋漏無乾處，雨腳[6]如麻未斷絕。自經喪亂少睡眠，長夜霑
溼何由徹[7]。仇曰：「此傷夜雨侵迫之苦。」安得廣廈千萬間，蔣曰：
「若再加歎息，不成文矣。妙竟推開自家向大處作結。」大庇天下寒士俱歡
顏，風雨不動安如山。嗚呼！何時眼前突兀見此屋，吾廬獨破受
凍死亦足。楊曰：「一筆兜轉本位，其疾如風。」○張廉卿曰：「沈雄壯闊，奇
警變化，此老獨擅。」

【今注】

1. 本詩作於唐肅宗上元 2 年（760），當時杜甫居成都草堂。
2. 三重：三層。
3. 江：指杜甫草堂畔的浣花溪。
4. 罥：音ㄐㄩㄢˋ，掛。
5. 牀牀：到處。另本作牀頭。
6. 雨腳：雨滴、雨水。
7. 何由徹：如何忍耐到天亮。

【集評】

1. 明·李沂《唐詩援》：「『安得廣廈千萬間』，發此大願力，便是措大想頭。」申鳧盟此語最妙，他人定謂是老杜比稷契處矣。
2. 明·王嗣奭《杜臆》：「廣廈萬間」、「大庇寒士」，創見固奇，襲之便覺可厭。
3. 清·朱鶴齡《杜工部詩集輯注》：白樂天云：「安得布裘萬丈長，與君都蓋洛陽城」同此意。
4. 清·邵子湘：此老襟抱自闊，與螻蟻輩迥異。（引自《杜詩鏡銓》）
5. 清·施補華《峴傭說詩》：後段胸襟極闊，然前半太覺村樸，如「南村群童欺我老無力，忍能對面為盜賊」四語，及「嬌兒惡臥踏裡裂」語，殊不可學。

（徐國能）

丹青引贈曹將軍霸 [1]

將軍魏武之子孫 [2]，楊曰：「起得蒼莽。」於今為庶為清門 [3]。英雄割據雖已矣，文彩風流今尚存。方曰：「起勢飄忽，似從天外來。第三句宕勢，此是加倍寫法。四句合乃不直率。」吳曰：「起四句跌宕入妙。」○浦曰：

「起四句兩層抑揚，於今為庶照到末段飄泊窮途，文采尚存照起中段奉詔作畫。」學書初學衛夫人[4]，但恨無過王右軍[5]。丹青不知老將至，富貴於我如浮雲[6]。仇曰：「首敘曹霸家世及書畫能事。」浦曰：「學書二句乃陪筆，丹青二句乃點筆。」方曰：「學書一襯就勢一放，不至短促，丹青句點題，富貴句頓住伏收意。」〇丹青二句，楊曰：「用經入妙。」案：前人有謂作詩戒用經語，恐其陳腐也，此二句令人忘其為用經者，全在筆妙。開元之中常引見[7]，承恩數上南熏殿[8]。凌煙功臣少顏色，將軍下筆開生面[9]。良相頭上進賢冠[10]，猛將腰間大羽箭。褒公鄂公[11]毛髮動，英姿颯爽來酣戰。方曰：「凌煙句又襯良相二句，所謂放之中能字字留住，不爾便直率。褒公二句於他人極忙中偏能閑雅從容，真大手筆。」吳曰：「此皆義所應耳，非故作閒態。」先帝天馬玉花驄，畫工如山貌不同[12]。方曰：「敘事未了，忽入議論，牽扯之妙，太史公文法。」是日牽來赤墀下[13]，迥立閶闔生長風[14]。二句寫實馬何等氣魄。詔謂將軍拂絹素，意匠慘澹[15]經營中。斯須九重真龍出，一洗萬古凡馬空[16]。二句寫畫馬，何等抱負。方曰：「詔謂以下磊落跌宕，有文外遠致。」玉花卻在御榻上，榻上庭前屹相向[17]。浦曰：「榻上是貌得者，庭前是牽來者，寫出生色。」〇二句真馬畫馬合寫，何等精靈！至尊含笑催賜金，圉人太僕皆惆悵[18]。申鳧盟曰：「訝其畫之似真耳，非訝賜金也。」方曰：「玉花句轉峽停蓄，圉人句頓住。」〇此段敘奉詔畫馬。張廉卿曰：「純從空處摹寫，所以入神。」弟子韓幹[19]早入室[20]，亦能畫馬窮殊相[21]。幹惟畫肉不畫骨，忍使驊騮氣凋喪[22]。仇曰：「此申言畫馬貴重，名手無能及者。」楊曰：「反襯霸之盡善，非必貶幹也。」方曰：「弟子句又一波瀾奇妙，幹惟句夾議。」將軍善畫蓋有神[23]，偶逢佳士[24]亦寫真[25]。即今飄泊干戈際，屢貌尋常行路人[26]。楊曰：「與凌煙功臣對。」途窮反遭俗眼白[27]，世上未有如公貧。但看古來盛名下，終日坎壈[28]纏其身。楊曰：「隱為自家嗚咽。」〇浦曰：「末段善畫句總筆束前，佳士句補筆引下，其前只鋪排奉詔所作者，正與貌尋常相照，見今昔異時，喧寂頓判，此則贈曹感遇本旨也。結聯又推開作結譬語，而寄慨轉深，此段極言其衰，與篇首於今為庶

應。」方曰：「將軍以下詠歎收，如水入峽，回風助瀾。」○張惕菴曰：「此太史公列傳也。多少事實，多少議論，多少頓挫，俱在尺幅中。章法跌宕縱橫，如神龍在霄，變化不可方物。」方曰：「此與〈曹將軍畫馬圖〉有起有訖，波瀾明畫，軌度可尋，而其妙處在神來氣來，紙上起稜，凡詩文之妙者無不起稜，有漿汁，有興象。不然，非神品也。」

【今注】

1. 此詩作於唐代宗廣德 2 年（764），時杜甫在成都嚴武幕府任職。丹青，古代繪畫的顏料，後稱繪畫為丹青。曹霸，三國魏曹髦後代，善畫人物及馬，開元中已得盛名。
2. 魏武之子孫：魏武帝曹操的子孫。曹霸為曹操曾孫曹髦之後，故云。
3. 於今為庶為清門：今天已是貧困的一般百姓。
4. 衛夫人：東晉著名女書法家，名鑠，字茂猗，善於隸書，王羲之曾向她學書法。
5. 王右軍：即東晉大書法家王羲之，曾官右軍將軍，故稱。
6. 「丹青」二句：化用《論語‧述而》所載孔子的話：「發憤忘食，樂以忘憂，不知老之將至云爾」、「不義而富且貴，於我如浮雲。」意為曹霸鄙棄功名富貴，而從繪畫藝術中得到人生的快樂與滿足。
7. 引見：應詔晉見皇帝。
8. 南薰殿：在長安城興慶宮中，為典藏文物與繪畫處。
9. 凌煙二句：凌煙閣上功臣的畫像已經褪色，曹霸重畫新像，面目如生。凌煙閣，在長安西內三清殿側。唐太宗貞觀 17 年（643）2 月，命閻立本畫開國功臣二十四人像於其上，太宗親作贊文。
10. 進賢冠：文臣所戴黑布所製的朝冠。
11. 襃公鄂公：襃國公段志玄及鄂國公尉遲敬德。
12. 貌不同：所畫與真馬不像。
13. 赤墀：赤色的臺階。皇宮臺階塗以丹漆，赤墀，也稱丹墀。墀，音ㄔˊ，臺階。
14. 迥立閶闔生長風：昂然立於宮門前顧盼生風。迥立，昂首挺立。閶闔，本指天門，此指天子宮門。
15. 慘澹：認真而刻苦。

16.「斯須」二句：沒多久，一匹昂揚的駿馬便出現在皇宮中，讓所有的馬匹都黯然失色。斯須，須臾，不一會兒。九重，皇宮。真龍，馬高八尺稱為「龍」，這裡是指曹霸將馬畫得很逼真。

17.「玉花」二句：乍看之下，以為玉花驄怎麼跑到御榻上去了，仔細一看才知道那是曹霸所畫的馬。畫馬和真馬，相向而立，真假難辨。屹，音一ˋ，立。

18.圉人太僕：養馬的人和職掌馬務的官員看了都感嘆、欽佩不已。圉人，養馬的人，圉音ㄩˇ。太僕，馬官。惆悵，讚歎出神的樣子。

19.韓幹：大梁人，官至太府寺丞，善畫人物鞍馬。

20.入室：得到韓幹親授畫技。

21.窮殊相：窮形盡相，微妙微肖。

22.「幹惟」二句：韓幹畫馬重視外觀的肥壯之態，卻沒有表現出馬健勁。因此駿馬在他筆下不滿精神衰頹，沒有神氣。骨，指馬的健勁之態。忍，竟然。使，讓。驊騮，傳說為周穆王八駿之一，後泛稱駿馬。氣，精神氣象。凋喪，委靡不振。

23.神：神韻、氣度。

24.佳士：情態不凡的人。

25.寫真：畫像。

26.屢貌尋常行路人：為了謀生，不得不為尋常人畫像。

27.途窮反遭俗眼白：流落困頓之際，竟然被流俗之人所輕鄙，認為他畫得不好。眼白，即白眼，輕鄙之態。

28.坎壈：窮困潦倒。

【集評】

1. 宋‧許顗《彥周詩話》：東坡作〈妙善師寫御容〉詩，美則美矣，然不若〈丹青引〉云：「將軍下筆開生面」、「褒公鄂公毛髮動，英姿颯爽來酣戰」。後說畫玉花驄馬，而曰：「至尊含笑催賜金，圉人太僕皆惆悵」此詩微而顯，《春秋》筆法也。

2. 宋‧葛立方《韻語陽秋》：杜子美〈曹將軍丹青引〉云：「將軍魏武之子孫，於今為庶為清門」。元微之〈去杭州〉詩亦云：「房杜王魏之子孫，雖及百代為清門」，則知老杜於當時已為詩人所欽服如此。殘膏剩馥，沾丐後代，宜哉。

3. 宋・楊萬里《誠齋詩話》：七言長韻古詩，如杜少陵〈丹青引曹將軍畫馬〉、〈奉先縣劉少府山水障歌〉等篇，皆雄偉宏放，不可捕捉。學詩者於李、杜、蘇、黃詩中，求此等類，誦讀沉酣，深得其意味，則落筆自絕矣。

4. 清・黃生《杜工部詩說》：就家世起，起法從容，不即入畫，先贊其書，更從容。「弟子」四句「乃抑彼揚此法，插此四句，更覺氣局排蕩」。

5. 清・施補華《峴傭說詩》：〈丹青引〉畫人是賓，畫馬是主，卻從善書引起善畫，從畫人引起畫馬，又用韓幹之畫肉墊將軍之畫骨，末後搭到畫人，章法錯綜絕妙。

（徐國能）

觀公孫大娘弟子舞劍器行并序

　　大曆二年十月十九日，夔府[1]別駕[2]元持[3]宅，見臨潁[4]李十二娘舞劍器，壯其蔚跂[5]。問其所師，曰：「余公孫大娘弟子也」。開元三載，余尚童稚，記於郾城[6]觀公孫氏舞劍器渾脫[7]，瀏灕頓挫[8]，獨出冠時[9]。自高頭宜春梨園二伎坊內人洎外供奉[10]，曉是舞者。聖文神武皇帝[11]初，公孫一人而已。玉貌錦衣，況[12]余白首，申覕盟謂詩序太剝落，玉貌錦衣下如何接況余白首。步瀛案：此處殆有脫誤，諸家就況余二字委曲解釋，終屬牽強。李健人疑為晚餘二字之誤，似近之。今茲弟子，亦匪盛顏[13]。既辨其由來，知波瀾莫二[14]。撫事慷慨，聊為劍器行。往者吳人張旭[15]，善草書帖，數常於鄴縣[16]見公孫大娘舞西河劍器，自此草書長進，豪蕩感激[17]，即公

孫可知矣。

昔有佳人公孫氏，一舞劍氣動四方。觀者如山色沮喪[18]，天地為之久低昂[19]。爗如羿射九日落[20]，矯如群帝驂龍翔[21]。來如雷霆收震怒[22]，罷如江海凝清光[23]。浦曰：「首八句先寫公孫劍器之妙。」方曰：「天地以下四句寫起棱」絳脣珠袖兩寂寞，晚有弟子傳芬芳[24]。臨潁美人在白帝[25]，妙舞此曲神揚揚。與余問答既有以[26]，感時撫事增惋傷。浦曰：「六句落到李娘為篇中敘事處，舞之妙已就公孫詳寫，此只以神揚揚三字括之，虛實互用之法。感時句逼出作詩本旨。」吳曰：「感時句頓挫以起下文。」先帝侍女八千人，公孫劍器初第一。五十年間似反掌[27]，風塵澒洞昏王室[28]。梨園子弟散如煙，女樂餘姿映寒日[29]。金粟堆南木已拱[30]，瞿唐石城[31]草蕭瑟。玳筵[32]急管曲復終[33]，樂極哀來月東出老夫不知其所往，繭足荒山轉愁疾[34]。李白：「先帝至末，如駿馬下九折之坂，十九首所云音響一何悲，絃急知柱促也。」浦曰：「先帝六句往事之慨，此本旨也。故下竟以今粟堆作轉接，正寫惋傷之情。一句著先帝，一句收歸本身。玳筵哀樂并帶別駕宅，結二語所謂對此茫茫百端交集。」張廉卿曰：「瞿塘一語收入，筆力超絕。」○王嗣奭曰：「此詩見劍器而傷往事，所謂撫事慨慷也。故詠李氏卻思公孫，詠公孫卻思先帝，全是為開元、天寶五十年治亂興衰而發。不然，一舞女耳，何足搖其筆端哉？」方曰：「此詩亦豪蕩感激，瀏漓頓挫，獨出冠時，自大歷至今，先生一人而已。」

【今注】

1. 夔府：即夔州，在今四川東，瞿塘峽口。
2. 別駕：州刺史的佐吏。
3. 元持：人名，為元揭弟，元錫叔父。時為夔州別駕，終都官郎中。
4. 臨潁：唐屬許州潁川郡，故城在今河南臨潁西北。
5. 蔚跂：光彩蔚然而雄健凌厲。

6. 郾城：唐屬許州潁川郡，今屬河南省。

7. 劍器渾脫：〈劍器〉與〈渾脫〉兩支舞蹈。

8. 瀏漓頓挫：形容舞姿妍妙活潑而富有節奏。

9. 獨出冠時：在當時數第一，沒人比得上。

10. 自高頭宜春梨園二伎坊內人泊外供奉：宜春、梨園等最好的舞者，以及宮禁以外的教坊舞者。高頭，即前頭，最好的。宜春、梨園，玄宗時宮禁內的歌舞樂團。伎坊，即教坊。內人，宮禁中的表演者。泊，因ㄐㄧˋ，通「及」。外供奉，設在宮禁外的左、右教坊，以及其他官伎。

11. 聖文神武皇帝：即唐玄宗。開元 27 年 2 月，群臣上尊號曰「開元聖文神武皇帝」。

12. 怳：恍惚之間。

13. 亦匪盛顏：也不再是年輕的容貌了。匪，非。

14. 波瀾莫二：指李十二娘的舞蹈，與公孫大娘一脈相承，沒有不同。波瀾，猶言流派。

15. 張旭：吳（今江蘇蘇州）人，唐代著名書法家，擅長草書，時有「草聖」之稱。

16. 鄴縣：唐屬相州鄴郡，在今河北臨漳。

17. 豪蕩感激：豪放跌宕，激動人心。

18. 色沮喪：形容舞蹈之妙讓觀眾眼花撩亂，全神貫注而表情凝滯。

19. 天地為之久低昂：所有人都因為她的舞姿而沉思回味與仰天嘆息。

20. 爆如羿射九日落：光芒閃爍如古時后羿射下太陽。

21. 矯如群帝驂龍翔：矯健的飛躍之姿像天神乘龍飛翔。驂，音ㄘㄢ，駕。

22. 來如雷霆收震怒：舞動時的氣勢如巨雷響後，隱隱待發的樣子。一說舞者在鼓聲驟停時出場。

23. 罷如江海凝清光：舞蹈停頓靜止時，就好像江海的餘波逐漸蕩漾平復。

24. 「絳脣」二句：公孫大娘人與舞俱亡，所幸李十二娘將她的藝業承傳了下去。絳脣，舞蹈時塗紅的脣。珠袖，舞衣。寂寞，不再見於世間，意謂死亡。芬芳，香火的借代，意即傳承了她的表演事業。

25. 白帝：白帝城，即夔州。

26. 既有以：既有根由，即序中「辨其由來」之意。

27. 五十年間似反掌：從開元 5 年（717）郾城觀舞，到作此詩時之大曆 2 年（767），五十年的時光，一下子就逝去了。反掌，形容輕易。

28. 風塵澒洞昏王室：天昏地暗，國家動蕩不安，此指安史之亂。澒洞，廣大的樣子，澒，音ㄏㄨㄥˋ。

29. 女樂餘姿映寒日：李十二娘的舞姿在秋晚的殘陽中顯得十分蕭瑟。寒日，冬陽，時當十月，故稱。

30. 金粟堆南木已拱：玄宗墳旁的樹都已十分高大了。金粟堆，即金粟山，在今陝西蒲城，是玄宗泰陵所在。拱，音ㄍㄨㄥˇ，兩手合抱。

31. 瞿唐石城：白帝城依山石為城，下臨瞿塘峽，故稱。唐，通「塘」。

32. 玳筵：以玳瑁裝飾坐具之宴席，通稱盛大豪奢的宴席，這裡指元持宅中的宴會。

33. 曲復終：既指宴會結束，亦指李二十娘舞〈劍器〉結束。

34. 「老夫」二句：我不知到他們要去哪裡，但我獨自徘徊在荒山裡，我的心中突然湧出了無窮的感慨。句中「其」，既指李十二娘的歌舞班，同時暗指大唐盛世與自己的青春年華。繭足，足底生繭，形容自己漂泊奔走的辛苦。仇兆鰲注此句為「足繭行遲，反愁太疾，臨去而不忍其去也」。

【集評】

1. 宋・劉克莊《後村詩話》：〈舞劍器行〉，世所膾炙，絕妙好詞也。

2. 明・王嗣奭《杜臆》：「來如雷霆收震怒」，凡雷霆震怒，轟然之後，累累遠馳，赫有餘怒，故「收」字妙。若轟然一聲，闃然而止，雖震怒不為奇也。詩云「感時撫事增惋傷」則「五十年間似反掌」數句，乃其賦詩本旨，「足繭荒山」從此而來，尤使人穆然深思也。

3. 清・張謙宜《絸齋詩談》：只「傳芬芳」、「神洋洋」六字，已將前敘舞意勾起，不用再說，此煩簡相生之妙。

4. 清・田雯《古歡堂集・雜著》：余嘗謂白香山〈琵琶行〉一篇，從杜子美〈觀公孫大娘弟子舞劍器行〉詩得來。「臨潁美人在白帝，妙舞此曲神揚揚。與余問答既有以，感時撫事增惋傷」杜以四語，白成數行，所謂演法也。鳬脛何短，鶴脛何長，續之不能，截之不可，各有天然之致，不惟詩也，文亦然。

5. 清・蔣弱六：序中「瀏灕頓挫」、「豪蕩感激」便是此詩妙境。（引自《杜詩鏡銓》）

（徐國能）

【作者】

岑參（傳略見卷一‧五言古詩〈與高適薛據同登慈恩寺浮圖〉）

白雪歌送武判官歸京 [1]

北風捲地白草 [2] 折，胡天 [3] 八月即飛雪。方曰：「起颯爽。」忽如一夜春風來，千樹萬樹梨花開。散入珠簾濕羅幕，狐裘 [4] 不煖錦衾 [5] 薄。將軍角弓不得控；都護 [6] 鐵衣 [7] 冷猶著。方曰：「忽如六句奇才奇氣奇情逸發，令人心神一快。」瀚海 [8] 闌干 [9] 百丈冰；方曰：「換氣，起下歸客。」愁雲慘淡萬里凝。中軍 [10] 置酒飲歸客，胡琴琵琶與羌笛。紛紛暮雪下轅門 [11]，風掣 [12] 紅旗凍不翻。輪臺 [13] 東門送君去，去時雪滿天山路 [14]。山迴路轉不見君，雪上空留馬行處。

【今注】

1. 詩題《唐百家詩選》無「歸京」二字。此詩乃作者於唐玄宗天寶 14 載（755）年八月作於輪臺。武判官，姓武，名不詳。判官，官名。唐節度使、觀察使、防禦使皆有判官，協理政事。
2. 白草：西域牧草名，其乾熟時便成白色，故名。
3. 胡天：指西域的氣候。
4. 狐裘：以價值昂貴的狐皮做袍子。
5. 錦衾：錦緞製的衾被。
6. 都護：漢唐時管理邊政事務的官吏。《舊唐書‧職官志》：「都護之職，掌撫尉諸蕃，輯寧外寇，覘候奸譎，征討攜貳。」
7. 鐵衣：指鎧甲、戰袍。

8. 瀚海：瀚海一詞含義隨時代而變。在唐代約指蒙古高原大沙漠以北及西迄今
　　準噶爾盆地一帶廣大地區的泛稱。

9. 闌干：縱橫散亂的樣子。

10. 中軍：此指主帥的帳幕。

11. 轅門：古代君王出巡，駐駕於險阻之地，以車作為屏障，翻仰兩車，使兩車
　　之轅相向交接成一半圓形的門，稱為「轅門」。後指將帥的營門或衙署的外
　　門。

12. 掣：牽引、牽動。

13. 輪臺：古輪臺國之地，唐置縣，屬北庭都護府。位於今新疆烏魯木齊東北。
　　今新疆有輪臺縣。

14. 天山路：天山，山脈名。位於新疆中部，約作東西走向，山脈的構造複雜。
　　分新疆為南北二路，北路稱為準噶爾盆地，或稱北疆；南路稱為塔里木盆
　　地，或稱南疆。從輪臺東歸長安，必須翻越天山，故云「天山路」。

【集評】

1. 明・唐汝詢《唐詩解》：此因雪中送別而歌之也。雪太早，故疑梨
　　花之開樹，及入簾幕，則覺寒透骨矣。海凍雲凝，大雪之候也。於
　　是時，置酒設樂以送歸人，而暮雪不止。涉雪而去，其勞可知，徒
　　使我悵望無已耳。夫望君不見而尋其馬迹，思深哉。

2. 清・邢昉《唐風定》卷八：（此詩後幅）細秀嬝娜，絕不一味縱
　　筆，乃見煙波。

3. 清・黃培芳《唐賢三昧集箋註》卷下：起得勢，四語精緻。首尾完
　　善，中間精整。

4. 清・方東樹《昭昧詹言》卷十：奇峭，起颸爽。「忽如」六句，奇
　　才奇氣，奇情逸發，令人心神一快。須日誦一過，心摹而力追之。
　　「瀚海」句換氣，起下「歸客」。

（孫永忠）

走馬川[1] 奉送封大夫出師西征[2]

君不見走馬川行雪海邊[3]，平沙莽莽[4]黃入天！方曰：「奇句。」輪臺
[5]九月風夜吼，一川碎石大如斗，隨風滿地石亂走。匈奴草黃馬
正肥，金山[6]西見煙塵飛，漢家[7]大將西出師。將軍金甲[8]夜不
脫，半夜軍行戈相撥，風頭如刀面如割。馬毛帶雪汗氣蒸，五花
連錢[9]旋作冰，幕中草檄[10]硯水凝。虜騎聞之應膽懾，料知短
兵不敢接，車師[11]西門佇獻捷[12]。方曰：「奇才奇氣，風發泉湧。」

【今注】

1. 高步瀛疑走馬川為《水經》河水注之龜茲川。而清代徐松《西域水道記》記
   錄其實地考證，並參酌蒙語、維語及漢語發音，判定應為唐代白楊河，今之
   瑪納斯河。位於新疆維吾爾自治區準噶爾盆地西南部，北疆著名河流。豐水
   時水極深闊，此詩「一川碎石大如斗」乃秋冬枯水之際景象。
2. 此詩作於天寶 13 載（754）秋，有詩題無「封大夫」者。沈德潛云：「即封
   常清也。參嘗從常清屯兵輪臺，故多邊塞之作。」封大夫，即封常清。據
   《舊唐書》本傳載：封常清（－756），蒲州猗氏人（今山西猗氏縣），唐朝
   名將。曾任安西副都護、御史大夫權知北庭都護，持節充伊西節度等使。
3. 君不見句：誤入題目中的「行」字，應做「君不見走馬川，雪海邊」，如此
   「川」、「邊」及下句「天」叶韻，與全詩用韻三句一轉的現象相符。
4. 莽莽：廣大無際的樣子。
5. 輪臺：在今新疆省境。參見〈白雪歌送武判官歸京〉注 13。
6. 金山：即今阿爾泰山。位於我國西北中蘇邊界，呈西北到東南走向，斜互於
   蒙古、新疆之間，以產金著名。蒙古語為金山之意，故亦稱為「金山」。
7. 漢家：借漢以指唐。
8. 金甲：鐵甲、戰甲。
9. 五花連錢：五花馬與連錢馬。五花馬，青白雜色的馬，亦有說將馬鬃編剪為

　　五瓣為飾者。連錢：連錢馬，一種毛色斑駁如錢相連的良馬，或稱為「騮馬」。

10.草檄：起草檄文。檄，軍中文書。

11.車師：原為車師國後王庭所在，唐代設為金滿縣，置北庭都護府於此，即今新疆奇臺縣西北。輪臺在車師的西邊，所以詩人可以在西門行獻捷儀式。

12.獻捷：即呈獻戰利品。

【集評】

清・沈德潛《唐詩別裁集》卷五：「事險節短。」又云「句句用韻，三句一轉，此《嶧山碑》文法也。《唐中興頌》亦然。

（孫永忠）

【作者】

韓愈（傳略見卷一‧五言古詩〈秋懷〉）

山石

山石犖确行徑微[1]，黃昏到寺蝙蝠飛。昇堂坐階新雨足，芭蕉葉大支子肥[2]。方曰：「許多層事只起四語了之。雖是順敘，卻一句一樣，如展畫圖，觸目通層在眼，何等筆力？」僧言古壁佛畫好，以火來照所見稀。鋪牀拂席置羹飯[3]，疏糲亦足飽我飢[4]。夜深靜臥百蟲絕，清月出嶺光入扉。寫雨後月出，景象妙遠。天明獨去無道路，出入高下窮煙霏。山紅潤碧紛彌漫，時見松櫪皆十圍[5]。當流赤足蹋澗石，水聲激激風吹衣。六句寫早行如入畫圖。人生如此自可樂，豈必局束為人靰[6]？嗟哉吾黨二三子，安得至老不更歸[7]？以議作收。〇方曰：「他人數語方能明者，此止須一句即全現出，而句法復如有餘地，此為筆力。」又曰：「凡接都不從人間來，乃為奇險不測。」

【今注】

1. 山石犖确行徑微：山石凹凸，險峻不平，亂石間的小路狹窄難走。犖确，音ㄌㄨㄛˋ　ㄑㄩㄝˋ，山石凹凸不平貌。行徑微，路窄，描寫山路險隘，若隱若現。
2. 支子：一作梔子，木名，四月間開白花，香氣濃郁。
3. 羹飯：羹湯和飯，此泛指菜飯。
4. 疏糲：糙米。

5. 「山紅」二句：山上開著紅豔的花，澗底流著清碧的水，紅碧輝映，繽紛爛漫。不時見到的高松巨櫟，每棵都大得幾個人都合抱不來。澗：兩山間的溪流。紛，繁盛。爛漫：色彩鮮麗。櫪，同「櫟」，樹名。殼斗科，落葉喬木。圍：計量圓的約略單位，即兩手之間合拱的粗細。

6. 「人生」二句：人生在世，能夠這樣當然是夠快活的，何必拘拘束束，被別人所牽制著呢？侷束，侷促；拘束。羈，馬絡頭。引申為被約束。

7. 「嗟哉」二句：吾黨，我的朋輩。「不更歸」是「更不歸」的倒文。

【集評】

1. 宋·黃震《黃氏日抄》：山石詩最清峻。

2. 清·顧嗣立《詩集注》：七言古詩易入整麗，而亦近平易，自老杜始為拗體，如杜鵑行之類，公之七言皆祖此種，而中間偏有極鮮麗處，不事雕琢，更見精采，有聲有色，自是大家。元遺山論詩絕句曰：有情芍藥含春淚；無力薔薇臥晚枝。（二句係秦少游春日詩）拈出退之山石句，始知渠是女郎詩。真篤論也。

3. 清·查慎行《十二種詩評》：意境俱別。

4. 清·查晚晴《十二種詩評附載》：寫景無意不刻，無語不僻。取徑無處不斷，無意不轉。屢經荒山古寺來，讀此始愧未曾道著隻字，已被東坡翁攫之而趨矣。

5. 清·何焯《義門讀書記》：直書即目，無意求工，而文自至。一變謝家模範之迹，如畫家之有荊、關也。

（張玉芳）

八月十五夜贈張功曹署[1]

纖雲四卷天無河，清風吹空月舒波[2]。沙平水息聲影絕，一杯相

屬君當歌[3]。以上中秋夜飲。**君歌聲酸辭且苦，不能聽終淚如雨。洞庭連天九疑高，蛟龍出沒猩鼯號。十生九死到官所，幽居默默如藏逃[4]。下牀畏蛇食畏藥，海氣溼蟄熏腥臊[5]。** 吳北江曰：「寫哀之詞，納入客語，運實於虛。」**昨者州前槌大鼓，嗣皇繼聖登夔皋[6]。赦書一日行萬里，罪從大辟皆除死[7]。遷者追回流者還，滌瑕蕩垢朝清班。州家申名使家抑，** 吳曰：「一句中頓挫。」**坎軻祗得移荊蠻[8]。判司卑官不堪說，未免捶楚塵埃間[9]。同時輩流多上道，天路幽險難追攀[10]。** 吳曰：「此轉尤勝。」以上代張署歌辭。貶謫之苦，判司之移，皆於張歌詞出之，所謂避實法也。**君歌且休聽我歌；我歌今與君殊科[11]。一年明月今宵多，人生由命非由他；有酒不飲奈明何！** 以上韓公歌辭。方曰：「收應起，筆力轉換。」高朗雄秀，情韻兼美。

【今注】

1. 張功曹：名署，河間（今河北省境）人，舉進士，拜監察御史。

2. 「纖雲」二句：纖細的晴雲向四方捲開，天上看不見銀河，清風吹拂著夜空，明月流散著波浪般的清輝。天無河，因明月光輝，相形之下銀河也就暗淡看不清楚。波，古代指月光。

3. 「沙平」二句：水，指郴江。韓愈是時於郴州待命。屬，音ㄓㄨˇ，傾注。一杯相屬，即相勸一杯之意。

4. 「洞庭」四句：洞庭，湖名，是中國第二大淡水湖，古有「八百里洞庭」之稱。九疑，即九嶷，山名，在湖南省南部，瀟湘水發源於此。鼯，鼯鼠，亦稱大飛鼠。號，大聲叫啼。官所，指張署的貶謫之所。案：貞元 19 年冬，退之與署同貶，退之貶連州陽山令，署貶郴州臨武令。陽山今廣東屬縣，臨武今湖南屬縣，此詩所云官所，在張為臨武，在韓為連山。

5. 「下牀」二句：藥，舊時傳說，南方之民善畜蠱，用以害人。溼蟄，在潮溼的泥土中化育出的蟲蟻。

6. 「昨者」二句：州前，指張署貶所臨武的州府前。槌大鼓，指新皇帝登位大赦。嗣皇，繼位的皇帝，指唐順宗李誦。順宗在貞元 21 年正月即位，二月大赦。登，進用。夔皋，相傳是古代的兩個賢臣。夔，曾任堯舜時的樂官。皋，即皋陶，曾在舜時被任為掌刑法的官。在詩中泛指賢臣。

7. 「赦書」二句：皇帝的赦書傳達迅速，一日萬里，從犯有「大辟」之罪的犯人算起，都免除了死罪。大辟，指死罪。

8. 「遷者」四句：滌瑕蕩垢，指流放的人洗滌了汙垢，重新回到朝班中。州家、使家，皆當時方言，猶云「州官」、「使官」。時楊憑為湖南觀察使，對張署不滿，故意壓抑他。坎軻，道路不平貌，此指命運坎坷，不得意。荊蠻，古代對南方各族的泛稱。時張署徙掾江陵，為故楚地。

9. 「判司」二句：判司，唐代州郡諸曹參軍的統稱。大赦後韓愈為法曹，張署為功曹，皆七品卑官。捶楚，同「棰楚」，杖刑。

10. 「同時」二句：同時的儕輩多已躋身朝中身居要職，但朝廷如天路般那樣崎嶇艱辛，使我難以追攀。輩流，即流輩，指儕輩或同一流的人。

11. 「君歌」二句：科，程品；等級。殊科，意謂不同的內容和感情。

【集評】

1. 清・汪琬《批韓詩》：虛者實之，實者虛之，得反客為主之法。觀起結自知。

2. 清・查慎行《十二種詩評》：用意在起結，中間不過述遷謫量移之苦耳。

3. 清・翁方綱《石洲詩話》：韓詩七古之最有停蓄頓折者。

4. 清・程學恂《韓詩臆說》：此詩料峭悲涼，源出楚騷。入後換調，正所謂一唱三歎有遺音者矣。

（張玉芳）

聽穎師彈琴 [1]

昵昵兒女語 [2]，恩怨相爾汝 [3]。劃然變軒昂，勇士赴敵場 [4] 吳曰：「無端而來，無端而止，章法奇詭極矣。」。浮雲柳絮無根蒂，天地闊遠隨飛揚 [5]。喧啾百鳥羣，忽見孤鳳凰 [6]。躋攀分寸不可上，失

勢一落千丈強[7]。吳曰：「極頓挫抑揚之致，蓋即以自喻其文章之妙也。」
嗟余有兩耳，未省聽絲篁[8]。自聞穎師彈，起坐在一旁[9]。推手
遽止之，濕衣淚滂滂[10]。穎乎爾誠能[11]。吳曰：「再頓一筆。」無以
冰炭置我腸[12]。

【今注】

1. 穎師，僧人。此詩作於元和 11 年（816）。
2. 昵昵兒女語：言琴聲宛轉纏綿，如少年男女私語談情。昵昵：親暱。或作
   「妮妮」，或作「呢呢」。
3. 恩怨相爾汝：恩怨，指情人間的恩恩怨怨。爾汝，你我。猶言「卿卿我
   我」，表示關係親密。
4. 「劃然」二句：忽的一下子，變成高亢激昂的琴音，宛如戰士奔赴戰場，慷
   慨激昂。
5. 「浮雲」二句：悠揚的琴聲好似無定的浮雲，也像是無根的柳絮，在天地間
   飄盪。
6. 「喧啾」二句：言琴聲在耳邊吱吱啾啾的響起百鳥砸碎的叫聲，忽然又聽到
   一隻孤獨的鳳凰，發出清越的長鳴。兩句摹擬琴聲，在眾鳥繁聲中突顯主樂
   音。
7. 「躋攀」二句：琴聲彷彿一步步地向上攀登，一分、一寸地往上攀升，琴聲
   凝住了，突然如同失去了立足點，陡然向下滑落，如墜千萬丈崖谷，直至琴
   聲頓然終止。躋攀，指調子越彈越高。失勢，指到最高點時忽然轉折直瀉。
   千丈強，言千丈有餘，指琴聲高低變化的迅速。
8. 「嗟余」二句：可嘆我枉生兩耳，向來不懂得欣賞音樂。絲篁，指音樂。
9. 「自聞」二句：言自從聽到穎師的彈奏，就感動的坐也不是，站也不是。
10. 「推手」二句：因被琴音感動，一下子伸手去攔阻，但一下子又感動得熱淚
    已流滿了我的衣襟。滂滂，流溢貌。
11. 穎乎爾誠能：讚美穎師真是有本領的人。
12. 冰炭置我腸：指聆聽穎師彈琴，感受強烈而深刻，一會兒如同飲冰塊，一會
    兒卻如同拿炭火放到腸子中。

【集評】

1. 宋・胡仔《苕溪漁隱叢話》：古今聽琴阮琵琶箏瑟諸詩，皆欲寫其音聲節奏，類以景物故實狀之，大率一律，初無中的句，互可移用，是豈真知音者，但其造語藻麗為可喜耳。永叔、子瞻謂退之聽琴詩乃是聽琵琶詩。西清詩話云：「三吳僧義海，以琴名世。六一居士嘗問東坡，琴詩孰優？東坡答以退之聽穎師琴。公曰：此祇是聽琵琶耳。或以問海，海曰：歐陽公一代英偉，然斯語誤矣。『昵昵兒女語，恩怨相爾汝』，言輕柔細屑，真情出見也。『劃然變軒昂，勇士赴敵場』，精神餘溢，竦觀聽也。『浮雲柳絮無根蒂，天地闊遠隨飛揚』，縱橫變態，浩乎不失自然也。『喧啾百鳥羣，忽見孤鳳凰』，又見穎孤絕不同流俗下俚聲也。『躋攀分寸不可上，失勢一落千丈強』，起伏抑揚，不主故常也。皆指下絲聲妙處，惟琴為然。琵琶格上聲，烏能爾耶？退之深得其趣，未易譏評也。」苕溪漁隱曰：東坡嘗因章質夫家善琵琶者乞歌詞，亦取退之聽穎師琴詩稍加檃括，使就聲律，為水調歌頭以遣之，其自序云：「歐公謂退之此詩最奇麗，然非聽琴，乃聽琵琶耳，余深然之。」觀此，則二公皆以此詩為聽琵琶矣。今西清詩話所載義海辨證此詩，復曲折能道其趣，爲是真聽琴詩。世有深于琴者，必能辨之矣。

2. 宋・許顗《彥周詩話》：韓退之聽穎師彈琴詩云「浮雲柳絮無根蒂，天地闊遠隨飛揚」。此泛聲也，謂輕非絲，重非木也。「喧啾百鳥羣，忽見孤鳳凰」，泛聲中寄指聲也。「躋攀分寸不可上」，吟繹聲也。「失勢一落千丈強」，順下聲也。僕不曉琴，聞之善琴者云，此數聲最難工。自文忠公與東坡論此詩作聽琵琶詩之後，後生隨例云云。柳下惠則可，我則不可，故特論之。少為退之雪冤。

3. 清・朱彝尊《批韓詩》：寫琴聲之妙入髓，又一一皆實境。繁休伯稱車子，柳子厚誌箏師，皆不能及，可謂古今絕唱。六一善琴，乃指為琵琶，竊所未解。純是佳唐詩，亦何讓杜。

4. 清・何焯《義門讀書記》：六一居士以為此祇是琵琶云云，按：並非歐公語。又吳僧義海幷洪慶善云云。洪注引或語，語彥周詩話同。

按義海之云，固為膚受，洪氏所載，則此數聲者，凡琴工皆能，昌黎何至聞所不聞哉？「失勢一落千丈強」，與琴聲尤不肖，真妄論也。己卯十一月，留清苑行臺，聽李世得彈琴，出此詩共評，記所得於世得者如此。余不知琴，請世得為余作此數聲，求以詩意，乃深信或者之妄，唐賢詩不易讀也。後又與世得讀馮定遠贈單曾傳詩，有「他人一半是箏聲」句，世得云：「此老亦不知琴法，從冊子得此語耳。琴中固備有箏琶之聲，但不流宕，非古樂真可誣也。」并記之。

5. 清・方世舉《韓昌黎詩集編年箋注》：嵇康〈琴賦〉中已具此數聲，其曰「或怨而躊躇」，非「昵昵兒女語」乎？「時劫掎以慷慨」，非「勇士赴敵場」乎？「忽飄颻以輕邁，若眾葩敷榮曜春風」，非「浮雲柳絮無根蒂」乎？「嚶若離鵾鳴清池，翼若游鴻翔曾崖，又若鸞鳳和鳴戲雲中」，非「喧啾百鳥羣，忽見孤鳳皇」乎？「參禪繁促，復疊攢仄，拊嗟累讚，間不容息」，非「攀躋分寸不可上」乎？「或乘險投會，邀隙趨危，或摟決擗捋，縹繚潎洌」，非「失勢一落千丈強」乎？公非襲琴賦，而會心於琴理則有合也。《國史補》云：「于頔司空嘗令客彈琴，其嫂知音，聽於簾下曰：三分中一分箏聲，二分琵琶聲，絕無琴韻。」則琴聲誠或有似琵琶者，但不可以論此詩。

6. 清・薛雪《一瓢詩話》：〈穎師彈琴〉，是一曲泛音起者，昌黎摹寫入神，乃以昵昵二語為似琵琶聲，則「攀躋分寸不可上，失勢一落千丈強」，除卻吟猱綽注，更無可以形容，琵琶中亦有此邪？

7. 清・王文誥《蘇文忠公詩編註集成》：永叔詆為琵琶，許彥周所辨，槩屬浮響，義海尤為悠謬，此琴工之言，不足折永叔也。韓詩「昵昵兒女」四句，皆琴之變聲，猶荊、高變徵為羽，既而極羽之致則怨，使韓聽〈關雎〉〈伐檀〉之詩，即無此等語矣。「攀躋分寸不可上，失勢一落千丈強」，謂左手搏捬也，其指約在五六徽位，搏捬入急，若不可上下者然。忽又直注十徽之下。此聲由急響而注

于微末，故云「失勢一落千丈」，既落不可便已，即又過絃而振起，故又云「強」也。琴橫前而有薦，皆平其徽為過指地，是以左指得以作勢，越數徽而下注也。琵琶倚于懷抱，用左執以按字，逐字各因界以成聲，既非徽之可過，而欲攀躋分寸，失勢一落，皆非其所能為。且不可橫而薦之，取間隙于左手。苟暇為此，而琵琶仆矣，何有於聲乎？永叔不知樂有正變，亦不察琵琶所以為用，忽於游心金石之時，過為訾韓之論，學勤而不繇統，豈俗習之移人哉？

8. 清・程學恂《韓詩臆說》：永叔所謂似琵琶者，亦只起四句近之耳，餘自迥絕也。坡嘗追憶歐公語，更作聽賢師琴詩，恨歐公不及見之，所謂「大絃春溫和且平，牛鳴盎中雉登木」是也。予謂此誠不疑於琵琶矣，然亦了無琴味，試再讀退之詩如何？彥周所稱，即今世之琴耳，不知唐時所用，即同此否？若是師囊夫子所鼓，必不涉恩怨兒女也，此又不可不知。

9. 清・章士釗：宋人俞德鄰，著《佩韋齋輯聞》四卷，有論琴一則曰：「韓退之聽穎師琴詩，極摹寫形容之妙，疑專於譽穎者。然於篇末曰：『推手遽止之，濕衣淚滂滂。穎乎爾誠能，無以冰炭置我腸。』其不足於穎多矣。〈太學聽琴序〉則曰：『有一儒生，抱琴而來，歷階而升，坐於尊俎之間，鼓有虞氏之〈南風〉，廣之以文王、宣父之操，優游怡愉，廣厚高明，追三代之遺音，想舞雩之詠歎。及暮而退，皆充然若有所得也。』何嘗有推手遽止之意。合詩與序以觀，其去取固較然，抑又知琴者本以陶寫性情，而冰炭我腸，使淚滂滂而衣濕，殆非琴之正也。」〈退之穎師琴〉詩，東坡嘗幾其所形容，為琵琶而非琴，可見退之並不知音，夫不知音而必強以知音鳴者，以樂為六藝之一，儒者不容諉為不知，以自安譾陋也。德鄰謬以退之詩與序相較，殆更說不上知音，所謂自鄶以下也已。

（張玉芳）

【白居易小傳】

白居易（772～846），字樂天。唐下邽（ㄍㄨㄟ）（今陝西渭南縣）人。德宗貞元 16 年（800）成進士，歷官校書郎、翰林學士、左拾遺、太子左贊善。憲宗元和 10 年（815）貶江州（今江西九江）司馬。13 年（818）移忠州（今四川忠縣）刺史。14 年冬召還京師。穆宗長慶元年（821），轉中書舍人。2 年，除杭州刺史，調蘇州刺史。文宗即位（827），徵祕書監，轉刑部侍郎。太和 5 年（831），除河南尹。開成 2 年（837），任太子少傅。武宗會昌 2 年（842），以刑部尚書致仕。晚年居洛陽，往來香山，自稱香山居士，又號醉吟先生，卒於洛陽。後世稱白傅。居易認為「文章合為時而著，詩歌合為事而作」（〈與元九書〉），故居易之詩，常為民喉舌，多所諷諭，被稱為社會詩人。其遣詞造句，淺近易解，為一大特色。

長恨歌[1]

漢皇[2]重色思傾國[3]，御宇[4]多年求不得。楊家有女初長成，養在深閨人未識。微詞 天生麗質難自棄，一朝選在君王側。回眸一笑百媚生，六宮粉黛無顏色[5]。春寒賜浴華清池[6]，溫泉水滑洗凝脂[7]。侍兒扶起嬌無力，始是新承恩澤時。雲鬢花顏金步搖[8]，芙蓉帳[9]暖度春宵，春宵苦[10]短日高起，從此君王不早朝。承歡侍宴無閒暇，春從春遊夜專夜。後宮佳麗三千人，三千寵愛在一身。金屋[11]妝成嬌侍夜，玉樓宴罷醉和春。姊妹弟兄皆裂土[12]，可憐[13]光彩生門戶。遂令天下父母心，不重生男重生

女。驪宮[14]高處入青雲，仙樂[15]風飄處處聞。緩歌謾[16]舞凝絲竹[17]，盡日君王看不足。漁陽鞞鼓[18]動地來，驚破霓裳羽衣曲[19]。以上敘楊妃擅寵之事。○每段末二句皆攝下文。九重城闕煙塵生[20]，千乘萬騎[21]西南行。翠華[22]搖搖行復止，西出都門百餘里。六軍[23]不發無奈何，宛轉蛾眉[24]馬前死。花鈿委地[25]無人收，翠翹金雀玉搔頭[26]。君王掩面救不得，回看血淚相和流。黃埃[27]散漫風蕭索[28]，雲棧縈紆[29]登劍閣[30]。峨嵋山[31]下少人行，旌旗無光日色薄。蜀江水碧蜀山青，聖主朝朝暮暮情。行宮[32]見月傷心色，夜雨聞鈴[33]腸斷聲。以上敘楊妃馬嵬賜死，明皇幸蜀之事。天旋日轉迴龍馭[34]，到此躊躇[35]不能去。馬嵬坡[36]下泥土中，不見玉顏[37]空死處。君臣相顧盡沾衣[38]，東望都門信馬歸[39]。歸來池苑皆依舊，太液[40]芙蓉未央[41]柳。芙蓉如面柳如眉，對此如何不淚垂？春風桃李花開日，秋雨梧桐葉落時。西宮南內[42]多秋草，落葉滿階紅不掃。梨園[43]子弟白髮新，椒房阿監青娥老[44]。夕殿螢飛思悄然[45]，孤燈挑盡[46]未成眠。前人譏此語寒酸，不似帝王宮中氣象，良是。遲遲鐘鼓[47]初長夜，耿耿星河欲曙天[48]。鴛鴦瓦[49]冷霜華重，翡翠衾[50]寒誰與共？悠悠[51]生死別經年，魂魄不曾來入夢。以上敘上皇迴鑾，仍思妃不置。臨邛[52]道士鴻都[53]客，能以精誠致[54]魂魄。為感君王展轉思[55]，遂教方士[56]殷勤覓[57]。排雲馭氣[58]奔如電，升天入地求之遍[59]。上窮碧落[60]下黃泉[61]，兩處茫茫[62]皆不見。忽聞海上有仙山，山在虛無縹緲[63]間。樓閣玲瓏五雲起[64]，其中綽約[65]多仙子[66]。中有一人字[67]太真，雪膚花貌參差是[68]。金闕西廂叩玉扃[6]，轉教小玉報雙成[70]。聞道漢家天子使[71]，九華帳[72]裡夢魂驚。攬衣推枕起徘徊，珠箔銀屏迤邐開[73]。雲髻[74]半偏新睡覺[75]，花冠不整下堂來。風吹仙袂[76]飄飄舉，猶似霓裳羽衣舞。玉容寂寞淚闌干[77]，梨花一枝春帶雨。含情凝睇[78]謝君王，一別音容兩渺茫。昭陽殿[79]裡恩愛絕，蓬萊宮[80]中日月長。回頭下望人寰[81]處，

不見長安見塵霧。唯將[82]舊物表深情，鈿合金釵寄將去[83]。釵留一股合一扇[84]，釵擘[85]黃金合分鈿。但教心似金鈿堅，天上人間會相見。臨別殷勤重寄詞，詞中有誓兩心[86]知。七月七日長生殿[87]，夜半無人私語時。在天願作比翼鳥[88]，在地願為連理枝[89]。天長地久有時盡，此恨綿綿[90]無盡期。 以上敘方士招魂之事，結處點出長恨，為全詩結穴。○結處戛然而止，不糾纏方士覆命，上皇震悼不豫等事，筆力高人數倍。○詩醇評曰：「長恨一傳自是當時傳會之說，其事殊無足論者。居易詩詞特妙，情文相生，哀艷之中具有諷刺。」吳北江曰：「如此長篇，一氣舒卷，時復風華掩映，非有絕世才力，未易到也。

【今注】

1. 長恨歌：詠歎唐玄宗和楊貴妃故事的詩。作於唐憲宗元和元年（806），當時白居易38歲。
2. 漢皇：借指唐玄宗。
3. 傾國：指美女。傾國原意是全國人。全國人都欣賞，故用以代稱美女。
4. 御宇：統治天下。
5. 六宮粉黛無顏色：後宮所有的嬪妃們都顯得沒有姿色。六宮，後宮的總稱。粉黛，兩種女用化妝品，借指女人。
6. 華清池：溫泉浴池。舊址在今陝西臨潼縣驪山山麓。
7. 凝脂：比喻白嫩的皮膚。脂，油膏。
8. 雲鬢花顏金步搖：烏雲般的頭髮，花樣的容顏，佩帶著串珠的金飾。步搖，掛著成串珍珠的一種首飾，會隨著腳步移動而搖擺，故稱。
9. 芙蓉帳：繡飾芙蓉的帳幔。芙蓉，即荷花。
10. 苦：恨。
11. 金屋：指皇宮內院。
12. 裂土：畫分土地。指封予爵位。
13. 可憐：可愛。
14. 驪宮：驪山的宮殿。
15. 仙樂：悅耳的音樂。
16. 謾：音義同「慢」。

17. 凝絲竹：琴與簫笛合奏。絲，指絃樂器，如琴、瑟、箏等。竹，指管樂器，如簫、笙、笛等。

18. 漁陽鞞鼓：指安祿山造反。漁陽，今河北薊（ㄐㄧˋ）縣，時為安祿山駐軍之地。鞞鼓，戰鼓。鞞，音ㄆㄧˊ。

19. 霓裳羽衣曲：樂曲名。本是印度樂曲，從新疆、甘肅傳到唐朝內地，明皇親自加以改編。

20. 九重城闕煙塵生：京城因戰亂而生起了煙火和塵土。九重，指天子所居之地。王城之門有九重，故稱。闕，音ㄑㄩㄝˋ，古代宮廟門外建立的二臺，其間有空缺可為通路，故稱。

21. 千乘萬騎：指天子的車駕及禁衛部隊。乘，音ㄕㄥˋ，車輛。騎，音ㄐㄧˋ。騎兵。

22. 翠華：指皇帝的車蓋和旌旗。

23. 六軍：指天子的軍隊。古代天子有六軍，諸侯三軍。

24. 宛轉蛾眉：柔媚的美女。宛轉，形容身材苗條柔美。蛾眉，美女的代稱，指楊貴妃。

25. 花鈿委地：花狀的金飾丟棄在地上。鈿，音ㄊㄧㄢˊ，用金嵌成花狀的美飾。委，棄置。

26. 翠翹金雀玉搔頭：三種插戴在頭上的美飾。翠翹，翠鳥尾上的羽毛。金雀，雀形的金飾。玉搔頭，即玉簪，古人曾用來搔頭，故稱。

27. 黃埃：黃色的塵土。

28. 蕭索：蕭條；蕭瑟。

29. 雲棧縈紆：高高的棧道曲折迴旋。雲棧，聳入雲霄的棧道。棧，音ㄓㄢˋ，在峭壁架木為路，或鑿山壁為路。縈紆，曲曲折折。

30. 劍閣：即劍門山。在今四川劍閣。

31. 峨嵋山：在今四川峨眉。

32. 行宮：皇帝出巡所住的宮室。

33. 鈴：掛在馬頭的鈴鐺。

34. 天旋日轉迴龍馭：時局轉為太平，皇帝回轉京師。天旋日轉，指安祿山之亂平定，局面改觀。迴，回轉。龍馭，皇帝的車駕。

35. 躊躇：ㄔㄡˊ ㄔㄨˊ，猶豫不決，徘徊不進。

36. 馬嵬坡：在今陝西興平縣西。嵬，音ㄨㄟˊ。

37. 玉顏：美女。指楊貴妃。

38. 沾衣：淚水沾溼衣裳。

39. 東望都門信馬歸：朝著東方的京城，隨馬回去。都門，指京都長安。信，

隨。

40. 太液：池名。漢朝宮裡的大池，借指唐朝的池苑。

41. 未央：漢代宮名。借漢朝說唐朝。

42. 西宮南內：西宮和南宮。西宮即太極宮，南宮即興慶宮。內，內宮。

43. 梨園：明皇所設培養歌舞藝人的地方。

44. 椒房阿監青娥老：後宮的太監和宮女都老了。椒房，漢朝未央宮裡皇后住的
地方。也是借漢說唐。阿監，太監。青娥，少女，此指宮女。

45. 悄然：寂靜無聲的樣子。

46. 孤燈挑盡：形容夜已深了。挑盡，燈心挑完了。

47. 鐘鼓：報時辰用的器具。

48. 耿耿星河欲曙天：亮亮的銀河好像天要破曉了。耿耿，明亮。星河，銀河。
欲曙，將要天亮。

49. 鴛鴦瓦：有鴛鴦圖案的瓦。鴛鴦、鳥名，常雌雄成雙，用以表示恩愛團圓。

50. 翡翠衾：繡有翡翠圖形的衾。翡翠，鳥名。嘴腳朱紅色體背赤褐色，腹淡黃
色。棲息於山林，食昆蟲，營巢於樹洞。衾，被單。

51. 悠悠：長遠的樣子。

52. 臨邛：今四川邛崍縣。邛，音ㄑㄩㄥˊ。

53. 鴻都：漢朝宮殿的一座門。此仍借漢說唐。

54. 致：招致；招來。

55. 展轉思：翻來覆去地想念。

56. 方士：道士。

57. 殷勤覓：用心地尋找。

58. 排雲馭氣：騰雲駕風。

59. 求之遍：到處尋找；找遍了所有的地方。

60. 上窮碧落：往上找盡了青天。

61. 下黃泉：往下找遍了黃泉。黃泉，指地的下層。

62. 茫茫：渺冥看不清的樣子。

63. 縹緲：隱隱約約、似有若無的樣子。

64. 五雲：五彩祥雲。

65. 綽約：窈窕輕盈的樣子。

66. 仙子：仙女。

67. 字：別號。

68. 參差是：意謂與楊貴妃很相似。參差，音ㄘㄣ ㄘ，近似：差不多。

69. 金闕西廂叩玉扃：在金色門樓的西邊敲開白玉的大門。闕，宮門前兩邊的

　　樓。西廂，西邊的廂房。叩，敲。扃，音ㄐㄩㄥ，門。

70. 轉教小玉報雙成：請小玉轉報雙成。小玉、雙成，都是神話故事裡的仙女
　　名，借作楊貴妃成仙後的婢女。

71. 聞道漢家天子使：聽說是唐明皇的使者來了。漢家天子，借漢指唐。

72. 九華帳：極為華美的帷帳。

73. 珠箔銀屏迤邐開：珠簾和屏風接連著打開。珠箔，用珍珠串編的簾子。銀
　　屏，用銀裝飾的屏風。迤邐，音ㄧˊ　ㄌㄧˇ，曲折連綿。

74. 雲髻：烏雲般的髮髻。

75. 新睡覺：剛剛睡醒。

76. 仙袂：仙女的袖子。仙，仙女，指楊貴妃。袂，音ㄇㄟˋ，衣袖。

77. 闌干：淚流縱橫的樣子。

78. 凝睇：眼神專注。睇，音ㄉㄧˋ，斜視。

79. 昭陽殿：漢朝後宮的內殿之一。借指唐朝的宮殿。

80. 蓬萊宮：古代神話中東海裡的仙宮。

81. 人寰：人間。寰，音ㄏㄨㄢˊ，廣大的境域。

82. 將：持。

83. 鈿合金釵寄將去：把鈿盒和金釵託道士帶回去。鈿合，裝鈿的盒子。合，
　　盒。金釵，黃金做的髮簪。

84. 釵留一股合一扇：金釵留下一股（釵有兩股），鈿盒留下一扇。

85. 擘：ㄅㄛˋ，分開。

86. 兩心：指楊貴妃和唐明皇。

87. 長生殿：唐朝華清宮裡的一座殿堂。

88. 比翼鳥：兩隻並翅齊飛的鳥。比，音ㄅㄧˋ，並。

89. 連理枝：兩棵樹的樹枝長得連接在一起。

90. 綿綿：長遠不斷的樣子。

【集評】

1. 明・周珽《唐詩選脈會通集評》引唐汝詢：樂天云：「一篇長恨有
　　風情。」此自贊其詩也。今讀其文，格極卑庸，詞頗嬌豔；雖主譏
　　刺，實欲借事以騁筆間之風流。其稱「風情」，自評亦當矣。《品
　　彙》收〈琵琶行〉而黜此，為其多肉而少骨也。

2. 明・瞿佑《歸田詩話》：樂天〈長恨歌〉凡一百二十句，讀者不厭

其長，元微之〈行宮〉詩，才四句，讀者不覺其短。文章之妙也。

3. 清‧沈德潛《唐詩別裁集》：迷離恍惚，不用收結，此正作法之妙。詩本陳鴻〈長恨歌傳〉而作，悠揚旖旎，情至文生，本王、楊、盧、駱而又加變化者矣。時有一妓誇於人曰：「我能誦白學士〈長恨歌〉，豈與他妓等哉！」詩之見重於時如此。

4. 清‧翁方綱《石洲詩話》：白公之為〈長恨歌〉、〈霓裳羽衣曲〉諸篇，自是不得不然。不但不蹈杜公韓公之轍也。是乃瀏灕頓挫，獨出冠時，所以為豪傑耳。始悟後之欲復古者，真強作解事。

（傅武光）

琵琶行並序[1]

　　元和十年[2]，余左遷[3]九江郡[4]司馬[5]。明年秋，送客湓浦口[6]，聞船中夜彈琵琶者，聽其音，錚錚然[7]有京都[8]聲。問其人，本長安倡女[9]，嘗學琵琶於穆、曹二善才[10]。年長色衰[11]，委身[12]為賈人[13]婦。遂命酒[14]，使快彈數曲，曲罷憫默[15]，自敘少小時歡樂事，今漂淪顦顇[16]，轉徙[17]於江湖間。予出官二年，恬然[18]自安，感斯人言，是夕始覺有遷謫[19]意。因為長句，歌以贈之，凡六百一十六言，命曰琵琶行[19]。

潯陽江[20]頭夜送客，楓葉荻花秋瑟瑟[21]。主人下馬客在船，舉酒欲飲無管弦[22]。醉不成歡慘將別，別時茫茫[23]江浸月。忽聞水上琵琶聲，主人忘歸客不發。尋聲暗問彈者誰？琵琶聲停欲語遲。移船相近邀相見，添酒回燈重開宴。千呼萬喚始出來，猶抱

琵琶半遮面。<small>以上送客江口，遇彈琵琶婦人。</small>轉軸[24]撥弦三兩聲，未成曲調先有情。絃絃掩抑聲聲思，似訴平生不得意。低眉信手[25]續續彈，說盡心中無限事。輕攏慢撚抹復挑[26]，初為霓裳後六么[27]。大弦嘈嘈如急雨，小弦切切如私語。嘈嘈切切錯雜彈，大珠小珠落玉盤。間關[28]鶯語花底滑，幽咽[29]泉流水下灘。水泉冷澀弦凝絕，凝絕不通聲漸歇。別有幽愁暗恨生，此時無聲勝有聲。銀瓶乍破水漿迸[30]，鐵騎突出刀槍鳴。曲終收撥[31]當心畫，四弦一聲如裂帛。東船西舫[32]悄無言，唯見江心秋月白。<small>以上摹寫琵琶技術之工。</small>沈吟[33]放撥插弦中，整頓衣裳起斂容[34]。自言本是京城女，家在蝦蟆陵[35]下住。十三學得琵琶成，名屬教坊[36]第一部。曲罷曾教善才伏[37]，妝成每被秋娘[38]妒。五陵[39]年少爭纏頭[40]，一曲紅綃[41]不知數。鈿頭雲篦擊節碎[42]，血色羅裙翻酒污。今年歡笑復明年，秋月春風等閒度[43]。弟走從軍阿姨死，暮去朝來顏色故[44]。門前冷落鞍馬稀，老大嫁作商人婦。商人重利輕別離，前月浮梁[45]買茶去。去來[46]江口守空船，繞船月明江水寒。夜深忽夢少年事，夢啼妝淚紅闌干[47]。<small>以上婦人自述其舊事。</small>我聞琵琶已歎息，又聞此語重唧唧[48]。同是天涯淪落人，相逢何必曾相識。我從去年辭帝京，謫居臥病潯陽城。潯陽地僻無音樂，終歲不聞絲竹[49]聲。住近湓江地低溼，黃蘆[50]苦竹繞宅生。其間旦暮聞何物？杜鵑[51]啼血猿哀鳴。春江花朝秋月夜，往往取酒還獨傾。豈無山歌與村笛，嘔啞嘲哳[52]難為聽。今夜聞君琵琶語，如聽仙樂耳暫明。莫辭更坐[53]彈一曲，為君翻[54]作琵琶行。感我此言良久立，卻坐促弦弦轉急。淒淒不似向前[55]聲，滿座重聞皆掩泣。座中泣下誰最多？江州司馬青衫[56]溼。

【今注】

1. 琵琶行：此詩作於唐憲宗元和 11 年（816），時白居易 45 歲，在江州司馬任上。琵琶，一種四弦或六弦的樂器，曲頭長頸，平面圓背，腹廣而橢圓。初用木撥，後改手彈。多用梧桐木製成。源出胡中，漢時已流傳於中國。行，樂府詩的一體。

2. 元和十年：唐憲宗元和 10 年，西元 815 年。

3. 左遷：降官。古以右為尊，以左為卑，故稱。

4. 九江郡：舊治在今江西九江。

5. 司馬：官名。唐制於各州置司馬，為州刺史（州長）的屬官。從五品下。

6. 湓浦口：湓水注入長江的地方，在今九江市西。又稱湓口。湓水，又名湓江，湓浦，源出江西省瑞昌縣清湓山，東流經九江城下，北注長江。

7. 錚錚然：狀聲詞，為金屬鏗鏘的聲音。

8. 京都：京城。指長安。

9. 倡女：歌女。

10. 善才：唐時對琵琶師的稱呼。

11. 色衰：容顏衰老。

12. 委身：委託生命。指嫁人。

13. 賈人：商人；生意人。

14. 命酒：命人備酒。請人喝酒的意思。

15. 憫默：憂傷沈默。

16. 漂淪顦顇：漂泊淪落，困苦瘦病。顦顇，音義併同「憔悴」。

17. 轉徙：輾轉遷徙。

18. 恬然：淡泊的樣子。

19. 遷謫：流放貶謫。

20. 潯陽江：指靠近潯陽的一段長江。潯陽，地名，即今江西九江。因潯水而名。潯水，在江北，南流入長江。

21. 楓葉荻花秋瑟瑟：形容秋天蕭瑟的氣氛。楓，落葉喬木，葉掌狀，緣邊如鋸齒，秋末呈紅色。荻，草名，葦屬，生於水邊，花白色。瑟瑟，蕭瑟、蕭條的樣子。

22. 管弦：指音樂。管，管樂器，如簫、笛、笙等。弦，弦樂器，如琴、瑟、琵琶等。

23. 茫茫：廣大看不清的樣子。

24. 轉軸：轉動弦軸調音。軸，指弦樂器上端繫弦的軸柱，木製，用以轉緊弦絲，調音高低。每一根弦有一個軸。

25. 信手：隨手。

26. 輕攏慢撚抹復挑：描寫彈琵琶的幾樣動作。攏，音ㄌㄨㄥˇ，用手在弦上按捺。撚，音ㄋㄧㄢˇ，用手指拈弦。抹，用手揮弦。挑，用指尖把弦挑起。

27. 初為霓裳後六么：先奏霓裳羽衣曲，後彈六么曲。霓裳，即霓裳羽衣曲，唐玄宗時，由西涼傳入中土，原名婆羅門曲。宋郭茂倩《樂府詩集》云：唐玄宗和道士羅公遠遊月宮、見仙女數百，穿素練霓衣舞於廣庭，其曲名霓裳羽衣，帝默記其音調，歸而作霓裳羽衣曲。此曲曾由楊玉環配舞表演，為當時名曲。六么，唐時琵琶曲名，一名錄腰，一名錄要。王灼《碧雞漫志》云：「此曲拍無過六字，故曰六么。」

28. 間關：模擬黃鶯的啼聲。

29. 幽咽：流水聲。如人哭泣哽咽。

30. 銀瓶乍破水漿迸：銀色水瓶突然破裂，水漿湧濺。迸，音ㄅㄥˋ，濺射而出。

31. 撥：彈琵琶用的斧形木撥。

32. 舫：音ㄈㄤˇ，兩船相併。也用為船的通稱。

33. 沈吟：沈思不語。

34. 斂容：整肅儀容。

35. 蝦蟆陵：地名。在長安（今西安）縣西。蝦蟆，音ㄏㄚˊ　ㄇㄚˊ。

36. 教坊：掌管宮中優伶和娼妓的單位。唐開元2年始置。

37. 伏：認輸。

38. 秋娘：美女名。後指年老色衰的婦女。

39. 五陵：地名，在長安附近。因有五個漢朝皇帝的墳陵（高帝的長陵、惠帝的安陵、景帝的陽陵、武帝的茂陵、昭帝的平陵）在此，故名。漢時曾遷徙豪族巨富於五陵附近，因而置縣。

40. 爭纏頭：爭贈禮物。纏頭，纏在頭上的錦帛。古時跳舞，用錦纏頭，舞罷，常互贈錦帛為彩，叫做纏頭。至於青樓歌妓，男賓也往往贈錦，作纏頭用。後多以財物代替，俗因用為對妓女的賞賜之稱。

41. 紅綃：紅色的彩綢。

42. 鈿頭雲篦擊節碎：形容對歌女著迷的狂熱。鈿，花狀的金飾。雲篦，雕有雲紋的梳子。篦，音ㄅㄧˋ，竹製的梳子。擊節，隨音樂的節拍而打拍子。

43. 等閒度：不經意地度過。

44. 顏色故：容貌衰老。故，舊。

45. 浮梁：今江西浮梁縣，古為著名茶市。

46. 去來：離去。來，助詞，無義。

47. 闌干：淚流滿面的樣子。本義為編木為遮欄，引申為橫斜交錯的樣子。

48. 唧唧：歎息聲。

49. 絲竹：指音樂。與「管弦」同義。絲，指弦樂。竹，指管樂。

50. 黃蘆：即蘆葦，花黃白色，故名。

51. 杜鵑：鳥名。又名子規。每在春雨前啼叫不停，傳說會啼出血來。

52. 嘔啞嘲哳：嘈雜不和諧的聲音。

53. 更坐：再坐。

54. 翻：把旋律內涵用文字表達出來。

55. 向前：剛才；先前。

56. 青衫：便服。

【集評】

1. 宋·劉攽《中山詩話》：江州琵琶亭，前臨江，左枕湓浦，地猶勝
   絕。夏、梅詩最佳。夏云：「年光過眼如車轂，職事羈人似馬銜。
   若遇琵琶應大笑，何須涕泣滿青衫？」梅云：「陶令歸來為逸賦，
   樂天謫官起悲歌。有絃應被無絃笑，何況臨絃泣更多。」

2. 宋·尤袤《全唐詩話》：白居易之死，帝唐宣宗以詩弔之曰：「綴玉
   聯珠六十年，誰教冥路作詩仙？浮雲不繫名居易，造化無為字樂
   天。童子解吟長恨曲，胡兒能唱琵琶篇。文章已滿行人耳，一度思
   卿一愴然。」

3. 明·瞿佑《歸田詩話》：樂天〈琵琶行〉云：「門前冷落鞍馬稀，老
   大嫁作商人婦。」東坡舉此以喻杭妓琴操，即感悟而求落藉。

4. 清·黃子雲《野鴻詩的》：香山〈琵琶行〉，婉轉周詳，有意到筆隨
   之妙。篇中句亦警拔；音節靡靡，是其一生短處，非獨是詩而已。

5. 清·詩補華《峴傭說詩》：〈琵琶行〉較有情味。然「我從去年」一
   段又嫌繁冗，如老嫗向人談舊事，叨叨絮絮，厭瀆不肯休也。

（傅武光）

卷三・七言古詩

【作者】

歐陽脩（傳略見卷一・五言古詩〈送唐生〉）

啼鳥 [1]

窮山候至陽氣生 [2]，百物如與時節爭。官居荒涼草樹密，撩亂 [3]
紅紫開繁英 [4]。花深葉暗耀朝日，日暖眾鳥皆嚶鳴 [5]。鳥言我豈
解爾意？綿蠻 [6] 但愛聲可聽。總敘鳥聲。南窗睡多春正美，百舌 [7]
未曉催天明。黃鸝 [8] 顏色已可愛，舌端啞咤 [9] 如嬌嬰 [10]。竹林靜
啼青竹笋 [11]，深處不見惟聞聲。陂田 [12] 遶郭白水滿，戴勝穀穀
催春耕 [13]。誰謂鳴鳩 [14] 拙無用？雄雌各自知陰晴。雨聲蕭蕭泥
滑滑 [15]，草深苔綠無人行。獨有花上提葫蘆 [16]，勸我沽酒 [17] 花
前傾。其餘百種各嘲哳 [18]，異鄉殊俗難知名。吳北江曰：「以上羅列
眾鳥，璀錯有致。」我遭讒口 [19] 身落此，每聞巧舌宜可憎。春到山
城苦寂寞，把盞常恨無娉婷 [20]。花開鳥語輒自醉，醉與花鳥為
交朋。花能嫣然 [21] 顧我笑，鳥勸我飲非無情。身閑酒美惜光
景，惟恐鳥散花飄零。可笑靈均 [23] 楚澤畔，〈離騷〉憔悴愁獨醒
[22]。吳曰：「收揭出主意。」

【今注】

1. 慶曆 5 年（1045）8 月 21 日諫官錢明逸誣誣陷歐陽脩和外甥女張氏有曖昧之
   事，遂貶滁州。本詩是歐陽脩慶曆 6 年（1046）春在滁州所作，詩中以形象

化的啼鳥來宣洩他遭貶後的苦悶與牢騷，故高步瀛言詩中「我遭讒口」云云，所以發其不平也。全詩用賦的寫法來鋪陳物象及抒發感情：由春來官署中開遍野花，百鳥爭鳴起筆。自鳥聲可聽之後，連用十六句描摹山地各種鳥的啼聲，有聲有色。緣此，引發詩意一轉，乃感遭讒佞者誣陷之傷痛，憎惡巧舌；不過在滁州，也不禁與花鳥為友，自得其樂。最後以屈原之自尋煩惱，來反襯自己的善解窮愁做總結。全詩語言平淡清秀，節奏流暢自然，讀來有行雲流水般的美感，很能呈現歐詩主體風格。

2. 窮山候至陽氣生：荒山春天到了，氣溫變暖了。窮山，指荒山，形容自然條件很差的地方。候至，指春天時節到了。候，時節；時令。一候五天，以百物生長變化證驗節候。陽氣，暖氣；生長之氣。

3. 繁英：繁花。前四句寫滁州荒僻，春來官署中開遍野花。

4. 嚶鳴：鳥相和鳴的聲音。

5. 撩亂：繽紛。

6. 綿蠻：狀聲詞，模擬鳥聲。

7. 百舌：即烏鶇，喙尖，毛色黑黃相雜，鳴聲圓滑，其聲多變化。一名反舌，舊時以其能反覆其口，學百鳥之音，故稱。

8. 黃鸝：鳥名，自眼部至頭後部黑色，身體黃色，嘴淡紅色。鳴叫聲很好聽，故常被飼養作籠禽。吃森林中的害蟲，對林業極有益。也叫鶬鶊或黃鶯。

9. 啞咤：狀聲詞，多以摹狀鳥聲或人語嘈雜聲。

10. 嬌嬰：像嬌小的女孩。嬰：初生的女孩。

11. 青竹笋：鳥名，即竹林鳥。大如雀，色正青，善鳴。笋，音義同「筍」。

12. 陂田：山田。《史記·酷吏列傳》：「乃賞貸買陂田千餘頃，假貧民，役使數千家。」

13. 戴勝穀穀催春耕：戴勝，俗名山和尚，此指布穀鳥。狀似雀，頭有冠，五色如方勝，故稱戴勝鳥，常以三月中鳴鳴自呼。穀穀，狀聲詞，指布穀鳥的鳴叫聲。布穀鳥啼鳴時，長江流域正是插秧季節。故詩中寫春天「陂田水滿」時，布穀鳥啼，聲聲催人插秧耕作。

14. 鳴鳩：即斑鳩。不會造巢，常佔鵲巢而居，但能預知陰晴，故有「天欲雨，鳩逐婦；天既雨，鳩呼婦」的諺語。

15. 泥滑滑：竹雞的別名，多居竹林，形比鷓鴣差小，褐色多班赤文，其性好啼。因其鳴聲如呼泥滑滑，故稱。

16. 提葫蘆：鳥名，又叫提壺，即鵜鶘，鳴聲由緩而急，和泥滑滑都因鳴叫聲而得名。

17. 沽酒：買酒。

18. 嘲哳：形容鳥鳴聲嘈雜。

19. 讒口：讒佞者的中傷、誣陷之詞。這裡指歐陽脩被錢明逸誣陷和外甥女張氏（歐陽脩妹嫁張龜正當繼室，卒而無子，此甥女乃張前妻所生）有曖昧行為，後雖已辯明，仍被貶到滁州。

20. 娉婷：美人、佳人，此指官妓。宋代官府可召官妓侑酒。

21. 嫣然：美好的樣子。

22. 光景：風光；景象。

23. 靈均：戰國楚文學家屈原字。

【集評】

1. 宋・梅堯臣〈和歐陽永叔啼鳥十八韻〉：……我居中土別無鳥，老鴉鸜鵒方縱橫，教雛叫噪日群集，豈有勸酒花下傾。願君切莫厭啼鳥，啼鳥於君無所營。

2. 宋・葛立方《韻語陽秋》卷十六：人之悲喜，雖本於心，然亦生於境。心無繫累，則對境不變，悲喜何從而入乎？……歐陽永叔先在滁陽，有〈啼鳥〉一篇，意謂緣巧舌之人謫官，而今反愛其聲。後考試崇政殿，又有〈啼鳥〉一篇，似反滁陽之詠。其曰：「提葫蘆，不用沽美酒，宮壺日賜新撥醅，老病足以扶衰朽。」「百舌子，莫道泥滑滑。宮花正好愁雨來，暖日方催花亂發。」末章云：「可憐枕上五更聽，不似滁州山裡聞。」蓋心有中外枯菀之不同，則對境之際，悲喜隨之爾。啼鳥之聲，夫豈有二哉？

3. 清・吳闓生《昭昧詹言評本》：詩有賦情。

（賴麗娟）

明妃曲和王介甫作[1]

胡人[2]以鞍馬為家，射獵為俗。泉甘草美無常處，鳥驚獸駭爭馳
逐。誰將漢女嫁胡兒，風沙無情貌如玉。身行不遇中國人[3]，馬
上[4]自作思歸曲[5]。推手為琵卻手琶[6]，胡人共聽亦咨嗟[7]。玉
顏流落死天涯，琵琶[8]卻傳來漢家。漢宮爭按[9]新聲譜，遺恨已
深聲更苦。纖纖[10]女手生洞房[11]，學得琵琶不下堂[12]。不識黃
雲[13]出塞[14]路，豈知此聲能斷腸[15]？姚薑塢曰：「後四句頗具唐人風
趣。」方曰：「思深，無一處是恆人胸臆中所有。」又曰：「以後一層作起，誰將
句逆入明妃，玉顏二句逆入琵琶，收四語又用他人逆襯，所以為思深筆曲也。」

【今注】

1. 嘉祐 4 年（1059）王安石作〈明妃曲〉二首，當時和者甚多，如梅堯臣、司
   馬光、曾鞏、王回等，皆有和作，歐陽脩此詩亦屬之，傳說本詩與〈再和明
   妃曲〉、〈廬山高〉都是歐陽脩生平得意之作。本詩作於嘉祐四年秋，當時歐
   陽脩正在汴京擔任給事中。詩中以小見大，自夷夏之辨立意，從國家大事著
   眼，來寫昭君出塞的歷史悲劇，見識高超。其中描繪昭君出塞之苦，思歸之
   切，尤為生動傳神。中篇以下又藉琵琶聲以發議論，巧於構思，寄慨遙深；
   全力從琵琶深恨著筆，以昭君出塞「馬上自作思歸曲」，寫其流落異域之苦，
   與「漢宮爭按新聲譜」取樂互作對比，藉此譴責漢宮不知邊塞苦。因此，本
   詩乃借漢言宋，漢朝以昭君和番乞求和平，北宋以歲幣換得一時苟安，二者
   如出一轍，皆屬拙計，審視當下朝中君臣仍不思振作，一味粉飾太平，晏安
   如故，故曲筆諷之。明妃，即王嬙，字昭君，漢元帝時宮女，南郡秭歸（今
   屬湖北省）人。因避司馬昭諱，故晉人改稱為明君，後人又稱明妃。竟寧元
   年，漢與匈奴和親，昭君遠嫁呼韓邪單于，號胡寧閼氏，生二子。呼韓邪
   死，其前閼氏子代立，欲妻之。昭君曾上書求歸，漢成帝敕令從胡俗，遂復
   為後單于閼氏。

2. 胡人：我國古代對北方邊地及西域各民族人民的稱呼，此處指匈奴。

3. 中國人：指生長、居住在中原地區的人。

4. 馬上：馬背上。指王昭君在出塞時曾在馬背上作琵琶曲以寄託內心哀怨。

5. 思歸曲：今《古詩源》存王昭君〈怨詩〉一首，相傳是王昭君將入匈奴時作，其詞曰：「父兮母兮，道里悠長。嗚呼哀哉，憂心惻傷。」

6. 推手為琵卻手琶：泛指彈奏之意。推手、卻手是彈奏琵琶時手指前後撥絃的動作，推手向前撥絃叫琵，引手往後撥絃叫琶。

7. 咨嗟：嘆息。

8. 琵琶：彈撥樂器。初名批把。原流行波斯、阿拉伯等地，漢代時傳入我國。後有四弦、十二柱，俗稱「秦漢子」。南北朝時曲項琵琶傳入我國，橫抱懷中，用撥子彈奏，即今日所彈奏的琵琶前身。唐宋後不斷改進，改橫抱為豎抱，並用手指彈奏。

9. 按：彈奏。

10. 纖纖：指婦女的手指柔美細緻的樣子。

11. 洞房：宮殿中幽深的內室。

12. 不下堂：指學會琵琶即會受到寵幸而不會被拋棄。下堂，謂妻子被丈夫遺棄或和丈夫離異。

13. 黃雲：本指邊塞之雲，喻北地風沙。因塞外沙漠地區黃沙飛揚，天空常呈黃色，故稱。

14. 出塞：出邊塞。

15. 斷腸：形容極度思念或悲痛而肝腸寸斷。

【集評】

1. 宋‧葉夢得《石林詩話》卷中：前輩詩文，各有平生自得意處，不過數篇，然他人未必能盡知也。毗陵正素張子厚善書，余嘗於其家見歐陽文忠子棐以烏絲欄絹一軸，求子厚書文忠〈明妃曲〉兩篇，〈廬山高〉一篇，略云：「先公平日，未嘗矜大所為文，一日被酒，語棐曰：『吾詩〈廬山高〉，今人莫能為，惟李太白能之。〈明妃曲〉後篇，太白不能為，惟杜子美能之，至於前篇，則子美亦不能為，惟吾能之也。』因欲別錄此三篇也。」

2. 宋‧胡仔《苕溪漁隱叢話‧前集》卷二十三：近觀《本朝名臣傳》，乃云：「歐陽脩為詩，謂人曰：〈廬山高〉惟韓愈可及；〈琵琶

前引〉，韓愈不可及，杜甫可及；《後引》，李白可及，杜甫不可及。其自負如此。」則與《石林》所紀全不同。〈琵琶引〉即〈明妃曲〉也。

3. 宋・費袞《梁谿漫志》卷七：古今人作〈明妃曲〉多矣，皆道其思歸之意。歐陽公作兩篇，語故傑出，然大概亦歸於幽怨。……要當言其志在為國和戎，而不以身之流落為念，則詩人之旨也。

4. 清・陸次雲《宋詩善鳴集》卷上：此詩久已膾炙，自是不祧，和介甫，勝介甫作。

5. 清・姚範《援鶉堂筆記》卷四十：公筆力既不及前人崛奇，其長句多不可人意，且經營地上語耳。乃欲擬太白飛仙耶？此詩「纖纖女手生洞房，學得琵琶不下堂。不識黃雲出塞路，豈知此聲能斷腸？」後四句頗具唐人風旨。

（賴麗娟）

代贈田文初[1]

感君一顧[2]重千金，贈君白璧為妾心[3]。舟中繡被薰香夜[4]，春雪江頭三尺深。西陵長官[5]頭已白，憔悴窮愁愧相識。手持玉斝[6]唱陽春[7]，江上梅花落如積。津亭[8]送別君未悲，夢蘭[9]酒解始相思。須知巫峽[10]聞猿處，不似荊江夜雪[11]時。方曰：「此詩令人腸斷，情韻真是唐人。加入中間一層更闊大。」

【今注】

1. 景祐 4 年（1037），歐陽脩被貶為峽州夷陵縣令。二月，田畫從荊南到萬州

（四川萬縣）省親，途經夷陵，特地拜訪歐陽脩，歐有感其深情，乃作〈送田畫秀才寧親萬州序〉和本詩送別。其〈送田畫秀才寧親萬州序〉中云：「文初辭業通敏，為人敦潔可喜。歲之仲春，自荊南西拜其親於萬州，維舟夷陵，予與之登高以望遠，遂遊東山，窺綠蘿溪，坐磐石。文初愛之，數日乃去。」文初，田畫之字，田況從子。〈序〉中言及田畫之祖從諸將西平成都，南攻金陵，功最多。詩題「代贈」，乃借舟中女子身分，書寫眷戀與感恩之情，其實寄托朋友相得之樂。本詩喻意委婉，情韻幽深，而詩語流暢，形象生動，貼切地寫出詩人被貶的牢騷和惜別心情。

2. 一顧：顧念之意。

3. 贈君白璧為妾心：贈送白色的美玉給您，是為了表明自己的愛情純潔無瑕。璧：玉器名。扁平、圓形、中心有孔，邊闊大於孔徑。古代貴族用作朝聘、祭祀、喪葬時的禮器，也用作佩帶的裝飾。

4. 舟中繡被薰香夜：寫男女歡情，言在船中曾受到田畫的眷愛。繡被，即錦衾，指高貴、漂亮的錦被。

5. 西陵長官：歐陽脩自稱。田文初到夷陵時是景祐 4 年（1037）2 月，當時歐陽脩才 31 歲，此言頭髮已白，乃誇張筆法，極言自己因遭貶謫而早衰。西陵：指夷陵，今湖北宜昌。

6. 玉斝：玉製的酒器。

7. 陽春：戰國時楚國歌曲名。是一種比較高雅難學的曲子，泛指高雅的曲調。

8. 津亭：古代蓋在渡口旁的亭子。

9. 夢闌：夢醒。

10. 巫峽：長江三峽之一。西起四川巫山縣大溪，東至湖北巴東官渡口。因巫山得名。兩岸絕壁，船行極險。

11. 荊江夜雪：指夷陵惜別。荊江，指湖北、湖南一帶的長江。夜雪，乃呼應第四句「春雪江頭三尺深」。

【集評】

清‧方東樹《昭昧詹言》卷十二：此詩令人腸斷，情韻真是唐人。加入中間一層，更闊大。收四句深折，唐人絕句法也。

（賴麗娟）

【作者】

王安石

（1021～1086），字介甫，晚號半山。宋撫州臨川（今江西撫州）人。仁宗慶曆 2 年（1042）登進士甲科，簽書淮南節度判官公事。7 年，知鄞縣，通判舒州。嘉祐初召為群牧判官，出知常州等職。嘉祐 3 年（1058）入為三司度支判官，上〈萬言書〉，提出變法主張。神宗熙寧 2 年（1069）任參知政事，推行新法。翌年，拜同中書門下平章事。7 年 4 月罷相，出知江寧府。明年再相；9 年再罷相，退居江寧，初住半山園，後捨宅為寺，移家至秦淮河畔。元豐 3 年（1080）封荊國公，世稱荊公。哲宗元祐元年（1086）4 月卒，年 66，贈太傅，後諡文公。王安石文章雄健峭拔，為唐宋八大家之一。其詩則遒勁清新，喜造硬語，押險韻，好用典故，講求對仗，已開宋代江西詩派之先聲。王安石著述甚豐，詩文集有《臨川集》，今通行本有《臨川先生文集》100 卷，南宋李壁《王荊文公詩注》50 卷等。

明妃曲二首錄一 [1]

明妃[2]初出漢宮時，淚濕春風鬢腳垂[3]。低徊顧影無顏色[4]，尚得君王不自持[5]。歸來卻怪丹青手[6]，入眼平生幾曾有[7]？意態由來畫不成[8]，當時枉殺毛延壽[9]。託意甚高，非徒以翻案為能。一去心知更不歸[10]，可憐著盡漢宮衣[11]。寄聲欲問塞南事[12]，只有年年鴻鴈飛[13]。家人萬里傳消息，好在氈城[14]莫相憶。君不

見咫尺長門閉阿嬌[15]，人生失意無南北[16]。吳北江曰：「矜鍊深雅，殆勝歐作。」

【今注】

1. 漢樂府詩有〈明妃曲〉，寫王昭君的故事。此曲為樂府舊題，《樂府詩集》歸於「相和歌辭・吟嘆曲」。王安石〈明妃曲〉作於嘉祐 4 年（1059）秋，時年 39，以直集賢院為三司度支判官。詩旨以王昭君遠嫁為主題，不襲前人，藉昭君的生平，託古諷今，寄寓才士不遇、知音難覓的感慨。嘉祐 3 年安石上〈萬言書〉，主張變法革新，然而未引起仁宗注意，乃有〈明妃曲〉二首之作，詩中頌美王昭君的絕色與對祖國深情，藉昭君的失意，諷刺朝廷的昏庸。本詩以文為詩，妙於轉折，別開生面，議論警策；正因詩中獨出機杼，翻出新意，故此二詩一出，引起詩壇極大反響，競和者甚多，如劉敞、梅堯臣、曾鞏、司馬光、歐陽脩、王回等，皆有和作。〈明妃曲〉二首誠是宋詩翻案名作，更是王安石身後遭反對新法者誣詆之緣由（詳見本詩集評）。

2. 明妃：即王嬙，字昭君，南郡秭歸人。晉代因避文帝司馬昭諱，故改稱為明君，後人又稱明妃。漢元帝時被選入宮，竟寧元年（前 23 年）匈奴呼韓邪入朝求和親，她自請嫁匈奴。參見歐陽脩〈明妃曲和王介甫作〉注（1）

3. 淚濕春風鬢腳垂：王昭君美麗的容貌，掛著眼淚，頭髮散亂。鬢腳垂，指兩鬢的頭髮散亂下垂。鬢腳，即鬢角，指臉旁靠近耳朵的頭髮。

4. 低徊顧影無顏色：低頭徘徊，顧影自憐。無顏色，因內心悲傷而面色慘淡。

5. 尚得君王不自持：君王，指漢元帝劉奭。不自持，不能控制自己的行動。

6. 丹青手：畫工。這裡指為王昭君畫像的毛延壽。《西京雜記》卷上：「元帝後宮既多，不得常見，乃使畫工圖形，案圖召幸之，諸宮人皆賂畫工，多者十萬，少者亦不減五萬，獨王嬙自恃容貌不肯與。工人乃醜圖之，遂不得見。後匈奴入朝，求美人為閼氏，於是上案圖，以昭君行，及去召見，貌為後宮第一，善應對，舉止嫻雅，帝悔之。而名籍已定，方重信於外國，故不復更人。乃窮案其事，畫工皆棄市。」

7. 入眼平生幾曾有：平生看過的何曾有過這樣美的女子？言外之意是指王昭君的美貌是冠絕當代。

8. 意態由來畫不成：指神采情態一向是很難畫得完全逼真的。此乃為畫師辯解。意態，神情姿態。由來，自始以來；歷來。

9. 當時枉殺毛延壽：是說毛延壽因為所畫的王昭君不像本人那麼美而被殺，實

在是冤枉。王安石在此反用其說，主要是在歌詠王昭君的美麗，也側面傳達出漢元帝的昏庸好色和殘暴。枉殺，冤枉殺掉。

10. 更不歸：再不回來。

11. 可憐著盡漢宮衣：指王昭君思念、眷戀故國，一直穿著漢朝宮中的衣服，以致時間一久，漢衣都穿完了。可憐，令人憫傷。漢宮衣，從漢宮帶去的衣裳。

12. 寄聲欲問塞南事：寄聲，託人表示問候。塞南，邊塞以南的地區，即中原，這裡指漢庭和王昭君的故鄉。

13. 只有年年鴻雁飛：指年年只見雁子飛來，不見書至。相傳鴻雁可以傳書，《漢書·蘇武傳》曰：「常惠教使者謂單于，言天子射上林中得鴈，足有係帛書，言武等在某澤中。」鴻雁，屬於候鳥類。俗稱大雁。羽毛紫褐色，腹部白色，嘴扁平，腿短，趾間有蹼。主食植物的種子，也吃魚和蟲。群居在水邊，飛翔時都排列成行。可供食用，並可馴養。

14. 氈城：古代匈奴等游牧民族所居氈帳（即蒙古包）的集中地。多借稱單于王庭所在之處。

15. 咫尺長門閉阿嬌：周制八寸為咫，十寸為尺。謂接近或剛滿一尺。這裡指距離很近。長門，漢宮名。多借指失寵女子居住的寂寥淒清的宮院。閉，幽閉；禁閉。阿嬌，指漢武帝陳皇后。長門閉阿嬌，陳皇后被漢武帝遺棄後，幽閉在長門宮裡。

16. 人生失意無南北：人生如果不得志，便不在乎在南方或在北方了。

【集評】

1. 宋·李壁《王荊文公詩注》卷六引黃山谷〈跋〉：荊公作此篇，可與李翰林、王右丞並驅爭先矣。往歲道出潁陰，得見王深父（1023～1065）先生，最承教愛，因語及荊公此詩，庭堅以為詞意深盡無遺恨矣。深父獨曰：「不然，孔子曰：夷狄之有君，不如諸夏之亡也，『人生失意無南北』非是。」庭堅曰：「先生發此德言，可謂忠孝矣。然孔子欲居九夷，曰：『君子居之，何陋之有』？恐王先生未為失也。」明日深父見舅氏李公擇曰：「黃生宜擇明師畏友與居，年甚少而持論知古，血脈未可量也。」

2. 宋·李壁《王荊文公詩注》卷六：一樣「君不見」樂府常語耳，此獨從「家人」、「寄聲」得之，讀者墮淚，但見藹然，無嫌南北。

3. 宋・朱弁《風月堂詩話》卷下：太學生雖以治經答義為能，其間甚有可與言詩者。一日，同舍生誦介甫〈明妃曲〉至「漢恩自淺胡自深，人生樂在相知心。」「君不見，咫尺長門閉阿嬌，人生失意無南北。」詠其語，稱工。有木抱一者，艴然不悅，曰：「詩可以興，可以怨。雖以諷刺為主，然不失其正者，乃可貴也。若如此詩用意，則李陵偷生異域不為犯名教，漢武誅其家為濫刑矣。當介甫賦詩時，溫國文正公見而惡之，為別賦二篇，其詞嚴，其義正，蓋矯其失也。諸君曷不取而讀之乎？」眾雖心服其論，而莫敢有和之者。

4. 宋・李心傳《建炎以來繫年要錄》紹興四年八月載范沖（1065～1141）語：詩人多作〈明妃曲〉，以失身為無窮之恨，至於安石為〈明妃曲〉，則曰：『漢恩自淺胡自深，人生樂在相知心。』然則劉豫不足罪過也，今之背君父之恩，投拜而為盜賊者，皆合於安石之意。此所謂壞天下人心術。《孟子》曰：『無父無君，是禽獸也。』以胡虜有恩而遂忘君父，非禽獸而何？」

5. 明・蔣冕《瓊臺詩話》：〈明妃曲〉古今所稱者，歐陽、王荊公數篇。然嘗讀荊公之作，見其所謂「漢恩自淺胡自深，人生樂在相知心」之句，未嘗不為之嘆惜。夫發乎性情，止乎禮義，然後足以為詩。苟蕩其情而不止於禮義，則何詩之足云？夫人之相與，顧禮義何如耳！苟徒以恩之淺深以為相知相樂，而不復知有禮義可乎？

6. 清・賀裳《載酒園詩話》卷一：王介甫〈明妃曲〉二篇，詩皆可觀，然意在翻案。如「家人萬里傳消息，好在氈城莫相憶。君不見咫尺長門閉阿嬌，人生失意無南北。」其後篇益甚，故遭人彈射不已。

7. 清・趙翼《甌北詩話》卷十一：王荊公詩「意態由來畫不成，當時枉殺毛延壽」。此俱謂其色之美，非畫工所能形容，意亦自新。

8. 清・蔡上翔《王荊公年譜考略》卷七：王深父即以「人生失意無南北」非是，而黃魯直辨之，予謂此詩本意，明妃在氈城，北也；阿

嬌閉長門，南也。「寄聲欲問塞南事，只有年年鴻雁飛」，則設為明妃欲問之辭也。「家人萬里傳消息，好在氈城莫相憶」，則設為家人傳答聊相慰藉之辭也。若曰爾之相憶，徒以遠在氈城，不免失意耳。獨不見漢家宮中，咫尺長門，亦有失意之人乎！此則詩人哀怨之情，長言嗟嘆之旨止此矣。

9. 清·方東樹《評古詩選》：此等題各有寄託，借題立論，太白只言其乏黃金，乃自歎也。公此詩言失意不在近君，近君而不為國士之知，猶泥塗也。六一則言天下至妙，非悠悠者能知，以自喻其懷，非俗眾可知。

10. 近世·陳衍《宋詩精華錄》卷二：「低徊」二句，言漢帝之猶有眼力，勝於神宗。「意態」句，言人不易知。「可憐」句，用意忠厚。末言君恩之不可恃。

（賴麗娟）

【作者】

蘇軾（傳略見卷一‧五言古詩〈寒食雨〉）

王維吳道子畫鳳翔八觀之一 [1]

何處訪吳畫？普門與開元 [2]。開元有東塔，摩詰留手痕 [3]。吾觀畫品中，莫如二子尊。以上敘吳、王二子畫。道子 [4] 實雄放，浩如海波翻。當其下手風雨快，筆所未到氣已吞。亭亭 [5] 雙林間，彩暈扶桑暾 [6]。中有至人談寂滅 [7]，悟者悲涕迷者手自捫 [8]。蠻君鬼伯千萬萬 [9]，相排競進頭如黿 [10]。以上論吳畫。摩詰本詩老，佩芷襲芳蓀 [11]。今觀此壁畫，亦若其詩清且敦 [12]。祇園弟子盡鶴骨，心如死灰不復溫 [13]。門前兩叢竹，雪節貫霜根。交柯 [14] 亂葉動無數，一一皆可尋其源。以上論王畫。吳生雖妙絕，猶以畫工論。摩詰得之於象外，有如仙翮謝籠樊 [15]。吾觀二子皆神俊，又於維也斂衽無閒言 [16]。以上品第二家之畫。○紀曰：「奇氣縱橫，而句句渾成深穩，道元、摩詰畫品未易低昂，作詩若不如此，則節節板對，不見變化之妙耳。」方曰：「神品妙品，筆勢奇縱；神度氣度，渾脫瀏亮。一氣奔赴中，又頓挫沉鬱。」吳曰：「論畫入妙，詩格亦超妙不羣。」

【今注】

1. 嘉祐 8 年（1063）12 月蘇軾到鳳翔府簽判任，謁文宣王廟，遊開元寺觀王維畫叢竹，吳道子畫佛滅度，寫下這首五七言雜體古詩。此詩為《鳳翔八觀》

之三，其詩有序如下：「〈鳳翔八觀〉詩，記可觀者八也。昔司馬子長登會稽，探禹穴，不遠千里，而李太白亦以七澤之觀至荊州。二子蓋悲世悼俗，自傷不見古人，而欲一觀其遺迹，故其勤如此。鳳翔當秦蜀之交，士大夫之所朝夕往來。此八觀者，又皆跬步可至，而好事者有不能遍觀焉，故作詩以告欲觀而不知者。」

2. 普門與開元：二寺名。普門寺在陝西鳳翔東門外，寺壁有吳道子畫像。開元寺在鳳翔縣城北街有吳道子畫像，東壁有王維畫墨竹，現今皆不存在。

3. 摩詰留手痕：摩詰，王維字。手痕，手筆留痕，實指其畫。

4. 道子：吳道子（約 685～758），又名道玄，大唐許州陽翟（今河南禹縣）人。其繪畫筆法超妙，冠絕於世，他一生作過無數佛教、道教壁畫，僅長安、洛陽兩京的寺觀壁畫就達 300 餘幅。他作畫的題材很廣，除了人物以外，畫山水、鳥獸也非常專精。被譽為百代畫聖。

5. 亭亭雙林間：亭亭，高聳貌。雙林，《傳燈錄》記載，釋迦牟尼欲入涅槃時，往兩株娑羅樹間圓寂。

6. 彩暈扶桑暾：彩暈，佛陀頭頂上的光輪。扶桑，古代神話中的樹木，據說是日出之處。暾，朝陽。

7. 至人談寂滅：至人，指釋迦牟尼佛。寂滅，即涅槃。

8. 悟者悲涕迷者手自捫：佛弟子們悟解者悲傷流涕；迷惑者以手捫頭作思索之狀。

9. 蠻君鬼伯千萬萬：指諸天王、鬼王、鬼魅等都在佛陀圓寂前趕來聽法。

10. 相排競進頭如黿：形容聽法者互相推擠爭著向前，伸長頸項有如黿鼈之頭。黿：音ㄩㄢ╱，似鼈而大，背甲近圓形，生活於河中。

11. 「摩詰本詩老」二句：詩老，詩中老手。芷，白芷，香草名。襲，薰染。蓀，香草。形容王維的氣質及詩風之清醇，語出屈原《離騷》：「扈江離與辟芷兮，紉秋蘭以為佩。」

12. 清且敦：指王維的畫如其詩一樣，清秀而意味深長。

13. 「祇園」二句：寫王維所畫佛門弟子都像鶴骨般瘦瘠，而且參悟佛道奇心如死灰般不復溫。祇園，是祇樹給孤獨園的簡稱，為釋迦牟尼佛說法之處。鶴骨：身體消瘦，骨骼清奇。心如死灰，謂毫無生氣。

14. 交柯：交錯在一起的枝葉。

15. 仙翮謝樊籠：指仙鳥離籠而飛，比喻超脫形似，達到神似。

16. 斂衽無間言：整理衣襟，表示尊敬的動作。間言，異議。間，同「間」。

【集評】

1. 清・紀昀評《蘇文忠公詩集》卷四：（起處）奇氣縱橫，而句句渾成深穩。（「亦若其詩清且敦」）「敦」字義非不通，而終有嵌押之痕。凡詩有義可通，而語不佳者，落筆時不得自恕。「交柯」二句妙契微茫。凡古人文字、皆如是觀。（「吳生雖妙絕」以下）雙收側注，寓整齊於變化之中。摩詰、道子畫品，未易低昂。作詩若不如此，則節節板對，不見變化之妙耳。

2. 清・趙翼《甌北詩話》卷五《蘇東坡詩》：坡詩不尚雄傑一派，其絕人處在乎議論英爽，筆鋒精銳，舉重若輕，讀之似不甚用力而力已透十分，此天才也。……「當其下手風雨快，筆所未到氣已吞。」此皆坡詩中最上乘，讀者可見其才分之高，不在功力之苦也。

3. 清・翁方綱《石洲詩話》卷三：《王維吳道子畫》一篇，亦是描寫實際，且又是兩人筆墨，而浩瀚淋漓，生氣迥出。前篇上有韓歌在前，此篇則古所未有，實蘇公獨立千古之作。即如「亭亭雙林間」直到「頭如黿」一氣六句，方式簡「筆所未到氣已吞」也。其神彩，固非一字一句之所能盡。而後人但舉其總挈一句，以為得神，以下則以平敘視之，此固是作時文語，然亦不知其所謂得神者安在矣。看其王維一段，又是何等神通！有此鍛冶之功，所以貴乎學蘇詩也。若只取其排場開闊，以為嗣響杜、韓，則蒙叟所訶「貽五石之瓠」者耳。

4. 清・王文誥《蘇文忠公詩編注集成》卷三：（「門前兩叢竹」四句）本集獨不傳畫法，以上四句即公之畫法也。（「猶以畫工論」）此句非薄道玄也，吳、王之學實自此分支。其後荊、關、董、巨，皆宗王不宗吳也。曉嵐眼下苛深，乃輕易放過此句，殊屬疏忽。誥謂道玄雖畫聖，與文人氣息不通；摩詰非畫聖，與文人氣息通，此中極有區別。自宋、元以來，為士大夫畫，瓣香摩詰則有之，而傳道玄衣缽者則絕無其人也。公畫竹實始于摩詰，今讀此詩，知其不但詠之論之，並已摹之繪之矣。非久，與文同遇于岐下，自此畫日益

進，而發源則此詩也。

5. 清·方東樹《昭昧詹言》卷十二：古人得意語，皆是自道所得處，所以衝口即妙，千古不磨。今人但學人說話，所以不動人，此誠之不可掩也。以此觀大家無不然，而陶、杜、韓、蘇、黃尤妙。神品妙品，筆勢奇縱。神變氣變，渾脫溜亮。一氣奔赴中，又頓挫沉鬱。所謂「海波翻」、「氣已吞」、「一一可尋源」、「仙翮謝樊籠」等語，皆可狀此詩，真無閒言。

6. 近世·陳衍《宋詩精華錄》卷二：大凡名家古詩，每篇必有一二驚人名句，全篇方鎮壓得住。其麟爪之間，亦不處處用全力也。

（邵曼珣）

遊金山寺 [1]

我家江水初發源 [2]，宦游直送江入海。聞道潮頭一丈高，天寒尚有沙痕在。中泠南畔石盤陀，古來出沒隨濤波 [3]。試登絕頂望鄉國，江南江北青山多。方曰：「望鄉不見，以江南北之山隔之也，非泛寫景。」羈愁畏晚尋歸楫，山僧苦留看落日。微風萬頃韡文細 [4]，斷霞半空魚尾赤 [5]。是時江月初生魄 [6]，二更月落天深黑。江心似有炬火明，飛焰照山棲鳥驚 [7]。悵然歸臥心莫識，非鬼非人竟何物。吳曰：「機軸與〈後赤壁賦〉同，而意境勝彼。」江山如此不歸山，江神見怪驚我頑 [8]。我謝江神豈得已，有田不歸如江水 [9]！方曰：「奇妙。」吳曰：「公詩佳處全在興象超妙，此首尤其顯著者。」

【今注】

1. 熙寧 4 年（1071）冬 11 月，蘇軾赴杭州，途中遊金山寺作此詩。金山寺：在今江蘇鎮江金山上。王注高子勉（荷）引《圖經》曰：「金山龍游寺屹立江中，為諸禪剎之冠，舊名澤心。梁武帝天監四年，親臨澤心寺設水陸會。聖朝天禧初，真宗夢游此，賜今額。」《太平寰宇記》曰：「金山澤心寺，在城東南揚子江中。按《圖經》云：本名浮玉山，因頭陀開山得金，故名金山寺。」《清統志》曰：「江蘇鎮江府：江天寺在金山，舊名澤心寺，又名龍游寺，通名金山寺。」

2. 我家江水出發源：蘇軾故鄉四川眉山，在長江上游。

3. 「中泠南畔」二句：中泠水的南岸石頭高低不平，自古以來這些石頭的出沒，全隨波濤的漲落。中泠：泉名，在金山西北。傳為天下點茶第一。石盤陀：形容石塊巨大。

4. 微風萬頃韡文細：是說江上微風吹動，水面波紋如靴上的細紋。韡，同「靴」字。

5. 斷霞半空魚尾赤：指天空上斷續的雲霞，如魚尾般赤紅。

6. 初生魄：指新月初生。蘇軾遊金山寺是十一月初三日。

7. 「江心似有」二句：指長江中心好像有火炬照明，飛升的火焰照得山上棲宿的鳥都被驚起了。《太平廣記》卷 466 引《嶺南異物志》：「海中水遇陰晦，波如然火滿海，以物擊之，迸散如星火，有月即不復見。」此種特異現象古人稱為「陰火」。

8. 警我頑：指江神對我迷戀仕途的懲戒。

9. 有田不歸如江水：左傳僖公 24 年晉文公流亡在外，渡黃河時對其舅父說：「所不與舅氏同心者，有如白水。」此指蘇軾對江水發誓，置辦田產之後一定退隱回鄉。

【集評】

1. 清・葉矯然《龍性唐詩話初集》：至杜甫云：「白摧朽骨龍虎死，黑入太陰雷雨垂」，「子規夜啼山竹裂，王母晝下雲旂翻」，語以奇勝而帶幽。蘇云：（略）「微風萬頃韡文細，斷霞半空魚尾赤。」語以幽勝而實奇，不相襲而相當，二公之謂歟。

2. 清・汪師韓《蘇詩選評箋釋》卷一：一往作縹緲之音，覺自來賦金山者極意著題，正無從得此遠韻。起二句將萬里程，半生事一筆道盡，恰好由岷山導江至此處海門歸宿，為入題之語。中間「望鄉

國」句，故作翹望語，以環應首尾。「微風萬頃」二句寫出空曠幽靜之致。忽接入「是時江月」一段此不過記一時陰火潛然景象耳。思及「江神見怪」，而終之以「歸田」，矜奇之語，見道之言，想見登眺徘徊，俯視一切。

3. 清·翁方綱《石洲詩話》卷二：寶庠《金山行》「欻然風生波出沒，灌濩晶熒無定物。居人相顧非世間，如到日宮經月窟。信知靈境長有靈，住者不得無仙骨」數語，即東坡《金山》詩所脫胎也。在庠詩本非高作，而蘇公脫出實境來，神妙遂至不可測。古人之善于變化如此。

4. 清·紀昀評《蘇文忠公詩集》卷七：首尾謹嚴，筆筆矯健。節短而波瀾甚闊。（「我家江水初發源」）入手即伏結意。（「試登絕頂望鄉國」二句）又一縈拂。結處將無作有，兩層搭為一片歸結，完密之極，亦巧便之極！設非如此挽合，中一段如何消納？（「江神見怪驚我頑」）此句即指炬火事。

5. 清·方東樹《昭昧詹言》卷十二：奇妙。（「試登絕頂望鄉國」二句）望鄉不見，以江南北之山隔之也，非泛寫景。

6. 清·趙克宜《角山樓蘇詩評注彙鈔》卷三：首四句起勢雄健。「望鄉」一聯，篇中筋節，與起結貫注。

（邵曼珣）

法惠寺橫翠閣 [1]

朝見吳山[2]橫，暮見吳山縱。吳山故多態[3]，轉側為君容[4]。幽人起朱閣[5]，空洞更無物。唯有千步岡，東西作簾額[6]。以上寫

景，以下寫情。**春來故國歸無期，人言秋悲春更悲。已泛平湖思濯錦[7]，更看橫翠憶峨眉。雕欄能得幾時好，不獨憑欄人易老[8]。百年興廢更堪哀，懸知[9]草莽化池臺。游人尋我舊游處，但覓吳山橫處來。**吳曰：「奇氣橫溢。」

【今注】

1. 法惠寺：據王十朋注引林子仁（敏功）《杭州圖經》：「法惠寺在天井巷，吳越王錢氏建，舊額興慶寺，治平二年改賜今額。」查慎行注曰：「《西湖遊覽志》：自清波門外折而南，為方家峪，峪畔舊有法惠院，慶曆間法言作西軒於此。橫翠閣失考。」高步瀛：據蘇詩諸家編次，此詩當為熙寧 6 年（1073）正月作。
2. 吳山：一名胥山，上有伍子胥祠。今名城隍山，在杭州城內東南。
3. 多態：不同時間、方向看山，山的姿態是多變的。
4. 轉側為君容：打扮好了，轉換不同的角度，讓你欣賞。容：打扮裝飾。
5. 幽人：雅士，隱士。朱閣：指橫翠閣。
6. 「唯有千步岡」二句：指吳山橫貫東西，好像是朱閣的簾幕。（此處暗含閣名「橫翠」之意）千步岡：指吳山。簾額：門窗上掛的簾幕。
7. 已泛平湖思濯錦：泛舟西湖，便想起家鄉女子們在錦江中濯錦的情景。平湖，指西湖。濯錦，濯錦江之水。錦江是岷江支流在成都平原上。據說在江中濯錦，顏色會更加鮮明。
8. 「雕欄能得幾時好」二句：暗用李煜〈虞美人〉：「雕欄玉砌應猶在，只是朱顏改。」感慨人事的代謝。
9. 懸知草莽化池台：預知池台化為草莽。懸知，預先想到。草莽化池台，就是池台化為草莽之倒裝。

【集評】

1. 清・紀昀評《蘇文忠公詩集》卷九：短峭而雜以曼聲，使人愴然易感。起得峭拔。（「雕欄能得幾時好」以下）眼前真境，而自來未經人道。
2. 清・翁方綱《石洲詩話》卷一：太白五律之妙，總是一氣不斷，自

然入化，所以為難能。蘇長公「橫翠峨眉」一聯，前人比於杜陵〈峽中覽物〉之句。然太白作〈上皇西巡南京歌〉云：「地轉錦江成渭水，天迴玉壘作長安。」則更大不可及矣。

3. 清・趙克宜《角山樓蘇詩評注彙鈔》卷四：（首四句）一起，不泥定「橫」字著筆，四語生動有味。……（「百年興廢更堪哀」四句）淺語甚真，調亦流便，在集中別是一色筆墨。

（邵曼珣）

韓幹馬十四匹 [1]

二馬並驅攢八蹄，二馬宛頸騣尾齊 [2]。一馬任前雙舉後 [3]，一馬卻避長鳴嘶。方曰：「起四句分敘。」老髯奚官騎且顧 [4]，前身作馬通馬語。方曰：「二句一束夾，此為章法。」又曰：「夾敘中忽入老髯一句，閒情逸致，文外之文。」後有八匹飲且行，微流赴吻 [5] 若有聲。方曰：「欲活。」前者既濟出林鶴，後者欲涉鶴俛啄 [6]。方曰：「二句總寫八匹。」最後一匹馬中龍 [7]，不嘶不動尾搖風。方曰：「二句補道足。」韓生畫馬真是馬，蘇子作詩如見畫。世無伯樂亦無韓 [8]，此詩此畫誰當看。方曰：「章法之妙，非太史公與退之不能知之。」

【今注】

1. 韓幹：唐代京兆藍田（今陝西省境）人，師事曹霸，以畫馬著名。《容齋五筆》卷 7 曰：「韓公人物畫記云：凡馬之事二十有七焉，馬大小八十有二，而莫有同者焉。秦少游謂其敘事該而不煩，故倣之而作《羅漢記》。坡公賦韓幹十四馬詩云云。詩之與記，其體雖異，其為佈置鋪寫則同。誦坡公之語蓋不待見畫也。」查注引樓鑰《攻媿集》〈題趙尊渥洼圖序〉謂龍眠臨書

坡詩於後，馬實十六匹。坡詩云十四匹，豈誤耶？」王文誥曰：「據公詩馬十四匹，樓所見并非臨本也。」

2. 「二馬並驅」二句：攢八蹄：就是八隻馬蹄聚在一起。攢：音ㄘㄢˇ，積蓄，積聚。宛頸：曲頸相接。鬣：馬頸上的長毛，同「鬃」。這兩句寫四匹馬，分為兩組，一寫奔馳，一寫齊步。

3. 一馬任前雙舉後：任前，以兩隻前腳支撐身體。雙舉後，舉起兩隻後腿踢後面的馬。

4. 老髯奚官騎且顧：髯，音ㄖㄢˊ，頰鬚，泛指鬍鬚。奚官，官名，職司養馬。

5. 微流赴吻：指馬渡河時邊行邊飲。吻：動物的嘴。

6. 「前者既濟」二句：指前面八匹馬已經渡河上岸，上岸時如出林之鶴一樣昂首上岸。後面的馬正欲渡河，像鶴俯頭啄食的樣子。既濟，《易》卦名。離下坎上。指皆濟，已完成。此指已經渡河上岸。俛，音ㄈㄨˇ，低頭。

7. 馬中龍：指馬體形雄偉不凡。《周禮・夏官》：「馬八尺以上為龍。」

8. 伯樂：古代善相馬者，傳說是春秋秦穆公時人。

【集評】

1. 清・葉矯然《龍性堂詩話初集》：少陵詠馬及題畫馬諸詩，寫生神妙，直空千古，使後人無復著手處。如〈驄馬行〉云：「五花散作雲滿身，萬里方看汗流血」，「赤汗微生白雪毛，銀鞍卻覆香羅帕」，「畫洗須騰涇渭深，朝趨可刷幽并夜」。《畫馬引》云：「曾貌先帝照夜白，龍池十日飛霹靂」，「斯須九重真龍出，一洗萬古凡馬空」等語，皆筆奪化工。後子瞻〈題韓幹畫馬〉詩，知其獨步，便不復摹寫，第云：「老髯奚官騎且顧，前身作馬通馬語」，只於馬廝身上放一奇語，亦可謂補子美之所不及矣。

2. 清・汪師韓《蘇詩選評箋釋》卷二：韓子《畫記》，只是記體，不可以入詩。杜子〈觀畫馬圖詩〉，只是詩體，不可以當記。杜、韓開其端，蘇乃盡其極，敘次歷落，妙言奇趣，觸緒橫生。嘹然一吟，獨立千載。

3. 清・紀昀評《蘇文忠公詩集》卷十五：杜公〈韋諷宅觀畫馬〉詩，獨創九馬分寫之格。此詩從彼處得法，更加變化耳。（起句）直起

老橫。東坡慣用此法。(「一馬任前雙舉後」)「任」當作「在」。
(「微流赴吻若有聲」)「微流」句傳神。(「最後一匹馬中龍」)「最
後」句有寓託。

4. 清‧方東樹《昭昧詹言》卷十二：

　　⑴敘十五馬如畫，尚不為奇，至於章法之妙，非太史公與退之不能
　　　知之。故知不解古文，詩亦不妙。

　　⑵起四句分敘寫。「老髯奚官騎且顧」二句一束夾，此為章法。「微
　　　流赴吻若有聲」句欲活。「前者既濟出林鶴」二句總寫八匹。「最
　　　後一匹馬中龍」二句補遒足。「韓生畫馬真是馬」句，前敘後
　　　議。收，自道此詩。直敘起，一法也。序十五馬分合，二也。序
　　　夾寫如畫，三也。分合敘，參差入妙，四也。夾寫中忽入「老
　　　髯」二句議，閒情逸致，文外之文，弦外之音，五妙也。夾此二
　　　句，章法變化中又加變化，六妙也。後八匹，「前者」二句忽
　　　斷，七妙也。橫雲斷山法，此以退之〈畫記〉入詩者也。後人能
　　　學其法，不能有其妙。章法之說，山谷亦不能解，卻勝他人。

5. 日本‧賴山陽《東坡詩鈔》卷三：韓幹所畫十四匹馬圖，當時人之
　　所能知，故書題如此。此詩詼諧，不如前詩之嚴正可法，而今撰之
　　者，徒取其本色耳。此詩無一句淵源古人之作者，是東坡自我作古
　　之意。(「二馬並驅攢八蹄」)單刀直入。此詩比前詩，雖句數稍
　　齊，自是小品局面，故起亦用單刀直入法。(「一馬任前雙舉後」)
　　韓非子云：馬之能走者，任前舉後。(「老髯奚官騎且顧」)二字
　　(老髯)取姿。(「微流赴吻若有聲」)東坡本色。是畫。(「後者欲
　　涉鶴俛啄」)新奇。

（邵曼珣）

百步洪　並引[1]二首錄第一首

　　王定國[2]訪余於彭城[3]。一日棹[4]小舟與顏長道[5]攜盼、英、卿三子[6]游泗水，北上聖女山[7]，南下百步洪，吹笛飲酒，乘月而歸。余時以事不得往，夜著羽衣[8]，佇立於黃樓上，相視而笑，以為李太白死，世間無此樂三百餘年矣。定國既去逾月，復與參寥師放[9]舟洪下，追懷曩游[10]，已為陳跡，喟然而歎。故作二詩，一以遺[112]參寥，一以寄定國，且示顏長道、舒堯文[12]邀同賦云。

長洪斗落[13]生跳波，輕舟南下如投梭[14]。水師[15]絕叫鳧雁起[16]，亂石一線[17]爭磋磨[18]。有如兔走鷹隼落，駿馬下注千丈坡[19]。斷絃離柱箭脫手，飛電過隙珠翻荷[20]。四山眩轉風掠耳，但見流沫生千渦[21]。紀曰：「語皆奇逸，亦有灘起渦旋之勢。」嶮中得樂雖一快，何意水伯誇秋河[22]？吳曰：「前半寫景奇妙。」我生乘化[23]日夜逝，坐覺一念逾新羅[24]。紛紛爭奪醉夢裡，豈信荊棘埋銅駝[25]。覺來俯仰失千劫，回視此水殊委蛇[26]。君看岩邊蒼石山，古來篙眼[27]如蜂窠[28]。方曰：「君看句忽合，此為神妙。」但應此心無所住，造物雖駛如吾何[29]？回船上馬各歸去，多言譊譊師所呵[30]。王見大曰：「時與參寥同遊，故結到參寥。」吳曰：「後半善談名理。」姚姬傳曰：「此詩之妙，詩人無及之者，世惟有莊子耳。」

【今注】

1. 此詩宋神宗元豐元年（1078）在徐州（今江蘇省境）時所作。百步洪：又名

徐州洪，在徐州城東南，為泗水流經徐州城外之一段，水流迅急，亂石激
濤，綿延數里才平靜。並引，猶言並序。引，文體名，如序而短。蘇軾之祖
父名序，故諱序稱引。

2. 王定國：即王鞏。山東莘縣人，有雋才，長於詩。元豐二年因與蘇軾往來，
　　而連坐謫監賓州鹽酒稅，數歲始還。徽宗時列名元祐黨籍，著有《甲申雜
　　記》、《見聞近錄》等，其詩文為蘇軾兄弟所推重。

3. 彭城：今江蘇徐州。

4. 棹：音ㄓㄠˋ，船槳，此當動詞，即划船。

5. 顏長道：即顏復。

6. 盼、英、卿三子：馬盼盼、張英英、卿三位女子。三人皆徐州妓女。卿，其
　　姓失考。子，兼男女而言，此指女子。

7. 聖女山：在徐州城東北。

8. 羽衣：以鳥羽為衣。

9. 參寥師：即道潛，字參寥，本姓何，浙江臨安人。工詩，蘇軾謂其詩句清
　　絕。因與蘇軾反對變法而有牽連，獲罪命還俗。後翰林學士曾肇辨其無罪，
　　復落髮為僧，崇寧末圓寂，賜號妙總大師。師，謂禪師。

10. 曩遊：舊遊。曩，音ㄋㄤˇ，往時。

11. 遺：音ㄨㄟˋ，贈送。

12. 舒堯文：即舒煥。

13. 斗落：即陡落。跳波，波浪飛濺。

14. 投梭：擲織布梭，比喻舟行疾速，如穿梭織布。

15. 水師：船工。

16. 鳧雁：野鴨子。

17. 一線：言水道狹窄曲折。

18. 爭礛磨：謂兩岸亂石犬牙交錯，與水相礛相磨。

19. 「有如兔走鷹隼落」二句：上句是以鷹隼捕兔比喻，下句是以駿馬注坡比
　　喻，都形容水流之快。鷹隼，猛禽。隼，音ㄓㄨㄣˇ。

20. 飛電過隙珠翻荷：飛逝的閃電很快地掠過隙縫。珠翻荷：猛一掀起荷葉，上
　　面的水珠急遽落下。

21. 「四山眩轉風掠耳」二句：四山，四周之山。風掠耳，耳後生風。流沫，水
　　流激起的泡沫。渦，漩渦。

22. 「嶮中得樂雖一快」二句：意謂險中得樂雖是一快，但與河伯誇秋河無異，
　　實在微不足道。語本《莊子·秋水》：「秋水時至，百川灌河，涇流之大，兩
　　涘渚崖之間不辯牛馬。於是焉河伯欣然自喜，以天下之美盡在己也。……」

23. 乘化：隨順自然運轉變化。

24. 逾新羅：越過新羅。逾，越過；超過。新羅，古代朝鮮國之一，相傳為赫居世所建，至西元 4 世紀中葉，成為朝鮮半島東南的強國。

25. 荊棘埋銅駝：京城銅鑄的駱駝，埋沒在荊棘雜草裏。意謂盛衰無常。《晉書・索靖傳》：「靖有先識遠量，知天下將亂，指洛陽宮門銅駝歎曰：『會見汝在荊棘中耳！』」

26. 「覺來俯仰失千劫」二句：覺來，醒悟以後。俯仰，喻時間短暫。千劫，言時間很長。佛教以世界經歷若干萬年即毀滅一次，再重新開始為「一劫」。殊，特別。委蛇，從容自得的樣子。

27. 篙眼：猶篙痕。以篙撐船，篙在岸上留下的孔穴。

28. 蜂窠：蜂窩。

29. 「但應此心無所住」二句：意謂只要心無所執著，造物雖疾逝，其又奈我何！語見《金剛經》：「應無所住，而生其心。」駛，疾逝。

30. 譊譊師所呵：譊譊，音ㄋㄠˊ，爭辯聲。師，指參寥。呵，怒聲責罵。

【集評】

1. 清・趙克宜《角山樓蘇詩評註彙鈔》卷八：序中先述王、顏之游，已不得與。及與參寥放舟，追懷昔游，感而成詠。詩則前一首實賦與參寥放舟，後一首追懷昔游也。

2. 清・查慎行《初白庵詩評》卷中：（「有如兔走鷹隼落」四句）聯用比擬，局陳開拓。古未有此法，自先生創之。

3. 清・汪師韓《蘇詩選評箋釋》卷二：用譬喻入文，是軾所長。此篇摹寫急浪輕舟，奇勢迭出，筆力破餘地，亦真是險中得樂也。後幅養其氣以安舒，猶時見警策，收煞得住。

4. 清・紀昀評《蘇文忠公詩集》卷十七：語（指起處）皆奇逸，亦有灘起渦旋之勢。（「有如兔走鷹隼落」）只用一「有如」貫下，便脫去連比之調。（「飛電過隙珠翻荷」）一句兩比，尤為創格。後半全對參寥下語。詩須如此用意，方不浮泛。

5. 清・趙翼《甌北詩話》卷五：東坡大氣旋轉，雖不屑屑于句法字中別求新奇，而筆力所到，自成創格。如（略）〈百步洪〉詩（下引

「有如兔走鷹隼落」四句）形容水流迅急，連用七喻，實古所未有。

6. 清・王文誥《蘇文忠公詩編注集成》卷十七：時與參寥同遊，故結到參寥。

7. 近世・陳衍《宋詩精華錄》卷二：坡公喜以禪語作詩，數見無味。此詩就眼前「篙眼」指點出，真非鈍根人所及矣。「兔走」四句，從六如來，從韓文「燭照龜卜」來，此遺山所謂「百態妍」也。

（邵曼珣）

書王定國所藏煙江疊嶂圖[1]

江上愁心千疊山，浮空積翠如雲煙。山耶雲耶遠莫知，煙空雲散山依然。但見兩崖蒼蒼暗絕谷，中有百道飛來泉。縈林絡石[2]隱復見，下赴谷口為奔川。川平山開林麓斷，小橋野店依山前。行人稍度喬木外，漁舟一葉江吞天。方曰：「以寫為序，寫得入妙，而筆勢又高，氣又遒，神又王。」使君[3]何從得此本？點綴毫末分清妍[4]。不知人間何處有此境？徑欲往買二頃田。方曰：「四句正鋒。」君不見武昌樊口幽絕處，東坡先生留五年[5]。吳曰：「以下波瀾。」春風搖江天漠漠[6]；暮雲卷雨山娟娟[7]。丹楓翻鴉[8]伴水宿[9]，長松落雪驚醉眠。吳曰：「四句四時之景。」桃花流水在人世，武陵豈必皆神仙。江山清空我塵土，雖有去路尋無緣。還君此畫三歎息，山中故人應有招我歸來篇[10]。以實境比況結出作意。

【今註】

1. 此詩元祐 3 年（1088）12 月作於汴京。王定國：王鞏，自號清虛居士。「煙
   江疊嶂圖」，王詵畫。王詵（1037～1093），字晉卿，太原（今山西省境）
   人，居開封，北宋開國功臣王全斌之後。官附馬都尉，妻為英宗之女蜀國長
   公主。他善詩詞、書法，尤以工山水畫著名。喜好畫江上雲山、幽谷寒林與
   平遠風景，繪畫時採用李成的皴法，也有金碧設色。與蘇軾、黃庭堅、米芾
   等交好。
2. 縈林絡石：縈，圍繞。絡，纏繞。
3. 使君：謂州郡長官。此指王鞏。
4. 清妍：清秀。
5. 「君不見武昌樊口幽絕處」二句：樊口，在今湖北鄂城縣西北。因位於樊山
   腳下，為樊港入長江之口，故名。東坡於元豐 3 年 2 月貶為黃州團練副使，
   元豐 7 年 4 月遷汝洲，首尾共 5 年。
6. 漠漠：瀰漫貌。
7. 娟娟：美好貌。
8. 丹楓翻鴉：鴉翔於丹楓之間。
9. 伴水宿：伴人宿水邊。
10. 歸來篇：語本《楚辭・招隱士》：「王孫兮歸來！山中兮不可以久留。」

【集評】

1. 宋・許顗《彥周詩話》：畫山水詩，少陵數首後，無人可繼者。惟
   荊公〈觀燕公山水〉詩前六句差近之，東坡〈煙江疊嶂圖〉一詩，
   亦差近之。

2. 明・胡應麟《詩藪》內編卷三：題畫自杜諸篇外，唐無繼者。王介
   甫〈畫虎圖〉、蘇子瞻〈煙江疊嶂〉、〈夜遊圖〉，……皆有可觀，而
   骨力變化，遠非杜比。

3. 明・胡應麟《詩藪》外編卷五：子瞻雖體格創變，而筆力縱橫，天
   真爛漫。集中如……〈煙江疊嶂〉……等篇，往往俊逸豪麗，自是
   宋歌行第一手。其他全篇涉議論滑稽者，存而不論可也。

4. 清・汪師韓《蘇詩選評箋釋》卷四：竟是為畫作記，然摹寫之神
   妙，恐作記反不能如韻語之曲盡而有情也。「君不見」以下，煙雲
   卷舒，與前相稱，無非以自然為祖，以元氣為根。

5. 清·方東樹《昭昧詹言》卷十二：起段以寫為敘，寫得入妙，而勢又高，氣又遒，神又旺。「使君何從得此本」四句正鋒。

6. 清·王文誥《蘇文忠公詩編注集成》卷三十：《孟子》長篇多兩扇法，……如此詩即用兩扇法。以上自首句憑空突起，至此為一扇，道圖中之景也。（「雖有去路尋無緣」）自「使君」句起至此為一扇，道觀圖之人也。後僅以二句作結，（「還君此畫三嘆息」）此句結圖中之景，（「山中故人應有招我歸來篇」）此句結觀圖之人。

7. 清·曾國藩《曾文正公全集·讀書錄》卷九《東坡文集》：前十二句狀畫中勝境。「使君」四句點明題目。「君不見」十二句，言樊口勝境亦不減于途中之景，但人自欠閑耳。

8. 日本·賴山陽《東坡詩鈔》卷三：老杜「五日一水」，「堂上楓樹」等詩，便題畫之淵源，而其後無次之者，如東坡此詩或可次誦。此詩一韻到底，老杜〈哀王孫〉、〈哀江頭〉詩來，而每章似換韻，是此詩之妙處。（「江上愁心千疊山」二句）起手注題。二句如一篇冒頭，自是大局面筆法。（「山耶雲耶遠莫知」）分說雲煙二字。（「煙空雲散山依然」）歸到山。（「使君何從得此本」四句）此處四句為一章。具謂景來，至此忽入題，以後不謂畫，歸至自己身上，作者深意。（「君不見武昌樊口幽絕處」二句）二句為一章。（「春風搖江天漠漠」）四句為一章。（「還君此畫三嘆息」）二句為一章。（「山中故人應有招我歸來篇」）結法暗偷老杜青鞋布襪之意。

（邵曼珣）

書晁説之考牧圖後[1]

我昔在田間，但知羊與牛。川平牛背穩，如駕百斛[2]舟。舟行無人岸自移[3]，我臥讀書牛不知。方曰：「仙語。」前有百尾羊，聽我鞭聲如鼓鼙[4]。我鞭不妄發，視其後者而鞭之。澤中草木長，草長病牛羊[5]。尋山跨坑谷，騰趠[6]筋骨強。煙蓑雨笠長林下，老去而今空見畫。世間馬耳射東風[7]，悔不長作多牛翁。紀曰：「而今句一點，世間二句仍宕開，收繳前文，通篇只一句著本位，筆力橫絕。」方曰：「一路如長江大河，忽然一束，又忽然一放。」又曰：「此詩具三十二相，分合章法，變化不測，一句入便住，所謂將軍欲以巧勝人，盤馬彎弓故不發。」吳曰：「公詩多超妙無匹，此首則天仙化人，非復人間所有蹊徑。」

【今注】

1. 晁説之（1059～1129），字以道，一字伯以，河南清豐人。少慕司馬光之為人，自號景迂。元豐 5 年進士，年未 30，東坡以著述科薦之。靖康初，召為著作郎兼東宮詹事，後以徽猷閣待制而終。晁説之博極群書，工詩善畫，尤精易傳，著有《嵩山文集》等。考牧圖，周宣王時，牧人稱職，牛羊復先王之數。牧事有成，故言考牧。此指晁説之所繪圖也。
2. 百斛：斛，古代計算容量的單位。五斗一斛，十斗一石。百斛，言容量大。
3. 舟行無人岸自移：此句言牛隻自由地沿河而走，無人驅策。《圓覺經》有：「舟行岸移」之句。
4. 鼓鼙：大鼓和小鼓。古代軍中用以發號進攻。
5. 「澤中草木」二句：水草豐腴，牛羊見而食之，無法自肥。故牧人常趨牛羊至貧瘠之地，草短而有味，牛羊細嚼則可肥而無疾。
6. 騰趠：奔跑跳躍。趠，音ㄓㄨㄛˋ。
7. 馬耳射東風：風過馬耳，比喻漠然無所動心。李白〈答王十二寒夜獨酌有

懷〉：「吟詩作賦北窗裡，萬言不值一杯水。世人聞此皆掉頭，有如東風吹馬耳。」

【集評】

1. 清・查慎行《初白庵詩評》卷中：「舟行無人岸自移」六句，磊落自喜。「煙簑雨笠長林下」二句，陡然入題，不嫌其突，上下神氣已足。

2. 清・汪師韓《蘇詩選評箋釋》卷五：《小雅・無羊》之詩，宣王考牧也。牛羊寢臥之狀，牧人簑笠之容，俄焉而麾，忽然而夢，維魚維旟，變幻莫測。詩格之奇，無踰於此矣。不襲其詞而能得其意，遙遙千古，斯作之外，誰其嗣音？

3. 清・王文誥《蘇文忠公詩編注集成》卷三十六：公詩法多有獨闢門庭，前無古人者，皆由以文筆運詩之故，而其文筆則得之於天也。

4. 清・方東樹《昭昧詹言》卷十二：此方是真妙。「我臥讀書」句仙語，「澤中草木長」三句見道。凡民逸則生患，勤則生善。「老去而今」一句，為一段章法。收另入一段。總分三段，一真一畫一議耳。細分之，則一真之中，起，次分，次議。凡四段，大宮包小宮。一路如長江大河，忽然一束，又忽然一放。此詩具三十二相分合章法，變化不測。一句入便住，所謂「將軍欲以巧服人，盤馬彎弓故不發」。以真形之，題畫老法，坡入妙，半山章法杜公，入神。《詩・無羊》，考牧也。

5. 清・趙克宜《角山樓蘇詩評注彙鈔》卷十六：風雨合離，雲煙變滅，純乎化境。牛羊雙起，次二韻單說牛，又次二韻說羊，然後一聯雙承，但見自然，不覺安排，其妙難言。「煙簑」句總承上文方好，一筆拍題，纔拍題即以詠嘆作收，意味深長。（「如駕百斛舟」）牽舟作比，一比忽化兩層，甚妙。（「澤中草木長」）好節奏。

（邵曼珣）

【作者】

歐陽脩（傳略見卷一‧五言古詩〈送唐生〉）

四月十一日初食荔枝[1]

南村諸楊北村盧，白華青葉冬不枯[2]。垂黃綴紫煙雨裡[3]，特與荔枝為先驅。海山仙人絳羅襦，紅紗中單白玉膚[4]。不須更待妃子笑，風骨自是傾城姝[5]。方云：仙氣。不知天公有意無，遣此尤物生海隅[6]。落想奇妙。雲山得伴松檜老；霜雪自困楂梨麤[7]。先生洗盞酌桂醑[8]，冰盤薦此糝蚪珠[9]。似開江鰩斫玉柱；更洗河豚烹腹腴[10]。我生涉世本為口，一官久已輕蓴鱸[11]。人間何者非夢幻？南來萬里真良圖[12]。情景音節皆極入妙，可為詠物詩之軌則。

【今注】

1. 紹聖2年（1095）4月11日作於惠州。查注：「《荔枝譜》：六七月時色變綠。又火山本出廣南，四月熟。東坡所云4月11日，是特廣南火山者耳。《太平寰宇記》：火山直對梧州城，山上有荔枝，四月先熟，以其地熱，故曰火山，核大而味酸。」
2. 「南村諸楊北村盧」二句：自注曰：「謂楊梅、盧橘也。」楊梅，施注《臨海異物志》：「楊梅，其大如彈丸，正赤，五月中熟。」盧橘，一名金橘，生時青盧色，熟則金黃色。皮厚，氣色大如柑，酸，多至夏熟。另一說是枇杷。白華，白花。華通「花」。
3. 垂黃綴紫煙雨裏：謂盧橘熟。綴紫，謂楊梅熟。

4. 「海山仙人絳羅襦」二句：以仙子比荔枝。蔡襄〈七月二十日食荔枝〉：「絳衣仙子過中元，別葉空枝去不還。」絳羅襦，喻荔枝之殼。絳，深紅色。羅襦，絲綢短襖。紅紗中單，喻荔枝殼與瓤肉間之薄膜。中單，古代朝服或祭服的裡衣，猶如今之襯衣。白玉膚，喻荔枝之果肉。

5. 「不須更待妃子笑」二句：是說荔枝本來就具有絕代佳人般的獨特風骨，並非因為楊貴妃而聞名。杜牧〈過華清宮絕句三首〉：「一騎紅塵妃子笑，無人知是荔枝來。」傾城姝，絕世美女。

6. 海隅：海邊。

7. 「雲山得伴松檜老」二句：指荔枝生於南方，得與雲山間的松檜一起生長；不像北方的山楂和梨子，因困於霜雪而果實粗糙。樝梨，山楂和梨子。樝，音ㄓㄚ，通「楂」。

8. 先生洗盞的桂醑：盞，杯子。桂醑，桂花酒。醑，音ㄒㄩˇ，美酒。

9. 冰盤薦此賴虯朱：冰盤，潔白晶瑩之盤。薦，進，獻。賴虯珠：比喻荔枝，因為荔枝殼紅而形圓。賴虯，赤龍。賴，音ㄔㄥ，赤色。虯，有角的龍。

10. 「似開江鰩斫玉柱」二句：東坡自注曰：「予嘗謂，荔枝厚味高格兩絕，果中無比，惟江鰩柱、河豚魚近之耳。」「似開」，王文誥注本作「似聞」。江鰩，亦稱江珧、江瑤。是一種蚌類，殼大而薄，前尖後廣，其肉柱味鮮美，可製成干貝，也稱作「江珧柱」。斫，砍削。河豚，口小腹大，無鱗，有棘刺，背淡蒼色，腹白色，受驚擾則全身鼓脹。味甚美，但卵巢、內臟及血液含有劇毒，食用時若處理不慎，往往致死。亦稱為「豚魚」。腹腴，魚腹下肉肥而味美。

11. 蓴鱸：即蓴羹鱸膾。就是以蓴菜做羹湯和切成細塊的鱸魚肉。《晉書·張翰傳》：「齊王冏辟為大司馬東曹掾。……因見秋風起，乃思吳中菰菜、蓴羹、鱸魚膾，曰：『人生貴得適志，何能羈宦數千里以要名爵乎？』遂命駕而歸。」

12. 良圖：美好的謀畫。

【集評】

1. 宋·吳曾《能改齋漫錄》卷七《荔枝、楊梅、盧橘》：梁蕭惠開云：「南方之珍，惟荔枝矣。其味絕美。楊梅、盧橘，自可投諸藩溷。」故東坡詩云：「南村諸楊北村盧，直與荔枝為先驅。」

2. 清·查慎行《初白庵詩評》卷中：「海上仙人絳羅襦」二句，祇二句描寫已盡。

3. 清·汪師韓《蘇詩選評箋釋》卷六：「絳羅」、「紅紗」語，不露刻鏤之跡，而形容備至，可謂約而盡矣。

4. 清·紀昀評《蘇文忠公詩集》卷三十九：生香真色，湧現毫端。非此筆不能寫此果。(「我生涉世本為口」以下四句) 結乃無聊中自慰之語。宋人詩話以失之太豪少之，所謂「以詞害意」。食荔枝何由攪入省愆悔過語耶？

5. 清·趙克宜《角山樓蘇詩評注彙鈔》卷十八：形容譬況之妙，唐人所不能及。

（邵曼珣）

【作者】

黃庭堅（傳略見卷一・五言古詩
〈子瞻詩句妙一世乃云效庭堅體次韻道之〉）

次韻子瞻題郭熙[1]畫秋山

黃州逐客[2]未賜環[3]，江南江北飽看山。起二句先從昔年黃州看山襯
起。玉堂[4]臥對郭熙畫，發興已在青林間。二句從玉堂畫縮上黃州山。
郭熙官畫但荒遠，短紙曲折開秋晚。二句卸去玉堂春山畫，折入本題秋
山畫，曲折分明。江村煙外雨腳[5]明，歸鴈行邊餘疊巘[6]。二句頓
住。坐思黃柑洞庭霜[7]，恨身不如鴈隨陽。方曰：「二句入己，乃空中
樓閣，妙。」熙今頭白有眼力，尚能弄筆映窗光。方曰：「二句馳取下
二句。」畫取江南好風日，慰此將老鏡中髮。方曰：「二句點出宗
旨。」但熙肯畫寬作程[8]，十日五日一水石。方曰：「二句餘情遠韻，
力透紙背。」

【今注】

1. 郭熙：北宋畫家。字淳夫。河內溫（今河南溫縣）人。善畫山水寒林，獨步
   當代。著有畫論《林泉高致》，今存。
2. 黃州逐客：指蘇軾（1036～1101）。軾因烏臺詩案，於神宗元豐 2 年
   （1079）責授黃州團練副使，本州安置。黃州，今湖北黃岡。
3. 未賜環：未蒙皇命赦還。古代臣子有罪被放逐，賜之以環則還，賜之以玦則
   絕。

4. 玉堂：漢代宮殿名。唐宋以後，稱翰林院為玉堂。北宋神宗元豐末年，玉堂
　　中屏乃郭熙所畫春江曉景。山谷此詩作於哲宗元祐 2 年（1087），時蘇軾為
　　翰林學士，故云。
5. 雨腳：猶言雨點。
6. 巘：音一ㄢˇ，山峰。
7. 黃柑洞庭霜：王羲之書帖云：「奉橘三百顆，霜未降未可多得。」此句本於
　　此而變化之。
8. 寬作程：放寬作畫的進度。

【集評】

清‧方東樹《古詩選》：黃州四句敘畢，郭熙二句正面，江村句寫，歸
　　鴈句頓住。坐思二句入己，緯也，乃空中樓閣，妙。熙今二句馳取
　　下二句，畫取二句點出宗旨。但熙二句餘情遠韻，力透紙背。曲折
　　馳驟，有江海之觀，神龍萬里之勢。熙今四句枯窘。

（傅武光）

雙井[1]茶送子瞻

人間風日不到處，天上玉堂[2]森寶書。方曰：「空中縱起。」想見東
坡舊居士，揮毫百斛瀉明珠。我家江南摘雲腴，落磑霏霏雪不
如。方曰：「二句入敘。」為君喚起黃州夢，獨載扁舟向五湖。方曰：
「二句遠勢。」

【今注】

1. 雙井：地名，黃庭堅所居，在今江西修水。
2. 玉堂：指翰林院。參見〈次韻子瞻題郭熙畫秋山〉注[4]。
3. 斛：音ㄏㄨˊ，十斗。

4. 雲腴：指茶。茶以產在山巔多雲霧之處為佳，故云。腴，音ㄩˊ，肥沃。

5. 磑：音ㄞˇ，磨物的器具。即石磨。

6. 黃州：今河北黃岡。神宗元豐 2 年（1079），蘇軾因烏臺詩案，貶居於此，凡 5 年。

7. 五湖：指今太湖。此用范蠡乘舟浮於五湖故事，與前「吞五湖三江」之泛指者不同。

【集評】

清・方東樹《古詩選》：空中縱起，我家二句入敘，為君二句遠勢，凡三層。

（傅武光）

書摩崖碑[1]後

春風吹船著浯溪[2]，扶藜[3]上讀中興碑[4]。平生半世看墨本[5]，摩挲[6]石刻鬖成絲。吳北江曰：「二句頓挫。」明皇[7]不作包桑計[8]，顛倒四海由祿兒[9]。九廟[10]不守乘輿西[11]，萬官已作鳥擇栖。撫軍監國太子事[12]，何乃趣取大物[13]為？詞義嚴正。事有至難天幸爾，上皇蹢躅[14]還京師。內間張后色可否[15]，外間李甫頤指揮[16]。南內[17]淒涼幾苟活，高將軍[18]去事尤危。臣結舂陵二三策[19]，臣甫杜鵑再拜詩[20]。安知忠臣痛至骨？世上但賞瓊琚詞[21]。沈鬱頓挫。同來野僧六七輩，亦有文士相追隨。斷崖蒼蘚對立久，凍雨[22]為洗前朝悲。神似杜老而不襲其貌，是為作家。

【今注】

1. 摩崖碑：摩平崖石而雕刻文字的碑石。此指〈大唐中興頌〉碑。〈中興頌〉，唐元結（719～772）撰，顏真卿（709～785）書。碑在今湖南祁陽。

2. 浯溪：在今湖南祁陽西南。浯，音ㄨˊ。

3. 扶藜：拄杖。藜，音ㄌㄧˊ，木名，一年生草本，高約 150 公分，老莖輕而堅，宜於作手杖。

4. 中興碑：即摩崖碑，參注[1]。

5. 墨本：搨本。

6. 摩挲：用手撫摸。挲，音ㄙㄨㄛ。

7. 明皇：即唐玄宗（685～762）。睿宗第三子，名隆基，在位 44 年。肅宗即位，尊為太上皇。

8. 包桑計：鞏固國家的計策。包桑，也作苞桑。盤根錯節的桑樹。樹根鞏固，不易拔起，故稱。

9. 祿兒：指安祿山（？～757）。唐營州柳城（今熱河朝陽）胡人。玄宗時為平盧、范陽、河東三節度使，厚結楊貴妃。天寶 14 載，舉兵反，陷洛陽，入長安，稱雄武皇帝，國號燕，不久，為其子慶緒所殺。

10. 九廟：指太廟。玄宗時，唐室太廟供奉九位先祖的神位，故稱。

11. 乘輿西：指唐玄宗離開都城長安而避難到四川的劍閣。乘輿，指皇帝的車駕。

12. 撫軍監國太子事：謂太子在皇帝出征時則留守京師，稱監國；跟隨出征，稱撫軍。

13. 趣取大物：謂急促即皇帝位。趣，音義同「促」。大物，指帝位。

14. 跼蹐：ㄐㄩˊ ㄐㄧˊ，畏縮恐懼的樣子。「跼天蹐地」的省略。跼，彎身。蹐，小步行走。

15. 張后色可否：張后使臉色決定可與不可。張后，唐肅宗皇后，鄧州向城（今河南南召）人，代宗立，廢為庶人。

16. 李甫頤指揮：李輔國擺動下巴指使別人。李甫，指李輔國，少為宦官，肅宗時進封郕國公，氣焰甚盛。

17. 南內：即興慶宮。在長安城東南，乃玄宗為太子時之邸宅。退位為太上皇後居此。

18. 高將軍：即高力士，玄宗時宦官。以功為右監門衛將軍。玄宗有時不呼其名，而呼將軍。加驃騎大將軍，封渤海郡公。後為李輔國所害，長流巫州（今湖南黔陽）。

19. 臣結舂陵二三策：指元結在舂陵時所寫〈道州謝上表〉中所建議的事項。舂陵，今湖南寧遠。

20. 臣甫杜鵑再拜詩，指杜甫〈杜鵑〉詩：「我見常再拜，重是古帝魂。」

21. 瓊琚詞：美好的詩文。瓊與琚，都是美玉。

22. 涷雨：暴雨。涷，音ㄅㄨㄥˋ。

【集評】━━━❀

清‧方東樹《古詩選評》：稍有章法，然亦順序分三層。「事有」二句太漫，後半大勝放翁〈十八學士〉、〈明皇幸蜀〉二首。乃知坡〈驪山〉亦不佳也。

（傅武光）

【作者】

陸游（1125～1209），字務觀，號放翁。南宋越州山陰（今浙江紹興）人。20 歲，娶舅父之女唐琬為妻，夫妻感情甚篤，但其母不喜，逼他們離婚。29 歲，考進士，名在秦檜之孫秦塤之前，秦檜恨之，覆試時逕除去陸游之名，秦檜死後，陸游才被起用為福州寧德縣主簿。38 歲，宋孝宗特賜進士出身。曾先後在四川宣撫使王炎、四川制置使范成大的幕府中任職，足跡遍歷長江、漢中及成都等地。在四川期間，創作了很多詩，自名為《劍南詩稿》。54 歲以後，被召還京（今杭州），時而出任江西、浙江一帶的地方官，時而閒居家鄉，時而在京任職，65 歲退休。85 歲去世。放翁一生主張北伐，與當時主政者意見不合，故多次為此被罷官。所作詩多憂心國事，感憤時局。晚年家居，則多寫農村生活。所有詩作，今存 9300 餘首，為創作量最多之詩人。

長歌行 [1]

人生不作安期生 [2]，醉入東海騎長鯨。猶當出作李西平 [3]，手梟逆賊清舊京 [4]。金印煌煌 [5] 未入手；吳曰：「逆折。」白髮種種來無情。成都古寺臥秋晚，落日偏傍僧窗明。豈其馬上破賊手，吳曰：「平空提起，意態英偉非常。」哦詩長作寒螿鳴 [6]？興來買盡市橋 [7] 酒，大車磊落堆長瓶 [8]。哀絲豪竹助劇飲 [9]，如鉅野 [10] 受黃河傾。吳曰：「滿腹牢騷之氣。」平時一滴不入口，吳曰：「轉筆不測。」意氣頓使千人驚。國讎未報壯士老，吳曰：「撐挺。」匣 [11] 中寶劍夜

有聲。吳曰：「淋漓酣縱。」何當凱旋宴壯士，三更雪壓飛狐城[12]。
方植之以此詩為放翁壓卷。吳曰：「放翁豪橫處自臻絕詣。」

【今注】

1. 長歌行：古樂府歌曲名。宋孝宗淳熙 2 年（1174）秋，陸游從蜀州返回成都時所作，時年 50 歲。
2. 安期生：傳說為秦始皇時仙人。
3. 李西平：唐德宗時名將李晟，平定朱泚之亂，封為西平王。
4. 手梟逆賊清舊京：親手斬殺叛賊，光復舊都。梟，音ㄒㄧㄠ，殺。逆賊，指叛亂首領朱泚。清，指清除賊寇。舊京，指長安。
5. 金印煌煌：黃金做的官印，燦爛輝煌。
6. 哦詩長作寒螿鳴：永遠吟詩像寒蟬一般哀鳴。哦，吟詠。長，永遠，常常。寒螿，寒蟬。似蟬而小。
7. 市橋：橋名，在成都。
8. 大車磊落堆長瓶：大車堆疊著酒瓶。磊落，重疊的樣子。長瓶，指酒瓶。
9. 哀絲豪竹助劇飲：悲壯的音樂為豪飲助興。哀絲豪竹，指悲壯的音樂。絲，指弦樂器，如古琴、古箏等。竹，指管樂器，如笙、簫等。劇飲，痛快地飲酒。
10. 鉅野：古大澤名，在今山東鉅野附近，鄰近黃河。
11. 匣：ㄒㄧㄚˊ，劍鞘。
12. 飛狐城：在今河北淶源。

【集評】

1. 清·方東樹《古詩選》：壓卷。
2. 清·王文濡《唐詩評注讀本》：「烈士暮年，壯心未已。老驥伏櫪，志在千里。」南渡君臣之選愞，惟知稱臣納幣耳！詩蓋慨乎言之。
3. 清·馬星翼《東泉詩話》：放翁〈長歌行〉最善，雖未知與李、杜何如，要已突過元、白。集中似此亦不多見。

（傅武光）

登灌口廟東大樓觀岷江雪山 [1]

我生不識柏梁建章 [2] 之宮殿，安得峩冠 [3] 侍遊宴？又不及身在滎陽京索 [4] 間，擐甲橫戈 [5] 夜酣戰。胸中迫隘 [6] 思遠遊，泝江 [7] 來倚岷山樓。千年雪嶺欄邊出，萬里雲濤坐上浮。吳曰：「二句寫景極遠大，開出下文。」禹跡茫茫始江漢 [8]，疏鑿功當九州半 [9]。吳曰：「憑空特起，奇情偉抱。」丈夫生世要如此，齎志空死能無歎 [10]？白髮蕭條吹北風，手持卮酒酹江中 [11]。姓名未死終磊磊 [12]，要與此江東注海。吳曰：「豪宕壯激。」

【今注】

1. 登灌口廟東大樓觀岷江雪山：此詩 1174 年冬，自成都赴任滎州途中作，時年 50。灌口廟，在今四川灌縣。岷江，發源於四川松潘北岷山，南流至宜賓匯入長江。岷，今作岷。雪山，在灌縣西南。
2. 柏梁建章：即柏梁臺與建章宮。漢武帝所建二宮殿名。柏梁臺以香柏為之，故名。
3. 峩冠：高冠。
4. 滎陽京索：即滎陽縣、京縣、大索城。為項羽和劉邦爭戰之地。舊地均在今河南省境。滎陽故城在今滎澤縣西。京縣故城在今滎陽縣東南。索，指大索城。古大索城，即今滎陽縣。
5. 擐甲橫戈：穿上戰衣，橫執長戈，為備戰狀態。擐，音ㄏㄨㄢˋ，穿著。甲，鎧甲，戰衣。
6. 迫隘：狹窄。此指胸中久受壓抑之苦。
7. 泝江：逆江而上。泝，音ㄙㄨˋ，逆流而上。
8. 禹跡茫茫始江漢：禹王治水足跡所到，渺茫無際，開端則在長江、漢水。禹跡，夏禹治水的足跡。茫茫，渺遠的樣子。江漢，指長江、漢水。
9. 疏鑿功當九州半：全中國的河流大半都經過夏禹疏通開挖而成。疏，疏浚。

鑿，挖。九州，夏禹分天下為九州，今借稱全國。

10. 齎志空死能無歎：空懷壯志而死，能不感歎。齎，音ㄐㄧ，攜帶。

11. 手持卮酒酹江中：手持杯酒灑入江中。卮，音ㄓ，圓形酒器。酹，音ㄌㄟˋ，灑酒於地。

12. 磊磊：志向遠大的樣子。

【集評】

清・方東樹《古詩選》：究竟客氣浮淺，收四句不佳。

（傅武光）

漁 翁 [1]

江頭漁家結茆廬[2]，青山當門畫不如。江煙淡淡雨疎疎，老翁破浪行捕魚。恨渠[3]生來不讀書，江山如此一句無。吳曰：「忽發奇想，妙趣天然。」我亦衰遲[4]慚筆力，共對江山三歎息。方曰：「妙作。」

【今注】

1. 漁翁：此詩孝宗5年（1178）4月作於自合江至涪州江中。時放翁54歲。

2. 茆廬：茅草蓋的房子。茆，音ㄇㄠˊ，通「茅」。

3. 渠：他。

4. 衰遲：衰老遲暮。

【集評】

方東樹《古詩選》曰：妙作。

（傅武光）

【作者】

元好問

（1190～1257），字裕之，號遺山，金太原府秀容縣（今山西忻縣）人。為北魏鮮卑族拓跋魏的後裔，故姓元。金宣宗興定五年（1221）登進士第。歷任內相令、南陽令、尚書都省掾、左司都事、行尚書省左司員外郎。金亡，不仕。清趙翼言其「蓋生長雲朔，其天稟本多豪邁英傑之氣。」（《甌北詩話》卷八）其詩深具剛健質樸、沈鬱悲慨的藝術風格，其中〈論詩絕句〉30 首，是他的詩歌創作的綱領。清‧王士禎評其詩曰：「（裕之）七言妙處，或追東坡而軼放翁。」（《帶經堂詩話》卷四）姚範亦曰：「遺山才力，微遜前人，而才與情稱，氣兼壯逸，興會所詣，殊覺蒼涼而釅至。」（《援鶉堂筆記》卷四十）金亡，元好問編選金人詩 10 卷，名《中州集》，詩從其人，人從其類，以詩存史，意在存金源一代文獻。文集有《遺山先生集》40 卷、《元遺山樂府》4 卷等。遺山身閱鼎革，其所詠多有關於時事，為金源第一大家，故趙翼〈題元遺山集〉詩：「身閱興亡浩劫空，兩朝文獻一衰翁。無官未害餐周粟，有史深愁失楚弓。行殿幽蘭悲夜火，故都喬木泣秋風。國家不幸詩家幸，賦到滄桑句便工。」

赤壁圖 [1]

馬蹄一蹴荊門空，鼓聲怒與江流東 [2]。吳曰：「突兀璟瑋。」曹瞞 [3] 老去不解事，誤認孫郎 [4] 作阿琮 [5]。孫郎矯矯人中龍 [6]，顧盼叱咤生雲風 [7]。疾雷破山出大火 [8]，旗幟北捲天為紅 [9]。吳曰：「點

染酣恣。」至今圖畫見赤壁，髯髵燒虜留餘蹤 [10]。吳曰：「頓束滿足。」令人常憶眉山公 [11]，方曰：「抗墜不測，兩事合併處，接得神氣湊泊，音響明徹。」載酒夜俯馮夷宮 [12]。事殊興極憂思集 [13]，天滄雲閒今古同 [14]。吳曰：「總結。」得意江山在眼中，吳曰：「挺起。」凡今誰是出群雄 [15]？吳曰：「此句見自己身分。」可憐當日周公瑾 [16]，顝頷黃州一禿翁 [17]。吳曰：「令人句從圖畫句生出。後兩句言少年以天下自任，不謂衰老如此也。章法雖極奇肆，要自細意熨貼，鍼迹天成，方無粗才凌躐之弊。」

【今注】

1. 本詩是元遺山觀賞東坡赤壁圖而寫的題畫詩。作者以赤壁之戰起筆，從畫面抒發個人的感慨，追憶著名的赤壁大戰場景。詩中分從不同角度描述這一件歷史大事，筆法天然，有聲有色。並藉敘述評議，抒發自己的憂愁與感傷，可謂集懷古與題畫於一爐。赤壁：山名。在今湖北武昌西赤磯山，與漢陽南紗帽山隔江相對。漢獻帝建安十三年（208）孫權與劉備聯軍五萬大破曹操三十萬大軍的處所，即史上著名的「赤壁之戰」，戰後形成曹、孫、劉三方對峙之局，後來造成三國鼎立。北魏酈道元《水經注·江水三》：「江水左逕百人山（今紗帽山）南，右逕赤壁山北，昔周瑜與黃蓋詐魏武大軍處所也。」一說，謂湖北蒲圻西之赤壁山。唐李吉甫《元和郡縣圖志·江南道三·鄂州》：「赤壁山在縣（蒲圻縣）西一百二十里，北臨大江，其北岸即烏林，與赤壁相對。即周瑜用黃蓋計，焚曹公舟船敗走處。故諸葛亮論曹公危於烏林是也。」《中州集》有李致美〈題武元真赤壁圖〉詩。
2. 「馬蹄一蹴荊門空」二句：寫曹操約三十萬大軍南下的盛況。意為大軍的馬蹄一蹴踏，整座荊門山為之一空。戰鼓聲激蕩在空中，伴隨著長江水浩浩蕩蕩向東奔流而去。荊門：在今湖北宜都縣西北，長江南岸，隔江和虎牙山相對。江水湍急，形勢險峻。古為巴蜀荊吳之間要塞。
3. 曹瞞：曹操小字阿瞞，故稱。
4. 孫郎：指三國時吳主孫權，乃吳國之創立者。
5. 阿琮：指劉琮。荊州牧劉表之子。劉表卒，琮屯兵於襄陽。曹操南征，琮投降。
6. 矯矯人中龍：矯矯，勇武貌，卓然不群貌。人中龍，喻卓越出眾的人物。

7. 顧盼叱咤生雲風：形容孫權威勢撼人，在顧盼之間即可叱咤風雲。顧盼，向左右或周圍看來看去。叱咤，怒斥呼喝。

8. 疾雷破山出大火：迅雷擊毀高山而引燃熊熊大火。疾雷，急遽發出的雷聲。《莊子‧齊物論》：「疾雷破山飄風振海而不能驚。」

9. 旗幟北捲天為紅：言軍中的旗幟被焚燒著向北方飛揚，天空也照映得通紅。《三國志‧吳志‧周瑜傳》：「權遣瑜及程普等與備并力逆曹公於赤壁，公軍次江北，瑜等在南岸。瑜部將黃蓋取蒙衝鬥艦十艘，實以薪草，膏油灌其中，蓋放諸船，同時發火，時風盛猛，延燒岸上營落，頃之煙炎漲天，人馬燒溺死者甚眾。」注引〈江表傳〉曰：「時東南風急，往船如箭，飛埃絕爛，燒盡北船。」

10. 「至今圖畫見赤壁」二句：如今我在赤壁圖中見到了這千年赤壁古戰場，彷彿還殘存著當年火燒曹軍的痕跡。餘蹤，指他人事跡。

11. 眉山公：指宋代大文學家蘇軾。蘇軾是四川眉山人，故稱。

11. 載酒夜俯馮夷宮：指蘇軾當年夜晚攜酒一遊水神的宮殿。〈前赤壁賦〉曰：「壬戌之秋，七月既望，蘇子與客泛舟遊於赤壁之下。」〈後赤壁賦〉曰：「攜酒與魚，復遊於赤壁之下，攀棲鶻之危巢，俯馮夷之幽宮。」其實蘇軾所遊乃黃州之赤壁，一名赤鼻磯。在今湖北省黃州市城西北江濱，因其山形截然如壁而有赤色，也稱赤壁。馮夷，傳說中的黃河之神，即河伯。泛指水神。《莊子‧大宗師》：「馮夷得之，以遊大川。」

13. 事殊興極憂思集：世事變化無常，七情六欲常使人百憂交集。此句見杜甫〈渼陂行〉七首之二。憂思，憂慮；憂愁的思緒。

14. 天澹雲閒今古同：雲淡風清的自然景色，從古至今大同小異。唐杜牧〈題宣州開元寺水閣閣下宛溪夾溪居人〉：「六朝文物草連空，天澹雲閒今古同。」

15. 凡今誰是出群雄：但今天誰又是睥睨群雄的傑出人物？此句見杜甫〈戲為六絕句〉其四。在此元好問隱然以「出群雄」自喻，可見其抱負。

16. 周公瑾：即周瑜，字公瑾。為三國時吳國的名將，在赤壁之戰中大破曹軍。在此乃喻蘇軾。

17. 顦顇黃州一禿翁：指蘇軾。蘇軾在神宗元豐三年（1080）被貶到黃州。顦顇，同「憔悴」。禿翁，指因憂愁而頭髮掉落，變成老翁。北宋黃庭堅〈荊州亭即事〉：「玉堂端直要學士，須得儋州禿鬢翁。」儋州禿鬢翁，指的也是蘇軾，他曾被貶到儋州（今海南島儋縣）。

【集評】

1. 清‧查慎行《初白庵詩評》：先生好用古人現成句子，不一而足，
   即如此章，後半兩犯少陵，畢竟是詩病，讀者辨之。
2. 清‧吳闓生《昭昧詹言評本》：吳汝綸曰：「『令人』句從圖畫句生
   出。後兩句言少年以天下自任，不謂衰老如此也。章法雖極奇肆，
   要自細意熨貼，鍼迹天成，方無粗才凌躒之弊。」

（賴麗娟）

卷四‧五言律詩

　　自休文[1]論詩，倡言聲病[2]；子山[3]有作，聲調益諧。逮至唐賢，遂成律體。拾遺、脩文[4]結體沈雄；延清、雲卿[5]製句工麗。皆開元[6]以前之傑也。盛唐以來，尤美不勝收。如玉、孟[7]之華妙精微，太白之票姚[8]曠逸，皆能自闢蹊徑，啟我後人。而杜公涵蓋古今，包羅萬象，又非有唐一代所能限者。中唐以來，各標風格，而氣已靡[9]矣。姚惜抱[10]謂：晚唐五律，有望見前人妙境者，轉賢於長慶諸公[11]，但就雋思[12]警句而言耳。若精光浩氣，則眇然[13]不可復得。五代以還，益趨瑣屑[14]，故宋楊、劉[15]諸公，以王黐生[16]矯之，其弊也流於餖飣[17]。歐陽永叔[18]、梅聖俞[19]代興，乃歸大雅。王介甫[20]之思深韻遠，尤獲我心。然偉麗變為清新，渾厚淪於鑱刻[21]，有宋一代之詩遂與唐分道揚鑣[22]矣。方虛谷[23]《律髓》[24]採輯甚豐，然往往因人存詩，亦一蔽也，茲編所錄，以李、杜、王、孟[25]四家為主，其他但存崖略[26]，小人之腹，惟求屬饜[27]，囊括全美[28]，謝[29]弗能焉。

【今注】

1. 休文：即沈約（441～513）。南朝梁吳興（今同）人，字休文。歷仕宋齊梁三代，官至尚書令。長於詩律，倡四聲八病之說。著有《宋書》、《四聲譜》、《齊紀》等。
2. 聲病：指四聲八病。四聲即平、上、去、入。八病指作詩造句在聲律上的八種毛病，即平頭、上尾、蜂腰、鶴膝、大韻、小韻、旁紐、正紐。
3. 子山：即庾信。
4. 拾遺、脩文：即陳子昂和杜審言。
5. 延清、雲卿：即宋之問和沈佺期。
6. 開元：唐玄宗年號（713～741），凡 29 年。
7. 王、孟：指王維、孟浩然。
8. 票姚：輕快飄逸。
9. 靡：衰弱。

10. 姚惜抱：即姚鼐。參見卷二注[17]。

11. 轉賢於長慶諸公：反而勝過長慶年間的幾位詩人。轉，反轉。賢，勝。長慶諸公，指白居易、元稹、劉禹錫等人。長慶，唐穆宗年號（821～824），凡4年。

12. 雋思：特出的思緒。雋，音ㄐㄩㄣˋ，通「俊」。

13. 眇然：渺茫的樣子。眇，音義同「渺」。

14. 瑣屑：瑣碎。

15. 楊劉：指楊億、劉筠。

16. 王谿生：即李商隱。

17. 飯飣：ㄅㄡˋㄉㄧㄥˋ，堆積的食品。比喻堆砌、重疊。

18. 歐陽永叔：即歐陽脩。

19. 梅聖俞：即梅堯臣。

20. 王介甫：即王安石。

21. 巉刻：鋒利刻薄。巉，音ㄔㄢˊ，銳利。

22. 分道揚鑣：分路而行。道，路。揚鑣，驅馬而行。鑣，音ㄅㄧㄠ，馬絡頭。

23. 方虛谷：方回（1227～1306），字萬里，號虛谷，元歙縣（今安徽歙縣）人。宋理宗景定（1260～1264）進士。官至嚴州（舊治在今浙江建德）郡守。諂事賈似道，元兵至嚴州，降元。能詩，作品近萬首。

24. 律髓：書名，全名《瀛奎律髓》。元方回編，49卷。自序謂：取十八學士登瀛洲，五星聚奎之義，故名瀛奎。所選皆唐宋五七言近體詩，故名律髓。而詩主江西詩派，倡「一祖三宗」之說。一祖謂杜甫，三宗謂黃庭堅、陳師道、陳與義。

25. 李杜王孟：即李白、杜甫、王維、孟浩然。

26. 崖略：梗概；大略。

27. 饜：音一ㄢˋ，飽足。

28. 囊括全美：包含所有的佳作。囊括，音ㄋㄤˊ ㄍㄨㄚ，包含全部。

29. 謝：推辭。

（傅武光）

【作者】

王勃（649～676），字子安，唐絳州龍門（今山西河津）人。6歲解屬文，12歲以神童薦朝廷。高宗麟德 3 年（666）應制科，對策高第，授朝散郎。沛王賢聞其名，召為王府修撰，旋以戲作〈檄英王雞〉文忤高宗，遭革職。總章 2 年（669）起，遠遊江漢、蜀中等地。上元 2 年（675）其父福受累謫遷交趾令。次年秋，勃渡海省親，溺水驚悸而死，年僅 28。王勃屬文綺麗，詩格高華，作品長於五言絕句、律詩，與楊炯、盧照鄰、駱賓王並稱「初唐四傑」。有《王子安集》30 卷。

送杜少府之任蜀州 [1]

城闕 [2] 輔三秦 [3]，風煙望五津 [4]。吳北江曰：「壯闊精整。」與君離別意；同是宦遊 [5] 人。吳曰：「起句嚴整，故以散調承之。」海內存知己；吳曰：「憑空挺起，是大家筆力。」天涯若比鄰 [6]。無為在歧路 [7]，兒女共沾巾。姚曰：「用陳思贈白馬王彪詩意，實自渾轉。」

【今注】

1. 送杜少府之任蜀州：送杜姓友人從長安到蜀州做縣尉。少府，縣尉的通稱。之任，赴任。蜀州，一作蜀川，今四川崇慶。
2. 城闕：長安城牆宮闕。闕，宮門前的望樓。
3. 輔三秦：以三秦之地為夾輔。輔，護衛、夾輔。三秦，泛指長安附近的關中一帶。項羽滅秦後，分關中為雍、塞、翟三地，以封秦之三降將，號曰三

秦。

4. 五津：岷江從四川灌縣到犍為一段的五個渡口，即白華津、萬里津、江首津、涉頭津、江南津，稱五津。這裡泛指蜀州一帶，杜少府所將去的地方。

5. 宦遊：為做官而離家出游在外地。

6. 比鄰：近鄰。比，古時以五家為「比」。

7. 歧路：岔路，分手的地方。

【集評】

1. 明・顧璘《批點唐音》：讀〈送盧主簿〉并〈白下驛〉及此詩，乃知初唐所以盛，晚唐所以衰。

2. 明・胡應麟《詩藪》：唐初五言律，惟王勃「送送多窮路」、「城闕輔三秦」等作，終篇不著景物，而興象婉然，氣骨蒼然，首尾啟勝，中妙境。

3. 明・鍾惺、譚元春《唐詩歸》：此等作取其氣完而不碎，直律成之始也。其工拙自不必論，然文有創有修，不可靠定此一派，不復求變也。

4. 清・胡本淵《唐詩近體》：前四句言宦游中作別，後四句翻出達見，語意迥不猶人，灑脫超詣，初唐風格。

5. 清・俞陛雲《詩境淺說》甲編：首句言所居之地，次言送友所往之處。先將本題敘明，以下六句，皆送友之詞。一氣貫注，如娓娓清談，極行雲流水之妙。

（林佳蓉）

【作者】

駱賓王（640？～684？），婺州義烏（今浙江義烏）人。少善屬文，尤長於五言詩。然有才無行，好與博徒遊。初為道王李元慶府屬，後任武功、長安主簿。儀鳳年間（676～678），入朝為侍御使，因事下獄，貶為臨海（今浙江天臺）丞，世稱「駱臨海」。光宅元年（684）從徐敬業討伐武后，作〈討武曌檄〉，傳誦四方。武后初讀之，不以為意，至「一抔之土未乾，六尺之孤何託？」瞿然曰：「誰為之？」左右或以賓王對。武后曰：「宰相安得失此人！」盛讚之。徐敬業兵敗之後，亡命遁走，不知所之。與王勃、楊炯、盧照鄰合稱「初唐四傑」。有《駱賓王文集》10卷行世。

在獄詠蟬[1]并序

余禁所禁垣西，是法曹廳事也[2]。有古槐樹株焉。雖生意可知，同殷仲文之枯樹[3]；而聽訟斯在，即周邵伯之甘棠[4]。每至夕照低陰，秋蟬疏引，發聲幽息，有切嘗聞[5]。豈人心異於曩時，將[6]蟲響悲乎前聽？嗟乎！聲以動容，德以象賢。故潔其身也，稟君子達人之高行；蛻其皮也，有仙都羽化之靈姿。候時而來，順陰陽之數；應節為變，審藏用之機。有目斯開，不以道昏而昧其視；有翼自薄，不以俗厚而易其真。吟喬樹之微風，韻姿天縱；飲高秋之墜露，清畏人知。僕失路艱虞，遭時徽纆[7]。不哀傷而自怨，未搖落而先衰。聞蟪蛄之流聲，悟平反之已奏；見螳螂之抱影，怯危機之未安。感而綴詩[8]，貽諸知己。庶[9]情沿物應，

哀弱羽之飄零；道寄人知，憫餘聲之寂寞。非謂文墨，取代幽憂云爾。

西陸[10]蟬聲唱；南冠[11]客思深。不堪玄鬢[12]影；來對白頭吟[13]。露重飛難進；風多響易沉。無人信高潔，誰為表予心？ 以蟬自喻，語意沈至。

【今注】

1. 唐高宗儀鳳3年（678），駱賓王因上疏議論政事，得罪武則天，被誣下獄，此詩即是他在獄中所作。
2. 法曹廳事：在中庭受事聽訟之意。曹，官署。廳事，漢、晉時期原作「聽事」，六朝以後方寫作「廳事」，指中庭。
3. 殷仲文之枯樹：東晉殷仲文，見大司馬桓溫府中之老槐樹而嘆曰：「此樹婆娑，無復生意。」借以喻其不得志之意。南北朝庾信曾用其事作〈枯樹賦〉。
4. 周召伯之〈甘棠〉：相傳周代召伯巡行地方，為不煩勞百姓，即在甘棠樹下聽訟斷案。召伯，或作「邵伯」，即召公，姬姓，受封於燕，為燕國始祖。因其采邑在召（今陝西岐山西南），故稱召伯。《詩經·召南·甘棠》有：「蔽芾甘棠，勿翦勿伐，召伯所茇。」之句。
5. 有切嘗聞：指蟬之鳴聲悽切超過以往所聽聞過的。嘗，曾經。
6. 將：抑或。
7. 徽纆：黑色的繩索，此指囚禁之意。
8. 綴詩：作詩。
9. 庶：希冀之詞。
10. 西陸：指秋天。《隋書·天文志》：「日循黃道東行，一日一夜行一度。三百六十五日有奇而周天，行東陸謂之春，行南陸謂之夏，行西陸謂之秋，行北陸謂之冬。」
11. 南冠：指囚犯。《左傳·成公9年》：「晉侯觀於軍府，見鍾儀，問之曰：『南冠而縶者誰也？』有司對曰：『鄭人所獻楚囚也。』」後以「南冠」代指囚犯。
12. 玄鬢：黑髮，指年少。此處指蟬的薄翅。
13. 白頭：作者自謂。漢樂府《雜曲歌辭·古歌》：「座中何人，誰不懷憂？令我

白頭。」駱賓王因深憂國事，故以「白頭」自稱，非老人之謂也。作者時年尚未滿40歲。

【集評】

1. 明‧鍾惺、譚元春《唐詩歸》：「信高潔」三字森挺，不肯自下。

2. 明‧周珽《唐詩選脈會通評林》：詠物詩，此與〈秋雁篇〉可稱絕唱。

3. 清‧施補華《峴傭詩說》：《三百篇》比興為多，唐人尤得此意。同一詠蟬，虞世南「居高聲自遠，端不藉秋風」，是清華人語；駱賓王「露重飛難進，風多響易沉」，是患難人語；李商隱「本以高難飽，徒勞恨費聲」，是牢騷人語，比興不同如此。

4. 清‧顧安《唐詩消夏錄》：五、六有多少進退維谷之意，不獨說蟬，所以結句便可直說。

5. 清‧俞陛雲《詩境淺說》甲編：起句言獄中聞蟬，題之本位也。三四句由蟬說到己身，層次井然。而玄鬢白頭，於句法流轉中兼工琢句。五句言蟬因露重而沾翅難飛，猶己之以讒深而含冤莫白。六句言蟬因風多而響易沉，猶己之以毀積而辭不達。末二句慨然說明借蟬喻己之意。此詩取譬最為明切。

（林佳蓉）

【作者】

杜審言

（645？～708），杜甫的祖父，字必簡，祖籍襄陽（今湖北襄樊市），後遷居鞏縣（今屬河南省）。高宗咸亨元年（670）進士及第，授隰城尉、洛陽丞，因事貶吉州司馬參軍。武后時，授著作佐郎，遷膳部員外郎。中宗復位後，因與張易之交通，而流放峰州。次年召還，為國子監主簿，加修文館直學士。早年與李嶠、崔融、蘇味道合稱為「文章四友」。其詩格律嚴謹，造語清新警拔，尤工於五律，對律詩之成熟與發展有其貢獻，故而其孫杜甫稱曰：「吾祖詩冠古」。有《杜審言集》。

和晉陵陸丞早春遊望 [1]

獨有宦遊人，紀曉嵐曰：「起句警拔，入手即撇過一層，擒題乃緊，知此自無通套之病。」吳北江曰：「起句驚矯不羣。」偏驚物候 [2] 新。雲霞出海曙 [3]；梅柳渡江春。吳曰：「華妙。」淑氣 [4] 催黃鳥；晴光轉綠蘋。忽聞歌古調 [5]，歸思欲霑巾 [6]。紀曰：「末收和字亦密。」○此等詩當玩其興象超妙處。

【今注】

1. 和晉陵陸丞早春遊望：陸丞寫了一首〈早春遊望〉詩，杜審言依意而應和之作。和，應和。晉陵：唐時郡名，今江蘇常州市。陸丞，姓陸的縣丞，作者的友人。

2. 物候：指在不同的季節中自然界的景物變化。

3. 雲霞出海曙：破曉時分，雲霞在海面上映出的一片曙光。

4. 淑氣：春日和暖的氣息。

5. 古調：指陸丞的〈早春遊望〉詩，風格古雅，故曰「古調」。

6. 露巾：淚濕衣巾。

【集評】

1. 元・方回《瀛奎律髓》：律詩初變，大率中四句言景，尾句乃以情繳之。起句為題目。審言於少陵為祖，至是始千變萬化云。起句喝咄響亮。

2. 明・楊慎《升菴詩話》：杜審言〈早春遊望〉詩，《唐詩三體》選為第一首是也。首句「獨有宦遊人」，第七句「忽聞歌古調」，妙在「獨有」「忽聞」四虛字。《文選》殷仲文詩「獨有清秋日」，審言祖之，蓋雖二字，亦不苟也。詩家言子美無一字無來處，其祖家法也。

3. 明・胡應麟《詩藪》：初唐五言律，「獨有宦游人」第一。

4. 清・王夫之《唐詩評選》：意起筆起，意止筆止，真自蘇（武）李（陵）得來，不更問津建安。看他一結，卻有無限。

5. 清・顧安《唐律消夏錄》：中句說物候，偏是四句合寫，具見本領。「出海」、「渡江」，便想到故鄉矣。岑嘉州詩「春風觸處到，憶得故園時」即此意，但此一句深厚不覺耳。

（林佳蓉）

【作者】

沈佺期

（約 656～約 714 或 715），字雲卿，唐相州內黃（今河南內黃）人。上元 2 年（675）進士及第。因善寫應制詩，並媚附張易之等權貴，而得到女皇武則天的賞識。中宗即位，被流放驩州。沈佺期的詩多宮廷應制之作，內容空洞，形式華麗。但流放期間所作，情調淒苦，感情真實。沈佺期與宋之問齊名，並稱「沈宋」。二人在詩歌上的主要貢獻，是總結了齊梁以來格律詩創作的各種經驗，最後完成五、七言律詩的「回忌聲病，約句準篇」的形式，為唐代近體詩的形成和發展奠定了基礎。原有文集 10 卷，已散佚。明人輯有《沈佺期集》。

雜詩[1]

聞道[2]黃龍[3]戍，頻年不解兵[4]。可憐閨裡月，長在漢家營。[5]

*悽惋。*少婦今春意，良人昨夜情[6]。誰能將旗鼓，一為取龍城[7]？*一氣轉折，而風格自高，此初唐不可及處。*

【今注】

1. 作者類似「無題」的〈雜詩〉共有三首，都寫閨中怨情，流露出明顯的反戰情緒。這首詩寫閨中少婦與塞上征人兩地相憶的纏綿深情。詩末表達了人們祈求和平團聚的願望，情調悽愴，但不消極。全詩構思新穎精巧，特別是中間四句，在「情」、「意」二字上著力，翻出新意，為前人所未道。
2. 聞道：聽說。

3.黃龍：即黃龍城，在今遼寧朝陽，此指邊地。

4.解兵：解除武裝，停止戰爭。

5.「可憐閨裡月」二句：借月抒懷，閨中營中，清輝共照。指夫妻二人各自西東，只能同望明月，以寄思懷。

6.「少婦今春意」二句：是說長期分離的夫婦，他們是春春如此思念，夜夜這般傷懷啊！「今春意」與「昨夜情」互文對舉，同時形容「少婦」與「良人」。聯繫「頻年」、「長在」，即可知「今春」、「昨夜」只是舉例式的寫法。

7.一為取龍城：指攻下敵人要塞，獲得勝利，而結束戰爭。一為，猶「一舉」。龍城，匈奴祭天會盟之處，在今蒙古境內，這裡指敵人的首要地區。

【集評】

1. 明・鍾惺、譚元春《唐詩歸》卷三：「少婦」二句嬌怨之甚，壯語懈調。

2. 明・周珽《唐詩選脈會通評林》卷二十七：說者謂語晦而淺，不知作詩之妙，正以似深非深、似淺非淺，有可解不可解之趣也。

3. 清・王夫之《唐詩評選》卷三：五六分承，三四順下，得之康樂，何開闔承轉之有？結語平甚，故或謂之懈，然寧懈勿淫。初唐人家法不紊，乃以持數百年之窮。

4. 清・顧安《唐律消夏錄》卷一：五六就本句看，極是平常；就通首看，則無限不可說之話盡縮在此兩句內，初唐人微妙至此。

（李清筠）

【作者】

宋之問 （約 656～712），一名少連，字延清，唐虢州弘農（今河南靈寶）人，一說為汾州（今山西汾陽市）人。高宗上元 2 年（675）進士，因媚附武則天男寵張易之、張昌宗兄弟，為士林所不齒。中宗復位後，被貶為瀧州（今廣東羅定）參軍。睿宗即位後，流放嶺南。詩與沈佺期齊名，合稱「沈宋」。宋之問的詩追求形式豔麗，多以點綴昇平、標榜風雅的應制酬唱為主，價值不高。貶謫期間的作品，則較能反映個人情感。

度大庾嶺[1]

度嶺方辭國，停輈[2]一望家。魂隨南翥鳥[3]，淚盡北枝花[4]。吳曰：「情景交融，杜公常用此法。」山雨初含霽[5]，江雲欲變霞。但令歸有日，不敢怨長沙[6]。吳曰：「深曲。」

【今注】

1. 大庾嶺為五嶺之一，在今江西、廣東二省的交界，古人以此為南北分界，因嶺上多梅花，也稱梅嶺。這首詩是神龍元年（705）春，宋之問前往貶所瀧州途經大庾嶺時所作。詩人巧妙地融合寫景與抒情，既真實敘述了過嶺的情景，又表達了詩人遠謫的感傷，及得赦返京的冀望。全詩章法嚴謹，屬對精工，詞藻華美，是一首成熟的五言律詩。
2. 輈：音一ㄠˊ，只用一匹馬駕轅的輕便小車。
3. 魂隨南翥鳥：意指作者思鄉之情，已隨著雁鳥一同飛往長安。南翥鳥，指自

　　南北還的雁，古人傳說南飛之雁至大庾嶺而迴。翥，音ㄓㄨˋ，高飛。

4. 淚盡北枝花：越過大庾嶺，便遠離中原，背離家鄉，因而在梅嶺之北觸動鄉
　　愁，而不禁淚盡。北枝花：大庾嶺北的梅花，因為氣候原因，嶺上梅花南枝
　　已落而北枝猶開。白孔《六帖・梅部》：「大庾嶺上梅，南枝落，北枝開」。

5. 霽：雨止天晴。

6. 恨長沙：如西漢賈誼遭貶長沙一樣怨恨。賈誼年少多才，文帝欲擢拔為公
　　卿，但因老臣讒害，被授長沙王太傅。《史記・屈原賈生列傳》：「（賈誼）聞
　　長沙卑濕，自以壽不得長，又以謫去。意不自得。」詩意本此。

【集評】

明・丁儀《詩學淵源》卷八：之問詩文情並茂，雖取法齊梁，而古調
　　　猶未盡泯。

（李清筠）

新年作 [1]

鄉心新歲切，天畔獨潸然 [2]。老至居人下 [3]，春歸在客先 [4]。嶺
猿同旦暮，江柳共風煙 [5]。已似長沙傅 [6]，從今又幾年。方虛谷
曰：「三四費無限思索乃得之，否則有感而自得。」紀曉嵐曰：「三四乃初唐之晚
唐，似從薛道衡〈人日思歸詩〉化出。三四二句漸以心思相勝，妙於巧密而渾
成，故為大雅。」

【今注】

1. 這是一首風調淒清的思鄉之作。詩人身處異地，又逢新年，不免更加思念家
　　鄉。詩人客居的生活是淒苦的，仕途的失意更加重了他的鬱悶悲憤。詩中就
　　地取材，以嶺猿與江柳表現孤寂，掌握了嶺南景物的特點。詩人即景抒情、

　　用典自喻，全詩因而簡練凝重。一說乃劉長卿所作。

2. 潸然：流淚不止的樣子。潸，音ㄕㄢ。

3. 居人下：指官職卑微；兼有寄人籬下、作客他鄉之意。

4. 春歸在客先：春已北歸而自己尚未回去。此句自隋‧薛道衡〈人日思歸〉
　　詩：「入春纔七日，離家已二年，人歸落雁後，思發在花前」化用而來。

5. 風煙：風物，風景。

6. 長沙傅：指漢朝的賈誼，因為受讒而貶為長沙太傅。參見〈新年作〉注6。

【集評】

1. 元‧方回《瀛奎律髓》：宋之問，唐律詩之祖，詩未嘗不佳……字
　　字細密。

2. 清‧沈德潛《唐詩別裁集》：巧句，別於盛唐正在此種。

3. 清‧顧安《唐律消夏錄》：句句從「切」字說出，便覺沉著。五、
　　六以「同」、「共」二字形容出「獨」字來，甚妙。

（李清筠）

【作者】

陳子昂

（661～702），字伯玉，梓州射洪（今四川遂寧）人，因官終右拾遺，故世稱陳拾遺。出身富豪之家，少時任俠使氣，不知詩書。後遊鄉校，乃悔悟苦讀。據唐人李冗《讀異志》載，子昂初入京，不為人知。適有賣胡琴者，價百萬，子昂以千緡市之。眾驚問，子昂曰：「余善此樂」，且約明日集宣陽里聞其技。眾人如期偕往，則酒肴畢具。食罷，捧琴語曰：「蜀人陳子昂，有文百軸，馳走京轂，碌碌塵土，不為人知。此樂，賤工之役，豈宜留心？」舉而碎之，以其文百軸遍贈會者。一日之內，名滿京城。睿宗文明元年（684）舉進士第，武后奇其才，擢為靈臺正字，遷右拾遺。時武攸宜為建安王，辟為書記。攸宜不用其言，子昂以父老解官歸鄉。後為縣令段簡誣陷入獄，憂憤而卒。唐初，文章詩賦承齊梁遺風，駢麗穠縟。子昂矯之，詩風始歸雅正。其〈感遇〉詩 38 首，沉鬱雄渾，令人復見「漢魏風骨」。有《陳伯玉文集》10 卷傳世。今人徐鵬校點之《陳子昂集》又補入詩文，堪稱完備。

晚次樂鄉縣[1]

故鄉杳無際，日暮且孤征[2]。川原迷舊國；道路入邊城。野戍[3]荒煙斷；深山古木平。如何此時恨，嗷嗷[4]夜猿鳴。方虛谷曰：「盛唐律詩體渾大，格高語壯。晚唐下細功夫，作小結裹，所以異也。」紀曰：「此種詩當於神骨氣脉之間得其雄厚之味，若逐句拆看，即不得其佳處。如但摹其聲調，亦落空腔。」

【今注】

1. 晚次樂鄉縣：此詩為詩人夜宿樂鄉縣時所作。次，住宿，停留。樂鄉縣，唐時屬山南道襄州，故城在今湖北荊門北。
2. 孤征：獨自而行。
3. 野戍：野地駐守的堡壘。
4. 噭噭：音ㄐㄧㄠˋ，猿啼聲。

【集評】

1. 元‧方回《瀛奎律髓》：盛唐律詩體渾大，格高語壯。晚唐下細功夫，作小結裹，所以異也。學者詳之。起兩句言題，中四句言景，末兩句擺開言意，盛唐詩多如此。全篇渾雄整齊，有古味。

2. 明‧胡應麟《詩藪》：初唐五言律，……陳子昂〈次樂鄉〉，……皆氣象冠裳，格調鴻麗。初學必從此入門，庶不落小家窠臼。

3. 清‧顧安《唐律消夏錄》：將行役之苦說得一層深似一層，至第七句一齊頓住跌起結句，究竟此苦仍說不了。故鄉杳然矣，日暮矣，且孤征矣，迷舊國矣，入邊城矣，野戍荒煙亦斷矣，深山古木且平矣，此時之恨無可如何矣，而夜猿又噭噭鳴矣。

（林佳蓉）

【作者】

張說 （667～731），字道濟，一字說之，其先自范陽徙河南，更為洛陽人。武后時策賢良方正，說為天下第一，授太子校書。中宗時任兵部員外郎、黃門侍郎等官。睿宗時擢中書侍郎，進同中書門下平章事。玄宗開元初，拜中書令，封燕國公，後為集賢院學士。卒諡文貞。說前後三度為相，掌文學之任凡 30 年，為文俊麗，屬思精壯，朝廷制誥多出其手，與許國公蘇頲齊名，時號「燕許大手筆」。其詩樸實遒勁，謫居岳州之後，益加悽婉。著有《張說之集》30 卷。

幽州夜飲[1]

涼風吹夜雨，挺拔。蕭瑟[2]動寒林。正有高堂[3]宴，能忘遲暮[4]心。軍中宜劍舞[5]；塞上重笳音[6]。不作邊城[7]將，誰知恩遇[8]深？姚曰：「託意深婉。」

【今注】

1. 幽州夜飲：此詩為作者任檢校幽州都督時所作，藉高堂宴會之況，寄託守邊者之衷懷，以昔時恩遇之深反襯邊城今日之苦。幽州：古州名，今北京、天津一帶。唐幽州范陽郡大都督府治所在薊縣。
2. 蕭瑟：草木為秋風吹襲之聲。
3. 高堂：高大寬敞的廳堂。
4. 遲暮：年老。

5. 劍舞：舞劍。

6. 笳音：笳為樂器，此指吹奏胡笳之聲。

7. 邊城：邊塞、邊關。

8. 恩遇：特別的待遇。

【集評】

1. 明‧李攀龍輯，葉羲昂直解《唐詩直解》：結處倒說恩遇，妙甚，遠臣不可不知。

2. 清‧王堯衢《唐詩合解》：前解寫幽州夜飲，後解因夜飲而自傷身在邊城也。

3. 清‧顧安《唐律消夏錄》：邊塞之地，遲暮之年，風雨之夜，如此苦境，強說恩遇，其心偽矣。「正有」、「能忘」、「宜」字、「重」字、「不作」、「誰知」，只在虛字上用力。要說是恩遇，卻究竟拗不過「邊塞」、「遲暮」、「風雨」六字。詩可以觀，豈不信哉！

（李欣錫）

【作者】

賀知章（659～744），字季真，唐會稽永興（今浙江蕭山）人。少時即以詩文知名。唐武則天證聖元年（695）中進士，初授國子四門博士，後遷太常博士。玄宗開元年間，歷任太常少卿、禮部侍郎等職，官終太子賓客、秘書監。天寶三載乞歸鄉里為道士，詔賜鏡湖剡川一塊地，並御製詩以贈行。賀知章嗜飲，性格爽直，豁達而健談，與李白、張旭等人交往頻繁。晚節尤放誕，自號四明狂客。工文辭，善草隸。詩多祭神樂章和應制之作，而以絕句見長，不尚藻飾，無意求工，時有巧思與新意。

送人之軍 [1]

常經絕脈塞 [2]，復見斷腸流 [3]。送子成今別，令人起昔愁。隴雲 [4] 晴半雨，邊草夏先秋。警鍊。萬里長城寄 [5]，無貽漢國憂 [6]。勉勵得體，合古人贈言之旨。

【今注】

1. 這是一首送別友人前往隴西臨洮戍邊的詩。首聯以「常經」應「昔愁」，「復見」應「今別」，可知所送之人乃兩度赴長城西段戍防。頸聯寫邊塞的景物節候，言外有無限淒惻苦辛。結聯致以勉勵，而一股為國建功的豪邁之氣，立即掃除了傷別的氛圍。

2. 絕脈塞：指長城險塞。《史記・蒙恬列傳》：恬曰：「恬罪固當死矣。起臨洮屬之遼東，城塹萬餘里，此其中不能無絕地脈哉？此乃恬之罪也。」絕脈，

斷絕地脈。

3. 斷腸流：指隴頭流水。〈隴頭歌辭〉曰：「隴頭流水，鳴聲幽咽。遙望秦川，心腸斷絕。」

4. 隴雲：隴頭之雲。隴，隴山，為陝甘要隘。

5. 萬里長城：喻重要支柱，此以軍隊為長城。典出《南史・檀道濟傳》：宋文帝寢疾，彭城王劉義康矯詔收捕檀道濟。道濟盛怒飲酒一斛，脫幘投地曰：「乃壞汝萬里長城。」「萬里長城」於此，既是實景，亦是典故，妙在虛實之間。

6. 漢國：指唐王朝。唐人多借漢言唐。

【集評】

1. 明・周珽《唐詩選脈會通評林》：開口便是淒惻，以「常經」、「復見」應帶「成今別」、「起昔愁」來，所謂得意疾書，非關思議者。「隴雲」二語要亦「今」「昔」、「經」「見」中景意。末致以勉勵之辭，不失送人從軍本色。

2. 明・李攀龍《唐詩廣選》引蔣春甫語：精切流動。

3. 清・顧安《唐律消夏錄》：「常經」、「復見」，當時無限苦辛；「絕脈」、「斷腸」，說來尤覺慘沮。下面將送別橫插一句，然後繳足上意，則送別時黯然景況不言可知。五六將「隴雲」、「邊草」異樣處再頓兩句，接出規勉意作結。

（李清筠）

【作者】

張九齡（傳略見卷一‧五言古詩〈感遇〉）

望月懷遠[1]

海上生明月，天涯共此時。情人[2]怨遙夜，竟夕[3]起相思。純以神行。滅燭憐光滿[4]，披衣覺露滋。不堪盈手贈[5]，還寢夢佳期[6]。姚曰：「是五律中離騷。」

【今注】

1. 這是一首月夜懷念遠方友人的詩。月光是引起相思的原因，又是相思的見證。全詩摹寫月夜，語言形象真切，意境雄渾而又幽清。詩人並藉由動作的敘寫，層層深入，表達出深摯的情感。
2. 情人：有情誼的人。
3. 竟夕：通宵。
4. 滅燭憐光滿：意謂因愛賞月光的皎潔，所以吹滅了蠟燭。憐，愛。
5. 不堪盈手贈：意謂無法將月光用手捧起以相贈。盈手，滿手。此句暗用陸機〈擬明月何皎皎〉：「照之有餘輝，攬之不盈手。」
6. 佳期：美好的時光，這裡指見面的好日子。

【集評】

1. 明‧胡震亨《唐音癸籤》：唐初承襲梁、隋，陳子昂獨開古雅之源，張子壽首創清澹之派。盛唐繼起，孟浩然、王維、儲光羲、常建、韋應物本曲江之清澹而益以風神者也。

2. 明‧郭濬《增定評注唐詩正聲》卷四：清渾不著，又不佻薄，較杜審言〈望月〉更有餘味。

3. 清‧黃叔燦《唐詩箋注》卷一：首二句領得妙。「情人」一聯，先就遠人懷念言之，少陵「今夜鄜州月」詩同此筆墨。

4. 清‧屈復《唐詩成法》卷一：「共」字逗起情人，「怨」字逗起相思。五、六亦是人月合寫，而「憐」、「覺」、「滋」、「滿」大有痕跡。七、八仍是說月、說相思，不能超脫，不過捱次說出而已，較射洪、必簡去天淵矣。

（李清筠）

【作者】

王維（傳略見卷一・五言古詩〈渭川田家〉）

輞川閒居贈裴秀才迪[1]

寒山轉[2]蒼翠；秋水日潺湲。倚杖柴門外，臨風[3]聽暮蟬。渡頭餘落日；墟里[4]上孤煙。復值[5]接輿[6]醉，狂歌五柳[7]前。自然流轉，而氣象又極闊大。

【今注】

1. 輞川閒居贈裴秀才迪：此詩為王維閒居輞川時與裴迪唱和之作。輞川，水名，在今陝西藍田縣終南山下，山麓有宋之問別墅，後為王維所得，主要的勝景有孟城坳、華子崗、文杏館、斤竹嶺、鹿柴、木蘭柴、茱萸沜、宮槐陌、臨湖亭、南垞、欹湖、柳浪、欒家瀨、金屑泉、白石灘、北垞、竹里館、辛夷塢、漆園、椒園等，今已湮沒。王維時與裴迪徜徉唱和其間。裴迪，詩人，王維好友。
2. 轉：變得。
3. 臨風：迎風。
4. 墟里：村落。
5. 復值：又遇到。值，遇到。
6. 接輿：春秋時代楚國隱士，姓陸，名通，字接輿，佯狂不仕。這裡指裴迪。《論語・微子》：「楚狂接輿歌而過孔子曰：『鳳兮！鳳兮！何德之衰？往者不可諫，來者猶可追。已而！已而！今之從政者殆而！』孔子下，欲與之言。趨而辟之，不得與之言。」
7. 五柳：東晉陶潛曾作〈五柳先生傳〉。此處王維以陶潛自比。

【集評】

1. 明·陸時雍《唐詩鏡》：三、四意態猶夷。五、六佳在布景，不在屬詞。

2. 清·施補華《峴傭詩說》：寫景須曲肖此景，「渡頭餘落日，墟里上孤煙」，確是晚村光景。

3. 清·王夫之《唐詩評選》：通首都有「贈」意在言句文身之外，不可徒以結用兩古人為贈也。楚狂、陶令俱湊手偶然，非著意處，以高潔寫清幽，故勝。

（林佳蓉）

山居秋暝[1]

空山新雨後，天氣晚來秋。明月松間照；清泉石上流。竹喧歸浣女[2]，蓮動下漁舟。隨意春芳歇[3]，王孫[4]自可留。隨意揮寫，得大自在。

【今注】

1. 山居秋暝：此詩寫山居秋日薄暮之景，抒發詩人閒適恬淡之情。暝：音ㄇㄧㄥˋ，暮色。

2. 浣女：洗衣的女子。

3. 隨意春芳歇：任憑春天的芳草凋謝。

4. 王孫：本指豪門子弟，此處指遊人，也指詩人自己。末二句反用《楚辭·招隱士》：「春草生兮萋萋，王孫游兮不歸。」「王孫兮歸來，山中兮不可以久留。」之意，謂儘管春芳消歇，秋景依然幽美，遊人自可留在山中。

【集評】

1. 明‧唐汝詢《唐詩解》：雅淡中有致趣。結用《楚辭》化。

2. 清‧吳喬《圍爐詩話》：右丞之「明月松間照，清泉石上流」，極是天真大雅，後人學之，則為小兒語也。

3. 清‧沈德潛《唐詩別裁集》：言春芳雖歇，山中自可留也。

4. 清‧張謙宜《絸齋詩談》：「空山新雨後，天氣晚來秋」，起法高潔，帶得通篇俱好。

5. 清‧黃生《唐詩矩》：右丞本從工麗入，晚歲加以平淡，遂到天成，如「明月松間照，清泉石上流」，此非復食煙火人能道者。

6. 清‧張文蓀《唐賢清雅集》：語氣若不經意，看其結體下字何等老潔，切勿順口讀過。

（林佳蓉）

歸嵩山作[1]

晴川帶[2]長薄[3]，車馬去閒閒[4]。流水如有意；暮禽相與還。荒城臨古渡；落日滿秋山。迢遞[5]嵩高下，歸來且閉關[6]。方虛谷曰：「閒適之趣，澹泊之味，不求工而未嘗不工者，此詩是也。」紀曰：「非不求工，乃已琱已琢，後還於朴，斧鑿之痕俱化爾。學詩者當以此為進境，不當以此為始境。須從切實處入手，方不走入流易。」

【今注】

1.此詩是王維辭官歸隱途中對景書懷之作。嵩山，即五嶽中的「中嶽」，位於

河南登封縣北。

2. 帶：圍繞。

3. 長薄：草木高長叢生。長，高。薄，草木叢生。

4. 閒閒：安閒自得的樣子。

5. 迢遞：高遠的樣子。

6. 閉關：關門。有閉門謝客以清修之意。

【集評】

1. 宋・劉辰翁《唐詩品滙》：已近自然。

2. 清・沈德潛《唐詩別裁集》：寫人情物性，每在有意無意間。

3. 清・顧安《唐律消夏錄》：看右丞此詩，胸中并無一事一念。口頭語，說出便佳；眼前景，指出便妙。情境雙融，心神俱寂，三禪天人也。

（林佳蓉）

終南山 [1]

太乙 [2] 近天都 [3]。連山到海隅 [4]。白雲迴望合 [5]；青靄入看 [6] 無。吳曰：「壯闊之中而寫景復極細膩。」分野中峯變 [7]；吳曰：「接筆雄俊。」陰晴眾壑殊。欲投人處 [8] 宿，隔水問樵夫。沈曰：「近天都言其高，到海隅言其遠，分野二句言其大；四十字中無所不包，手筆不在杜陵下。或謂末二句似與通體不配。今玩其語意，見山遠而人寡也，非尋常寫景可比。」

【今注】

1. 終南山：此詩寫山中景致的變化。約作於開元末年，王維居於終南山過著半

官半隱的生活之時。終南山，在今陝西省南部，為秦嶺的一支。

2. 太乙：又作太一，終南山的主峰，也做為終南山的別稱。

3. 天都：相傳爲天帝所居之處。此指唐朝都城長安。

4. 海隅：海角。終南山並未連接到海，但其旁峰山巒綿延有八百餘里，故以「連山到海隅」，言其山之高大遠闊。

5. 白雲迴望合：指回頭看原分向兩邊的白雲又聚合成一片雲海。

6. 入看：近看之意。

7. 分野中峯變：指終南山的主峰盤據之地不只一州，它成為分隔州國地域的分界，此乃極言終南山之宏大。分野，古人將十二星辰的位置與地面州國的封域位置作一對應區分，於天文稱分星；於地理稱分野。《周禮・春官・保章氏》鄭玄注曰：「今其存可言者，十二次之分也：星紀，吳、越也；玄枵，齊也；娵訾，衛也；降婁，魯也；大梁，趙也；實沈，晉也；鶉首，秦也；鶉火，周也；鶉尾，楚也；壽星，鄭也；大火，宋也；析木，燕也。」

8. 人處：有人家的地方。

【集評】

1. 明・邢昉《唐風定》：右丞不獨幽閒，乃饒奇麗，但一出其口，自然清冷，非世中味耳。

2. 清・張謙宜《絸齋詩談》：於此看「積健為雄」之妙。「白雲回望合，青靄入看無」，看山得三昧，盡此十字中。

（林佳蓉）

過香積寺[1]

不知香積寺，數里入雲峯。古木無人徑，深山何處鐘？吳曰：「幽微夐邈，最是王、孟得意神境。」泉聲咽危石；日色冷青松。薄暮空潭曲[2]，安禪制毒龍[3]。

【今注】

1. 過香積寺：此詩寫詩人尋遊幽深的山林佛寺之作。過，拜訪、探望之意。香積寺，佛寺名，在陝西長安南方。
2. 空潭曲：毒龍已被高僧制伏了，故潭中空無所有。潭曲，指毒龍的住處。曲，隱僻之處。
3. 安禪制毒龍：指坐禪能制伏心中的妄想雜念。安禪，禪坐入定時的清和寧靜之境。毒龍，譬喻人的妄想雜念。

【集評】

1. 明‧陸時雍《唐詩鏡》：韻氣冷甚。三、四偷律，病在不嚴。
2. 清‧王夫之《唐詩評選》：三、四似流水，一似雙立，安句自然，結亦不累。
3. 清‧張謙宜《絸齋詩談》：「不知」兩字領起全章脈。「泉聲咽危石，日色冷青松」，泉遇石而咽，松向日而冷，意自互用。
4. 清‧趙殿成《王右丞集箋注》：此篇起句極超忽，謂初不知山中有寺也，迨深入雲峰，於古木森叢、人踪罕到之區，忽聞鐘聲，而始知之。四句一氣盤旋，滅盡針眼之迹，非自盛唐高手，未易多觀。「泉聲」二句，深山恆境，每每如此。下一「咽」字，則幽靜之狀恍然；著一「冷」字，則深僻之景若見，昔人所謂詩眼是矣。
5. 清‧張文蓀《唐賢清雅集》：構局煉句與〈山居秋暝〉略同，超曠稍異，乃相題寫景法。

（林佳蓉）

送梓州李使君 [1]

萬壑樹參天，千山響杜鵑。吳曰：「逆起神韻俊邁。」山中一夜雨；樹杪 [2] 百重泉。方植之曰：「分頂上二語，而一氣赴之，尤為龍跳虎臥之筆。」吳曰：「撰出奇語。」漢女輸橦布 [3]；巴人訟芋田 [4]。文翁翻教授 [5]，不敢倚先賢。紀曰：「起四句高調摩雲。」

【今注】

1. 送梓州李使君：此為送別友人李使君赴任梓州之詩。梓州，唐代州名，在今四川。李使君，王維友人，不詳其名。使君，即刺史。
2. 樹杪：樹梢。杪，音ㄇㄧㄠˇ，樹枝的細梢。
3. 漢女輸橦布：蜀中的婦女向官府繳納橦花織成的布。漢女，四川的婦女。三國時劉備在蜀（今四川）稱帝，國號為漢，故稱蜀中的婦女為漢女。輸，繳納。橦布，橦花織成的布。橦，音ㄊㄨㄥˊ，木名，其花柔毳，可用來織布。
4. 巴人訟芋田：巴人常為芋田的農事打官司。巴，古國名，在今四川重慶市東部。
5. 文翁翻教授：文翁翻然實施教化政策。文翁，據《漢書・文翁傳》記載，文翁為蜀郡太守時，見蜀地僻陋，故實施教化，起修學宮，蜀地百姓的教育文化水準因此大為提升。翻，翻然改圖之意。

【集評】

1. 元・方回《瀛奎律髓》：風土詩多因送人之官及遠行，指其方所習俗之異。清新雋永，唐人如此者極多，如許棠云「王租只貢金」，如周繇云「官俸請丹砂」，皆是。
2. 明・鍾惺、譚元春《唐詩歸》：「山中一夜雨；樹杪百重泉」二句，玲然妙語，乃於送行詩得之，更妙。

3. 清‧吳喬《圍爐詩話》：讀王右丞詩，使人客氣塵心都盡。〈送梓州李使君〉詩云：「萬壑樹參天，千山響杜鵑。山中一夜雨；樹杪百重泉。」竟是山林隱逸詩。欲避近熟，故於梓州山境說起。下文「漢女輸橦布；巴人訟芋田。文翁翻教授，不敢倚先賢。」方說李使君。

（林佳蓉）

漢江臨汎 [1]

楚塞三湘接 [2]；荆門九派通 [3]。吳曰：「一起闊大。」江流天地外 [4]；山色有無中。吳曰：「雄警。」郡邑 [5] 浮前浦，吳曰：「再接再厲。」波瀾動遠空。襄陽好風日 [6]，留醉與山翁 [7]。吳曰：「雄偉有氣力，學者宜從此等入手。」

【今注】

1. 漢江臨汎：此寫泛舟遠眺江山浩渺之詩。漢江，即漢水。
2. 楚塞三湘接：楚地和三湘之水相連接。楚塞，楚國邊界。三湘，湘水的總稱。湘水合沅水稱沅湘（或云合灘水稱灘湘），合瀟水稱瀟湘，合蒸水稱蒸湘，泛指三水與湘水聚合滙流地帶，即今洞庭湖南北，與湘江流域一帶。
3. 荆門九派通：漢水西起荆門，東與長江九支水流相通。荆門，荆門山，在今湖北宜都縣北。九派，指江西九江市附近的九條長江支流。派，水的支流。
4. 江流天地外：江水浩渺，彷彿流出於天地之外。
5. 郡邑：指襄陽城。
6. 風日：風光。
7. 山翁：指晉人山簡，山濤之子。據《晉書‧山簡傳》記載，山簡性嗜酒，鎮守襄陽時，常宴飲，每飲必醉。

【集評】

1. 宋‧陳巖肖《庚溪詩話》：六一居士平山堂長短句云：「平山欄檻倚晴空，山色有無中。」豈用摩詰詩耶？然詩人意所到，而語偶相同者，亦多矣。

2. 元‧方回《瀛奎律髓》：右丞〈漢江臨汎〉詩中兩聯皆言景，而前聯尤壯，足敵孟、杜岳陽之作。

3. 清‧屈復《唐詩成法》：前六雄俊闊大，甚難收拾，卻以「好風日」三字結之，筆力千鈞。三、四氣格雄渾，盛唐本色。

4. 清‧管世銘《讀雪山房唐詩序例》：太白「山隨平野盡，江入大荒流」，摩詰「江流天地外，山色有無中」，少陵「星垂平野闊，月湧大江流」，意境同一高曠，而三人氣韻各別，「識曲聽其真」，可以窺前賢家數矣。

（林佳蓉）

觀獵[1]

風勁角弓[2]鳴，<small>吳曰：「逆起得勢。」</small>將軍獵渭城[3]。草枯鷹眼疾，雪盡馬蹄輕。<small>吳曰：「刻劃精細。」</small>忽過新豐市[4]；還歸細柳營[5]。<small>用流動之筆，與前濃淡相劑。</small>迴看射鵰[6]處，千里暮雲平。<small>吳曰：「收亦不弱。」</small>

【今注】

1. 觀獵：此為描寫將軍打獵之詩，應是王維早期的作品。

2. 角弓：用牛角作裝飾的弓。

3. 渭城：即秦之咸陽城，漢改名渭城。位於渭水之北，今西安市西北。

4. 新豐市：位在今陝西臨潼縣東北，盛產美酒之地。

5. 還歸細柳營：立刻返回駐兵的營區。細柳營，位在今陝西長安縣，是漢代名
   將周亞夫駐兵之地。還，立刻。

6. 鵰：又名鷲，是一種猛禽，其飛速極快，不易射中。故古人以「射鵰手」稱
   讚善射者。

【集評】

1. 明‧胡應麟《詩藪》：右丞五言，工麗閒淡，自有二派，殊不相
   蒙。「建禮高秋夜」、「楚塞三江接」、「風勁角弓鳴」、「楊子談經
   處」等篇，綺麗精工，沈、宋合調者也。「塞上轉蒼翠」、「一從歸
   白社」、「寂寞掩柴扉」、「晚年惟好靜」等，幽閒古淡，儲、孟同聲
   者也。

2. 清‧王士禎《帶經堂詩話》：唐人起句尤多警策，如王摩詰「風勁
   角弓鳴，將軍獵渭城」之類，未易枚舉，杜子美尤多。

3. 清‧張謙宜《絸齋詩談》：「風勁角弓鳴，將軍獵渭城」，一句空摹
   聲勢，一句實出正面，所謂起也。「草枯鷹眼疾，雪盡馬蹄輕」，二
   句乃獵之排場熱鬧處，所謂承也。「忽過新豐市；還歸細柳營」，二
   句乃獵畢收科，所謂轉也。「迴看射鵰處，千里暮雲平」，二句是勒
   回追想，所謂合也。不動聲色，表裡俱轍，此初唐人氣象。

4. 清‧施補華《峴傭詩說》：起處須有峻嶒之勢，收處須有完固之
   力，則中二聯愈形警策。如摩詰「風勁角弓鳴，將軍獵渭城」，倒
   戟而入，筆勢軒昂。「草枯」一聯，正寫獵字，愈有精神。「忽過」
   二句，寫獵後光景，題分已足。收處作回顧之筆，兜裹全篇，恰與
   起筆倒入者相照應，最為整密可法。

（林佳蓉）

使至塞上[1]

單車欲問邊[2]，屬國[3]過居延[4]。征蓬出漢塞[5]，歸雁入胡天。大漠孤煙直[6]；長河落日圓。塞外景象，如在目前。蕭關逢候騎[7]，都護在燕然。

【今注】

1. 使至塞上：此詩是開元 25 年（737）春，王維奉詔出使邊塞，宣慰戰勝吐蕃的河西節度副使崔希逸，於途中所作。使，出使。
2. 單車欲問邊：輕車前往邊塞宣慰將士。單車，輕車。
3. 屬國：典屬國的簡稱，秦漢時的官名，這裡代指使臣，即王維自己。
4. 居延：古縣名，是唐代西北的邊塞，在今內蒙古自治區額濟納旗境。
5. 征蓬：被風吹起遠飛的蓬草，比喻漂泊的遊子。
6. 孤煙直：即烽煙，又稱狼煙，因燃燒狼糞產生的煙柱直而聚，故云「孤煙直」，是古時用來傳遞邊塞警訊的信號。
7. 蕭關逢候騎：在蕭關遇到偵察的騎兵。蕭關，古關名，在今寧夏固源縣東南。候騎：偵察的騎兵。騎，音ㄐㄧˋ。
8. 都護在燕然：元帥在最前線。都護，邊疆都護府最高的長官，這裡指河西節度使。燕然：山名，即杭愛山，在今蒙古境內。據《後漢書・竇憲傳》載，竇憲為車騎將軍，大破匈奴北單于後，曾登燕然山刻石紀功而還。這裡用來代指最前線。燕，音ㄧㄢ。

【集評】

1. 明・陸時雍《唐詩鏡》：五六得景在「日圓」二字，是為不琢而佳，得意象故。
2. 明・唐汝詢《唐詩解》：李于鱗選律，多取邊塞，為其尚氣格也。此篇與〈送平澹然〉、〈送劉司直〉三詩，才情雖乏，神韻有餘，終

是風雅正調。

3. 清‧黃培芳《唐賢三昧集箋注》：「直」、「圓」二字極錘鍊，亦極自然，後人全講煉字之法，非也；不講煉字之法，亦非也。

4. 清‧張文蓀《唐賢清雅集》：「直」字、「圓」字，十二分力量。

（林佳蓉）

秋夜獨坐 [1]

獨坐悲雙鬢；空堂欲二更。雨中山果落，燈下草蟲鳴。白髮終難變；吳曰：「挺起得勢。」黃金 [2] 不可成。欲知除老病，惟有學無生 [3]。

【今注】

1. 秋夜獨坐：此詩描寫王維於秋夜靜坐時的感悟。
2. 黃金：道家的一種煉丹術，認為可以點鐵石使成黃金。語出江淹〈從建平王遊記南城詩〉：「丹砂信難學，黃金不可成。」
3. 無生：佛家語，指萬事萬物之實體沒有生滅；無生無滅之理。

【集評】

1. 明‧陸時雍《唐詩鏡》：三四輕便。
2. 清‧顧安《唐律消夏錄》：上半首沉痛迫切，下半首直截了當。胸中有此一首詩，那得更有餘事？須知右丞一生閒適之樂，皆從此「悲」字得力也。
3. 清‧張文蓀《唐賢清雅集》：一氣說下，最渾成。

（林佳蓉）

終南別業[1]

中歲頗好道[2]，晚家[3]南山陲[4]。興來每獨往，勝事[5]空自知。行到水窮處；坐看雲起時。偶然值[6]林叟，談笑無還期。方虛谷曰：「右丞此詩有一唱三歎之妙。」沈歸愚曰：「行所無事，一片化機，末語無還期謂不定還期也。」紀曰：「此詩之妙由絢爛之極歸於平淡，然不可以躐等求也。學盛唐者當以此種為歸墟，不得以此種為初步。」

【今注】

1. 終南別業：此詩寫王維隱居終南山閒適自樂，淡泊寧靜的生活。別業，別墅，指藍田輞川別墅。
2. 好道：指參禪修佛。
3. 晚家：晚，晚年。家：安家，作動詞用。
4. 南山陲：終南山邊。陲，邊。
5. 勝事：佳樂之事，指美景。勝，佳妙。
6. 值：遇見。

【集評】

1. 宋・胡仔《苕溪漁隱叢話》：《後湖集》云：「中歲頗好道，晚家南山陲」一章，造意之妙，至與造化相表裡，豈直詩中有畫哉！觀其詩，知其蟬蛻塵埃之中，浮游萬物之表者也。」山谷老人云：「余頃年登山臨水，未嘗不讀王摩詰詩，故知此老胸次，定有泉石膏肓之疾。」

2. 宋・劉辰翁《唐詩品滙》：無言之境，不可說之味，不知者以為淡易，其質如此，故自難及。

3. 明·郝敬《批選唐詩》：迫近性情，悄然忘言。

4. 明·鍾惺、譚元春《唐詩歸》：此等作只似未有聲詩之先，便有此一首詩，然讀之如新出諸口及初入目者，不覺見成，其故難言。

5. 清·紀昀《批瀛奎律髓》：此種皆鎔煉之至，渣滓俱融；涵養之至，矜躁盡化，而後天機所到，自在流出，非可以摹擬而得者。無其鎔煉涵養之功，而以貌襲之，即為窠臼之陳言，敷衍之空調，矯語盛唐者，多犯是病。此亦禪家者流，有真空頑空之別，論詩者不可不辨。

（林佳蓉）

【作者】

孟浩然（傳略見卷一・五言古詩〈彭蠡湖中望廬山〉）

望洞庭湖贈張丞相[1]

八月湖水平，涵虛混太清[2]。氣蒸雲夢澤，波撼岳陽城[3]。吳曰：壯闊。欲濟無舟楫，端居恥聖明[4]。坐觀垂釣者，徒有羨魚情[5]。吳曰：唐人上達官詩文多干乞之意，此詩收句亦然，而詞意則超絕矣。○紀曰：「以望洞庭託意，不露干乞之痕。」

【今注】

1. 這首詩可分為「望」和「贈」二個部分，詩人藉由面臨煙波浩淼的洞庭湖欲渡無舟的感歎，以及臨淵羨魚的情懷，曲折地表達出急於用世的決心。張丞相，即張九齡，玄宗開元二十一年（733）為丞相，二十五年，張九齡遭讒貶謫至荊州，本詩當作於此時。《舊唐書・文苑傳》：「（孟浩然）應進士不第，還襄陽，張九齡鎮荊州，署為從事，與之唱和。」

2. 涵虛混太清：謂水天相接，混合成渾然一氣的天空。虛、太清均指天空，涵、混形容湖水浩淼，

3. 「氣蒸雲夢澤」二句：二句雄渾高闊，「氣蒸」句寫湖面上升起的水氣遠連雲夢，「波撼」句狀波濤奔湧動蕩，使人感到它動地搖城，極盡洞庭湖的壯美。雲夢澤，古代「雲」、「夢」本是二澤，指湖北南部，湖南北部一代低窪地區。後世大部分淤成陸地，便並稱雲夢澤。宋人范致明〈岳陽風土記〉：「孟浩然洞庭詩有『波撼岳陽城』，蓋城據湖東北，湖面百里，常多西南風，夏秋水漲，濤聲喧如萬鼓，晝夜不息。」

4. 「欲濟無舟楫」二句：這兩句是正式向張丞相表白心事。前句以自歎欲渡洞庭而無舟楫，暗喻想作官無人引薦，轉折巧妙而極自然。後句直率表明平居閒處，有負當前「聖明」之世。濟，渡。端居，安居，指閒居無事，伏處草野。

5. 「坐觀垂釣者」二句：二句巧用古意進一步表達想出仕的心意，「垂釣」者與「羨魚」亦實亦虛，雖係用典而如出胸臆。而「垂釣」也正好與「湖水」照應，因此不大露出痕跡。垂釣者，指已取得官位之人。羨魚情，《淮南子・說林訓》：「臨河而羨魚，不如歸家織網」，這裡暗示無人援引，徒有從政的願望而已。

【集評】

1. 唐・皮日休〈郢州孟亭記〉：樂府美王融「日霽沙嶼明，風動甘泉濁」，先生則有「氣蒸雲夢澤，波撼岳陽城」。

2. 宋・曾季貍《艇齋詩話》：老杜有〈岳陽樓〉詩，浩然亦有。浩然雖不及老杜，然「氣蒸雲夢澤，波撼岳陽城」，亦自雄壯。

3. 碧琳瑯館重刊本《孟浩然詩集》卷三引宋・劉辰翁：起得渾渾稱題，而氣概橫絕，樸不可易。「端居」感興深厚。

4. 明・胡應麟《詩藪・內編》卷四：氣蒸雲夢澤，波撼岳陽城」，浩然壯語也；杜：「吳楚東南坼，乾坤日夜浮」，氣象過之。

5. 明・邢昉《唐風定》卷十三：（「氣蒸」二句）孟詩本自清澹，獨此聯氣勝，與少陵敵，胸中幾不可測。

6. 清・毛先舒《詩辯坻》卷三：襄陽〈洞庭〉之篇：皆稱絕唱，至欲取壓唐律卷。余謂起句平平，三、四雄，而「蒸」、「撼」語勢太矜，句無餘力；「欲濟無舟楫」二語，感懷已盡，更增結語，居然蛇足，無復深味。又上截過壯，下截不稱。世目同賞，予不敢謂之然也。

7. 清・沈德潛《唐詩別裁集》卷九：起法高渾，三、四雄闊，足與題稱。讀此詩知襄陽非甘於隱遁者。

（李清筠）

宿桐廬江寄廣陵舊遊[1]

山暝聞猿愁[2]，滄江急夜流。健舉，工於發端。風鳴兩岸葉，月照一孤舟[3]。旅況寥落，情景如繪。建德非吾土[4]，維揚憶舊遊[5]。還將兩行淚，遙寄海西頭。情深語摯。

【今注】

1. 這是一首旅中寄友詩，全詩寫夜宿桐江的景色和對友人的思念，並隱含著應試失敗後悒悒不歡的情緒。詩題點明本詩有「宿」和「寄」兩個內容，前四句側重寫「宿桐廬江」之景色，後四句側重寫「寄廣陵舊遊」，筆墨清淡，感情深沉。桐廬江，即錢塘江，流經桐廬的一段又稱桐廬江。廣陵，地名，即今江蘇揚州，因漢代屬廣陵國，故習稱廣陵。

2. 山暝聞猿愁：兩岸連山，所以山色晦暝，而向晚猿嘯淒厲而哀怨。愁字為全詩奠定了基調。

3. 「風鳴兩岸葉」二句：此聯為寫景名句，不僅再現深秋舟行的夜景，而且與旅人的孤寂落寞相契，「兩」與「一」的對舉，更增強了這種表達效果。如出水芙蓉，全不見經意痕跡，是孟詩本色。

4. 建德非吾土：建德不是自己的故鄉，有獨客異鄉的惆悵。建德，唐睦州州治，地臨桐廬江，舊治在今浙江建德縣以東。非吾土，語出王粲〈登樓賦〉：「雖信美而非吾土兮」。

5. 維揚憶舊遊：懷念揚州的老朋友。維揚，即揚州。《梁溪漫志》：「古今稱揚州為維揚，蓋取『淮海惟揚州』（《尚書·禹貢》）之語，今則易惟作維矣。」

6. 海西頭：古揚州地域遼闊，直抵大海。因在大海之西，故稱海西頭。隋煬帝〈泛龍舟〉：「借問龍舟在何處？淮南江北海西頭。」

【集評】

1. 宋・劉辰翁《王孟詩評・孟詩》卷下：「一孤舟」似病，天趣自得。大有洗煉，非率爾得者。

2. 明・陸時雍《唐詩鏡》卷十一：三、四意象逼削。「一孤舟」畢竟多「一」字。

3. 清・沈德潛《唐詩別裁集》卷九：孟公詩高於起調，故清而不寒。

4. 清・孫洙《唐詩三百首》卷五：（首聯，次聯）二十字可作十五六層，而一氣貫注，無斧鑿痕跡。

5. 清・黃培芳《唐賢三昧集箋注》卷中：一氣。無氣固不足以學王、孟。

6. 清・張清標《楚天樵語》卷上：孟浩然吟詩，眉毫盡脫，極意雕鏤乃爾。及披其集，讀之清空靈澹，似不以人力勝者，乃知其一氣清渾中，煉格煉意，煞費幾許鉗錘。

（李清筠）

早寒江上有懷[1]

木落雁南渡，北風江上寒[2]。我家襄水曲[3]，遙隔楚雲端[4]。
鄉淚客中盡，孤帆天際看。迷津欲有問[5]，平海[6]夕漫漫。純是
思歸之神，所謂超以象外也。

【今注】

1. 這是一首懷鄉思歸的抒情詩，可能作於漫遊時期。因離鄉日久，觸景生情，便在詩中表達了對家鄉的思念，並抒發了心境的迷茫。詩借鴻雁南飛起興，引起客居思歸之情。中間寫望見孤帆遠去，而自己無法偕同的悵惘，最後寫欲歸不得的積鬱。寫景自然典型，抒情真切深入。

2. 「木落雁南渡」二句：扣詩題「早寒江上」，具體的寫出了季節氣候特點，並為下面的抒情做鋪墊。「木落雁南渡」是眼中所見的「早寒」景象，「北風江上寒」則直寫自身的感受。

3. 我家襄水曲：孟浩然家在襄陽，襄陽則當襄水之曲，故云。襄水，也叫襄河，漢水流經襄陽，稱襄水。在襄樊市以下一段，水流曲折，所以詩人以「曲」概括之。

4. 遙隔楚雲端：指鄉思遙隔雲端。襄陽古屬楚國，故詩中稱「楚雲端」，既能表現出地勢之高（與長江下游相比），又能表現出仰望之情。

5. 迷津欲有問：典出《論語・微子》，孔子周遊列國時，命子路向長沮、桀溺問津，卻為兩人譏諷事。這裡是慨歎自己彷徨失意，如同迷津的意思。津，渡口。

6. 平海：指水面平闊，古人間亦稱江為海。

【集評】

1. 宋・劉辰翁《王孟詩評・孟詩》卷下：讀此四句（「我家」四句），令人千萬言自廢。

2. 清・王士禎《帶經堂詩話》卷十五：唐詩佳句多本六朝，昔人拈出甚多。略摘一二昔人所未及者，如孟襄陽「木落雁南渡，北風江上寒」，本鮑明遠「木落江渡寒，雁還風送秋」。

3. 清・沈德潛《唐詩別裁集》卷九：起手須此高致。

4. 清・宋宗元《網師園唐詩箋》卷七：（「遙隔」句）振衣千仞。

（李清筠）

與諸子登峴山作 [1]

人事有代謝，往來成古今 [2]。吳曰：感慨。江山留勝跡，我輩復登臨 [3]。語有抱負。水落魚梁淺 [4]，天寒夢澤深 [5]。羊公碑 [6] 尚在，

讀罷淚沾襟[7]。

【今注】

1. 詩借登臨而發弔古傷今之思。峴山，又稱峴首山，在湖北襄陽南。此詩憑弔峴山羊祜遺跡，由古人功業觸身世之感。
2. 「人事有代謝」二句：謂人事更迭代謝，往者已去，來者復至。此聯憑空著筆，似不切題，實則正是置身歷史遺跡時對宇宙時空、自然規律的理悟，對人生暫促、時不我待的浩歎。代謝，交替，輪換。往來，指歲月推移，如日往月來。
3. 「江山留勝跡」二句：「江山勝跡」與「我輩登臨」，分承首聯之「古」、「今」。勝跡，指前人留下的名勝古跡，即下文的「羊公碑」等。「江山勝跡」照應「人事代謝」。我輩，我們，指詩人自己與同遊諸子。復登臨，又來登臨。這是對羊祜曾登臨峴山於前而言的，照應「往來古今」。
4. 水落魚梁淺：魚梁洲因水落而顯露出來。魚梁，沙洲名，在襄陽鹿門山的沔水中，是漢代著名隱者龐德公的居處。因水落時洲人取竹木為梁用以捕魚，故名。《水經・沔水注》：「沔水中有魚梁洲，龐德公所居。」
5. 天寒夢澤深：雲夢澤因天寒而更深幽了。夢澤，在今洞庭湖北岸一帶地區，古代有雲澤、夢澤兩片澤地相連，後來逐漸淤積為陸地。澤，聚水的窪地。
6. 羊公碑：羊公，指晉人羊祜，鎮守荊州、襄陽時甚有政績，受人民愛戴，死後百姓為他在峴山上建廟立碑。
7. 淚沾襟：《晉書・羊祜傳》載羊祜鎮荊襄時，「每風景，必造峴山，置酒言詠，終日不倦。嘗慨然嘆息，顧謂從事中郎鄒湛等曰：『自有宇宙，便有此山，由來賢達勝士登此遠望，如我與卿者多矣，皆湮沒無聞，使人傷悲。』」及羊祜卒，襄陽百姓建碑於峴山，「望其碑者莫不流涕，杜預因名為『墮淚碑』」。「淚沾襟」既與「墮淚碑」相應，又隱含著自己求仕不得、功業難成的悲感。

【集評】

1. 碧琳瑯館重刊本《孟浩然詩集》卷三引宋・劉辰翁：不必苦思，自然好，苦思復不能及。起得高古，略無粉色而情境俱稱，悲慨勝於形容，真峴山詩也。復有能言，亦在下風。

2. 明・李沂《唐詩援》卷十三：結句妙在不翻案。後人好議論，殊覺多事，乃知詩中著議論定非佳境。孟詩一味簡淡，意足便止，不必求深，自可空前絕後。

3. 清・沈德潛《唐詩別裁集》卷九：清遠之作，不煩攻苦著力。

4. 清・張謙宜《絸齋詩談》卷五：〈與諸子登峴山〉「人事有代謝，往來成古今。江山留勝跡，我輩復登臨」，流水對法，一氣滾出，遂為最上乘。意到氣足，自然渾成，逐句摹不得。

5. 清・顧安《唐詩消夏錄》卷一：結語妙在前半首說得如此曠達，而究竟不免於墮淚也，悲夫！

6. 清・俞陛雲《詩境淺說》：前四句俯仰今古，寄慨蒼涼，凡登臨懷古之作，無能出其範圍，句法一氣揮灑，若鷹隼摩空而下，盤折中有勁疾之勢。

（李清筠）

晚泊潯陽望廬山 [1]

掛席 [2] 幾千里，名山都未逢。泊舟潯陽郭，始見香爐峰 [3]。嘗讀遠公 [4] 傳，永懷塵外蹤 [5]。東林精舍 [6] 近，日暮坐聞鐘 [7]。沈曰：所謂篇法之妙不見句法者。吳曰：「一片空靈。」

【今注】

1. 這首詩是詩人於開元二十一年（733），漫遊吳越之後，在還鄉路上，途經九江時，晚泊潯陽，眺望廬山所作。詩寫夜泊遠望廬山，由漫遊千里未見名山的憾恨，寫到泊舟潯陽猛見香爐峰的驚喜，同時表達了對高僧慧遠的追思與

懷念。詩寫廬山，全為望中遐思，妙在於空靈中傳神。此詩精於錘煉，但又不留痕跡，顯得簡淡自然。

2. 掛席：即掛帆，揚帆。謝靈運〈遊赤石進帆海〉：「挂席拾海月」。

3. 始見香爐峰：此句點出了作者見到香爐峰時心中的欣喜。「始」字與首聯的「都」字相應，頗能勾出情緒上的起落。香爐峰，廬山最有名的山峰。奇峰突起，狀似香爐，氣靄若煙，有如焚香，故稱為「香爐峰」。

4. 遠公：指慧遠（334～416），東晉雁門樓煩人。俗姓賈。師事名僧道安，太元九年（384），入廬山，居東林寺，在山30餘年，淨土宗推尊為初祖。

5. 永懷塵外蹤：此句借用「永懷」二字，充分表現了詩人對高僧慧遠的傾慕。塵外蹤，遠離塵俗的蹤跡。

6. 東林精舍：高僧慧遠在廬山隱居修行時，當時的刺史桓伊為他修建的一座禪舍，是當時及後代的隱居者神往的勝地。

7. 坐聞鐘：靜靜地聽到東林精舍傳來的鐘聲。空寂的鐘聲，既透露出不見高人的幽微悵惘，又渲染出空靈深遠的環境氛圍。

【集評】

1. 宋・胡仔《苕溪漁隱叢話前集》卷第十五引呂本中《呂氏童蒙訓》云：浩然詩「掛席幾千里，名山都未逢，泊舟潯陽郭，始見香爐峰。」但詳看此等語，自然高遠。

2. 清《唐三體》卷六引何焯：發端神來，所以雖晚而極望也。眼中、意中前後兩層透出望字神味。……後半寫望字閑遠空闊。

3. 清・王士禛《帶經堂詩話》卷三：詩至此色相俱空，正如羚羊掛角，無跡可求，畫家所謂逸品是也。

4. 清・沈德潛《唐詩別裁集》卷一：但聞鐘聲，寫「望」字意，悠然神遠。

（李清筠）

過故人莊 [1]

故人具雞黍，邀我至田家 [2]。綠樹村邊合 [3]，青山郭外斜。開軒面場圃 [4]，把酒話桑麻。待到重陽日 [5]，還來就菊花。紀曰：「王、孟詩大段相近，而體格又自微別。王清而遠，孟清而切。學王不成，流為空腔；學孟不成，流為淺語。如此詩之自然沖淡，初學遽躐等而效之，不為滑調不止也。步瀛案：紀說誠是，然亦不惟學王、孟也。學李不成，流為大言，學杜不成，流為拙滯。是皆不善學者之過，古人不任責也。要之入手學詩，萬不可流入滑易。紀氏所戒，學者不可不留意也。」

【今注】

1. 這首詩是訪友之作，描寫了鄉村優美景色，抒發了友人之間真誠樸素的情感。詩題為〈過故人莊〉，意在寫田園，故不著重寫故人。詩由「邀」到「至」到「望」而到「約」，一逕寫去，自然流暢，似道家常。毫無雕琢造作之跡。清新雋永，親切有味，最能代表孟詩的風格。

2. 「故人具雞黍」二句：二句寫訪友的緣由，樸實自然的詩句，既表現了詩人與故人「君子之交淡如水」的真誠友誼，又表現了田園生活的清淡。雞黍，在古代泛指「（餉客的）飯菜」，可做謙詞，不一定就是雞和黍。語本《論語・微子》：「止子路宿，殺雞為黍而食之」。本詩的「雞黍」還含有「雞黍約」的意思。

3. 「綠樹村邊合」二句：這一聯畫龍點睛地勾勒出一個環抱在青山綠樹之中的村落的典型環境。「合」、「斜」對仗精工，一個「合」字寫出了幽絕靜謐的環境特點，而一個「斜」字則呈現出山巒迤邐的動勢，近景和遠景在互相映照中融成和諧的整體。

4. 「開軒面場圃」二句：本聯寫宴飲，充溢著濃郁的生活氣息，構成一幅悠閒恬淡的圖畫。這是秋收季節，因而有以上「開軒」、「把酒」二句所寫的生活情趣。場圃，古代農家收打作物之處。桑麻，本意為植桑養蠶取繭和植麻取

其纖維；在此泛指農作物或農事。晉‧陶淵明〈歸園田居〉詩之二：「相見無雜言，但道桑麻長。」

5. 「待到重陽日」二句：以瞻想未來結束，留下充分想像的餘地，是孟詩的特點。詩人主動提出重陽再約，襯托出這次相聚的意猶未盡。「就菊花」三字，既點出重陽時令，又具有高潔人格的象徵意味。重陽日，指陰曆九月九日重陽節。有「宜於長久」之意。

【集評】

1. 元‧方回《瀛奎律髓》卷二十三：此詩句句自然，無刻畫之跡。浩然自有「廚人具雞黍，稚子摘楊梅」，以真對假，見稱於世。

2. 明‧胡應麟《詩藪》內編卷二：孟五言秀雅不及王，而閒澹頗自成局。

3. 明‧李東陽《麓堂詩話》：王詩豐縟而不莘靡，孟卻專心古澹，而悠遠深厚，自無寒儉枯瘠之病。

4. 清‧黃生《唐詩摘鈔》卷一：全首俱以信口道出，筆尖幾不著點墨。淺之至而深，淡之至而濃，老之至而媚。火候至此，並烹煉之跡俱化矣。結句係孟對故人語，覺一處真率款曲之意，溢於言外。

5. 清‧沈德潛《唐詩別裁集》卷九：通體清妙。末句「就」字作意，而歸於自然。清‧冒春榮《葚原詩說》卷一：詩以自然為上，工巧次之。工巧之至，始入自然；自然之妙，無須工巧。……五言如孟浩然《過故人莊》、王維《終南別業》……，此皆不事工巧、極自然者也。

6. 清‧屈復《唐詩成法》卷一：以古為律，得閒適之意，使靖節為近體，想亦不過如此而已。

（李清筠）

歲暮歸南山 [1]

北闕休上書，南山歸敝廬[2]。吳曰：「一起超脫。」不才明主棄，多病故人疏[3]。吳曰：「怨詞也，而出之以婉曲。」白髮催年老，青陽逼歲除[4]。永懷愁不寐，松月夜窗虛[5]。結句意境深妙。

【今注】

1. 孟浩然早年以「晝夜常自強，詞翰頗亦工」而自負，但赴長安應進士舉卻居然落第，此詩即寫於落第還家之時。前半抒懷才不遇之憤懣之情，「不才」是激憤之詞，而遭「明主棄」、「故人疏」，可見明主不明、世態炎涼。後半抒落第後寂寥失落之感，求仕不成，而時不我待，於「愁不寐」、「夜窗虛」的對照中顯出無可奈何的複雜心態。這首詩看似語言顯豁，實則含蘊豐富。語意雙關，逐層遞進，形成悠遠深厚的藝術風格。詩題一作〈歸終南山〉。

2. 「北闕休上書」二句：直抒胸臆，敘述自己停止追求仕途，選擇歸隱南山。北闕，《漢書・高帝紀》注：「尚書奏事，謁見之徒，皆詣北闕。」闕，宮殿門樓。

3. 「不才明主棄」二句：二句說明「休上書」，「歸敝廬」的原因，是明主不賞識，故人不援引。以自怨自艾的形式，抒發仕途失意的幽思。表面上是自責自怪，骨子裡卻是怨天尤人。感情十分複雜，有反語的性質而又不盡是反語。五代人王定保《唐摭言》載：「襄陽詩人孟浩然，開元中頗為王右丞所知。句有『微雲淡河漢，疏雨滴梧桐』者，右丞吟詠之，常擊節不已。維待詔金鑾殿，一旦召之商較風雅。忽遇明皇幸維所，浩然錯愕伏床下，維不敢隱，因之奏聞。上欣然曰：『朕素聞其人。』因得召見。上曰：『卿將得詩來耶？』浩然奏曰：『臣偶不齎所業。』上即命吟。浩然奉詔拜舞，念詩曰：『北闕休上書，南山歸臥廬。不才明主棄，多病故人疏。』上聞之憮然曰：『朕未曾棄人，自是卿不求進，奈何反有此作！』因命放歸南山，終身不仕。」敝廬，破舊的房子。

4. 「白髮催年老」二句：二句寫年老歲暮，功名不就的憂愁。白髮、青陽本是

無情之物，作者特下「催」、「逼」二字，於是那種汲汲於仕進而又事與願違的愁情，便躍然紙上。青陽，指春天。

5. 「永懷愁不寐」二句：寫由「永懷」而憂愁不寐，因而見明月松影映照寒窗。一片空虛，無限淒涼。「松月夜窗虛」看似寫景，實是抒情，一則補充了上句中的「不寐」，再則情景渾一，餘味無窮！

【集評】

1. 宋·劉辰翁《王孟詩評·孟詩》卷上：是其最得意之詩，亦其最失意之日，故為明皇誦之。

2. 元·方回《瀛奎律髓》卷二十三：八句皆超絕塵表。

3. 清·馮舒《瀛奎律髓匯評》卷二十三：一生失意之詩，千古得意之作。

4. 清·黃生《唐詩矩》卷二：寫景結，雋永。此詩未免怨，然語言尚溫厚。盧綸亦有〈下第歸終南別業〉詩，與此相較，便見盛唐人身分。

5. 清·張謙宜《繭齋詩談》卷五：絕不怒張，渾成如鐵鑄。

6. 清·黃培芳《唐賢三昧集箋注》卷中：純是真氣貫注。

（李清筠）

傷峴山雲表上人 [1]

少小學書劍 [2]，吳曰：「開拓。」秦吳多歲年。歸來一登眺，吳曰：「再開。」陵谷尚依然。豈意參霞客 [3]，吳曰：「合。」忽隨朝露 [4] 先。因之問閭里，吳曰：「再開。」把臂 [5] 幾人全？吳曰：「氣勢渾灝，自然感慨。王、孟體此為極則」。又曰：「開拓處多則不平，此最緊要，否則幾於滑易。」

【今注】

1. 這是一首悼唁之作。詩的前半從自身寫起，抒發個人心志。後半轉入悼唁，表達了對好友驟逝的傷感。上人，是對智德兼備而可為眾僧及眾人師者之高僧的尊稱。《釋氏要覽》卷上：「內有智德，外有勝行，在眾人之上者為上人。」

2. 少小學書劍：此句見其少年志節，並非不求聞達的隱士。《史記・項羽本紀》：「少時學書不成，去學劍又不成。」

3. 餐霞客：修仙學道的人，此指雲表上人。餐霞，一種道家修煉的方術。清晨迎霞行吐納之氣，以朝霞為食。後多用以指超塵脫俗的仙家生活。

4. 朝露：早晨的露水，比喻存在的時間短暫。

5. 把臂：互挽手臂，表示親密，古多指相偕歸隱。南朝宋・劉義慶《世新說語・賞譽》：謝公道豫章：若遇七賢，必自把臂入林。

【集評】

1. 明・胡震亨《唐音癸籤》引《吟譜》：（浩然詩）祖建安，宗淵明，沖淡中有壯逸之氣。

2. 明・胡應麟《詩藪》內篇卷四：孟五言不甚拘偶者，自是六朝短古，加以聲律，便覺神韻超然，此其占便宜處。

（李清筠）

【作者】

祖詠（699～746），唐洛陽（今河南洛陽市）人，後遷居汝水之北。開元 12 年中進士。曾授官，遭謫遷，仕途失意，貧病交加。遂歸隱汝水一帶，以漁樵自終。祖詠與王維交誼頗深，多有酬唱，又與儲光羲、盧象、丘為等人為詩友。其詩以寫山水田園為主，清麗自然，恬靜閒適。其邊塞詩則雄渾壯麗，風調高昂。

蘇氏別業 [1]

別業居幽處，到來生隱心 [2]。南山當戶牖 [3]，灃水映園林 [4]。竹覆經冬雪 [5]，庭昏未夕陰 [6]。寥寥人境外 [7]，閑坐聽春禽。吳曰：「中四語極力出奇。」

【今注】

1. 這是一首描寫詩人造訪蘇姓友人別墅的詩。從別墅的位置、初見時的觀感、整體的環境、庭院的佈局到心情的感受，一路舖陳下來，有條不紊。全篇語言洗煉，意境清幽。別業，別墅。
2. 隱心：隱居的念頭。
3. 南山當戶牖：指與南山相對。南山，即終南山。當，對著。戶牖，門窗。
4. 灃水映園林：指灃水環繞著園林，倒映園林的景色。灃水，河名，發源於陝西寧陝縣的秦嶺，流入渭水。
5. 經冬雪：經過冬天後殘留下來的雪。
6. 庭昏未夕陰：未到傍晚庭院已然陰暗。本句自顏延年〈贈王太常詩〉「庭昏見野陰」化出，但二語所寫景色側重點不同。顏詩是從「庭昏」顯出曠野之

陰；祖詩只寫「庭昏」，卻以「未夕陰」來烘襯。未夕陰，未到傍晚時的陰暗。

7. 人境外：世俗之外，指蘇氏別業。

【集評】

1. 唐・殷璠《河岳英靈集》：詠詩剪刻省淨，用思尤苦。氣雖不高，調頗淩俗。

2. 清・賀裳《載酒園詩話》又編：祖與盧象，稍有悲涼之感，然亦不激不傷。盧情深，祖尤骨秀。

（李清筠）

【作者】

常建（傳略見卷一・五言古詩〈弔王將軍墓〉）

題破山寺後禪院[1]

清晨入古寺，初日照高林[2]。曲徑通幽處，禪房花木深[3]。
山光悅鳥性，潭影空人心[4]。萬籟[5]此俱寂，惟聞鐘磬音[6]。紀
曰：「興象深微，筆筆超妙，此為神來之候。」

【今注】

1. 這首詩旨在讚美破山寺後禪院的幽靜，以抒發寄情山水的閒適胸懷。破山
   寺，即興福寺，因在破山而得名。始建於南齊，位於今江蘇常熟北。全詩隨
   遊蹤、感觸信筆寫來，塑造了一個幽靜、高遠的境界。這首詩起句對偶，頷
   聯反而對得不工整，雖屬五律，卻有古體詩的風韻，構思精巧，寓意深微。
2. 高林：高聳的林木，烘托幽深的氣氛。又佛家稱僧眾聚居處為「叢林」，此
   處用「高林」，亦帶有稱頌的意味。
3. 「曲徑通幽處」二句：是說穿過寺中彎曲的小路，走到幽深的後院，發現唱
   經禮佛的禪房就在後院花叢樹林深處。禪房：即後禪院，僧人的住室。花木
   深：指禪房深藏在花木叢中。
4. 「山光悅鳥性」二句：是說秀美的山中景色，使鳥欣悅的本性得以呈顯，潭
   水清澈，臨潭顧影，使人心中的雜念消除淨盡。人心，指人的各種欲念。
5. 萬籟：泛指各種聲響。籟，凡是能發出音響的孔都叫籟，此指自然界的一切
   聲音。
6. 鐘磬：和尚念經時以敲擊發出信號，鐘響開始，磬響停止。磬：和尚念經時
   敲的一種樂器。這二句是以鐘磬音響輕輕回盪，烘托萬籟俱寂的寧靜氣氛。

【集評】

1. 唐・殷璠《河嶽英靈集》卷上：建詩似初發通莊，卻尋野徑，百里之外，方歸大道。所以其旨遠，其興僻；佳句輒來，惟論意表。至如「松際露微月，清光猶為君」，又「山光悅鳥性，潭影空人心」，此例十數句，並可稱警策。

2. 宋・歐陽修《續居士集》卷二十三《題青州山齋》：吾嘗嘉誦常建詩云：「竹徑通幽處，禪房花木深」，欲效其語作一聯，久不可得，廼知造意者為難工也。

3. 宋・洪芻《洪駒父詩話》：丹陽殷璠撰《河嶽英靈集》，首列常建詩，愛其「山光悅鳥性，潭影空人心」之句，以為警策。歐公又愛建「竹徑通幽處，禪房花木深」，欲效建作數語，竟不能得，以為恨。予謂建此詩全篇皆工，不獨此兩聯而已。

4. 元・方回《瀛奎律髓》卷四十七：三四不必偶，乃自成一體。蓋亦古詩、律詩之間。全篇自然。

5. 明・高棅《唐詩品彙》卷十一引劉須溪曰：常建詩情景沉冥，不類著色。

6. 清・黃生《唐詩摘鈔》卷一：全篇直敘。對一二，不對三四，名換柱對。有右丞〈香積寺〉之摹寫，而神情高古過之；有拾遺〈奉先填充〉之超悟，而意象渾融過之。「薄暮空潭曲，安禪制毒龍」，「欲覺聞晨鐘，令人發深省」，方之此結，工力有餘，天然則遠矣。

7. 清・沈德潛《唐詩別裁集》卷九：鳥性之悅，悅以山光；人心之空，空因潭水，此倒裝句法。通體幽絕。歐陽公自謂學之未能，古人虛心服善如是。

8. 清・屈復《唐詩成法》卷二：但寫幽情，不著一贊羨語，而贊羨已到十分。

（李清筠）

【作者】

劉長卿 （709~780），字文房。河間（今河北河間）人。（一說，宣城人）唐玄宗開元 21 年（733）進士。肅宗至德中，為監察御史。以檢校祠部員外郎為轉運使判官，知淮南、鄂岳轉運留後。鄂岳觀察使吳仲孺誣奏，貶潘州南巴（今廣東茂名）尉。後獲平反，除睦州（今浙江建德）司馬。終隨州（今湖北隨縣）刺史。人稱劉隨州。

碧澗別墅喜皇甫侍御相訪 [1]

荒村帶返照 [2]，落葉亂紛紛。古路無行客，寒山獨見君。紀曰：「起四句有灝氣。」野橋經雨斷，澗水向田分。不為憐同病，何人到白雲。姚曰：「何減摩詰。」

【今注】

1. 皇甫侍御：即皇甫曾，字孝常，官殿中侍御史，與劉長卿友善。
2. 返照：夕陽的回光。

【集評】

1. 元·方回《瀛奎律髓》：劉隨州號五言長城。答皇甫詩如此，句句明潤，有韋蘇州之風。他詩為嘗貶謫，多淒怨語。

2. 明·唐汝詢《唐詩解》：暮景淒其，路無行客，所見獨御史耳。試觀橋之斷，水之分，地之幽僻可想。苟非同病相憐，疇能至此耶？

深見侍御之心知也。

3. 清・王文濡《唐詩評注讀本》：只極寫山村荒僻，無人肯到，愈見
侍卸之來此，為同病相憐之故。不明點喜字而喜可知矣，是畫家渲
染法。

（傳武光）

逢郴州使因寄鄭協律[1]

相思楚天外，夢寐楚猨[2]吟。更落淮南[3]葉，難為江上心。衡陽
[4]問人遠，湘水[5]句君深。欲逐孤帆去，茫茫[6]何處尋？姚曰：
「何減右丞？」

【今注】

1. 逢郴州使因寄鄭協律：郴州，今湖南郴縣。郴，音彳ㄣ。協律，官名，為太
常寺屬官，正八品，掌和六律六呂。
2. 猨：同「猿」。
3. 淮南：指淮南郡，唐改為壽州。舊治在今安徽壽縣。
4. 衡陽：即今湖南衡陽縣。
5. 湘水：發源於今廣西臨桂縣陽海山，東北流經湖南零陵縣、醴陵縣、湘陰
縣，入洞庭湖。
6. 茫茫：廣大而看不清的樣子。

【集評】

清・姚鼐《古文辭類纂》：何減右丞？

（傳武光）

【作者】

李白（傳略見卷一・五言古詩〈古風〉）

塞下曲 [1]

駿馬似風飆。鳴鞭出渭橋 [2]。 吳曰：「高唱入雲。」 **彎弓辭漢月，插羽** [3] **破天驕** [4]。 吳曰：「壯麗雄激。」 **陣解星芒盡，營空海霧銷。功成畫麟閣** [5]，**獨有霍嫖姚** [6]。 吳琢崔曰：「言成功奏凱圖形麟閣者，止上將一人，不能徧及血戰之士。太白用一獨字，蓋有感乎其中歟！然其言又何婉而多風也！」

【今注】

1. 此詩作於唐玄宗天寶 2 載（743），李白時年 43 歲，在長安任職翰林院。承旨。
2. 渭橋：咸陽東南方渭水上的浮橋。
3. 羽：即箭，箭尾貼有羽毛以平衡，故以羽代稱箭。
4. 天驕：指北方的匈奴。
5. 麟閣：麒麟閣的省稱，漢宣帝曾命人將對國家有功之大臣繪畫圖像懸掛於麒麟閣上供後人懷念，後來麟閣就成為受皇帝重用或功臣之代表。
6. 霍嫖姚：漢武帝時的名將霍去病，因軍功拜嫖姚校尉，世稱「霍嫖姚」。

【集評】

1. 清・王夫之《唐詩評選》：總為末二語作前六句，直爾赫奕，正以

激昂見意，俗筆開口便怨。

2. 清・王琦《李太白全集》：按彎弓以上三句狀出師之景，插羽以下
　三句狀戰勝之景，末言功成奏凱，圖形麟閣者，止上將一人，不能
　徧及血戰之士。太白用一獨字，蓋有感乎其中歟！然其言又何婉而
　多風也！

（林保淳）

贈孟浩然 [1]

吾愛孟夫子 [2]，風流 [3] 天下聞。紅顏棄軒冕 [4]，白首臥松雲。醉
月頻中聖 [5]，迷花不事君。吳曰：「疏宕中仍自精鍊。」高山安可仰
[6]，吳曰：「開一筆。」徒此揖清芬。吳曰：「一氣舒卷，用孟體也，而其質
健豪邁，自是太白手段，孟不能及。」

【今注】

1. 此詩作於唐玄宗開元 26 年（738），李白時年 38 歲，途經襄陽結識孟浩然所
　作。
2. 孟夫子：孟浩然，字浩然，唐襄陽（今湖北襄樊）人，人稱孟襄陽。大約生
　於唐武則天永昌元年（689），卒於唐玄宗開元 28 年（740）。早期隱居襄陽
　鹿門山讀書，40 歲時至長安應試不第，歷遊吳越等地後，回襄陽隱居。其
　詩多山水田園之筆，與王維並稱「王孟」。
3. 風流：指一個人儀容、態度與行止動作所呈現出來的氣質。
4. 軒冕：軒冕是卿大夫所用之車服，借代為仕宦。
5. 中聖：古人把釀成後濾過的清酒稱為聖人，未過濾的濁酒稱為賢人。東漢末
　年由於法律禁止人民私釀酒與賣酒、飲酒，所以酒徒就以中聖（到達聖人）
　來稱呼喝醉的人。「中」原本應讀四聲，在此處因協平仄讀成一聲。

6.高山安可仰：孟浩然的德行，如同高山一般，令人仰望。

【集評】

1. 明・謝榛《四溟詩話》：太白贈浩然詩，前云「紅顏棄軒冕」，後云「迷花不事君」，兩聯意頗相似。劉文房靈祐上人故居詩，既云「幾日浮生哭故人」，又云「與花垂淚共沾巾」，此與太白同病。興到而成，失於檢點，意重一聯，其勢使然。兩聯意重，法不可從。
2. 近世・詹鍈《李白詩文繫年》：詩云：「紅顏棄軒冕，白首臥松雲。」是時當在浩然自京放還之後。

（林保淳）

渡荊門送別[1]

渡遠荊門[2]外，來從楚國[3]遊。山隨平野盡，江入大荒流。月下飛天鏡；雲生結海樓。仍憐故鄉水，萬里送行舟。語意倜儻，太白本色。

【今注】

1. 此詩作於唐玄宗開元13年（725），李白時年25歲。李白於玄宗開元12年（734）至成都、渝洲（重慶）遊歷，次年春天搭船離開四川進入湖北，開始其一生的歷遊。
2. 荊門：荊門山，位於今湖北宜都西北，長江三峽至此結束，正式進入平原地區。
3. 楚國：先秦古國名，國勢最盛時大約有現今之湖北、湖南、江西、江蘇、浙江、河南南部等地。此處是指將要遊歷的長江中下游一帶。

【集評】

1. 明‧陸時雍《唐詩鏡》：詩太近人，其病有二：淺而近人者率也，易而近人者俗也。如荊門送別詩便不免此病。

2. 明‧胡應麟《詩藪》：「山隨平野闊，江入大荒流」，太白壯語也。杜「星垂平野闊，月湧大江流」，骨力過之。

3. 清‧王夫之《唐詩評選》：明麗果如初日，結二語得象外於圜中。飄然思不群，唯此當之。泛濫鑽研者，正由思窮於本分耳。

4. 清‧丁龍友：胡元瑞曰：「『山隨平野闊，江入大荒流。』此太白壯語也。子美詩：『星垂平野闊，江入大荒流』二語，骨力過之。」予謂李是晝景，杜是夜景；李是行舟暫視，杜是停舟細觀，未可概論。（引自《李太白全集》）

5. 清‧翁方綱《石洲詩話》：太白云：「山隨平野盡，江入大荒流。」少陵云：「星垂平野闊，月湧大江流。」此等句皆適興手會，無意相合，故不必謂相為倚傍，亦不容區分優劣也。

（林保淳）

送友人 [1]

青山橫北郭，白水遶東城。此地一為別，孤蓬 [2] 萬里征。浮雲遊子意，落日故人情。 [3] 揮手自茲去，蕭蕭班馬鳴。沈曰：「三四流走，亦竟有散行者，然起句必須整齊。」又曰：「蘇、李贈言，多唏噓語而無蹶蹙聲，知古人之意在不盡矣。太白猶不失斯旨。」

【今注】

1. 本詩創作時代地點不可考，安旗認為應是創作於唐玄宗開元 26 年（738），李白時年 38 歲，遊歷南陽時所作。
2. 孤蓬：自喻如孤蓬之漂泊。
3. 「浮雲遊子意」二句：我這個遊子來去不定，如同浮雲一般；而你我依依不捨的情誼，就如同落日在山邊盤桓不去一樣。

【集評】

1. 清・沈德潛《唐詩別裁集》：三四流走，亦竟有散行者，然起句必須整齊。蘇、李贈言多唏噓語而無蹳躄聲，知古人之意在不盡矣。太白猶不失斯旨。

2. 近世・安旗《李白全集編年注釋》：詩題疑是後人妄加。細玩詩意，似非送友人，應是別友人。其賦別之地，當在南陽，江淮之行首途之作也。

（林保淳）

送友人入蜀 [1]

見說蠶叢路 [2]，崎嶇不易行。吳曰：「起渾雄無迹。」山從人面起，雲傍馬頭生。吳曰：「能壯奇險之景，而無艱深刻畫之態。」芳樹籠秦棧 [3]，春流遶蜀城。升沈應已定，不必問君平 [4]。吳曰：「牢騷語抑遏不露。」○紀曰：「一片神骨而鋒鋩不露。」

【今注】

1. 此詩作於唐玄宗開元 19 年（731），李白時年 31 歲。李白於玄宗開元 18 年
   （730）進入長安干謁求官，卻四處碰壁，次年夏天即離開長安入洛陽。此
   應是在尚羈留在長安時送朋友入四川所作。

2. 蠶叢路：蠶叢，據說為蜀國開國之帝王。蠶叢路即指古蜀道。

3. 秦棧：古代在懸崖峭壁等無法通行的地方，會依山勢鑿山架木板作為通路，
   這種路稱為棧道。秦棧就是指從秦（陝西）進入蜀（四川）的棧道。

4. 君平：嚴遵，字君平，西漢蜀郡人。每日於成都擺攤賣卜，足夠今日之生活
   費則閉門讀書，不再占卜。末兩句是勸慰友人升官仕宦早有定數，即使到了
   成都也不用去尋訪嚴遵來為你占卜前程。

【集評】

1. 清・王琦《李太白全集》：徐而庵曰：「山從」二句，是承上「崎嶇
   不易行」五字，勿作好景看。

2. 清高宗《唐宋詩醇》：此五律正宗也。李夢陽曰：「疊景者意必工，
   闊大者筆必細」，極得詩家微旨。此詩領聯承接次句，語意奇險，
   五六則穠纖矣；領聯極言蜀道之難，五六又見風景可樂，以慰征
   夫，此兩意也。一結翻案，更饒勝致。

3. 近世・詹鍈《李白詩文繫年》：秦棧為自秦入蜀之棧道，今詩中稱
   「芳樹籠秦棧」，送別之地當在秦中可知。末聯則忠告友人之詞，
   謂功名不可強求也。

4. 近世・安旗《李白全集編年注釋》：此詩當作於初入長安干謁失
   敗，即將離去之時。末二句既是忠告友人之詞，亦有借他人酒杯澆
   自己塊壘之意。

（林保淳）

夜泊牛渚懷古[1]

牛渚[2]西江夜，青天無片雲。登舟望秋月，空憶謝將軍[3]。余亦能高詠，_{吳曰：「挺起清健，王、孟無此筆。」}斯人不可聞[4]。明朝挂帆去，楓葉落紛紛。_{王阮亭曰：「此詩色相俱空，政如羚羊挂角，無迹可求，畫家所謂逸品是也。」}

【今注】

1. 此詩作於唐玄宗開元 27 年（739），李白時年 39 歲。
2. 牛渚：即牛渚磯，又稱采石磯，在今安徽馬鞍山市。李白於秋天溯江而上，夜宿於此。
3. 謝將軍：即晉朝鎮西將軍謝尚。謝尚曾屯兵牛渚，某夜泛江賞月，聽聞附近舟中有吟詠之聲，遣人詢問，識得袁宏。對其所吟詠自作大加嘆賞，因而予以拔擢。
4. 「余亦能高詠」二句：我也能像袁宏在此地高詠，但是已經沒有像謝尚那樣的人來賞識我了。

【集評】

1. 宋・嚴羽《滄浪詩話》：律詩有徹首尾不對者，盛唐諸公有此體。如孟浩然詩：「挂席東南望，青山水國遙。軸艫爭利涉，來往接風潮。問我今何適？天台訪石橋。坐看霞色晚，疑是赤城標。」又「水國無邊際」之篇，又太白「牛渚西江夜」之篇，皆文從字順，音韻鏗鏘，八句皆無對偶。

2. 明・趙宧光：律不取對，如李白「牛渚西江夜」云云，孟浩然「挂席東南望」云云，二詩無一句屬對，而調則無一字不律。故調律則

律，屬對非律也。近有詩家竊取古調作近體，自以為高者，終是古詩，非律也。中晚之律，每取一貫而下，已自失款。況今日之以古作律乎？楊用修云：「五言律八句不對，太白、浩然有之，乃是平仄穩貼古詩也。」楊謬以對為律，亦淺之乎觀律矣。古詩在格與意義，律詩在調與聲韻。如必取對，則六朝全對者正自多也，何不即呼律詩乎？律詩之彌起於唐，律詩之法嚴於唐，未起未嚴，偶然作對，作者觀者慎勿以此持心，方能得一代作用之旨。（引自《李太白全集》）

3. 清·王士禎《帶經堂詩話》：或問不著一字盡得風流之說，答曰：「牛渚西江夜，青天無片雲。登舟望秋月，空憶謝將軍。余亦能高詠，斯人不可聞。明朝挂帆去，楓葉落紛紛。」詩至此，色相俱空。正如羚羊掛角，無迹可求，畫家所謂逸品是也。

4. 清高宗《唐宋詩醇》：太白才超邁，絕去町畦。其論詩以興寄為主，而不屑於排偶聲調，當其意合，真能化盡筆墨之跡，迴出塵壒之外。司空圖云：「不得一字，盡得風流」。嚴羽云「鏡中之花，水中之月；羚羊掛角，無迹可求」。論者以此詩及孟浩然「望廬山」一篇當之，蓋有以窺其妙矣。羽又云：「味在鹹酸之外」，吟此數過，知其善於名狀矣。

（林保淳）

聽蜀僧濬彈琴 [1]

蜀僧抱綠綺 [2]，西下峨眉峯。為我一揮手，如聽萬壑松。客心洗流水 [3]，餘響入霜鐘。不覺碧山暮，秋雲暗幾重。 一氣揮洒，中有凝鍊之筆，便不流入輕滑。

【今注】

1. 此詩作於唐玄宗天寶 12 載（753），李白時年 53 歲。
2. 綠綺：古琴名，為司馬相如所擁有的古琴，後借代為琴的別名。
3. 流水：據說伯牙鼓琴，想像流水的意境時，惟有鍾子期能聽出其中意境。此處是借代為琴聲。

【集評】

近世‧詹鍈《李白詩文繫年》：既言蜀僧，則必非作於蜀中。

（林保淳）

【作者】

杜甫（傳略見卷一・五言古詩〈望嶽〉）

月夜 [1]

今夜鄜州月，閨中[2]只獨看。紀曰：「入手便擺落現境，純從對面著筆，蹊徑甚別。」楊曰：「獨雙二字一時之眼。」遙憐小兒女，未解憶長安。紀曰：「言兒女不解憶，正言閨人相憶耳。故下文直接香霧雲鬟一聯。」邵曰：「一氣如話。」范曰：「解憶已可悲矣，未解憶更可悲。」香霧雲鬟溼，清輝玉臂寒。何時倚虛幌[3]，雙照淚痕乾。王嗣奭曰：「公本思家，偏想家人思己，已進一層，至念及兒女不能思，又進一層，鬟溼臂寒，看月之久也，月愈好而苦愈增，語麗情悲，末又想到聚首時對月舒愁之狀，詞真婉切。」吳曰：「專從對面著想，筆情敏妙。」

【今注】

1. 本詩作於唐肅宗至德元載（756）8 月，本年 5 月，杜甫攜家避難於鄜州（今陝西富縣）。7 月，肅宗即位於靈武，8 月，杜甫投奔靈武途中為叛軍所執，拘於長安。本詩即是在長安思念鄜州家人而作。
2. 指在鄜州的妻子。
3. 虛幌：薄紗的窗簾，一說敞開的窗簾。

【集評】

1. 元・方回《瀛奎律髓》：八句皆思家之言，三、四及「兒女」，六句

全是憶內，與乃祖詩骨格聲音相似。

2. 明・王嗣奭《杜臆》：「雲環」、「玉臂」語麗而情更悲。

3. 清・李調元《雨村詩話》：詩有借葉襯花之法，杜詩「今夜鄜州月，閨中只獨看」自應說閨中之憶長安，卻接「遙憐小兒女，未解憶長安」此借葉襯花也。

4. 清・浦起龍《讀杜心解》：心已馳神到彼，詩從對面飛來，悲婉微至，精麗絕倫，又妙在無一字不從月色照出也。

5. 清・吳瞻泰《杜詩提要》：懷遠詩，說我憶彼，意只一層；說彼憶我，意亦只兩層；惟說我遙揣彼憶我，意便三層，又遙揣彼不知憶我，則層折無限矣。此公陷賊中，本寫長安之月，卻偏陡寫鄜州之月；本寫自己獨看，卻偏寫閨中獨看，已得遙揣神情。三四有脫開一筆，以兒女之不解憶，襯出空閨之獨憶，故雲鬟濕、玉臂寒而不知也。沉鬱頓挫，寫盡閨中深情苦境。結始微露己意，若詳於彼而略於己，非略己也，正實寫己意無可如何，故為此曲筆耳。

（徐國能）

春望 [1]

國破山河在 [2]，城春草木深。感時花濺淚，恨別鳥驚心。仇曰：「四句春望之景，睹物傷懷。」烽火連三月 [3]，家書抵萬金。趙子常曰：「烽火句應感時，家書句應恨別。」白頭搔更短，渾欲不勝簪 [4]。盧文子曰：「挽望字意結。」又曰：「當時兩京從逆，簪絨賊庭者何限，白頭不勝，公意正微。」○紀曰：「語語沈著，無一毫做作，而自然深至。」吳曰：「字字沉著，意境直似離騷。」

【今注】

1. 唐肅宗至德二載春，杜甫仍陷於長安，傷春感時之作。
2. 國破山河在：國，指長安城。山河，指長安城南的終南山與北方的涇渭二水。也泛指所有的國土。
3. 三月：好幾個月。
4. 渾欲不勝簪：渾欲，差不多；將要。不勝簪，因頭髮稀疏而無法插上髮簪。

【集評】

1. 宋・司馬光《溫公續詩話》：古人為詩，貴於意在言外，使人思而得之；故言之者無罪，聞之者足以戒也。近世詩人惟子美最得詩人之體，如「國破山河在，城春草木深。感時花濺淚，恨別鳥驚心」：山河在，明無餘物矣；草木深，明無人矣。花鳥平時可娛之物，見之而泣，聞之而悲，則時可知矣。他皆類比，不可遍舉。

2. 元・趙汸《杜工部五七言律詩》：烽火句，應感時；家書句，應恨別，但下句又因上句而生。髮白更短，愁亂思家所致。

3. 清・浦起龍《讀杜心解》：溫工說是詩有人物散亡，意在言外之嘆；趙汸說是詩照應相生、引伸作法之端。其實詞旨淺顯，不須疏解。

4. 清・仇兆鰲《杜詩詳注》：此憂亂傷春而作也。上四，春望之景，睹物傷懷；下四，春望之情，遭亂思家。

5. 清・吳喬《圍爐詩話》：「烽火連三月，家書抵萬金」極平常語，以境苦情真，遂同於六經中語，不可動搖。

（徐國能）

月夜憶舍弟[1]

戍鼓[2]斷人行[3]，秋邊[4]一雁[5]聲。露從今夜白[6]，月是故鄉明。查曰：「首句為未休兵伏筆，次句為憶弟起興。」范曰：「從字是字寫出憶。」有弟皆分散，無家問死生。寄書長不達，況乃未休兵[7]。仇曰：「公攜家至秦而云無家者，弟兄離散，東都無家也。」○吳星叟曰：「句句轉。」

【今注】

1. 此書作於唐肅宗乾元2年（759）。時杜甫流寓於秦州，他的四個弟弟僅有杜占隨行，杜穎、杜觀、杜豐皆在他方，而安史之亂未平，因而有作。
2. 戍鼓：戍樓夜裡所集之禁鼓。一說泛指戰鼓。
3. 斷人行：意謂實施宵禁而路上沒有人跡。
4. 秋邊：一做「邊秋」，指邊塞的秋天。
5. 一雁：失群的孤雁，這裡是杜甫的自比。
6. 露從今夜白：今夜是廿四節氣的「白露」，杜甫刻意將「白露」拆開倒裝於句首與句尾，強調露水之「白」，有寒冷、淒涼之意。
7. 「寄書長不達」二句：寄去問候兄弟的書信一直沒有回音，或許是正因戰亂之故吧！

【集評】

1. 宋·魏慶之《詩人玉屑》：杜子美善於用故事及常語，多離析或顛倒其句而用之，蓋如此，則語峻而體健，意亦深穩矣。如「露從今夜白，月是故鄉明」之類是也。

2. 明·王嗣奭《杜臆》：只「一雁聲」便是憶弟。對明月而憶弟，覺露憎其白，但月不如故鄉之明，憶在故鄉、兄弟故也。蓋情異而景

為之變也。

3. 清・浦起龍《讀杜心解》：上四突然而來，若不為弟者，精神乃字字憶弟，句裡有魂也。書長不達，平時猶可，況未休兵，可保無事耶？二句從五六申寫。不曰「月傍」。而曰「月是」，便使兩地皆懸。

4. 清・楊倫《杜詩鏡銓》：淒楚不堪多讀。

5. 清・吳瞻泰《杜詩提要》：此篇微分兩截。前半寫月夜，暗藏「憶」字，後半明寫憶弟，又隱卻夜月。

（徐國能）

天末懷李白 [1]

涼風起天末，君子 [2] 意如何？鴻雁 [3] 幾時到，江湖秋水 [4] 多。仇曰：「風起天末，感秋託興，鴻雁想其音信，江湖慮其風波。四句對景懷人。」○浦曰：「起四句竟似太白語。」文章憎命達 [5]，魑魅 [6] 喜人過 [7]。仇曰：「因其放逐而重為悲憫之詞。」邵曰：「一憎一喜，遂令文人無置身地。」應共冤魂 [8] 語，投詩贈汨羅。，黃白山曰：「不曰弔，曰贈，說得冤魂活現。」仇曰：「冤魂謂屈原，投詩謂李白。」○吳曰：「深至語自然沈痛，非太白不能當。」

【今注】

1. 此詩作於唐肅宗乾元 2 年（759）秋，杜甫在秦州，因聞李白坐永王李璘之亂流放夜郎，因而賦詩懷念。

2. 君子：指李白。

3. 鴻雁：在此借指書信。

4. 江湖秋水：比喻人生路途的風波險阻。

5. 文章憎命達：命運坎坷才能寫出好作品，猶如文章不喜接近人生順遂的人。

6. 魑魅：山中精怪，借指小人。音ㄔ ㄇㄟˋ。

7. 過：音ㄍㄨㄛ，經過；到訪。

8. 冤魂：指忠而被讒，憂憤投江的屈原。

9. 汨羅：指汨羅江，在湖南湘陰向西北流入湘水，傳說屈原在此投江自沉。汨，音ㄇㄧˋ。

【集評】

1. 清‧仇兆鰲《杜詩詳注》：風起天末，感慨託興，鴻雁想其音信，江湖慮其風波，四句對景懷人。說到流離生死，千里關情，真堪聲淚交下，此懷人之最慘怛者。

2. 清‧浦起龍《讀杜心解》：太白仙才，公詩起四語，亦便有仙氣，竟似太白語。五六直隱括〈天問〉、〈招魂〉。

3. 清‧蔣弱六：向空遙望，喃喃做聲，此等詩真得風騷之意。（引自沈德潛編《杜詩評鈔》）

4. 清‧吳瞻泰《杜詩提要》：五六可謂怨而不怒，只「冤魂」字略露意，然亦深且婉矣。

5. 清高宗《唐宋詩醇》：悲歌慷慨，一氣卷舒，李杜交好，其詩特地精神。

（徐國能）

春夜喜雨 [1]

好雨知時節，當春乃發生 [2]。隨風潛入夜，潤物細無聲。野徑雲俱黑，江船火獨明。仇曰：「曰潛曰細，寫得脈脈綿綿，於造化發生之機最

為密切。三四屬聞，五六屬見。」**曉看紅溼**[3]**處，花重**[4]**錦官城**。紀曰：
「通體精妙，後半尤有神。」浦曰：「喜意都從罅縫裡逆透。」

【今注】

1. 此詩作於唐肅宗上元2年（西元761年）春，時杜甫在成都草堂。
2. 發生：春天萬物開始滋長。
3. 紅溼：被雨所打濕的紅花。
4. 花重：重，音ㄓㄨㄥˋ，寫花葉帶雨的感覺。

【集評】

1. 明‧胡應麟《詩藪》：詠物起自六朝，唐人沿襲，雖風華競爽，而獨造未聞。惟杜諸作自開堂奧，盡削前規。如題〈月〉：「關山隨地闊，河漢近人流」；〈雨〉：「野徑雲俱黑，江船火獨明」；〈雪〉：「暗度南樓月，寒深北浦雲」；〈夜〉：「重露成涓滴，稀星乍有無」。皆精深奇邃，前無古人，後無來者，然格則瘦勁太過，意則寄寓太深。

2. 清‧仇兆鰲《杜詩詳注》：應時而雨，如知時節者。雨驟風狂，亦足損物。曰「潛」、曰「細」，寫得脈脈綿綿，於造化發生之機，最為密切。

3. 清‧張謙宜《絸齋詩談》：「野徑雲俱黑，江船火獨明」是借「火」襯「雲」。「曉看紅溼處，花重錦官城」此是借「花」襯「雨」。不知者謂只是寫花，「紅」下用「濕」字，可見其意。

4. 清‧浦起龍《讀杜心解》：起有悟境，於「隨風」、「潤物」悟出「發生」；於「發生」悟出「知時」也。五、六拓開，自是定法，結語亦從悟得，乃是意其然也。通首下字，個個咀含而出。「喜」意都從罅縫裡迸透。

5. 清‧楊倫《杜詩鏡銓》：李子德云：「詩非讀書窮理，不至絕頂；然一墮理障書魔，拖泥帶水，宋人遠遜晉人矣。」公深入其中，掉臂

而出，非行自在，獨有千古。

（徐國能）

江亭 [1]

坦腹 [2] 江亭暖，長吟野望時。水流心不競，雲在意俱遲。仇曰：「上四江亭之景，水流二句有淡然物外優游觀化意。」寂寂春將晚，欣欣物自私 [3]。江東猶苦戰，回首一顰眉 [4]。仇曰：「對景感懷。」○紀曰：「此詩轉關在五六句。春己寂寂，則有歲時遲暮之慨。物各欣欣，即有我獨失所之悲。所以感念滋深，裁詩排悶耳。若說五六亦是寫景，則失作者之意。」

【今注】

1. 此詩作於唐肅宗上元 2 年（761）春，時杜甫在成都。
2. 坦腹：敞開衣襟，坦胸露肚之態。此為杜甫表現自己不拘禮法，自在自適之態。
3. 欣欣物自私：萬物都在自己的生命裡得到了安適與成長。欣欣，怡然昌盛的樣子。自私，指事物自我的天性與存活的方式。
4. 顰眉：皺眉頭。形容憂慮的樣子。顰，ㄆㄧㄣˊ。末兩句作「故林歸未得，排悶強裁詩。」

【集評】

1. 宋·張子韶《心傳錄》：陶淵明辭云：「雲無心以出岫，鳥倦飛而知還」，杜子美云：「水流心不競，雲在意俱遲」。若淵明與子美相易其語，則識者往往以謂子美不及淵明矣。觀其云：「雲無心」、「鳥倦飛」，則可知其本意。至於水流而心不競，雲在而意俱遲，則與

物初無間斷，氣更渾淪，難輕議也。

2. 清・何焯《義門讀書記》：「雲在意俱遲」，一「在」字，人更不能到。

3. 清・張謙宜《絸齋詩談》：「水流心不競，雲在意俱遲」，無心入妙，化工之筆。說是理學不得，說是禪學又不得。於兩境外另有天然之趣。

4. 清・沈德潛《唐詩別裁集》：不著理語，自足理趣。

5. 清・楊倫《杜詩鏡銓》：杜公性稟高明，故當閑適時，道機自露，不必專講道學也。堯夫《擊壤集》中多有此意致，而超妙不及矣。

（徐國能）

旅夜書懷[1]

細草微風岸，危檣[2]獨夜舟。星垂平野闊，月湧大江流。浦曰：「起不入意便寫景，正爾淒絕。三四開襟曠遠。」邵曰：「警聯不易得。」楊曰：「雄渾。」名豈文章著，官應老病休[3]。飄零何所似，天地一沙鷗。沈曰：「胸懷經濟，故云名豈以文章而著，官以論事罷，而云老病應休，立言之妙如此。」浦曰：「結在即景自況，仍帶定風岸夜舟，筆筆高老。」紀曰：「通首神完氣足，氣象萬千，可當雄渾之品。」

【今注】

1. 此詩創作的時代有三說：一為作於唐代宗永泰元年（765）秋，杜甫由忠州往雲安的途中所作；二為代宗大曆 3 年（768）春，杜甫在湖北荊門一代所作；三為大曆 5 年（770）在湖南自衡州往潭州時所作。

2. 危檣：帆船上高聳的船桅。此時因入夜停航，降下船帆，僅見桅竿獨立。

3. 「名豈文章著」二句：此二句為杜甫自謙之詞，意謂自己成名並非因為文學的才藝出眾；自己年華已老，應不再存有為官之志。

【集評】

1. 清・謝榛《四溟詩話》：子美「星隨平野闊，月湧大江流」句法森嚴，「湧」字尤奇。

2. 清・胡應麟《詩藪》：「山隨平野盡，江入大荒流」，太白壯語也；杜「星垂平野闊，月湧大江流」骨力過之。

3. 清・浦起龍《讀杜心解》：起不入意，便寫景，正爾淒絕。三四開襟曠遠，五六揣分謙和，結再即景自況，仍帶定風岸夜舟，筆筆高老。

4. 清・仇兆鰲《杜詩詳注》：上四旅夜，下四書懷。微風岸邊，夜舟獨繫，兩句串說。岸上星垂，舟前月湧，兩句分承。五屬自謙，六乃自解，末則對鷗而自傷飄泊也。

（徐國能）

登岳陽樓 [1]

昔聞洞庭水，今上岳陽樓 [2]。吳楚東南坼 [3]，乾坤 [4] 日夜浮。吳曰：「壯偉前人所無。」親朋無一字 [5]，老病有孤舟。戎馬關山北 [6]，憑軒涕泗流 [7]。黃白山曰：「前半寫景如此闊大，五六自敘如此落寞，詩境闊狹頓異，結語湊泊極難。轉出戎馬關山北五字，胸襟氣象一等相稱，宜使後人閣筆也。末以憑軒二字綰合登樓。」查曰：「岳陽之勝在洞庭，第一句安頓得好，三四極開闊，五六極黯淡，正於開闊處俯仰一身，淒然欲絕。」

【今注】

1. 此詩作於唐代宗大曆 3 年（768）年底，杜甫已近 58 歲。是年杜甫離開夔州，一路坐船至於湖南岳陽。
2. 岳陽樓：在今湖南岳陽，相傳為三國時魯肅所建，唐玄宗時中書令張說謫守岳州時重修。
3. 吳楚東南坼：洞庭湖將吳楚兩地分為東與南。坼，音ㄔㄜˋ，分裂。
4. 乾坤：指日與月。
5. 無一字：沒有任何消息。
6. 戎馬關山北：北方有吐蕃侵擾長安的戰爭。
7. 憑軒涕泗流：依窗遠望而悲從中來，流下了眼淚。

【集評】

1. 宋・唐庚《唐子西文錄》：過岳陽樓，觀杜子美詩，不過四十字耳，氣象宏放，涵蓄深遠，殆與洞庭爭雄，所謂富哉言乎者。太白、退之輩率為大篇，極其筆力，終不逮也。杜詩雖小而大，餘詩雖大而小。
2. 宋・陳師道《後山詩話》：岳陽城賦詠多矣，須推此篇獨步，非孟浩然輩所及。
3. 明・胡應麟《詩藪》：「氣蒸雲夢澤，波撼岳陽城」，浩然壯語也，杜「吳楚東南坼，乾坤日夜浮」氣象過之。
4. 清・沈德潛《唐詩別裁集》：三、四雄跨今古，五、六寫情黯淡，著此一聯，方不板滯。孟襄陽三、四語實寫洞庭，此只用空寫，卻移他處不得，本領更大。
5. 清・王士禎：元氣渾淪，不可湊泊，高立雲霄，縱懷身世。寫洞庭只兩句，雄跨今古。下只寫情，方不似後人泛詠洞庭詩也。（引自楊倫《杜詩鏡銓》）

（徐國能）

【作者】

岑參（傳略見卷一‧五言古詩〈與高適薛據同登慈恩寺浮圖〉）

寄左省杜拾遺[1]

聯步趨[2]丹陛[3]；分曹限紫微[4]。曉隨天仗[5]入，暮惹御香歸。白髮悲花落；青雲羨鳥飛[6]。聖朝無闕事，自覺諫書稀。紀曰：「五六寓意深微，末二句語尤婉至。聖朝既以為無闕，則諫書不得不稀矣。非頌語乃憤語也。或乃縷陳天寶闕事駁此句，殆不足與言詩。」吳曰：「能茹咽懷抱於筆墨之外，所以為絕調。」

【今注】

1. 本詩為唐肅宗至德 3 載（758）所作。前一年岑參才由擔任左拾遺的杜甫推薦而任右補闕。補闕和拾遺均為諫官，即諷諫、彌補皇帝缺失者。杜甫有〈答岑參補闕見贈〉詩。左省，指門下省，杜甫時任左拾遺，為門下省之屬官，故稱。
2. 趨：小步而行，表示上朝時的敬意。
3. 丹陛：宮殿前塗紅色的臺階。
4. 分曹限紫微：分曹，分部辦事。限，界限。紫微，本指星座，居正北，因喻皇帝處理政務召見臣子的大殿。當時岑參為右補闕，屬中書省，在殿廡之右，稱右省。而杜甫為左拾遺屬門下省，位在殿廡之左，稱左省。微，一作薇。
5. 天仗：宮廷朝會儀仗隊。
6. 青雲：比喻顯要的地位。揚雄〈解嘲〉云：「當塗者升青雲，失路者委溝

渠。」意味岑參自傷遲暮，無法盡力國事，投詩贈杜甫，規勸其繼續進取。一說青雲乃比喻為退隱之志，如陸機〈赴洛〉詩：「仰瞻凌霄鳥，羨爾歸飛翼。」郭璞〈遊仙詩〉：「尋我青雲友，永與時人絕。」

【集評】

1. 明・唐汝詢《唐詩解》卷三十六：言我與君進則聯步，退則分曹，曉隨仗入，暮惹香歸，隨眾碌碌耳。且我官於遲暮，見花落而悲；君志在青雲，見鳥飛而羨。分故不同量矣。今朝無闕事，諫書日稀，無乃虛補闕之名乎？

2. 清・沈德潛《唐詩別裁集》：下半自傷遲暮，無可建白也。感嘆語以回護出之，方是詩人之旨。

3. 清・王堯衢《唐詩合解箋注》卷八：前解言署中事，後解寄情。

4. 清・紀昀《瀛奎律髓刊誤》卷二：子美以建言獲譴，平日必多露圭角，此詩有規之之意。而但言自甘衰朽，浮沉時世，則詩人溫厚之旨也。

（孫永忠）

【作者】

韋應物（737～792 或 793）唐代大曆時期大詩人，京兆萬年（今陝西西安）人。其家原為名門大族，至父輩已漸式微。伯父鑒、父鑾皆善畫。應物自天寶 10 載（751）至天寶末，以三衛郎為玄宗近侍。安史亂起，玄宗奔蜀，他流落失職，始立志讀書。廣德 2 年（764）前後，為洛陽丞。後因懲辦不法軍吏，被訟於府衙，憤而辭官閒居洛陽。大曆初返長安。大曆 10 年（775）任京兆府功曹參軍，代理高陵宰。13 年，任鄠縣令，14 年除櫟陽令，7 月稱疾辭官，閒居長安西郊善福寺。建中 2 年（781）擢比部員外郎，四年出為滁州刺史。貞元元年（785）調江州刺史，後入朝為左司郎中，次年出任蘇州刺史。貞元 7 年退職，寄居蘇州永定寺。人稱韋江州或韋蘇州。應物交遊甚廣，與當時著名詩人李益、盧綸、吉中孚、夏侯審、暢當、劉太真、顧況、秦系、皎然等均有交誼。詩名頗著。其詩以寫田園風物而著名，語言簡淡而意蘊深遠。風格高雅簡淡，情趣閒適。韋詩成就最高的是五言古體，風格沖淡閒遠，語言簡潔樸素。李肇稱：「其為詩馳驟建安以還，各得其風韻。」（《唐國史補》）白居易評曰：「近歲韋蘇州歌行，才麗之外，頗近興諷。其五言詩又高雅閒淡，自成一家之體。」（〈與元九書〉）韋應物嚮往陶淵明，他的五古主要是學陶，但在山水寫景方面也受到謝靈運、謝朓與王維、孟浩然之影響。有《韋蘇州集》10 卷。

淮上喜會梁川故人[1]

江漢曾為客，相逢每[2]醉還。浮雲一別後，流水十年間[3]。歡笑情如舊，蕭疏鬢[4]已斑。何因不歸去？淮上有秋山[5]。似王、孟。

【今注】

1. 淮上：在今江蘇淮陰一帶。《水經注‧淮水》：「又東北至下邳淮陰縣（今江蘇淮陰）西，泗水從西北來流注之。」梁川，指梁州，舊治在今陝西南鄭。
2. 每：總是。
3. 「浮雲一別後」二句：比喻聚散無定。上句以「浮雲」比生活飄蕩不定，下句以「流水」比時間迅速消逝。這裡暗用李陵、蘇武河梁送別互相以詩贈答的典故。李陵詩有「仰視浮雲馳，奄忽互相逾。風波一失所，各在天一隅」，「臨河濯長纓，念子悵悠悠。」（《與蘇武詩三首》）：蘇武詩亦有「俯視江漢流，仰視浮雲翔」（《別詩四首》）等語。
4. 蕭疏：零落。
5. 「因何不歸去」二句：詩人自問為什麼還不回去呢？只因為有淮水上的滿山秋色。何因：什麼原因。淮上：淮河水邊。

【集評】

1. 清‧查慎行：五、六淺語卻氣格高。（引自《瀛奎律髓匯評》）
2. 清‧紀昀：清圓可誦。（引自《瀛奎律髓匯評》）
3. 無名氏：大抵平淡詩非有深情者不能為，若一直平淡，竟如槁木死灰，曾何足取？此蘇州三首，極有深情，所謂『看似尋常最奇崛，成如容易卻艱難。』也。（引自《瀛奎律髓匯評》）

（張玉芳）

【作者】

司空曙

（720？～790？）字文明，又字文初。廣平（今河北省永年縣）人。生卒年不詳。唐代「大曆十才子」之一。永泰元年（765），赴長安應試不第，與盧綸、錢起等唱酬。大曆 5 年（771），登進士第，後遷左拾遺。建中年間貶為荊州長林縣丞，貞元初，入蜀以水部郎中銜在劍南西川節度使韋皋幕中任職。官至虞部郎中。司空曙一生仕途坎坷，官卑職微，其詩文多寫社會離亂，能反映農民的艱苦生活，詩歌亦多酬贈之作，寫文士遭際，為不幸遭遇的友人表達深切的關心。其詩婉雅閒淡，《唐才子傳》評其詩「屬調幽閒，終篇調暢」。胡震亨《唐音癸籤》評曰：「司空虞部曙婉雅閒淡，語近性情。」《全唐詩》存其詩 2 卷。

雲陽館與韓紳宿別[1]

故人江海別，幾度隔山川。乍見翻疑夢，相悲各問年[2]。孤燈寒照雨，濕竹暗浮煙。更有明朝恨，離杯[3]惜共傳。吳曰：「三四千古名句，能傳久別初見之神。」

【今注】

1. 雲陽：地名，有多處，故城在今陝西涇陽縣西北之雲陽。館：驛舍。韓紳：一作韓升卿，高步瀛《唐宋詩舉要》案曰：「唐關內道京兆府雲陽縣在今陝西涇陽縣北。《元和姓纂》、《新唐書世系表》及《韓昌黎年譜》，退之之

叔父曰紳卿，未知是否。」據韓愈《虢州司戶韓府君墓誌銘》載：「（叡素）有子四人，最季曰紳卿，文而能官。」韓愈有叔父叫韓紳卿，與司空曙同時，曾作過涇陽縣令。而此詩標題「韓紳」一作「韓升卿」，二者當是一人。宿別，一宿即別，指他們同宿旅館，明晨又要分手。

2.「乍見翻疑夢」二句：故人久別無訊，忽然逆旅重逢，令人恍如夢中，難以相信這是真的，而相逢時間竟然又是這樣短促，今日方才相逢，明朝又要各奔西東。乍見，突然相見。翻，反而。各問年：互相詢問別後年月境況之意。年，猶年時、年月。

3.離杯：離別相互敬酒之意。杯，酒杯，此代指酒。

【集評】

1. 宋・范晞文《對床夜話》卷五：馬上相逢久，人中欲認難。（郎君胄《長安逢故人詩》）問姓驚初見，稱名憶舊容。（見下）乍見翻疑夢，相悲各問年。皆唐人會故人之詩也，久別倏逢之意，宛然在目，想而味之，情融神會，殆如直述。前輩謂唐人行旅聚散之作最能感動人意，信非虛語。

2. 清・沈德潛《唐詩別裁集》卷十一：三、四寫別久忽遇之情，五、六夜中共宿之景，通體一氣，無餖飣習，爾時已為高格矣。

（張玉芳）

喜外弟盧綸見宿 [1]

靜夜四無鄰，荒居舊業貧 [2]。雨中黃葉樹，燈下白頭人 [3]。以我獨沉久，愧君相見頻 [4]。平生自有分，況是蔡家親 [5]。三四名句，雨中燈下雖與王摩詰相犯，而意境各自不同，正不為病。

【今注】

1. 外弟：一為同母異父弟，二為表弟（姑舅兄弟），三為妻弟，此處指表弟。司空曙和盧綸都在「大曆十才子」之列，詩歌工力相匹，又是表兄弟，關係十分親密。見，拜訪。一作「訪」。

2.「靜夜四無鄰」二句：謂寂靜的夜晚四周沒有鄰居，因為家貧，居住在荒野中。四，四方。舊業，指家中的產業。

3.「雨中黃葉樹」兩句：用雨中樹葉的萎黃來比擬燈下兩人容顏的衰老。

4.「以我獨沉久」二句：作者自言我這樣孤獨沉淪很久了，愧對你屢次來慰問我。以：因為。相見頻：謂多次看顧之意。

5.「平生自有分」二句：我們本來就有情分，何況又是表親。有分：一作「有深分」，有情誼投契、有緣分交情，謂性情相投。蔡家親：指姑表親。晉張華《博物誌》卷六《人名考》：「蔡伯喈母，袁公（熙）妹曜卿姑也。」因蔡邕之母是袁渙（字曜卿）的姑姑，蔡袁二人是姑表兄弟。後因稱姑表親為「蔡家親」。又，一說羊祜為蔡邕外孫，曾以自己將進的爵士乞賜舅之子蔡襲，故稱表親為「蔡家親」。事見《晉書·羊祜傳》（又見高步瀛《唐宋詩舉要》引）。

【集評】

1. 明·謝榛《四溟詩話》卷一：韋蘇州曰：『窗裡人將老，門前樹已秋。』白樂天曰：『樹初黃葉日，人欲白頭時。』司空曙曰：『雨中黃葉樹，燈下白頭人。』三詩同一機杼，司空為優：善狀目前之景，無限淒感，見乎言表。

2. 近世·俞陛雲《詩境淺說》云：前半首寫獨處之悲，後言相逢之喜，反正相生，為律詩一格。

（張玉芳）

【作者】

李益　李益（748～827？），字君虞，涼州姑臧（今甘肅武威）人，代宗廣德 2 年（764），隨家定居洛陽。大曆 4 年（769）登進士第，授鄭縣尉，6 年中諷諫主文科，擢鄭縣主簿。自德宗建中元年（780）至貞元 13 年（797）先後為朔方、邠寧、幽州節度從事。憲宗元和初，入朝為都官郎中，4 年（809）進中書舍人，5 年改河南少尹。隨即入朝為秘書少監、集賢殿學士，官至右散騎常侍。文宗大和元年（827）以禮部尚書致仕。李益詩名卓著，其詩題材廣泛，風格明快豪放，以邊塞詩為最佳，尤工七絕。今存明人所輯《李益集》2 卷。

喜見外弟又言別 [1]

十年離亂 [2]後，長大一相逢。問姓驚初見，稱名憶舊容 [3]。別來滄海 [4]事，語罷暮天鐘 [5]。明日巴陵 [6]道，秋山又幾重。沈曰：「一氣旋折。」

【今注】

1. 喜見外弟又言別：此詩描述與外弟久別重逢卻又匆匆話別的情景。外弟，表弟。古人稱姑舅姨之子、同母異父兄弟為外弟。
2. 十年離亂：指因避安史之亂而分離。安史之亂起於玄宗天寶 14 載（755），至代宗寶應 2 年（763）始平定。

3.「問姓驚初見」二句：描寫初見時驚疑之狀。

4.滄海：言世事變化之大，即「滄海桑田」之簡稱。

5.暮天鐘：寺院日暮時的鐘聲。

6.巴陵：唐代郡名，今湖南岳陽。

【集評】

1. 宋‧范晞文《對床夜語》：「馬上相逢久，人中欲認難」，「問姓驚初見，稱名憶舊容」，「乍見翻疑夢，相悲各問年」；皆詩人會故人詩也。久別倏逢之意，宛然在目，想而味之，情融神會，殆如直述。前輩謂唐人行旅聚散之作，最能感動人意，信非虛語。

2. 明‧陸明雍《詩鏡‧總論》：盛唐人工于綴景，惟杜子美長于言情。人情向外，見物易而自見難也。司空曙「乍見翻疑夢，相悲各問年」，李益「問姓驚初見，稱名憶舊容」，折衷述懷，罄快極矣。因之思《三百篇》，情緒如絲，繹之不盡，漢人曾道隻字不得。

3. 清‧賀裳《載酒園詩話又編》：司空文明（曙）每作得一聯好語輒為人壓佔，如「乍見翻疑夢，相悲各問年」，可謂情至之語；李益曰「問姓驚初見，稱名憶舊容」，則情尤深，語尤愴，讀之者幾於淚不能收。

4. 清‧潘德輿《養一齋詩話》：「問姓驚初見，稱名憶舊容」，皆字字從肺肝中流露，寫情到此，乃為入骨。

（李欣錫）

【作者】

戴叔倫

（732～789）字次公，一作幼公。一說名融，字叔倫。潤州金壇（今屬江蘇）人，郡望譙郡（今安徽亳縣）。大曆時，曾應劉晏之召，在其鹽鐵轉運使府中任職。建中元年（780），任東陽縣令。此後幾年，在湖南觀察使、江西節度使幕中。後任撫州刺史。貞元 4 年（788），改任容州刺史，兼容管經略使，在任上去世。他在任地方官期間，較能關心農業民生，史稱「清明仁恕」，有一定的治績。叔倫出蕭穎士之門，有詩名。其論詩云：「詩家之景，如藍田日暖，良玉生煙，可望而不可置於眉睫之前也。」（司空圖〈與極浦書〉）頗為後人稱引。對宋、明以後主張神韻、性靈的詩人產生過影響。在大曆、貞元間的詩人中，戴叔倫詩是以反映當時農村生活見長的。其〈女耕田行〉、〈邊城曲〉、〈屯田詞〉等表現詩人對處於苛重壓迫和剝削之下的勞動者的同情。大多能「即事名篇」，採取七言歌行的形式，可看作白居易所倡新樂府的先導。五律〈除夜宿石頭驛〉等，則情景交融，真摯動人，頗為人稱誦。《新唐書・藝文志》著錄戴叔倫《述藁》10 卷，已佚。《全唐詩》錄其詩 2 卷，其中有誤收他人之作者。

除夜宿石頭驛 [1]

旅館誰相問？吳曰：「開。」寒燈獨可親。吳曰：「合。」一年將盡夜，萬里未歸人 [2]。高調。寥落悲前事，支離笑此身 [3]。吳曰：「五六能撐起，大家所爭正在此處。」愁顏與衰鬢，吳曰：「抑。」明日又逢春。吳曰：「揚。」又曰：「此詩真所謂情景交融者，其意態兀傲處不減杜公，首

尾浩然，一氣舒卷，亦大家魄力，謝茂秦乃妄刪改，真可笑也。」

【今注】

1. 此詩為《中興間氣集》卷上選錄，應作於大曆末之前。除夜，即除夕。石頭驛：在今江西新建贛江西岸。《水經・贛水》注曰：「贛水又逕郡北（豫章郡）為津步，步有故守賈萌廟。……水之西岸有盤石謂之石頭，津步之處也。」《通鑑》代宗大曆十年《考異》：「石頭驛，在豫章江之西岸。」

2. 「一年將盡夜」二句：脫胎於梁武帝《子夜四時歌冬歌》：「一年漏將盡，萬里人未歸。」萬里句，沈曰：「應是萬里歸來宿於石頭驛，未及到家也。不然，石頭與金壇相距幾何，而云萬里乎？」

3. 支離：《莊子・人間世》：「夫支離其形者，猶足以養其身，終其天年，又況支離其德者乎。」在此義為流離輾轉，不得與家人團聚。

【集評】

1. 元・方回《瀛奎律髓》卷一六：此詩全不說景，意足辭潔。

2. 明・謝榛《四溟詩話》卷三：梁比部公實曰：崔塗歲除詩云：『亂山殘雪夜，孤燈異鄉人。』觀此羈旅蕭條，寄意言表。全章老健，乃晚唐之出類者。戴叔倫除夜詩云：『一年將盡夜，萬里未歸人。』此聯悲感久客，寧忍誦之！惜通篇不免敷演之病。

3. 明・胡應麟《詩藪》內編卷四：司空曙『乍見翻疑夢，相悲各問年』，戴叔倫『一年將盡夜，萬里未歸人』，一則久別乍逢，一則客中除夜之絕唱也。李益『問姓驚初見，稱名憶舊容』，絕類司空；崔塗『亂山殘雪夜，孤燭異鄉人』，絕類戴作，皆可亞之。

4. 明・胡震亨《唐音癸籤》卷一一：戴句原出梁簡文『一年夜將盡，萬里人未歸』。但顛倒用之，而字無一易。

5. 清・賀裳《載酒園詩話》卷一：首聯寫客舍蕭條之景，次聯嗚咽自不待言，第三聯不勝俯仰盛衰之感，恰與『衰鬢』、『逢春』緊相呼應，可謂深得性情之分。

（張玉芳）

【作者】

劉禹錫（772～842），字夢得，彭城（今江蘇徐州）人。唐德宗貞元 9 年（793）進士。淮南節度使杜佑辟為掌書記。入為監察御史，與王叔文友善。叔文得幸用事，引夢得共議大政，擢屯田員外郎。憲宗立，叔文以擅權亂政被黜，夢得坐貶連州（今四川筠連縣）刺史，未至，再貶朗州（今湖南常德縣）。元和 10 年（815），召還。旋以作詩涉譏刺，貶播州（今貴州遵義縣）刺史。播州極為僻遠，夢得母年 80 餘，不能往。御史中丞裴度為之言，乃改刺連州。穆宗立，徙夔州（今四川奉節縣）刺史。敬宗時，移和州（今安徽歷陽縣）刺史。文宗立，徵還，拜主客郎中，累轉禮部郎中、集賢學士。太和 5 年（831），優詔出為蘇州（今江蘇吳縣）刺史。八年，移汝州（今河南臨汝縣）刺史，次年，遷同州（今陝西大荔縣）刺史。開成元年（836）遷太子賓客。武宗會昌初，加檢校禮部尚書，卒。享年71。

蜀先主廟[1]

天下英雄氣，千秋尚凜然[2]。勢分三足鼎，業復五銖錢[3]。得相能開國，生兒不象賢[4]。淒涼蜀故妓，來舞魏宮前[5]。紀曰：「句句警拔。」又曰：「起二句確是先主廟，妙似不用事者，後四句沈著之至，不病其直。」

【今注】

1. 蜀先主廟：指蜀漢昭烈帝劉備的廟。在夔州（今四川奉節縣）白帝城。此詩
   為夢得任夔州刺史時所作。
2. 凜然：正直肅穆令人敬畏的樣子。
3. 五銖錢：漢武帝時新鑄通行的錢幣。
4. 生兒不象賢：指劉備之子劉禪庸弱無能，不能繼世垂統。象賢，像聖王賢
   者。
5. 「淒涼蜀故妓」二句：後主劉禪降後，被送往洛陽，策封安樂縣公。司馬昭
   設宴款待，召故蜀妓為歌舞，旁人為之感傷不已，而後主喜笑自若。

【集評】

1. 清・紀昀《瀛奎律髓刊誤》：句句警拔。
2. 近世・黃振民《歷代詩評解》：此為弔古感懷之作，意在稱揚先
   主，貶譏後主。

（傅武光）

【作者】

白居易（傳略見卷二・七言古詩〈長恨歌〉）

草 [1]

離離 [2] 原上草，一歲一枯榮。野火燒不盡，春風吹又生。遠芳侵古道，晴翠接荒城。又送王孫 [3] 去，萋萋 [4] 滿別情。情韻不匱，句亦振拔，宜其見重逋翁也。

【今注】

1. 草：一作「賦得古原草送別」。
2. 離離：繁盛的樣子。
3. 王孫：侯王的子孫。泛指貴族的後代。
4. 萋萋：草木茂盛的樣子。

【集評】

1. 宋・尤袤《全唐詩話》：樂天未冠，以文謁顧況，況睹姓名熟視曰：「長安米貴，居大不易。」及披卷讀其芳草詩至「野火燒不盡，春風吹又生」，歎曰：「我謂斯文遂絕，今復得子矣。前言戲之耳！」
2. 宋・范晞文《對床夜話》：劉商柳詩：「幾回離別折欲盡，一夜春風吹又長。」不如樂天草詩：「野火燒不盡，春風吹又生。」話簡而

思暢。或又謂樂天此聯，不如「春入燒痕青」之句。

3. 清·沈德潛《唐詩別裁集》：此詩見賞於顧況，以此得名者也。然老成而少遠韻，白詩之佳者，正不在此。

（傅武光）

【作者】

賈　島（779～843）字浪仙，一作閬仙，自稱碣石山人、苦吟客。早歲為僧，名無本。范陽（今北京附近）人。元和間，在洛陽以詩投謁韓愈，為愈所稱賞，後攜之入京，返俗後舉，而終身未第。憤世疾俗，作詩嘲諷權貴，為公卿所恨，號為舉場「十惡」。長慶2年（822）與平曾等同被逐出關外。開成2年（837），坐飛謗責授遂州長江縣主簿。5年，遷普州司倉參軍。會昌3年（843），轉授普州司戶參軍。未及受任卒。賈島作詩以苦吟著名，自稱「兩句三年得，一吟雙淚流」（〈題詩後〉）。史載其因覓「秋風吹渭水」句而唐突京兆尹。又傳說賈島在長安跨驢背吟「鳥宿池邊樹，僧敲月下門」一聯，煉「推」、「敲」字不決，誤衝京兆尹韓愈車騎，韓為定「敲」字。二事自晚唐五代以來即盛傳為詩壇佳話。賈島在韓門，常從張籍、孟郊遊。又與馬戴、姚合為詩友，其詩多酬贈之作。他擅長五律，苦吟成癖，善寫荒涼冷落之景，表現愁苦幽獨之情，構成賈島詩奇僻清峭的風格。然題材狹小，詩境奇僻，故蘇軾有「郊寒島瘦」之譏。賈島偏重煉句，而不善謀篇，所以司空圖說：「賈浪仙誠有警句，視其全篇，意思殊餒。」（〈與李生論詩書〉）。賈島詩在晚唐形成流派，影響頗大。唐代張為〈詩人主客圖〉列為「清奇雅正」升堂七人之一。清代李懷民〈中晚唐詩人主客圖〉則稱之為「清奇僻苦主」。與姚合齊名，稱「姚賈」。賈島著有《長江集》10卷。

憶江上吳處士 [1]

閩國揚帆去，蟾蜍缺復圓 [2]。秋風吹渭水，落葉滿長安 [3]。此地
際會夕；當時雷雨寒。蘭橈殊未返，消息海雲端 [4]。紀曰：「天骨開
張，而行以灝氣，浪仙有數之作。」

【今注】

1. 處士：即隱士，是隱居林泉不仕的人。
2. 「閩國揚帆去」二句：謂友人坐船前往福建，月兒圓了又虧，虧了又圓，翹
   首以盼，卻始終不見消息。高步瀛曰：「《元和郡縣志》曰：『江南道福州：
   漢初為閩越國。』案：唐福州治閩縣，在今福建閩侯縣東北。」蟾蜍，借代
   月亮。
3. 「秋風吹渭水」二句：渭水本是舊時送別好友之地，本就不由得感傷懷念。
   此時秋風瑟瑟，吹動水波，滿城的落葉飛揚，鋪滿街道路旁，更映襯出一種
   悵然的感觸。此形容秋天的景象，比喻人或事物已趨衰落。
4. 「蘭橈殊未返」二句：是說朋友未歸，只能遙望天邊海雲，或望能得到朋友
   的消息。橈，船槳。

【集評】

1. 明・謝榛《四溟詩話》：韓退之稱賈島「鳥宿池邊林，僧敲月下
   門」為佳句，未若「秋風吹渭水，落葉滿長安」，氣象雄渾，大類
   盛唐。
2. 近世・王國維《人間詞話》四十八：「西風吹渭水，落日滿長安。」
   美成以之入詞，白仁甫以之入曲，此借古人之境界為我之境界也。
   然而非自有境界，古人亦不為我用。

（張玉芳）

【作者】

釋無可

（生卒年不詳）唐代范陽（今河北涿縣）人，姓賈氏，賈島從弟，著名詩僧。少年時出家為僧，嘗與賈島同居青龍寺，後雲遊越州、湖湘、廬山等地。大和年間，為白閣寺僧。元和間（806～820）於金州與太守姚合相唱和，吟詠甚多，著名者有〈酬姚員外見過林下〉、〈過杏溪寺寄姚員外〉、〈金州冬月陪太守游池〉、〈晚秋酬姚合見寄〉、〈陪姚合游金州南池〉、〈行漢水晚次神灘阻風〉等等。釋無可工詩，多五言，與賈島、周賀齊名。胡震亨《唐音癸籤》評其詩曰：「無可詩與兄島同調，亦時出雄句，咄咄火攻。」無可亦以能書名，善楷書，效柳公權體。

秋寄從兄島 [1]

暗蟲喧暮色，默坐思西林 [2]。聽雨寒更盡；開門落葉深 [3]。昔因京邑病，併起洞庭心 [4]。亦是吾兄事，遲回直至今。 紀曰：「韻格頗高。」

【今注】━━◆

1. 秋寄從兄島：《全唐詩》卷八一三作「秋夜宿西林寄賈島」。無可，俗姓賈，為賈島堂弟，工詩，善楷書。詩名亦與島齊。幼時，二人俱為僧（島後還俗），感情深厚，詩信往還，時相過從。這首詩便是無可居廬山西林寺時，為懷念賈島而作，可能即以詩代柬，寄給賈島的。
2. 「暗蟲喧暮色」二句：寫秋天暮色蒼茫，草蟲喧叫；作者靜坐禪房，沈思不

語，想念堂弟賈島。西林：指西林寺，在廬山香爐峰西南風景絕佳處。東晉
高僧慧遠居東林寺，其弟慧永居西林寺，恰巧他們也俗姓賈。無可到廬山，
長居西林寺，深念賈島，也許與此有些淵源。

3. 「聽雨寒更盡」二句：在蒼苔露冷、菊徑風寒的秋夜，蛩聲淒切、人不成寐
的五更，聽覺是最靈敏的。詩人只聽得松濤陣陣，秋雨瀟瀟，一直聽到更漏
滴殘。惟天亮開門一看，並未下雨，只見積得很厚的滿庭落葉，故云
「深」。此聯語妙，跳出字面物象之外，前人稱為「象外句」，明明寫的是
「落葉」，而偏說是「聽雨」，意思又不在「聽雨」，而是寫長夜不眠，懷念
賈島。

4. 「昔因京邑病」二句：謂往昔兄弟二人同在京城長安時，賈島屢試不第，積
憂成疾，曾與無可相約，仍回山皈依佛門，而興起泛舟洞庭、歸隱漁樵之
心。

【集評】

宋・釋惠洪《冷齋夜話》卷六：唐僧多佳句，其琢句法比物以意，而
不指言某物，謂之象外句。如無可上人詩曰：「聽雨寒更盡，開門
落葉深。」是以落葉比雨聲也。又曰：「微陽下喬木，遠燒入秋
山。」是以微陽比遠燒也。用事琢句，妙在言其用而不言其名耳。
（又見魏醇甫（慶之）《詩人玉屑》卷三引）

（張玉芳）

【作者】

姚合

（生卒年均不詳）陝州硤石（今河南陝縣）人，為姚崇侄曾孫。元和 11 年（816）登進士第。參魏博節度使田弘正幕，調武功主簿，歷萬年、富平尉。敬宗寶曆 2 年（826），授監察御史，分司東都。入朝為殿中侍御史、戶部員外郎。歷金、杭二州刺史。後官諫議大夫、給事中、陝虢觀察使。官終祕書少監。姚合與賈島齊名，同以苦吟見稱，世號「姚賈」。其詩大半為五言律體，多詠閒情野趣；長於點綴風景、搜求新意，但務求幽折清峭，亦不免流於瑣屑纖巧。著有《姚少監詩集》。

閒居 [1]

不自識疏鄙[2]，終年住在城。過門無馬跡[3]；滿宅是蟬聲[4]。帶病[5]吟雖苦[6]；休官夢已清[7]，何當[8]學禪觀[9]，依止古先生[10]？紀曰：「武功詩之雅馴者。」

【今注】

1. 閒居：此詩寫作者暫時休官後閒居城中的靜趣。閒居，避人獨居。
2. 疏鄙：疏懶淺薄，為自謙之詞。
3. 過門無馬跡：指拜訪者少。
4. 滿宅是蟬聲：以蟬噪寫幽靜。
5. 帶病：作者常言己在病中。
6. 吟雖苦：姚合為苦吟詩人。苦吟，反覆吟詠，苦心推敲。

7. 清：清閒、清靜。

8. 何當：何時。

9. 禪觀：指透過佛家安坐靜思的修行對自己的生活進行觀照。觀，觀照。

10. 古先生：指佛。

【集評】

1. 元·方回《瀛奎律髓》：中四句皆佳。「四靈」亦學到此地，但卻學賈島，未升其堂，況入其室乎？

2. 清·賀裳《載酒園詩話又編》：秘書與閬仙善，兼效其體。古詩不唯氣格近之，尚無其酸言。至近體如「酒熟聽琴酌，詩成削樹題」、「過門無馬迹，滿宅是蟬聲」、「看月嫌松密，垂綸愛水深」、「弄日鶯狂語，迎風蝶倒飛」，俱為宋人所尊，觀之果亦警策。

（李欣錫）

【作者】

杜牧（803～852），字牧之，京兆萬年（今陝西西安）人。嘗舉進士不第，而屢入幕僚。恣遊名山，自稱「三教布衣」。後隱居於洪州西山（今江西南昌），種柑橙為生。沈德潛評其絕句「遠韻遠神。」今《全唐詩》存詩兩卷。

題揚州禪智寺[1]

雨過一蟬噪[2]，飄蕭[3]松桂秋。青苔滿階砌，白鳥[4]故遲留。暮靄[5]生深樹，斜陽下小樓。誰知竹西路[6]，歌吹是揚州？結筆寫寺之幽靜，尤為得神。

【今注】

1. 禪智寺：佛寺名，在揚州城東。
2. 蟬噪：蟬鳴。
3. 飄蕭：草木飄零蕭條。
4. 白鳥：白色羽毛的鳥，如鶴、鷺之類。
5. 暮靄：傍晚的雲霧。
6. 竹西路：禪智寺前官河北岸之路。

（李嘉瑜）

【作者】

李商隱（813～858），字義山，號玉谿生，又號樊南生。祖籍懷州河內（今河南沁陽），祖父遷鄭州滎陽（今河南鄭州）。幼孤貧能文，為令狐楚所賞識，親授文法，並使與諸子游。文宗開成 2 年（837）擢進士第。令狐楚卒，入涇原節度使王茂元幕，表掌書記，又娶其女為妻。王茂元向與李德裕交好，被視為李黨的成員；而令狐楚父子則屬於牛黨，李商隱因而被捲入牛李黨爭的政治漩渦中，仕途多舛。歷入鄭亞、盧弘止、柳仲郢之幕。大中 12 年（858）辭官，於滎陽病卒。李商隱的律詩細密工麗，論者多認為其「深於杜」，頗有杜甫的風格，但在學杜的基礎上，又形成獨特的「奧隱幽豔，飄渺深密」之風格，尤其以七律為最。元好問〈論詩絕句〉曾就此評論：「詩家總愛西崑好，獨恨無人作鄭箋」。著有《玉谿生詩集》、《樊南文集》，存詩約六百首。

落　花

高閣[1]客竟去，何義門曰：「起得超忽。」紀曰：「得神在逆折而入。」小園花亂飛。參差[2]連曲陌[3]，迢遞[4]送斜暉。腸斷未忍掃，眼穿仍欲歸。芳心向春盡，所得是沾衣。何曰：「一結無限深情，得字意外巧妙。」

【今注】

1. 高閣：高聳的樓閣。
2. 參差：形容落花散落，雜亂不齊的樣子。
3. 曲陌：巷弄與道路。
4. 迢遞：遙遠的樣子。
5. 芳心：原指女子的內心，此指有情人的心。

【集評】

1. 明・鍾惺、譚元春《唐詩歸》：落花如此起，無謂而有至情。「所得」二字苦甚。

2. 清・吳喬《圍爐夜話》：落花起句奇絕，通篇無實語，與〈蟬〉同，結亦奇。

3. 清・沈德潛《唐詩別裁集》：題易粘膩，此能掃卻臼科。

4. 清・陸次雲《五朝詩善鳴集》：落花詩全無脂粉氣，真是豔詩好手。

5. 清・姚培謙《李義山詩集箋注》：此因落花而發身世之感也。天下無不散之客，又豈有不落之花？至客散時，乃得諦視此落花情狀。三四，花落之在客者。五句，花落之在地者。六句，花落之猶在樹者。此正波斯匿王所謂沉思諦視剎那，剎那不得留住者也。人生世間，心為形役，流浪生死，何以異此！只落得有情人一點眼淚耳。

6. 清・屈復《唐詩成法》：人但知賞首句，賞結句者甚少。一、二乃倒敘法，故警策；若順之，則平庸矣。首句如彩雲從空而墜，令人茫然不知所為；結句如臘月二十三日夜聽「你若無心我便休」，令人心死。

（李嘉瑜）

蟬[1]

本以高難飽，徒勞[2]恨費聲[3]。紀曰：「起二句意在筆先。」五更疎欲
斷[4]，一樹碧無情。朱竹垞曰：「第四句更奇，令人思路斷絕。」沈曰：「取
題之神。」薄宦[5]梗猶泛[6]，故園蕪已平[7]。煩君最相警，我亦舉
家清。紀曰：「前四句寫蟬即自喻，後四句自寫，仍歸到蟬，隱顯分合，章法可
玩。」

【今注】

1. 蟬：昆蟲名，其習性棲高枝，且只飲樹汁和露水，因而常被視為高潔清廉的
   象徵。《吳越春秋》：「秋蟬登高樹，飲清露，隨風捣撓，長吟悲鳴。」
2. 徒勞：白費心力。
3. 費聲：費力發聲長鳴。
4. 疎欲斷：形容蟬徹夜哀鳴，此時鳴聲斷斷續續，似已聲嘶欲斷。
5. 薄宦：職卑俸薄的官位。
6. 梗猶泛：仍然過著如同水中斷梗浮枝般的漂泊生活。典出《戰國策·齊
   策》：孟嘗君欲至齊，蘇秦勸阻曰：「今者臣來過於淄上，有土偶人與桃梗相
   與語，土偶曰：『今子東國之桃梗也，刻削子以為人，降雨下，淄水至，流
   子而去，則子漂漂者將何如耳！』」
7. 蕪已平：已經荒蕪夷平。

【集評】

1. 明·周珽《唐詩選脈箋釋會通評林》：鍾惺曰：「『碧無情』，三字冷
   極，幻極，結自處不苟。」
2. 清·吳喬《圍爐夜話》：義山〈蟬〉詩，絕不描寫，用古，誠為傑
   作。

3. 清・姚培謙《李義山詩集箋注》：此以蟬自況也。蟬之自處既高
矣，何恨之有？三承「聲」字，四承「恨」字。五、六言我今實無
異於蟬。聽此聲聲相喚，豈欲以警我耶？不知我舉家清況已慣，毫
無怨尤，不勞警得也。

（李嘉瑜）

【作者】

馬戴（生卒年不詳），字虞臣，曲陽（江蘇東海西南）人。屢舉進士不第。文宗開成中，曾隱居華山，又曾西游，足跡遍汧隴、鄜坊、邠寧、靈夏諸地。武宗會昌 4 年（844）登進士第。宣宗大中中，佐太原軍幕，以直言被斥，貶朗州龍陽尉。後佐大同軍幕。入朝，官至太學博士。馬戴為苦吟詩人，與姚合、賈島等人酬答甚密。其詩尤長於五律，抒情寫景，蘊藉自然，風格清麗秀朗。著有《會昌進士詩集》。

灞上秋居 [1]

灞原風雨定 [2]，晚見鴈行頻 [3]。落葉他鄉樹 [4]；寒燈獨夜 [5] 人。空園白露 [6] 滴；孤壁 [7] 野僧鄰。醉臥 [8] 郊扉 [9] 久，何年致此身 [10]？紀謂晚唐詩人馬虞臣骨格獨高，信然。

【今注】

1. 灞上秋居：此詩描寫閉門秋居的寂寞心境，為作者旅居長安灞上時所作。灞上，古地名，即灞原。在今陝西西安市東，因地處霸水西高原上而得名。
2. 定：停息。
3. 鴈行頻：指雁群頻頻飛過。暗示秋深。
4. 他鄉樹：不是故鄉的樹。暗示己在異鄉。
5. 獨夜：孤獨之夜。
6. 白露：秋天的露水。

7. 孤壁：孤牆。

8. 醉臥：應是「寄臥」，寄居高臥。

9. 郊扉：郊外的住宅。扉，本指門。

10. 致此身：以此身為國君效力。致，盡也。此指出仕。《論語・學而》：「事君能致其身。」

【集評】

1. 明・許學夷《詩源辯體》：語出賈島。

2. 清・范大士《歷代詩發》：秀潔。

3. 清・李懷民《重訂中晚唐詩主客圖》：意興孤僻，純是冥想。極寫荒僻。（「空園」二句下）結應在此。（末二句下）

（李欣錫）

【作者】

梅堯臣

（1002～1060），字聖俞，宋宣州宣城（今安徽宣城）人。宣城古名宛陵，世稱梅宛陵。梅堯臣早有詩名，而屢試不第。仁宗天聖末以叔父梅詢蔭補河南主簿。錢惟演留守西京，器重之，引與酬唱，又與歐陽修、尹洙等人為詩友。景祐元年（1034）知建德縣。慶曆 8 年（1048），應晏殊辟為鎮安軍節度判官。皇祐 3 年（1051），召試學士院，賜同進士出身，改太常博士。至和 3 年（1056），以歐陽修等薦，補國子監直講。奏進所撰《唐書載記》26 卷，詔命預修《唐書》。嘉祐 2 年（1057），歐陽修知貢舉，梅堯臣為參詳官，是科蘇軾兄弟及第。5 年，遷尚書都官員外郎，4 月卒，年 59。梅堯臣與歐陽修同為北宋初期詩文革新運動的領袖，世稱「歐梅」，工為詩，以深遠古淡為意，間出奇巧。對宋代詩風轉變影響很大，著有《宛陵先生文集》。

魯山山行[1]

適與野情愜[2]，千山高復低。好峰隨處改，幽徑獨行迷。霜落熊升樹[3]，林空鹿飲溪。人家在何許[4]？雲外一聲雞。方虛谷曰：「尾句自然，熊鹿一聯人皆稱其工，然前聯尤幽而有味。」

【今注】

1. 此詩作於仁宗康定元年（1040），當時他正擔任襄城（今河南襄城）知縣。魯山恰巧位在和襄城縣西南接壤的魯山縣內，梅堯臣就在任內遊魯山時寫下此詩。詩中曲盡山行情景，由靜而動，將所見、所感寫得自然新穎，躍然紙上，同時也表露出作者熱愛山水的情趣和審美格調的優雅。全篇詩風平淡，意新語工，的確能達到「狀難寫之景如在目前，含不盡之意見於言外」的藝術要求。魯山：又名露山，故城在河南魯山縣東北，又名露山，靠近襄城縣西南邊境。

2. 適與野情愜：意謂恰與我愛好山野風光的情趣相投合。愜，恰當；稱心。

3. 升樹：爬樹。

4. 何許：何處；哪裡。

【集評】

1. 宋・胡仔《苕溪漁隱叢話・後集》卷二十四：聖俞詩工於平淡，自成一家，如〈東溪〉云：「野鳧眠岸有閑意，老樹著花無醜枝。」〈山行〉云：「人家在何許，雲外一聲雞。」〈春陰〉云：「鳩鳴桑葉吐，村暗杏花殘。」〈杜鵑〉云：「月樹啼方急，山房人未眠。」似此等句，須細味之，方見其用意也。

2. 元・方回《瀛奎律髓》卷四〈風土類〉：王介甫最工唐體，苦於對偶太精而不脫灑。聖俞此詩尾句自然，「熊」、「鹿」一聯，人皆稱其工，然前聯尤幽而有味。

3. 清・紀昀《瀛奎律髓刊誤》卷四：此評的當。

4. 清・許印芳《律髓輯要》：論梅詩固當，論王詩卻不盡然。虛谷毀譽人往往信口亂道，不足深責。故曉嵐於其評語之旁涉他人者，多不置辯也。

5. 清・馮舒《瀛奎律髓》眉批：此亦未辨其為宋詩，卻知是梅。

6. 清・陸貽典《瀛奎律髓》眉批：無句不妙。

7. 清・查慎行《查初白十二種詩評》：句句如畫，引人入勝，尾句尤有遠致。

8. 清・陸庠齋《查初白十二種詩評》：落句妙，覺全首便不寂寞。

（賴麗娟）

【作者】

歐陽脩（傳略見卷一·五言古詩〈送唐生〉）

秋懷[1]

節物[2]豈不好，秋懷何黯然[3]？西風酒旗[4]市，細雨菊花天。名句。感事悲雙鬢[5]，包羞[6]食萬錢[7]。鹿車[8]終自駕，歸去潁東田[9]。

【今注】

1. 本詩創作於英宗治平 2 年（1065）秋，時歐陽脩在汴京，任參知政事。詩中以美麗的秋景和黯然心境作強烈對比，反映出作者晚年憂心國事和歸隱出世的複雜心情。詩中首寫季候雖好，無奈心情不佳。頷聯「西風酒旗市，細雨菊花天」，純用白描，語言平易，寫出典型的秋日風物與詩人內心的喜愛。
2. 節物：應季節時令而來的風物景色。
3. 黯然：心情感傷沮喪的樣子。
4. 酒旗：即酒帘。酒店的標幟，以前酒店門前懸掛的布招牌。
5. 悲雙鬢：悲嘆兩邊鬢髮已花白。鬢，臉旁靠近耳朵的頭髮。唐王維〈秋夜獨坐〉：「獨坐悲雙鬢。」
6. 包羞：忍受羞辱。
7. 食萬錢：指享受豐厚的俸祿。錢，俸錢，官吏所得的薪金，也寫作「奉錢」。萬錢，形容俸祿很多之意。
8. 鹿車：歸隱山林的象徵。本指古代民間的一種小推車。《太平御覽》卷七七五引漢應劭《風俗通》：「鹿車，窄小，裁（才）容一鹿也。」
9. 潁東田：指潁州，今安徽阜陽縣，歐陽脩曾出知此州，皇祐 2 年（1050）就

有買田歸隱潁州之念。

【集評】

1. 宋・胡仔《苕溪漁隱叢話・前集》卷三十引《雪浪齋日記》：或疑六一居士詩，以為未盡妙，以質於子和。子和曰：「六一詩只欲平易耳。『西風酒旗市，細雨菊花天』，豈不佳？『晚煙寒橘柚，秋色老梧桐』，豈不似少陵？」

2. 元・方回《瀛奎律髓》卷十二〈秋日類〉：歐陽公於自然之中或壯健，或流麗，或全雅淡。有德者之言自不同也。三、四全不吃力，俗間有云：「香橙螃蟹月，新酒菊花天。」本此。

3. 清・紀昀《瀛奎律髓刊誤》卷十二：六句意是而格未渾雅。

（賴麗娟）

【作者】

王安石（傳略見卷三・七言古詩〈明妃曲〉）

半山春晚即事[1]

春風取花去，酬我以清陰[2]。翳翳陂路靜[3]，交交[4]園屋深。床敷[5]每小息[6]，杖履亦幽尋。惟有北山[7]鳥，經過遺好音[8]。寓感憤於沖夷之中，令人不覺，全由筆妙。○方虛谷曰：「半山詩工密圓妥，不事奇險，惟此『春風取花去』之聯乃出奇也。餘皆淡靜有味。」

【今注】

1. 本詩是王安石晚年在新法失敗後，退居江寧，營作半山園，自號半山老人時所作。詩中描摹半山園晚春幽靜之景，無論春風、清陰、陂靜、園深、鳥鳴，一一皆遺情世外，寓悲壯於閑澹之中。從人與自然互動中，道出詩人退隱金陵後恬淡自樂的心境。「半山」：即半山園，王安石罷相後，於元豐 2 年（1079）春築宅在金陵白下門外 7 里，而新宅距離鍾山也有 7 里遠，由金陵城到鍾山剛好一半路程，故稱半山。即事，對眼前景物有所感而賦詩，謂之，也叫「即興」。
2. 「春風取花去」二句：指春風帶走花兒，送我一片綠蔭的意思。
3. 翳翳陂路靜：翳翳，草木茂密成蔭的樣子。陂路，湖岸，塘堤。
4. 交交：此指樹木交加，錯雜的樣子。一解，鳥鳴聲。《詩經・春風・黃鳥》：「交交黃鳥止於棘。」
5. 床敷：床鋪，此指坐具。
6. 小息：暫時休息。《詩經・大雅・民勞》：「民亦勞止，汔可小息。」

7. 北山：鍾山，又名紫金山。在今江蘇南京市東。

8. 遺好音：送我一片悅耳鳥鳴聲。遺，音ㄨㄟˋ，贈送。

【集評】

1. 宋・吳聿《觀林詩話》：山谷云：「余從半山老人得古詩句法云：『春風取花去，酬我以清陰。』」

2. 清・馮舒《瀛奎律髓》眉批：傷筋露骨以為奇，詩之惡境也。

3. 清・馮班《瀛奎律髓》眉批：首句宋氣。

4. 清・查慎行《查初白十二種詩評》：起句律中變格，下聯承「清陰」二字來。

5. 清・陸庠齋《查初白十二種詩評》眉批：此種起法，終不足稱。

6. 清・紀昀《瀛奎律髓刊誤》卷十：七詩俱高雅。

（賴麗娟）

【作者】

蘇軾（傳略見卷一・五言古詩〈寒食雨〉）

太白山下早行至橫渠鎮書崇壽院壁[1]

馬上續殘夢[2]，超妙。不知朝日昇。亂山橫翠幛，落月澹孤燈[3]。奔走煩郵吏[4]，安閒愧老僧。再遊應眷眷，聊亦記吾曾[5]。

【今注】

1. 嘉祐 7 年（1062）3 月作。王文誥云：「三月旱，七月微雨而止。公赴郿，禱於太白山上清宮。」太白山在郿縣東南五十里。據傳武功、太白，去天三百。山下軍行，不得鳴鼓角，鳴則疾風暴雨立至。崇壽院，在郿縣東 50 里橫渠鎮。
2. 馬上續殘夢：唐劉駕〈早行詩〉有：「馬上續殘夢，馬嘶時復驚。」
3. 幛：舊時用布帛一副上面題字，作為慶弔的禮物。澹，安靜或清淡之意。
4. 郵吏：驛站小官。
5. 「再遊應眷眷」二句：眷眷，依戀不捨。記吾曾，記起我曾經過此地。嘉祐元年蘇軾與蘇轍赴京時曾經過此處。

【集評】

1. 明・王世貞《藝苑卮言》卷四：劉駕「馬上續殘夢」，境頗佳。下云「馬嘶時復驚」，遂不成語矣。蘇子瞻用其語，下云「不知朝日

昇」，亦未是。至復改為「瘦馬兀殘夢」（〈除夜大雪留濰州元日早晴遂行中途雪復作〉），愈墮惡趣。

2. 清高宗《唐宋詩醇》卷三十二：次聯是早行景色，妙從首句「殘夢」二字生出，故日、月自不嫌雜見。王世貞之論（見前引），似密實疏。

3. 清・汪師韓《蘇詩選評箋釋》卷一：次聯是早行景色，妙從首句「殘夢」二字生出，故佳。

4. 清・王文濡《宋元明詩評注讀本》卷五：從殘夢說起，生出「亂山」一聯，是曉行景象。末聯結到重來，是書壁本意。

5. 清・趙克宜《角山樓蘇詩評注彙鈔》附錄卷中：劉駕次句云「馬嘶時復驚」，與首句相足傳神，勝此（「馬上續殘夢」二句）多矣。

（邵曼珣）

倦夜 [1]

倦枕厭長夜[2]，小窗終未明。孤村一犬吠，殘月幾人行。寫景如在目前，而絕不喫力，故佳。衰鬢久已白，旅懷空自清。荒園有絡緯，虛織竟何成[3]？義兼比興。

【今注】

1. 倦夜：猶言不眠之夜。
2. 倦枕：指枕上輾轉反側無法入睡。章鈺校注作「欹枕倦長夜，小窗猶未明。」
3. 絡緯：蟲名，即蟋蟀。其鳴聲如紡織，故稱。絡緯，猶言紡織。絡，纏繞。

緯，織物的橫線。虛織，指絡緯空有紡織之聲，而無紡織之實。暗寓自己一
生事業無成。

【集評】───

1. 明・袁宏道評閱譚元春選《東坡詩選》卷十譚元春評：字字唐人。

2. 清・查慎行《初白庵詩評》卷中：通首俱得少陵神味。

3. 清・汪師韓《蘇詩選評箋釋》卷六：虛廓寂寥，具臻妙境。

4. 清・紀昀評《蘇文忠公詩集》卷四十二：（「荒園有絡緯」二句）結
   有意致，遂令通體具有歸宿。若非此結，則成空調。

（邵曼珣）

【作者】

黃庭堅（傳略見卷一・五言古詩
〈子瞻詩句妙一世乃云效庭堅體次韻道之〉）

早行[1]

失枕驚先起，人家半夢中。聞雞憑早晏[2]，占斗[3]辨西東風格佳。
轡[4]溼知行露[5]，衣單覺曉風。秋陽弄光影，忽吐半林紅。

【今注】

1. 早行：此寫天未亮時出行的景象，中間二聯，精妙入微。此詩神宗熙寧元年
　（1068）赴葉縣尉時作，山谷時年 24 歲。
2. 早晏：早晚。
3. 占斗：觀看北斗星座。占，音義同「覘」，看。斗，北斗七星，即大熊座。
4. 轡：音ㄆㄟˋ，馬韁繩。
5. 行露：路上的露水。行，音ㄏㄤˊ，路。

【集評】

近世・高步瀛《唐宋詩舉要》：風格佳。

（傅武光）

【作者】

陳師道（1053～1101），字履常，一字無己，號后山（后一作後）居士，宋彭城（今江蘇徐州）人。自幼家境貧困，苦志好學。年 16 以文謁曾鞏，鞏大器之，遂留受業。哲宗元祐 2 年（1087）蘇軾、傅堯俞、孫覺薦其文行，起為徐州教授，未幾，梁燾薦為太學博士。哲宗紹聖元年（1094），坐「蘇黨」之嫌，謫監海陵酒稅，調彭澤令，不赴，家居 6 年。元符 3 年（1100）召為祕書省正字，徽宗建中靖國元年（1101）扈從南郊，受風疾而卒，年 49，由友人鄒浩買棺以殮。陳師道詩宗杜甫，風骨磊落，質樸峻峭。他曾自述其學詩初無師法，後來見到黃庭堅，盡棄舊稿而從學焉，進而得作詩之法於杜甫。（〈答秦覯書〉）呂本中〈江西詩宗派圖〉把他的名次僅列在黃庭堅之下，排名第二。元初方回在《瀛奎律髓》中曾提出江西詩派「一祖三宗」之說，陳師道便是三宗之一。著有《后山集》、《后山詩話》等。

寄外舅郭大夫[1]

巴蜀通歸使[2]，妻孥[3]且舊居。深知報消息，不忍問何如[4]。身健何妨遠[5]？情親未肯疏[6]。功名欺老病[7]，淚盡數行書。方虛谷曰：「后山學老杜，此其逼真者，枯淡瘦勁，情味深幽。」紀曰：「情真格老，一氣渾成。」

【今注】

1. 元豐 7 年（1084）5 月，陳師道的岳父郭概擔任西川提刑，師道因窮困潦倒，無力贍養家室，所以妻兒都隨岳父赴蜀，他則因母老不能同往，遂留長安。陳師道與妻兒分別時，曾寫下〈送外舅郭大夫概西川提刑〉、〈送內〉和〈別三子〉等詩。郭概抵達四川後，派人歸報家人平安；師道乃寄此詩以傳達對遠居他鄉妻兒的關懷，並抒發家人無法團圓的悲哀。外舅：女婿稱岳父之詞。

2. 巴蜀通歸使：巴郡和蜀郡，指四川。使，使者。

3. 妻孥：妻子和兒女。「妻孥」也作「妻帑」。《詩經・小雅・常棣》：「宜爾家室，樂爾妻帑。」《毛傳》：「帑，子也。」

4. 「深知報消」二句：是說明明知道來人是通報自己妻兒在西川居住的情況，卻又不忍也不敢主動尋問來人。深知：明明知道。報，通報。

5. 身健何妨遠：指家人身體健康，不必擔憂遠行分離。這是自我慰藉之辭。遠，遠行。

6. 情親未肯疏：指家人雖分隔兩地，但骨肉親情不可能淡忘。情親，骨肉情深。疏，疏遠；淡忘。

7. 老病：年老而多疾病。

【集評】

1. 宋・趙蕃〈石屏詩集跋〉：學詩者莫不以杜為師，然能如師者鮮矣！句或有似之，而篇之全似者絕難得。陳後山〈寄外舅郭大夫〉：「巴蜀通歸使，妻孥且定居。深知報消息，不忍問何如。身健何妨遠？情親未肯疏。功名欺老病，淚盡數行書。」此陳之全篇似杜者也。

2. 元・方回《瀛奎律髓》卷四十二〈寄贈類〉：後山學老杜，此其逼真者，枯淡瘦勁，情味深幽。晚唐人非風、花、雪、月、禽、鳥、蟲、魚、竹、樹，則一字不能作。「九僧」者流，為人所禁，詩不能成，曷不觀此作乎？

3. 明・謝榛《四溟詩話》卷一：陳無己〈寄外舅郭大夫〉詩曰：「巴蜀通歸使，妻孥且舊居。深知報消息，不敢問何如。身健何妨遠？

情親未肯疏。功名欺老病,淚盡數行書。」趙章泉謂此作絕似子美。然兩聯為韻所牽,虛字太多而無餘味。若此前後為絕句,氣骨不減盛唐。

4. 明・瞿佑《歸田詩話》卷上:(陳後山)一生清苦,妻子寄食外家,〈寄外舅郭大夫概西川提刑〉云:「嫁女不離家,生男已當戶」〈寄外舅郭大夫〉:「深知報消息,不忍問何如?」況味可知也。詩格極高,呂本中選江西宗派,以嗣山谷,非一時諸人所及。(編者案:二詩詩題有誤,皆據《後山詩注補箋》改正。)

5. 清・馮舒《瀛奎律髓》眉批:以枯淡瘦勁為杜,所以失之千里,此黃、陳與杜分歧之處。不枯、不淡、不瘦、不勁,真認差也。
如此學杜,豈不斂手捫心?乃知後山若不入「江西派」,定勝聖俞。

6. 清・馮班《瀛奎律髓》眉批:方君謂:「晚唐人非風、花、雪、月、禽、鳥、蟲、魚、竹、樹,則一字不能作。」未盡然。

7. 清・查慎行《查初白十二種詩評》:「不忍」、「未忍」犯重。四十字中何至失檢點若此?以為偪近老杜,吾不謂然。三、四從老杜「**翻**畏消息來,寸心亦何有」脫胎。

8. 清・紀昀《瀛奎律髓刊誤》卷四十二:晚唐人點綴景物,誠為瑣屑陳因。然前代詩人亦未嘗不寓情於景,此語雖切中晚唐之病,然必欲一舉而空之,則主持太過。情真格老,一氣渾成。馮氏疾後山如仇,亦不能不斂手此詩。公道固有不泯時。

(賴麗娟)

登快哉亭[1]

城與清江曲[2]，泉流亂石間。夕陽初隱地[3]，暮靄[4]已依山。度鳥欲何向[5]？奔雲亦自閒[6]。 紀曰：「五六挺拔，此后山神力大處，晚唐人到此平平拖下矣。」 登臨興不盡[7]，稚子[8]故須還。 紀曰：「刻意陶洗，氣格老健。」

【今注】

1. 本詩乃陳師道於元符元年（1098）居故鄉徐州所作，寫其登上快哉亭時所見山水美景，不禁令人流連忘返，而意興無窮。全篇詩境宏偉，勁直雄暢，有盛唐風骨。北宋快哉亭有三：一在徐州，李清臣所構；一在黃州，張夢得所構；一在密州，蘇軾所構。三處快哉亭皆蘇軾題名。
2. 城與清江曲：指徐州城依江而建。曲：曲折縈迴。
3. 隱地：沒入地平線。
4. 暮靄：傍晚的雲霧。
5. 度鳥欲何向：度鳥，飛鳥，此指暮空中，從詩人眼前掠過的歸鳥。何向，猶言如何，怎樣。此指往何處而去？
6. 奔雲亦自閒：奔雲，薄暮奔湧天空的流雲。
7. 登臨興不盡：登臨，登山臨水。也指游覽。興，興致。不盡，無盡；不已。
8. 稚子：幼子。

【集評】

1. 元・方回《瀛奎律髓》卷一〈登覽類〉：亭在徐州城東南隅提刑廢廨。熙寧末李邦直持憲節構亭城隅之上，郡守蘇子瞻名曰「快哉」。唐人薛能陽春亭故址也。子由時在彭城，亦同邦直賦詩。任淵注此詩，謂亭在黃州，不知此詩屬何處，蓋川人不見中原圖志。

予讀賀鑄集得其說。任淵所謂亭在黃州者，乃東坡為清河張夢得命名，子由作記，非徐州之快哉亭也。予選此詩，懼學者讀處默、張怙詩，知工巧而不知超悟，如「度鳥」、「奔雲」之句，有無窮之味。全篇勁健清瘦，尾句尤幽邃，此其所以逼老杜也。

2. 清・馮舒《瀛奎律髓》眉批：如此詩，亦不辨其為宋。

3. 清・陸貽典《瀛奎律髓》：五、六寫「快哉」二字，寄託亦遠。

4. 清・查慎行《查初白十二種詩評》：五、六取境別。

5. 清・紀昀《瀛奎律髓刊誤》卷一：尾句卻有做作態，是宋派，絕非老杜。動引杜以張其軍，是虛谷習氣。第四句「依」字微嫩，五、六挺拔，此後山神力大處，晚唐人到此平平拖下矣。

（賴麗娟）

【作者】

陳與義（1090～1139），字去非，號簡齋。宋汝州葉縣（今河南葉縣）人。生於北宋哲宗元祐 5 年（1090），卒於南宋高宗紹興 8 年（1139），終年 49 歲。陳與義於徽宗政和 3 年（1113）太學上舍甲科釋褐，分發開德府（今河南濮陽）教授。回東京後由於〈墨梅〉詩受到徽宗激賞，由太學博士擢升為符寶郎。靖康之難後，從陳留避地南奔，歷 5 年流亡生活，由河南、兩湖、兩廣、福建、浙江，方至會稽投效高宗，曾知湖州，拜翰林學士、知制誥等職，紹興 7 年正月為參知政事，隔年以疾請去，不久病死在湖州。其詩上下陶、謝、韋、柳，後人以其詩出於江西派，上祖杜甫，下宗蘇軾、黃庭堅。元初方回創「一祖三宗」之說，以杜甫為「一祖」，黃庭堅、陳師道、陳與義並列為「三宗」，足見他在宋代詩壇佔有很重要地位，著有《簡齋集》。

道中寒食[1]二首錄一

斗粟淹吾駕[2]，浮雲笑此生。有詩酬歲月，無夢到功名。客裡逢歸雁[3]，愁邊有亂鶯。楊花[4]不解事，更作倚風[5]輕。紀曰：「後四句意境筆路皆佳，綽有工部神味，而又非相襲。」

【今注】

1.陳與義於宣和 2 年（1121）因丁憂而客寓汝州，直到 4 年（1123）春末才回

洛陽,這時他已 33 歲,在歸鄉途中適逢寒食,又見歸雁,聞鶯聲,乃有感於
自己被微祿所羈絆,而心生感觸。

2. 斗粟淹吾駕:微薄的俸祿羈留我的行踪。斗粟,一斗之粟,言俸祿食微薄。
淹,指滯留;逗留的意思。吾駕,猶言我的行踪。駕,車駕。

3. 歸雁:言大雁春天北飛,秋天南飛,候時去來,故稱「歸雁」。

4. 楊花:指柳絮。

5. 倚風:謂隨風傾側搖擺。

【集評】

1. 元·方回《瀛奎律髓》卷十六〈節序類〉:簡齋詩即老杜詩也。予
平生持所見,以老杜為祖,老杜同時諸人皆可伯仲。宋以後山谷一
也,後山二也,簡齋為三,呂居仁為四,曾茶山為五,其他與茶山
伯仲亦有之,此詩之正派也。餘皆傍支別流,得斯文之一體者也。
孫真人《千金方》三十六卷,每一卷藏一仙方。予所選唐、宋詩
「節序」五言律凡五十首,藏仙方於其中不知幾也。卷卷有之,在
人自求。

2. 清·馮舒《瀛奎律髓》眉批:此詩之惡派也,在老杜亦堯、舜之
朱、均耳。甚好,後山猶可,黃則千里。

3. 清·馮班《瀛奎律髓》眉批:此書大例如此。若我家詩法則不然,
歐、梅一也,次則坡公兄弟,次則半山,次則范、陸,不得已則
「四靈」,所謂硜硜小人哉!如山谷出於杜,而杜以前不窺尺寸,
有父無祖,何得為正派?放翁出於山谷,却於杜有會處,又善用山
谷所長處。方君云「有仙方於其中」,有何仙方?

4. 清·紀昀《瀛奎律髓刊誤》卷十六:「皆」字有病。
自以為「正派」,是其偏駁到底之根,語太自矜,轉形其陋。後四
句意境、筆路皆佳,綽有工部神味,而又非相襲。

5. 清·許印芳《律髓輯要》:虛谷語中兩「皆」字皆有病,所論亦皆
紕繆。簡齋學杜,何得遽稱其詩?即杜公部同時人,惟王、孟、
高、岑、供奉、龍標、盱眙、東川、司勳九家可相伯仲,餘子無能

為役。宋人學杜，有一祖三宗之說。祖杜而宗山谷、二陳，此說猶有見地。紫微、茶山，皆非黃、陳敵手，何得相提並論？「江西」詩自是詩家一派，不能廢絕。若謂此是正派，餘皆別派，此入主出奴之見，安能服人？北宋大家有東坡，南宋大家有放翁，其本領出二陳、呂、曾之上，惟山谷可相伯仲。虛谷乃謂此五人外皆旁支別流，真瞽談也。自來論詩，未有如虛谷之固執偏見，好為大言以欺人者。故詳辨之，以示初學。詩學杜而能近杜妙矣，然近而相襲猶是偽杜，惟近而非相襲，乃真杜也。五、六是折腰句，情景交融，意味深厚。惟「有」字與三句複，三句「歲月」字，又與前章三句複，亦是微瑕。

（賴麗娟）

【作者】

陸游（傳略見卷三・七言古詩〈長歌行〉）

秋夜紀懷 [1] 三首錄一

北斗垂蒼莽 [2]，明河浮太清 [3]。風林一葉下，露草百蟲鳴。病入新涼減，詩從半睡成。還思散關路 [4]，炬火驛 [5] 前迎。紀曰：「雅淡有中唐氣味。」

【今注】

1. 秋夜紀懷：抒寫秋夜的情懷。
2. 北斗垂蒼莽：北斗七星垂掛在蒼蒼茫茫的天空。北斗，星宿名，即大熊座，共七星，排列如斗狀，在北方的天空，故稱。垂，落下。蒼莽，即蒼茫，渺茫無邊。
3. 明河浮太清：銀河浮在太空中。明河，即銀河。太清，即太空、天空。
4. 還思散關路：回想散關的路上。散關，即大散關，在今陝西寶雞縣境。為關中通往蜀地的重要關塞。陸游曾經在今陝西南鄭做官，屢經此地，故云。
5. 驛：音ㄧˋ，即驛站，古時專供傳遞文書者或官吏中途住宿、補給、換馬的處所。

【集評】

清・趙翼《甌北詩話》：放翁以律詩見長，名章俊句，疊見層出。

（傅武光）

卷五・七言律詩

　　七言今體昌於初唐，至盛唐而極。王摩詰[1]意象超遠，詞語華妙，堪冠諸家，輔以東川[2]，附以文房[3]，堂堂乎[4]一代宗師矣。至杜公五十六言[5]橫縱變化，直欲涵蓋宇宙，包括古今，又非唐代所能限。義山[6]、致堯[7]繼軌[8]於前，山谷[9]、后山[10]躡步[11]於後。然皆得其一體。簡齋[12]蹩躠[13]，竭力以追，才力稍弱，有時近俗，一祖三宗[14]之號，弗克膺[15]也。裕之[16]感慨身世，時或有合，至於出神入化，固諸子望而莫逮[17]。然淵源所在，猶不失為薪火之傳爾。香山[18]華贍[19]，妙合自然，足以轟動流俗，自成一派。然不善學之，流為滑易。東坡[20]天縱之才，雖用其格調，而滅跡飛行，遠出其上，特[21]無坡之才而強為學步，亦惟見舉鼎絕臏[22]而已。放翁[23]豪放雄秀，不失為南宋作家，而頹唐粗獷[24]，有時而見[25]，披沙揀金[26]，真寶乃出。其他唐宋名家指不勝屈[27]，略存其要，聊備簠尊一勺[28]云。

【今注】

1. 王摩詰：王維。
2. 東川：李頎。
3. 文房：劉長卿。
4. 堂堂乎：堂堂然。莊嚴壯大的樣子。
5. 杜公五十六言：指杜甫的七言律詩。
6. 義山：李商隱。
7. 致堯：韓偓。
8. 繼軌：接續前人的法度。軌，音ㄍㄨㄟˇ，車輪的痕跡。
9. 山谷：黃庭堅。
10. 后山：陳師道。
11. 躡步：追隨前人的腳步。躡，音ㄋㄧㄝˋ，踩；踏。
12. 簡齋：陳與義。
13. 蹩躠：音ㄅㄧㄝˊ　ㄙㄚˋ，用心盡力的樣子；匍匐而行的樣子。蹩，跛

腳。

14. 一祖三宗：江西詩派創始者和繼承者的稱號。一祖，指杜甫。三宗，指黃庭
  堅、陳師道和陳與義。

15. 弗克膺：不能承當。膺，音一ㄥ，承受；擔當。

16. 裕之：元好問。

17. 莫逮：不及；趕不上。

18. 香山：白居易。

19. 華贍：華麗豐富。贍，音ㄕㄢˋ，富足。

20. 東坡：蘇軾。

21. 特：但；只是。

22. 舉鼎絕臏：把鼎舉起來，卻斷了腳脛。意指不自量力。鼎，古代的炊具，銅
  鑄，三足。臏，音ㄅㄧㄣˋ，腳脛，膝蓋骨。

23. 放翁：陸游。

24. 頹唐粗獷：衰頹粗野。頹唐，萎靡不振的樣子。頹，音ㄊㄨㄟˊ，衰落。
  獷，音ㄍㄨㄤˇ，粗野。

25. 見：音義同「現」。

26. 披沙揀金：撥挑沙礫，揀出金子。比喻去蕪存精。披，分析。揀，音ㄐㄧㄢˇ
  ，挑選；拾取。

27. 衢尊一句：在大路邊酒缸中取一勺酒。比喻略嚐一口。衢尊，置酒於大路
  邊，任人取飲。衢，音ㄑㄩˊ，四通八達的道路。尊，也作樽，大的酒器。
  勺音ㄕㄨㄛˋ，酒匙。

（傅武光）

【作者】

沈佺期（傳略見卷四・五言律詩〈雜詩〉）

古意 [1]

盧家少婦鬱金堂 [2]，海燕雙棲玳瑁梁 [3]。吳北江曰：從反面設景，蹴起情思，鮮妍可擷。九月寒砧 [4] 催木葉，吳曰：「斷。」十年征戍憶遼陽 [5]。吳曰：「續。」白狼河 [6] 北音書斷，丹鳳城 [7] 南秋夜長。方植之曰：「分寫行者居者，勻稱完足。」誰謂 [8] 含愁獨不見，更教明月照流黃 [9]。方曰：「收拓開一步，正是跌進一步，曲折圓轉，如彈丸脫手。姚姬傳曰：高振唐音，遠包古韻，此是神到之作，當取冠一朝矣。」

【今注】

1. 這首詩《才調集》作〈古意呈喬補闕知之〉，《樂府詩集》作〈獨不見〉，是一首寫思婦愁怨的詩。詩以「海燕雙棲」起興，渲染闊別十載，少婦思夫之苦。在手法上，詩人善於運用對比烘托的技巧，增強抒情的色彩。如：以「寒砧木葉」、「城南秋夜」，烘托「十年征戍」、「音書斷」之思愁；以「月照流黃」烘托「含愁獨不見」的愁緒。語言構思新巧，而情韻委婉纏綿。
2. 盧家少婦鬱金堂：此句語出梁武帝蕭衍〈河中之水歌〉：「十五嫁為盧家婦，十六生子字阿侯。盧家蘭室桂為梁，中有鬱金蘇合香。」盧家少婦，名莫愁，後來用作少婦的代稱。鬱金是一種香料，和泥塗壁能使室內芳香。
3. 玳瑁梁：此指雕繪精美的屋梁。玳瑁，音ㄉㄞˋ　ㄇㄟˋ，是一種海龜，龜甲極美觀，可作裝飾品。
4. 寒砧催木葉：謂趕製冬衣的搗衣聲，催促著木葉凋落。砧，搗衣石。寒砧指

寒秋時趕製冬衣的搗衣聲，詩詞中常用以描述秋景蕭瑟、淒涼中的思念之情。此句造句奇警，分明是蕭蕭落葉催人搗衣而砧聲不止，詩人卻故意主賓倒置，以渲染砧聲所引起的心理反應。

5. 遼陽：今遼寧遼陽一帶，為東北邊防要地。

6. 白狼河：遼河支流，即今遼寧境內的大淩河，應上聯的遼陽。

7. 丹鳳城：京城長安。

8. 誰謂：即誰為，指為誰、為何。以下二句轉為女主人愁苦已極的獨白。

9. 流黃：黃紫相間的絲織品。泛指帷帳，簾幕之類。

【集評】

1. 明‧楊慎《升庵詩話》：宋嚴滄浪取崔顥〈黃鶴樓〉詩為唐人七言律第一，近日何仲默薛君採取沈佺期「盧家少婦鬱金堂」一首為第一。二詩未易優劣，或以問予。予曰：「崔詩賦體多，沈詩比興多。以畫家法論之，沈詩披麻皴，崔詩大斧劈皴也。」

2. 明‧王世貞《藝苑卮言》：何仲默取沈雲卿〈獨不見〉，嚴滄浪取崔司勳〈黃鶴樓〉為七言律壓卷。二詩固甚勝。百尺無枝，亭亭獨上，在厥體中，要不得為第一也。沈末句是齊梁樂府語，崔起法是盛唐歌行語。如織官錦間一尺繡，錦則錦矣，如全幅何？

3. 明‧郝敬《批選唐詩》：化近體為古意，風韻淹雅，而略少意趣。近體不主意而主風韻，故冠冕初唐不可易也。

4. 明‧胡應麟《詩藪》：「盧家少婦」，體格豐神，良稱獨步；惜頷頗偏枯，結非本色。

5. 清‧王夫之《唐詩評選》卷四：從起入頷，羚羊掛角；從頷入腹，獨繭抽絲。第七句獅吼雪山，龍含秋水，合成旖旎，韶采驚人。古今推為絕唱，當不誣。

6. 清‧沈德潛《說詩晬語》：雲卿〈獨不見〉一章，骨高氣高，色澤情韻俱高，視中唐「鶯啼燕語報新年」詩，味薄語纖，床分上下。

（李清筠）

【作者】

張說（傳略見卷四‧五言律詩〈幽州夜飲〉）

灉湖山寺 [1] 二首錄一

空山寂歷 [2] 道心 [3] 生；虛谷迢遙 [4] 野鳥聲。禪室從來塵外賞；香臺 [5] 豈是世中情？雲閒 [6] 東嶺千重出；樹裡南湖 [7] 一片明。若使巢由 [8] 同此意，不將蘿薜 [9] 易簪纓 [10]。姚曰：「此是燕公在岳州詩，所謂得江山之助者也。」又曰：「謝宣城云：我行雖紆組，兼得窮迴谿。（遊敬亭山）結句即其義。言不以遷謫為病而正得山水之樂也。蓋其意實憾，其詞反夸也。」方曰：「此詩全在五六句振起，不特篇章，即作意亦在此句得力。」

【今注】

1. 灉湖山寺：此為作者遷謫岳州時作，詩中以求道之心與山水之樂自寬。灉湖在岳州巴陵縣城南，一名翁湖。
2. 寂歷：寂靜空曠。
3. 道心：求道、悟道之心，本詩專指釋道。
4. 迢遙：遙遠。
5. 香臺：指佛所住堂。王子安〈益州綿竹縣武都山淨慧寺碑〉曰：「香霧成臺，樹樹菩提之果。」
6. 雲閒：雲間。閒，音義同「間」。
7. 南湖：即灉湖。
8. 巢由：巢父和許由，為堯時隱士，堯讓位而不受；原指隱居不仕之人。清‧沈德潛《唐詩別裁集》謂：「此詩巢、由當指『終南捷徑』一輩人」。當是。

9. 蘿薜：女蘿、薜荔。語出《楚辭‧九歌‧山鬼》「被薜荔兮帶女蘿。」指山
　鬼被薜荔之衣，以菟絲為帶。本詩則借指山水之樂。
10. 簪纓：古代顯貴者的冠飾，代指高官顯宦。

【集評】

1. 明‧李攀龍輯，葉羲昂直解《唐詩直解》：五六寫景妙，結亦深。

2. 明‧李沂《唐詩援》：此燕公初謫宦時作，絕無怨尤之意，而和平
　恬澹如此，可覘公之器量。

3. 清‧黃叔燦《唐詩箋注》：道心因寂歷而生，鳥聲以虛谷而傳，二
　語已有絕塵物外景色，故下接「禪室」二語。三聯補寫湖山，真如
　一幅圖畫。落句言巢由有意逃名，若使同此欣賞，亦決不以「蘿薜
　易簪纓」也。

（李欣錫）

【作者】

蘇頲

（670～727）字廷碩，京兆武功（今陝西武功）人。宰相蘇瓌長子。頲弱冠舉進士，授烏程縣尉，武后時應賢良方正科登第。中宗時拜中書舍人，時父瓌同中書門下三品，父子同掌樞密，世以為榮。玄宗開元 4 年（716）進同紫微黃門平章事，後歷禮部尚書、益州長史等職。襲父爵為許國公。卒贈尚書右丞相，謚曰文憲。蘇頲與燕國公張說俱以文章顯名，所作制誥，典麗雅正，號「燕許大手筆」。其詩雖多奉和應制，但典雅秀贍，行旅、即事諸篇什亦有可觀。明・王世貞謂其「應制七言，宏麗有色」。原集已佚，明人輯有《蘇廷碩集》2 卷。

奉和春日幸望春宮應制 [1]

東望望春 [2] 春可憐 [3] ，沈曰：「起有神興。」更逢晴日柳含煙 [4] 。宮中下見南山 [5] 盡；城上平臨北斗 [6] 懸。細草偏承回輦處 [7] ；飛花故落奉觴 [8] 前。宸游 [9] 對此歡無極，鳥弄 [10] 歌聲雜管絃。唐人應制之作，大抵皆冠冕華貴。

【今注】

1. 此詩為奉命應和中宗〈春日幸望春宮〉之作，時為景龍 4 年（710），蘇頲在中書舍人任；同詠者有岑羲、崔湜、張說、沈佺期等。本詩描寫望春宮所見春色，更以宮中飲宴歌舞祝頌聖明，渲染君臣歡樂遊春的氣氛。奉和、應

制：應皇帝之命以詩詞相唱和。幸：皇上駕臨。望春宮：長安郊外行宮，在唐京兆府萬年縣東。

2. 望春：指望春宮，又含向東望春光之意。

3. 可憐：可愛。

4. 柳含煙：煙即春煙，指春天的雲煙嵐氣。此言柳葉濃密如煙。

5. 南山：終南山。望春宮中南望，終南山盡在眼前。

6. 北斗：星座名，即今大熊座。此處但言城之高，可瞻眺北斗高懸。

7. 偏承：獨承。回輦處：謂進望春宮。此句以細草自比獨蒙恩遇。

8. 故落：有心落下。奉觴：舉杯祝酒。此句以飛花喻歌姬舞女有心求寵。

9. 宸游：猶天游。言天子之巡幸春遊。

10. 鳥弄：鳥鳴叫聲。

【集評】

1. 明·楊慎《升庵詩話》：唐自貞觀至景龍，詩人之作，盡是應制。命題既同，體製復一，其綺繪有餘，而微乏韻度。獨蘇頲「東望望春春可憐」一篇，迥出群英矣。

2. 明·李攀龍輯，凌宏憲集評《唐詩廣選》：應制諸篇當以此為第一，吾喜其不涉應制中綺麗語。蔣仲舒曰：三四「下」、「盡」、「平」、「懸」四字，遂盡高峻，不見形迹。五六「偏」、「故」二字有情。

3. 清·王夫之《唐詩評選》：每得佳起，極難承受，步步挏出，步步生色，真擒生手也。

4. 清·沈德潛《唐詩別裁集》：（「宮中」二句）寫高峻意，語特渾成。

5. 清·方東樹《昭昧詹言》：起實破望春名義與事，奇。三、四實寫望春之景，奇警切實。五、六帶說「幸」字。收頌美，歸愚所謂有頌無規也。

（李欣錫）

【作者】

王維（傳略見卷一·五言古詩〈渭川田家〉）

奉和聖製從蓬萊向興慶閣道中留春雨中春望之作應制[1]

渭水[2]自縈秦塞[3]曲；黃山[4]舊遶漢宮斜。方曰：「起二句先以山川將長安宮闕大勢定其方位。」鑾輿迥出千門柳[5]；閣道回看上苑[6]花。雲裏帝城雙鳳闕[7]；雨中春樹萬人家。吳曰：「大句籠罩，氣象萬千。」為乘陽氣行時令，不是宸遊[8]玩物華[9]。方曰：「興象高華。」

【今注】 ◆━━●

1. 奉和聖製從蓬萊向興慶閣道中留春雨中春望之作應制：這是一首應制的和作，描寫唐玄宗雨中春遊，於閣道中遠望自然山水與帝城人家的景象，末以頌揚天子澤被百姓為結。詩之章法嚴謹，氣象宏闊。奉和，奉皇帝之命應和。聖製，皇帝所作的詩文。蓬萊，蓬萊宮，指唐代的大明宮，在長安宮城的東北處。興慶，興慶宮，在長安宮城的東南方。閣道，復道，高樓間上下架設的通道。應制，奉皇帝之命而寫的作品。
2. 渭水：黃河的支流，在陝西中部。
3. 秦塞：長安古代屬於秦地，因為四周山關險要，故稱。
4. 黃山：在今陝西興平縣。
5. 鑾輿迥出千門柳：皇帝遠出的車駕穿過楊柳夾道的重重宮門。鑾輿，皇帝的車駕。迥出，遠出。
6. 上苑：此處泛指皇帝的園林。
7. 鳳闕：宮門前飾有鳳凰造形的望樓。闕，宮門前的望樓。

8. 宸遊：指皇帝出遊。宸，北極星之所居，因以借指帝王的宮殿，此處做為皇帝的代稱。

9. 物華：萬物的芳華，指大自然美好的景物。

【集評】

1. 明‧陸時雍《唐詩鏡》：前四語布景略盡，五、六著色點染，一一俱工。佳在寫題流動，分外神色自饒。摩詰七律與杜少陵爭馳：杜好虛摹，吞吐含情，神形象外；王用實寫，神色冥會，意妙言先。二者誰可軒輊？

2. 清‧王夫之《唐詩評選》：人工備絕，更千萬人不可廢。若「九天閶闔」、「萬國衣冠」，直差排語耳。

3. 清‧沈德潛《唐詩別裁集》：結意寓規於頌，臣子立言，方為得體。應制詩應以此篇為第一。

4. 清‧方東樹《昭昧詹言》：通篇只一還題完密，而興象高華，稱臺閣體。

5. 清‧吳喬《圍爐詩話》：盛唐人用字，實有後人難及處。如王右丞之「鑾輿迥出千門柳，閣道回看上苑花」，其用「迥出」、「回看」，景物如見。

6. 清‧張謙宜《絸齋詩談》：一二從外景寫「望」字，三四閣道中寫「望」字，五六方切雨中望，末又回護作結，章法密致之極。

（林佳蓉）

積雨輞川莊作[1]

積雨空林煙火遲[2]，方曰：「此題命脈在積雨二字。」蒸藜炊黍餉東菑

[3]。**漠漠**[4]**水田飛白鷺，陰陰夏木囀黃鸝**。方曰：「寫景極活現。」**山中習靜觀朝槿**[5]，**松下清齋**[6]**折露葵**[7]。**野老與人爭席罷，海鷗何事更相疑**[8]。吳先生曰：「此時當有嫉之者，故收句及之。」〇趙松谷曰：「澹雅幽寂。」

【今注】

1. 積雨輞川莊作：此詩描寫久雨之後輞川莊的田園景物，與其習靜的心境。積雨，久雨。

2. 空林煙火遲：久雨之後林野空氣濕潤，故煙火升起緩慢。空林，疏林。遲，緩。

3. 蒸藜炊黍餉東菑：蒸藜炊黍送飯給在東邊田裡工作的農人。藜：一種野菜，為一年生草本植物，其嫩葉可食。黍，黃米，這裡指飯食。餉，送飯。菑，音ㄗ，本指初耕一年的田地，這裡泛指田畝。

4. 漠漠：水田佈列貌。

5. 觀朝槿：觀木槿的花開花落之態，以悟人生盛衰無常之理。槿，即扶桑花，落葉灌木，其花朝開夜落，故稱朝槿。

6. 清齋：素食之意。《舊唐書·王維傳》載：「維兄弟具俸佛，居常蔬食，不茹葷血，晚年長齋，不衣文彩。」

7. 露葵：霑經霜露的葵菜。

8. 「野老與人爭席罷」二句：自己已不再與人爭席，海鷗為何還要猜疑呢？意謂澹泊名利，與世無爭。野老，指王維自己。詩中的典故出自《莊子·寓言》：「陽子居南之沛，老聃西遊於秦，邀於郊，至於梁而遇老子。老子中道仰天而嘆曰：『始以汝為可教，今不可也。』陽子居不答。至舍，進盥漱巾櫛，脫屨戶外，膝行而前，曰：『向者弟子欲請夫子，夫子行不閒，是以不敢。今閒矣，請問其過。』老子曰：『而睢睢盱盱，而誰與居？大白若辱，盛德若不足。』陽子居蹴然變容曰：『敬聞命矣！』其往也，舍者迎將，其家公執席，妻執巾櫛，舍者避席，煬者避灶。其反也，舍者與之爭席矣。」《列子·黃帝篇》「海上之人有好漚鳥者，每旦之海上從漚鳥遊，漚鳥之至者百住而不止。其父曰：『吾聞漚鳥皆從汝遊，汝取來，吾玩之。』明日之海上，漚鳥舞而不下也。」

【集評】

1. 宋·葉夢得《石林詩話》：詩下雙字極難，須是七言、五言之間除去五字、三字外，精神興致全見於兩言，方為工妙。唐人謂「水田飛白鷺，夏木囀黃鸝」為李嘉祐詩，王摩詰竊取之，非也。此二句好處，正在添「漠漠」、「陰陰」四字，此乃摩詰為嘉祐點化，以自見其妙，如李光弼將郭子儀軍，一號令之，精彩數倍。不然，如嘉祐本句，但是咏景耳，人皆可到。

2. 明·胡應麟《詩藪》：世謂摩詰好用他人詩，如「漠漠水田飛白鷺」乃李嘉祐語，此極可笑。摩詰盛唐，嘉祐中唐，安得前人預偷來者？此正嘉祐用摩詰詩。宋人習見摩詰，偶讀嘉祐集得此，便為奇貨。

3. 清·宋徵璧《抱真堂詩話》：摩詰加以「漠漠」、「陰陰」四字，情景俱妙，固知摩詰善畫也。

4. 清·方東樹《昭昧詹言》：此題命脈，在「積雨」二字。起句敍題。三、四寫景極活現，萬古不磨之句。後四句，言己在莊上事與情如此。

（林佳蓉）

春日與裴迪過新昌里訪呂逸人不遇[1]

桃源[2]四面絕風塵；柳市[3]南頭訪隱淪[4]。方曰：「起先寫新昌里，亦是定題法，然後過訪乃有根。」到門不敢題凡鳥[5]。看竹何須問主人[6]？方曰：「訪字警策入妙。」城外青山如屋裡；東家流水入西鄰。方曰：「景。」吳曰：「雖寫景而以城屋東西映帶為奇。」閉戶著書多歲月，種松皆老作龍鱗[7]。方曰：「人。」又曰：「後半氣勢愈盛。」

【今注】

1. 春日與裴迪過新昌里訪呂逸人不遇：此詩描寫呂逸人住處的清幽絕俗與其隱逸著書的生活。新昌里，地名，在唐代的長安城內。呂逸人，呂姓隱士，生平不詳。

2. 桃源：以陶淵明〈桃花源記〉中的桃花源，比喻呂逸人的住處環境幽美。

3. 柳市：在長安新昌坊（即新昌里）北邊。

4. 隱淪：隱士，指呂逸人。

5. 到門不敢題凡鳥：讚美呂逸人家中的成員個個非凡，故不敢於門上題凡鳥二字。《世說新語‧簡傲》：「魏稽康與呂安善，每一相思，千里命駕。安後來，值康不在，喜出戶延之，不入。題門上作『鳳』字而去。喜不覺，猶以為欣。故作『鳳』字，凡鳥也。」

6. 看竹何須問主人：意謂即使主人不在，王維與裴迪仍可欣賞主人家中的幽竹。意即欣賞主人幽雅的居住環境。《世說新語‧簡傲》：「王子猷嘗行過吳中，見一士大夫家極有好竹。主已知子猷當往，乃灑掃施設，在聽事坐相待。王肩輿徑造竹下，諷嘯良久，主已失望，猶冀還當通，遂直欲出門。主人大不堪，便令左右閉門不聽出。王更以此賞主人，乃留坐，盡歡而去。」

7. 老龍鱗：松樹老時，樹皮呈現龍鱗狀。以老松譬喻呂逸人隱居心志的堅貞。

【集評】

1. 宋‧劉辰翁《唐詩品滙》：青山流水自在。

2. 明‧陸時雍《唐詩鏡》：「看竹何須問主人」，翛然雅意。五六全入畫意，正是於不遇時徘徊瞻顧景象。

3. 明‧周珽《唐詩選脈會通評林》：周珽曰：「此詩淡淡著煙，深深籠水，即離之間，俱有妙景。『到門』二語，更饒神韻。」

4. 清‧屈復《唐詩成法》：前四寫題已盡，轉筆更寫山水，究是承「絕風塵」。七轉筆寫人，究是承「隱淪」。八似虛拖一句，究是承「一向」，法之謹嚴如此。

（林佳蓉）

【作者】

李頎（傳略見卷二・七言古詩〈古從軍行〉）

送魏萬之京 [1]

朝聞游子唱離歌 [2]，昨夜微霜 [3] 初度河 [4]。方曰：「言昨夜微霜游子今朝渡河耳，卻鍊句入妙。」鴻雁不堪 [5] 愁裡聽；雲山況 [6] 是客中 [7] 過。情韻纏綿。關城 [8] 樹色催寒近 [9]，御苑 [10] 砧聲 [11] 向晚 [12] 多。方曰：「中四情景交寫，而語有次第，三四送別之情，五六漸次至京。」莫見長安行樂處，空令 [13] 歲月易蹉跎 [14]。沈曰：「結意勉以立功，若曰勿以長安為行樂之地而蹉跎無成也。」方曰：「收句勉其立身立名。」又曰：「初唐人只以意興溫婉，輕輕赴題，不著豪重語。杜公出，乃開雄奇快健窮極筆勢耳。」

【今注】

1. 送魏萬之京：這是一首送別的詩，抒寫離別之情，設想途中之景，並致勉勵之意。魏萬，又名顥。家住王屋（今山西陽城縣西南），自號王屋山人，肅宗上元年間（760～761）進士。曾編次李白詩文為《李翰林集》，並撰序。之京，往京城長安。之，往。
2. 離歌：告別之歌。一作驪歌，逸詩有〈驪駒〉篇，《漢書・王式傳》載此為告別時客人所歌，歌詞為「驪駒在門，僕夫具存；驪駒在路，僕夫整駕。」
3. 微霜：指昨夜降下的薄霜。
4. 度河：渡過黃河。
5. 不堪：不能忍受。
6. 況：何況。

7. 客中：旅居外地，指魏萬於赴京行旅之中。

8. 關城：指潼關。

9. 催寒近：謂使寒意迫近。

10. 御苑：皇家宮苑，此泛指京城。

11. 砧聲：搗衣聲。搗衣，指為親人趕製冬衣。

12. 向晚：傍晚。

13. 令：使，讓。讀平聲。

14. 蹉跎：失時，謂虛度年華。

【集評】

1. 明・顧璘《批點唐音》：此篇起語平平，接句便新，初聯優柔，次聯奇拔，結蘊可興，含蓄不露，最為佳作。

2. 明・李攀龍輯，葉羲昂直解《唐詩直解》：其致酸楚，其語流利。「利」字好，「多」字工。

3. 明・胡應麟《詩藪》：盛唐膾炙佳作，如李頎「朝聞遊子唱驪歌……」，「朝」、「曙」、「晚」、「暮」四字重用，惟其詩工，故讀之不覺。然一經點勘，即為白璧之瑕，初學首所當戒。

4. 明・鍾惺、譚元春《唐詩歸》：鍾云：淨亮無浮響，銖兩亦稱。譚云：起得清厲（首聯後）。

5. 明・陸時雍《唐詩鏡》：五六老秀，結語寄況無限。

6. 明・邢昉《唐風定》：高華俊亮，與摩詰各成一調。

（李欣錫）

【作者】

崔 顥 （704？～754），汴州（今河南開封）人。玄宗開元 11 年（723）進士及第，曾遊歷江南、塞北，開元後期，任職河東軍幕，為監察御史。天寶初，任太僕寺丞，後改為尚書司勳員外郎。天寶 13 載（754）卒。崔顥詩名頗大，名重於開元、天寶間。少年時期，生活放蕩，詩篇流於輕豔；後從軍出塞，詩中多寫戎旅之事，風骨凜然。今有明人刻《崔顥詩集》一卷，即《全唐詩》所錄崔顥詩之底本。

黃鶴樓[1]

昔人[2]已乘黃鶴去，此地空餘黃鶴樓。黃鶴一去不復返，白雲千載空悠悠[3]。晴川[4]歷歷[5]漢陽[6]樹，芳草萋萋[7]鸚鵡洲[8]。日暮鄉關[9]何處是？煙波[10]江上使人愁。方曰：「此千古擅名之作，只是以文筆行之，一氣轉折，五六雖斷寫景，而氣亦直下噴溢，收亦然，所以可貴。」又曰：「此體不可再學，學則無味，亦不奇矣。」吳曰：「渺茫無際，高唱入雲，太白尚心折，何況餘子？」

【今注】

1. 黃鶴樓：此詩寫作者登樓遠眺的寂寞之感，並寄寓遊子的思鄉之情。黃鶴樓，在今湖北武昌南岸蛇山黃鶴磯上，俯瞰長江，極目千里。相傳始建於吳黃武 2 年（223）。舊時傳說有仙人王子安乘黃鶴過此；一說三國時蜀人費文禕跨鶴登仙，曾在此樓憩息。因而得名。

2. 昔人：指昔日乘鶴仙人。

3. 悠悠：指白雲悠然飄蕩的樣子。

4. 晴川：指晴日照耀下的長江。

5. 歷歷：清楚分明的樣子。

6. 漢陽：即今武漢三鎮的漢陽，在武昌西，因處漢水之北，故稱。與黃鶴樓隔江相望。

7. 萋萋：茂密的樣子。

8. 鸚鵡洲：在漢陽西南長江中。相傳東漢末年，禰衡曾作〈鸚鵡賦〉，後為江夏太守黃祖所殺，葬於洲上，因稱此為鸚鵡洲。唐時尚在江中，後因江水沖刷，屢被浸沒，今洲已非故址。

9. 鄉關：故鄉。

10. 煙波：雲煙瀰漫的水面。

【集評】

1. 宋・嚴羽：《滄浪詩話》：唐人七言律詩，當以崔顥〈黃鶴樓〉為第一。

2. 元・辛文房《唐才子傳》：崔後遊武昌，登黃鶴樓，感慨賦詩。及李白來，曰：「眼前有景道不得，崔顥題詩在上頭。」無作而去，為哲匠斂手云。

3. 元・方回《瀛奎律髓》：此詩前四句不拘對偶，氣勢雄大。李白讀之，不敢再提此樓，乃去而賦〈登金陵鳳凰臺〉也。

4. 明・高棅《唐詩品彙》：劉後村云：「古人服善。李白登黃鶴樓有『眼前有景道不得，崔顥題詩在上頭』之句，至金陵乃作〈鳳凰臺〉以擬之。今觀二詩，真敵手棋也。」劉須溪云：「但以滔滔莽莽，有疏宕之氣，故勝巧思。」

5. 明・胡應麟《詩藪》：崔顥〈黃鶴樓〉、李白〈鳳凰臺〉，但略點題面，未嘗題黃鶴、鳳凰也。……故古人之作，往往神韻超然，絕去斧鑿。

6. 明・陸時雍《唐詩鏡》：此詩氣格高迥，渾若天成。

7. 明・鍾惺、譚元春輯《唐詩歸》：譚云：「此詩妙在寬然有餘，無所

不寫。使他人以歌行為之，尤覺不舒。」

8. 明・許學夷《詩源辯體》：崔〈黃鶴〉、〈雁門〉，讀之有金石宮商之聲，蓋晚年作也。

9. 明・邢昉《唐風定》：本歌行體也，作律更入神境。雲卿〈古意〉猶涉鍛鍊。此最高矣。

10. 清・王夫之《唐詩評選》：鵬飛象行，驚人以遠大。竟從懷古起，是題樓詩，非登樓。一結自不如〈鳳凰臺〉，以意多礙氣也。

11. 清・沈德潛《唐詩別裁集》：意得象先，神行語外，縱筆寫去，遂擅千古之奇。

12. 清・王闓運《湘綺樓說詩》：起有飄然之致，觀太白〈鳳凰臺〉、〈鸚鵡洲〉詩學此，方知工拙。

（李欣錫）

【作者】

祖詠（傳略見卷四・五言律詩〈蘇氏別業〉）

望薊門 [1]

燕臺 [2] 一去 [3] **客心驚，** 吳曰：「起得勢。」 **笳鼓** [4] **喧喧漢將營。萬里寒光生積雪，三邊** [5] **曙色動** [6] **危旌。沙場烽火連** [7] **胡月，海畔雲山擁薊城。少小雖非投筆吏** [8] **，論功還欲請長纓** [9] **。** 方曰：「收託意有澄清之志，豈是時范陽已有萌芽耶？」吳曰：「前六句皆寫邊隅景象，蓋自恨來此窮裔，故云客心驚也，而末句乃掉轉，意思故佳。」

【今注】────✄

1. 這是一首邊塞詩，為祖詠宦游范陽時所作。薊門，即薊門關（在今北京市西直門北），是當時邊防要地。詩人遙望薊門關外，眼見邊地景色雄壯和邊烽警急，心中頓生請纓沙場、為國立功的豪情。全詩緊扣一個「望」字，寫望中所見，抒望中所感，意象雄偉闊大，格調高昂。
2. 燕臺：即幽州臺，戰國時燕昭王所築的臺，此指燕地。
3. 一去：一作「一望」。
4. 笳鼓：軍樂聲。笳，一作簫。
5. 三邊：三邊：古稱幽、并、涼三州為三邊。這裡泛指當時東北、北方、西北邊防地帶。
6. 危旌：高掛的旗幟。危，高。一作行。
7. 連：一作侵。
8. 投筆吏：指漢人班超，少時曾為官府抄書以謀生，後投筆從軍，以功封定遠

侯。《後漢書・班超傳》:「嘗為傭書養母,久勞苦,投筆嘆曰:『大丈夫無他志略,猶當效傅介子、張騫立功異域,以取封侯,安能久事筆硯間乎?』」

9. 請長纓:自願投軍。《漢書・終軍傳》:「軍自請:『願受長纓,必羈南越王而致之闕下。』」

【集評】

1. 明・桂天祥《批點唐詩正聲》卷十六:壯健之氣,直欲與衛、霍同出塞上。

2. 明・邢昉《唐風定》卷十六:整峻高亮,睥睨王、李。

3. 清・金聖歎《貫華堂批選唐才子詩》卷三:此詩已是異樣神彩,乃讀末句,又見特添「少小」二字,便覺神彩再加十倍。

4. 清・許學夷《詩源辨體》卷十七:祖詠詩甚少,五言古僅數篇,俱不為工,五言律聲調既高,語亦甚麗。七言「燕臺一去」一篇,實為于麟諸子鼻祖。

5. 清・屈復《唐詩成法》卷六:法亦緊嚴。中四句法稍同,亦同小疵。通首雄麗,讀之生人壯心。

6. 清・管世銘《讀雪山房唐詩序例》:調高氣厚,為七言律正始之音,惜不多見。

(李清筠)

【作者】

劉長卿（傳略見卷四・五言律詩〈碧澗別墅喜皇甫侍御相訪〉）

過賈誼宅 [1]

三年謫宦此棲遲 [2]，萬古惟留楚客悲。秋草獨尋人去後 [3]，寒林空見日斜時 [4]。漢文有道恩猶薄 [5]，湘水無情弔豈知？[6] 寂寂江山搖落處，憐君何事到天涯？方曰：「首二句敘賈誼宅，三四過字，五六入議，收以自己託意，亦是言外有作詩人在，過宅人在。」

【今注】

1. 過賈誼宅：賈誼宅在今湖南長沙市西北。賈誼（前 201～前 169），漢洛陽人，18 歲即博通群籍，善屬文，文帝召為博士，越級升遷為太中大夫。遭功臣周勃、灌嬰等妒忌，出為長沙王太傅。不久，改梁懷王太傅，懷王墮馬死，誼亦憂傷而卒，得年 33 歲。
2. 三年謫宦此棲遲：貶官淹留於此三年。謫宦，貶官。棲遲，淹留。
3. 秋草獨尋人去後：獨尋秋草於人去之後。賈誼為長沙王太傅三年，有鵩（貓頭鷹）飛入房舍，自以為壽命不長，作〈鵩鳥賦〉以傷悼之，有句云「庚子日斜兮，鵩集予舍。」又云：「野鳥入室兮，主人將去。」此句「人去」與下句「日斜」，皆用〈鵩鳥賦〉之文。
4. 寒林空見日斜時：空見寒林於日斜之時。「日斜」取自〈鵩鳥賦〉「庚子日斜」句。
5. 漢文有道思猶薄：漢文帝是有道之君，恩情尚且如此刻薄。指漢文帝將賈誼貶為長沙王太傅。

6. 湘水無情弔豈知：湘水既然無情，你弔屈原，屈原豈能知道。按：賈誼貶赴
長沙，渡湘水，曾為賦以弔屈原，故云。

【集評】

1. 清・吳喬《圍爐詩話》：劉長卿〈過賈誼宅〉云：「漢文有道恩猶
薄，湘水無情弔豈知？寂寂江山搖落處，憐君何事到天涯？」只言
賈誼，而己意自見。

2. 清・沈德潛《唐詩別裁集》：誼之遷謫，本因被讒；今言何事而
來，含情不盡。

3. 清・施補華《峴傭說詩》：劉長卿〈過賈誼宅〉詩，「漢文有道」一
聯，可謂工矣。上聯「芳草獨尋人去後，寒林空見日斜時。」疑為
空寫。不知「人去後」即用〈鵩賦〉「主人將去」，「日斜」句即用
「庚子日斜」，可悟運典之妙。水中著鹽，如是如是！

（傅武光）

【作者】

李白（傳略見卷一・五言古詩〈古風〉）

登金陵鳳皇臺 [1]

鳳皇臺 [2] 上鳳皇遊，鳳去臺空江自流。吳宮花草埋幽徑 [3]，晉代衣冠成古丘 [4]。三山 [5] 半落青天外，二水中分白鷺洲 [6]。總為浮雲 [7] 能蔽日，長安 [8] 不見使人愁。太白此詩全摹崔顥黃鶴樓而終不及崔詩之超妙，惟結句用意似勝。

【今注】

1. 此詩一說作於唐玄宗天寶 6 載（747），李白時年 47 歲，在金陵。另一說則是作於唐肅宗上元 2 年（761），李白時年 61 歲，在金陵（今江蘇南京）一帶。當時安史之亂已近尾聲，李白原欲投李光弼軍幕，因病未果，改往宣城、當塗（皆在今安徽）一帶遊歷，投靠族人李陽冰。
2. 鳳皇臺：在今南京市鳳凰山。南朝宋文帝元嘉年間有鳳凰聚集於此，故於此地建一臺，名曰鳳皇臺，山改名鳳臺山。
3. 吳宮花草埋幽徑：當年吳王孫權的宮殿，叢生的花草已把小徑埋沒了。吳國孫權曾改金陵為建業，建都於此。
4. 晉代衣冠成古丘：晉代王、謝家族的那些大人物，只剩下墳墓供人憑弔。東晉度江亦在建業建都，當時以王、謝兩大家族為最盛，故稱為晉代衣冠。
5. 三山：在南京市西南，三座山峰南北相連，故稱。
6. 白鷺洲：在南京市西南方，江水至此中分為二，過州後又合而為一。
7. 浮雲：浮雲在此比喻為小人姦邪。

8. 長安不見：隱括晉明帝「舉目見日，不見長安」之意。長安為唐代首都，比喻為皇帝。末兩句表面上說明因為浮雲遮蔽了太陽與天空，使人無法遠望長安而感到悲傷，實際上則是暗指小人當道，使得忠直之士遭到排擠遠逐，不得受重用的感嘆。

【集評】

1. 元·方回《瀛奎律髓》：太白此詩與崔顥黃鶴樓相似，格律氣勢未易甲乙。此詩以鳳皇臺為名，而詠鳳皇臺不過起語兩句盡之矣，下六句乃登臺而觀望之景也。三四懷古人之不見也；五六七八詠今日之景，而慨帝都之不可見，登臺而望，所感深矣。金陵建都自吳始，三山二水白鷺洲皆金陵山水名。金陵可以北望中原、唐都長安，故太白以浮雲遮蔽不見長安為愁焉。

2. 清·王夫之《唐詩評選》：浮雲蔽日，長安不見，借晉明帝語，影出浮雲，以悲江左無人，中原淪陷。使人愁三字，總結幽徑古丘之感，與崔顥黃鶴樓落句，語同意別。宋人不解此，乃以疵其不及顥作，覿面不識，而強加長短，何有哉？太白詩是通首混收，顥詩是扣尾掉收；太白詩自十九首來，顥詩則純為唐音矣。

3. 清高宗《唐宋詩醇》：崔顥題詩黃鶴樓，李白見之，去不復作，至金陵登鳳皇臺，乃題此詩。傳者以為擬崔而作，理或有之。崔詩直舉胸情，氣體高渾；白詩寓目山河，別有懷抱。其言皆從心而發，即景而成，意象偶同，勝境各擅。論者不舉其高情遠意而沾沾吹索於字句之間，固已蔽矣。

4. 清·沈德潛《唐詩別裁集》：從心所造，偶然相類，必謂摹倣司勳（崔顥），恐屬未然。

（林保淳）

【作者】

杜甫（傳略見卷一・五言古詩〈望嶽〉）

曲江二首[1]

其一

一片[2]花飛減卻春，風飄萬點正愁人。且看欲盡花經眼，莫厭傷多酒入脣。蔣弱六曰：「只一落花連寫三句，極反復層折之妙，接入第四句，魂消欲絕。」吳曰：「起用跌筆出奇，且看句再兜轉一句。」江上小堂巢翡翠[3]，苑邊高冢臥麒麟[4]。吳曰：「襯筆更發奇想驚人，盛衰興亡之感故應爾爾。」細推物理[5]須行樂，何用浮榮[6]絆此身。

其二

朝回日日典春衣[7]，每日江頭盡醉歸。酒債尋常[8]行處有，人生七十古來稀。吳曰：「對法變化，全以感慨出之，故佳。」穿花蛺蝶深深見，點水蜻蜓款款[9]飛。傳語[10]風光共流轉[11]，暫時相賞莫相違[12]。吳曰：「末二句用意仍從第四句脫卸而下，神理自然湊拍。」○張世文曰：「二詩以仕不得志有感於暮春而作。」

【今注】

1. 本詩作於唐肅宗乾元元年（758）春，時唐軍收復長安，杜甫任左拾遺，卻因論事與肅宗不合，故藉傷春以抒無奈之情。曲江，位在長安東南，安史亂前為當時名勝，王公貴族遊賞者甚眾。

2. 一片：一瓣落花。

3. 江上小堂巢翡翠：昔日王侯遊憩的的亭臺樓榭如今水鳥築巢於其上。翡翠，水鳥名。

4. 苑邊高冢臥麒麟：芙蓉苑外墓塚所雕鑿的石獸傾圮而無人修治。麒麟，指麒麟的石雕像。

5. 物理：事物運行的道理。

6. 浮榮：一作「浮名」，此指杜甫當時「左拾遺」的官職。

7. 朝回日日典春衣：退朝後將春天的衣裳拿去質押換取酒錢。典，典當；以物質押，換取金錢。

8. 尋常：平常。古人以七尺為「尋」，倍「尋」為「常」，故「尋常」可視為度量衡單位，而與下文「七十」形成對偶關係，這種以一詞他意為對偶的方式稱為「借對」。

9. 款款：舒徐的樣子。

10. 傳語：寄語，告訴。

11. 流轉：流連，徜徉。

12. 暫時相賞莫相違：不要違背我把握光陰賞玩春光的心情與願望。

【集評】

1. 宋・楊萬里《誠齋詩話》：杜「且看欲盡花經眼」，此以四字合三字，入口便成詩句，不至生硬。

2. 宋・劉須溪：二詩落落酣暢，如不經意，而首尾圓活，生意自然，有不可名言之妙。（引自楊倫《杜詩鏡銓》）

3. 宋・吳可《藏海詩話》：世傳「酒債尋常行處有，人生七十古來稀」以為「尋常」是數，所以對「七十」，老杜詩亦不拘此說，如「四十明朝過，飛騰暮景斜」乃是連綿字對連綿數目也。以此可見工部立意對偶處。

4. 宋・葉夢得《石林詩話》：「穿花蛺蝶深深見，點水蜻蜓款款飛」，「深深」字若無「穿」字；「款款」字若無「點」字，皆無以見其

精微如此。然讀之渾然，全似未嘗用力，所以不礙氣格超勝。使晚唐人為之，便涉「魚躍練川拋玉尺，鶯穿柳絲織金梭」。

5. 宋・王得臣《塵史》：杜審言，子美之祖也。其詩有「寄語洛陽風月道，明年春色倍還人」，子美「傳語風光」云云，雖不襲取其意，而語脈蓋有家法矣。

6. 元・趙汸《杜律趙注》：老杜不拘以數對數，如「四十明朝過，飛騰暮景斜」亦是此格。沈存中乃以八尺為尋、倍尋為常，謂亦是數目，故對七十，何迂鑿如此？

7. 明・王嗣奭《杜臆》：初不滿此詩。國事方多，身為諫官，豈人臣行樂之時？然讀其沉醉聊自遣一語，恍然悟此二詩，蓋憂憤而託之行樂者。

8. 王嗣奭《杜臆》：飛花一片而春色減，語奇而意深。「欲盡」、「傷多」一聯，句法亦新奇。

9. 清・仇兆鰲《杜詩詳注》：首章，有及時行樂之意，上四曲江景事，下四曲江感懷。

10. 清・浦起龍《讀杜心解》：此章（指第一首）言物理推遷，且須遣之於酒。五、六整鍊，極振得起，要即是經眼愁人之意。推物理，花飛巢臥，俱該需行樂，把酒入唇莫緩也。

11. 清・浦起龍《讀杜心解》：次章（指第二首）言典衣盡醉，正因光景易流耳。與前章作往復羅文勢，結依演義作「寄語風光」解，言爾只管共物情流轉，豈知人生相賞，乃暫時事，爾莫便相違也。

12. 清・仇兆鰲《杜詩詳注》：次章，乃乘春玩物之意，上四曲江酒興，下四曲江春景。

（徐國能）

九日藍田崔氏莊 [1]

老去悲秋強自寬，興來今日盡君歡。浦曰：「老去興來，一篇綱領。」
羞將短髮還吹帽，笑倩旁人為正冠 [2]。浦曰：「以翻為切，仍把老去興
來。」藍水 [3] 遠從千澗落，玉山 [4] 高並兩峰 [5] 寒。浦曰：「五六所謂截
斷眾流句。」吳曰：「五六大句撐天而起。」明年此會知誰健，醉把茱萸
仔細看 [6]。浦曰：「透後寫，仍應首聯。」楊西河曰：「看字即指茱萸，意更微
妙。」○此等詩皆生氣淋漓，不當專以字句求之。

【今注】

1. 此詩做於唐肅宗乾元元年（758）秋，杜甫當時被貶為華州司空參軍。九
   日，即九月九日重陽節，藍田，在長安東南，位於今陝西藍田西。崔氏莊，
   崔季重（一說崔興宗）的別業。
2. 此二句反用「孟嘉落帽」的典故。東晉時孟嘉為桓溫參軍，重九之日，桓溫
   宴集龍山，有風吹落孟嘉之帽，孟嘉不覺。桓溫命人取還，並命孫盛作文嘲
   之，孟嘉立即為文回答，「其文甚美，四座嗟嘆」（晉書·孟嘉傳）杜甫此詩
   意謂：我擔心像當年的孟嘉一樣，一陣風來便吹落了我的帽子而露出我難看
   的禿髮，因此笑著請旁邊的人幫我把帽子戴好。
3. 藍水：源出陝西商州西北的秦嶺，向西北流入藍田縣。
4. 玉山：藍田山因產玉，故稱玉山。
5. 兩峰：指藍田山和華山。
6. 「明年此會知誰健」二句：意謂不知明年再來聚會時還有誰依然健在，因此
   趁著今日的歡會，要好好地品賞茱萸。茱萸，古時重陽有「佩茱萸」以消災
   解厄的風俗。

【集評】

1. 宋・陳師道《後山詩話》：孟嘉落帽，前世以為勝絕，杜子美〈九日〉詩云：「羞將短髮還吹帽，笑倩旁人為正冠」，其文雅曠達，不減昔人。故謂詩非力學可致，正須胸中度世爾。

2. 宋・楊萬里《誠齋詩話》：唐律七言八句，一篇之中，句句皆奇；一句之中，字字皆奇，古今作者皆難之。如老杜九日詩，老去二字不徒入句便字字對屬，又第一句傾刻變化，纔說悲秋忽又自寬，以「自」對「君」甚切。羞將二句將一事翻騰作一聯，又孟嘉以落帽為風流，少陵以不落為風流，翻盡古人公案，最為妙法。藍水二句，詩人至此筆力多衰，今方且雄傑挺拔，喚起一篇精神，自非筆力拔山不至於此。明年二句則意味深長，悠然無窮矣。

3. 清・王夫之《唐詩評選》：寬於用意，則尺幅萬里矣！誰能吟此而不悲？故曰：「可以怨」。

4. 清・浦起龍《讀杜心解》：老去興來，一篇綱領。三、四以**翻**為切，仍緊抱老去興來，五、六藍田莊之壯觀也。七、八透後寫，仍應首聯。

5. 清・朱瀚：通篇傷離、悲秋、嘆老，盡歡至醉，特寄托耳，公曾授率府參軍，用孟嘉事恰好。（引自仇兆鰲《杜詩詳注》）

（徐國能）

蜀相[1]

丞相祠堂[2]何處尋，錦官城[3]外柏森森[4]。映階碧草自春色，隔葉黃鸝空好音。仇曰：「首聯自為問答，記祠堂所在，草自春色，鳥空好音，此寫祠廟荒涼，而感物思人之意即在言外。」吳曰：「起莊嚴凝重，此為正格，然亦自有開闔，不可平直。」三顧頻繁天下計[5]，兩朝開濟老臣心[6]。

吳曰：「提筆贊歎。」**出師未捷身先死**[7]，**長使英雄淚滿襟**。吳曰：「頓轉作收，用筆提空，故異常得勢。」〇邵曰：「牢壯雄勁，此為七律正宗。」

【今注】

1. 此詩作於唐肅宗上元元年（760），杜甫到四川成都後遊諸葛祠所作。蜀相，即三國時代蜀國宰相諸葛亮。
2. 丞相祠堂：後主劉禪封諸葛亮為武鄉侯，其廟又稱「武侯祠」，在今成都南郊。
3. 錦官城：成都的別稱。
4. 柏森森：據傳此地有一柏為諸葛亮親手所栽。森森，高大茂密的樣子。
5. 三顧頻繁天下計：劉備三顧茅廬向諸葛亮請益安定天下之計。
6. 兩朝開濟老臣心：諸葛亮以一片忠誠之心先後輔佐劉備立國及劉禪治國。
7. 出師未捷身先死：諸葛亮於建興 12 年（西元 234 年）春伐魏，與司馬懿對峙百餘日，八月病歿軍中。

【集評】

1. 宋·胡仔《苕溪魚隱叢話》：如老杜題〈題蜀相廟〉詩云：「映階碧草自春色，隔葉黃鸝空好音。」亦自別托意在其中矣。
2. 宋·方回《瀛奎律髓》：子美流落劍南，拳拳於武侯不忘。其〈詠懷古蹟〉於武侯云：「伯仲之間見伊呂，指揮若定失蕭曹」及此詩，皆善頌孔明者。
3. 明·王嗣奭《杜臆》：不止為諸葛悲之，而千古英雄有才無命者，皆括於此，言有盡而意無窮也。
4. 清·仇兆鰲《杜詩詳注》：「天下計」見匡時雄略；「老臣心」見報國苦衷。有此二與之沉摯悲壯，結作痛心酸鼻語，方有精神。宋宗簡公歸歿時誦此二語，千載英雄有同感也。
5. 清·沈德潛《唐詩別裁集》：欒括武侯平生，激昂痛快。

（徐國能）

客至 [1]

舍南舍北皆春水，但見群鷗日日來。花徑不曾緣客掃，蓬門今始
為君開。層層反跌，一句到題，自然得勢。盤飧 [2] 市遠無兼味 [3]，樽酒
家貧只舊醅 [4]。肯 [5] 與鄰翁相對飲，隔籬呼取盡餘杯 [6]。黃白山
曰：「上四有空谷足音之喜，下四見村家真率之情。前借鷗鳥引端，後將鄰翁陪
結。一時賓主忘機，亦可見矣。」

【今注】

1. 本詩作於唐肅宗上元 2 年（761）春，時杜甫寓居於成都草堂。題下原注：
   「喜崔明府相過」，崔明府，名號、身世未詳，杜甫舅氏。明府，唐代指縣
   尉。
2. 盤飧：待客之菜餚。
3. 兼味：多種口味，指宴席不豐富。
4. 舊醅：過去所釀的酒。古人以新釀為佳，故云「只舊醅」，有歉然之意。
5. 肯：豈肯；是否願意。
6. 餘杯：喝不完的酒。

【集評】

1. 宋·陳師道《後山詩話》：此篇若戲效「元白體」者。
2. 明·陸時雍《唐詩鏡》：村樸趣、村樸語。
3. 清·查慎行《初白庵詩評》：自始至末，蟬聯不斷，七律得此，有
   掉臂游行之樂。
4. 清·黃生《杜工部詩說》：上四有空谷足音之喜，下四見村家真率
   之情。前借鷗鳥引端，後將鄰翁陪結。一時賓主忘機，亦可見矣。

5. 清·浦起龍《讀杜心解》：首聯興起，次聯流水入題，三聯使「至」字足意，「至」則須欵也，末聯就「客」字生情，「客」則須陪也。

（徐國能）

聞官軍收河南河北[1]

劍外[2]忽傳收薊北[3]，顧曰：「忽傳二字驚喜欲絕。」初聞涕淚滿衣裳。卻看[4]妻子愁何在，漫卷詩書喜欲狂。方曰：「四句沈著頓挫，從肺腑流出，故與流利輕滑者不同。」白日放歌須縱酒，青春作伴好還鄉。即從巴峽[5]穿巫峽[6]，便下襄陽[7]向洛陽。方曰：「後四句又是一氣，而不嫌直致者，用意真，措語重，章法斷續曲折也。」○邵曰：「一片真氣流行，此為神來之作。」浦曰：「八句詩，其疾如風，題事只一句，餘俱寫情，得力全在次句。於情理妙在逼真，於文勢妙在反振。三四以轉作承，第五仍能緩受，第六句上下引脉，七八緊申還鄉，生平第一首快詩也。」

【今注】

1. 本詩作於代宗寶應元年（762）冬 10 月，該年史朝義兵敗自縊，其將田承嗣、李懷仙紛紛投降，安史之亂至此結束。杜甫當時流寓四川梓州（今四川三臺），聞此消息而作。
2. 劍外：劍門關以外。劍門關即劍閣，地勢險要，是古代川陝間的重要通道。
3. 薊北：幽州。是安祿山等人的原始根據地。
4. 卻看：回頭看。
5. 巴峽：即嘉陵江流經閬中到巴縣（今重慶市）一段。
6. 巫峽：長江三峽之一，西起四川奉節，東到湖北宜昌。

【集評】

1. 明・邵寶《杜少陵先生分類詩註》：一片真氣流行，此為神來之作。

2. 清・黃生《杜工部詩說》：杜詩強半言愁，其言喜徵者，惟寄弟數首及此作而已。言愁者使人對之欲哭；言喜者使人對之欲笑。蓋能以其性情達之紙墨，而後人之性情類為之感動故也。使舍此而徒討論其格調，剽擬其字句，抑末矣。

3. 清・沈德潛《唐詩別裁集》：一氣流注，不見句法字法之跡，對結自是落句，故收得住。若他人為之，仍是中間對偶，便無氣力。

（徐國能）

登樓 [1]

花近高樓傷客心，萬方多難 [2] 此登臨。楊曰：「倒裝突兀。」范曰：「意在筆先，起勢峻聳。」錦江 [3] 春色來天地，玉壘 [4] 浮雲變古今。吳星叟曰：「二語壯闊而時趨世變亦全包於此。」楊曰：「二句承登樓。」北極 [5] 朝廷終不改 [6]，西山寇盜 [7] 莫相侵。申曰：「二語可抵一篇王命論。」○楊曰：「二句承多難。」可憐 [8] 後主還祠廟 [9]，日暮聊為梁甫吟 [10]。楊曰：「結意深，亦是登樓所感。」○沈曰：「氣象雄渾，籠蓋宇宙。」

【今注】

1. 此詩作於唐代宗廣德 2 年（764）春，當時杜甫在成都。
2. 萬方多難　當時安史之亂初平，然吐蕃一再入寇侵擾。

3. 錦江：岷江支流，經成都西南。

4. 玉壘：指玉壘山，在岷江東岸。

5. 北極：北極星，指李唐王朝。

6. 不改：廣德元年 10 月，吐蕃攻陷長安，代宗出奔，吐蕃立廣武王李承宏為帝，12 月長安收復，代宗還京復位。

7. 西山寇盜：指侵擾唐朝邊境的吐蕃。

8. 可憐：可嘆。

9. 還祠廟：三國時蜀國後主劉禪信任宦官以致亡國，但他的祠廟仍受到後世奉祭。還，仍然的意思。祠廟，蜀後主劉禪廟在先主廟東側。

10. 梁甫吟：古樂府題名，《三國志》載諸葛亮躬耕南陽時常吟此詩，寄寓自己安邦定國之志。杜甫在此感嘆唐代宗任用宦官以至國家動搖，情比劉禪；而自己有志難伸，只能借詩遙想諸葛亮的功業，並感嘆時局。

【集評】

1. 宋・葉夢得《石林詩話》：七言難於氣象雄渾，句中有力而紆餘，不失言外之意。自老杜「錦江春色來天地，玉壘浮雲變古今」與「五更鼓角聲悲壯，三峽星河影動搖」等句之後，常恨無繼者。韓退之筆力最為傑出，然每苦意與語意具盡，〈和裴晉公破蔡州〉所謂：「將軍舊壓三司貴，相國新兼五等崇」，非不壯也，然意亦盡於此矣。不若劉禹錫〈賀晉公留守東都〉云：「天子旌旗分一半，八方風雨會中州」，語遠而體大也。

2. 清・錢謙益《箋注杜詩》：「可憐後主還祠廟」，其以代宗任用程元振、魚朝恩致蒙塵之禍，而託諷於後主之用黃皓乎！「日暮聊為梁甫吟」傷時戀主，自負亦在其中，其興寄委婉如此。

3. 清・浦起龍《讀杜心解》：聲宏勢闊，自然傑作。……注家以後主比天子無理之甚，梁甫吟句兼對嚴公，蓋以諸葛勳名望之也。

4. 清・施補華《峴傭說詩》：起得沉厚突兀，若倒裝一轉：「萬方多難此登臨，花近高樓傷客心」便是平調，此秘訣也。

5. 清・沈德潛《唐詩別裁集》：氣象雄偉，籠蓋宇宙，此杜詩之最上者。

（徐國能）

登高[1]

風急天高猿嘯哀[2]，渚清沙白鳥飛回。無邊落木蕭蕭下，不盡長江滾滾來。萬里悲秋常作客[3]，百年[4]多病獨登臺。艱難苦恨繁霜鬢[5]，潦倒新停濁酒杯。楊曰：「高渾一氣，古今獨步，當為杜集七言律詩第一。」方曰：「四句景，後四句情，一二碎，三四整，筆法變化，五六接遞開合兼敘點，一氣噴薄而出，收不覺為對句，換筆換意，一定章法也。而筆勢雄駿奔放，若天馬之不可羈，則他人不及。」吳曰：「大氣盤旋。」

【今注】

1. 此詩作於唐代宗大歷 2 年（767）重九節，時杜甫在夔州（今四川奉節）。
2. 猿嘯哀：夔州近巫峽，多猿。《水經注・江水》：「巴東三峽巫峽長，猿鳴三聲淚沾裳」。
3. 常作客：長年客居異鄉。
4. 百年：指人生的暮年。
5. 繁霜鬢：如霜一般濃多的白髮。

【集評】

1. 宋・羅大經《鶴林玉露》：杜陵詩云：「萬里悲秋常作客，百年多病獨登臺」，萬里，地之遠也；悲秋，時之淒慘也；作客，羈旅也；常作客，久旅也；百年，暮齒也；多病，衰疾也；臺，高迥處也；獨登臺，無親朋也。十四字之間含有八意，而對偶又極精確。

2. 明・胡應麟《詩藪》：杜「風急天高」五十六字，如海底珊瑚，瘦勁難名，沉深莫測，而精光萬丈，力量萬鈞。通首章法、句法、字法，前無昔人，後無來學，微有說者。是杜詩，非唐詩耳。然此詩

自當為古今七言律第一，不必為唐人七言律第一。

3. 清·沈德潛《唐詩別裁集》：八句皆對，起二句，對舉之中仍復用韻，格奇變。昔人謂兩聯具可裁去二字，試思「落木蕭蕭下」、「長江滾滾來」，成何語邪？好在「無邊」、「不盡」、「萬里」、「百年」。

（徐國能）

秋興八首 選一 [1]

玉露[2]凋傷楓樹林，巫山巫峽氣蕭森。江間波浪兼天湧，塞上風雲接地陰。叢菊兩開他日淚，[3]孤舟一繫故園心。寒衣處處催刀尺[4]，白帝城高急暮砧。錢曰：「首章〈秋興〉之發端也，江間塞上狀其悲壯，叢菊、孤舟寫其淒涼。末二句結上生下，故即以夔府孤城次之。」浦曰：「首章，八詩之綱領也，明寫秋景，虛含興意，實拈夔府，暗提京華。」方曰：「起句下字密重可法，三四沈雄壯闊，五六哀痛，收別出一層，悽緊蕭瑟。」

【今注】

1. 秋興：此詩作於唐代宗大曆元年（766）秋，時杜甫離開成都，暫居夔州。全詩原為八首，此選其第一首。
2. 玉露：白露。
3. 叢菊兩開他日淚：杜甫在代宗永泰元年（765）離開成都居於雲安，時逢秋日，菊花盛開；後離雲安至夔州，又見菊花開，因而感嘆終年漂泊而留淚。他日，一般多指未來，此處指往日。
4. 刀尺：裁縫衣服時的剪刀量尺。

【集評】

1. 清・王夫之《唐詩評選》：籠蓋包舉，一切皆在。「叢菊兩開」句聯上景語，就中帶出情事，樂之如貫珠者，拍版與句不為終始也。搓句截然以句範意，則村巫儺歌一例，以俟知音者。

2. 清・吳喬《圍爐詩話》：〈秋興〉首篇之前四句，敘時與景之蕭索也，淚落於叢菊，心繫於歸舟，不能安處夔州，必為無賢地主也。結不過在秋景上說，覺得淋漓悲淒，驚心動魄，通篇筆情之妙也。

（徐國能）

詠懷古跡五首選二[1]

支離[2]東北風塵[3]際，漂泊西南天地間。楊曰：「自敘起，為五詩總冒。」三峽樓臺淹日月，五溪衣服[4]共雲山[5]。羯胡事主終無賴[6]，詞客哀時且未還[7]。楊曰：「即庾自喻。」庾信平生最蕭瑟[8]，暮年詩賦[9]動江關[10]。吳曰：「首以庾信自比，而通首渾言。末二句始出其名。崢嶸飛動，磊砢不平。」○楊曰：「庾信、宋玉二首，一點在末，一點在起，明妃首雖點在首二句，而出落另是一法。末二首咏先生即帶出武侯，咏武侯又繳轉漢祚，章法無一相同處。」

【今注】

1. 此詩作於唐代宗大曆元年（766），時杜甫居夔州。此詩原有五首，本書選錄第一、第五兩首。
2. 支離：流離飄泊。
3. 東北風塵：指安史之亂。
4. 五溪衣服：指夔南：雄、滿、無、酉、辰等五條溪水流域的少數民族。
5. 共雲山：共同居住在雲霧繚繞的山中。

6. 羯胡事主終無賴：指安祿山等人虛意奉承玄宗，但終究背叛唐室，擁兵作亂。無賴，反覆無常，不可信任。

7. 詞客哀時且未還：杜甫感嘆自己因時局戰亂而不得返鄉。

8. 庾信平生最蕭瑟：庾信，字子山，南朝梁時人，詩才富艷，為杜甫所推崇。它曾奉命出使西魏，卻被北朝羈留北方 28 年之久。

9. 暮年詩賦動江關：庾信早年創作風格綺艷，晚年因思念南國家園而有感慨深邃之作，如〈哀江南賦〉及〈擬詠懷〉詩 27 首。

10. 動江關：一說為興起「江關之思」，即有懷念故國之意。一說為庾信晚年詩賦感人至深，驚動四方讀者。

【集評】

1. 清‧王夫之《唐詩評選》：本以詠庾信，只似帶出，妙於取象。

2. 清‧王嗣奭《杜臆》：五首各一古跡，第一首古跡不曾說明，蓋庾信宅也。借古以詠懷，非詠古跡也。

3. 清‧何焯《義門讀書記》：〈哀江南賦〉云：「誅茅宋玉之宅，開徑臨江之府」，公誤以為子山亦嘗居此，故詠古跡及之。恐飄泊羈旅同子山之身世也，「宅」字於次篇總見，與後二首相對為章法。

4. 清‧沈德潛《唐詩別裁集》：此章以庾信自況，非專詠庾也。五、六語已與庾信雙關，以上，少陵自敘。

諸葛大名垂宇宙，宗臣[1]遺像肅清高[2]。三分割據紆籌策[3]，萬古雲霄一羽毛[4]。楊曰：「對筆奇險。」伯仲之間見伊呂[5]，指揮若定失蕭曹[6]。楊曰：「確是孔明身分，具見論世卓識。」運移[7]漢祚[8]終難復[9]，志決身殲軍務勞[10]。吳曰：「公生平意量，初不屑屑以文士自甘，常有經營六合之慨。每詠武侯輒根觸不能自已，此其素志然也。前幅尤壯偉非常，淋漓獨絕，全篇精神所注在此，故以為結束。惜抱選此詩乃僅錄前四首，而遺末章不載，譬之棟梁連雲而闕其正殿，萬山磅礴而失其主峰，其可乎哉？」

【今注】

1. 宗臣：能安邦定國的重臣。
2. 肅清高：因其人格高潔而使人肅然起敬。
3. 紆籌策：盡心謀劃。
4. 萬古雲霄一羽毛：審視古今，諸葛亮的才德猶如翺翔天際的鳳凰的一片羽毛。
5. 伯仲之間見伊呂：諸葛亮的治國才能和伊尹、呂尚（姜子牙）不相上下。
6. 指揮若定失蕭曹：諸葛亮指揮作戰、雄才大略的才幹勝過蕭何、曹參。失蕭曹，蕭何、曹參相形失色。
7. 運移：國運轉移，天命不再歸漢。
8. 祚：帝位。
9. 復：再次復興。
10. 志決身殲軍務勞：矢志盡力於軍事及國政的繁勞，而不顧自己的生命。

【集評】

1. 明‧王嗣奭《杜臆》：通篇一氣呵成，宛轉呼應，五十六字多少曲折，有太史公筆力。薄宋詩者謂其帶議論，此詩非議論乎？

2. 清‧吳瞻泰《杜詩提要》：五詠諸葛，以惜其臣，所謂君臣一體，其大者也。公一生抑鬱不平之氣，盡露於字裡行間。

3. 清‧沈德潛《唐詩別裁集》：「雲霄」、「羽毛」猶鸞鳳高翔，狀其才品不可及也。文中子謂：「諸葛武侯不死，禮樂其有興乎？」即「失蕭曹」之旨，此議論最高者。後人謂詩不必著議論，非通言也。

4. 清‧趙翼《甌北詩話》：今觀夔州後詩，惟〈秋興八首〉及〈詠懷古跡五首〉，細意熨貼，一唱三嘆，意味悠然。

（徐國能）

【作者】

岑參（傳略見卷一·五言古詩〈與高適薛據同登慈恩寺浮圖〉）

奉和中書舍人賈至早朝大明宮[1]

雞鳴紫陌[2]曙光寒；鶯囀皇州[3]春色闌[4]。金闕[5]曉鐘開萬戶；
玉階[6]仙仗[7]擁千官。花迎劍珮[8]星初落；柳拂旌旗[9]露未乾。
獨有鳳凰池[10]上客，陽春[11]一曲和皆難。吳曰：「莊雅濃麗，唐人律
詩，此為正格。」

【今注】

1. 此詩為乾元元年（758）春作於長安，當時岑參任右補闕。奉和，依他人原
   詩格律或題材作詩以酬答。賈至於天寶末年任中書舍人，與王維、杜甫等人
   唱和甚盛，曾做〈早朝大明宮呈兩省僚友〉詩，除岑參本詩外，尚有王維、
   杜甫和作。早朝大明宮為一般宣政殿常朝。
2. 紫陌：古代以天帝居處為紫宮，上應天象，天子所居的京師，則亦稱紫宮。
   紫陌，便是京師的街道。
3. 皇州：帝都，此指長安。
4. 闌：晚；盡。
5. 金闕：宮闕。
6. 玉階：宮前的台階。
7. 仙仗：天子的儀仗。
8. 劍珮：劍柄上的裝飾。
9. 旌旗：指宮中仗儀的旗幟。

10. 鳳凰池：指中書省。《通典》卷二十一：「以其地在樞近，多承寵任，是以人固其位，謂之鳳凰池焉。」

11. 陽春：〈陽春白雪〉的簡稱，極高雅的樂曲。

【集評】

1. 明・廖文炳《唐詩鼓吹註解大全》卷二：首言雞鳴紫陌，曙色猶寒，時方暮春，故鶯囀皇都，而春色已闌矣。方君未出之時，金闕鐘鳴，初開萬戶，及君視朝之際，玉階仗列，共擁千官。是時也，花迎劍佩，星初落而未沉；柳拂旌旗，露尚凝而欲滴，此皆言時之早也。末謂舍人之詩，若〈白雪陽春〉，難於屬和，其才思之高妙，當可想見矣。

2. 清・方東樹《昭昧詹言》卷十六：起二句早字，三四句大明宮早朝。五六正寫朝時。收和詩，勻稱。原唱及摩詰、子美，無以過之。

（孫永忠）

【作者】

韋應物（傳略見卷一・五言古詩〈寄全椒山中道士〉）

寄李儋元錫[1]

去年花裡逢君別，今日花開又一年。世事茫茫難自料；春愁黯黯[2]獨成眠。吳曰：「情景交融。」身多疾病思田里；邑有流亡愧俸錢[3]。藹然仁者之言。聞道欲來相問訊，西樓望月幾回圓[4]。方曰：「本言今日思寄，却追述前此，益見情真，亦是補法。三句承一年，放空一句，四句兜回自己，五六接寫自己懷抱，末始入今日寄意。」

【今注】

1. 本篇當作於唐德宗貞元初年，作者正在蘇州做刺史時。「李儋」，字元錫，曾官殿中侍御史。韋應物和他酬唱的作品很多，如《贈李儋》、《將往江淮寄李十九儋》、《贈李儋侍禦》、《同元錫題琅邪寺》等。
2. 黯黯：低沉黯淡之意。
3. 「身多疾病思田里」二句：謂身上患有多種疾病，常常產生想要回歸田園養老的心願。但看到自己管轄的州裡有逃難流亡的人，心中又十分內疚難堪，感到自己未能盡職，愧領國家的俸錢。邑，城市，縣的別稱。此指蘇州。流亡，出外逃亡的人。愧俸錢，意謂未盡到地方長官的責任。
4. 「聞道欲來相問訊」二句：聽到你要來看我，我幾個月來一直在盼望你，月亮都圓了好幾次了。問訊：探望。西樓，即客人所居之樓，猶言西廂。古時三合院或四合院，主人住東廂，客人住西廂。李煜為宋太祖所縛，送往汴京，淪為覊客，故其詞云：「無言獨上西樓。」一說，西樓一名觀風樓。唐

代詩人如白居易等的作品裡都提到蘇州西樓。

【集評】

1. 宋‧黃徹《䂬溪詩話》卷二：韋蘇州贈李儋云：身多疾病思田里，邑有流亡媿俸錢。郡中燕集云，自慚居處崇，未覩斯民康。余謂有官君子當切切作此語，彼有一意供租，專事土木，而視民如讎者，得無媿此詩乎？

2. 元‧方回《瀛奎律髓》：朱文公盛稱此詩五、六好，以唐人仕宦多誇美州宅風土，此獨謂「身多疾病」、「邑有流亡」，賢矣。

3. 清‧紀昀《瀛奎律髓匯評》：上四句竟是閨情語，殊為疵累。五、六亦是淡語，然出香山輩手便俗淺，此於意境辨之。七律雖非蘇州所長，然氣韻不俗，胸次本高故也。

4. 清‧許印芳《瀛奎律髓匯評》：曉嵐譏前半為閨情語，雖是刻覈太過，然亦可見詩人措詞各有體裁，下筆時檢點偶疏，便有不倫不類之病，作者不自知其非，觀者亦不覺其謬，病在詩外故也。

（張玉芳）

【作者】

錢起（720？～783？）字仲文，浙江吳興人。生卒年不詳。「大曆十才子」之年長者。天寶年間已有詩名，然仕途卻不順暢。天寶 9 載（750）參加進士試，以「省試湘靈鼓瑟」進士及第，任秘書省校書郎。肅宗乾元年間任藍田縣尉，後入朝先後任司勛員外郎、司封郎中，官至考功郎中，後人因稱為錢考功。錢起的詩多為五、七言近體。五言善寫自然景物，頗有佳作。高仲武《中興間氣集》列錢詩為首，稱他的詩「體格新奇，理致清贍」。錢詩意境清新含蓄，「清氣中時露工秀」，其山水田園詩，力追陶詩興致，且詩風近王維，深細恬淡，但不及王維的渾融。有《錢考功集》行世，《全唐詩》存其詩 4 卷。

贈闕下裴舍人[1]

二月黃鶯飛上林[2]，春城紫禁曉陰陰[3]。長樂[4]鐘聲花外盡；龍池[5]柳色雨中深。方言：「前四寫闕景，氣象真樸。不減摩詰。」陽和不散窮途恨[6]；霄漢長懸捧日心[7]。獻賦[8]十年猶未遇，羞將白髮對華簪[9]。沈曰：「格近東川。」

【今注】━━◆

1. 從詩中「獻賦十年猶未遇」，可知此詩或為錢起早年之作。詩人作此詩時，是請求裴舍人能夠提攜自己，以便早日步入仕途。《文苑英華》卷 253《闕

　　下贈閻舍人》，閻舍人，疑為閻伯嶼，伯嶼天寶中為起居舍人。（見陶敏《全
　　唐詩人名考證》）闕下，宮闕之下，指京城。舍人，官名，指中書舍人，任
　　草擬詔書之職，掌宮中政務的長官，以有文學資望者擔任。

2. 上林：上林苑，漢武帝時御苑，此借指唐宮。

3. 春城紫禁曉陰陰：紫禁，古人以紫微星垣比喻皇帝居處，故稱。禁，指宮中
　　禁衛森嚴。陰陰，樹木茂密的樣子。

4. 長樂：漢宮名，此亦借指唐宮。《三輔黃圖》（卷二）〉曰：「長樂宮本秦之興
　　樂宮也。高皇帝始居櫟陽，七年長樂宮成，徙居長安城。」《元和郡縣志》
　　曰：「京兆府長安縣：漢長樂宮在縣西北十四里。」

5. 龍池：唐代興慶宮，玄宗常聽政於此。

6. 陽和不散窮途恨：謂春暖之氣不能解除窮困潦倒的憾恨。

7. 霄漢長懸捧日心：霄漢，原意是天河，此處用以比喻長伴君王左右的顯要高
　　位。捧日，擁戴輔佐君王之意。日，古代喻指皇帝。《魏志・程昱傳》裴注
　　引《魏書》曰：「昱少時常夢上泰山，兩手捧日，昱私異之，以語荀彧。及
　　兗州反，賴昱得完三城，於是或以昱夢白太祖。太祖曰：卿當終為吾腹心。
　　昱本名立，太祖乃加其上日更名昱也。」

8. 獻賦：唐代士子常作賦進獻，為入仕的門徑。此處指應進士舉。

9. 羞將白髮對華簪：詩人感嘆自己老大無成。華簪，華貴的冠簪，用以指顯貴
　　的官職，此指地位顯赫的貴族。此處指裴舍人。簪是固定冠的飾物。

【集評】

唐・高仲武《中興間氣集》：右丞（王維）沒後，員外（錢起）為
　　雄，……「長樂鐘聲花外盡，龍池柳色雨中深」，皆特出意表，標
　　準千古。

（張玉芳）

【作者】

韓翃（生卒年不詳）唐代詩人。字君平。南陽（今屬河南沁陽）人。天寶 13 載（754）登進士第。肅宗寶應元年（762），侯希逸為淄青節度使，聘為幕中從事。代宗永泰元年（765），侯希逸為其部將所逐，韓翃在長安閒居 10 年，與錢起、盧綸等文詠唱和。大曆後期入汴宋節度使田神功、田神玉幕，後又佐李希烈、李勉等節度使幕。建中初年（780），德宗賞其〈寒食〉詩，親自點名用他為中書舍人，並因當時有兩個韓翃，特為批示指明是詠「春城無處不飛花」（〈寒食〉詩）的韓翃，可見其傳誦人口。韓翃在大曆十才子中，與錢起、盧綸一樣，存詩較多。韓詩清新流麗，高仲武《中興間氣集》評其詩云：「韓員外詩，匠意近於史，興致繁富，一篇一詠，朝士珍之」，又說「方之前載，芙蓉出水，未足多也」。清翁方綱《石洲詩話》亦稱：「韓君平風致翩翩，尚覺右丞以來，格韻去人不遠。」評價甚高。他的詩工整清麗，多流連光景之唱酬贈別作品，亦多名句流傳。今存《韓君平集》3 卷。

送冷朝陽還上元[1]

青絲纜引木蘭船[2]，名遂身歸拜慶年[3]。落日澄江烏榜[4]外，秋風疏柳白門[5]前。沈曰：「勝人處在不刻畫。」橋通小市家林[6]近，山帶平蕪野寺連。別後剛逢寒食節，共誰攜手在東田[7]？

【今注】

1. 冷朝陽：生卒年不詳，江寧人。代宗大曆 4 年（769）登進士第，不待授官，即歸江寧省親。此詩為作者因冷朝陽進士及第歸家省親的送別詩。上元，今江蘇南京。
2. 木蘭船：指用木蘭製作的船，又叫木蘭舟。
3. 名遂：名成，指中進士。拜慶，唐人稱歸家省親為拜家慶。
4. 烏榜：用黑油塗飾的船。榜，船槳，借指船。
5. 白門：南京市的別名。六朝皆都建康（今南京市），其正南門為宣陽門，俗稱白門，故名。
6. 家林：自家的園林，泛指家鄉。
7. 東田：南朝齊文惠太子所建樓館名。

【集評】

1. 清・沈德潛《唐詩別裁集》：勝人處在不刻畫。
2. 近世・蔣寅《大曆詩人研究・上》韓翃詩蕭疏之風的代表：情緒是散淡的，喜未盡歡，思不至愁，只是淡淡的惆悵和眷戀；結構是散淡的，四聯之間聯繫鬆散，情景平列展開，沒有波折起伏；遣詞造句也是散淡的，字句平易，少用典故，節奏平滑而舒緩。全詩給人的感覺，恰像詩中描繪的「秋風疏柳白門前」這樣一幅圖畫，蕭散、疏朗而又明晰清新。

（張玉芳）

【作者】

李益（傳略見卷四・五言律詩〈喜見外弟又言別〉）

鹽州過五原至飲馬泉[1]

綠楊著水[2]草含煙，舊是胡兒飲馬泉。幾處吹笳[3]明月夜，何人倚劍白雲天[4]？從來[5]凍合關山道[6]，今日分流[7]漢使[8]前。莫遣[9]行人[10]照容鬢，恐驚憔悴入新年。方曰：「起句先寫景，次句點地，三四言此是戰場，戍卒思鄉者多，以引起下文自家，五六實賦，帶入至字，結句出場，神來之筆。」又曰：「此等詩有過此地之人，有命此題之人，有作此題詩之人之性情面目，流露其中，所以耐人吟詠。」

【今注】

1. 鹽州過五原至飲馬泉：此描寫詩人經過鹽州時的見聞和感受。五原，唐代郡名，屬鹽州（陝西定邊），今內蒙古自治區五原縣。飲馬泉，原注說：「鸊鵜泉在豐州城北，胡人飲馬于此。」
2. 著水：垂拂水面。
3. 笳：即胡笳，古代竹管樂器，其聲悲愴。月夜中吹奏胡笳使人動思鄉之情。
4. 倚劍白雲天：以守邊將士仗長劍於藍天白雲下的英雄形象，暗示自己的懷抱。化用宋玉〈大言賦〉：「長劍耿耿倚天外。」
5. 從來：自來，從過去到現在。
6. 凍合關山道：指邊關長年冰雪，道路險阻。
7. 分流：指泉水解凍，融化流動。
8. 漢使：代指唐代官員，即詩人自指。

9. 莫遣：莫使。

10. 行人：詩人自指。

【集評】

1. 明・李攀龍輯，葉羲昂直解《唐詩直解》：三、四中唐壯語，結亦趣。

2. 清・屈復輯評《唐詩成法》：「行人」即自己，容鬢已衰，空有「倚劍白雲」之心，而日月逝矣，歲不我與。四有時無英雄之嘆。

3. 清・沈德潛《唐詩別裁集》：「幾處吹笳明月夜，何人倚劍白雲天？」言備邊無人，句特含蓄。

4. 清・喬億《大歷詩略》：三四颺開，慨守邊之無良將也。後半仍扼定「泉」字，語不泛。

（李欣錫）

【作者】

柳宗元（傳略見卷一・五言古詩〈晨詣超師院讀禪經〉）

登柳州城樓寄漳汀封
連四州刺史[1]

城上高樓接大荒，海天愁思正茫茫[2]。紀曰：「一起意境闊遠，倒攝四州，有神無跡，通篇情景俱包得起。」驚風亂颭芙蓉水；密雨斜侵薜荔牆[3]。紀曰：「三四賦中之比，不露痕跡，舊說謂借喻震撼危疑之意，好不著相。」嶺樹重遮千里目；江流曲似九迴腸[4]。共來百粵文身地，猶自音書滯一鄉[5]。吳曰：「更折一筆，深痛之情，曲曲繪出。」

【今注】

1. 此詩為元和 10 年（815）柳宗元初至柳州刺史任時所作。高步瀛引《柳集五百家注》韓仲韶曰：「永貞元年，公與韓泰、韓曄、劉禹錫、陳謙、凌準、程异、韋執誼皆以附王叔文貶，號八司馬。凌準、執誼皆卒貶所。异先用，餘四人元和十年皆例召至京師。又皆出為刺史。公為柳州，泰為漳州，曄為汀州，禹錫為連州，謙為封州。公六月到柳州，此詩是年夏所寄也。」漳州，唐屬江南道，治龍溪縣，今福建龍溪縣治。汀州，唐屬江南道，治長汀縣，今福建長汀縣治。封州，唐屬嶺南道，治封川縣，即今廣東封川縣治。連州：唐屬嶺南道，治陽山縣，即今廣東連山縣治。
2. 「城上高樓接大荒」二句：詩人登上城樓，望到極處，只見海天相連，自己的茫茫之感也就充滿了遼闊的空間。大荒，遼闊荒遠的空間。海天：柳州近海，所以可見海連天之景色。

3. 「驚風亂颭芙蓉水」二句：寫近景，亦兼有比意。詩人用以比自己及當年同
貶四州者遭受迫害的情境。驚風，狂風。颭，音ㄓㄢˇ，吹動。芙蓉，荷
花。薜荔，音ㄅㄧˋ ㄌㄧˋ，香草，倚樹而蔓生，又名木蓮。

4. 「嶺樹重遮千里目」二句：寫遠景，一仰視，一俯視，而思鄉悲痛之情猶
切。重，重疊。江，指柳江。九迴腸，以柳江曲折迴繞暗喻愁思鬱結之憂
思。

5. 「共來百粵文身地」二句：點題。百粵，即百越，指南方少數民族及其居
地。文身，紋身。古代南方少數民族在身上刻畫花紋圖案的習俗。《莊子・
逍遙游》曰：「越人斷髮文身。」音書，消息和書信。滯，不通。

【集評】

1. 明・廖文炳《唐詩鼓吹註解》卷一：此子厚登城樓懷四人而作。首
言登樓遠望，海闊連天，愁思與之瀰漫，不可紀極也。三四句惟驚
風，故云『亂颭』，惟細（密）雨，故云『斜侵』，有風雨蕭條，觸
物興懷意。至『嶺樹重遮』，『江流曲轉』，益重相思之感矣。當時
『共來百越』，意謂易於相見，今反音問疏隔，將何以慰所思哉？

2. 清・何焯《義門讀書記》：吳喬云：中四句皆寓比意。『驚風』、『密
雨』喻小人，『芙蓉』、『薜荔』喻君子，『亂颭』、『斜侵』則傾倒中
傷之狀，『嶺樹』句喻君門之遠，『江流』句喻臣心之苦。皆逐臣憂
思煩亂之詞。

3. 清・方東樹《昭昧詹言》卷十八中唐諸家：六句登樓，二句寄人。
一氣揮斥，細大情景分明。

（張玉芳）

【作者】

劉禹錫（傳略見卷四・五言律詩〈蜀先主廟〉）

西塞山[1]懷古

王濬樓船下益州[2]，金陵王氣黯然收[3]。千尋鐵索沈江底[4]，一片降帆出石頭[5]。人世幾回傷往事，山形依舊枕寒流[6]。今逢四海為家[7]日，故壘蕭蕭蘆荻秋[8]。紀曰：「第四句但說得吳，第五句括過六朝，是為簡鍊。第六句一筆折到西塞山，是為圓熟。」方曰：「夢得才人，一直說去，不見艱難喫力，是其勝處。」

【今注】

1. 西塞山：在今湖北大冶縣東，聳峭瀕臨長江。孫策、周瑜、桓玄、劉裕皆曾駐兵於此。
2. 王濬樓船下益州：王濬樓船自益州東下。王濬，字士治，弘農湖（今河南閿鄉縣）人，為益州刺史。司馬炎（晉武帝）謀伐吳，詔濬修舟艦。濬乃造大船，船上可以馳馬來往。太康元年（365），自成都東下以攻吳。益州，舊治在今四川成都。
3. 金陵王氣黯然收：定都金陵的王朝，氣運暗然收斂。金陵王氣，指定都金陵的吳國國運。金陵，今南京市。黯然收，暗然收斂；即滅亡之意。
4. 千尋鐵索沈江底：幾千尺長的鐵繩沈到長江的水底。按：吳人於長江險要處以鐵索橫江攔截敵船，王濬則命作火炬，灌以麻油，遇鐵索則燒之，於是索斷沈底，船無所礙。尋，八尺。
5. 一片降帆出石頭：一艘投降的帆船從石頭城出來。石頭，即石頭城，亦即金陵。

6. 山形依舊枕寒流：西塞山的山形依舊像長江的枕頭，瀕臨江水。枕寒流，西塞山綿亙於大江左右兩岸，若枕大江，故云。

7. 四海為家：指天下統一。

8. 故壘蕭蕭蘆荻秋：故壘長滿蘆荻，一片秋天蕭條的景象。故壘，舊時的軍事堡壘。蕭蕭，蕭條的樣子。蘆荻，蘆與荻。二物相類而異種。蘆大而中空，又稱葭、葦。荻小而中實，又稱萑、葭。

【集評】

1. 宋·尤袤《全唐詩話》：（「山圍故國周遭在」一詩）樂天掉頭苦吟，歎賞良久，曰：「石頭詩云：潮打空城寂寞回，我知後之詩人不復措詞矣。」

2. 宋·計敏夫《唐詩紀事》：長慶中，元微之、劉夢得、韋楚客同會樂天舍，論南朝興廢，各賦金陵懷古詩。劉滿引一杯，飲已，即成曰：「王濬樓船下益州」云云。白公覽詩曰：「四人探驪龍，子先獲珠，所餘鱗爪何用耶？」於是罷唱。

3. 宋·張表臣《珊瑚鉤詩話》：劉禹錫作金陵詩云：「千尋鐵鎖沈江底，一片降帆出石頭。」當時號為絕唱。又六朝中石頭城詩云：「山圍故國周遭在，潮打空城寂寞回。」白樂天讀之曰：「吾知後人不復措筆矣。」其自矜云：「餘雖不及，然亦不辜樂天之賞耳。」

4. 清·翁方綱《石洲詩話》：劉賓客〈西塞山懷古〉之作，極為白公所賞，至於為之罷唱。起四句洵是傑作，後四則不振矣。此中唐以後所以氣力衰颯也。固無八句皆繫之理，然必鬆處正是緊處，方有意味。如此作結，毋乃飲滿時思滑之過耶？〈荊州道懷古〉一詩，實勝此作。

5. 清·汪師韓《詩學纂聞》：夢得之專詠晉事也，尊題也。下接云：「人世幾回傷往事」，若有上下千年，縱橫萬里在其筆底者。山形枕水之情景，不涉其情，不悉其妙。至於蘆荻蕭蕭，清時而依故壘，含蘊正靡窮矣。所謂驪珠之得，或在於斯渚歟？

（傅武光）

【作者】

白居易（傳略見卷二・七言古詩〈長恨歌〉）

錢塘湖春行[1]

孤山[2]寺北賈亭[3]西，水面初平雲腳低。幾處早鶯[4]爭暖樹，誰家新燕啄春泥。興象華妙。亂花漸欲迷人眼，淺草才能沒馬蹄[5]。最愛湖東行不足，綠楊蔭裡白沙隄[6]。方植之曰：「佳處在象中有興，有人在，不比死句。」又曰：「句句回旋曲折頓挫，皆從意匠經營而出。」

【今注】

1. 錢塘湖：即西湖，因錢塘江而得名。此詩約作於穆宗長慶 3 年（823），居易任杭州刺史。
2. 孤山：在西湖中後湖與外湖之間，一嶼聳立，旁無聯附，為湖山勝絕處。
3. 賈亭：唐德宗貞元年間杭州刺史賈金所建，在西湖中。
4. 鶯：同「鶯」。
5. 沒馬蹄：馬蹄隱沒於草叢中。沒，音ㄇㄛˋ。
6. 白沙隄：簡稱「白隄」。又名十錦塘。直通湖中之孤山。

【集評】

1. 清・金聖歎《貫華堂選批唐才子詩》：前解先寫湖上。橫開則為寺北亭西，豎展則為低雲平水，濃點則為早鶯新燕，輕烘則為暖樹春泥。寫湖上，真如天開圖畫也。

2. 清・方東樹《今體詩鈔》：章法意匠與前詩相似，而此加變化。佳
　　處象中有興，有人在，不比死句。

3. 清・胡以梅《唐詩貫珠》：三、四靈活之極，「爭」字既佳，而「誰
　　家」更有情。

（傅武光）

與夢得[1]沽酒閒飲且約後期

少時猶不憂生計[2]，老後誰能惜酒錢？共把十千沽一斗[3]，相看
七十欠三年[4]。吳曰：「一氣噴薄。」閑徵雅令窮經史[5]，醉聽清吟
勝管弦[6]。更待菊黃家醞[7]熟，共君一醉一陶然[8]。方曰：「起得突
兀老氣，揮斥奇警，妙在第四句自外來招之入伴，而融洽成一片，故妙。」

【今注】

1. 夢得：劉禹錫（772～842）字。詳見卷四〈蜀先主廟〉作者小傳。居易此詩
　　作於唐文宗開成 3 年（838），時年 67，任太子少傅。
2. 少時猶不憂生計：少年時代尚且不憂生活的經濟問題。
3. 共把十千沽一斗：共同拿出十千錢來買一斗酒。十千，即十千錢。古時串一
　　千錢為一貫。十千即十貫。沽，音ㄍㄨˇ，買。
4. 相看七十欠三年：指彼此都是 67 歲。按：白居易和劉禹錫都生於唐代宗大
　　曆 7 年（772），居易作此詩時為文宗開成三年（838），時 67 歲，故云。
5. 閑徵雅令窮經史：為徵求典雅的酒令，找遍了經書和史書。
6. 管弦：代指音樂。管，指管樂器，如笙、簫、笛等。弦，指弦樂器，如琴、
　　瑟、琵琶等。
7. 家醞：自家釀的酒。
8. 陶然：酒酣的樣子。

【集評】

清·方東樹《今體詩鈔》：起得突兀老氣，揮斥奇警，可比杜公矣！妙
　　在第四句自外來招之入伴，而融洽成一片，故妙。後半平衍而已，
　　卻本色。

（傅武光）

【作者】

元稹（779～831），字微之，唐河南河內（今河南洛陽）人。9歲能詩，15 擢明經。憲宗元和元年（806），28 歲，舉制科對策第一，拜左拾遺。穆宗長慶元年（821），43 歲，擢祠部郎中，知制誥。2 年（822），進同中書門下平章事（宰相），纔三個月，出為同州刺史，轉浙東觀察使。文宗太和 3 年（829），召為尚書左丞，次年，拜武昌軍節度使，卒於武昌。稹與白居易相友善，常以詩歌相唱和，詩風亦相近，世稱「元白」。

以州宅夸於樂天[1]

州城迴遶[2]拂雲堆，鏡水稽山[3]滿眼來。四面常時對屏障，一家終日在樓臺。星河似向簷[4]前落，鼓角驚從地底迴。我是玉皇[5]香案吏，謫居猶得住蓬萊[6]。吳曰：「一洗哀怨，變為平易和樂，此元、白所開。」

【今注】

1. 以州宅夸於樂天：以官舍誇耀於白居易。元稹時任越州刺史兼浙東觀察史，治所在今浙江紹興。州宅，即指越州官舍。夸，通作「誇」。樂天，即白居易。
2. 迴遶：環繞。遶，同「繞」。
3. 鏡水稽山：鏡湖和會稽山。鏡水，即鏡湖，又名鑑湖（鑑，就是鏡子），在今浙江紹興南。稽山，即會稽山，在今浙江紹興東南。

4. 檐：屋簷。同「簷」。

5. 玉皇：即玉皇大帝，簡稱玉皇或玉帝。道教以為天上神仙之主。

6. 謫居猶得住蓬萊：雖然遭受貶官，也還能住在蓬萊仙山。謫居，過著貶官的生活。猶得，尚能。蓬萊，傳說中的東海仙山，也稱蓬壺。

【集評】

元・方回《瀛奎律髓》：長慶中，樂天知杭州，微之知越州，以簡寄詩自此始。微之誇州宅蓬萊所以名，亦自此始，二公前貶九江、忠州、通州，往來詩不勝其酸楚，至此乃不勝其誇耀，亦一時風氣之弊，只知作詩，不知其有失也。

（傅武光）

【作者】

杜牧（傳略見卷四・五言律詩〈題揚州禪智寺〉）

題宣州開元寺[1]水閣[2]
閣下宛溪[3]夾溪居人

六朝[4]文物草連空[5]，天澹雲閒今古同。鳥去鳥來山色裏，人歌人哭[6]水聲中。_{吳曰：「起四句極奇，小杜最喜琢製奇語也。」}深秋簾幕千家雨，落日樓臺一笛風[7]。惆悵[8]無因見范蠡[9]，參差煙樹五湖東。

【今注】

1. 開元寺：著名的佛寺，始建於晉代，初名永安寺，唐初改名大元寺，開元年間又改名開元寺。杜牧有〈題宣州開元寺詩〉，原注：「寺置於東晉時。」
2. 水閣：臨水之閣。
3. 宛溪：水名，在宣城之東與句溪合流。
4. 六朝：三國的吳、東晉和南北朝的宋、齊、梁、陳，相繼建都於建康，故名。
5. 草連空：野草茂密，蔓延至天際。
6. 人歌人哭：指後人對於六朝史蹟，或歌詠或悲歡的態度。
7. 笛風：笛音隨風飄盪。
8. 惆悵：悲愁；失意。
9. 范蠡：人名，春秋楚人，與文種同事越王句踐二十餘年。滅吳後，泛舟至齊國，變姓名為鴟夷子皮。後又遷徙至陶（今山東定陶），經商成巨富，自號

陶朱公。

10. 五湖：泛指太湖流域一帶的湖泊。范蠡棄官後，乘扁舟，出三江，入五湖，
《國語‧越語》：「范蠡遂乘扁舟以浮於五湖，莫知所終極。」

【集評】

1. 明‧廖文炳《唐詩鼓吹注解》：首言六朝文章、人物皆已無存，但
   芳草連空而已。至于天色雲容、古今如舊，是以鳥之去來依于天
   色，人之歌哭雜于水聲。此閣前山水之景與天色雲容俱久遠者也。
   若夫簾幕深秋，散千家之雨；樓臺落日，吹一笛之風。苑溪居人之
   勝，抑又如斯已！然而余有惆悵者：昔范蠡功成身退，游于五湖，
   可謂識進退之宜矣，今所可見者，惟有五湖煙樹，如蠡者豈得而見
   之哉！言外有感嘆人己意。

2. 清‧何焯《唐三體詩評》：寄托高遠，不是逐句寫景，若為題所
   謾，便無味矣。

3. 清‧屈復《唐詩成法》：閑適題詩，卻弔古。胸中眼中，別有緣
   故。氣甚豪放，晚唐不易得也。

（李嘉瑜）

九日[1]齊山[2]登高

江涵[3]秋影雁初飛，與客攜壺上翠微[4]。塵世難逢開口笑[5]，菊
花須插滿頭歸。雋語。但將[6]酩酊酬佳節，不用登臨歎落暉[8]。
古往今來只如此，牛山[9]何必獨霑衣[10]？吳曰：「感慨蒼茫，小杜最佳
之作。」

【今注】

1. 九日：農曆九月九日為重陽節，有登高、飲菊花酒、佩帶茱萸以避凶厄的習俗。
2. 齊山：位於池州府貴池縣（今屬安徽），南山有十餘峰相等，故有此名。此詩約作於武宗會昌年間，杜牧當時任池州刺史。
3. 涵：倒映。
4. 翠微：原有二解，一為山旁彎曲不平的地方，一為山間淡青色的山嵐，此借指齊山。
5. 開口笑：指人張嘴發笑，心情愉快。句用《莊子‧盜跖篇》：「上壽百歲，中壽八十，下壽六十，除病瘦死喪憂患，其中開口而笑者，一月之中，不過四五日而已矣。」
6. 但將：只要用。
7. 酩酊：大醉的樣子。
8. 落暉：落日餘暉，此處蘊含生命消逝的象徵意義。
9. 牛山：古代齊國之山名，在今山東臨淄縣境。本句用齊景公登牛山，北臨其國城，而感嘆年華不能長久，終將面對死亡之事。《晏子春秋‧諫上》：「景公遊於牛山北，臨其國城而流涕曰：『若何滂滂而去此乎？』艾孔、梁丘據皆從而泣。」
10. 霑衣：眼淚沾溼了衣服，指淚如雨下。

【集評】

1. 明‧廖文炳《唐詩鼓吹注解》：此言秋雁初飛，與客攜壺而上翠微之山。因思塵世之事憂多樂少，今乘登高之興，當采菊而歸也。其所以攜壺者，將從酩酊以酬九日之節，豈以上翠微而致嘆于落暉耶？此聯應第二句。末言自古皆有死，登牛山而流涕，適見景公之愚耳，其何當于達人之曠觀哉？此聯又括中四句意。

2. 明‧顧璘《批點唐音》：（末句）此一意下來近似中唐，蓋晚唐之可學者。

3. 清‧金聖歎《貫華堂選批唐才子詩》：得醉即醉，又何怨乎？「只如此」三字妙絕；醉也只如此，不醉亦只如此，怨亦只如此，不怨亦只如此。

4. 清·沈德潛《唐詩別裁集》：末二句影切齊山，非泛然下筆。

5. 清·趙臣瑗《山滿樓箋注唐詩七言律》：中二聯亦只是自發一種曠達胸襟，然未必非千秋萬世賣菜傭、守錢虜之良藥也。至其抑揚頓挫，一氣卷舒，真能化板為活，洗盡庸腔俗調，在晚唐中豈宜得乎？

6. 清·屈復《唐詩成法》：「難逢」、「須插」、「但將」、「不用」、「只如此」、「何必」相呼應。三、四分承一、二，五、六合承三、四。六就今說，八就古事說，難似分別，終有復意。

（李嘉瑜）

商山[1] 麻澗[2]

雲光嵐彩三面合，柔桑垂柳十餘家。雉飛鹿過芳草遠，牛巷雞塒[3]春日斜。秀眉[4]老父對樽酒，舊袖[5]女兒簪野花。征車[6]自念塵土計[7]，惆悵溪邊書細沙。吳曰：「秀麗如畫。」

【今注】

1. 商山：山名，為秦嶺之支脈，在今陝西商縣東南。此指商山路，是唐代長安連接東南與西南地區的主要驛路，唐人詩中經常提及此交通要道，如「商山驛路幾經過。」（韓琮·題商山店）「商山名利路，夜亦有人行。」（王貞白·商山）

2. 麻澗：地名，位於商山路上，即今商州城西二十公里的麻街。顧祖禹《讀史方輿紀要》：陝西商州麻澗在熊耳峰下，山澗環抱，厥地宜麻，因名曰「麻澗」，行六十里而至秦嶺。

3. 塒：音 ㄕˊ，鑿牆做成的雞窩。

4.秀眉：老人常有一、二根眉毛較其餘的長，為長壽之表徵，又稱「壽眉」。

5.蒨袖：紅袖。

6.征車：指四處奔波的旅程。

7.塵土計：俗世之計算與思慮。

8.惆悵：悲愁；失意。

【集評】

清・趙臣瑗《山滿樓箋注唐詩七言律》：此詩字字古樸，字字新穎，又字字美麗，披之如身入桃源，雖竟日坐臥其中，不厭也。

（李嘉瑜）

【作者】

李商隱（傳略見卷四·五言律詩〈落花〉）

錦瑟 [1]

錦瑟 [2] 無端 [3] 五十絃，一絃一柱 [4] 思華年 [5]。莊生曉夢迷蝴蝶 [6]，望帝春心託杜鵑 [7]。滄海月明珠有淚 [8]，藍田日暖玉生煙 [9]。此情可待 [10] 成追憶，只是當時 [11] 已惘然 [12]。哀艷悽斷，感人心脾。

【今注】

1. 錦瑟：本詩題名「錦瑟」，實際上是以首句的前二字為題，等於是一首無題詩。高步瀛認為「義山集中此例甚多，本不足異。惟說此詩者，自宋以來即紛紜莫定。」
2. 錦瑟：裝飾華美的瑟。瑟，一種可以彈撥的絃樂器。形狀似琴，相傳為庖犧所作。古有 50 絃，後改為 25 絃，絃各有柱，可上下移動，以定聲音清濁高低。
3. 無端：沒有原因；沒有緣由的。
4. 柱：絲絃樂器上繫住絃絲的的小木椿。
5. 華年：如花盛開的年紀，指青春歲月。
6. 莊生曉夢迷蝴蝶：己身的癡迷，猶如莊周在破曉前的短暫迷夢，化蝶沉溺於夢境之中。莊生夢蝶，典出《莊子·齊物論》。莊周在夢中幻化為蝴蝶，遨遊天地間，逍遙自在，不知何為莊周。忽然醒來，發覺自己仍是莊周。因而有「不知周之夢為蝴蝶與，蝴蝶之夢為周與？」的疑惑。此句在典故之外，又添增「曉」、「迷」二字。

7. 望帝春心託杜鵑：己身的情意不死不滅，如同望帝死後仍化為杜鵑，年年悲鳴。望帝啼鵑，源自古蜀地神話，最早見於《蜀王本紀》。傳說中古代蜀國君王杜宇，死後魂魄化為杜鵑，不斷悲鳴。此句在典故之外，又添增「春心」與「託」字。

8. 滄海月明珠有淚：明月如珠，映照於海中，如同欲滴之淚。而大海中的鮫人，於月光下滾落的悲傷淚水，竟也化成了圓潤之珠。此句重疊著圓月、明珠、淚滴三層意象。滄海，大海。珠有淚，鮫人之淚化成明珠。《搜神記》：「南海之外有鮫人，水居如魚，不廢織績。其眼泣，則能出珠。」

9. 藍田日暖玉生煙：產玉的藍田山在暖日晴朗的時候，彷彿籠罩著一層迷濛的煙靄。藍田，山名，盛產美玉。《長安志》：「藍田山在長安縣東南三十里，其山產玉，亦名玉山。」玉生煙，為戴叔倫語，《困學記聞》：「司空表聖云：戴容州謂詩家美景，如藍田日暖，良玉生煙，可望而不可置於眉睫之前也。李義山『玉生煙』之句蓋本於此。」

10. 可待：豈待；何待。

11. 當時：從前；那個時候。

12. 惘然：迷惘而若有所失的樣子。

【集評】

1. 宋・劉攽《貢父詩話》：李商隱有〈錦瑟〉詩，人莫曉其意，或謂令狐楚家青衣也。

2. 宋・黃朝英《緗素雜記》：山谷道人讀此詩，殊不曉其意。後以問東坡，東坡云：「此出《古今樂志》，云：『錦瑟之為器也，其絃五十，其柱如之，其聲也適、怨、清、和。』」

3. 宋・邵博《邵氏聞見後錄》：莊生、望帝，皆瑟中古曲也。

4. 金・元好問《論詩絕句》：望帝春心託杜鵑，佳人錦瑟怨華年。詩家總愛西崑好，獨恨無人作鄭箋。

5. 明・王世貞《藝苑卮言》：李義山錦瑟中二聯是麗語，作適、怨、清、和解甚通。然不解則涉無謂，既解則意味都盡，以此知詩之難也。

6. 清・朱彝尊《評點李義山詩集》：此悼亡詩也。意亡者善彈此，故覩物思人，因而託物起興。瑟本二十五絃，一斷而為五十絃矣，故

曰「無端」也，取斷絃之意也。「一絃一柱」而接「思華年」三字，意其人年二十五而歿也。胡蝶、杜鵑，言已化去也，珠有淚，哭之也，玉生煙，葬之也，猶言埋香瘞玉也。此情豈待今日追憶乎？只是當時生存之日，已常憂其至此，而預為之惘然，意謂其人必婉弱多病，故云然也。

7. 清・何焯《義門讀書記》：此悼亡之詩也。首特借素女鼓五十絃之瑟而悲，泰帝禁不可止以發端，言悲思之情有不可得而止者。次聯則悲其遽化為異物。腹聯又悲其不能復起之九原也。曰「思華年」，曰「追憶」，指趣曉然，何事紛紛附會乎？……亡友程湘衡謂此義山自題其詩以開集首者。次聯言作詩之旨趣，中聯又自明其匠巧也。余初亦頗喜其說之新。然《義山詩》三卷出於後人掇拾，非自定。則程說固無據也。

8. 清・薛雪《一瓢詩話》：此詩全在起句「無端」二字，通體妙處，俱從此出。意云：錦瑟一絃一柱，已足令人悵望年華，不知何故有此許多絃柱，令人悵望不盡，全似埋怨錦瑟無端有此絃柱，遂使無端有此悵望。即達若莊生，亦迷曉夢；魂為杜宇，猶記春心。滄海珠光，無非是淚；藍田玉氣，恍若生煙。觸此情懷，重重追溯，當時種種，盡付惘然。對錦瑟而興悲，歎無端而感切。如此體會，則詩神詩旨，躍然紙上。

9. 近世・岑仲勉《隋唐史》：余頗疑此詩是傷唐室之殘破，與戀愛無關。

10. 近世・高步瀛《唐宋詩舉要》：綜義山一生所遭，如上所述，皆失意之事，故不待今日追憶惘然自失，即在當時已如此也。何謂《義山集》三卷猶是宋本相傳舊次，始之以〈錦瑟〉，終之以〈井泥〉，合二詩觀之，則為自傷無疑。然則以此詩為自序亦無疑矣。

（李嘉瑜）

隋宮 [1]

紫泉宮殿 [2] 鎖煙霞，欲取蕪城 [3] 作帝家。玉璽 [4] 不緣 [5] 歸日角 [6]，錦帆 [7] 應是到天涯 [8]。紀曰：「無阻逸遊，如何鋪敘？三四只作推算，最善用筆。」於今腐草無螢火，終古垂楊有暮鴉。地下若逢陳後主 [9]，豈宜重問〈後庭花〉！何曰：「前半拓展得開，後半發揮得足，真大手筆。三四尤得杜家骨髓。」步瀛案：「日角天涯借對，究覺纖巧，結語亦尖刻。老杜為之，必不如此，紀氏謂此升降大關，不可不知。」

【今注】

1. 隋宮：指隋煬帝所建之江都宮、揚子宮。皆在今江蘇揚州。也指長安的隋宮。
2. 紫泉：即紫淵。原是長安大興城內的一座宮殿，隋朝稱紫淵，唐人避唐高祖李淵名諱改為紫泉。此處以紫泉宮殿借指長安的隋宮。
3. 蕪城：隋朝的江都。舊名廣陵，即今江蘇揚州。劉宋時鮑照見該城荒蕪，因作〈蕪城賦〉，故稱。
4. 玉璽：君主的玉製印信。
5. 緣：因為。
6. 日角：額骨中央隆起如日，此稱為「日角」，古代認為是帝王或貴人之相。此指唐高祖李淵。
7. 錦帆：色彩鮮明的船帆，此指隋煬帝的龍舟。
8. 天涯：天下。
9. 陳後主：即陳叔寶（553～604），字元秀，陳宣帝之子，隋開皇 9 年（589），時為晉王的隋煬帝楊廣率兵滅陳，後主仍奏樂行樂。《隋遺錄》：「煬帝在江都，昏恬滋深，嘗遊吳公宅雞臺，恍惚與陳後主相遇，尚喚帝為陛下。」
10. 後庭花：為〈玉樹後庭花〉的簡稱，此喻亡國之音。

【集評】

1. 元‧吳師道《吳禮部詩話》：日角、錦帆、螢火、垂楊是實事，卻以他字面交蹉對之，融化自稱，亦其用意深處，真佳句也。

2. 清‧沈德潛《唐詩別裁集》：言天命若不歸唐，遊幸豈止江都而已，用筆靈活，後人只鋪敘故實，所以板滯也。末言亡國之禍甚於後主，他時魂魄相遇，豈宜重以〈後庭花〉為問乎？

3. 清‧屈復《玉谿生詩意》：一破題，二幸江都，三四承二。五六承一。七八總結。

4. 清‧楊逢春《唐詩繹》：此詩全以議論驅駕事實，而復出以嵌空玲瓏之筆，運以縱橫排宕之氣。無一筆呆寫，無一句實砌，斯為詠史懷古之極。

5. 清‧俞陛雲《詩境淺說》：凡作詠古詩，專詠一事。通篇固宜用本事，而須活潑出之，結句更須有意，乃為佳構。玉溪之〈馬嵬〉、〈隋宮〉二詩，皆運古入化，最宜取法。首句總寫隋宮之景，次句言蕪城之地，何足控制宇內，而欲取作帝家，言外若譏其無識也。三、四言天心所眷，若不歸日角龍顏之唐王，則錦帆游蕩，當不知所止。五、六言於今腐草江山，更誰取流螢十斛，悵望長隄，惟有流水棲鴉，帶垂楊蕭瑟耳。螢火垂楊，即用隋宮往事，而以感嘆出之，句法復搖曳多姿。末句言亡國之悲，陳、隋一例，與後主九原相見，當同傷宗稷之淪亡；〈玉樹〉荒嬉，豈宜重問耶？

（李嘉瑜）

籌筆驛[1]

猿鳥猶疑[2]畏簡書[3]，風雲常為護[4]儲胥[5]。范元實曰：「誦此二句，使人凜然復見孔明風烈。」徒令[6]上將[7]揮神筆[8]，終見降王[9]走傳車[10]。何義門曰：「起恨字，反醒驛字。」管樂[11]有才真不忝[12]，關張[13]無命[14]欲何如？范曰：「自有議論，他人不及。」他年[15]錦里[16]經祠廟，〈梁父吟〉[17]成恨有餘。紀曰：「結句隱然自喻。」○何曰：「議論固高，尤在抑揚頓挫處，使人一唱三歎，轉有餘味。」紀曰：「起二句極力推尊，三四句忽然一貶，四句殆自相矛盾。蓋由意中先有五六二句，故敢如此離奇用筆，見若橫絕，乃穩絕也。」方曰：「義山此等詩，語意浩然，作用神魄真不愧杜公，前人推為一大家，豈虛也哉？」

【今注】

1. 籌筆驛：地名，位於今四川廣元北的朝天嶺上，傳說諸葛亮出兵伐魏，嘗駐軍籌畫於此。驛，驛站。
2. 猶疑：仍然恐懼。
3. 簡書：戒命，指軍中用以警戒命令的文書。
4. 護：掩蔽；維護。
5. 儲胥：圍欄；藩籬，此為軍隊駐紮所用。
6. 徒令：空使。
7. 上將：主帥，此指諸葛亮。
8. 揮神筆：籌畫軍事，料敵如神。
9. 降王：投降的帝王，此指後主劉禪。
10. 傳車：古代驛站專用的車輛，劉禪是君主，卻搭乘不符合身分的車，暗指蜀漢的滅亡。
11. 管樂：管仲與樂毅，一為良相一為良將，暗指諸葛亮兼具二者的才能。

12. 不忝：無愧。忝，自稱的謙詞，有侮辱的意思。

13. 關張：關羽、張飛。

14. 無命：沒有好的機運。

15. 他年：往年，此指李商隱曾於唐宣宗大中 5 年（851）春謁武侯祠事。

16. 錦里：即錦官城，今四川成都有諸葛亮的武侯祠。

17. 梁父吟：相傳為諸葛亮所作詩篇，咏《晏子春秋》中以二桃殺三士，智勝於力的事件，後世皆認為諸葛亮借此抒寫政治感慨，此指具有寄託感慨的詩篇。

【集評】

1. 宋·范溫《潛溪詩眼》：簡書蓋軍中法令約束，言號令嚴明，雖千百年之後，魚鳥猶畏之也。儲胥蓋軍中藩籬，言忠誼貫神明，風雲猶為護其壁壘也。誦此兩句，使人凜然復見孔明風烈。至於「管樂有才真不忝，關張無命欲何如」，屬對親切，又自有議論，他人亦不能及也。

2. 清·趙臣瑗《山滿樓箋注唐詩七言律》：此詩一、二擒題，三、四感事，五承一、二，六承三、四，尚論也。七、八總收，以收其惓惓之意焉。

（李嘉瑜）

安定城樓 [1]

迢遞 [2] 高城百尺樓，綠楊枝外盡汀洲 [3]。賈生 [4] 年少虛垂涕，王粲 [5] 春來更遠遊。永憶江湖 [6] 歸白髮，欲迴天地入扁舟 [7]。不知腐鼠成滋味，猜意鵷雛竟未休 [8]。胡孝轅曰：「五六王荊公深愛之，以為老杜無以過。」

【今注】

1. 安定城：今甘肅涇川。
2. 迢遞：高峻貌。
3. 汀洲：平坦的沙洲。汀，水邊平地。洲，水中之沙渚。
4. 賈生年少虛垂涕：賈誼（200BC～168BC）在漢文帝 6 年（174BC）時，曾上〈陳政事疏〉言：「臣竊惟事勢可為痛哭者一，可為流涕者二，可為長太息者六。」因年少才高，時稱「洛陽少年」。垂涕，流淚，此指憂國憂時之情。虛，徒然的。
5. 王粲春來更遠遊：王粲（177～217）在三國的戰亂中流寓荊州，依荊州刺史劉表，曾於春日登湖北當陽城樓，作〈登樓賦〉以抒懷。李商隱以王粲之遠遊喻自己之遠遊，抒發遠遊客居之悲懷。。
6. 永憶江湖：指歸隱江湖之情長久地縈繞於心中。
7. 欲迴天地：指其志欲扭轉天地，成大事業。
8. 「不知腐鼠成滋味」二句：意謂我志願高遠，豈戀此區區者，而世俗竟猜忌不休。《莊子・秋水》：「惠子相梁，莊子往見之，或謂惠子曰：『莊子來，欲代子相。』惠子恐，搜於國中三日三夜。莊子往見之曰：『南方有鳥名鵷鶵，發於南海而飛於北海，非梧桐不止，非練實不食，非醴泉不飲。於是鴟得腐鼠，鵷鶵過之，仰而視之曰：『嚇！』今子欲以梁國而嚇我耶？」

【集評】

1. 清・屈復《玉谿生詩意》：一登樓，二時，中四情。七八時事。一上高樓而覩楊柳汀洲，忽生感慨，故下緊接賈生、王粲遠遊垂淚，以賈生有〈治安策〉，王粲有〈登樓賦〉，五六欲泛扁舟歸隱江湖，己之本懷如此，而讒者猶有腐鼠之嚇。蓋憂讒之作。

2. 清・沈德潛《唐詩別裁集》：三四句，何減少陵。言己長憶江湖以終老，但志欲挽回天地，乃入扁舟耳。時人不知己志，以鴟鴉嗜腐鼠而疑鵷鶵，不亦重可嘆乎？

3. 清・紀昀《瀛奎律髓刊誤》：五六千錘百鍊而出於自然，杜亦不過如此。

4. 清・王應奎《柳南隨筆》：「永憶江湖歸白髮，欲迴天地入扁舟。」

次句向來不得其解。惟李安溪先生云:「言己長憶江湖以歸老,但志猶欲斡迴天地,然後散髮扁舟耳。」此為得之。余案:少陵〈寄章十侍御〉云:「指麾能事迴天地。」此義山「迴天地」三字所本。昔人謂義山深於杜,信然。

5. 清‧方東樹《昭昧詹言》:此詩脈理清,句格似杜。玩末句,似幕中有忌間之者。

(李嘉瑜)

曲 江 [1]

望斷平時翠輦 [2] 過,空聞〈子夜〉[3] 鬼悲歌。金輿 [4] 不返傾城色,玉殿猶分下苑 [5] 波。死憶華亭聞唳鶴 [6],老憂王室泣銅駝 [7]。天荒地變心雖折,若此傷春意未多。悲憤深曲,得老杜之神髓。

【今注】

1. 曲江:曲江池,位於長安之東南,為唐人的遊樂勝地。呂大防〈長安城圖〉題記曰:「外郭東南隅一坊,始建都城以地高不便,隔在郭外,為芙蓉園,引黃渠水注之,號曲江。」

2. 翠輦:帝王的座車,以翠羽為飾,故有此名。

3. 子夜:指〈子夜歌〉,相傳晉時女子名子夜者,造此聲。

4. 金輿:貴人乘坐的車子。

5. 下苑:此指曲江,因曲江與御溝相通。

6. 華亭聞唳鶴:典出《世說新語‧尤悔》,陸機(260～303)被人讒陷而判死刑,死前歎曰:「華亭鶴唳,豈可復聞乎!」華亭:陸機的故鄉,今上海市松江縣西。

7. 銅駝:銅製的駱駝。古以「荊棘埋銅駝」比喻亡國。

【集評】

1. 清・胡以梅《唐詩貫珠》：首言開元、天寶之際，平時翠輦經過，今望之已斷，空聞夜鬼悲歌矣。此句兼新舊之鬼而言，馬嵬埋後，傾城之色難返，曲江之水依舊分流於玉殿也。第五專指鄭注之死，比於機、雲，蓋修曲江本於注修土木之事。第六作者之憂王室也。天荒地變言都城流血，曲江已廢，慘狀心折，還比傷春之意未多，傷之甚也。

2. 清・屈復《玉谿生詩意》：首二句天寶大和起。三四天寶，五六大和。七八合結，言曲江一片地，豈堪幾番天荒地變哉！

3. 近世・高步瀛《唐宋詩舉要》：此詩蓋感於修曲江亭館，旋有甘露之變，而追唐代衰亂之原也。明皇嘗與楊妃遊幸曲江，及安史亂後，曲江亦日就蕪廢。起二句言巡幸久曠，夜鬼悲歌，狀當時曲江之荒涼也。三句追敘楊妃之死，即末句所謂傷春也。四句敘文宗修曲江亭館，為前後關鍵。五六敘甘露之變，結言天子制於家奴，可謂天荒地變，傷心甚矣。然推其原始，唐室禍亂，實由於明皇之溺於女寵，後世之變勢有必至，所謂履霜之屬，寒於堅冰，將萎之華，慘於槁木。故曰：「若比傷春意未多」也。

（李嘉瑜）

【作者】

溫庭筠 （生卒年不詳），本名岐，字飛卿，太原（今山西太原）人，宣宗大中初舉進士不第，多為人作文，後終官國子助教。工詩，與李商隱齊名，稱溫、李，可惜多佚失，今《全唐詩》存詩僅 60 餘首。

過陳琳墓[1]

曾於青史[2]見遺文，今日飄蓬[3]過此墳。詞客[4]有靈應識我，霸才[5]無主[6]始憐君。紀曰：「詞客指陳，霸才自謂。此一聯有異代同心之感，實則彼此互文，應字極兀傲，始字極沉痛。通首以此二語為骨，純是自感，非弔陳琳也。虛谷以霸才為曹操，謬甚。」石麟[7]埋沒藏春草，銅雀[8]荒涼對暮雲。莫怪臨風倍惆悵[9]，欲將書劍學從軍[10]。紀曰：「霸才詞客皆結於末句中。」

【今注】

1. 陳琳墓：陳琳為建安七子之一，其墓在今江蘇鹽城。
2. 青史：史書，青指竹簡，古人用竹簡作書寫工具，也用來記載歷史，故稱。
3. 飄蓬：隨風飄轉紛飛的蓬草。比喻人的漂泊無依。
4. 詞客：作家，指陳琳。
5. 霸才：才能超拔的人。指自己。
6. 無主：沒有遇到理想的君主。
7. 石麟：安置於墓道上的石雕麒麟。

　8.銅雀：即銅雀臺。東漢獻帝建安 15 年（210）冬，曹操於今河南臨漳西南建
　　一高臺。樓頂置大銅雀，展翅若飛。
　9.惆悵：悲愁、失意。
10.從軍：投身軍旅。

【集評】

清・薛雪《一瓢詩話》：〈過陳琳墓〉一起，漢、唐之遠，知心之邇，
　　千古同懷，何曾少隔。三、四神魂互接，爾我無間，乃胡馬向風而
　　立，越燕對日而嬉，惺惺相惜，無可告語。

（李嘉瑜）

【作者】

韓偓（842～923 ？），字致堯（一作致光，一作致元），小字冬郎，自號玉山樵人，京兆萬年（今陝西西安附近）人。唐昭宗龍紀元年（889）進士及第。任翰林學士、中書舍人，遷兵部侍郎、翰林學士承旨。因不附朱全忠，貶為濮州司馬。天佑 2 年復官，不赴召，入閩依王審知而卒。韓偓為李商隱連襟韓瞻之子，小時能詩，得李商隱賞識，稱其「雛鳳清於老鳳聲」。其詩雖渾厚不及前人，但具忠憤之氣，風骨遒勁，慷慨激昂。《新唐書・藝文志》載《韓偓集》1卷，《香奩集》1 卷。後人輯有《韓內翰別集》。

六月十七日召對自辰及
申方歸本院[1]

清暑[2]簾開散異香[3]，恩深咫尺[4]對龍章[5]。花應洞裡[6]常時[7]發；日向壺中[8]特地長[9]。坐久忽疑槎犯斗[10]，歸來兼恐海生桑[11]。如今冷笑東方朔[12]，唯用詼諧[13]侍漢皇[14]。吳曰：「三四記宮禁之景，明外人所不得見。五句自喻親幸，六句憂亂之惝，收借東方生以明己之密籌大計也。」

【今注】

1. 六月十七日召對自辰及申方歸本院：此詩作於唐昭宗天復元年（901），時韓偓受昭宗寵信，屢屢召對；詩中透露作者的自負與遠見，也可見昭宗對渠之

信任和倚重。《新唐書‧韓偓傳》:「帝反正,勵精政事,偓處可機密,率與帝意合,欲相者三四,讓不敢當。」6 月 17 日,為昭宗獨召韓偓之日。《資治通鑑‧唐紀》:「(昭宗天復元年,6 月)上之反正也,中書舍人令狐渙、給事中韓偓皆預其謀,故擢為翰林學士,數召對,訪以機密。……丁卯,上獨召偓,問曰:『敕使中為惡者如林,何以處之?』……上深以為然,曰:『此事終以屬卿。』」又韓偓有〈論宦官不必盡誅〉一文,可證實上述說法。6 月丁卯即 6 月 17 日。自辰及申,由辰時(上午 7 時至 9 時)至申時(下午三時至五時)。本院,翰林學士院。

2. 清暑:避暑。一本作「清署」,指清閒的官署。

3. 異香:宮中繚繞的香煙。

4. 咫尺:距離很近。

5. 龍章:即龍衮,天子的禮服,衣服上繡有龍形。此處借指皇帝。

6. 洞裡:猶洞天,比喻神仙所居之處。此指皇帝召對之所。

7. 常時:即平常。一作「尋常」。

8. 壺中:比喻仙境。傳說有仙人壺公能於一空壺中變化出神仙世界。

9. 特地長:特別長。指在宮中蒙皇帝召對時間之長。

10. 槎犯斗:傳說有濱海之人乘木筏從海上到天河,又返回人間。張華《博物志》:「舊說云天河與海通。近世有人居海渚者,年年八月有浮槎,去來不失期。人有奇志,立飛閣於槎上,多齎糧,乘槎而去。……去十餘日,奄至一處,有城郭狀,屋舍甚嚴,遙望宮中多織婦,見一丈夫,牽牛渚次飲之。……因還如期。後至蜀問君平,曰:『某年月日,有客星犯牽牛宿。』計年月日,正是此人到天河時也。」此指召對恍如經歷一次天外之遊。

11. 海生桑:滄海變為桑田,比喻世事變遷。此與上句皆言「坐久」之意。

12. 東方朔:漢武帝的文學侍從之臣,常以詼諧滑稽之言諷諫皇帝。

13. 詼諧:談話幽默、風趣。

14. 漢皇:漢武帝。

【集評】

元‧方回《瀛奎律髓》:三四真有僊家之意,五六用事,變陳為新,末句詆東方朔尤有味。

(李欣錫)

安貧 [1]

手風 [2] 憊 [3] 展八行書 [4]，眼暗 [5] 休尋九局圖 [6]。窗裡日光飛野馬 [7]；案頭筠管 [8] 長蒲盧 [9]。謀身 [10] 拙為安蛇足 [11]；報國危曾抨虎須 [12]。滿世可能 [13] 無默識 [14]？未知誰擬試齊竽 [15]。黃山谷曰：「其辭悽切而不迫，可謂不忘其君也。」

【今注】

1. 安貧：此為詩人晚年入閩之後所作，描寫老病頹唐的心境，亦含有自我勸慰之意；以「安貧」為題，謂誓不依附朱全忠，甘心安於貧困。貧，除指生活窮困外，也指政治上的失意。
2. 手風：手指風痺之病。患者關節酸痛、四肢麻木。
3. 憊：憊懶。
4. 八行書：書信。古人信箋多每頁八行，故稱。
5. 眼暗：視覺模糊，謂老眼昏花。
6. 九局圖：棋譜。
7. 野馬：空氣中的游絲。
8. 筠管：竹管，此指筆筒或筆管。筠，竹外青皮，常用作竹子的代稱。
9. 蒲盧：一種細腰的蜂，又名蜾蠃。
10. 謀身：為自我打算，謀求聲名利益。
11. 安蛇足：畫蛇添足，謂多此一舉，弄巧成拙。
12. 抨虎須：拔除虎鬚，比喻做冒險的事。抨，音ㄅㄚ丶，拔除。須，即鬚。
13. 可能：怎能，豈能。
14. 默識：默記於心。
15. 試齊竽：希望有人能像齊宣王一樣，認真選拔人才以挽救國事。《韓非子‧內儲說上》：「齊宣王使人吹竽，必三百人。南郭處士請為王吹竽，宣王說之，廩食以數百人。宣王死，湣王立，好一一聽之，處士逃。」

【集評】

1. 宋·潘淳《潘子真詩話》：山谷嘗謂余言：「老杜雖在流落顛沛，未嘗一日不在本朝，故善陳時事，句律精深，超古作者，忠義之氣感發而然。韓偓貶逐，末後依王審知，其集中所載『手風慵展八行書……』其詞淒楚，切而不迫，亦不忘其君者也。」

2. 元·方回《瀛奎律髓》：當崔胤、朱全忠表裡亂國，獨守臣節不變，寧不為相，而在翰苑無俸，竟忤全忠貶濮州司馬。事見本傳。所謂「報國危曾拄虎鬚」，非虛語也。王荊公選唐詩多取之，詩律精確。

3. 明·胡震亨《唐音癸籤》：按：史稱韓偓直內禁，屢參密謀，為全忠所忌。又侍宴時，全忠臨陛宣事，眾皆去席；偓守禮，不為動。全忠以為薄己。其云：「危拄虎鬚」，非獨薦趙崇一事也。

4. 清·朱東巖《東巖草堂評訂唐詩鼓吹》：朱東巖曰：題曰「安貧」是託意也。一二自寫疏懶之狀，言交遊一概謝絕，勝負可以相忘。三四自寫淹留之苦，言遊氣不過借光，蟱蛉總屬依人。五六感前事，「安蛇足」是自悔其拙，「拄虎鬚」是自蹈其危。當此為國忘身之際，世無有知而試之者，是終不免於安貧矣。

5. 近世·李慶甲集評《瀛奎律髓彙評》：紀昀：此為致堯最沉著之作。然終覺淺弱，風會為之也。無名氏（甲）詩有遠神，迥非宋人可及，並端已亦似遜然，善端已才有餘而含蓄未逮也。

（李欣錫）

【作者】

羅隱（833～909），字昭諫，自號江東生，新城（今浙江富陽）人。本名橫，唐宣宗大中、懿宗咸通年間，屢舉進士不第，乃更名為隱。咸通末，入湖南幕，為衡陽主簿，後又從事淮南、浙西諸鎮。僖宗廣明、中和年間避難歸里。後依杭州刺史錢鏐，為錢塘令，遷著作郎，鏐為鎮海節度使，徵為掌書記，轉司勛郎中，又充節度判官。後梁開平元年（907），錢鏐被封為吳越王，開平 2 年（908）表荐羅隱為給事中。世稱羅給事。羅隱詩多寫懷才不遇，間有譏刺時事者，筆意尖新，語言諧俗。各體中尤工七律，詩風雄麗坦直，淺易明暢。今存詩集《甲乙集》10 卷。又有清人輯《羅昭諫集》8 卷，為詩文合集，《四庫全書》據此收錄。

綿谷迴寄蔡氏昆仲 [1]

一年兩度錦江 [2] 游，前值 [3] 東風後值秋。芳草有情皆礙馬 [4]；好雲無處不遮樓 [5]。山牽 [6] 別恨和腸斷 [7]，水帶離聲 [8] 入夢流 [9]。今日因君試回首，滄煙 [10] 喬木 [11] 隔綿州 [12]。三四寫景極佳，而意極沉鬱，是謂神行，若但以佳句取之，則皮相矣。

【今注】

1. 綿谷迴寄蔡氏昆仲：此為作者在綿谷追憶成都舊遊之作，詩中抒發對友人的思念。綿谷，縣名，屬山南西道利州，今四川廣元縣。蔡氏昆仲，應是作者

遊錦江時相識之兩兄弟。題目一本作〈魏城逢故人〉。魏城，縣名，屬劍南道綿州，在今四川綿陽、梓潼之間。

2. 錦江：岷江支流，自四川郫縣流經成都西南。傳說江水濯錦，顏色鮮豔於他水，故名。一作「錦城」，即指成都。

3. 值：遇到，逢著。

4. 礙馬：草絆住馬腳。謂芳草皆欲留客，故來阻礙坐騎。

5. 遮樓：雲遮蔽了樓臺。謂好雲依戀行客，夾道樓臺皆被遮掩；猶沿途相送之意。

6. 牽：牽繫、牽掛。謂青山連綿不斷，似猶掛念遠別的愁苦。牽一作「將」。

7. 和腸斷：謂伴隨作者悲傷淒惻的情緒。

8. 離聲：謂江水帶著離情，發出嗚咽之聲。

9. 入夢流：謂作者夢中彷彿能聽見錦水之聲。

10. 澹煙：輕煙。

11. 喬木：高大的樹木。

12. 隔綿州：綿州在成都與綿谷間。此謂輕煙迷茫、遠樹朦朧，遮斷作者迴望錦城之眼。

【集評】

1. 明・周珽《唐詩選脈會通評林》：程元初曰：「詩人賦及國家與君子、小人處，嫌於傷時，不敢明言，皆托意諷諭。如……『芳草有情皆礙馬，好雲無處不遮樓。』，『芳草』比小人，『馬』喻勢利之輩，『好雲』喻讒佞，『樓』比鈞衡之地。若此之類，可謂言近而意深。」隱以諷刺久困場屋。友人劉賁贈詩云：「人言君子屈，我獨以為非。明主皆難謁，青山何不歸？」隱見之，遂起歸歟之思。此詩「芳草」、「好雲」一聯，正刺時事，不勝憤恨也。後四句言己自歸後，與蔡氏昆仲不免烟樹隔去（按：此詩一題作《綿谷迴寄蔡氏昆仲》），回憶錦城兩度相遊，竟成往事；別離之念不深也乎？

2. 清・趙臣瑗《山滿樓箋注唐詩七言律》：前半追敘舊遊，後半感傷遠別：大開大合，真七字中之正體也。

3. 清・屈復《唐詩成法》：錦江佳景，春秋為最。一年兩度，正值二時。

4. 清‧黃叔燦《唐詩箋注》：上四句言自己在蜀樂事。「山將」一聯，
   言去蜀以後常不能忘。末句因故人去彼，猶回想依依也。

（李欣錫）

卷六・七言律詩

【作者】

楊億（974～1020），字大年。宋建州浦城（今福建省）人。7 歲能屬文。雍熙元年（984）方 11 歲，太宗聞其名，詔送闕下，試詩賦 5 篇，授祕書省正字。真宗時官至翰林學士兼史館修撰，曾修《太宗實錄》與《歷代君臣事跡》（後稱《冊府元龜》）真宗天禧 4 年（1020）12 月卒，年 47，諡曰「文」。楊億作詩宗尚李商隱，據南宋初葛立方《韻語陽秋》云：「楊文公在至道（995～997）中，得義山詩百餘篇，至於愛慕而不能釋手。公嘗論義山詩，以謂包蘊密致，演繹平暢，味無窮而炙愈出，鑽彌堅而酌不竭，使學者少窺其一斑，若滌腸而洗骨。」楊億與劉筠、錢惟演輩相倡和，極一時之麗，號「楊劉」。又集唱和之詩 250 首，編成《西崑酬唱集》，時人謂之「西崑體」。由是西崑詩風盛行，一掃晚唐、五代以來蕪鄙之氣。著有《武夷新集》。

漢武[1]

蓬萊銀闕[2]浪漫漫，弱水[3]迴風[4]欲到難。光照竹宮[5]勞夜拜，露漙金掌[6]費朝餐。力通青海求龍種[7]，死諱文成食馬肝[8]。待詔先生齒編貝[9]，忍令索米[10]向長安。紀曰：「後半逼真義山。」吳曰：「字字中有頓挫，故音節瀏亮。」

【今注】

1. 本詩作於宋真宗景德 3 年（1006）楊億任翰林學士之時，詩意表面上譏諷漢武帝奢求神仙而薄遇文士，實乃隱諷宋真宗。全詩文辭華麗，音節瀏亮，用典繁密，寄托遙深，是西崑體詩代表名作。

2. 蓬萊銀闕：相傳渤海中有蓬萊、方丈及瀛洲，那裡有神仙及不死之藥，其所居住的宮闕是用黃金白銀蓋成的。蓬萊，蓬萊山，古代傳說中的神山名。亦泛指仙境。銀闕，道家說天上有白玉京，為仙人或天帝所居的地方。

3. 弱水：古代神話傳說中稱險惡難渡的河海為弱水。

4. 回風：旋風。

5. 竹宮：漢武帝在甘泉宮中的祠宮，乃用竹建造成的宮室。

6. 露溥金掌：露水多降於金掌上。溥，音ㄊㄨㄢˊ，盛多的樣子。金掌，漢武帝在神明臺上作承露盤，並用銅製的仙人手掌來接取甘露。

7. 龍種：指駿馬。

8. 文成食馬肝：齊人少翁以鬼神方書求見漢武帝，被封為文成將軍，後來因其方無效而被殺，但漢武帝為掩飾少翁被殺的實情，而騙少翁的同學欒大說少翁是吃馬肝中毒而死。馬肝，馬的肝臟，古人以為馬肝有毒，吃了會死。

9. 待詔先生齒編貝：待詔先生，指東方朔。齒若編貝，比喻牙齒如海貝般編排整齊潔白，後世常用來形容牙齒之美。

10. 索米：指謀生。《漢書‧東方朔傳》：「朔上書曰：『臣朔年二十二，長九尺三寸，目若懸珠，齒若編貝』。上偉之，令待詔公車，奉祿薄，未得省見。久之，上召問朔。對曰：『臣朔飢欲死。臣言可用，幸異其禮，不可用，罷之，無令但索長安米。』上大笑，因使待詔金馬門，稍得親近。」楊億在此自比如東方朔的窘困，實諷刺宋真宗如漢武帝，於東方朔之才情流輩，卻教索米長安。

【集評】

1. 宋‧李頎《古今詩話‧優人嘲西崑體》：楊大年、錢文僖、晏元獻、劉子儀以文章立朝，為詩皆宗李義山，號西崑體。後進效之，多竊取義山語。嘗御賜百官宴，優人有裝為義山者，衣服敗裂，告人曰：吾為諸館職撏撦至此。聞者大噱。然大年詠〈漢武〉詩云：「力通青海求龍種，死諱文成食馬肝。待詔先生齒編貝，忍令索米向長安。」義山不能過也。

2. 元‧方回《瀛奎律髓》卷三〈懷古類〉：此詩有說譏武帝求仙，徒

費心力，用兵不勝其驕，而於人才之地不加意也。詩話稱此五、
六。

3. 清‧馮班《瀛奎律髓》眉批：此首有作用。

4. 清‧吳喬《圍爐詩話》卷四：學業須從苦心厚力而得，恃天資而乏
學力，自必無成；縱有學力而識不高遠，亦不能見古人用心處也。
楊大年十一歲，即試二詩二賦，頃刻而成。後來詩學義山，唯詠
〈漢武〉云：「力通青海求龍種，死諱文成食馬肝。待詔先生齒編
貝，忽令索米向長安。」稍有氣分。其西崑詩全落死句，未能髣髴
萬一。

（賴麗娟）

【作者】

宋祁（998～1061），字子京，宋安州安陸（今湖北）人，後遷至開封雍丘（今河南杞縣）。仁宗天聖 2 年（1024），與兄庠同時舉進士，禮部奏祁為第一，庠第三，但章獻太后不欲以弟先兄，乃擢庠為第一，而改置祁為第十，人呼曰「二宋」，並以大小區別之。所作〈玉樓春〉詞，有「紅杏枝頭春意鬧」之句，時人張先稱之為「紅杏枝頭春意鬧尚書」；世稱「紅杏尚書」。曾與歐陽脩等修《新唐書》，書成，遷工部尚書，拜翰林學士承旨，復為群牧使。嘉祐 6 年（1061）卒，諡曰「景文」。宋祁為北宋文學名家，其論文反對文章模仿古人，謂「文章必自名一家，然後可以傳不朽，若體規畫圓，準方作矩，終為人之臣僕。」（《宋景文筆記》上卷）翁方綱認為「宋莒公兄弟，並遊晏元獻之門，其詩格亦復相類，皆去楊（億）、劉（筠）諸公不遠。」（《石洲詩話》卷五）誠是受西崑派詩人影響較深，但其詩文與西崑體風格不盡相類。著有《宋景文集》150 卷（今存 62 卷）、《宋景文筆記》3 卷、《宋景文公長短句》1 卷等。

落花

墜素翻紅各自傷，青樓烟雨忍相望？將飛更作迴風舞，已落猶成半面妝。吳曰：「此聯興會飆舉，能盡落花之神態。」滄海客歸珠迸淚，章臺人去骨遺香。可能無意傳雙蝶，盡付芳心與蜜房。紀曰：「結

乃神似玉溪。」吳曰：「此少作，故濃豔乃爾，收干乞之旨。」

【今注】

1. 宋真宗天禧 5 年（1021），宋祁 24 歲，與兄庠以布衣游學安州，即席各賦
　〈落花〉詩，知州夏竦以為有臺輔器，謂其日後必登尊位。此詩題雖為落
　花，但異乎尋常惜花傷春之作，全篇音節瀏亮，用事靈動，表面詠物，其實
　寫我，是藉落花以引起象外之義，故寄託深遠，無怪乎膾炙人口。
2. 墜素翻紅：形容花落的樣子。這裡的「素」、「紅」二字，代指花。
3. 青樓煙雨：煙雨濛濛時，花飄落在顯貴人家的住處，用來襯托落花的環境與
　氣氛。青樓，用青漆塗飾豪華精緻的樓房，指顯貴人家的住處。煙雨，指濛
　濛細雨。
4. 迴風：曲名，這裡是說花落隨風而舞。
5. 半面妝：是說花雖已飄落，但還是像美人那樣帶著殘妝。《南史・后妃傳下・
　梁元帝徐妃》載梁元帝妃徐昭佩（即所謂徐娘半老的徐娘），因容貌姿質不
　佳，所以梁元帝對她並不禮遇，她因為梁元帝一眼失明，每當得知梁元帝要
　來，必定化半面妝來等他，梁元帝看了就很生氣的離去，這就是半面妝的出
　處。唐李商隱〈南朝〉：「休誇此地分天下，只得徐妃半面粧。」
6. 滄海客歸珠迸淚：遠客歸來看到落花的形狀而淚如散珠。此指其忠厚悱惻之
　情。滄海，大海，此指遠方之意。珠迸淚：指神話傳說中鮫人流淚成珠。亦
　指鮫人流淚所成之珠。
7. 章臺人去骨遺香：喻落花餘香未盡，可見落花的精誠專一。章臺，漢朝長安
　街名，位在陝西長安故城西南。舊時用為妓院的代稱。孟棨《本事詩》：「韓
　翃題詩曰：『章臺柳，章臺柳，昔日青青今在否？縱然長條似舊垂，亦應攀折
　他人手。』」「章臺人去」，暗喻落花。遺香，指落花遺留下的香氣。
8. 蜜房：蜜蜂的巢，即俗稱的蜂巢。

【集評】

1. 宋・趙令畤《侯鯖錄》卷二：宋莒公兄弟皆以高名擢用，仁廟時，
　本朝文章多人，未有二公比者。少時作〈落花〉詩，為時膾炙。
2. 宋・胡仔《苕溪漁隱叢話・後集》卷二十：夏文莊守安州，莒公兄
　弟尚在布衣，文莊異待之，命作〈落花〉詩。莒公一聯云：「漢皋

佩冷臨江失，金谷樓危到地香。」子京一聯云：「將飛更作迴風舞，已落猶成半面妝。」余觀《南史》，「宋元帝妃徐氏無容質，不見禮于帝，帝眇一目，每知帝將至，必為半面妝以俟之。」此半面妝所出也。若迴風舞無出處，則對偶偏枯，不為佳句，殊不知乃出李賀詩「花臺欲暮春辭去，落花起作迴風舞」。前輩用事，必有來處，又精確如此，誠可法也。

3. 宋・劉克莊《後村詩話・前集》卷二：「將飛更作回風舞，已落猶成半面妝」，宋景文〈落花〉詩也，為世所稱。然李義山固云「落時猶自舞，掃後更聞香」，李下句尤妙。

4. 宋・陳巖肖《庚溪詩話》卷下：前人詠落花，世傳二宋兄弟元憲公庠伯序、景文公祁詩為工。元憲詩云：「漢皋珮冷臨江失，金谷樓危到地香。」景文詩云：「將飛更作迴風舞，已落猶成半面妝。」固佳矣，而余襄公靖安道詩亦工，云：「金谷已空新步障，馬嵬徒見舊香囊。」不減二宋也。

5. 宋・吳幵《優古堂詩話》：前輩稱宋莒公賦〈落花〉詩，其警句有「漢皋珮冷臨江失，金谷樓危到地香」之句，蓋本於唐張泌〈惜花〉詩：「看多記得傷心事，金谷樓前委地時。」其弟景文公同賦云：「將飛更作回風舞，已落猶成半面妝。」亦本於李賀〈殘絲曲〉云：「落花起作回風舞，榆莢相催不知數。」

6. 元・方回《瀛奎律髓》卷二十七〈著題類〉：宋郊，字伯庠，後改名庠，字伯序。皇祐宰相，諡元憲。弟祁，字子京。翰林學士，諡景文。夏英公竦守安州，兄弟以布衣游學席上，賦此二詩。英公以為有臺輔器。後元憲狀元，景文甲科同榜，天下以為「二宋」。其詩學李義山。楊文公億集為《西崑酬唱集》，故謂之「崑體」云。李義山〈落花〉詩：「落時猶自舞，掃後更餘香。」亦妙，乃此詩三、四之祖。

7. 清・紀昀《瀛奎律髓刊誤》卷二十七：三四殊俗。結乃神似玉溪，餘皆貌似也。

8. 清・潘德輿《養一齋詩話》卷七：《庚溪詩話》以宋元憲「漢皋珮冷臨江失，金谷樓危到地香。」宋景文「將飛更作回風舞，已落猶成半面妝。」為落花佳句；又謂余襄公「金谷已空新步障，馬嵬徒見舊香囊。」不減二宋也。落花詩最難高雅，宋、余皆格之卑卑者，以此為佳，風雅安在？就中衡之，景文詩猶屬翹楚，若大宋、余公，琢句用事，拙滯極矣。並列而同譽之，迷塗未指，況門牆堂奧乎？

9. 近世・陳衍《宋詩精華錄》卷一：三四寫落花身分，只合如此。子京多侍兒，疑有傷逝意。

（賴麗娟）

【作者】

梅堯臣（傳略見卷四·五言律詩〈魯山山行〉）

送趙諫議知徐州 [1]

鹿車 [2] 幾兩 [3] 馬幾匹？軫 [4] 建朱幡 [5] 騎彀弓 [6]。洒然而來。雨過短亭雲斷續，鶯啼高柳路西東。呂梁 [7] 水注千尋險，大澤 [8] 龍歸萬古空。莫問前朝張僕射 [9]，毬場 [10] 細草綠蒙蒙 [11]。諷諭入妙。

【今注】

1. 此詩是作者在仁宗皇祐 4 年（1052）送右諫議大夫趙及出知徐州時所寫。內容寫趙及車掛朱幡，騎張弓弩，浩浩蕩蕩前往徐州上任，尾聯詩人用韓愈〈諫張僕射打毬書〉典，提醒趙及勿忘恪遵職守。趙諫議，趙及，字希之，宋幽州良鄉人。兩度知徐州，詩題所稱諫議，為趙及遷右諫議大夫後出知徐州之時。諫議，左諫議大夫屬於門下省；右諫議大夫屬於中書省。二者都負責規諫諷諭，舉凡朝政闕失，大臣至百官任非其人，三省至百司事有違失，皆得諫正之。左、右諫議大夫都是從四品的官位。徐州，宋京東路徐州治彭城縣，就是今江蘇省銅山縣治。
2. 鹿車：古代的一種小車。
3. 兩：音ㄌㄧㄤˇ，「輛」古字。量詞，用於車輛。
4. 軫：音ㄓㄣˇ，車後橫木。
5. 朱幡：尊顯者所用的紅色旗幡，此指趙及出知徐州時車隊所掛的大紅色旗幡。
6. 彀弓：張滿弓弩。彀，音ㄍㄡˋ，拉滿弓弩的意思。

7. 呂梁：水名，也稱呂梁洪，在今江蘇徐州東南五十里呂梁山下。有上下二
   洪，相去 7 里，巨石齒列，波流洶湧。

8. 大澤：大湖沼；大藪澤。《寰宇記》：「徐州府豐縣：大澤在縣北六里。」《清
   統志》：「徐州府：大澤在豐縣北。」

9. 前朝張僕射：指唐代韓愈勸諫張建封擊毬（古代一種在馬上打球的運動）
   事。德宗貞元 4 年（788）張建封為徐州刺史、徐泗濠節度使，12 年加檢校
   右僕射。15 年，韓愈脫汴州之亂，依張建封於徐州，見其熱衷於擊毬，韓愈
   乃〈上張僕射第二書〉勸諫勿沉迷於擊毬之事。詩中借以為諷，引之為誡。

10. 毬場：古代進行擊毬遊戲的場地。軍中的毬場，亦作屯兵、習武、集結之
    用。毬：音ㄑㄧㄡˊ，古代泛稱遊戲用球類。最初以毛糾結而成，後以皮為
    之，中實以毛或充以氣。

11. 蒙蒙：茂盛的樣子。

【集評】

1. 元・方回《瀛奎律髓》卷二十四〈送別類〉：五、六切於徐州。

2. 清・紀昀《瀛奎律髓刊誤》卷二十四：切地亦送行習逕，無用標
   置。末更切。此詩較健拔。昌黎有〈諫張僕射打毬書〉。結處大有
   所諷，趙殆好燕遊者。

（賴麗娟）

【作者】

歐陽脩（傳略見卷一‧五言古詩〈送唐生〉）

戲答元珍[1]

春風疑不到天涯，二月山城未見花[2]。紀曰：「起得超妙。」殘雪壓
枝猶有橘，凍雷驚筍欲抽芽[3]。夜聞歸鴈生鄉思，病入新年感物
華[4]。同是洛陽花下客，野芳雖晚不須嗟[5]。方虛谷曰：「此夷陵
作。歐公自謂得意，蓋春風疑不到天涯一句未見其妙，若可驚異，第二句云：二
月山城未見花，即先問後答，明言其所謂也，以後句句有味。」

【今注】

1. 歐陽脩在景祐 3 年（1036）5 月，被貶到峽州（今湖北宜昌）任夷陵縣令。
   景祐 4 年針對摯友丁寶臣所贈〈花時久雨〉一詩加以酬答。詩中描寫謫居偏
   僻山城的孤寂鬱抑，其中雖有思鄉之苦和病入新年的傷感，但都善於自我排
   遣，身處逆境而能自得其樂，這是歐陽脩胸襟曠達的過人之處。全詩妙於
   「春風疑不到天涯」的發端，精於「野芳雖晚不須嗟」的結尾，前後照應，
   結構謹嚴，一悲一曠，層層遞進。全篇從寫景入手，寓情于景，轉生感嘆，
   後得寬解。詩中情景交融，刻劃工切，用語平淡，格調宛轉，所以好句聯翩
   而出，詩情、畫意與理趣兼具，體現其詩歌清新自然，流利暢達的特有風
   格。本詩為歐陽脩自以為得意的一首詩，堪稱是其七律之代表作。戲，隨
   意、信筆，即解嘲遊戲之作。丁寶臣，字元珍，常州晉陵人（今江蘇常州），
   仁宗景祐元年（1037）進士，有文名。丁寶臣於景祐 2 年即與歐陽脩交往，
   歐貶夷陵，時任峽州軍事判官，二人過往甚密，頗多唱和。詩題〈戲答元
   珍〉，一本作〈戲答元珍花時久雨之什〉。

2. 「春風疑不到天涯」二句：歐陽脩於此詩甚自得。歐陽脩《筆說‧峽州詩說》言：「『春風疑不到天涯』，若無下句，則上句何甚？既見下句，則上句頗工，文意難評，蓋如此也。」這兩句是就「花時久雨」花期推遲而發。天涯、山城，皆指歐陽脩貶官所在的峽州夷陵。

3. 「殘雪壓枝猶有橘」二句：描寫出山城的早春風光。指在殘雪、凍雷中橘與筍猶能破其寂寞，顯示對未來抱持曠達的心態。凍雷，春寒時節的雷聲。因其時天氣未暖，尚未解凍，故稱。

4. 物華：美好的景物。

5. 「同是洛陽花下客」二句：意謂已經做過觀賞洛陽牡丹花之人，對夷陵野花的遲放無須慨嘆，畢竟有花可賞即可。這兩句隱含對於「春風不到」的怨望，表現出聊做曠達的自嘲。「同是」，一作「曾是」。洛陽花，牡丹花的別稱，因唐宋時洛陽牡丹花最盛。歐陽脩在仁宗天聖 8 年（1030）曾當過西京留守推官，西京即洛陽，並寫下〈洛陽牡丹記〉，指出牡丹之出於洛陽者為天下第一。並寫〈洛陽牡丹圖詩〉，故自稱為「洛陽花下客」。野芳，猶野花。

【集評】

1. 宋‧蔡絛《西清詩話》：歐公語人曰：「脩在三峽賦詩云：春風疑不到天涯，二月山城未見花。若無下句，則上句不見佳，併讀之，便覺精神頓出。」文意難評如此，要當著意詳味之耳。

2. 清‧馮班《瀛奎律髓》眉批：歐公本佳，說出「問答」二字，便欲嘔矣。名作。

3. 清‧馮舒《瀛奎律髓》眉批：亦自工緻。

4. 清‧陸貽典《瀛奎律髓》眉批：句法相生，對偶流動，歐公得意作也。

5. 清‧查慎行《查初白十二種詩評》：起句得鬆快。

6. 清‧紀昀《瀛奎律髓刊誤》卷四：起句超妙，不減柳州。

7. 清‧許印芳《律髓輯要》：「花」字、「不」字俱複。起句妙在倒裝，若從未見花說起便是凡筆。

8. 近世‧陳衍《宋詩精華錄》：結韻用高一層意自慰。

（賴麗娟）

【作者】

蘇洵（1009～1066），字明允，號老泉。宋眉州眉山（今四川眉山）人。8 歲學句讀、屬對、聲律，未成而廢。及長，喜遊歷名山大川。年 27 發憤讀書，應進士及茂材異等試，皆不中。遂焚前所為文數百篇，絕意功名，而自托於學術。仁宗皇祐、至和年間，著《幾策》、《權書》、《衡論》數十篇，系統提出政治、經濟、軍事等各個領域的革新主張。嘉祐元年（1056）送二子軾、轍入京應試，以張方平之薦，得識歐陽脩，脩稱其文有荀子之風，上其書於朝。2 年，歐陽脩知禮部貢舉，得二子之文，擢為高第。自是父子三人名動京師，公卿士大夫爭傳之，蘇氏文章遂擅天下。時以修舉薦，朝廷兩次召試策於舍人院，洵辭不就。5 年，遂除祕書省校書郎。6 年 7 月，除霸州文安縣主簿，與姚闢同修《太常因革禮》，英宗治平 2 年（1065）9 月書成，3 年春卒，年 58。著有《嘉祐集》。

九日和韓魏公[1]

晚歲登門[2]最不才，蕭蕭華髮映金罍[3]。不堪丞相延東閣，閑伴諸儒老曲臺[4]。佳節久從愁裏過，壯心偶傍醉中來。暮歸衝雨寒無睡，自把新詩百遍開。紀曰：「老泉不以詩名，此詩極老健。」

【今注】

1. 這首詩寫於英宗治平 2 年（1065）重陽節，時蘇洵參加韓琦家宴，席間韓琦

作〈乙巳重陽〉：「苦厭繁機少適懷，欣逢重九啟賓罍。招賢敢并魁才館，樂事難追戲馬臺。蘇布亂錢乘雨出，雁排新陣拂雲來。何時得遇樽前菊，此日花隨月令開。」蘇洵和韓琦詩以表達他雖懷才不遇，但仍有壯心不已的豪情，當時的蘇洵已經 57 歲了。九日，指重陽節。韓魏公就是韓琦（1008-1075），字稚圭，自號贛叟。宋相州安陽（今河南）人。仁宗時韓琦與范仲淹等戮力防禦西夏戰事，故有「韓范」之稱。嘉祐 3 年（1058）6 月，韓琦拜同中書門下平章事、集賢殿大學士。英宗立，拜右僕射，封魏國公。著有《安陽集》。

2. 登門：上門，此言蘇洵成為韓琦的座上客。有暗用「登龍門」的典故，《後漢書・黨錮傳・李膺》：「膺獨持風裁，以聲名自高，士有被其容接者，名為登龍門。」

3. 金罍：罍，音ㄌㄟˊ，古代的青銅酒器，比酒樽大，外形或圓或方，小口，廣肩，深腹，圈足，有蓋和鼻，與壺相似，用來盛酒或水，多用青銅鑄造，亦有陶製的。後代泛指盛酒之器。

4. 不堪丞相延東閣：韓琦於仁宗嘉祐元年（1056）8 月任樞密使，嘉祐 3 年 6 月加同平章事，至英宗治平 4 年（1067）罷相。所以詩中稱韓琦為丞相。東閣，古代稱宰相款待賓客的地方。閣，小門，東向開之，故稱。

5. 曲臺：指太常寺。太常，官名，秦置奉常，漢景帝 6 年更名太常，掌宗廟禮儀，兼掌選試博士。歷代因之，則為專掌祭祀禮樂之官。唐王彥威為太常，撰《曲臺新記》30 卷，故稱太常為曲臺。仁宗嘉祐 6 年 7 月，蘇洵參與太常寺修禮書，而英宗治平 2 年重九日赴韓琦家宴時，正修好《太常因革禮》百卷。所以詩中乃云「閑伴諸儒老曲臺」。

【集評】

1. 宋・葉夢得《石林詩話》卷下：蘇明允至和間來京師，既為歐陽文忠公所知，其名翕然，韓忠獻諸公皆待以上客。嘗遇忠獻置酒私第，惟文忠與一二執政，而明允乃以布衣參其間，都人以為異禮。席間賦詩，明允有「佳節屢從愁裏過，壯心時傍醉中來」之句，其意氣猶不少衰。明允詩不多見，然精深有味，語不徒發，正類其文。

2. 元・李冶《敬齋古今黈》卷六：歐詩：「歡時雖索寞，得酒便豪橫。」老蘇詩：「佳節屢從愁裏過，壯心還傍酒中來。」二老詩意

正同。

3. 元・方回《瀛奎律髓》卷十六〈節序類〉：詩話謂韓魏公九日飲執政，老泉以布衣與坐，今味「閒傍諸儒老曲臺」之句，即是修太常禮之時，非布衣也。蓋英宗治平 2 年乙巳，韓公首倡，見《安陽集》，是日有雨，所和詩非席上所賦，其曰「暮歸衝雨寒無睡」乃是飲歸而和此詩耳。五、六要是佳句。朱文公《語類》頗不以為然，恐門人傳錄，未必的也。

4. 明・楊慎《升庵詩話》卷十二：蘇老泉詩：「佳節每從愁裏過，壯心偶傍醉中來。」白樂天詩有「百年愁裏過，萬感醉中來。」老泉未必祖襲，蓋偶同。

5. 清・紀昀《瀛奎律髓刊誤》卷十六：文公以伊川之故，極不喜蘇氏父子，往往有意排斥。此明知其論之失平，而委其過於記錄者，其實不然。老泉不以詩名，此詩極老健。

6. 近世・曾棗莊《三蘇選集・蘇洵詩選》：此詩首聯寫自己晚年才成為韓琦座上客，參與韓的家宴。領聯感謝韓對自己的禮遇，但從「閒」、「老」二字，可看出他對韓未更加重用自己略有怨言。頸聯進一步抒發一生不得志之情，但仍有壯心未已之意。尾聯寫宴後歸家情景，暮色沉沉，寒雨瀟瀟，輾轉反側，夜不能寐，給人以淒涼之感，集中表現了他壯志不酬的苦悶。這首詩在蘇洵詩作中堪稱壓卷之作。

（賴麗娟）

【作者】

王安石（傳略見卷三・七言古詩〈明妃曲〉）

葛溪驛[1]

缺月昏昏夜未央，一燈明滅照秋牀[2]。病身最覺風霜早，歸夢不知山水長[3]。坐感歲時歌慷慨[4]，起看天地色淒涼[5]。鳴蟬更亂行人耳，正抱疏桐葉半黃[6]。紀曰：「老健深穩，意境殊自不凡。三四細膩，後四句神力圓足。」

【今注】

1. 王安石此詩作於嘉祐 3 年（1058）初秋病後，內容描寫秋夜蒼涼淒清之景，抒發羈旅之鄉愁及慷慨憂國之情懷。詩中物色淒涼，感受真切，詩律精細，意境深沉，誠是神力圓足。葛溪，亦名西溪，在今江西弋陽縣西，水以旁有葛仙翁家而得名。驛，古時供傳遞文書、官員來往及運輸等中途暫息、住宿的地方。
2. 「缺月昏昏夜未央」二句：指秋空裡掛著昏黃的殘月，夜正深沉，一盞黯淡的油燈在床前閃爍。缺月，殘月。未央，未盡。明滅，謂忽明忽暗。
3. 歸夢不知山水長：就算千山萬水，在夢中我也要回到故鄉。歸夢，歸鄉之夢。
4. 坐感歲時歌慷慨：初秋季節已讓我感受到一年就將結束，不禁悲歌慷慨，這裡是寫作者心憂天下的情懷。歲時，每年一定的季節或時間，這裡指秋天。慷慨，感嘆。
5. 起看天地色淒涼：起身一看，整個天地之間一片淒涼慘澹。此句表面寫他病

身所以感受到籠罩在天地間的淒涼景色，實際乃寫他對國事衰颯的憂心忡忡。

6.「鳴蟬更亂行人耳」二句：描寫道途中，秋蟬無知仍然躲在稀疏、半黃的桐葉裡得意的鳴叫。此寄寓著作者對世人渾噩的悲憫。鳴蟬，寒蟬；秋蟬。行人，出行的人，這裡是作者自指。

【集評】

1. 元・方回《瀛奎律髓》卷三十九〈旅況類〉：半山詩如此慷慨者少，卻似「江西」人詩。

2. 清・馮舒《瀛奎律髓》眉批：「江西」安得如此標秀。

3. 清・馮班《瀛奎律髓》眉批：虛谷云「卻似」，然卻不似。

4、許印芳《律髓輯要》：此旅宿感懷而賦詩也。首聯伏後六句，無一閒字，「病身」、「歸夢」、起坐、耳聞，從「床」字生出。「風霜」、「歲時」、「鳴蟬」、黃葉，從「秋」字生出。山水之長、天地之色、桐葉之黃，在燈月中看出。早覺不知、慷慨淒涼、亂耳之情，在月昏燈明中悟出。「正抱」二字，與「漏未央」相應。此則點明賦詩之時，收束通篇也。後六句緊跟「秋床」來，而五句又跟三句，六句又跟四句，七句又緊跟五、六來，故用一「更」字，八句則緊跟七句，乃一定之法。詩律精細如此，而氣脈貫注，無隔塞之病，加以風格高老，意境沉深，半山學杜，此真得其神骨矣。

（賴麗娟）

【作者】

王安國

（1028～1074），字平甫，撫州臨川（今江西撫州）人，安石之弟。自幼聰慧，操筆為文皆有條理，年12，出其所作數十篇，觀者驚嘆讚賞不已。安國屢舉進士不第，直到神宗熙寧初，韓絳薦其才行，召試及第，除西京國子教授，官至著作佐郎、秘閣校理。神宗熙寧變法，與其兄政見不合，非議新法，又坐忤呂惠卿，引連鄭俠事誣陷之，奪官歸田里，熙寧 7 年（1074）卒，得年 47。王安國詩「尤工用事，而復對偶親切」（《臨漢隱居詩話》）。安國逝世後，家人彙集其詩文，編有百卷《王校理集》行於世，曾鞏作序，陳師道作後序；今僅存《王校理集》1 卷，收入《兩宋名賢小集》之中。

西湖春日 [1]

爭得才如杜牧之？試來湖上輒題詩。春煙寺院敲茶鼓，夕照樓臺卓酒旗。工緻。濃吐雜芳薰爌嵑 [2]，濕飛雙翠破漣漪 [3]。人間幸有簑兼笠，且上漁舟作釣師 [4]。紀曰：「通體鮮華，起得超妙，五六生造而不捏湊，且上二字緻起句爭得二字，一氣呼應。」

【今注】

1. 本詩是王安國遊覽杭州西湖時作，描寫西湖春景之美。詩中他對西湖旖旎風光，戀戀不捨，心想雖無杜牧湖上題詩之高才，姑且就駕著漁舟作釣翁，盡

　　情享受西湖的山光水色。西湖，在浙江杭州城西。有蘇堤春曉、曲院風荷、
平湖秋月、斷橋殘雪、柳浪聞鶯、花港觀魚、雷峰夕照、雙峰插雲、南屏晚
鐘、三潭印月等十處勝景。

2. 巉崿：音一ㄢˇ　ㄜˋ，指山崖；峰巒的意思。

3. 漣漪：指水面波紋；亦指微波的意思。

4. 釣師：指漁人，也就是釣翁。

【集評】

1. 方回《瀛奎律髓》卷十〈春日類〉：三、四峭響，五、六最工，尾
句高甚。

2. 清‧查慎行《查初白十二種詩評》：中二聯亦似「崑體」。

3. 清‧紀昀《瀛奎律髓刊誤》卷十：「茶鼓」、「酒旗」對亦可喜，但
專事此種，便入小家。尾亦習徑，未見其高。虛谷不言詩格之高，
但以一言隱遁，便是人品之高耳，殊是習氣。通體鮮華，起得超
妙。五、六生造而不揑湊，「且上」二字繳起句「爭得」二字，一
氣呼應。

4. 清‧許印芳《律髓輯要》：兩「上」字音義不同。

（賴麗娟）

【作者】

蘇軾（傳略見卷一・五言古詩〈寒食雨〉）

和子由澠池懷舊 [1]

人生到處知何似？應似飛鴻踏雪泥。泥上偶然留指爪，鴻飛那復計東西？老僧已死成新塔；壞壁無由見舊題 [2]。往日崎嶇還記否？路長人困蹇驢 [3] 嘶。吳曰：「起超儁，後半率。」

【今注】

1. 此詩乃嘉祐 6 年（1061）11 月作。東坡赴鳳翔，子由送至鄭州分手後，子由有〈懷澠池寄子瞻兄〉詩云：「相攜話別鄭原上，共道長途怕雪泥。歸騎還尋大梁陌，行人已渡古崤西。曾為縣吏民知否？舊宿僧房壁共題。遙想獨遊佳味少，無言騅馬但鳴嘶。」此為和作。澠池，今河南澠池。

2. 「老僧已死成新塔」二句：老僧，即奉閑。蘇轍〈懷澠池寄子瞻兄〉詩自注云：「轍昔與子瞻應舉，過宿縣中寺舍，題其老僧奉閑之壁。」蘇軾至澠池時，奉閑已死，骨灰藏入新塔，寺壁已壞，無由重睹舊日所題。塔，安葬和尚的建築物。

3. 蹇驢：跛腳的驢。蹇，音ㄐㄧㄢˇ，跛足。蘇軾於此末句自注云：「往歲馬死於二陵，騎驢至澠池。」二陵，即殽之南北兩山，相距 35 里，又稱二殽，在澠池縣西，乃陝豫要道。

【集評】

1. 宋・魏慶之《詩人玉屑》卷十七引《陵陽室中語》：子瞻作詩，長

于譬喻。如〈和子由〉云：「人生到處知何似，應是飛鴻踏雪泥。泥上偶然留指爪，鴻飛那復計東西。」（略）皆累數句也。

2. 元·劉壎《隱居通議》卷十：「人生到處知何似，應是飛鴻踏雪泥。」……此《東坡集》律詩第一首也。……此詩若繩以唐人律體，大概疏直欠工。然「鴻泥」之諭，真是造理，前人所未到也。且悠然感慨，令人動情，世不可率爾讀之，要須具眼。

3. 明·袁宏道評閱譚元春選《東坡詩選》卷一評：後四句傷韻。

4. 清·查慎行《初白庵蘇詩補注》卷三：《傳燈錄》：「天衣義懷禪詩云：「雁過長空，影沉寒水。雁無遺跡之意，水無留影之心。若能如是，方解向異類中行。」」先生此詩前四句暗用此語。

5. 清·紀昀評《蘇文忠公詩集》卷三：前四句單行入律，唐人舊格，而意境恣逸，則東坡本色。渾灝不及崔司勳〈黃鶴樓〉詩，而撒手遊行之妙，則不減義山〈杜司勳〉一首。

6. 清·王文誥《蘇文忠公詩編著集成》卷三：查注引《傳燈錄》義懷語，謂此四句本諸義懷，誣罔已極。凡此類詩，皆性靈所發，實以禪語，則詩為糟粕。句非語錄，況公是時並未聞語錄乎？

7. 清·王文誥《蘇海識餘》卷一：曉嵐謂前四句單行入律，唐人舊格，意指崔顥〈黃鶴〉。顥句乃粗才耳，又其法全仿〈龍池〉篇，非創制手也。若此四句，孰敢以粗才目之？且公詩律句甚多，而通集不再見，亦見其得之之不易矣。故自為此詩，而崔顥〈黃鶴〉可以無取。

8. 清·方東樹《昭昧詹言》卷二十：此詩人所共賞，然余不甚喜，以其流易。

（邵曼珣）

和董傳留別 [1]

麤繒大布裹生涯，腹有詩書氣自華 [2]。飄然而來，有昂頭天外之慨。厭伴老儒烹瓠葉 [3]，強隨舉子踏槐花 [4]。囊空不辦尋春馬 [5]，眼亂行看擇壻車 [6]。得意猶堪誇世俗，詔黃新濕字如鴉。[7]

【今注】

1. 治平元年（1064）12 月蘇軾罷鳳翔簽判任，此詩為返京途中在長安與董傳話別而作。董傳，字至和，洛陽人。家居長安二曲。有詩名於時，常在鳳翔與東坡相從，然貧困終身。韓琦曾薦舉於朝，未果。熙寧 2 年（1069）3 月病卒。

2. 「麤繒大布裹生涯」二句：上句言其貧困，下句言其才華。麤同粗。繒，絲織品總稱。大布，粗布。蘇軾在〈上韓魏公書〉中說董傳為人「不通曉世事，然酷嗜讀書。其文字蕭然有出塵之姿。至詩與楚詞，則求之於世可與傳比者，不過數人。」

3. 瓠葉：葫蘆葉，常作為飲酒的醃菜。瓠，音ㄏㄨˋ，葫蘆。

4. 踏槐花：指忙於科舉考試。宋錢易《南部新書》：「長安舉子，自六月以後，落第者不出京，謂之過夏。多借靜坊廟院及閑宅居住作新文章，……七月後，投獻新課，……人為語曰：『槐花黃，舉子忙』。」

5. 囊空不辦尋春馬：不辦，無力置辦。尋春，唐宋時進士及第後，例期宴集，選其中最年少者二名為探花使，遍遊名園。若他人先得名花，則二人被罰。孟郊〈後及第〉：「春風得意馬蹄疾，一日看盡長安花。」

6. 眼亂行看擇壻車：眼亂，眼花。行看，將看。擇壻車：壻同婿。《唐摭言》卷 3：「曲江之宴，行市羅列，長安幾於半空。公卿家率以其日揀選東床，車馬闐塞，莫可殫述。」

7. 詔黃新濕字如鴉：詔黃，以黃紙書寫的任官詔書。字如鴉，指詔書上的墨字清晰醒目。

【集評】

1. 明・袁宏道評閱譚元春選《東坡詩選》卷一譚元春評：「腹有詩書氣自華」，使人不敢空慕清華之氣，語亦大妙。

2. 清・查慎行《初白庵詩評》卷中：按先生〈與韓魏公書〉述董事甚悉，傳蓋未嘗得官，亦未嘗娶婦，故公詩云然。詔黃新濕，謂董已成進士，故云「得意猶堪誇世俗」也。

3. 清・又《初白庵蘇詩補注》卷五：公〈與韓魏公尺牘〉云：進士董傳至長安，見軾於傳舍，道其窮苦之狀，「賴公而存，又薦我於朝。吾平生無妻，近省彭別駕許嫁我以妹」云云。按先生作此書時，傳已病歿，則其生前未嘗娶婦，故詩中有「眼亂行看擇壻車」之句。

4. 清・紀昀評《蘇文忠公詩集》卷五：句句老健。結二句乃期許之詞，言外有炎涼之感，非有所不足於董傳也。

5. 清・趙克宜《角山樓蘇詩評注彙鈔》卷二：塗鴉之典如此用，亦未確定。

（邵曼珣）

有美堂暴雨 [1]

遊人腳底一聲雷 [2]，吳曰：「奇景。」滿座頑雲 [3] 撥不開。天外黑風吹海立；浙東飛雨過江來 [4]。十分瀲灩金尊凸 [5]，千杖敲鏗羯鼓催 [6]。喚起謫仙泉灑面 [7]，倒傾鮫室瀉瓊瑰 [8]。方曰：「奇氣。」

【今注】

1. 熙寧 6 年（1073）7 月作於杭州。有美堂，在杭州吳山最高處，可左瞰錢塘江，右覽西湖，視野極廣闊。宋仁宗嘉祐 2 年（1057），梅摯出知杭州，皇帝親自賦詩送行，中有「地有吳山美，東南第一州」之句。梅到杭州後，就在吳山頂上建有美堂以見榮寵。歐陽脩曾為他作《有美堂記》。

2. 腳底一聲雷：有美堂地勢高，故云雷聲起於腳下。

3. 頑雲：濃密的烏雲久聚不散。陸龜蒙〈苦雨〉詩：「頑雲猛雨更相欺。」

4. 「天外黑風吹海立」二句：海立，言水勢翻騰，巨浪排空之狀。此處的海指錢塘江入海處。浙東，浙江之東，浙江流經錢塘縣境稱錢塘江。杭州在錢塘江之西，故云「過江來」。

5. 十分瀲灩金尊凸：形容雨勢盛大，像金樽裝滿了水，將要溢出之狀。瀲灩，水滿溢的樣子。金尊，精美的酒器。尊，同「樽」。

6. 千杖敲鏗羯鼓催：形容雨聲像千根鼓槌敲打著羊皮鼓面一樣的繁急。鏗，彈擊金屬瓦石的聲音。羯鼓，是一種出自於外夷的樂器。用公羊皮做鼓皮，因此叫羯鼓。

7. 喚起謫仙泉灑面：雨勢之大，像用泉水倒在謫仙臉上一樣。見《舊唐書・李白傳》：「玄宗度曲，欲造樂府新詞，亟召白。白已醉臥於酒肆矣。召入，以水灑面，即令秉筆。頃之，成十餘章。」

8. 鮫室：鮫人所居之室。張華《博物志》：「南海水有鮫人，水居如魚，不廢織績，其眼能泣珠。」瓊瑰，泛指珠玉或珍貴的禮物。亦比喻美好的詩文。瓊，玉。瑰，珠。

【集評】

1. 宋・馬永卿《嬾真子》卷五：紹興 6 年夏，僕與年兄何元章會于錢塘江上。余因舉東坡詩「天外黑風吹海立，浙東飛雨過江來。」元章云：「『立』字最為有功，乃水湧起之貌。老杜《三大禮賦》云：『九天之雲下垂，四海之水欲立。』東坡之意蓋出于此。或者妄易「立」為「至」，衹可一笑。」

2. 宋・洪邁《容齋四筆》卷二〈有美堂詩〉：東坡在杭州作〈有美堂會客〉詩，頷聯云：「天外黑風吹海立，浙東飛雨過江來。」讀者疑海不能立，黃魯直曰：「蓋是為老杜所誤。」因舉《三大禮賦朝

獻太清宮》云「九天之雲下垂，四海之水皆立。」以告之。二者皆句語雄峻，前無古人。坡和陶〈停雲〉詩有「雲屯九河，雪立三江」之句，亦用此也。

3. 明·謝肇淛《五雜俎》卷四：（「天外黑風吹海立」）余從祖司農公傑，以大行奉使過海，中流有龍焉，倒垂雲際，離水尚百許丈，而水湧起如炊煙，直與相接，人見之歷歷可辨也。始信「水立」之語非妄。

4. 清·紀昀評《蘇文忠公詩集》卷十：此首為詩話所盛推，然獷氣太重。

5. 清·趙翼《甌北詩話》卷五《蘇東坡詩》：坡詩有云：「清詩要鍛鍊，方得鉛中銀。」然坡詩實不以鍛鍊為工，其妙處在乎心地空明，自然流出，一似全不著力而自然沁入心脾，此其獨絕也。今第就七言律論之，如「天外黑風吹海立，浙東飛雨過江來。」……此數十聯乃是稱心而出，不假雕飾，自然意味悠長。即使事處，亦隨其意之所欲出，而無牽合之迹。此不可以聲調、格律求之也。

6. 清·李調元《雨村詩話》卷下：余雅不好宋詩而獨愛東坡，以其詩聲如鍾呂，氣若江河，不失于腐，亦不流于郛。尤其天分高，學力厚，故縱筆所之，無不精警動人。不特在宋無此一家手筆，即置之唐人中，亦無此一家手筆也。公嘗自舉生平得意之句，以「令嚴鐘鼓三更月，野宿貔貅萬竈煙」一聯為其最，實不止此也。公集中無論長篇短幅，任舉一句，皆具大魄力。如〈有美堂暴雨〉起筆云（按下引「遊人」四句），其聲直震百里，誰能有此？

7. 清·林昌彝《海天琴思錄》卷三：「浙東」句全用殷堯藩詩（原注：〈喜雨〉詩：「山上亂雲隨手變，浙東飛雨過江來。」）注蘇詩者皆未及之。

（邵曼珣）

雪後北臺書壁[1]二首

其一

黃昏猶作雨纖纖[2]，夜靜無風勢轉嚴[3]。但覺衾裯[4]如潑水，不知庭院已堆鹽[5]。吳曰：「得雪之神。」五更曉色來虛幌，半夜寒聲落畫簷[6]。試掃北臺看馬耳，未隨埋沒有雙尖[7]。

【今注】

1. 熙寧 8 年（1075）正月作於密州。北臺：張清源《雲谷雜記》卷三：「北臺在密州之北，因城為臺，馬耳與常山在其南，東坡為守日，葺而新之，子由因請名之曰超然臺。」《清統志》曰：「山東青州府：超然臺在諸城縣北城上。」
2. 纖纖：細微的樣子。
3. 嚴：寒氣凜冽。
4. 衾裯：厚被與單被。衾，音ㄑㄧㄣˊ。裯，音ㄔㄡˊ。《詩經・召南・小星》：「肅肅宵征，抱衾與裯。」《毛亨傳》：「衾，被也；裯，襌被也。」《釋名・釋衣服》：「襌衣，言無裏也。有裏曰複；無裏曰襌。」
5. 堆鹽：比喻堆雪。《世說新語・言語》記載謝安在寒雪日召集兒女們講論文義。適逢大雪，謝安問曰：「白雪紛紛何所似？」兄子（謝朗）曰：「灑鹽空中差可擬。」兄女（謝道韞）說：「未若柳絮因風起。」
6. 「五更曉色來虛幌」二句：是說由於雪光的反射，懷疑是五更時候的曉色，照進了窗簾中。而凍結在屋簷上的冰柱，墜落下來發出響聲，才發現還是半夜呢！幌，帷幔；窗簾。
7. 「試掃北臺看馬耳」二句：馬耳，馬耳山。在諸城縣西南五十里。下句所云「雙尖」，是其中峰。此二句是說登上北臺，四周多為大雪所覆蓋，只有馬耳山的雙峰還露在雪地中。蘇軾《超然臺記》：「南望馬耳、常山，出沒隱見，若進若遠。」

【集評】

1. 宋・陸游《跋呂成叔和東坡尖叉韻雪詩》：古詩有倡有和，有雜以追和之類，而無和韻者。唐始有之，而不盡同。有用韻者，謂同用此韻耳。後乃有依韻者，謂如首倡之韻，然不以次也。最後始有次韻，則一皆如其韻之次。自元、白至皮、陸，此體乃成，天下靡然從之。今蘇文忠集中有《雪》詩，用尖叉二字。王文公集中，又有次蘇韻詩。議者謂非二公莫能為也。通判澧州呂文之成叔乃頓和百篇，字字工妙，無牽強湊泊之病。

2. 清・冒春榮《葚原詩說》卷二：東坡詠雪「尖」、「叉」韻詩，偶然遊戲，學之恐入于魔。彼胸無寄託，筆無遠情，如謝宗可、瞿佑之流，直猜謎語耳。

3. 元・方回《瀛奎律髓彙評》卷二十一《雪類》方回評：「馬耳」，山名，與「臺」相對。坡知密州時作。年 39 歲。偶然用韻甚險，而再和尤佳。或謂坡詩律不及古人，然才高氣雄，下筆前無古人也。觀此雪詩亦冠絕古今矣。雖王荊公亦心服，屢和不已，終不能壓倒。

4. 又黃庭堅〈春雪呈張仲謀〉方回評：蘇、黃名出同時，山谷此二詩（按：即此篇與〈詠雪奉和廣平公〉），適亦用「花」字、「簷」字韻，此乃山谷少作耳。視坡詩高下如何？細味之，「夢間」、「睡起」、「疏密」、「整斜」二聯，與坡「潑水」、「堆鹽」之句，亦只是一意，但有淺深工拙。而「庭院已堆鹽」之句，卻有頓挫。坡詩天才高妙，谷詩學力精嚴；坡詩寬而活，谷律刻而切云。

5. 清高宗《唐宋詩醇》卷三十四：「尖」、「叉」韻詩，古今推為絕唱，數百年來，和之者亦指不勝屈矣。然在當時，王安石六和其韻，用及「諸天夜叉」、「交戟叉頭」等字，支湊勉強，貽人口實。

6. 清・王文誥《蘇文忠公詩編注集成》卷十二：首句是雨，二、三、四句是雪，皆從不見不知中落想。蓋謂雪作如此，而我在臥中，惟

覺嚴寒，猶未悟為雪也。第三聯亦疑而未定之詞。五更乃遲明之
時，未應遽曉，而我方疑之，復因半夜寒聲，漸悟為雪也。此乃以
下句叫醒上句，其所以曉色之故，出落在下句也。……讀者往往不
喜「堆鹽」一聯，紀曉嵐尤譏詆之，殊不知四句必要暗落「雪」
字。非合前後聯觀之，不知其白戰之妙也。

7. 清・趙克宜《角山樓蘇詩評注彙鈔附錄》卷中：凡雪堆積檐端樹
杪，積多則成塊，墮落撲籟有聲。第六句最是靜中體驗語，而昧者
必謂化雪方有聲，甚矣，說詩之難矣。

8. 清・何曰愈《退庵詩話》卷四：押險韻要工穩而有味。王荊公尖叉
韻，當時往復唱和，皆不及東坡「試掃北臺看馬耳，未隨埋沒有雙
尖」也。「雙尖」二字，妙在從上句「馬耳」生出，不然亦平平
耳。

其二

城頭落日始翻鴉，陌上晴泥已沒車[1]。凍合玉樓寒起粟，光搖銀
海眩生花[2]。清脾可愛。遣蝗入地應千尺[3]，宿麥連雲[4]有幾家？
老病自嗟[5]詩力退，空吟冰柱憶劉叉[6]。

【今注】

1. 「城頭初日始翻鴉」二句：登上城牆，雪後初晴，烏鴉在空中上下翻飛尋找
食物。路上的積雪因為天晴而開始融化，路面泥濘使得車輪都陷入泥淖中
了。

2. 「凍合玉樓寒起粟」二句：是說在融雪的時候，凍得讓人把肩膀都縮起來
了，而且也冷得起雞皮疙瘩。太陽照在雪地上，雪地的反光刺得眼睛都目眩
生花。宋趙令畤《侯鯖錄》卷1記載東坡「過金陵時，見王荊公，論詩及此
云：『道家以兩肩為玉樓，以目為銀海，使此否？』坡笑之。……」

3. 遣蝗入地應千尺：這場大雪可使蝗蟲的卵鑽入地下，應該有一千尺深了。遣

蝗，指蝗蟲所產的卵。《苕溪漁隱叢話》前集卷 29 胡仔云：「蝗遺子於地，若雪深一尺，則入地一丈，麥得雪則資茂而成稔歲，此老農之語也。」入地千尺，是說深埋於地下，不易出土為害。

4. 宿麥連雲：宿麥，隔年成熟的麥子，即冬麥。連雲，與天空之雲相連。形容高遠、眾多。

5. 自嗟：自嘆。

6. 空吟冰柱憶劉叉：劉叉，唐元和時人。少任俠，後折節讀書，為韓愈的弟子。曾作〈冰柱〉詩云：「不為四時雨，徒為道路成泥柤。不為九江浪，徒能汩沒天之涯。」

【集評】

1. 宋・吳沆《環溪詩話》卷下：環溪嘗謂：「詩之工不在對句，然亦有時而用；第泥於對而失詩之意，則不可耳。」伯兄一日看東坡詩云「凍合玉樓寒起粟，光搖銀海眩生花」，再三嘆其佳對。環溪云：「以『銀』對『玉』則佳矣，以『海』對『樓』則未盡善。」伯兄云：「只是銀海、玉樓皆身上事，海不是海，樓不是樓，所以為佳耳。」環溪云：「若就身上覓時，何不將「玉山」對「銀海」？」伯兄喜曰：「想當時坡意偶不及此，留與吾弟今朝作對耳。」

2. 宋・舊題王十朋《集註分類東坡先生詩》卷七引次公語：世傳王荊公常誦先生此詩，嘆云：「蘇子瞻乃能使事至此。」時其婿蔡卞曰：「此句不過詠雪之狀，狀樓臺如玉樓，瀰漫萬象若銀海耳。」荊公哂焉，謂曰：「此出道書也。」蔡卞曾不理會于「玉樓」何以謂之「凍合」，而下三字云「寒起粟」；于「銀海」何以謂之「光搖」，而下三字云「眩生花」。「起粟」字蓋使「趙飛燕雖寒，體無粞粟」也。

3. 元・方回《瀛奎律髓彙評》卷二十一《雪類》何焯評：「凍合」二句若賦雪便無餘味，妙在是雪後耳。兩詩次第極工，馮（班）先生似未細看也。

4. 清・袁枚《隨園詩話》卷一：東坡《雪》詩，用「銀海」、「玉

樓」，不過言雪色之白，以「銀」、「玉」字樣襯托之，亦詩家常事。註蘇者必以為道家肩、目之稱，則當下雪時，專飛道士家，不到別人家耶？

5. 清・王文濡《宋元明詩評注讀本》卷六：句句切定「雪後」。「玉樓」、「銀海」一聯，頗見烹鍊之功。

（邵曼珣）

八月七日初入贛過惶恐灘[1]

七千里外二毛人[2]，十八灘頭一葉身[3]。山憶喜歡[4]勞遠夢，地名惶恐泣孤臣[5]。長風[6]吹客添帆腹[7]，積雨浮舟減石鱗[8]。便合與官充水手，此生何止略知津[9]？紀曰：「真而不俚，怨而不怒。」吳曰：「縱逸不羈，如見其人。」

【今注】

1. 紹聖元年（1094）8 月 7 日蘇軾南遷惠州途中初入贛江（今江西萬安至贛縣間一段）過惶恐灘時所作。贛，贛江，上流為章、貢二水，會於今江西贛縣北，始名贛江。惶恐灘，贛江十八灘之一，在今江西萬安縣境，舊名黃公灘。

2. 七千里外二毛人：七千里，指從贛江到蘇軾故鄉之路程。二毛人：垂老之人，當時東坡 59 歲。二毛，指頭髮黑白相雜

3. 十八灘頭一葉身：十八灘頭，贛州二百里至峎縣，又一百里至萬安，其間有十八處灘頭，第一灘在萬安縣前，名黃公灘，最為湍急。東坡將其改名為「惶恐」，以與後句「喜歡」相對。一葉，指小船。

4. 喜歡：此句蘇軾自注曰：「蜀道有錯喜歡鋪，在大散關上。」大散關，又稱崤谷，在今陝西寶雞市西南大散嶺上。

5. 孤臣：失勢被貶之臣。

6. 長風：久吹不停之勁風。

7. 帆腹：船帆受風，一面突起如腹。

8. 石鱗：河水流經石上激起的波紋。

9. 「便合與官充水手」二句：是說自己長途舟行，何止知道幾個渡口而已，應該可以充當水手為官府駕船了。知津，知道過河的渡口，猶言識途。

【集評】

1. 宋·黃徹《䂬溪詩話》卷五：柳（宗元）：「十一年前南渡客，四千里外北歸人。」又：「一身去國六千里，萬死投荒十二年。」蘇：「七千里外二毛人，十八灘頭一葉身。」皆不約而合，句法使然故也。

2. 宋·曹彥約《杜少陵悶詩》：東坡早年經過喜歡鋪，至老不忘，遷謫中遇惶恐灘，其辭可見。

3. 元·方回《瀛奎律髓彙評》卷四十三《遷謫類》紀昀評：東坡詩多傷激切，此雖不免兀傲，而尚不甚礙和平之旨。

4. 清·查慎行《初白庵詩評》卷中：邢疏《坦齋通紀》云：「詩人好改易地名，以就句法。」

5. 清·汪師韓《蘇詩選評箋釋》卷五：起二句固是同調柳州，書作發端，乃更警策。按十八灘自下而上，第一灘在萬安縣前，名黃公灘，東坡改作「惶恐」，以對「喜歡」。其後文山更以惶恐對零丁，遂成典故。結處云「充水手」者，應是暗用何易于腰笏引舟事也。

（邵曼珣）

六月二十日夜渡海[1]

參橫斗轉欲三更[2]，苦雨終風[3]也解晴。雲散月明誰點綴[4]，天容海色本澄清[5]。空餘魯叟乘桴[6]意，粗識軒轅奏樂聲[7]。九死南荒[8]吾不恨，茲游[9]奇絕冠平生。紀曰：「前半純是比體，如此措辭，自無痕跡。」

【今注】

1. 元符3年（1100）6月，蘇軾65歲時離開儋州赴廉州，過瓊州渡海時所作。
2. 參橫斗轉欲三更：參星橫斜，北斗星也轉向。時值深夜。參、斗，指參宿星和北斗星，皆屬二十八星宿之一。古代參宿星主要指現今獵戶座腰帶的三顆星，又稱福祿壽三星。
3. 苦雨終風：苦雨，久雨不停。終風，終日颳大風。
4. 誰點綴：猶言尚有何物遮掩《晉書‧謝重傳》：「為會稽王道子驃騎長史，因侍坐，於時月夜明淨，道子歎以為佳。重率爾曰：『意謂乃不如微雲點綴。』道子戲曰：『卿居心不淨，乃復強欲滓穢太清邪！』」
5. 天容海色本澄清：天色與海色原本是澄清明淨的。比喻自己本來是清白的，受到小人誣陷，如浮雲蔽日，終會消散。
6. 魯叟乘桴：魯叟，即孔子。桴，小竹筏或小木筏。《論語‧公冶長》：「子曰：道不行，乘桴浮於海。」
7. 粗識軒轅奏樂聲：意謂從渡海的波濤聲聯想起黃帝的奏樂聲，而粗識莊子忘得失、齊榮辱之道理。軒轅，即黃帝。此引用《莊子‧天運》：「北門成問於黃帝曰：『帝張〈咸池〉之樂於洞庭之野，吾始聞之懼，復聞之怠，卒聞之惑，蕩蕩默默，乃不自得，……聖也者，達於情而遂於命也。』」
8. 九死南荒：九死，瀕死，極言其近於死亡。南荒，南方荒蠻之地，此指南海。
9. 茲游：這一次海南的遊歷。

【集評】

1. 元・方回《劉元輝詩序》(《桐江集》卷四)：元祐臣僚被謫，乃熙、豐小人用事報復，宋之存亡攸關。坡過嶺過海，不為詩也。名高眾忌，視死如歸，故詩曰：「九死南荒吾不恨，茲游奇絕冠平生。」元輝責之太甚，千萬世東坡自不朽也。

2. 元・方回《瀛奎律髓》卷四十三《遷謫類》方回評：紹聖 4 年丁丑，東坡在惠州，年 62 矣。5 月再謫瓊州別駕，昌化軍安置，即儋州也。以 6 月 20 日夜渡海，7 月 13 日至儋州。或謂尾句太過，無省愆之意，殊不然也。章子厚、蔡卞欲殺之，而處之怡然。當此老境，無怨無怒，以為茲游奇絕，真了生死、輕得喪天人也。四詩可一以此意觀。

3. 清・查慎行《初白庵詩評》卷下：前半四句，俱用四字作疊而不覺其板滯，由於氣充力厚，足以陶鑄鎔冶故也。

4. 清・汪師韓《蘇詩選評箋釋》卷六：高闊空明，非實身有仙骨，莫能有其隻字。

5. 清・賀裳《載酒園詩話・蘇軾》：坡詩吾第一服其氣概。後至垂老投荒，夜渡瘴海，猶云：「空餘魯叟乘桴意，粗識軒轅奏樂聲。九死南荒吾不恨，茲游奇絕冠平生。」如此胸襟，真天人也。

7. 清・王文誥《蘇文忠公詩編注集成》卷四十三：(「雲散月明誰點綴」)問章惇也。(「天容海色本澄清」)公自謂也。凡此種聯句，必不可傅會，典實註繁，則詩旨反為所晦。

（邵曼珣）

【作者】

黃庭堅（傳略見卷一・五言古詩
〈子瞻詩句妙一世乃云效庭堅體次韻道之〉）

寄黃幾復[1]

我居北海君南海[2]，寄雁傳書謝不能[3]。吳汝綸曰：「黃詩起處每飄然
而來，亦奇氣也。」桃李春風一杯酒，江湖夜雨十年燈。方東樹曰：
「浩然一氣湧出。」持家但有四立壁[4]，治病不蘄三折肱[5]。想見讀
書頭已白，隔溪猿哭瘴溪[6]藤。方東樹曰：「五六頓住，結句出場。」

【今注】

1. 寄黃幾復：此詩作於宋神宗元豐 8 年（1085），山谷時年 41 歲。黃幾復（？
   ～1088），名介，字幾復，宋豫章西山（今江西新建）人，與山谷少年交
   遊、同學究出身，歷官長樂尉、廣州教授、楚州推官、知四會（今廣東四會
   縣），仕於嶺南者十年。
2. 我居北海君南海：山谷作此詩時，為官於德州（今山東德平），地近渤海。
   渤海古稱北海。而黃幾復在廣東四會縣做知縣，地近南海，故稱。《左傳・
   僖公四年》：「齊侯以諸侯之師侵蔡，蔡潰，遂伐楚。楚子使與師言曰：『君
   處北海，寡人處南海，唯是風馬牛不相及也。不虞君之涉吾地也，何
   故？』」山谷化用此典甚明。
3. 寄雁傳書謝不能：託鴻雁傳信，而鴻雁推說不能做到。謝，推辭。託雁傳
   書，典出《漢書・蘇武傳》：「常惠教使者謂單于，言天子射上林中得雁，足
   有係帛書，言武等在某澤中。」

4.持家但有四立壁：治家落得只有四面牆壁。形容家境非常貧窮。但，只。
《史記·司馬相如傳》：「家居徒四壁立。」

5.治病不蘄三折肱：治病不須多次折斷手臂就已很有經驗。比喻已經諳練世
故，經驗豐富。《左傳·定公 13 年》：「高彊曰：『三折肱知為良醫。』」

6.瘴溪：充滿瘴癘之氣的溪流。時黃幾復在廣東四會，故稱。

【集評】

1. 宋·魏慶之《詩人玉屑》：張文潛嘗謂余曰：「黃九似『桃李春風一
杯酒，江湖夜雨十年燈』真是奇語。」苕溪漁隱曰：「汪彥章有
『千里江山漁笛晚，十年燈火客氈寒』之句，效山谷體也。」

2. 清·方東樹《今體詩鈔》：亦是一起浩然，一氣湧出，五六一頓，
結句與前一樣筆法。山谷兀傲縱橫，一氣湧現；然專學之，恐流入
空滑，須慎之。

（傅武光）

次韻柳通叟寄王文通 [1]

故人昔有凌雲賦[2]，何意陸沈黃綬間[3]？頭白眼花行作吏，兒婚
女嫁望還山[4]。方曰：「敘事往復頓挫。」心猶未死杯中物[5]，春不能
朱鏡裏顏。寄語諸公肯湔祓[6]，割雞[7]聊得近鄉關。

【今注】

1.次韻柳通叟寄王文通：這是一首和（音ㄏㄜˋ）詩，原作的作者是柳通叟。
柳通叟作詩給文王通，黃庭堅作此詩和他。次韻，又稱步韻，也就是依別人
的詩的韻腳及其次序作詩。柳通叟和王文通，今俱失考。

2. 凌雲賦：指漢司馬相如所作〈大人賦〉。武帝讀之，**飄飄**然有凌雲之氣，似遊於天地之間，故稱。見《史記‧司馬相如列傳》。

3. 何意陸沈黃綬間：那想到竟沈淪在縣丞縣尉的職位中呢？陸沈，無水而沈，指隱居。黃綬，繫在印環上的黃色的絲帶。古代官員級別不同，印綬的顏色亦不同。黃綬在漢代為縣尉、縣丞級官員所用。綬，音ㄕㄡˋ，絲帶。

4. 兒婚女嫁望還山：盼望兒婚女嫁以後，得以遊山玩水。東漢向長字子平，男女婚嫁已畢，遂恣意遊五岳名山，不知所終。見《後漢書‧逸民傳》。

5. 杯中物：指酒。

6. 湔祓：應作湔拔，即薦拔。推薦提拔。湔祓，乃滌除不祥之意。湔，洗雪。祓，音ㄈㄨˊ，除凶求福的祭祀。

7. 割雞：指做縣令。孔子弟子子游做武城縣令，孔子到武城去，聽到絃歌之聲，說「割雞焉用牛刀？」意謂治理小縣，何須用治國的禮樂呢？見《論語‧陽貨》。

【集評】

清‧方東樹《今體詩鈔》：起敘事往復頓挫，後半雖衍而有遠趣。

（傅武光）

清明 [1]

佳節清明桃李笑，野田荒隴祇生愁。雷驚天地龍蛇蟄 [2]，雨足郊原草木柔。人乞祭餘驕妾婦 [3]，士甘焚死不公侯 [4]。賢愚千載知誰是？滿眼蓬蒿共一丘 [5]。後半蒼涼沈鬱，感喟無窮。

【今注】

1. 清明：節氣名。每年陽曆 4 月 4 日或 5 日。

2. 蟄：音ㄓˊ，蟲類伏藏洞穴不出。

3. 人乞祭餘驕妾婦：指齊人乞墳間祭祀餘食，歸而驕其妻妾之事。見《孟子‧
離婁下》。

4. 士甘焚死不公侯：指春秋時介之推寧被焚死於緜山，而不接受晉公子重耳的
重用一事，見《莊子‧盜跖》、《新序‧介士》等書。

5. 共一丘：謂同一類。《漢書‧楊惲傳》：「古與今同一丘之貉。」

【集評】

金‧王若虛《滹南詩話》：「人乞祭餘驕妾婦，士甘焚死不封侯。」士
甘焚死，用介之推事也。齊人乞祭餘，豈寒食事哉？若泛言所見，
則安知其必驕妾婦？蓋姑以取對，而不知其疏也。此類甚多。

（傅武光）

次韻裴仲謀同年[1]

交蓋[2]春風汝水[3]邊，客牀相對臥僧氈。舞陽[4]去葉[5]纔百里，
賤子與公俱少年。白髮齊生如有種，青山好去坐無錢。吳曰：「絕
好頓挫。」煙沙篁竹江南岸，輸與鸕鷀[6]取次眠。吳曰：「此詩章法絕
妙。」

【今注】

1. 裴仲謀同年：裴仲謀，名綸。同年，謂同一年中進士。

2. 交蓋：傾蓋相逢。指彼此訂交為朋友。蓋，車箱的頂蓋。停車時，車蓋前
傾，謂之傾蓋。

3. 汝水：淮河的支流。有南北二支。北汝水發源於河南嵩縣伏牛山東麓。南汝
水發源於河南泌陽縣桐柏山脈。

4. 舞陽：縣名。在今河南方城東北，洪河北岸。
5. 葉：音ㄕㄜˋ，縣名。今河南襄城縣西南。
6. 鸕鷀：音ㄌㄨˊ　ㄘˊ，鳥名。俗名魚鷹。棲息於淡水或海上。喙長前端下彎呈鉤狀，喉部有囊，可存捕獲之魚，既能飛翔，又能潛水。漁夫養之，以繩繫其頸，使之捕魚，得魚則倒提使之吐出。

（傅武光）

池口 [1] 風雨留三日

孤城三日風吹雨，小市人家只菜蔬。水遠山長雙屬玉 [2]，身閒心苦一春鉏 [3]。翁從傍舍來收網，我適臨淵不羨魚 [4]。俯仰之間已陳迹 [5]，暮窗歸了讀殘書 [6]。方曰：「起句順點，次句夾寫夾敘，三四以物為比，五六以人為比，收出場入妙。此詩別有韻味，一洗腥膩。」

【今注】

1. 池口風雨留三日：此為神宗元豐 3 年（1080），山谷赴太和縣（今江西太和）任知縣，經貴池縣（今安徽貴池）所作，山谷時年 36 歲。池口，在貴池西北 5 里黃龍磯上。
2. 屬玉：水鳥名。也作鸀鳿，音ㄓㄨˊ　ㄩˋ，似鴨而大，長頸赤目，紫紺色。
3. 春鉏：音ㄔㄨㄣ　ㄔㄨˊ，即白鷺。水鳥，色潔白，故亦稱白鳥。鉏，鋤的本字。此鳥啄食之姿態像舂米，又像鋤草，故稱。
4. 臨淵不羨魚：比喻不慕榮利。《淮南子・說林》：「臨河羨魚，不如歸家織網。」
5. 俯仰之間已陳迹：形容世事變化迅速。俯仰之間，一低頭一擡頭，形容時間短暫。陳跡，往事。王羲之〈蘭亭集序〉：「向之所欣，俯仰之間，以為陳迹。」
6. 殘書：尚未讀完的一本書。

【集評】

清‧方東樹《今體詩鈔》：起句順點，次句夾寫夾敘，三四以物為興，
　　兼比；五六以人為興，收出場入妙。此詩別有風味，一洗腥腴。

（傅武光）

次元明韻寄子由 [1]

半世交親隨逝水，幾人圖畫入凌煙 [2]？春風春雨花經眼，江北江
南水拍天，欲解銅章行問道 [3]，定知石友許忘年 [4]。脊令 [5] 各有
思歸恨，日月相催雪滿顛 [6]。方曰：「平敘起，次句接得不測，不覺其為
對，筆勢宏放。三四即從此句生出，更橫闊。五六始入題敘情，收別有情事，親
切。」

【今注】

1. 次元明韻寄子由：此詩亦山谷 36 歲所作。元明，山谷兄大臨的字。子由，
　　蘇軾弟轍的字。黃大臨〈寄子由詩〉云：「鐘鼎功名淹管庫，朝廷翰墨寫風
　　煙。」時蘇轍在筠州（今江西高安）監管鹽酒稅。大臨之詩頗有代蘇轍鳴不
　　平之意。
2. 凌煙：指凌煙閣。唐太宗所建。貞觀 17 年（643）畫功臣 24 人圖像於其
　　上。
3. 欲解銅章行問道：想要辭去縣令而向朋友學習大道。解，卸下。銅章，縣令
　　的官印。行，將要。
4. 定知石友許忘年：一定知道情堅如石的朋友會答應我作忘年之交的。石友，
　　情堅如石的朋友。許，應允。忘年，即忘年之交，指年齡相差很大的朋友。
　　按，山谷為蘇軾的門生，年齡又比蘇轍小九歲。屬晚一輩，故稱。

5. 脊令：音ㄐㄧ－ˊ ㄌㄧㄥˊ，鳥名。即鶺鴒。大如鸚雀，長腳，長尾，尖喙，背青灰色，腹白。《詩經・小雅・常棣》：「脊令在原，兄弟急難。」後世用以比喻兄弟親密的情誼。
6. 雪滿顛：白髮滿頭。雪，指髮白如雪。顛，頭頂。

【集評】

清・方東樹《今體詩鈔》：平敘起，次句接得不測，不覺其為對，筆勢宏放。三四即從次句生出，更橫闊。五六始入題敘情。收別有情事，親切，言彼此皆有兄弟之思，非如前諸結句之空套也。此詩是供揣摩取法。

（傅武光）

登快閣 [1]

癡兒[2]了卻公家事，快閣東西倚晚晴。落木千山天遠大，澄江一道月分明。朱絃已為佳人絕[3]，青眼聊因美酒橫[4]。萬里歸船弄長笛，此心吾與白鷗盟[5]。方曰：「起四句且敘且寫，一往浩然，五六對意流行，收尤豪放。此所謂寓單行之氣於排律之中者。」吳汝綸曰：「意態兀傲。」

【今注】

1. 登快閣：此詩作於元豐 5 年（1082），山谷任太和縣知縣已經 3 年，時年 38 歲。快閣，在太和縣治東澄江之上，以江山廣遠、景物清華聞名。
2. 癡兒：猶言獃子。作者自稱。
3. 朱絃已為佳人絕：因為知音不在，已把琴上的朱絃弄斷了。佳人，指知音、知交。絕，斷。《呂氏春秋・本味》：「鍾子期死，伯牙破琴絕絃，終身不復鼓琴，以為世無足復為鼓琴者。」

4. 青眼聊因美酒橫：因為美酒當前，姑且面露歡欣的表情。青眼，黑眼，即眼珠在中間以示正視或重視。聊，姑且。橫，指轉移視線，橫看過去。晉朝阮籍能作青白眼，遇合意的人，則以青眼待之；遇不喜歡的人，則翻白眼待之。見《晉書·阮籍傳》。

5. 此心吾與白鷗盟：指心地純潔，不懷機巧。與白鷗盟，與白鷗相約作伴。《列子·黃帝》：「海上之人有好鷗鳥者，每旦之海上從鷗鳥遊，鷗鳥之至者百數而不止。

【集評】

1. 清·方東樹《今體詩鈔》：豪而有韻，此所謂寓單行之氣於七律之內者。姚先生云：「能移太白歌行於律詩。」

2. 清·紀昀《批瀛奎律髓》：山谷習氣，後六句意境殊闊。

3. 清·施閏章《蠖齋詩話》：《泰和縣舊志》稱，山谷作令時，往往窮搜巖壑，賦詩題壁。今按，〈快閣〉詩外，殊寥寥。官亦能累山谷耶？

4. 清·張宗泰《魯巖所學集》：其意境天開，時則能闢古今未涉之奧妙。

（傅武光）

答龍門潘秀才見寄[1]

男兒四十未全老，便入林泉真自豪。明月清風非俗物，輕裘肥馬[2]謝兒曹[3]。山中是處有黃菊，洛下[4]誰家無白醪[5]？想得秋來常日醉，伊川[6]清淺石樓高。方曰：「起突兀，一氣湧出，三四頓挫，五六略衍，收出場。」

【今注】

1. 答龍門潘秀才見寄：這首詩作於何年不可考，潘秀才之生平亦不詳。龍門，地名，在今洛陽市伊水邊上。見寄，猶言寄給我。
2. 輕裘肥馬：指富貴人家的生活。
3. 謝兒曹：推給兒女們。謝，推辭。兒曹，兒輩。
4. 洛下：洛陽一帶。指潘秀才所在的龍門。
5. 白醪：醇酒。醪，音ㄌㄠˊ。
6. 伊川：即伊水。發源於熊耳山，經龍門流入洛水。

【集評】

清・方東樹《今體詩鈔》：起兀傲，一氣湧出。三四頓挫。五六略衍。收出場。然余嫌多成空套，山谷最有此病，不足為法，如「出門一笑大江橫」亦然。

（傅武光）

【作者】

陳師道（傳略見卷四·五言律詩〈寄外舅郭大夫〉）

九日寄秦觀[1]

疾風迴雨水明霞[2]，瓜步[3]叢祠[4]欲暮鴉。九日清樽欺白髮[5]，十年為客負黃花[6]。雋永有味，使人之意也消。登高懷遠[8]心如在，向老逢辰意有加。淮海少年天下士[9]，獨能無地落烏紗[10]。紀曰：「詩不必奇，自然老健。」

【今注】

1. 本詩作於元祐2年（1087）重陽節，後山35歲，當時他因蘇軾、傅堯俞、孫覺的推薦，充任徐州教授。徐州是他的故鄉，就在還鄉赴任途中，遇到重陽節，想到自己幾年來流離異鄉的生活就要結束，內心感到安慰，但想起與自己處境相似的好友秦覯仍寄寓京師，遂以詩寄友，抒發感慨，並勉勵秦覯要奮發圖強。全篇意態縱橫，句法矯勁，故被譽為「自然老健」。九日：即陰曆九月九日重陽節。秦覯（生卒年不詳），字少儀，宋揚州高郵人（今江蘇高郵），秦觀之弟，從蘇軾游，元祐6年（1091）進士及第。工詩文，有古律詩一卷，今已佚，《全宋詩》錄其詩3首。

2. 疾風迴雨水明霞：急劇而猛烈的風將雨吹散，晚霞映在水中，顯得晶瑩亮潔。

3. 瓜步：地名。在長江北岸，江蘇六合縣東南，西有瓜步山，山下有瓜步鎮。

4. 叢祠：位在草木叢中的神廟。此指瓜步山上北魏太武帝拓跋燾的佛狸祠。

5. 清樽欺白髮：老了不勝酒力。清樽，借指清酒。樽，酒器。欺白髮，年老酒

量差。陳後山生於皇祐 5 年（1053），作此詩時是元祐 2 年（1087），後山才35 歲，此言白髮，應是誇張之語。

6. 十年為客負黃花：為客，客游他鄉。負，辜負。黃花，指菊花。

7. 向老逢辰意有加：向老，接近年老。辰，良辰、節日。有加，更加激動。

8. 登高懷遠：重陽節登高時懷念起遠方的好友秦觀。登高，指農曆九月初九日登高的風俗。懷遠，思念遠方的人。

9. 淮海少年天下士：像秦觀你這樣一位天下聞名的淮海少年。淮海少年，指秦觀，因為他是揚州高郵人，故稱其地為淮海。天下士，才德非凡之士，猶國士也，此作年少後生的美稱。

8. 獨能無地落烏紗：像秦觀你這樣的少年豪俊之士，怎能不結伴登高，作出優秀的詩歌來呢？落烏紗，即落帽。指孟嘉重陽登高在龍山落帽的故事。《晉書・孟嘉傳》：「（嘉）後為征西桓溫參軍，溫甚重之。九月九日，溫燕龍山，寮佐畢集。時佐吏並著戎服，有風至，吹嘉帽墮落，嘉不之覺。溫使左右勿言，欲觀其舉止。嘉良久如廁，溫令取還之，命孫盛作文嘲嘉，著嘉坐處。嘉還見，即答之，其文甚美，四坐嗟歎。」後因以「落帽」作為重九登高的典故。

【集評】

1. 宋・嚴羽《滄浪詩話・詩體》：后山本學杜，其語似之者但數篇，他或似而不全，又其他則本其自體耳。

2. 元・方回《瀛奎律髓》卷十六〈節序類〉：「無地落烏紗」，極佳。孟嘉猶有一桓溫客之，秦併無之也。

3. 清・紀昀《瀛奎律髓刊誤》卷十六：後四句言己已老，興尚不淺，況以秦之豪俊，豈有不結伴登高者乎？乃因此以寄相憶耳，解謬。詩不必奇，自然老健。

4. 清・吳喬《圍爐詩話》卷五：〈九日寄秦觀〉殊有陋巷不改其樂之意。或推後山直接少陵，其五言律誠有相近處，此體猶未盡，何況諸體，而可言直接耶！

（賴麗娟）

【作者】

陳與義（傳略見卷四・五言律詩〈道中寒食〉）

除夜 [1]

城中爆竹[2]已殘更，朔吹[3]翻江意未平。多事鬢毛隨節換，盡情燈火向人明。吳曰：「句句驚創。」比量[4]舊歲[5]聊堪喜，流轉殊方[6]又可驚。明日岳陽樓上去，島煙湖霧看春生。紀曰：「氣機生動，語亦清老，結有神致。」

【今注】

1. 這首詩是陳與義高宗建炎 2 年（1128）在岳陽過除夕時作。宋徽、欽二帝在建炎元年（1127）三、四月時被金人擄去後，中原大亂，陳與義避兵南下，從河南境內輾轉逃亡到湖北岳陽，三年中飽經戰爭流離之苦，此年的除夕夜將所聞、所感加以寫出，並寄託來年國勢好轉之期望。全篇真實動人，不作奇特之筆。除夜，即除夕。

2. 爆竹：古時在節慶日，用火燃燒竹子，會發出畢剝聲響，藉以驅除山鬼瘟神。後來發明火藥後則以多層紙密捲火藥，接上引線，點燃後使其爆炸發聲，也稱爆仗、炮仗。

3. 朔吹：指北風。吹，音ㄔㄨㄟˋ。

4. 比量：比較。

5. 舊歲：指去年除夕之際，即指建炎元年（1127）年底鄧州、房州的動亂。建炎元年正月陳與義復至鄧州，2 年正月初三女真萬戶尼楚赫陷鄧州。虜至之前，陳與義自鄧州出奔房州，十二日遇虜逃入南山，其〈正月十二日自房州

城遇金虜至奔入南山十五日抵回谷張家〉詩所謂「脫命真毫釐」，故此言「聊堪喜」也。

6. 流轉殊方：流轉，流離轉徙。殊方，異域；他鄉。

7. 岳陽樓：湖南岳陽市西門古城樓。

9. 島煙湖霧看春生：預寫明日之事，希望新春元旦，一元復始，萬象更新，乃在困厄中作樂觀之語，也表達作者對國家前途的關心。島，指洞庭湖中的君山島。

【集評】

1. 清・馮舒《瀛奎律髓》眉批：落句好。

2. 清・紀昀《瀛奎律髓刊誤》卷十六：氣機生動，語亦清老，結有神致。末二句閒淡有味。

3. 清・許印芳《律髓輯要》：「明」字複。「吹」去聲。「量」平聲。律詩為排偶所拘，最易板滯。欲求生動，貴用抑揚頓挫之筆。此詩中四句可以為法。凡高手律詩亦多用此法，學者細心體會，當自知之。

4. 清・沈曾植手批舊鈔十五卷本《簡齋詩集》：情景交融，純是神味。

（賴麗娟）

懷天經智老因以訪之[1]

今年二月凍初融，睡起苕溪綠向東[2]。客子光陰詩卷裡，杏花消息雨聲中。佳句。西菴[3]禪伯還多病，北柵[4]儒先只固窮。忽憶輕舟尋二子，綸巾鶴氅[5]試春風。

【今注】

1. 陳與義紹興 5 年（1135），因自己早衰多病，又與時相趙鼎議事不和，經五次
請求而免官後，移居浙江青鎮。而此地與烏鎮（今浙江湖州）隔著苕溪相
對，其友人葉慰先與大圓洪智即住在此，因地利之便，常走訪之，曾有〈與
智老天經夜坐〉詩：「殘年不復徙他邦，長與兩禪同夜釭。坐到更深都寂寂，
雪花無數落天窗。」足見三人情誼之深，更可見陳與義常拜訪之，故在紹興
6 年（1136）2 月，47 歲時又寫下此詩，詩中頷聯「客子光陰詩卷裡，杏花
消息雨聲中。」清思秀句，出於自然，正如玉樹瓊花，備受讚揚，所以南宋
魏慶之編《詩人玉屑》卷三將之列為〈宋朝警句〉之一。天經，即葉懋，名
慰先，烏程人，少嗜學多識，談論亹亹不窮。善為文，尤長於詩歌，少師陳
與義。智老即大圓洪智，亦擅詩名，是一位出家人，嘗與陳與義、葉懋唱酬
芙蓉浦上，後名其處曰「三友亭」。

2. 睡起苕溪綠向東：苕溪，水名，在今浙江餘杭縣南邊，有二源：一出浙江省
天目山之南者為東苕；一出天目山之北者為西苕。兩溪匯流，由小梅、大淺
兩湖口注入太湖。夾岸多苕（蘆葦的花），秋後花飄水上如飛雪，故名。綠向
東，碧綠的溪水向東流去。

3. 西菴：言洪智老住的地方是西庵。

4. 北柵：葉懋則居於北柵，與西菴同屬烏鎮。

5. 綸巾鶴氅：穿戴著高雅的頭巾與羽裝。綸巾，冠名。古代用青色絲帶做的頭
巾。一說配有青色絲帶的頭巾。相傳三國蜀諸葛亮在軍中服用，故又稱「諸
葛巾」。鶴氅，用鳥羽製成的裘外套。

【集評】

1. 宋·胡仔《苕溪漁隱叢話·前集》卷五十二：陳去非詩平淡有工，
如：「疏疏一簾雨，淡淡滿枝花。」「官裡簿書何日了，樓頭風雨見
秋來。」「客子光陰詩卷裡，杏花消息雨聲中。」

2. 宋·朱熹《朱子語類》卷一百四十：高宗最愛簡齋：「客子光陰詩
卷裡，杏花消息雨聲中」。

3. 元·方回《桐江續集》卷二十八〈至節前一日〉六首：「客子光陰
詩卷裡，杏花消息雨聲中」，我謂簡齋此奇句，元來出自後山翁。

「老形已具髀膝痛，春事無多櫻筍來」，後山詩也。簡齋詩本諸此，然亦出於少陵翁也。

4. 元・方回《瀛奎律髓》卷二十六〈變體類〉：以「客子」對「杏花」，以「雨聲」對「詩卷」，一我一物，一情一景，變化至此，乃老杜「即今蓬鬢改，但愧菊花開」，賈島「身事豈能遂，蘭花又已開」，翻窠換臼，至簡齋而益奇也。後山「老形已具髀膝痛，春事無多櫻筍來」一聯，極其酸苦，而此聯有富貴閒雅之味。後山窮，簡齋達，亦可覘云。

5. 明・瞿佑《歸田詩話》卷中：陳簡齋詩云：「客子光陰詩卷裡，杏花消息雨聲中。」陸放翁詩云：「小樓一夜聽春雨，深巷明朝賣杏花。」皆佳句也，惜全詩不稱。葉靖逸詩：「春色滿園關不住，一枝紅杏出牆來。」戴石屏詩：「一冬天氣如春暖，昨日街頭賣杏花。」句意亦佳，可以追及之。

6. 清・馮舒《瀛奎律髓》眉批：第二句，睡時不向西！此老尚不厭。

7. 清・紀昀《瀛奎律髓刊誤》卷二十六：次句言睡起出門，正見苕溪東流耳。馮氏以「睡時不向西」詆之，太苛。

8. 清・吳之振《宋詩鈔・簡齋詩鈔》：（簡齋）嘗賦詩〈墨梅〉，受知徽宗，送登冊府。高宗尤喜其「客子光陰詩卷裡，杏花消息雨聲中」之句，天分既高，用功亦苦，意不拔俗，語不驚人，不輕出也。晚年益工，旗亭傳舍，摘句題寫殆徧，號稱新體。

9. 近世・陳衍《石遺室詩話》卷十四：宋人寫景句，膾炙人口者，如……，陳簡齋之「客子光陰詩卷裡，杏花消息雨聲中」，詩中皆有人在，則景而帶情者矣。

（賴麗娟）

【作者】

陸游（傳略見卷三・七言古詩〈長歌行〉）

寒食[1]

峽雲烘日已成霞[2]，瀼水成文淺見沙[3]。方曰：「起句精湛。」又向蠻方[4]作寒食，強持卮酒[5]對梨花。情韻皆佳。方評為遒勁，似未盡合。身如巢燕年年客，心羨游僧處處家。賴有春風能領略[6]，一生相伴遍天涯。

【今注】

1. 寒食：節日名。約在農曆清明節前一日或二日，舊俗於此日禁火，只吃冷食，故稱。此詩作於 1171 年，陸游 47 歲，時任夔州（今四川奉節）通判。
2. 峽雲烘日已成霞：峽中的白雲被太陽烘照，已經變成彩霞。峽，指瞿塘峽。烘，音ㄏㄨㄥ，用熱氣燒烤。
3. 瀼水成文淺見沙：瀼河的水面形成波紋，因為水淺，可以看見沙礫。瀼水，發源於四川萬源縣，東南流至奉節縣城東白帝城入長江。瀼，音ㄖㄤˊ，陸游《入蜀記》：「山間之流，凡通江者，土人多謂之瀼。」文，通紋，指波紋。
4. 蠻方：指南方少數民族居住的地方。蠻，音ㄇㄢˊ，古代稱南方的種族。
5. 強持卮酒：勉強手持杯酒。強，音ㄑㄧㄤˇ，勉強。卮酒，猶言杯酒。卮，音ㄓ，圓形酒器。
6. 領略：領會；欣賞。

【集評】

清‧方東樹《今體詩鈔》：起句精湛，三四尤遒勁。

（傅武光）

六月十四日宿東林寺[1]

看盡江湖千萬峯，不嫌雲夢芥吾胸[2]。戲招西塞山[3]前月，來聽東林寺裏鐘。遠客豈知今再到[4]？老僧猶記昔相逢。虛窗熟睡誰驚覺？野碓無人夜自舂[5]。姚曰：「最似東坡。」方曰：「通首情景交融，收有奇氣。」

【今注】

1. 六月十四日宿東林寺：此詩作於 1178 年，陸游 54 歲。此年陸游離蜀東歸，宿於東林寺。東林寺，在今江西九江廬山香爐峰下，為古來佛教勝地。
2. 不嫌雲夢芥吾胸：不嫌雲夢大澤堵塞我的胸懷。形容自己心胸開闊。雲夢，古代楚國大澤名，在今湖北南部及湖南北部一帶。芥，芥蒂，此有阻塞之意。
3. 西塞山：在今湖北大冶縣東南，瀕臨長江。
4. 遠客豈知今再到：遠客，遠方的客人，作者自稱。陸游於 1170 年入蜀時曾遊廬山，住在東林寺。8 年後，自蜀東歸，又宿於此，故云。
5. 野碓無人夜自舂：野外沒人看管的水碓在夜裡不斷地舂搗。碓，音ㄉㄨㄟˋ，即水碓，利用水力推動的搗米器具。舂，音ㄔㄨㄥ，置穀於臼中，用木杵搗搥，使穀脫殼。

【集評】

方東樹《今體詩鈔》：最似東坡。通首情景交融，收有奇氣。

（傅武光）

登賞心亭[1]

蜀棧秦關歲月遒[2]，今年乘興卻東遊。全家穩下黃牛峽[3]，半醉來尋白鷺洲[4]。黯黯江雲瓜步雨[5]，蕭蕭木葉石城秋[6]。孤臣[7]老抱憂時意，欲請遷都[8]淚已流。意極沉著，詞亦健拔，放翁佳構。

【今注】

1. 登賞心亭：此詩作於 1178 年，陸游自蜀東歸，途經建康（今南京）之時。賞心亭，在今南京市城上，下臨秦淮河。

2. 蜀棧秦關歲月遒：在蜀地棧道及秦地關塞周旋的歲月已經過盡了。蜀棧，蜀地的棧道。棧，音ㄓㄢˋ，在山崖巖壁架木為路。秦關，秦地的關隘。秦，指今陝西省。

3. 黃牛峽：地名。在湖北宜昌縣西。又名黃牛山，下即長江之黃牛灘。

4. 白鷺洲：在南京市西南長江中。

5. 黯黯江雲瓜步雨：長江烏雲密布，瓜步一帶下起雨來。黯黯，昏暗的樣子。黯，音義同「暗」。瓜步，鎮名。在江蘇六合縣東南，南臨長江。水際謂之步，相傳吳人賣瓜於江畔，故名。

6. 蕭蕭木葉石城秋：石城的樹葉，颯颯有聲，一片秋意。蕭蕭，蕭颯、颯颯；形容凄涼、蕭條的樣子。石城，城名。又稱石首城、石頭。故址在今南京市西石頭山後。

7. 孤臣：失勢無援的臣子。陸游自稱。

8. 欲請遷都：指宋孝宗初年，陸游上書二府（丞相府與樞密府），說當時皇帝駐蹕在臨安（今杭州市），只是暫時權宜之計。終當以建康（今南京市）為永久定都地點。這句是寫陸游到了建康有感舊事而生悲的心情。

【集評】

近世・高步瀛《唐宋詩舉要》：意極沉著，詞亦健拔，放翁佳構。

（傅武光）

夜登千峰榭[1]

夷甫[2]諸人骨作塵[3]，至今黃屋尚東巡[4]。度兵大峴非無策[5]，收泣新亭要有人[6]。薄釀不澆胸壘塊[7]，壯圖空負膽輪囷[8]。危樓插斗山銜月[9]，徙倚長歌一愴神[10]。吳曰：「前半奇橫，後半浮弱。」

【今注】

1. 夜登千峰榭：此詩作於 1186 年，陸游在嚴州（舊治在今浙江建德縣）知州任上，時年 62 歲。千峰榭，在今浙江建德縣。榭，音ㄒㄧㄝ丶，臺上蓋的高屋。

2. 夷甫：即王衍。字夷甫，晉琅邪臨沂（今山東臨沂縣）人。官至尚書令、太尉。善談老莊玄理，朝野從風。身居宰相，而務為自全之計。東海王司馬越死，王衍被推為元帥，全軍為石勒所破，被殺。臨死，歎道：「嗚呼！吾曹雖不如古人，向若不祖尚浮虛，戮力以匡天下，猶可不至今日。」

3. 骨作塵：骸骨已化作塵土。表示死了很久。

4. 黃屋尚東巡：天子的車駕還巡行於東方。暗指宋朝南渡，偏安江南。黃屋，天子的車蓋，以黃繒襯裡，故稱。

5. 度兵大峴非無策：率兵直達大峴山，並非沒有良策。度兵大峴，意謂率兵北伐中原。大峴，山名，在今山東沂水縣東北，時在淪陷區。峴，音ㄒㄧㄢ丶。

6. 收泣新亭要有人：重要的是需有收起眼淚奮發圖強的人。收泣新亭，是東晉

　　初年大臣王導等人的故事。他們每到暇日便相約在新亭飲宴。一日，周顗
　　（音一ˇ）說：「風景一樣，山河卻變色了。」眾人相看流淚。王導嚴肅地
　　說：「大家應當努力報效國家，收復中原，怎麼卻像楚囚一般相對哭泣？」
　　（事見《世說新語・言語》）新亭，在今江蘇江寧縣南。

7. 薄釀不澆胸壘塊：薄酒不能澆熄我胸中的鬱悶不平之氣。薄釀，薄酒。壘
　　塊，本義為積疊而成的硬塊。此指鬱積已久的不平之氣。

8. 壯圖空負膽輪囷：白白辜負了雄偉的計謀和宏大的膽略。壯圖，偉大的計
　　謀。輪囷，高大的樣子。囷，音ㄑㄩㄣ。

9. 危樓插斗山銜月：高樓直插北斗星空中，月亮剛從山後露出半球來。危樓，
　　高樓。插斗，插向北斗，極形容其高聳。斗，指北斗星座，即大熊座，共七
　　顆星，排列如斗狀，故稱。山銜月，山含著明月，指月亮在山後只露出一半
　　來。

10. 徙倚長歌一愴神：一邊徘徊，一邊高歌，好傷神哪。徙倚，徘徊不前。長
　　歌，放聲高歌。一，助詞，無義。愴神，傷神。愴，音ㄔㄨㄤˋ。

【集評】

清・方東樹《今體詩鈔》：沉雄蒼莽，俯仰悲歌。

（傅武光）

冬夜讀書忽聞雞唱 [1]

齷齪常談笑老生 [2]，丈夫失意合躬耕 [3]。天涯懷友月千里，燈下
讀書雞一鳴。事去大牀空獨臥，時來豎子或成名 [4]。春蕪何限英
雄骨 [5]，白髮蕭蕭未用驚 [6]。吳曰：「以下三首則極精悍，不可磨滅
矣。」

【今注】

1. 冬夜讀書忽聞雞唱：此詩作於光宗紹熙 2 年（1191）冬，放翁 67 歲，在家鄉山陰。

2. 齷齪常談笑老生：堪笑自己已成年老的書生，只能侷促地發表一些尋常的議論。齷齪，音ㄨㄛˋ ㄔㄨㄛˋ，侷促的樣子。

3. 丈夫失意合躬耕：大丈夫既不得志，就理應回家耕田。失意，不得志。合，應當。躬耕，親自耕田維生。

4. 時來豎子或成名：時運來臨的時候，小子也或有成名的機會。豎子，愚弱無能的人，俗稱小子。

5. 春蕪何限英雄骨：春草中埋著多少英雄的骸骨。意謂多少英雄也抑鬱不得志地死了。春蕪，猶言春草。此處必用平聲字，故不得不捨「草」用「蕪」。何限，猶言無限。

6. 白髮蕭蕭未用驚：一頭皓皓白髮，也不用驚訝。蕭蕭，頭髮花白稀疏的樣子。

【集評】

清・沈德潛《說詩晬語》：放翁七言律，隊仗工整，使事熨貼，當時無與比垮。

（傅武光）

書憤[1] 二首錄一

鏡裡流年兩鬢殘[2]，寸心自許尚如丹[3]。衰遲[4]罷試戎衣窄，悲憤猶爭寶劍寒。遠戍十年臨的博[5]，壯圖萬里戰皋蘭[6]。關河自古無窮事，誰料如今袖手[7]看。

【今注】

1. 書憤：此詩為 1197 年陸游 73 歲時在家鄉山陰（今浙江紹興）所作。書寫年華老去而報國無門的憤激之情。

2. 兩鬢殘：意謂頭髮花白。人老髮白，都從兩鬢開始。鬢，音ㄅㄧㄣˋ，耳眼之間的髮絲。殘，衰敗，指髮色不再純黑。

3. 寸心自許尚如丹：自信此心仍保持一片赤忱。自許，自認；自信。尚如丹，還好像朱砂一樣赤紅。意謂保持熱誠。丹，朱砂。

4. 衰遲：衰老遲暮。

5. 的博：也作滴博，嶺名。在今四川理番縣東南。

6. 皋蘭：山名，在今甘肅武都縣東，海拔 1550 公尺，瀕黃河南岸。

7. 袖手：把手藏在袖中。意謂旁觀而不過問事情。

【集評】

清・李調元《雨村詩話》：陸放翁詩以「小樓一夜聽春雨，深巷明朝賣杏花」得名。其餘七律名句輻湊大類此。

（傅武光）

【作者】

元好問（傳略見卷三・七言古詩〈赤壁圖〉）

壬辰十二月車駕東狩後即事[1]

五首其二

慘澹[2]龍蛇[3]日鬭爭，干戈直欲盡生靈[4]。高原水出山河改[5]，戰地風來草木腥。精衛有冤填瀚海[6]，包胥無淚哭秦庭[7]。痛切。并州豪傑知誰在[8]？莫擬分軍下井陘[9]。沈摰冤煩，神氣迸出。

【今注】

1. 金哀宗天興元年（1232）正月，蒙古軍圍金都汴京（今河南開封），之後雖曾講和，7 月金都又被圍。12 月，汴京瘟疫流行又糧盡援絕，哀宗在不得已之下，只留部分兵力堅守，自己則親自出征，但因出師不利，退走歸德（今河南商丘）一帶。元好問時任左司都事，留守汴京圍城中。目睹時局發展，意識金將覆亡，內心悲痛不已，於是寫下組詩五首，描述圍城時的悲慘情景並痛斥蒙古軍的侵略惡行。此處所選乃其中的第二及第四首。「壬辰」指金哀宗天興元年（1232）。「車駕東狩」指金哀宗退走歸德。
2. 慘澹：形容暗淡；悲慘淒涼的樣子。
3. 龍蛇：喻桀驁不馴、凶橫暴虐之人。這裡指蒙古軍。
4. 干戈直欲盡生靈：指戰爭激烈，人民死亡殆盡。干戈，因干和戈是古代常用的武器，故用作兵器的通稱。這裡指戰爭。直欲，硬是要的意思。生靈：人民，百姓。

5. 高原水出山河改：指在蒙古軍的侵略下，金朝的山河變色。一說天興元年，金哀宗為保衛汴京，特地派人決黃河大堤以阻止蒙古軍前進，致山河改觀。

6. 精衛有冤填瀚海：指自己必報國仇家恨。精衛，古代神話中鳥名。《山海經·北山經》：「發鳩之山，其上多柘木。有鳥焉，其狀如烏，文首、白喙、赤足，名曰精衛，其鳴自詨。是炎帝之少女名曰女娃，女娃游於東海，溺而不返，故為精衛，常銜西山之木石，以堙於東海。」後多用以比喻有仇恨而志在必報，或不畏艱難、奮鬥不懈的人。瀚海，地名。指蒙古高原大沙漠以北及其迤西今准噶爾盆地一帶廣大地區的泛稱。此指蒙古。乃以「瀚海」代替精衛填海中的「東海」。

7. 包胥無淚哭秦庭：感慨得不到外界的支援。包胥，即申包胥，春秋楚大夫。楚昭王 10 年（前 506），吳國用伍子胥計攻破楚，包胥到秦求救，在秦庭痛哭七日七夜，終於使秦國發兵救楚。

8. 并州豪傑知誰在：指責擁重兵者坐視不管。《金史·白撒傳》：「天興元年十二月甲辰，車駕至黃陵岡，白撒得河朔降將，上赦之，授以印及金虎符。群臣議以河朔諸將前導，鼓行入開州，取大名、東平，豪傑當有響應者，破竹之勢成矣。溫敦昌孫曰：『太后中宮皆在南京，北行萬一不如意，聖主孤身欲何所為？若往歸德，更五六月不能還京，不如先取衛州還京為便。』白撒奏曰：『今可駐歸德，臣等率降將往東平，俟諸軍到，可一鼓而下，因而經略河朔。』上以為然。」并州，古關名，其地約當今河北保定和山西太原、大同一帶，因該地向來是北方游牧民族入侵的必經之地，所以民風尚武，多出豪傑。豪傑，豪邁傑出。這裡指河朔諸帥。

9. 井陘：山名，太行山支脈，有要隘名井陘口，又稱土門關，為兵家必爭之地。

【集評】

1. 元·李冶《遺山先生文集》卷首：壬辰北還，老手渾成，又脫去前日畦畛矣。

2. 清·顧奎光《金詩選》卷三：元攻汴京，城中糧盡援絕，金主奔河北，與太后、皇后、妃、主別，大慟，遂入歸德。此五首為其時作也。時河東、襄、鄧已失，故云「并州豪傑今誰在，萬里荊襄入戰塵」，國勢蓋無可為矣。

（賴麗娟）

眼中 [1]

眼中時事[2]益紛然，擁被寒窗夜不眠[3]。骨肉他鄉各異縣[4]，衣冠[5]今日是何年！沈痛。枯槐聚蟻無多地[6]，秋水鳴蛙自一天[7]。何處青山隔塵土[8]？ 一菴吾欲送華顛[9]。亡國之痛隨觸而發。

【今注】

1. 元好問素有救國匡時的心，可是眼看著天下紛亂，自己又置身在亡國親離的處境中，不禁心灰意冷，而想藉著歸隱山林來了卻殘年。這首詩就是在這樣的情況寫成，詩中運用沉摯、質樸的語言，卻蘊藏著異常沉痛的心情。

2. 時事：局勢；時局。蒙古滅金後，政局非常混亂，所以詩人發此感慨。

3. 擁被寒窗夜不眠：因為擔憂時局動亂，我在寒窗下擁著被褥，徹夜無法入睡。

4. 骨肉他鄉各異縣：兄弟骨肉，都各在異鄉，無法見面。

5. 衣冠：衣和冠，古代士以上戴冠，故指士以上的服裝。此代稱縉紳、士大夫、世族。

6. 枯槐聚蟻無多地：乾枯的槐樹上，聚集著群蟻，實際上所佔地盤並不大，此喻世事變遷就如南柯一夢。元好問乃藉此傳達時事擾攘之際，人生如夢的感慨，乃暗用唐李公佐〈南柯記〉之典。〈南柯記〉載：淳于棼夢至大槐安國，娶金枝公主，當南柯太守，享盡榮華富貴。醒來後才知大槐安國不過是大槐樹下的一個螞蟻窩罷了。

7. 秋水鳴蛙自一天：秋天的江湖水中，井蛙聲聲的鳴噪，卻也添加樂趣，自成天地。此處既寫實際景色，也暗用《莊子・秋水》井蛙的典故。元好問看似豁達，覺得宇宙如此廣闊，根本不須為一國的興亡而耿耿於懷，實則正反映出元好問在亡國後內心的憤慨語。

8. 塵土：指塵世；塵事。喻污濁骯髒的人世。

9. 一菴吾欲送華顛：意為想修一間小菴，以了卻我的殘年。寫出詩人歸隱的願望；蓋元好問金亡不仕，以遺民終老。一菴，一間草屋或寺廟。華顛，花白

的頭頂，指年老。

【集評】

清・顧奎光《金詩選》卷三：「骨肉」二句評：支對巧甚。

（賴麗娟）

卷七・五言長律

　　五言長律（明人亦曰排律）作者頗夥[1]，然不能以顥氣驅邁[2]，健筆摶挽[3]，則與四韻[4]無大異，不過衍[5]為長篇而已。杜老[6]五言長律開闔跌蕩[7]，縱橫變化，遠非他家所及。擇錄十章以為模楷，他家不復預焉[8]。至七言長律，最為難工[9]，作者亦少，雖老杜為之，亦不能如五言之神化，他家無論也。故不復錄。

【今注】

1. 夥：音ㄏㄨㄛˇ，多。
2. 以顥氣驅邁：用浩大的氣勢豪放地邁進。意謂文氣壯盛，筆勢豪邁。顥，音義同「浩」，大。邁，音ㄇㄞˋ，遠行；跨越。
3. 健筆摶挽：用剛健的文筆錘鍊修整。摶，音ㄊㄨㄢˊ，用手將材料搓揉成一團。挽，音ㄨㄢˊ，又音ㄍㄨㄚ，通作「刮」，刮摩：刮削琢磨。
4. 四韻：指七言律詩。凡律詩都是八句，偶數句必押韻，共四韻，故稱。
5. 衍：展延；推演。
6. 杜老：指杜甫。
7. 開闔跌蕩：形容文勢曲折起伏、變化多端。開闔，即開合。開，指開出文路。合，指合到題目。闔，音義同「合」。跌蕩，跌倒震動。指文勢起伏變化。
8. 不復預焉：不再加入。復，再。預，參加。焉，於此。
9. 難工：難以達到精巧的地步。工，精。

（傅武光）

【作者】

杜甫（傳略見卷一・五言古詩〈望嶽〉）

重經昭陵[1]

草昧[2]英雄起，謳歌曆數歸[3]。風塵三尺劍，社稷一戎衣[4]。楊曰：「先言創業。」浦曰：「前四言武公定天下，專詠太宗也。」翼亮貞文德[5]，丕承戢武威[6]。聖圖天廣大，宗祀日光輝[7]。楊曰：「次言垂統。」陵寢盤空曲[8]，熊羆[9]守翠微[10]。再窺松柏路[11]，還見五雲飛。仇曰：「此記重謁昭陵。」浦曰：「後四點陵點重經。前篇曰寂寥流恨，此約松柏雲飛，一悲一喜，今曩改觀。」○李子德曰：「前篇敘述略具，此只渾渾贊之，而義無不包，典重高華，直追三頌。」

【今注】——

1. 本詩作於唐肅宗至德 2 載（西元 757 年）8 月，杜甫離開鳳翔返回鄜州省親，行經昭陵所作，詠歌太宗的事業並寓國家復興之意。昭陵，唐太宗墓，位於今陝西禮泉縣東北九峻山。
2. 草昧：原指文明未開的狀態，這裡是指隋末天下大亂的情況。
3. 謳歌曆數歸：歌詠的人頌詠天命歸於大唐。謳歌，歌詠以頌功德，謳音ㄡ。曆數，天運；氣數。
4. 「風塵三尺劍」二句：指揮軍隊作戰而平定了天下的動盪，打下了江山基業。三尺劍、一戎衣皆為軍旅之象徵。
5. 翼亮貞文德：以禮樂教化輔助政治安定。翼亮，輔助光大。文德，禮樂教化。

6. 丕承戢武威：不再憑恃武功統治天下。丕承，光明正大的繼承。戢，音ㄐㄧˊ，止息。

7. 「聖圖天廣大」二句：國家版圖日漸廣大，後代子孫亦能光宗耀祖。

8. 空曲：空山的曲折處。

9. 熊羆：猛獸，指勇猛的將士。羆，音ㄆㄧˊ。

10. 翠微：淡青的山嵐，此指太宗陵寢。

11. 松柏路：古人陵墓植松柏，故以松柏路指通向陵寢之山路。

12. 五雲：五色的祥雲，為吉慶的瑞兆。

【集評】

1. 明・鍾惺、譚元春《唐詩歸》：陵廟之作，古典悲涼。說功業無竹帛氣，說神靈無松杉氣。

2. 清・蔣弱六：二句見神器有定，不可智力爭也。與班彪〈王命論〉同旨。（引自《杜詩評鈔》）

3. 清・李子德：典重高華，直追三頌。（引自《杜詩評鈔》）

4. 清・楊倫《杜詩鏡銓》：此收京之後，絕是喜詞，與前首（行次昭陵）各別。

5. 清・吳瞻泰《杜詩提要》：格整而闊大，句簡而該括，具見開國氣象，足以繼雅頌而壓三唐。掃風塵但提三尺劍，定社稷惟事一戎衣，句中藏字。歐公說詩於本文只添一二字，而語意豁然，即此法也。

（徐國能）

卷八・絕句

五 言

　　絕句當以神味為主。王阮亭[1]之為詩也，奉嚴滄浪[2]水中著鹽及羚羊挂角[3]無跡可尋之喻，以為詩家正法眼藏[4]，而李杜[5]之縱橫變化，所謂「巨刃摩天揚」[6]者，不敢一問津[7]焉。後人譏其才弱，詎其然乎[8]！然用其法以治絕句，則固禪家正脈[9]也。蓋絕句字數本即無多，意竭則神枯，語實則味短，惟含蓄不盡，使人低回[10]想像於無窮焉，斯為上乘[11]矣。盛唐摩詰[12]、龍標[13]、太白[14]尤能擅長。中唐如李君虞[15]、劉賓客[16]，晚唐如杜牧之[17]、李義山[18]，猶堪似續。雖其中神之遠近、味之厚薄亦有不同，而使人低回想像於無窮則一也。杜子美[19]以涵天負地之才，區區[20]四句之作，未能盡其所長，有時遁[21]為瘦硬牙杈[22]，別饒[23]風韻。宋之江西派[24]往往祖[25]之，然觀「錦城絲管」之篇[26]、「岐王宅裡」之詠[27]，較之太白、龍標，殊[28]無愧色。乃歎賢者固不可測。有謂杜公之詩偏於陽剛，絕句以陰柔為美，非其所宜者，實謬說[29]也吟約錄唐宋諸家五言、七言各若干篇，合為一卷，以殿茲編[30]云。

【今注】

1. 王阮亭：王士禛（1634～1711），字子真，號阮亭，別號漁洋山人，清山東新城（今山東桓台）人。順治 15 年進士，官至刑部尚書。善文、詞，尤工詩，以神韻為宗，著有《帶經堂集》、《池北偶談》、《漁洋詩話》等。

2. 嚴滄浪：嚴羽，字儀卿，號滄浪逋客。宋邵武（今福建邵武）人。論詩推崇盛唐，反對宋詩散文化、議論化的風格，主張妙悟和興趣。以不涉理論，不落言詮為上乘作品。著有《滄浪集》、《滄浪詩話》等。

3. 羚羊挂角：表示不著痕跡。相傳羚羊夜宿，把角掛在樹上，腳不著地，獵人無跡可尋，故稱。羚羊，狀似山羊，略大，四肢細長，雌雄皆有角，短小圓銳。

4. 正法眼藏：佛家語，比喻至高無上的真理。禪宗以所有佛法為正法，朗照乾坤謂之眼，含括萬物謂之藏。

5. 李杜：李白、杜甫。

6. 巨刃摩天揚：形容大刀闊斧，氣勢非凡。語出韓愈〈調張籍〉詩。

7. 問津：問路。此指請求指示作詩的門徑。津，渡口。

8. 亶：ㄉㄢˇ，誠然；的確。

9. 正脈：猶言正統。

10. 低回：徘徊。

11. 上乘：佛家以大乘為上乘。用以比喻上等的事物。乘，音ㄕㄥˋ。

12. 摩詰：王維。

13. 龍標：王昌齡。

14. 太白：李白。

15. 李君虞：李益。

16. 劉賓客：劉禹錫。

17. 杜牧之：杜牧。

18. 李義山：李商隱。

19. 杜子美：杜甫。

20. 區區：小；少。

21. 遁：ㄉㄨㄣˋ，逃；隱去。

22. 牙杈：形容橫斜交錯而不平整。杈，音ㄔㄚ，樹枝的分岔。

23. 饒：音ㄖㄠˊ，富。

24. 江西派：宋詩流派之一，以黃庭堅為首，次為陳師道、陳與義等二十餘人。
    因黃庭堅為江西人，故稱。此派師法杜甫、韓愈、孟郊、張籍，一反西崑派
    之華麗，而追求奇崛，喜作拗體，往往失於晦澀。

25. 祖：尊為鼻祖。

26. 錦城絲管之篇：指杜甫〈贈花卿〉詩。

27. 岐王宅裡之詠：指杜甫〈江南逢李龜年〉詩。

28. 殊：甚。

29. 謬說：錯誤的說法。謬，音ㄇㄧㄡˋ，誤；差錯。

30. 茲編：此篇。

（傅武光）

【作者】

王勃（傳略見卷四・五言律詩〈送杜少府之任蜀州〉）

山中 [1]

長江悲已滯 [2]，萬里念將歸。況屬 [3] 高風晚，山山黃葉飛。

【今注】

1. 山中：此詩寫深秋時節思家的感慨。王勃〈春思賦〉：「咸亨 2 年（671），余春秋 23，旅寓巴蜀。」詩應作於此時。
2. 滯，停留。
3. 屬：音ㄓㄨˇ，正當；恰值。

【集評】

1. 清・黃叔燦《唐詩箋注》：上二句悲路遠，下二句傷時晚，分兩層寫，更覺縈紆。

2. 近世・周本淳《唐人絕句類選》：勃為山西人而流落四川，故有此嘆。由地域及時令，「況」字加重思歸之情，蓋秋晚則一年將過，平時猶可，此際尤難為懷。山山黃葉飛，蓋取落葉歸根之意，興己之滯留不得返也。

（林佳蓉）

【作者】

張說（傳略見卷四・五言律詩〈幽州夜飲〉）

蜀道後期[1]

客[2]心爭日月[3]，來往預期程[4]。秋風不相待[5]，先至洛陽城。

【今注】

1. 《張說之集》有〈過蜀道山〉、〈蜀路二首〉、〈再使蜀道〉、〈被使在蜀〉等詩，但新、舊唐書張說傳中不載此事。據陳祖言《張說年譜》考訂，謂天授2 年（691）至天冊萬歲元年（695）間，張說曾兩次使蜀，其蜀中詩當作於此時。蜀道，由蜀中歸洛陽之道路。後期，行程耽誤，後於預期。本詩描寫歸客未能如期抵達洛陽的心情。
2. 客：張說自指。
3. 爭日月：與日月運行之速相爭，謂爭取時間。
4. 預期程：預定行程。
5. 不相待：不欲待我。故說秋風先至洛陽。

【集評】

1. 明・高棅輯，吳逸一評《唐詩正聲》：詩意巧妙，非百煉不能，又似不用意而得者。
2. 明・李攀龍輯，凌宏憲集評《唐詩廣選》：「爭」字、「預」字，見得題中「後」字出，一字豈可輕下？

3. 清‧徐增《而庵說唐詩》：人知其借秋風作解嘲，而不知其將秋風
   來按捺日月，故「爭」字奇，「不相待」更奇。

4. 清‧沈德潛《唐詩別裁集》：以秋風先到，形出己之後期，巧心潛
   發。

（李欣錫）

【作者】

蘇頲（傳略見卷五‧七言律詩〈奉和春日幸望春宮應制〉）

汾上驚秋 [1]

北風吹白雲，萬里渡河汾 [2]。心緒 [3] 逢搖落 [4]，秋聲 [5] 不可聞 [6]。

【今注】———

1. 此寫詩人途經汾水，驚覺秋天來臨，引起心緒悲涼之感。汾上：汾水之上。汾水在今山西中部，出太原，入黃河。
2. 「北風吹白雲」二句：暗用漢武帝〈秋風辭〉：「秋風起兮白雲飛」、「泛樓船兮濟汾河」。〈秋風辭并序〉：「上行幸河東，祠后土，顧視帝京，欣然中流。與群臣飲燕，上歡甚，乃自作秋風辭。」河東即山西汾河一帶。河汾，汾水為黃河支流，故稱。
3. 心緒：情緒。
4. 搖落：凋殘；隕落。宋玉〈九辯〉：「悲哉秋之為氣，蕭瑟兮草木搖落而變衰。」此處指秋天蕭瑟的景象。
5. 秋聲：秋天自然界的種種聲音。
6. 不可聞：不忍聽。

【集評】———

1. 明‧李攀龍輯，葉羲昂直解《唐詩直解》：語簡而委婉，無限深情。

2. 明・唐汝詢《唐詩解》：風吹白雲，初秋之候，蓋因汾上而用漢武語也。言我心緒適逢搖落，安可復聞此秋聲乎？時蓋失意居此耳。

3. 清・黃叔燦《唐詩箋注》：是秋聲搖落，偏言心緒搖落，相為感觸寫照，秋聲愈有情矣。

4. 清・李鍈《詩法易簡錄》：首句寫景，便已含起可驚之意。次句加以「萬里」，又早為「驚」字通氣。「心緒」句正寫所以「驚秋」之故。前三句無一字說到「驚」，卻無一字不為「驚」字追神取魄，所以末句只點出「秋」字，而意已無不曲包。弦外之音，實有音在；味外之味，實有味在。所謂含蓄者，固貴其不露，尤貴其能包括也。

（李欣錫）

【作者】

王維（傳略見卷一‧五言古詩〈渭川田家〉）

鳥鳴磵[1]

人閒桂花落，夜靜春山空。月出驚山鳥，時鳴春磵中。

【今注】

1. 鳥鳴磵：此詩寫春夜山間的寧靜，以及王維清逸的閒趣，是〈皇甫岳雲谿雜題五首〉中的第一首。磵，音ㄐㄧㄢˋ，水澗，音義同「澗」。

【集評】

1. 宋‧劉辰翁《唐詩品滙》：皆非著意。

2. 清‧施補華《峴傭說詩》：輞川諸五絕清幽絕俗，其間「空山不見人」，「獨坐幽篁裡」，「木末芙蓉花」，「人閒桂花落」四首尤妙，學者可以細參。

3. 清‧俞陛雲《詩境淺說續編》：昔人謂：「鳥鳴山更幽」句，靜中之動，彌見其靜，此詩亦然。

4. 清‧徐增《而庵說唐詩》：「夜靜春山空」，右丞精於禪理，其詩皆合聖教，有此五字，可不必更讀十二部經矣。「時鳴春磵中」，夫鳥與磵同在春山之中，月既驚鳥，鳥亦驚磵，鳥鳴在樹，聲卻在磵，純是化工，非人為可及也。

（林佳蓉）

鹿柴[1]

空山不見人，但聞人語響。返景[2]入深林，復照青苔上。

【今注】

1. 鹿柴：此詩描寫鹿柴附近山林的空寂幽靜之景，是王維《輞川集》二十首組詩中的第五首。鹿柴，輞川別業中的地名。柴，音ㄓㄞˋ，又作「砦」，同「寨」，柵欄。
2. 返景：落日返照。景，影，指夕陽斜光。

【集評】

1. 宋·劉辰翁《唐詩品滙》：無言而有畫意。
2. 明·李東陽《麓堂詩話》：王摩詰「返景入深林，復照青苔上」，皆淡而愈濃，近而愈遠，可與知道者，難與俗人言。王介甫得之，曰：「坐看蒼苔色，欲上人衣來。」
3. 清·張謙宜《繭齋詩談》：悟通微妙，筆足以達之。「不見人」之人，即主人也，故能見返照青苔。
4. 清·沈德潛《唐詩別裁集》：佳處不在語言，與陶公「採菊東籬下，悠然見南山」同。
5. 清·吳瑞榮《唐詩箋要續編》：景到處有情，情到處生景，可思不可象，摩詰真五絕聖境。
6. 清·王士禛選黃培芳評《唐賢三昧集箋注》：五絕乃五古之短章，最難簡古渾妙。唐人此體，右丞可稱妙手。
7. 清·黃叔燦《唐詩箋注》：「不見人」、「聞人語」，以林深也。林深少日，易長青苔，而返景入，空山闃寂，真麋鹿場也。詩細甚。

（林佳蓉）

竹里館[1]

獨坐幽篁[2]裡，彈琴復長嘯[3]。深林人不知，明月來相照。

【今注】

1. 竹里館：此寫詩人在月夜竹林下彈琴的空明意境，是王維《輞川集》二十首組詩中的第十七首。竹里館是輞川別業中的一景。
2. 幽篁：幽深的竹林。篁，竹林；竹叢。
3. 長嘯：撮口發出悠長的清音。

【集評】

1. 明・唐汝詢《唐詩解》：林間之趣，人不易知，明月相照，似若會意。
2. 明・胡應麟《詩藪》：右丞《輞川》諸作，卻是自出機杼，名言兩忘，色相俱泯。
3. 清・王士禛選黃培芳評《唐賢三昧集箋注》：幽迥之思，使人神氣爽然。
4. 清・俞陛雲《詩境淺說續編》：此詩言月下鳴琴，風篁成韻，雖一片靜景，而以渾成出之。
5. 清・黃叔燦《唐詩箋注》：輞川諸詩，皆妙絕天成，不涉色相。止錄二首（指〈鹿柴〉與〈竹里館〉），尤為色籟俱清，讀之肺腑若洗。

（林佳蓉）

辛夷塢[1]

木末芙蓉花[2]，山中發紅萼。澗戶[3]寂無人，紛紛開且落。

【今注】

1. 辛夷塢：此詩寫山坳中辛夷花的開落，詩中景物氛圍細緻優美，卻又暗含在時光推移中的落寞之感，是王維《輞川集》二十首組詩中的第十八首。塢，音ㄨˋ，四面高中間低的谷地；或稱四面如屏的花木深處，如花塢、竹塢。
2. 木末芙蓉花：開在枝頭的辛夷花。辛夷，香木名，樹高二、三丈，其花含苞待放時尖如筆頭，故又稱木筆樹；因其初春開花，又名迎春花。花有紫、白二色，其狀近似蓮花而小，蓮花亦稱芙蓉，故以「芙蓉花」借指辛夷花。
3. 澗戶：澗口，山溪口。

【集評】

1. 宋·劉辰翁《唐詩品滙》：其意不欲著一字，漸可語禪。
2. 元·方回《瀛奎律髓》：如輞川孟城坳、華子崗、茱萸沜、辛夷塢等詩，右丞唱，裴迪酬，雖各不過五言四句，窮幽入玄，學者當仔細參得之。
3. 清·王士禎選黃培芳評《唐賢三昧集箋注》：思致平淡閒雅，亦自可愛。
4. 清·沈德潛《唐詩別裁集》：幽極。
5. 清·俞陛雲《詩境淺說續編》：東坡〈羅漢贊〉：「空山無人，水流花開。」世稱妙語，亦即此詩之意境。

（林佳蓉）

雜詩[1] 三首錄一

君自故鄉來，應知故鄉事。來日綺窗前[2]，寒梅著花未[3]？

【今注】

1. 雜詩：此詩寫一思鄉者對故鄉窗前寒梅的懸念，語淡而情深。原題有三首，此為其二。
2. 來日綺窗：來日，自故鄉來的時候。綺窗，鏤花的窗。
3. 著花未：開花了沒有？

【集評】

1. 明·鍾惺、譚元春《唐詩歸》：寒梅外不問及他事，妙甚。「來日」二字如面對語。
2. 清·宋顧樂《唐人萬首絕句選評》：問得淡絕，妙絕。如〈東山〉詩「有敦瓜苦」章，從微物關情，寫出歸時之喜。此亦以微物懸念，結出件件關心，思家之切。此等用意，今人哪得知！
3. 清·黃叔燦《唐詩箋注》：與前首（原題有三首）俱口頭語，寫來真摯纏綿，不可思議。著「綺窗前」三字，含情無限。

（林佳蓉）

相思[1]

紅豆[2]生南國[3]，秋來發幾枝？勸君多采擷[4]，此物最相思。

【今注】

1. 相思：此詩抒寫眷念之情，諄囑朋友勿忘故人之意。
2. 紅豆：產於南方，相思木所結之子，其色鮮紅，一名相思子。
3. 南國：指嶺南一帶。
4. 采擷：採摘。擷，音ㄐㄧㄝˊ。

【集評】

清‧管世銘《讀雪山房唐詩序例》：王維「紅豆生南國」，王之渙「楊柳東門樹」，李白「天下傷心處」，皆直舉胸臆，不假雕鏤，祖帳離筵，聽之惘惘，二十字移情固至此哉！

（林佳蓉）

【作者】

裴迪 關中（今陝西）人，生卒年不詳。曾任蜀州刺史及尚書省郎，工詩文，是盛唐時期的山水田園詩人之一。與王維友善，時常唱和於輞川別業與終南山間。肅宗上元年間為蜀州刺史，亦與杜甫、李頎相善。其詩多為五言絕句，描寫自然幽寂的景色，詩風淡秀清遠，《全唐詩》存詩29首。

華子岡 [1]

落日松風起，還家草露晞 [2]。雲光侵履跡，山翠 [3] 拂人衣。

【今注】

1. 華子岡：此詩是裴迪與王維唱和的《輞川集》絕句二十首之一，描寫詩人步下山岡還家時，黃昏蒼然優美的景色。華子岡，位於輞川別業之中，是山中的一處勝景。
2. 晞：乾。
3. 山翠：蒼翠的山色。

【集評】

1. 清·王士禎《帶經堂詩話》：唐人五言絕句往往入禪，有得意忘言之妙，與淨名默然，達摩得髓，同一關捩。觀王、裴《輞川集》及祖詠〈終南殘雪〉詩，雖鈍根初機，亦能頓悟。

2. 清·孫濤《全唐詩話續編》：迪，關中人，與王維、崔興宗居終
　　南，游輞川別業十首最佳。

（林佳蓉）

【作者】

孟浩然（傳略見卷一‧五言古詩〈彭蠡湖中望廬山〉）

春曉[1]

春眠不覺曉[2]，處處聞啼鳥[3]。夜來風雨聲，花落知多少[4]。

【今注】

1. 這首詩抓住「春曉」這一短暫時刻，寫出了春朝初醒時的情趣，表現出春天的美好。一個小小的生活片段，經詩人細節化、典型化，就賦予了它無限的情意。全詩反映了田園生活的清美，也表達了惜春的情感。詩中由愛而惜的情感，由當時感受到回憶到聯想，回環曲折，皆在瞬間的聽覺中完成。清新含蓄，耐人尋味。
2. 春眠不覺曉：詩第一句即點春曉，用「不覺」二字寫春眠的酣甜，流露出詩人愛春的喜悅心情。
3. 處處聞啼鳥：寫悅耳的春聲，也交代了醒來的原因。「處處」既是描繪春曉時的聲響，也是寫初覺時的感受。鳥噪枝頭，一派生機勃勃的景象。「聞啼鳥」即「聞鳥啼」。
4. 「夜來風雨聲」二句：第二句因鳥的啼聲，推知天已放晴，故引出第三句對「夜來風雨聲」的追憶，然後聯想到春花被風吹雨打、落紅遍地的景象。並用問話方式，寫對遭風雨摧折春花的擔心。由喜春翻為惜春。愛極而惜，惜春即是愛春。

【集評】

1. 宋·劉辰翁《王孟詩評·孟詩》卷下：風流閑美，正不在多。

2. 明·鍾惺、譚元春《唐詩歸》卷十一：通是猜境，妙！妙！

3. 明·陸時雍《唐詩鏡》卷十一：喁喁慨慨，絕得閨中體氣，宛是六朝之餘，第骨未峭耳。

4. 明·唐汝詢《唐詩解》卷二十二：昔人謂詩如參禪，如此等語，非妙悟者不能道。清·吳瑞榮《唐詩箋要續編》卷六：朦朧臆想，構此幻境。「落多少」可以不說，又不容不說，誠非妙語，不能有此。

5. 清·黃叔燦《唐詩箋注》：詩到自然，無跡可尋。「花落」句含幾許惜春意。（卷七）

6. 清·沈德潛《唐詩別裁集》：從靜悟中得之，故語淡而味終不薄。

（李清筠）

【作者】

崔顥（傳略見卷五・七言律詩〈黃鶴樓〉）

長干曲[1] 四首錄三

君家[2]住何處？妾住在橫塘[3]。停舟暫借問[4]，或恐是同鄉。

【今注】

1. 長干曲：此組詩藉舟行途中男女對話，表現男女相悅之情。長干曲，樂府舊
   題，為郭茂倩《樂府詩集》中之雜曲歌辭。本為江南一帶民歌，多寫男女言
   情之事。長干，即長干里，六朝時京城建康的里巷，在今江蘇南京秦淮河之
   南。其地為狹長的山崗，吏民雜居，號長干里。
2. 君家：你的家。
3. 橫塘：古堤名，在今南京西南，地近長干里。三國時吳國沿秦淮河築堤至長
   江口，稱為橫塘，又稱南塘。
4. 借問：請問。

【集評】

1. 明・顧璘《批點唐音》：蘊藉風流。
2. 明・鍾惺、譚元春《唐詩歸》：急口遙問語，覺一字未添。
3. 清・王夫之《薑齋詩話》：論畫者曰：「咫尺有萬里之勢。」一
   「勢」字宜著眼。若不論勢，則縮萬里于咫尺，直是《廣輿記》前
   一天下圖耳。五言絕句，以此為落想第一義。唯盛唐人能得其妙，

如「君家何處住」云云，墨氣所射，四表無窮，無字處皆其意也。

4. 清・吳喬《圍爐詩話》：絕無深意，而神采鬱然。後人學之，即為兒童語矣。

5. 清・吳瑞榮《唐詩箋要續編》：首二句明明是問，末二句已自包，卻又故作重複，失檢樣愈見情多，非初盛唐人不肯為此。

家臨[1]九江[2]水，來去九江側[3]。同是長干人，生小[4]不相識。

【今注】

1. 臨：面對。
2. 九江：泛指長江水。「九江」有二說，一說長江中下游有諸水匯入，「九」言其多。一說指今江西九江；因長江至潯陽（今江西九江）一帶，有支流九派，故稱。
3. 側：兩邊。
4. 生小：從小。

【集評】

1. 明・顧璘：《批點唐音》：顥素善情詩，此篇亦是樂府體。

2. 明・鍾惺、譚元春《唐詩歸》：譚云：「生小」字妙。

3. 明・周珽《唐詩選脈會通評林》：周敬曰：此與前篇含情宛委，齒頰如畫。楊慎曰：不驚不喜正自佳。

4. 明・邢昉《唐風定》：情思纏綿，聲辭逼古，真乃清商曲調之遺也。

5. 清・李鍈《詩法易簡錄》：此首作答詞。二首問答，如〈鄭風〉之士女秉簡，而無贈芍相謔之事。沈歸愚云「不必作桑、濮看」，最得。

下渚[1]多風浪，蓮舟[2]漸覺稀[3]。那能不相待？獨自逆潮歸[4]。

【今注】

1. 下渚：一作「北渚」。渚，水中小洲。
2. 蓮舟：採蓮的小舟。
3. 稀：稀少；散去。
4. 逆潮歸：迎著潮水歸去。此為女子訴說之辭，欲男子與其一同歸去之意。逆潮，一作「送潮」。

【集評】

1. 明·桂天祥《批點唐詩正聲》：〈長干行〉三首，妙在無意有意、有意無意，正使長言說破，反不及此。

2. 清·徐增《而庵說唐詩》：字字入耳穿心，真是老江湖語。

3. 清·管世銘《讀雪山房唐詩序例》：讀崔顥〈長干曲〉，宛如艤舟江上，聽兒女子問答，此之謂天籟。

4. 清·宋顧樂《唐人萬首絕句選評》：長干之俗，以舟為家，以販為事。此商婦獨居，求親他舟之估客，故述己之思，問彼之居，且以同鄉為幸也。前二章互為問答，末章則相邀之詞也。

（李欣錫）

【作者】

祖詠（傳略見卷四・五言律詩〈蘇氏別業〉）

終南望餘雪[1]

終南陰嶺[2]秀，積雪浮雲端。林表[3]明霽色[4]，城中增暮寒。

【今注】

1. 這是首因景物而有所感觸的詩。詩題本是試題，按例當寫六韻十二句，祖詠僅寫四句即交卷。宋・計有功《唐詩紀事》卷二十：「有司試〈終南山望餘雪〉詩，詠賦四句，即納於有司。或詰之，曰：『意盡。』」詩的妙處在於不僅寫眼見之景，更寫感覺中之「景」。短短二十字，將終南山之秀、色、感覺，描寫得細膩精微，展現詩人凝鍊字句的功力。終南：即終南山，秦嶺一峰，在今陝西西安南。
2. 陰嶺：背陽的山嶺。
3. 林表：林外，林梢之上。
4. 霽色：雨後或雪後大地所放出的白光。

【集評】

1. 明・鍾惺、譚元春《唐詩歸》卷十三：說得縹緲森秀。
2. 明・唐汝詢《唐詩解》卷二十二：嶺陰故雪積不消，已霽則暮寒彌甚。
3. 清・王士禛《漁洋詩話》卷上：古今雪詩，惟羊孚一贊，及陶淵明「傾耳無希聲，在目皓已潔」，及祖詠「終南陰嶺秀」一篇，右丞

「灑空深巷靜，積素廣庭寬」，韋左司「門對寒流雪滿山」句，最佳。

4. 清‧施補華《峴傭說詩》：蒼秀之筆，與韋相近。

（李清筠）

【作者】

儲光羲（傳略見卷一・五言古詩〈田家雜興〉）

江南曲[1]四首錄一

日暮長江裡[2]，相邀歸渡頭[3]。落花如有意，來去逐船流[4]。

【今注】

1. 〈江南曲〉為樂府舊題。郭茂倩《樂府詩集》把它和〈採蓮曲〉、〈采菱曲〉
   等編入〈清商曲辭〉。儲光羲的四首〈江南曲〉五言絕句，都以江南水鄉的
   民情風俗為題材，〈江南曲〉，學習樂府民歌，語句清新平易，質樸自然，而
   情真意摯。本詩是一首歡快的晚歸曲，藉由物象的巧妙選擇，含蓄深婉地表
   現出男女之間微妙的、欲藏欲露、難以捉摸的感情。
2. 日暮長江裡：本句為以下三句詩所寫情事佈置了一個特定的環境。「日暮」
   與「長江裡」分別點出時間與地點。
3. 歸渡頭：就是划船回家的意思。渡頭，渡口。
4. 「落花如有意」二句：是寫回歸渡口途中，青年男女們駕著小船，相互追逐
   嬉戲的情景。「如有意」三字賦予落花生命，將其人格化，而使「來去逐船
   流」的自然現象，產生了象徵的意義。

（李清筠）

【作者】

崔 國 輔

生卒年不詳。唐山陰（今浙江紹興）人。玄宗開元 14 年進士，與儲光羲、綦毋潛同時舉縣令。遷集賢直學士、禮部郎中。天寶年間，受近親王鎮牽連，貶竟陵（今湖北鍾祥）司馬。

怨 詞 [1]

妾有羅衣裳，秦王[1]在時作。為舞春風多，秋來不堪著[2]。

【今注】

1. 怨詞：猶怨歌、怨曲。如〈秋風詞〉。
2. 秦王：指唐太宗李世民。李世民未登基時，封秦王。
3. 不堪著：猶言不忍心穿著。著，音ㄓㄨㄛˊ，穿衣。

【集評】

清、劉大櫆《海峯詩文集》：刺先朝舊臣見棄也。

（傅武光）

【作者】

王昌齡（傳略見卷一・五言古詩〈塞上曲〉）

送張四[1]

楓林已愁暮，楚水復堪悲。別後冷山月，清猿[2]無斷時。

【今注】

1. 張四：名不詳。
2. 清猿：猿猴悲傷淒涼的啼聲。

【集評】

1. 明・唐汝詢《唐詩解》卷二十二：水流林暝，別時之景難堪，月冷
   猿愁，別後之情更慘。
2. 明・郭濬《唐詩選脈會通評林》：清思楚楚，一語深一語。轉引自
   明・周敬、周珽。

（孫永忠）

【作者】

王之渙（688～742），字季凌，原籍晉陽并州（今山西太原）人（《唐才子傳·卷三》作薊門人），移居絳郡（今山西新絳）。以門蔭補冀州衡水主簿，因遭誣謗，拂衣去官，優遊山水 15 年，晚年復補莫州文安縣（今屬河北）尉，卒於任上，葬於洛陽。少有俠氣，中年折節工文，與王昌齡、崔國輔唱和，名動一時。每有作，樂工輒取以被聲律。唐·靳能稱其「或歌從軍，吟出塞，曒兮極關山明月之思，蕭兮得易水寒風之聲，傳乎樂章，布在人口。」其詩今多佚，《全唐詩》僅存 6 首。

登鸛雀樓[1]

白日依山盡[2]，黃河入海流[3]。欲窮[4]千里目，更上一層樓。

【今注】

1. 此詩描寫作者登上鸛雀樓所見山水景色，末二句蘊含哲理，被人們作為一種追求崇高精神世界的象徵。鸛雀樓：在蒲州（今山西永濟）西南城上，樓高三層，前瞻中條山，下瞰黃河。因鸛雀常樓於其上而得名。
2. 盡：隱沒。
3. 入海流：黃河水由此折向東流入海。
4. 窮：窮盡。

【集評】

1. 明・胡應麟《詩藪》：對結者須意盡，如王之渙「欲窮千里目，更上一層樓」，高達夫「故鄉今夜思千里，霜鬢明朝又一年」，添著一語不得乃可。

2. 明・唐汝詢《唐詩解》：日沒河流之景，未足稱奇；窮目之觀，更在高處。

3. 清・沈德潛《唐詩別裁集》：四語皆對，讀去不嫌其排，骨高故也。

4. 清・黃叔燦《唐詩箋注》：通首寫其地勢之高，分作兩層，虛實互見。沈存中曰：「鸛雀樓前瞻中條山，下瞰大河」上十字大境界已盡，下十字以虛筆托之。

5. 清・李鍈《詩法易簡錄》：先寫登樓，再寫形勝，便嫌平衍，雖有名句，總是卑格。此詩首二句先切定鸛雀樓境界，後二句再寫登樓，格力便高。後二句不言樓之如何高，而樓之高已盡形容，且於寫景之外，更有未寫之景在。此種格力，尤臻絕頂。

（李欣錫）

送別 [1]

楊柳東風樹 [2]，青青 [3] 夾 [4] 御河 [5]。近來攀折苦，應為別離多 [6]。

【今注】

1. 此詩抒寫離別之情，只從楊柳說起，是寓情於景，借物抒懷。
2. 東風樹：此言楊柳在春風中發芽、成長。

3. 青青：形容草木翠綠之色。

4. 夾：指沿河道兩旁羅立。

5. 御河：皇室專用的河道。《隋書・食貨志》：「自板渚引河達於淮海，謂之御河，河畔築御道，樹以柳。」

6. 「近來攀折苦」二句：言別離者多，故楊柳苦於攀折。攀折，折取柳枝。《三輔黃圖》：「霸橋，在長安東，跨水作橋，漢人送客至此橋，折柳贈別。」後以折柳借指送別。

【集評】

1. 明・唐汝詢《唐詩解》：離別之多，柳尚不勝攀折，豈人情所能堪！

2. 清・吳瑞榮《唐詩箋要》：以折柳送人為家常事，妙！妙！用筆最辣，寄情倍深。

3. 清・姚鼐輯，趙彥傳注《唐人絕句詩鈔注略》：妙在只借柳說。

（李欣錫）

【作者】

劉長卿（傳略見卷四・五言律詩〈碧澗別墅喜皇甫侍御相訪〉）

送靈澈上人 [1]

蒼蒼竹林寺 [2]，杳杳 [3] 鐘聲晚。荷笠 [4] 帶斜陽，青山獨歸遠。

【今注】

1. 靈澈上人：僧人法號，俗姓湯，字澄源，生於會稽（今浙江紹興）。與詩僧皎然為友。憲宗元和 11 年（816）卒於宣州（今安徽宣城）。
2. 蒼蒼竹林寺：周圍林木蒼翠的竹林寺。蒼蒼，深青色。竹林寺，在今江蘇省丹徒縣城南。創建於晉朝，久廢，明崇禎年間重建。
3. 杳杳：音一ㄠˇ 一ㄠˇ，悠遠的樣子。
4. 荷笠：戴著斗笠。荷，音ㄏㄜˋ。

【集評】

清・俞陛雲《詩境淺說・續編》：四句純是寫景，而山寺僧歸，饒有瀟灑出塵之致。高僧神態，湧現毫端，真詩中有畫也。

（傅武光）

聽彈琴[1]

泠泠[2]七絃上，靜聽松風寒。古調[3]雖自愛，今人多不彈。

【今注】

1. 聽彈琴：此詩貴饒絃外之音。
2. 泠泠：音ㄌ一ㄥˊ　ㄌ一ㄥˊ，聲音清脆的樣子。
3. 古調：古老的曲調、曲譜。

【集評】

清‧施補華《峴傭說詩》：劉長卿較王、韋稍淺；其清妙自不可廢。

（傅武光）

【作者】

李白（傳略見卷一·五言古詩〈古風〉）

玉階怨[1]

玉階生白露[2]，夜久侵羅襪[3]。卻下水精簾[4]，玲瓏望秋月[5]。

【今注】

1. 玉階怨為樂府舊題，李白藉以描述宮女不得受寵的幽寂心情。
2. 玉階生白露：玉階，用玉石裝飾或砌成的階梯。因夜裡寒冷，玉階上都凝結了一層露水。
3. 羅襪：用綾羅裁成的襪子。
4. 水精簾：即水晶簾，用水晶串成的簾子。
5. 玲瓏望秋月：「望秋月玲瓏」的倒裝，主角進入屋內後依舊不睡，繼續望著簾外晶瑩剔透的月色。

【集評】

1. 宋·嚴羽：上二句，行不得、住不得；下二句，坐不得、臥不得。賦怨之深，只二十字可當兩千言。（引自《李太白詩醇》）
2. 元·蕭士贇《分類補注李太白詩》：太白此篇，無一字言怨，而隱然幽怨之意見於言外。晦庵所謂聖於詩者此歟！
3. 清高宗《唐宋詩醇》：妙寫幽情，於無字處得之。「玉顏不及寒鴉色，猶帶昭陽日影來。」不免露卻色相。

4. 清‧吳文溥《南野堂筆記》：玲瓏二字最妙，真是隔簾見月也。

5. 清‧李鍈《詩法易簡錄》：無一字說到怨，而含蓄無盡，詩品最高。「玉階生白露」，則已望月至夜半，落筆便已透過數層。次句以「夜久」承明，露侵羅襪，始覺夜深露重耳。然望恩之思，何能遽止，雖入房下簾以避寒露，而隔簾望月，仍徹夜不能寐，此情復何以堪？又直透到「玉階」後數層矣。二十字中具有如許神通，而只淡淡寫來，可謂有神無跡。

（林保淳）

靜 夜 思 [1]

牀前明月光，疑是地上霜 [2]。舉頭望山月 [3]，低頭思故鄉。

【今注】

1. 靜夜思是李白自作的樂府詩名，安旗認為是作於唐玄宗開元 19 年（西元 727 年），李白時年 27 歲，在安陸（今湖北安陸）。

2. 疑是地上霜：滿地皎潔的月光，令人誤以為是地上結了一層霜。

3. 山月：此處《分類補注李太白詩》作山月，《唐宋詩醇》作明月。

【集評】

1. 元‧范德機：五言短古，不可明白說盡，含蓄則有餘味，此篇是也。（引自《李太白詩醇》）

2. 明‧胡震亨《李詩通》：思歸之詞也，太白自製名。

3. 明‧鍾惺、譚元春《唐詩歸》：忽然妙景，目中口中湊泊不得，所謂不用意得之者。

4. 明·梅鼎祚《李詩鈔》：偶然得之，讀不可了。

5. 清·徐增：因疑則望，因望則思，並無他念，真靜夜思也。（引自《李太白詩醇》）

6. 清·俞樾《湖樓筆談》：牀前明月光初以為地上之霜耳，乃舉頭而見明月，則低頭而思故鄉矣，此以見月色之感人者深也。蓋欲言其感人之深而但言如何相感，則雖深仍淺矣。以無情言情則情出，無意寫意則意真，知此者可以言詩乎！

（林保淳）

獨坐敬亭山 [1]

眾鳥高飛盡，孤雲獨去閒。相看兩不厭，祇有敬亭山[2]。

【今注】

1. 此詩作於唐玄宗天寶 12 載（753），李白時年 53 歲。
2. 敬亭山：在今安徽宣城。

【集評】

1. 清·王堯衢：起句為獨字寫照，眾鳥喻世間名利之輩，今皆得意而去盡。承句獨字，與上盡字應，非題中獨字也。孤雲喻世間高隱一流，雖與世相忘，尚有去來之蹟。轉結二句纔是獨字，鳥飛雲去，眼前並無別物，惟看著敬亭山，而敬亭山亦似看著我，兩相無厭，悠然清淨，心自開朗。於敬亭山之外，尚安有堪為晤對者哉？深得獨坐之神。（引自《李太白詩醇》）

2. 清‧李鍈《詩法易簡錄》：首二句已繪出獨坐神理，三四句偏不從獨處寫，偏曰「相看兩不厭」，從不獨處寫出獨字，倍覺警妙異常。

3. 清‧俞陛雲《詩境淺說續編》：後二句以山為喻，言世既與我相遺，惟敬亭山色我不厭看，山亦愛我。夫青山漠漠無情，焉知憎愛？而言不厭我者，乃太白憤世之深，願遺世獨立，索知音於無情之物也。

（林保淳）

勞勞亭[1]

天下傷心處，勞勞送客亭。春風知別苦，不遣柳條青[2]。

【今注】

1. 此詩作於唐玄宗天寶 6 載（747），李白時年 47 歲，在金陵（今江蘇南京）。勞勞亭在今江蘇江寧。
2. 「春風知別苦」二句：春風知道送別的難過，所以連柳枝都帶著憔悴難過的顏色。古人送別多折柳贈人，柳諧音「留」，希望挽留對方下來，後來折柳、柳條就變成送別常使用的象徵。

【集評】

1. 宋‧嚴羽：精深思巧，不費些子力，又非淺口所能學。（引自《李太白詩醇》）
2. 明‧譚元春：古之傷心人，豈是尋常哀樂。（引自《李太白詩醇》）
3. 清高宗《唐宋詩醇》：二十字無不刺骨。

4. 清・李鍈《詩法易簡錄》：若直寫別離之苦，亦嫌平直。借春風以
　　寫之，轉覺苦語入骨。其妙在「知」字、「不遣」字，奇警無倫。

（林保淳）

哭宣城善釀紀叟 [1]

紀叟黃泉裏，還應釀老春 [2]。夜臺 [3] 無李白 [4]，沽酒與何人？

【今注】

1. 此詩作於唐肅宗上元 2 年（761），李白時年 61 歲，從金陵到宣城、當塗
　　（今安徽當塗）一帶遊歷。宣城在今安徽宣城。
2. 老春：即酒。唐代的酒多以春字名酒，如土窟春、石凍春。王琦則認為老春
　　是紀叟所釀酒名。
3. 夜臺：墳墓、陰間的代稱。古人認為墓門一旦關上，就再也不見天日，如同
　　漫漫長夜，故稱墳墓為長夜臺。
4. 李白：一本作「夜臺無曉日」。

【集評】

明・楊慎《楊升庵外集》：哭宣城善釀紀叟，予家古本作「夜臺無李
　　白」。此句絕妙，不但齊一生死，又且雄視幽明矣。昧者改為「夜
　　臺無曉日」，又與下句「何人」字不相干，甚矣土俗不可醫也。

（林保淳）

【作者】

杜甫（傳略見卷一・五言古詩〈望嶽〉）

絕句 [1] 二首錄一

江碧鳥逾 [2] 白，山青花欲燃。今春看又過，何日是歸年。

【今注】

1. 本詩作於唐代宗廣德 2 年（764）春，時杜甫在成都。
2. 逾：音ㄩˊ，更。

【集評】

1. 宋・羅大經《鶴林玉露》：杜少陵絕句云：「江碧鳥逾白，山青花欲燃。今春看又過，何日是歸年。」或謂此與兒童之屬對何異。余曰不然，上二句見兩間莫非生意；下二句，見萬物莫不適性。於此而涵泳之、體認之，豈不足以感發吾心之真樂乎？大抵古人好詩，在人如何看，在人把做什麼用。

2. 清・金聖嘆《杜詩解》：此詩初看去是望歸期，而實非也。言總是一樣江山，一樣花鳥，又何他鄉故土之別？但今日歸又不能、住又不能，對此花錦世界，日復一日，催人易老，可奈何？三四悲極，則一二併不作快句讀矣。歸不歸且無足論，即此山水花鳥，青紅碧白，孰非斷送人之物耶？

3. 清‧浦起龍《讀杜心解》：只寫春景，未出意。

4. 清‧黃叔燦《唐詩箋注》：有惜春之意，有感物之情，卻含在二十字中，妙甚。

5. 清‧周甸：江山花鳥，著眼易過；身在他鄉，歸去無期，所觸皆成愁思矣。（引自《杜詩詳注》）

（徐國能）

八陣圖 [1]

功蓋三分國，名成八陣圖。江流石不轉，遺恨失吞吳。

【今注】

八陣圖：此書作於唐代宗大曆元年（766），時杜甫初到夔州。「八陣」是古代作戰時的一種陣法，相傳為三國諸葛亮所作，其遺跡在四川奉節縣南，即夔州一帶。

【集評】

1. 宋‧蘇軾《東坡題跋》：僕嘗夢見人云是杜子美，謂僕曰：「世人多誤解吾詩，〈八陣圖〉詩云：『江流石不轉，遺恨失吞吳』。人皆以為：先主、武侯欲與關羽復仇，故恨不能滅吳，非也。我意本謂：吳蜀乃唇齒之國，不當相圖。晉之所以能取蜀者，以蜀有吞吳之意，故此為恨耳。」此理甚長，子美死僅四百年而猶不忘詩，區區自列其意，書生之習氣也。

2. 清‧錢謙益《杜詩箋注》：先主征吳敗績，還至魚腹，孔明嘆曰：

「法孝直若在，必能制主上東行，不至危傾矣。」公詩意亦如此。

3. 清·仇兆鰲《杜詩詳注》：下句（遺恨失吞吳）有四說：以不能滅吳為恨，此舊說也；以先主之征吳為恨，此東坡說也；不能制主東行，而自以為恨，此《杜臆》、朱注說也；以不能用陣法而致吞吳失師，此劉逴之說也。

4. 近世·高步瀛《唐宋詩舉要》：失吞吳，猶言未能吞吳耳。以武侯如此陣圖而不能吞吳，真千古遺恨，故精誠所寄，石不為轉，大意與出師未捷二句同一感慨。後人胸中橫亙一吳蜀唇齒相依之見，遂致自尋苦惱。好事者且偽託子瞻之說，並託於夢，兼誣杜公，亦可笑也。

5. 清·浦起龍《讀杜心解》：說是詩者，言人人殊……，拋卻「石不轉」三字，致全詩走作。豈知「遺恨」從「石不轉」生出耶？蓋陣圖正當控扼東吳之口，故假石以寄其惋惜。云此石不為江水所轉，天若欲為千載留遺此恨跡耳。如此才是詠陣圖之詩。

（徐國能）

【作者】

岑參（傳略見卷一・五言古詩〈與高適薛據同登慈恩寺浮圖〉）

西過渭州見渭水思秦川 [1]

渭水東流去，何時到雍州[2]？憑添兩行淚，寄向故園[3]流。

【今注】

1. 此詩作於天寶 8 載（749）赴安西途中。渭州，唐隴右道有渭州，在今甘肅隴西縣西南，治所襄武在渭水西岸。渭水發源於渭州，東南流經關中地區，會涇水注入黃河。秦川，指關中，即今陝西中部地區，長安居其間。
2. 雍州：即唐京城長安之京兆府（今屬陝西省）。唐武德年間，曾將隋的京兆郡改為雍州；開元元年又恢復舊制。
3. 故園：岑參雖是南陽（今屬河南）人，然 20 歲至長安，在長安時間頗多，有別業在長安杜陵山中，故稱長安為故園。

【集評】

明・唐汝詢《唐詩解》卷二十二：「思家之切，無可用情，能通故園者惟此一水，安得不向之揮淚耶？

（孫永忠）

行軍九日思長安故園[1]

強[2]欲登高去，無人送酒來[3]。遙憐故園菊，應傍戰場開。

【今注】

1. 本詩原注：「時未收長安。」至德 2 載（757）2 月肅宗由彭原行軍至鳳翔，岑參隨行。而當年 9 月唐軍收復長安，故本詩可能是該年 9 月 9 日重陽節，在鳳翔所作。岑參雖是南陽（今屬河南）人，然 20 歲至長安，在長安時間頗多，有詩〈過酒泉憶杜陵別業〉，別業在長安杜陵山中，故稱長安為故園。
2. 強：音ㄑㄧㄤˇ。勉強。
3. 送酒來：《南史·陶潛傳》載：陶淵明曾於重陽節無酒可飲，只得坐在宅邊菊叢中採摘菊花，適巧江州刺史王弘派人送酒來。此詩反用其事，見戰亂的可悲。

【集評】

1. 明·唐汝詢《唐詩解》卷二十二：客中寂寞若故園之慘。菊花傍戰場，佳景安在？悲歌可以當泣者此也。時至德二載，祿山陷長安。
2. 清·沈德潛《唐詩別裁集》卷十九：可悲在「戰場」二字。
3. 清·劉永濟《唐人絕句精華》：此詩因欲登高而感於無人送酒，又因送酒無人而聯想及故園之菊，復因菊而遙思故園在亂中。所謂彈丸脫手（謝朓語王筠曰：「好詩圓美流轉如彈丸」見《南史·王筠傳》），於此詩見之矣。

（孫永忠）

【作者】

韋應物（傳略見卷一・五言古詩〈寄全椒山中道士〉）

秋夜寄丘二十二員外[1]

懷君屬[2]秋夜，散步詠涼天。山空松子落，幽人應未眠[3]。

【今注】

1. 此詩又簡稱「秋夜寄丘員外」，是寫作者在秋夜裡思念臨平山中修道的朋友
   丘丹的，是唐詩五言絕句中的珍品，也是作者的代表作之一。丘二十二員
   外：因丘丹排行二十二，故稱。丘丹，蘇州嘉興（在今浙江省）人，曾經官
   拜尚書郎，是詩人丘為的兄弟。韋應物寄這首詩時，丘丹正在臨平山中學
   道。員外，在官場而言是指沒有實際職權的官銜，在社會上則是指家世顯赫
   的士紳。
2. 屬：正值；正逢。
3. 「山空松子落」二句：隱士常以松子為食，因而想到松子脫落季節即想起對
   方。幽人，幽雅的修道高人；隱居之人，指丘員外。時丘丹學道隱居臨平
   山。

【集評】

1. 明・唐汝詢《唐詩解》：涼天散步，敘己之離懷；松子夜寒，想彼
   之幽興。
2. 清・王堯衢《古唐詩合解》：木落則山空矣。松子落，山中夜靜時
   也。應，是遙想之詞，遙想其未眠時，當亦有幽興懷秋也。

3. 清‧沈德潛《唐詩別裁集》：幽絕。

4. 清‧章燮《唐詩三百首注疏》：應未眠，料其逢秋觸景，亦有所懷也。

5. 清‧吳烶《唐詩選勝直解》：孤懷寂寞，誰與唱酬，忽憶良朋，正當秋夜，散步庭除之際，吟詩寄遠，因念幽居，想亦未眠，以吟詠為樂，書去恍如覿面也。情致委曲，句調雅淡。

（張玉芳）

登樓

茲樓日登眺，流歲暗蹉跎[1]。坐厭淮南守，秋山紅樹多[2]。

【今注】

1. 「茲樓日登眺」二句：自從東漢末年王粲寄旅荊州，寫下〈登樓賦〉以後，「登樓」已成為去國懷鄉的表徵。本詩首句說自己日日登樓遠眺，其懷鄉之情已呼之欲出。但他不能衣錦還鄉，自有蹉跎之感。流歲，謂流逝的時光。蹉跎，時間白白地過去，指虛度光陰。

2. 「坐厭淮南守」二句：厭倦了淮南太守的職位，乃因秋來紅樹滿山，引人思鄉的愁緒。淮南守，即滁州刺史。滁州在淮水之南。守，太守。本是漢代郡的長官。唐改郡為州；改太守為刺史。

（張玉芳）

【作者】

錢起（傳略見卷五‧七言律詩〈贈闕下裴舍人〉）

江行無題[1]

咫尺愁風雨，匡廬[2]不可登。只疑雲霧窟，猶有六朝僧[3]。

【今注】

1. 江行無題：原有百首，每首不再立題目，故稱。
2. 匡廬：廬山。
3. 六朝僧：東晉僧人慧遠曾在此結社講道。此泛指講道修行的僧侶。

（張玉芳）

【作者】

嚴維 字正文，唐越州山陰（今浙江紹興）人。生卒年不詳。肅宗至德 2 載進士，擢辭藻宏麗科，調諸暨縣（今浙江諸暨）尉。後歷祕書郎，終右補闕。

送人往金華[1]

明月雙谿[2]水，清風八詠樓[3]。少年為客處，今日送君遊。

【今注】

1. 金華：今浙江金華。
2. 雙谿：在今浙江蘭溪縣境，二水合流，故稱。谿，同「溪」。
3. 八詠樓：在今浙江金華縣境。舊名元暢樓，南齊太守沈約所建。

（傅武光）

【作者】

司空曙（傳略見卷四‧五言律詩〈雲陽館與韓紳宿別〉）

金陵懷古[1]

輦路江楓暗[2]，宮庭野草春。傷心庾開府[3]，老作北朝臣。

【今注】

1. 金陵：今江蘇南京市。金陵是三國孫吳、東晉和南朝的宋、齊、梁、陳的古都，隋唐以來，由於政治中心的轉移，無復六朝的金粉繁華。金陵的盛衰滄桑，成為許多後代詩人寄慨言志的詠史懷古的重要題材。

2. 輦路江楓暗：當年，皇帝出遊，前呼後擁，該是何等威風！如今這景象已不復存在，只有道旁那飽覽人世滄桑的江楓，長得又高又大，遮天蔽日，投下濃密的陰影，使荒蕪的輦路更顯得幽暗陰森。輦路，天子車駕經過的道路。「江楓暗」的「暗」字，既是寫實，又透露出此刻作者心情的沉重。

3. 庾開府：即指北周文學家庾信（513～581），字子山，南朝新野人。因曾官至驃騎大將軍、開府儀同三司，故世稱「庾開府」。庾信是梁朝著名詩人，出使北朝西魏期間，梁為西魏所亡，遂被強留長安。北周代魏後，他又被迫仕於周，一直留在北朝，最後死於隋文帝開皇元年（581）。他經歷了北朝幾次政權的交替，又目睹南朝最後兩個王朝的覆滅，其身世是最能反映那個時代的動亂變化的。再說他長期羈旅北地，常常想念故國和家鄉，其詩賦多有「鄉關之思」，著名的《哀江南賦》就是這方面的代表作。庾信早年在金陵做官，和父親庾肩吾一起，深受梁武帝賞識。詩人從「輦路」、「宮庭」著筆來懷古，當然很容易聯想到庾信。庾信曾作《傷心賦》一篇，傷子死，悼國亡，哀婉動人，自云：「既傷即事，追悼前亡，惟覺傷心……」以「傷心」

冠其名上，自然貼切，這不僅概括了庾信的生平遭際，也寄託了作者對這位
前輩詩人的深厚同情與心境的悲涼。

【集評】

1. 清·沈德潛《唐詩別裁集》：庾信聘於北周，遂留之，官開府儀同
   三司。時陳氏通好，南北之士，各還故國，而周獨不遣信，此《哀
   江南賦》所以作也。
2. 近世·蔣寅《大曆詩人研究》：意蘊豐富，寄慨深沉。
3. 近世·徐定祥《唐詩鑒賞辭典》：司空曙的這首《金陵懷古》，選材
   典型，用事精工，別具匠心。……這首詩寥寥二十字，包蘊豐富，
   感慨深沉，情與景、古與今、物與我渾然一體，不失為詠史詩的佳
   作。

（張玉芳）

【作者】

盧綸 （748～800？），字允言，唐河中蒲（今山西永濟）人。為避安史之亂，曾客居江西鄱陽。代宗大曆初年，屢考進士，不第。以元載薦，補閿鄉縣（今河南閿鄉）尉。累遷監察御史，終檢校戶部郎中。為「大曆十才子」之一。

塞下曲[1]

月黑雁飛高，單于夜遁逃[2]。欲將輕騎逐[3]，大雪滿弓刀。

【今注】

1. 塞下曲：歌詠邊塞的歌謠。塞，邊關。下，方位副詞，猶言旁邊。
2. 單于夜遁逃：單于在夜裡逃走了。單于，匈奴天子的稱號。單，音ㄔㄢˊ。遁，音ㄉㄨㄣˋ，逃。
3. 欲將輕騎逐：想要率領、矯捷的騎兵去追趕。將，持，指率領。輕騎，矯捷的騎兵。輕，輕快，形容身手敏捷。騎，音ㄐㄧˋ，騎兵。逐，追趕。

【集評】

明·李攀龍選、日本·森大來評釋《唐詩選評釋》：「月黑飛雁」一語，反攝出邊塞朔漠胡騎敗陣之狀。與王右丞觀獵起句「風勁角弓鳴」同一神理。乘勝而逐之，不覺雪滿弓刀，正曹景宗鼻端出火，耳後生風之時，全然不言寒苦，而寒苦之甚，實有勝於言之者。故其調極雄健，而其意極悲壯。不信者請問遼東從征之兵士。

（傅武光）

【作者】

李益（傳略見卷四・五言律詩〈喜見外弟又言別〉）

江南曲 [1]

嫁得瞿塘賈[2]，朝朝[3]誤妾期[4]。早知潮有信[5]，嫁與弄潮兒 [6]。

【今注】

1. 江南曲：此詩以商人婦的口吻，訴說獨守空閨的幽怨。「江南曲」為樂府舊題，係郭茂倩《樂府詩集》中之相和歌辭。
2. 瞿塘賈：來往三峽經商的人。瞿塘為長江三峽之一，西起四川奉節，東至巫山。賈為商人。
3. 朝朝：天天。
4. 誤妾期：耽誤我的期望。妾為舊時女子自稱。
5. 潮有信：潮水漲落有固定的時刻，故稱潮信。此以潮水有信對比商人誤期。
6. 弄潮兒：乘漲潮時在潮頭嬉游泅水的年輕人。也指船夫。

【集評】

1. 明・鍾惺、譚元春輯《唐詩歸》：荒唐之想，寫怨情卻真切。
2. 清・賀裳《載酒園詩話》：詩又有無理而妙者，如李益「早知潮有信，嫁與弄潮兒」，此可以理求乎？然自是妙語。
3. 清・喬億《大歷詩略》：俚語不見身分，方是賈人婦口角，亦〈子

夜〉、〈讀曲〉之遺。

4. 清・黃叔燦《唐詩箋注》：不知如何落想，得此急切情至語。乃知〈鄭風〉「子不我思，豈無他人」是怨悵之極詞也。

5. 清・李鍈《詩法易簡錄》：極言夫婿之無情，借潮信作波，便有無限曲折。

（李欣錫）

【作者】

李端（738～786），字正己，趙州（今河北趙縣）人。唐代大曆 5 年（770）進士，曾任校書省秘書郎、杭州司馬。工詩，為大曆十才子之一，賀裳評其詩：「初讀李端集，苦于平熟，遇其時一作態，即新警可喜。」有《李端詩集》，存詩 180 餘首。

聽箏 [1]

鳴箏金粟柱[2]，素手[3]玉房[4]前。欲得周郎顧[5]，時時誤拂絃。

【今注】

1. 箏：一種撥弦樂器，形似瑟。
2. 金粟柱：裝飾華貴的箏柱。柱，箏上繫住琴弦的軸。可左右移動，以調節音高。
3. 素手：白皙的手，此指女性的手。
4. 玉房：箏上安枕之處。
5. 周郎顧：三國時代周瑜精通音律，聽人彈奏有誤，必定回首看演奏者。周郎，周瑜。顧，回首。

【集評】

清·徐增《而庵說唐詩》：婦人賣弄身份，巧于撩撥，往往以有心為無心，手在弦上，意屬聽者。在賞音人之前，不欲見長，偏欲見短。見長則人審其音，見短則人見其意。

（李嘉瑜）

【作者】

暢當（生卒年不詳），河東（今山西解縣）人。唐代宗大曆 7 年（772）進士，曾任校書郎、太常博士，終官果州刺史。其性好佛道，詩主淡雅，今《全唐詩》存詩 17 首。

登鸛雀樓[1]

迴臨飛鳥上，高出世塵閒[2]。天勢圍平野[3]，河流入斷山。

【今注】

1. 鸛雀樓：今山西永濟西南城上的一座樓亭。因常有鸛雀棲息其上，故稱。
2. 閒：音義同「間」。
3. 平野：平坦而空曠的原野。

（李嘉瑜）

【作者】

戴叔倫（傳略見卷四・五言律詩〈除夜宿石頭驛〉）

題三閭大夫廟[1]

沅湘流不盡，屈子怨何深[2]。日暮秋風起，蕭蕭楓樹林[3]。

【今注】

1. 三閭大夫廟：是奉祀春秋時楚國三閭大夫屈原的廟宇，據《清一統志》記載，廟在長沙府湘陰縣北六十里（今汨羅縣境）。三閭大夫是愛國詩人屈原的官銜。三閭大夫廟即屈子祠，在湖南汨羅縣汨羅江邊玉笥山上。此詩為憑弔屈原而作。

2. 「沅湘流不盡」二句：沅、湘是屈原詩篇中常常詠歎的兩條江流。《懷沙》中說：「浩浩沅湘，分流汨兮。修路幽蔽，道遠忽兮。」《湘君》中又說：「令沅湘兮無波，使江水兮安流。」詩以沅湘開篇，既是即景起興，同時也是比喻：沅水湘江，江流有如屈子千年不盡的怨恨。騷人幽怨，好似沅湘深沉的流水。前一句之「不盡」，寫怨之綿長，後一句之「何深」，表怨之深重。詩人圍繞一個「怨」字，以明朗而又含蓄的詩句，抒發對屈原其人其事的感懷。何深，多麼地深。

3. 蕭蕭楓樹林：風吹楓樹林發出蕭蕭的響聲。《楚辭・招魂》：「湛湛江水兮上有楓。」此句以楓寓招魂意，更覺幽怨不盡，情傷無限。

【集評】

1. 明・鍾惺、譚元春《唐詩歸》：此詩豈盡三閭，如此一結，便不可

測。

2.清‧沈德潛《唐詩別裁集》：屈子之怨豈沅湘所能流去耶？發端妙。

3. 清‧施補華《峴傭說詩》：戴叔倫《三閭廟》（詩略）並不用意，而言外自有一種悲涼感慨之氣，五絕中此格最高。

4. 清‧劉永濟《唐人絕句精華》：末二句恍惚中如見屈原。暗用招魂語，使人不覺。短短二十字而弔古之意深矣，故佳。

5. 清‧李鍈《詩法易簡錄》：詠古人必能寫出古人之神，方不負題。此詩首二句懸空落筆，直將屈子一生忠憤寫得至今猶在，發端之妙，已稱絕調。三、四句但寫眼前之景，不復加以品評，格力尤高。凡詠古以寫景結，須與其人相肖，方有神致，否則流於寬泛矣。

（張玉芳）

【作者】

柳宗元（傳略見卷一・五言古詩〈晨詣超師院讀禪經〉）

江雪 [1]

千山鳥飛絕，萬徑人蹤滅 [2]。孤舟蓑笠翁 [3]，獨釣寒江雪 [4]。

【今注】

1. 江雪：題為江雪，實寫釣翁之超曠。
2. 「千山」二句：飛絕，飛盡；絕跡。徑，小路。人蹤，人的蹤跡。二句謂雪天寒，人鳥絕跡。
3. 蓑笠翁：披蓑衣戴斗笠的漁翁。蓑，用棕或稻草等編成的雨具。笠，用竹皮、草葉編成的遮陽、擋雨雪的帽子。
4. 獨釣寒江雪：在雪天寒冷的江面上獨自垂釣。

【集評】

1. 宋・蘇軾《東坡題跋》卷二：鄭谷詩云：「江上往來堪畫處，漁人披得一蓑歸。」此村學中詩也。柳子厚云：「千山鳥飛絕，……獨釣寒江雪。」人性有隔也哉。殆天所賦，不可及也已。
2. 宋・吳沆《環溪詩話》卷下：大抵漁家詩要寫得似漁家，田園詩要寫得似田圃人家，……又要不犯正位，不隨古人言語。且如柳子厚詩云：「千山鳥飛絕，……獨釣寒江雪。」
3. 宋・范晞文《對床夜雨》卷四：唐人五言四句，除柳子厚〈釣雪〉一詩之外，極少佳者。

4. 明‧胡應麟《詩藪》內編卷六：「千山鳥飛絕」二十字，骨力豪上，句格天成，然律以輞川作，便覺太鬧。

5. 清‧許印芳《詩法萃編》卷九：語平意側，一氣貫注。凡作排偶文字，解此用筆，自無板滯雜湊之病。

（張玉芳）

【作者】

劉禹錫（傳略見卷四·五言律詩〈蜀先主廟〉）

秋風引 [1]

何處秋風起？蕭蕭 [2] 送雁群。朝 [3] 來入庭樹，孤客最先聞。

【今注】

1. 秋風引：猶言秋風曲、秋風詞、秋風歌。引，曲。
2. 蕭蕭：風聲。
3. 朝：ㄓㄠ，早晨。

【集評】

1. 清·沈德潛《唐詩別裁集》：若說不堪聞，便淺。

2. 清·王文濡《唐詩評注讀本》：秋風自遠而至，乍聆之，似莫測其所自，惟蕭蕭之聲，送雁群南去，則知為北風而秋深矣。朝來群動猶寂，風入庭樹，他人或不知覺，獨孤客之心易傷搖落，故最先聞之而有感也。

3. 近世·許文雨集注《唐詩集解》：按樂府入琴曲，此言秋風起，則羣雁南翔。孤客感秋獨早，故先聞庭樹落葉聲也。

（傅武光）

【作者】

張仲素 （769～819），字繪之，宿州符離（今安徽宿縣）人。唐德宗貞元 14 年（798）進士，曾任翰林學士、中書舍人。今《全唐詩》存詩 30 餘首。

春閨思[1]

裊裊[2]城邊柳，青青陌上桑。提籠忘採葉，昨夜夢漁陽[3]。

【今注】

1. 春閨思：寫閨中女子春日對良人的思念。
2. 裊裊：縈迴繚繞的樣子。裊，音ㄋㄧㄠˇ。
3. 漁陽：為范陽節度使所轄的八郡之一，天寶年間由薊州改制，在今北京大興縣西南，此借指丈夫所在之地。

【集評】

清·俞陛雲《詩境淺說·續編》：五言絕句中憶遠之詩，此作最為入神，從《詩經》：「采采卷耳，不盈頃筐。嗟我懷人，寘彼周行」點化而來，遂成妙語。

（李嘉瑜）

【作者】

白居易（傳略見卷一·五言古詩〈長恨歌〉）

問劉十九[1]

綠螘新醅酒[2]，紅泥小火爐。晚來天欲雪，能飲一杯無[3]？

【今注】

1. 劉十九：排行第 19 的劉姓朋友，不詳其名。據白居易另一首〈劉十九同宿〉詩「唯共嵩陽劉處士」之句，知其為今河南登封縣人，為一隱士。此詩作於憲宗元和 11 年（816），白居易貶居江州司馬的次年，時年 40 歲。
2. 綠螘新醅酒：剛釀好而未漉清的酒。綠螘，即綠蟻，指初釀的濁酒，上面浮起如細蟻的綠渣。螘，音義同「蟻」。新醅，剛剛釀造而未過濾的酒。醅，音ㄆㄟ。
3. 能飲一杯無：猶言能飲一杯否？無，句末疑問語氣詞，同「否」。

【集評】

1. 清·孫洙〈唐詩三百首〉卷七：信手拈來，都成妙諦，詩家三昧，如是如是。
2. 清·王文濡《唐詩評注讀本》：用土語不見俗，乃是點鐵成金手段。
3. 清·俞陛雲《詩境淺說·續編》：尋常之事，人人意中所有，而筆不能達者，得生花江管寫之，便成絕唱，此等詩是也。本句之

「無」字，妙作問語，千載下如聞聲口也。

（傅武光）

【作者】

元稹（傳略見卷五‧七言律詩〈以州宅夸於樂天〉）

行宮[1]

寥落[2]古行宮，宮花寂寞紅。白頭宮女在，閒坐說玄宗[3]。

【今注】

1. 行宮：京師皇城以外的宮殿。亦即皇帝出行時所居的宮殿。一說，此指洛陽的上陽宮。
2. 寥落：空曠而冷清的樣子。
3. 玄宗：唐玄宗李隆基（685～762），世稱唐明皇。繼位之初，以姚崇、宋璟為相，創造「開元之治」。晚期寵愛楊貴妃，信任楊國忠、李林輔，荒淫腐敗，天寶末年終引發安史之亂，倉皇避亂入蜀。肅宗即位，尊為太上皇。在位 44 年。

【集評】

1. 宋‧魏慶之《詩人玉屑》：語少意足，有無窮之味。
2. 明‧瞿佑《歸田詩話》：樂天〈長恨歌〉凡 120 句，讀者不覺其長；元微之〈行宮〉詩才 4 句，讀者不覺其短，文章之妙也。
3. 清‧潘德輿《養一齋詩話》卷三：「寥落古行宮」二十字，足賅〈連昌宮詞〉六百餘字，尤為妙境。
3. 清‧徐增《而齋說唐詩》：玄宗舊事出於白髮宮人之口，白髮宮人

又坐宮花亂紅之中，行宮真不堪回首矣。

4. 清·李鍈《詩法易簡錄》：明皇已往，遺宮寥落，卻借白頭宮女寫出無限感慨。凡盛時既過，當時之人無一存者，其感人猶淺；當時之人尚有存者，則感人更深。白頭宮女閑說玄宗，不必寫出如何感傷，而衷情彌至。

（傅武光）

【作者】

張祜（792～854？），字承吉，郡望清河（今屬河北），一說南陽（今河南鄧州），寓居姑蘇（今江蘇蘇州）。屢舉進士不第，浪跡江湖，元和、長慶間，得令孤楚向朝廷推薦，然為人讒毀抑退。晚年愛丹陽曲阿山水，築室隱居。大中中卒。祜苦心為詩，元和中，即以宮詞得名，聲調流美，亦喜遊山歷寺而題詠，多成絕唱。與杜牧相友善，後輩詩人如皮日休、陸龜蒙等，對張祜詩皆甚推崇。有《張承吉文集》10 卷傳世，此集皆為詩，其後 4 卷乃《全唐詩·張祜集》所未收錄者。

宮詞[1] 二首錄一

故國[2]三千里[3]；深宮二十年[4]。一聲河滿子[5]，雙淚落君前。

【今注】

1. 宮詞：這是一首宮怨詩，將幽閉深宮中女子的內心慘痛，表現得至為深切。題一作何滿子。宮詞，詠宮中瑣事的詩。
2. 故國：故鄉。
3. 三千里：言路途遙遠。
4. 二十年：言時間長久。
5. 河滿子：唐樂曲歌名，一作何滿子。據白居易〈聽歌六絕句·何滿子〉自注：「開元中，滄州有歌者何滿子，臨刑，進此曲以贖死，上竟不免。」後此曲即以歌者姓名何滿子為名。其曲調哀婉悲切。又蘇鶚《杜陽雜編》：「文

宗時，宮人沈阿翹為帝舞〈何滿子〉，調辭風態，率皆宛暢。」可知宮中常於帝前歌舞此曲。

【集評】———

1. 明·桂天祥《批點唐詩正聲》：衷情苦韻。

2. 清·黃叔燦《唐詩箋注》：蓋以斷腸人聞斷腸聲，故感一聲而淚落也。

3. 清·賀裳《載酒園詩話又編》：宮體諸詩，實皆淺淡，即「故國三千里，深宮二十年」，亦甚平常，不知何以合譽至此！

4. 清·宋顧樂《唐人萬首絕句選評》：〈何滿子〉其聲最悲，樂天詩云：「一曲四詞歌八疊，從頭便是斷腸聲。」此詩更悲在上二句，如此而唱悲歌，哪禁淚落。

（李欣錫）

【作者】

杜牧（傳略見卷四・五言律詩〈題揚州禪智寺〉）

江樓[1]

獨酌[2]芳春酒，登樓已半醺[3]。誰驚一行雁，衝斷過江雲？

【今注】

1. 江樓：此詩寫獨上江樓，酌酒自遣之情懷。
2. 獨酌：獨自喝酒。
3. 半醺：半醉。

【集評】

1. 清・黃叔燦《唐詩箋注》：獨酌傷春，登樓自遣，忽驚斷雁，又觸愁悵，神隨遠望，情緒彌深。只以「獨酌」二字領起，妙。
2. 清・胡本淵《唐詩近體》：「驚」字、「斷」字俱煉，亦有含蓄。

（李嘉瑜）

【作者】

李商隱（傳略見卷四・五言律詩〈落花〉）

樂遊原 [1]

向晚 [2] 意不適 [3]，驅車 [4] 登古原。夕陽無限好，只是近黃昏。

【今注】

1. 樂遊原：地名，即「樂遊園」，位於長安南方，其地高起，有廟宇亭臺，因能眺望長安城，是漢唐時期著名的登賞之處。
2. 向晚：傍晚；黃昏時刻。
3. 意不適：心緒不佳。
4. 驅車：駕車。

【集評】

1. 清・沈厚塽《李義山詩集輯評》引何義門評：遲暮之感，沉淪之痛，觸緒紛來，悲涼無限。

2. 清・沈厚塽《李義山詩集輯評》引紀昀評：百感茫茫，一時交集，謂之悲身世可，謂之憂時事亦可。下二句向來所賞，然得力處在以「向晚意不適」句倒裝而入，下兩句已含言下。

3. 清・施補華《峴傭說詩》：義山「向晚意不適，驅車登古原。夕陽無限好，只是近黃昏。」歎老之意極矣，然祇說夕陽，並不說自己，所以為妙。五絕七絕，均須如此，此亦比興也。

4. 清‧俞陛雲《詩境淺說續編》：詩言薄暮無聊，藉登眺以舒懷抱。
   煙樹人家，在微明夕照中，如天開圖畫；方吟賞不置，而無情暮
   景，已逐步逼人而來，一入黃昏，萬象都滅，玉谿生若有深感者。

5. 朝鮮‧李睟光《芝峰類說》：李商隱詩曰「夕陽無限好，只是近黃
   昏。」楊誠齋謂此句喻唐祚之將衰亡。余則以為不過吟暮景
   耳。……唐人作詩多在有意無意間，情景宛然，而觀者輒以有意求
   之，恐不免穿鑿。

（李嘉瑜）

【作者】

溫庭筠（傳略見卷五・七言律詩〈過陳琳墓〉）

碧澗驛曉思[1]

孤燈[2]伴殘夢，楚國在天涯[3]。月落子規[4]歇，滿庭山杏花。

【今注】

1. 碧澗驛曉思：碧澗驛，驛站名。曉思，大清早的情思。
1. 孤燈：黑夜中單獨點燃的燈。
2. 天涯：天的邊際，指遙遠的地方。
3. 子規：杜鵑鳥的別名，亦稱杜宇。

【集評】

1. 清・宋顧樂《唐人萬首絕句選評》：寫得情景悠揚婉轉，末句更含無限寂寥。

2. 清・俞陛雲《詩境淺說續編》：詩言楚江客舍，殘夢初醒，孤燈相伴，其幽寂可想。迨起步閑庭，斜月西沉，子規啼罷，惟見滿庭山杏，挹晨露而爭開。善寫曉天清晨，格高味永。

（李嘉瑜）

【作者】

李頻 （815～876），字德新，睦州壽昌（今浙江壽昌）人。唐宣宗大中 8 年（854）擢進士第，調秘書郎，後遷都官員外郎、建州刺史。李頻長於律絕，工於雕琢，嘗言：「只將五字句，用破一生心。」今《全唐詩》存詩 3 卷。

渡漢江[1]

嶺外[2]音書[3]絕，經冬復歷春。近鄉情更怯，不敢問來人。

【今注】

1. 漢江：即今之漢水。
2. 嶺外：五嶺以南，此指廣東。
3. 音書：書信；消息。

（李嘉瑜）

【作者】

歐陽脩（傳略見卷一‧五言古詩〈送唐生〉）

和聖俞百花洲[1]二首

野岸[2]溪幾曲，松蹊[3]穿翠陰。不知芳渚[4]遠，但愛綠荷深。

荷深水風闊，雨過清香發。暮角[5]起城頭，歸橈[6]帶明月。

【今注】

1. 詩中百花洲指鄧州百花洲，《清一統志‧南陽府》：「百花洲，在鄧州城東南隅。」高步瀛注誤以為是蘇州吳縣的百花洲，非也。寶元元年（1038）春，梅堯臣解知建德（今浙江建德）縣任，入汴京。寶元 2 年 2 月，謝絳以兵部員外郎，知制誥，出知鄧州。4 月出京，梅堯臣與謝絳為姻兄弟，乃偕往鄧州。時歐陽脩以移光化軍乾德縣令，5 月，至鄧州相會，留十餘日而還。〈和聖俞百花洲二首〉乃此時唱和之作，歐陽脩在〈與梅聖俞〉書簡其十云：「前累求新作，今者書尾有自厭之說，豈可疾淫哇而欲廢置律呂？百花洲唱和必多，欲一讀以祛俗累之心，何可得也？」此二詩以「荷深」為頂針，語言清秀，意味深長，頗能呈顯歐詩五絕的婉麗風格。
2. 野岸：野外水流的涯岸。
3. 松蹊：松林間的小路。
4. 芳渚：長滿芳草的洲渚。
5. 暮角：傍晚的號角聲。
6. 歸橈：歸舟。橈，音ㄖㄠˊ，原指船槳，此代稱小船。

（賴麗娟）

【作者】

王安石（傳略見卷三・七言古詩〈明妃曲〉）

山中 [1]

隨月出山去，尋雲相伴歸[2]。春晨花上露，芳氣著人衣[3]。

【今注】

1. 此寫鍾山早晨的景致，幽靜中蘊藏著溫馨的氣息。
2. 「隨月出山去」二句：寫作者晚上踩著月色走入山中；清早則和白雲結伴回來。
3. 「春晨花上露」二句：春天早晨花朵上露水的芬芳氣息，附著在衣服上。著，依附；附著。

（賴麗娟）

雜詠 [1] 四首錄一

桃李石城塢[2]，餉田[3]三月時。柴荊[4]常自閉，花發少人知。

【今注】━━━◈

1. 王安石〈雜詠〉四首作於江寧，本詩是組詩中的最後一首，時為仁宗寶元 2 年（1039），王安石 19 歲。是年其父王益通判江寧，卒於官，葬在江寧牛首山，安石奉母兄居喪，遂家於江寧。這類詩歌是他早年寫的小詩，充滿深婉不迫的意境。
2. 塢：四面高中間低的地方；村落。
3. 餉田：送飯食到田頭。
4. 柴荊：指用柴荊做的簡陋門戶。

【集評】━━━◈

宋・李壁《王荊文公詩注》卷四十：韓詩：「馬蹄無入朱門迹，縱有春歸可得知。」

（賴麗娟）

【作者】

蘇軾（傳略見卷一・五言古詩〈寒食雨〉）

儋耳山 [1]

突兀隘空虛 [2]，他山總不如。君看道傍石，盡是補天餘 [3]。

【今注】

1. 儋耳山：一名松林山，又名藤山，為儋州主山。
2. 突兀隘空虛：突兀，高聳貌。隘，險要的通道，通常處在陡峭的山谷之間。
3. 補天餘：女媧補天所剩下的。

【集評】

1. 宋・張邦基《墨莊漫錄》卷一：（「君看道旁石」）叔黨云：「石」當作「者」，傳寫之誤。一字不工，遂使全篇俱病。
2. 清・紀昀《紀評蘇詩》卷四十一：未喻其意。
3. 清・施山《薑露盦雜記》卷三：愚謂本當作「石」字。若以為誤寫，改作「者」字，直同囈語矣，宋人談詩類如此。

（邵曼珣）

【作者】

黃庭堅（傳略見卷一・五言古詩
〈子瞻詩句妙一世乃云效庭堅體次韻道之〉）

竹下把酒 [1]

竹下傾春酒 [2]，愁陰為我開。不知臨水語，更 [3] 得幾回來！

【今注】

1. 竹下把酒：在竹林下飲酒。把酒，手持酒杯。
2. 春酒：過年釀的酒。
3. 更：再。

【集評】

宋・胡仔《苕溪漁隱叢話前集》：豫章（黃庭堅）自出機杼別成一家。
　　清新奇巧，是其所長。

（傅武光）

【作者】

陸游（傳略見卷三・七言古詩〈長歌行〉）

柳橋晚眺[1]

小浦[2]聞魚躍，橫林待鶴歸。閒雲不成雨，故傍[3]碧山飛。

【今注】

1. 柳橋晚眺：此詩為 1201 年陸游 77 歲時在家鄉山陰所作。柳橋，在浙江紹興縣東南。
2. 小浦：小水濱。
3. 傍：音ㄅㄤˋ，依。

【集評】

清・覃谿《石洲詩話》：放翁以寶章閣待制修實錄訖即致仕，優遊鏡湖、耶谿間，久領林泉之樂。筆墨之清曠，與心地之淡遠，夷然相得於無言之表。固有在葉石林之上者，無論他人之未忘世諦者也。

（傅武光）

七 言

【作者】

王維（傳略見卷一・五言古詩〈渭川田家〉）

九月九日憶山東兄弟[1]

獨在異鄉為異客，每逢佳節倍思親。遙知兄弟登高[2]處，遍插茱萸[3]少一人。

【今注】

1. 九月九日憶山東兄弟：題下原注有「時年 17」，知是王維少年之作。此乃是詩人因重陽佳節而思念家鄉親人的作品。山東，指華山以東的故鄉蒲州（今山西永濟縣），故稱「憶山東兄弟」，當時王維人應在長安。
2. 登高：農曆九月九日為重陽節，古代有爬山登高的風俗。
3. 插茱萸：古代的習俗，傳言重陽節飲菊花酒、佩帶茱萸登高可以袪邪避災。茱萸，落葉喬木，生於川谷，其花色黃，有濃郁的香味。

【集評】

1. 宋・胡仔《苕溪漁隱叢話・後集》：子美〈九日藍田崔氏莊〉云「明年此會知誰健，醉把茱萸少一人」，王摩詰〈九日憶山東兄弟〉，朱放〈九日與楊凝崔淑期登江上山有故不往〉云「那得更將頭上髮，學他年少插茱萸」。此三人類各有所感而作，用事則一，命意不同。後人用此為九日詩，自當隨事分別用之，方得為善用故實也。

2. 明‧吳逸一《唐詩正聲》：口角邊說話，故能真得妙絕。若落冥搜，便不能如此自然。

3. 明‧唐汝詢《唐詩解》：摩詰作此，時年十七，詞義之美，雖〈陟岵〉不能加。史以孝友稱維，不虛哉！

4. 清‧張謙宜《絸齋詩談》：不說我想他，卻說他想我，加一倍淒涼。

5. 清‧吳瑞榮《唐詩箋要續編》：右丞七絕，飄逸處如釋仙仗履，古藻處如軒昊衣冠，其所養者深矣。

（林佳蓉）

送元二使安西 [1]

渭城[2]朝雨浥輕塵[3]。客舍青青柳色新。勸君更進一杯酒，西出陽關[4]無故人。

【今注】

1. 送元二使安西：這是王維送別友人赴西域之作。此詩依譜演歌時又稱〈渭城曲〉，或名〈陽關三疊〉，因歌可反覆疊唱三次之故。元二，王維的朋友，生平不詳。安西，指唐代的安西都護府，位在今新疆庫車縣附近。

2. 渭城：即秦朝都城咸陽，在今陝西西安市西北，王維為元二餞別的地方。

3. 浥輕塵：地上的塵土溼潤。浥，潤濕。

4. 陽關：古代關名，因在玉門關的南方，故稱陽關。故址在今甘肅敦煌縣西南。

【集評】

1. 宋・劉辰翁《王孟詩評》：更萬首絕句，亦無復近，古今第一矣。

2. 明・李東陽《麓堂詩話》：作詩不可以意徇辭，而須以辭達意。辭能達意，可歌可咏，則可以傳。王摩詰詩「陽關無故人」之句，盛唐以前所未道。此一出，一時傳誦不足，至為三疊歌之。後之咏別者，千言萬語，殆不能出其意之外。必如是，方可謂之達耳。

3. 明・胡應麟《詩藪》：「數聲風笛離晚亭，君向瀟湘我向秦」，「日暮酒醒人已遠，滿天風雨下西樓」，豈不一唱三嘆，而氣韻衰颯殊甚。「渭城朝雨」自是口語，而千載如新。此論盛唐、晚唐三昧。

（林佳蓉）

送沈子歸江東 [1]

楊柳渡頭行客稀。罟師 [2] 蕩槳向臨圻 [3]。唯有相思似春色，江南江北送君歸。

【今注】

1. 送沈子歸江東：此是詩人在渡頭送友人歸江東之作，其情濃依，風神搖曳。沈子，或作沈子福，王維的朋友，生平不詳。江東，指長江下游以東的地方。
2. 罟師：漁夫，此處借指船夫。罟，音ㄍㄨˇ。
3. 臨圻：古縣名，今南京市附近。圻，音ㄑㄧˊ。

【集評】

1. 明・唐汝詢《唐詩解》：蓋相思無不通之地，春色無不到之鄉，想象及此，語亦神矣。

2. 清·馬沅選、趙彥傳注《唐絕詩鈔注略》：妙攝入「送」字，以行送且以神送，且到處相隨，遂寫得淋漓盡致。「春色」跟首句，襯墊渲染法。

3. 清·沈德潛《唐詩別裁集》：春光無所不到，送人之心猶春光也。

4. 清·馬位《秋窗隨筆》：最愛王摩詰「唯有相思似春色，江南江北送君歸」之句，一往情深。

5. 清·宋宗元《網師園唐詩箋》：援擬入情，樂府神髓。

（林佳蓉）

【作者】

孟浩然（傳略見卷一·五言古詩〈彭蠡湖中望廬山〉）

送杜十四之江南[1]

荊吳相接水為鄉[2]，君去春江正淼茫[3]。日暮孤帆泊何處[4]？天
涯一望斷人腸[5]。

【今注】

1. 這是一首送別詩，是作者送一位朋友遠行江南而作。詩中前三句雖只是寫
   景，但景中含情，表達了送別友人遠行時的留戀悵惘。詩人假托問舟，實則
   寄托著對友人的擔憂。全篇用散行句式，如行雲流水，寫得頗富神韻。詩題
   又作〈送杜晃進士之東吳〉。
2. 荊吳相接水為鄉：荊，指荊襄，為送別所在；吳，指東吳，為欲往之地。說
   兩地，實際已暗關送別之事。「荊吳相接」恰似說「天涯若比鄰」，起筆便先
   作寬慰語，超乎送別詩常法，別具生活情味。
3. 淼茫：春江上煙波淼茫，暗指送行的心緒迷茫。義同「渺茫」。淼，音
   ㄇㄧㄠˇ，水勢浩大，漫無邊際的樣子。
4. 日暮孤帆泊何處：送行之後，不知杜君去處，「征帆一片」與「春江渺茫」，
   形成強烈對比。
5. 天涯一望斷人腸：卒章顯意，「斷人腸」直抒別情。「天涯一望」四字，則鉤
   畫出久久佇立的送者情態，十分生動。

【集評】

清・賀裳《載酒園詩話》又編：孟詩佳處只一真字，初讀無奇，尋繹
則齒頰間有餘味。

（李清筠）

【作者】

常建（傳略見卷一・五言古詩〈弔王將軍墓〉）

三日尋李九莊[1]

雨歇楊林東渡頭，永和三日[2]蕩輕舟。故人家在桃花岸，直到門
前溪水流[3]。

【今注】

1. 這首詩寫的是三月三日這天乘船訪李姓友人的事。題材平常，但詩人巧用蘭
   亭集會和桃花源的典故，而使單純的內容顯得豐富，增添了曲折的情致和雋
   永的情味。三日，古代以農曆三月上旬巳日為上巳節，魏晉以後，通常以三
   月三日度此節。
2. 永和三日：王羲之〈蘭亭集序〉記永和九年三月上巳日，會集名士於會稽山
   陰蘭亭；作者恰於三日乘舟訪友，故用此典。詩人特意標舉「永和三日」，
   讀者可以由此引發聯想，在腦海中描繪出一幅「天朗氣清，惠風和暢」，「茂
   林修竹，清流激湍」的清麗畫圖，和「群賢畢至，少長咸集」、「遊目騁懷，
   極視聽之娛」的歡樂場面。
3. 「故人家在桃花岸」二句：這二句存在著語序的調整和意義的跳躍、省略。
   原句所要表述的意思是：故人（指李九）的家，（在什麼位置呢？）順水直
   下，兩岸有桃樹林，故人的家就在這林下溪旁。句中所描繪的景象，實際上
   並非詩人到達後的即目所見，由題目中的「尋」字，可知這是在舟行途中對
   目的地的遙想。桃花岸，暗用「桃花源」的典故，把李九莊比作現實的桃源
   仙境，同時暗喻李九是隱士。

（李清筠）

【作者】

王昌齡（傳略見卷一・五言古詩〈塞上曲〉）

從軍行[1]

其一

琵琶起舞換新聲[2]，總是關山[3]離別情。撩亂邊愁聽不盡[4]，高高秋月照長城。

【今注】

1. 〈從軍行〉樂府相和歌詞平調樂曲，《樂府解題》云：「〈從軍行〉皆述軍旅苦辛之詞也。」詩有七首，此為其二。王昌齡的《從軍行》沿用樂府舊題來表現唐代的邊塞生活，是由七首七言絕句聯綴而成的組詩，每首詩分別選取征戍生活的某一場景，來表現征戍者內心的思想感情。
2. 新聲：新曲。
3. 關山：泛指關隘與山峰，而在字面意義外，雙關〈關山月〉曲調，含意更深。〈關山月〉，樂府橫吹曲的調名《樂府解題》云：「〈關山月〉，傷離也。」
4. 聽不盡：因為宴會所演奏的總〈關山月〉之類的曲子，令人心煩意亂。在感覺上，好像同樣的曲子永遠奏不完一樣。

【集評】

1. 明・唐汝詢《唐詩解》卷二十六：奏樂所以娛心，今我起舞而琵琶

更奏新聲，本以相樂也，然總之為離別之情。邊聲已不堪聞，其奈月照長城乎？入耳目者，皆邊愁也。

2. 近世·周嘯天《歷代名家絕句評點·唐》：前二句以「新」、「舊」二字相起，在邊塞軍中，曲調盡可翻新，卻變不了那個永恆的主題——就是《關山月》「傷別離」的主題。三句的「聽不盡」，既是說「奏不盡」，又是說「聽不夠」。對於音樂是贊、是嘆、是怨，情調十分複雜。結句以不盡盡之，推出一個遠景，意蘊更覺渾含不盡。

其二

青海長雲暗雪山[2]，孤城遙望玉門關[3]。黃沙百戰穿金甲[4]，不破樓蘭[5]終不還。

【今注】

1. 從軍行：這是王昌齡《從軍行》七首中的第四首。寫西北邊塞戰士艱苦奮戰的高昂鬥志。
2. 青海長雲暗雪山：青海，即今青海湖。位於青海省的東北部，四周環山，為我國最大的內陸鹹水湖。長雲，漫天皆雲。雪山，指祁連山，為甘肅、青海二省的界山。亦稱為「白山」、「南山」。
3. 孤城遙望玉門關：倒裝句。意思是「遙望孤城玉門關」。漢代班超曾上書言：「臣不敢望到九泉郡，但願生入玉門關。」此處用此典故。孤城，指玉門關，因地廣人稀，給人以孤城之感。
4. 穿金甲：穿，磨破。金甲，戰衣。
5. 樓蘭：古國名，漢時對西域鄯善的稱呼。本詩中泛指當時侵擾西北邊區的敵人。

【集評】

1. 明·唐汝詢《唐詩解》卷二十六：哥舒翰嘗築城青海，其地與雪山

相接，戍者思歸，故登城而望玉關，求生入也。因言冒風沙而苦戰久矣，然不破樓蘭終無還期，悲何如耶！

2. 清·沈德潛《唐詩別裁集》卷十九：作豪語看亦可，然作歸期無日看，倍有餘味。

3. 清·黃叔燦《唐詩箋注》：玉關在望，生入無由，青海雪山，黃沙百戰，悲從軍之多苦，冀克敵以何年。「不破樓蘭終不還」，憤激之詞也。

4. 清·俞陛雲《詩境淺說·續編》：首二句乃逆挽法，從青海回望孤城，見去國之遠也。後二句謂確鬥無前，黃沙百戰，金甲都穿，見勝概英風。

5. 清·劉永濟《唐人絕句精華》：寫思歸之情，而曰「不破樓蘭終不還」，用一「終」字而使人讀之淒然。蓋「終不還」者，終不得還也，連上句軍甲著穿觀之，久戍之苦益明，如以為思破敵立功而歸，則非詩人本意矣。

（孫永忠）

春宮曲 [1]

昨夜風開露井[2]桃，未央[3]前殿月輪高。平陽歌舞新承寵[4]，簾外春寒賜錦袍。

【今注】

1. 春宮曲：樂府曲名，為宮怨十九曲之一。《全唐詩》同注云唐人絕句作殿前曲。

2. 露井：沒有井亭覆蓋的井。古樂府：「桃生露井上。」乃以桃開於露井起興平陽承寵。

3. 未央：漢宮名。在今陝西長安縣西北長安故城中。喻指唐皇宮殿。

4. 平陽歌舞新承寵：平陽歌舞，指平陽公主的侍女衛子夫的歌舞。新承寵，指漢武帝見衛子夫而悅之，納入後宮，後立為皇后。詳見《漢書・外戚傳》。

【集評】

1. 明・唐汝詢《唐詩解》卷二十六：此為失寵者欣羨得意者之辭。言當宮中侍宴之夜而風開桃井，春既暖矣，乃飲至月高之際，其乘寵之歌舞反以為春寒而蒙賜袍之恩，則其得君何如哉！

2. 清・沈德潛《唐詩別裁集》卷十九：只說他人之承寵，而己之失寵，悠然可會，此《國風》之體也。

3. 清・王堯衢《古唐詩合解》卷五：恩寵已極。及夜宴未寒，而忽指以為帝外春寒，遂以錦袍賜之，夫歌舞者，乃安知帝外之春寒乎？不寒而寒，賜非所賜。失寵者思得寵者之榮，而愈加愁恨，故有此詞也。

（孫永忠）

長信秋詞[1]

奉帚平明金殿開[2]，且將團扇[3]共徘徊。玉顏[4]不及[5]寒鴉色，猶帶昭陽日影[6]來。

【今注】

1. 長信秋詞：猶言住在長信宮的女人的悲歌。長信，指長信宮，漢代長安宮殿，在昭陽宮之西。漢成帝時，班婕妤失寵居此。秋詞，猶言悲秋之歌。詞，與歌、行、吟、引等都是樂府詩題。

2. 奉帚平明金殿開：奉帚，謂灑掃。帚與作箒者相通。吳均行路難：班姬失寵顏不開，奉箒供養長信臺。班婕妤初見幸，後因漢成帝寵愛趙飛燕，趙氏姐妹嬌妒，班婕妤擔心受害，便要求到長信宮供養太后。

3. 團扇：團扇。用以自喻。言己供養長信宮，其實與團扇逢秋而見棄相同。

4. 玉顏：美麗的容顏。自謂之詞。

5. 不及：不如。

6. 昭陽日影：諭帝王恩寵。昭陽，漢殿名。為漢武帝所築，成帝時，為趙飛燕姐妹所居住。後世詩文多指皇后或受寵幸的嬪妃所住的宮殿。

【集評】

1. 明・唐汝詢《唐詩解》卷二十二：班姬自言晨起灑掃而殿門始闢，因傷己被棄，如扇之逢秋，故相與盤桓也。適見寒鴉帶日影來，則又睹物興感，意謂我惟不得一近昭陽為恨。今禽鳥乃得被天子恩輝，是我之顏色不如也。不怨君而歸咎於己顏色，得風人渾厚之旨矣。

2. 清・何焯《批唐三體詩》：金字亦作秋字，故與第二句貫注。平明二字中便含日影。秋起團扇，寒鴉關合平明，寒字乃有愁意。

3. 清・沈德潛《唐詩別裁集》卷十九：昭陽宮，趙昭儀所居，宮在東方，寒鴉帶東方日影而來，見己之不如鴉也。優柔婉麗，含蘊無窮，使人一唱而三歎。

（孫永忠）

閨怨[1]

閨中少婦不知愁，春日凝妝[2]上翠樓。忽見陌頭[3]楊柳色，悔教[4]夫婿覓封侯。

【今注】

1. 閨怨：深閨女子的愁怨。
2. 凝妝：盛妝；精心妝扮。
3. 陌頭：街道口。
4. 悔教：後悔當年鼓勵夫婿從軍。

【集評】

1. 明・唐汝詢《唐詩解》卷二十六：傷離者莫甚於從軍，故唐人閨怨，大抵皆征婦之辭也。知愁，則不復能凝妝矣。凝妝上樓，明起不知愁也。然一見柳色而生悔心，功名之望遙，離索之情亟也。蟲鳴思覯，南國之正音，萱草痏心，東遷之變調。閨中之作，近體之〈二南〉歟？

2. 清・王堯衢《古唐詩合解》卷五：「忽見」者，驟然而觸目，不覺驚心，把少婦沉悶情懷，都被柳色鉤動。然則不見柳色，尚不知春在何處也。

3. 清・劉永濟《唐人絕句精華》：詩人筆下活描出一天真真「少婦」之情態，而人民困於征役，自在言外，詩家所謂不犯本位也。

（孫永忠）

芙蓉樓送辛漸[1]

寒雨連江[2]夜入吳[3]，平明[4]送客楚山孤。洛陽[5]親友如相問，一片冰心在玉壺[6]。

【今注】

1. 芙蓉樓：天寶元載（742）王昌齡與友人辛漸在潤洲（今江蘇鎮江市）芙蓉樓餞別所作。芙蓉樓原址在潤洲城上西北角，俯臨大江。
2. 連江：徐氏本《唐文粹》、《詩紀》、《全唐詩》江並作天。
3. 吳：《全唐詩》作湖。指潤洲一帶。其地古代屬吳，後屬楚。
4. 平明：天將破曉時。
5. 洛陽：今河南洛陽市，辛漸此行的目的地。
6. 冰心在玉壺：化用鮑照〈代白頭吟〉：「清如玉壺冰」句。藉以比喻自己的人格操守。內在如冰一樣清明；而外在如玉一般高潔，未曾為宦情所污。

【集評】

1. 明·唐汝詢《唐詩解》卷二十六：此亦被謫入吳，逢辛漸赴洛，而有是嘆也。言我方冒雨夜行，君則倚山曉發，不勝跋涉之勞，倘親友問我之行藏，當言心如冰冷，日就清虛，不復為宦情所牽矣！
2. 清·沈德潛《唐詩別裁集》卷十九：言己之不牽於宦情也。
3. 清·黃叔燦《唐詩箋注》：上二句送時情景，下二句託寄之言，自述心地瑩潔，無塵可滓。
4. 清·俞陛雲《詩境淺說·續編》：借送友人以自寫胸臆，其詞自瀟灑可愛。

（孫永忠）

【作者】

王之渙（傳略見卷八・五言絕句〈登鸛雀樓〉）

涼州詞[1]

黃河遠上[2]白雲間，一片孤城[3]萬仞山[4]。羌笛[5]何須怨楊柳[6]？春風不度[7]玉門關[8]。

【今注】

1. 此詩描寫邊塞景色之遼闊蒼茫，以引起遠征士兵的愁怨情感。涼州詞：唐代樂府曲名，是歌唱涼州一帶邊塞生活的歌詞。郭茂倩《樂府詩集》近代曲辭有涼州歌。涼州，在唐隴右道內，今甘肅武威。此泛指整個涼州，即河西一帶。
2. 黃河遠上：一作「黃沙直上」，歷來頗多爭議，但從詩的氣勢和意境上說，「黃河遠上白雲間」更顯深邃遼遠。此言黃河上游地勢極高，征人望去，如在天際。
3. 孤城：指玉門關，一說指涼州。
4. 萬仞山：形容山極高。此謂孤城在萬仞山中更顯渺小。仞，古代長度單位，周制八尺，漢制為七尺，東漢末則為五尺六寸。
5. 羌笛：古代管樂器，出自羌中，故名。
6. 楊柳：笛曲〈折楊柳〉，即羌笛所奏。《樂府詩集：梁鼓角橫吹曲》有〈折楊柳枝歌〉：「上馬不捉鞭，反拗楊柳枝，下馬吹長笛，愁殺行客兒。」因歌曲寫離別，後世因以為懷鄉怨別之曲調。又古有折柳贈別之習，唐時最盛，楊柳亦為遠行別離之象徵。
7. 度：吹過。

8. 玉門關：故址在今甘肅敦煌西北小方盤城，是古時通往西域的交通要道，為
　　當時涼州的最西境。

【集評】

1. 明‧高棅輯，吳逸一評《唐詩正聲》：神氣內斂，骨力全融，意沉
　　而調響。滿目征人苦情，妙在含蓄不露。

2. 明‧楊慎《升庵詩話》：此詩言恩澤不及於邊塞，所謂君門遠於萬
　　里也。

3. 明‧王世懋《藝苑擷餘》：于鱗選唐七言絕句，取王龍標「秦時明
　　月漢時關」為第一；以語人，多不服。于鱗意止擊節「秦時明月」
　　四字耳。必欲壓卷，還當於王翰「葡萄美酒」、王之渙「黃河遠
　　上」二詩求之。

4. 明‧陸時雍《唐詩鏡》：此是怨詞，思巧格老，跨絕人遠矣。

5. 清‧黃生《唐詩摘鈔》：王龍標「更吹羌笛關山月，無那金閨萬里
　　愁」，李君虞「不知何處吹蘆管，一夜征人盡望鄉」，與此併同一
　　意，然不及此作，以其含蓄深永，只用「何須」二字略略見意故
　　耳。

6. 清‧薛雪《一瓢詩話》：「羌笛何須怨楊柳，春風不度玉門關」，其
　　苦思妙響，尤得風人之旨。

7. 清‧李鍈《詩法易簡錄》：神韻格力，俱臻絕頂。不言君恩之不
　　及，而托言春風之不度，立言尤為得體。

　　　　　　　　　　　　　　　　　　　　　　　　　　（李欣錫）

【作者】

劉長卿（傳略見卷四・五言律詩〈碧澗別墅喜皇甫侍御相訪〉）

送李判官之潤州行營[1]

萬里辭家事鼓鼙[2]，金陵[3]驛路楚雲西。江春不肯留行客，草色青青送馬蹄。

【今注】

1. 送李判官之潤州行營：送李判官前往潤州的軍營。李判官，不詳其名。判官，官名，唐代節度使、觀察使的屬官。之，往。潤州，舊治在今江蘇鎮江。行營，出征時的軍營。
2. 事鼓鼙：從軍。事，從事。鼓鼙，大鼓和小鼓，軍中常用的樂器，行進或進攻時用以激勵士氣，故借指軍事。鼙，音ㄆㄧˊ，小鼓。
3. 金陵：今南京市。

【集評】

明・李攀龍選，日本・森大來評釋《唐詩選評釋》：首句是送其往行營，次句是送別之地。一江之春色，本宜留客；而草色青青，適似送君之馬蹄，故曰不肯，文情曲而有致。唐仲言云，不言行客之不留，而言江春之自不肯留，正是絕句中翻弄之法。僧大典云：客自不肯留，而歸恨於春草，有風人之情。

（傅武光）

【作者】

李華 （715~766），字遐叔，唐趙州贊皇（今河北元氏）人。開元 23 年進士。安史之亂爆發，被執，仕鳳閣舍人。亂平後因罪貶杭州司戶參軍，不久辭官。廣德 2 年（764），宰相梁國公李峴領選江淮，聘李華入幕，擢為檢校吏部員外郎，次年，以風痺辭歸。晚年隱居山陽（今江蘇淮安縣），崇信佛法，耕讀以終。善屬文，與蕭穎士齊名，亦能詩。獨孤及說他「吟詠情性，達於事變，則詠古詩」。後人自《唐文粹》、《文苑英華》輯出《李遐叔文集》。

春行寄興[1]

宜陽城下[2]草萋萋，澗水東流復向西。芳樹無人花自落，春山一路鳥空啼[3]。

【今注】

1. 這是一首描寫戰後景物蕭條的作品，寫於安史之亂平息後不久。全篇四句，都是寫詩人行經宜陽時即目所見的暮春景色。宜陽這一風景名勝，因戰爭的肆虐而杳無人跡。因此，在繁盛的春景中，滲透著詩人感傷、哀愁的心情。全詩妙在字面上毫不涉及人事，但又非純粹寫景。具有感物傷時、即小見大、意境含蓄的特點。
2. 宜陽：今河南宜陽縣，即唐代福昌縣城。唐高宗在此建有行宮——連昌宮。宜陽歷史悠久，文化積累深厚，曾是戰國時期韓國的都城，亦是著名的風景區。然而在安史之亂中，這裡遭到了嚴重的破壞，景象淒涼。

3. 「芳樹無人花自落」二句：寫春山爛漫的景象——芳樹蔥蘢、山花燦放、鳥聲宛轉，但「無人」、「自落」、「空啼」，則在在暗示著無人欣賞的孤寂。「無人」二字，點出人事的寂寥，勾連四句，籠罩全篇，可謂此詩的「詩眼」。

【集評】

明·陳繼儒《唐詩三集合編》：四句說盡荒涼，卻不露亂離事，妙。

（李清筠）

【作者】

李白（傳略見卷一・五言古詩〈古風〉）

贈汪倫 [1]

李白乘舟將欲行，忽聞岸上踏歌 [2] 聲。桃花潭 [3] 水深千尺，不及汪倫送我情。

【今注】

1. 此詩作於唐玄宗天寶 14 載（755），李白時年 55 歲，游歷涇縣時結識當地名士汪倫，在離開時寫下這首詩贈與汪倫。
2. 踏歌：又作「蹋歌」。古人唱歌，有時會人手相連，以腳踏地作為節拍，此處指的是汪倫在岸上唱著送別李白的歌曲。
3. 桃花潭：潭水名，在今安徽涇縣。

【集評】

1. 宋・楊齊賢：白游涇縣桃花潭，村人汪倫常醞美酒以待白。倫之裔孫至今寶其詩。（引自《分類補注李太白詩》）
2. 明・謝榛《四溟詩話》：詩有四格：曰興、曰趣、曰意、曰理。太白贈汪倫曰：「桃花潭水深千尺，不及汪倫送我情」此興也。
3. 明・唐汝詢《唐詩解》：倫，一村人耳，何親於白？既醞酒以候之，復臨行以祖（餞別）之，情固超俗矣。太白於景切情真處，信手拈出，所以調絕千古。

4. 清・沈德潛《唐詩別裁集》：若說汪倫之情比於潭水千尺，便是凡語，妙境只在一轉換間。

5. 清・于源《鐙窗瑣話》：贈人之詩，有因其人之姓借用古人，時出巧思，若直呼其姓名，似逕直無味矣。不知唐人詩有因此而入妙者，如「桃花潭水深千尺，不及汪倫送我情」、「舊人惟有何戡在，更與殷勤唱渭城」、「平生不解藏人善，到處逢人說項斯」，皆膾炙人口。

（林保淳）

聞王昌齡左遷龍標遙有此寄[1]

楊花落盡子規[2]啼，聞道龍標[3]過五溪[4]。我寄愁心與明月，隨風直到夜郎[5]西。

【今注】

1. 本詩作於唐玄宗天寶 7 載（748），李白時年 48 歲，在金陵（今江蘇省南京市）。王昌齡，字少伯，江寧人，生於唐玄宗開元 15 年（727），卒於唐玄宗天寶 14 載（755）。其詩多詠邊塞雄闊，被譽為「詩天子」。左遷，降官；貶職。龍標，地名，今湖南黔陽縣。
2. 子規：即杜鵑鳥。相傳蜀帝杜宇死後變成子規鳥，每到暮春時節就會不斷發出「不如歸去」的啼聲。
3. 龍標：地名，在今湖南黔陽縣。王昌齡被貶謫至此。
4. 五溪：五溪指辰溪、酉溪、巫溪、武溪、沅溪五條河流，均在今湖南省西部。
5. 夜郎：夜郎有二地：一是指漢代的夜郎國（今貴州省）；一是指夜郎縣（今湖南省），詩中是指後者。

【集評】

1. 明・敖英《唐詩絕句類選》：曹植〈怨詩〉：「願做東北風，吹我入君懷。」又齊澣〈長門怨〉：「將心寄明月，流影入君懷。」而白兼裁其意，撰成奇語。

2. 清・毛先舒《詩辨坻》：太白「楊花落盡」與微之「殘燈無焰」體同題類，而風趣高卑，自覺天壤。

3. 清・劉獻廷《廣陽雜記》：茹紫庭曰：「王昌齡為龍標尉。龍標，即今沅州也。又有古夜郎縣，故有『夜郎西』之句。若以夜郎為漢夜郎王地者，則相去遠甚，不可解矣。甚矣！古人之詩，不易讀也。」

4. 清・桂長祥《李詩選》：太白絕句，篇篇只與人別。如寄王昌齡、別孟浩然等作，體格無一分相似。奇節風格，萬世一人。

5. 清・黃叔燦《唐詩箋注》：「愁心」二句，何等纏綿悱惻，而「我寄愁心」猶覺比「隔千里兮共明月」意更深摯。

6. 清・李鍈《詩法易簡錄》：三四句言此心之相關，直是神馳到彼耳，妙在借明月以寫之。

（林保淳）

黃鶴樓送孟浩然之廣陵[1]

故人西辭黃鶴樓[2]，煙花三月[3]下揚州。孤帆遠影碧空[4]盡，唯見長江天際流。

【今注】

1. 此詩作於唐玄宗開元 16 年（728），李白時年 28 歲，與孟浩然相逢於江夏（今湖北武昌市）。孟浩然，字浩然，襄陽（今湖北襄樊市）人。生於唐武則天永昌元年（589），卒於唐玄宗開元 28 年（740）。廣陵，揚州的古稱。
2. 黃鶴樓：位於湖北省武昌市，長江南岸。
3. 煙花：百花盛開，如煙如霧一般。
4. 遠影碧空：遠影一作「遠映」，碧空一作「碧山」。

【集評】

1. 宋・陸游《入蜀記》：太白登此樓送孟浩然詩云：「征帆遠映碧山盡，唯見長江天際流。」蓋帆檣映遠，山尤可觀，非江行久不能知也。」
2. 明・唐汝詢《唐詩解》：帆影盡則目力已極，江水長則離思無涯。悵望之情，俱在言外。

（林保淳）

山中答問 [1]

問余何事栖碧山[2]，笑而不答心自閑。桃花流水窅然[3]去，別有天地非人閒。

【今注】

1. 唐玄宗天寶 12 載（753）殷璠纂輯《河岳英靈集》即收有此詩，李白時年 53 歲，此詩應作於之前。安旗認為作於唐玄宗開元 15 年（727），李白時年 27 歲。

2. 栖碧山：指隱居在山中。栖同「棲」，碧山指蒼翠的山色。
3. 窅然：幽深寂靜的樣子。

【集評】

1. 明・李東陽《麓堂詩話》：詩貴意，意貴遠不貴近、貴淡不貴濃；濃而近者易識，淡而遠者難知。如杜子美「鈎簾宿鷺起，丸藥流鶯囀」、「不通姓字粗豪甚，指點銀瓶索酒嘗」、「銜泥點涴琴書內，更接飛花打著人」；李太白「桃花流水杳然去，別有天地非人間」；王摩詰「返景入深林，復照青苔上」皆淡而愈濃，近而愈遠；可與知者道，難與俗人言。

2. 清・王闓運《湘綺樓說詩》：（李頎）「為政心閒物自閒，朝看飛鳥暮飛還。寄書河上神明宰，羨爾城頭姑射山。」此篇超妙，為絕句上乘，所謂羚羊掛角，不著一字者也。欲知其超，但看太白詩「問余何事栖碧山」一首世所謂仙才者，與此相比，覺李（頎）詩有意作態，不免村氣。

（林保淳）

客中作 [1]

蘭陵 [2] 美酒鬱金香 [3]，玉椀 [4] 盛來琥珀光 [5]。但使主人能醉客，不知何處是他鄉。

【今注】

1. 依照郁賢皓之考證，此詩作於唐玄宗開元 28 年（740），李白時年 40 歲，移

居東魯一帶，與韓準、裴政、孔巢父、張叔明、陶沔等隱居於徂徠山，酣歌
縱酒，號為「竹溪六逸」。

2. 蘭陵：地名，在今的山東嶧縣。

3. 鬱金香：鬱金為一種香草，周代會把酒混合鬱金煮汁，使酒帶有香氣。此處
是說蘭陵的美酒有著鬱金的香味。

4. 玉椀：用玉作成的酒碗。椀同「碗」。

5. 琥珀：樹脂埋藏在地層下經過長時形成的化石，顏色有紅、褐、黃等色，在
此是指酒的顏色如同琥珀一樣。

【集評】

1. 清·詹鍈《李白詩文繫年》：疑是初至東魯之作。

（林保淳）

早發白帝城[1]

朝辭白帝[2]彩雲間，千里江陵[3]一日還[4]。兩岸猿聲[5]啼不住，
輕舟已過萬重山。

【今注】

1. 此詩作於唐肅宗乾元 2 年（759），李白時年 59 歲，李白因附永王璘幕下，
遭指為叛逆，流放夜郎，途中遇赦而還，此時正經白帝城搭船出蜀。

2. 白帝：白帝城位於夔州奉節縣（今四川奉節）。

3. 江陵：江陵位於今湖北荊州市。

4. 一日還：一天就可以到達，說明船速之快。《水經江水注》：「自三峽七百里
中，兩岸連山，略無闕處，……有時朝發白帝，暮到江陵，其間千二百里，
雖乘奔御風，不以疾也。」

5. 猿聲：猿猴的叫聲。

【集評】

1. 明・焦竑《唐詩選脈會通》：盛弘之謂白帝至江陵甚遠，春水盛時，行舟朝發暮至。太白述之為約語，驚風雨而泣鬼神矣。

2. 明・楊慎《升菴詩話》：白帝至江陵，春水盛時，行舟朝發夕至，雲飛鳥逝，不是過也。太白述之為韻語，驚風雨而泣鬼神矣。太白娶江陵許氏，以江陵為還，蓋室家所在。

3. 清・沈德潛《唐詩別裁集》：寫出瞬息千里，若有神助。入猿聲一句，文勢不傷於直。畫家布景設色，專於此處用意。

4. 清・施補華《峴傭說詩》：太白七絕，天才超逸而神韻隨之。如「朝辭白帝彩雲間，千里江陵一日還。」如此迅捷，則輕舟之過萬山不待言矣。中間卻用「兩岸猿聲啼不住」一句墊之，無此句則直而無味，有此句走處仍留，急語仍緩，可悟用筆之妙。

5. 近世・高步瀛《唐宋詩舉要》：（楊慎以江陵為室家所在之語）此說亦稍滯。

（林保淳）

【作者】

杜甫（傳略見卷一・五言古詩〈望嶽〉）

贈花卿 [1]

錦城 [2] 絲管日紛紛，半入江風半入雲。此曲祗應天上有，人間能得幾回聞。

【今注】

1. 此詩作於唐肅宗上元 2 年（761），時杜甫客居成都。花卿，蜀將花驚定。當時曾助平段子璋之亂。
2. 錦城：錦官城，即四川成都。

【集評】

1. 明・楊慎《升庵詩話》：杜公此詩譏其（花驚定）僭用天子禮樂也，而含蓄不露，有風人言之無罪，聞之者足以戒之旨。
2. 明・胡應麟《詩藪》：（杜甫七絕）惟「錦城絲管」一首近太白，楊（慎）復以措大語釋之，何杜之不幸也。
3. 明・唐汝詢《唐詩解》：少陵語不輕造，意必有託。若以「天上」一聯為目前語，有何意味耶？元瑞（胡應麟）復以用修（楊慎）解為措大語，是不知解者。漢人敘三百篇，作諷刺者十居七，孰非「措大」語乎？

4. 清・楊倫《杜詩鏡銓》：似誚似諷，此等絕句亦復何減龍標、供
  奉？

5. 近世・高步瀛《唐宋詩舉要》：此譏花卿歌舞之侈靡耳。用脩謂僭
  用天子禮樂，恐亦未然。然深得此詩之旨矣。

（徐國能）

江南逢李龜年[1]

歧王[2]宅裡尋常見，崔九[3]堂前幾度聞。正是江南好風景，落花
時節又逢君。

【今注】

1. 此詩作於唐代宗大曆 5 年（770）春末，時杜甫流寓潭州（今湖南長沙）。李
   龜年，唐玄宗時的著名音樂家，特別受寵於玄宗。安史亂後流落江南，每逢
   佳日，為人獻唱為生。
2. 歧王：有二說，一為睿宗四子李範，一為五子李業。
3. 崔九：即崔滌，有文采，與玄宗交好，為秘書監。

【集評】

1. 唐・鄭處誨《明皇雜錄》：唐開元中，樂工李龜年、彭年、鶴年兄
   弟三人，皆有才學盛名。彭年善舞，鶴年、龜年能歌，尤妙製渭
   川，特承顧遇。於東都大起第宅，僭侈之制，踰於公侯。宅在東都
   通遠里，中堂制度甲於都下。其後龜年流落江南，每遇良辰勝賞，
   為人歌數闋，座中聞之，莫不掩泣罷酒。則杜甫嘗贈詩所謂：「歧
   王宅里尋常見，崔九堂前幾度聞。正值江南好風景，落花時節又逢

君。」

2. 清・黃生《杜工部詩說》：此詩與〈劍器行〉同意。今昔盛衰之感，言外黯然欲絕。見風韻于行間，寓感慨於字裡，即使龍標、供奉操筆，亦無以過。乃知公於此體，非不能為正聲，直不屑耳。

3. 清高宗《唐宋詩醇》：言情在筆墨之外，悄然數語，可抵白氏一篇〈琵琶行〉矣。「休唱貞元供奉曲，當時朝士已無多」，劉禹錫之婉情；「鈿蟬金雁皆零落，一曲伊州淚萬行」，溫庭筠之哀調。以彼方此，何其超妙，此千秋絕調也。

4. 清・沈德潛《唐詩別裁集》：含意未申，有案無斷。

5. 清・俞陛雲《詩境淺說續編》：少陵為詩家泰斗，人無間言，而皆謂其不長於七絕。今觀此詩，餘味深長，神韻獨絕，雖王之渙之「黃河遠上」、劉禹錫之「潮打空城」，群推絕唱者，不能過是。此詩以多少盛衰之感，千萬語無從說起，皆於「又逢君」三字之中蘊無窮酸淚。

（徐國能）

【作者】

岑參（傳略見卷一・五言古詩〈與高適薛據同登慈恩寺浮圖〉）

玉關寄長安李主簿 [1]

東去長安萬里餘。故人何惜一行書[2]？玉關[3]西望腸堪斷，況復明朝是歲除[4]。

【今注】

1. 此詩為唐玄宗天寶 8 載（749）除夕前，作者首次赴安西途中經玉門關所作。主簿，官名，主管文書簿籍及印鑑，各級機關皆設有此官。亦稱為「印曹」。李主簿，名不詳。
2. 一行書：即書信或隻字片語。如杜甫〈寄高三十五詹事適〉詩：「相看過半百，不寄一行書。」
3. 玉關：此指漢玉門故關，乃古來中原與西域諸國交通的重要關隘，位於今甘肅敦煌西北七十五公里處。相傳和闐玉由此運入中土得稱，亦稱「玉門」。
4. 歲除：一年的最後一天，有除舊更新之意。亦稱為「除夕」、「除夜」。

【集評】

明・唐汝詢《唐詩解》卷二十七：此責主簿之無書。意謂相去萬里，所恃者一書。故人為何惜此？今旅思方深而值歲盡，何以相慰也？

（孫永忠）

逢入京使[1]

故園[2]東望路漫漫[3]，雙袖龍鍾淚不乾[4]。馬上[5]相逢無紙筆，憑君傳語[6]報平安。

【今注】

1. 本詩作於天寶 8 載（749），作者第一次遠赴西域途中。入京使，將赴京城長安的使者。
2. 故園：指作者在長安的家。
3. 漫漫：讀陽平聲，形容距離長遠的樣子。
4. 雙袖龍鍾淚不乾：以袖拭淚，淚水縱橫的樣子。龍鍾：流淚的樣子。
5. 馬上：騎在馬背上。
6. 傳語：傳遞口信。

【集評】

1. 明・唐汝詢《唐詩解》卷二十七：思家方迫，適逢此人，無紙筆以作書，而傳語以通音息。敘事真切，自是客中絕唱。

2. 明・鍾惺、譚元春《唐詩歸》卷十三：人人有此事，從來不曾寫出，後人蹈習不得，所以可久。

3. 清・沈德潛《唐詩別裁集》卷十九：人人胸臆中語，卻成絕唱。

（孫永忠）

【作者】

張旭（生卒年不詳；一說是 658～747），字伯高，唐蘇州吳（今江蘇蘇州）人，性格狂放不羈，嗜酒善書法，常醉後狂書，或以頭濡墨而書，時稱「張顛」。唐文宗時，世人以李白歌詩，斐旻劍舞，張旭草書為三絕，可知其造詣。曾任常熟尉，又任左衛率府長史，世稱「張長史」。其絕句構思婉曲，寫景幽深。

桃花谿[1]

隱隱飛橋隔野煙[2]，石磯西畔問漁船[3]。桃花盡日隨流水[4]，洞[5]在清谿何處邊？

【今注】

1. 這是借陶潛〈桃花源記〉的意境而寫的寫景詩。桃花溪位於湖南桃源縣西南桃花洞的北面，溪岸多桃林，暮春時節，落英繽紛，溪水流霞。詩人以虛實相間的筆墨，勾畫遠近交錯的景觀，借一溪一橋，一磯一船，描繪出心中的桃花溪。不做細膩的描寫，淡淡幾筆，略露輪廓，構思婉曲，情趣深遠。谿，山間的河流，同「溪」。
2. 隱隱飛橋隔野煙：此句寫遠景，飛橋忽隱忽現，野煙裊裊娜娜，荒山野谷中，動態的物與靜態的景交織一體，相映成趣。而一個「隔」字，巧妙地點出人與物、景的距離。飛橋，高橋。
3. 石磯西畔問漁船：此句寫近景，是說詩人覺得自己好像站在那晉代的石磯旁，向那輕搖著漁船宛如「緣溪行」的武陵人的漁父，探問桃源的入口。一個「問」字，詩人也進入畫圖之中了，「問」字的脫口而出，可見出詩人的

　　嚮往之情。石磯，河流邊突出的石堆。

4. 桃花盡日隨流水：指清澈的溪水中，悠悠地飄動著片片的桃花。盡日，整天。

5. 洞：指〈桃花源記〉中桃花源的入口。

【集評】

1. 明・鍾惺、譚元春《唐詩歸》卷十三：境深，語不須深。

2. 清・黃生《唐詩摘鈔》卷四：長史不以詩名，三絕恬雅秀潤，盛唐高手，無以過也。

3. 清・孫洙《唐詩三百首》卷八：四句抵得一篇〈桃花源記〉。

4. 清・黃培芳《唐賢三昧集箋注》卷下：詩中有畫。

（李清筠）

【作者】

韋應物（傳略見卷一・五言古詩〈寄全椒山中道士〉）

滁 州 西 澗 [1]

獨憐幽草澗邊生[2]，上有黃鸝深樹鳴[3]。春潮帶雨晚來急[4]，野渡無人舟自橫[5]。

【今注】

1. 滁州，唐州名，治所在今安徽省滁縣。西澗，俗名上馬河，在滁縣縣城西門外，這一帶風光優美、恬靜宜人。韋應物於德宗建中 4 年（783）出為滁州刺史，旋即罷任，閒居滁州西澗。此詩或即作於此時。
2. 獨憐幽草：獨憐，特別喜愛。憐，愛。幽草，長在幽靜處沒人注意的草。
3. 黃鸝深樹鳴：黃鸝，黃鶯。深樹，枝葉茂密的樹叢深處。
4. 春潮帶雨晚來急：春潮，春天的潮水。二三月間河水上漲，稱為春潮。晚來，晚上；傍晚。來，助詞。
5. 野渡無人舟自橫：野渡，無人管理的荒僻渡口。橫，用作動詞，即使物體橫向擺放，此指隨意飄浮。

【集評】

1. 宋・劉辰翁《須溪先生校點韋蘇州集》：此語自好，但韋公（按宋刊元配本作「萊公」）躲出數字，神情又別。故貴知言，不然不免為野人語矣。好詩必是拾得，此絕先得後半，起更難似，故知作者用心。

2. 明‧高棅《唐詩品彙》：幽草而生於澗邊，君子在野，考槃之在澗也。黃鸝而鳴於深樹，小人在位，巧言之如流也。潮水本急，春潮帶雨，其急可知，國家患難多也。晚來急，危國亂朝，季世末俗，如日色已晚，不復光明也。野渡無人舟自橫，寬閑之野，必有濟世之才，如孤舟橫野渡者，特君相之不能用耳。

3. 明‧楊慎《升庵詩話》：韋蘇州詩：『春潮帶雨晚來急，野渡無人舟自橫。』此本於《詩》：『汎彼柏舟』一句，其疏云：『舟載渡物者，今不用而與眾物泛泛然俱流水中，喻仁人之不見用。』其餘尚多類是。

4. 清‧沈德潛《唐詩別裁集》：下半即景好句。元人謂刺君子在下，小人在上，此輩難與言詩。

5. 清‧王士禛《萬首絕句選》凡例：元趙章泉澗泉選《唐詩絕句》，其評注多迂腐穿鑿，如韋蘇州滁州西澗一首：獨憐幽草澗邊生，上有黃鸝深樹鳴。以為君子在下小人在上之象。以此論詩，豈復有風雅耶？

（張玉芳）

【作者】

嚴武 （726～765），字季鷹，華州華陰（今陝西華陰縣）人。豪俠好武。以門蔭為太原府參軍。安史亂起，從玄宗入蜀，擢諫議大夫，赴肅宗行在，遷給事中，兩京收復，為京兆少尹。肅宗乾元元年（758）坐房琯事貶巴州刺史，後任東川節度使，又除西川，為兩川都節制，肅宗寶應元年（762），遷京兆尹，二聖山陵橋道使，廣德 2 年（764）再任劍南節度使，兼成都尹。封鄭國公。代宗永泰元年（765）4 月卒，年 40，贈尚書左僕射。嚴武與杜甫交誼甚深，其詩筆力雄健，《全唐詩》錄存其詩 6 首。

軍城早秋[1]

昨夜秋風入漢關[2]，朔雲邊月[3]滿西山[4]。更催飛將[5]追驕虜[6]，莫遣沙場匹馬還[7]。

【今注】

1. 軍城早秋：唐代宗廣德 2 年（764）9 月，嚴武擊破吐蕃七萬餘眾，拔當狗城。10 月，收復鹽川。本詩描寫此次戰爭，以豪邁的語調，展現作者破敵立功的信心。軍城，設兵戍守的城鎮。早秋，初秋。
2. 漢關：指漢人軍隊所設的城關。
3. 朔雲邊月：北方的寒雲、邊塞的冷月。此用以渲染戰場的氣氛。
4. 西山：今四川西部的大雪山，又稱雪嶺，為西蜀控制吐蕃的要地。
5. 飛將：指其屬下矯健驍勇的猛將。漢代李廣被匈奴稱為「飛將軍」。

6.驕虜：指吐蕃軍隊。

7.莫遣沙場匹馬還：謂將敵軍殲滅殆盡。莫遣，莫讓。

【集評】

1. 明‧桂天祥《批點唐詩正聲》：桂天祥曰：風格矯然，唐人塞下諸作為第一。

2. 明‧李攀龍輯，凌宏憲集評《唐詩廣選》：田子藝曰：氣概雄壯，武將本色。

3. 清‧沈德潛《唐詩別裁集》：英爽與少陵作魯、衛。

4. 清‧李鍈《詩法易簡錄》：前二句寫早秋，即切定軍城；三四句就軍城生意，又不能脫早秋。蓋秋高馬肥，正驕虜入寇時也。

5. 清‧施補華《峴傭說詩》：意盡句中矣，而雄健可喜。

（李欣錫）

【作者】

賈至 （718～772），字幼鄰（一字幼幾），河南洛陽人。天寶初擢明經第，釋褐校書郎，出為單父尉。天寶末，拜起居舍人，知制誥。安史之亂起，隨玄宗入蜀，遷中書舍人。肅宗至德元載（756），撰玄宗傳位肅宗冊文，隨韋見素、房琯奉冊文至靈武。乾元元年（758），坐房琯黨，出為汝州刺史，又貶岳州司馬。後召還，歷禮部、兵部侍郎、京兆尹，兼御史大夫。代宗大曆 7 年（772），以右散騎常侍卒，年 55，贈禮部尚書，謚曰文。賈至工詩能文，有《賈至集》20 卷、別集 15 卷，又曾自編岳州所賦詩為《巴陵詩集》，均已佚。《全唐詩》存其詩 1 卷。

初至巴陵與李十二白裴九同泛
洞庭湖三首錄一 [1]

楓岸 [2] 紛紛落葉多，洞庭秋水晚來波 [3]。乘興輕舟無近遠 [4]，白雲明月弔湘娥 [5]。

【今注】

1. 初至巴陵與李十二白裴九同泛洞庭湖：此為賈至任岳州司馬時，與李白、裴九同遊而作，詩中描寫洞庭湖秋景，兼弔古傷懷，寄托深而寓意長。巴陵，即岳州（今湖南岳陽）。李十二白，李白。《唐才子傳・賈至傳》：「嘗以事謫

守巴陵，與李白相遇，日酣杯酒，追憶京華舊游，多見酬唱。」裴九，官御史，名字不詳。洞庭湖，在湖南省北部。

2. 楓岸：湖岸邊植滿楓樹。

3. 洞庭秋水晚來波：此與上句，化用《楚辭‧九歌‧湘夫人》：「嫋嫋兮秋風，洞庭波兮木葉下。」落葉紛紛、秋水回波，皆見秋意之濃。

4. 無近遠：不論遠近，指任舟漂流。

5. 湘娥：湘水中的女神。相傳舜南巡不返，崩於蒼梧，舜妃娥皇、女英投湘江而死，化為湘水之神。又屈原放逐江湘，作《九歌》，中有〈湘君〉、〈湘夫人〉篇，皆以洞庭湖作為描寫背景。

【集評】

1. 明‧唐汝詢《唐詩解》：上用《楚辭》語布景，下遂有湘娥之弔，逐臣托興之微意也。

2. 清‧黃叔燦《唐詩箋注》：李白詩「不知何處弔湘君」，此云「白雲明月弔湘娥」，各極其趣。上半設色，亦各有興會。

3. 清‧沈德潛《唐詩別裁集》：前人謂末句翻太白案，試思「白雲明月」，仍是「不知何處」矣，何嘗翻案耶？

4. 清‧李鍈《詩法易簡錄》：太白云「不知何處弔湘君」，此翻其語而以「白雲明月」想象之。然云「無近遠」，則雖處處可弔，仍無定處可指也，與太白詩若相反而實不相悖。

（李欣錫）

【作者】

錢起（傳略見卷五・七言律詩〈贈闕下裴舍人〉）

歸雁[1]

瀟湘何事等閑回[2]？水碧沙明兩岸苔[3]。二十五弦[4]彈夜月，不勝清怨卻飛來[5]。

【今注】

1. 歸雁：北歸的鴻雁。
2. 瀟湘何事等閑回：為什麼飛到瀟湘就輕易折返呢？瀟湘，瀟水和湘水，湖南水名，在湖南零陵合流，故稱瀟湘。常用以代表湖南全省，泛指衡陽一帶，此指回雁峯，世傳北雁南飛，至衡山回雁峯即返。何事，何故。等閑，輕易；隨便。
3. 水碧沙明兩岸苔：《太平御覽》卷六五引《湘中記》：「湘水至清，……白沙如雪。」苔，鳥類的食物，雁尤喜食。
4. 二十五弦：指瑟。
5. 不勝清怨卻飛來：不勝，猶不堪。勝，承受。卻飛，回飛。即從瀟湘折返。

【集評】

清・沈德潛《唐詩別裁集》：作呼起語，三、四相應。琴中有《歸雁操》，故從操中落想。

（張玉芳）

【作者】

韓翃（傳略見卷五・七言律詩〈送冷朝陽還上元〉）

寒食[1]

春城[2]無處不飛花，寒食東風御柳[3]斜。日暮漢宮傳蠟燭[4]，輕煙散入五侯[5]家。

【今注】

1. 寒食：節日名。在清明前一日或二日。
2. 春城：指春天的長安。
3. 御柳：御苑中的楊柳。
4. 日暮漢宮傳蠟燭：漢宮：借指唐宮。傳蠟燭：寒食日禁火，宮中傳燭以分火。傳，挨家傳賜。
5. 五侯：有三個出處。其一是西漢成帝河平 2 年，封王皇后的五個弟兄王譚為平阿侯，王商為成都侯，王立為紅陽侯，王根為曲陽侯，王逢時為高平侯。五人同日封侯，時稱「五侯」，權勢極盛。見《漢書・元后傳》。其二是東漢桓帝時，大將軍梁冀擅權，他的兒子和叔父等五人都封為列侯，當時稱為「梁氏五侯」。其三是梁冀失敗後，誅滅梁冀的宦官單超等五人都封為列侯，「五人同日封，故世謂之五侯。」見《後漢書・宦者傳》。此泛指權貴。

【集評】

1. 清・蘅塘退士《唐詩三百首》：唐代宦官之盛，不減於桓靈，此詩托諷深遠。

2. 近世・高步瀛《唐宋詩舉要》：唐肅、代以來，宦官擅權，後漢事諷諭尤切。

（張玉芳）

【作者】

李益（傳略見卷四・五言律詩〈喜見外弟又言別〉）

汴河曲[1]

汴水東流無限春[2]，隋家宮闕[3]已成塵。行人莫上長堤[4]望，風起楊花[5]愁殺人[6]。

【今注】

1. 汴河曲：這是一首懷古之作，詩人因流經眼前的汴河引發弔古傷今之情，歷史滄桑之感。汴河，唐人將隋煬帝所開通濟渠的東段（由河南滎陽至江蘇盱眙入淮一段）稱為汴河或汴水。隋煬帝曾廣徵民工開通濟渠，事見《元和郡縣志》：「隋煬帝欲幸江都，自大梁城西南鑿渠引汴水，即莨蕩渠也。」《資治通鑑・隋紀》：「（大業元年三月）辛亥，命尚書右丞皇甫議發河南、淮北諸郡民，前後百餘萬，開通濟渠，自西苑引穀、洛水達于河。復自板渚引河歷滎澤入汴。又自大梁之東引汴水入泗，達于淮。」

2. 無限春：春色無限。

3. 宮闕：泛指宮殿，此處指隋煬帝沿通濟渠沿線修築的離宮。《資治通鑑・隋紀》「自長安至江都，置離宮四十餘所。」闕，古代宮門外兩邊可供瞭望的樓臺。

4. 長堤：指通濟渠沿河所築長堤，世稱隋堤。《元和郡縣志》「（通濟渠）亦謂之御河，河畔築御道，樹之以柳，煬帝巡幸，乘龍舟而往江都。」

5. 楊花：即柳絮。

6. 愁殺人：使人極度憂愁。

【集評】

1. 宋・吳玕《優古堂詩話》：唐朱放〈贈魏校書〉詩云：「長恨江南足別離，幾回相送復相隨。楊花撩亂撲流水，愁殺行人知不知？」李益〈隋堤〉詩……蓋學朱也，然二詩皆佳。

2. 明・李攀龍輯，葉羲昂直解《唐詩直解》：說得亡隋景象，令人不敢為樂矣。

3. 明・李攀龍輯，袁宏道校《唐詩訓解》：前以侈貶，後可為鑒。

（李欣錫）

從軍北征[1]

天山[2]雪後海風[3]寒，橫笛[4]偏吹行路難[5]。磧[6]裡征人三十萬，一時回首月中看。

【今注】

1. 從軍北征：此描寫征人月夜行於沙漠，因聽樂而起思鄉之情。北征，向北行軍。

2. 天山：漢代稱甘肅境內祁連山為天山，唐人以隴右道伊州伊吾縣（今新疆哈密縣南）一帶山脈為天山。此處指唐代西北邊境的山脈。

3. 海風：西北湖泊吹來的風。一說以海為「瀚海」，海風為西北廣大沙漠的風。

4. 橫笛：橫吹的笛子

5. 行路難：樂府舊題，係郭茂倩《樂府詩集》中的雜曲歌辭。《樂府古題要解》說其內容「備言世路艱難及離別悲傷之意。」

6. 磧：沙漠。

【集評】

1. 明・鍾惺、譚元春輯《唐詩歸》：鍾云：全是王龍標氣調。
2. 明・李攀龍輯，袁宏道校《唐詩訓解》：詞意俱足。
3. 清・毛先舒《詩辯坻》：七絕，李益、韓翃足稱勁敵。李華逸稍遜君平，氣骨過之，至〈從軍北征〉，便不減盛唐高手。
4. 清・黃生《唐詩摘鈔》：「回首」，望鄉也，卻藏一「鄉」字。聞笛思鄉，詩中常事，硬說三十萬人一時回首，便詩常意變新。
5. 清・黃叔燦《唐詩箋注》：「磧裡征人」，妙在不說著自己，而己在其中。
6. 清・李鍈《詩法易簡錄》：即「一夜征人盡望鄉」之意，而措語又別。

（李欣錫）

宮 怨[1]

露濕晴花[2]春殿香，月明歌吹[3]在昭陽[4]。似將海水添宮漏[5]，共滴長門[6]一夜長。

【今注】

1. 宮怨：此詩以漢代唐，描寫宮中失寵嬪妃的生活。宮怨，郭茂倩《樂府詩集》中〈相和歌辭・楚調曲〉名，此為唐人傳統題材。
2. 露濕晴花：花朵綴著露滴，有「灼灼其華」的光彩。指其絢麗。
3. 歌吹：歌唱、奏樂。
4. 昭陽：漢代長安宮名。漢成帝寵愛趙飛燕姊妹，以趙昭儀（飛燕妹）居於昭

陽宮。此喻得寵者之所居。

5. 宮漏：宮中漏刻。古代用漏刻之法計時，以銅壺盛水，壺底穿孔，壺中立
箭，上刻度數，依滴水多寡所示的刻度計時。

6. 長門：漢代長安離宮名。漢武帝皇后陳阿嬌失寵，廢居長門宮，司馬相如為
作〈長門賦〉，後代詩文常用作冷宮的代稱。此喻失寵者之所居。

【集評】

1. 明‧唐汝詢《唐詩解》：以昭陽之歌吹比長門之漏聲，是以彌覺其
長也。

2. 明‧桂天祥《批點唐詩正聲》：宮怨宜在渾厚。詩雖佳，而意甚刻
削。

3. 清‧喬億《大歷詩略》：興調已是龍標，又加沉著。

（李欣錫）

夜上受降城聞笛 [1]

回樂峯 [2] 前沙似雪，受降城外月如霜。不知何處吹蘆管 [3]，一
夜征人盡望鄉。

【今注】

1. 夜上受降城聞笛：此詩描寫戍邊將士聽蘆笛聲而起思鄉之情。受降城，唐代
北方要塞，唐中宗景龍 2 年（708）朔方總管張仁愿在黃河北面築東、西、
中三受降城，用來防禦突厥的侵擾。此處指西受降城，在今內蒙境內，杭錦
後旗烏加河北。

2. 回樂峯：西受降城附近的烽火臺。「峯」當作「烽」，李益另有〈暮過回樂
烽〉詩云：「烽火高飛百尺臺」，知作「峯」者非。（見岑仲勉《唐人行第

錄》）又舊說指「回樂烽」為回樂縣附近的烽火臺，回樂故城在今寧夏靈武縣西南，與西受降城甚遼遠，似非；但貞觀 20 年，唐太宗曾親臨靈州接受突厥一部投降，「受降城」之名由此而來，至《宋史・張舜民傳》仍把靈州呼作受降城，此與回樂故城較近，但涉及對「受降城」所在地的不同說法。俟考。

3. 蘆管：北方民族捲蘆葉為管而吹奏，故名蘆管。亦即蘆笳、胡笳。

【集評】

1. 明・王世貞《藝苑卮言》：絕句李益為勝，韓翃次之……「回樂峰前」一章，何必王龍標、李供奉？

2. 明・唐汝詢《唐詩解》：沙飛月皎，舉目悽惶，其於此而聞笛聲，安有不念切鄉關者。

3. 清・黃叔燦《唐詩箋注》：李君虞絕句，專以此擅場，所謂率真語，天然畫也。

4. 清・李鍈《詩法易簡錄》：征人望鄉，只加一「盡」字，而征戍之苦，離鄉之久，胥包孕在內矣。

5. 清・施補華《峴傭說詩》：「秦時明月」一首，「黃河遠上」一首，「天山雪後」一首，「回樂峰前」一首，皆邊塞名作，意態絕健，音節高亮，情思悱惻，百讀不厭也。

（李欣錫）

【作者】

王建（767～830），字仲初，唐潁川（今河南許昌）人。大曆 10 年進士。初為渭南（今陝西渭南縣）尉，歷祕書丞、侍御史。文宗太和 2 年（828），山為陝州（今河南三門峽市）司馬，後退居咸陽。著有《王建集》。

江陵使至汝州 [1]

回看巴 [2] 路在雲間，寒食 [3] 離家麥熟還。日暮數峰青似染，商人說是汝州山。

【今注】

1. 江陵使至汝州：從江陵出差到汝州。江陵，今湖北江陵。使，出使；出差。汝州，今河南臨汝。
2. 巴：指巴州。歷代巴州有數處：一在今四川奉節，一在湖南岳陽，一在湖北黃岡，一在四川巴中。以作者之行蹤言之，當以四川省境者為是。
3. 寒食：節日名。約在清明節前一日或二日。舊俗此日禁火，只吃冷食，故稱。

【集評】

近世‧夏敬觀《唐詩說》：建工樂府，與張籍齊名。宮詞百首，尤傳誦人口，其他詩亦淺白一派。

（傅武光）

【作者】

韓愈（傳略見卷一・五言古詩〈薦士〉）

湘中酬張十一功曹 [1]

休垂絕徼千行淚[2]，共泛清湘一葉舟[3]。今日嶺猿兼越鳥，可憐
同聽不知愁[4]。

【今注】

1. 湘中酬張十一功曹：韓愈於德宗貞元 19 年與張署同遭貶謫，愈貶連州陽山
   （今廣東屬縣）令，署貶郴州臨武（今湖南屬縣）令。21 年，俱遇赦，並
   徙江陵，愈為江陵府法曹參軍，署為功曹參軍。此詩為愈與署俱俟命於郴州
   （今湖南郴縣）時所作。郴州在湖南，故稱湘中。張十一功曹，即張署，河
   間人，舉進士，拜監察御史。十一，為其排行。功曹，官名，州府的屬官，
   掌祭祀、禮樂、學校、選舉等事務。
2. 「休垂」句：意指不要再流下那在絕域的千行悲淚了。因韓愈遇赦，離開連
   州，越過南嶺，張署在郴州等候著一同北歸，是「召還志喜」之作。絕徼：
   邊遠絕塞。徼，邊界。東北謂之塞，西南謂之徼。
3. 「共泛」句：意即共同在清澈的湘水上泛一葉扁舟。清湘：指湘江的上游耒
   水，流經郴州。一葉：《北堂書鈔》：「《湘州記》云：繞川行舟，遙望若一樹
   葉。」此言舟之輕小。
4. 「今日」二句：今天嶺上的猿猴和越地的鳥兒還在鳴叫，最可喜的是我們同
   聽時卻不生愁緒了。嶺猿越鳥，是詩歌中南方特有的意象。古詩中的猿啼鳥
   叫常滿溢哀愁，如張說《對酒行巴陵作》：「鳥哭楚山外，猿啼湘水陰。」越
   鳥：南方的鳥。《文選·古詩〈行行重行行〉》：「胡馬依北風，越鳥巢南

枝。」李善注引《韓詩外傳》：：「《詩》曰：『代馬依北風，飛鳥棲故巢。』
皆不忘本之謂也。」後因用為思念故鄉或故國之典。李德裕《謫嶺南道中
作》：「不堪腸斷思鄉處，紅槿花中越鳥啼。」韓愈此為反話正說，寫出詩人
將歸時欣喜的心情，更有韻味。可憐：猶云可喜、可愛。

【集評】

1. 清・朱彝尊《批韓詩》：退之胸襟闊，自別有一種興趣。此反用猿
   鳥意，亦唐人所未有。

（張玉芳）

【作者】

柳宗元（傳略見卷一・五言古詩〈晨詣超師院讀禪經〉）

柳州二月榕葉落盡偶題[1]

宦情羈思共悽悽[2]，春半如秋意轉迷[3]。山城過雨百花盡[4]，榕葉滿庭鶯亂啼。

【今注】——※

1. 柳州：地名，今廣西柳州市。詩人參與「永貞革新」，失敗後被貶為永州司馬，元和 10 年改為柳州刺史。這首詩就是他到柳州後所寫的。「榕樹落盡」：榕樹是南方常見的常綠喬木，有氣根，樹莖粗大，枝葉繁盛，很少落葉，而在仲春二月竟已葉子「落盡」，這是異常的氣候造成的異常現象。詩人由此聯想到自己的遭遇，因而寫出這首即景抒情的小詩。
2. 宦情羈思共悽悽：宦情，指在宦海風波中屢受打擊的心情。羈思，客居他鄉的思鄉之情。悽悽：悲憤貌。
3. 春半如秋意轉迷：春半如秋，春天剛過一半，本應春意最濃、但卻百花盡凋，榕葉滿庭，氣候如同蕭殺的秋天一樣。意轉迷，使人心情更加迷亂、憂傷。
4. 山城過雨百花盡：山城：指柳州。過雨，雨過。

【集評】——※

1. 宋・陳師道《後山叢談》卷四：蔡州壺公觀有大木，高數十尺，其枝垂入地，有枝復出為木，枝復下垂，如是三四，重圍環列，如子

孫然。世傳費長房遇仙者處，木即懸壺者。沈邱令張羨，閩人，嘗至蔡為余言乃榕木也，嶺外多有之，其四垂旁出無足怪者，柳子厚柳州詩云，「榕葉滿庭鶯亂飛」者是也。（作「飛」，誤，應作「啼」。）

2. 清・宋長白《柳亭詩話》卷二十三：閩、粵之間，其樹榕有大葉細葉二種，紛披輪囷，細枝著地，遇水即生，亦異品也。前人取為詩料，始於柳子厚：「榕葉滿庭鶯亂啼。」蘇子瞻……。此外無有專詠者。

（張玉芳）

【作者】

劉禹錫（傳略見卷四・五言古詩〈蜀先主廟〉）

石頭城[1]

山圍故國[2]周遭在，潮打空城寂寞回。淮水[3]東邊舊時月，夜深還過女牆[4]來。

【今注】

1. 石頭城：在今南京市西石頭山後。地形險要，為攻守金陵必爭之地。
2. 故國：舊城。國，城郭。
3. 淮水：即秦淮河。有東、南二源，東源出於江蘇句容縣茅山，南源出於溧源縣東盧山。至方山，二源相會，北流繞南京城東南，至下關入長江。其流經南京城東南部分，兼用為護城河。舊時南京的歌樓舞館、遊艇畫舫多集於此。
4. 女牆：小牆。即城上凸起的部分，便於覘伺防衛。

【集評】

1. 明・高棅《唐詩品彙》引謝：山無異東晉之山，潮無異東晉之潮，月無異東晉之月也。求東晉之宗廟宮室、英雄豪傑，俱不可見矣。意在言外，寄有於無。
2. 清・沈德潛《唐詩別裁集》：只寫山水明月，而六代繁華俱歸烏有，令人於言外思之。
3. 清・李鍈《詩法易簡錄》：六朝建都之地，山水依然，惟有舊時之

月，還來相照而已，傷前朝所以垂後鑒也。

（傅武光）

烏衣巷[1]

朱雀橋[2]邊野草花，烏衣巷口夕陽斜。舊時王謝[3]堂前燕，飛入尋常百姓家。

【今注】

1. 烏衣巷：在今南京市，為東晉宰相王導、謝安兩大家族的宅第所在。因其子弟多為朝廷郎官，著黑色制服，故稱。
2. 朱雀橋：在今南京市，與烏衣巷相近。
3. 王謝：指王導和謝安兩大家族。子弟多為朝廷政要，貴盛一時。

【集評】

1. 清·施補華《峴傭說詩》：若作「燕子他去」便呆。蓋燕子仍入此堂，王謝零落，已化作尋常百姓矣。如此則感慨無窮，用筆極曲。
2. 清·何文煥《歷代詩話考索》：末聯妙處，全在「舊」字及「尋常」字。
3. 清·俞陛雲《詩境淺說續編》：朱雀橋、烏衣巷皆當日畫舸雕鞍、花月沈酣之地，桑海幾經，剩有野草閑花與夕陽相嫵媚耳。茅檐白屋中，春來燕子依舊築巢，憐此紅襟俊羽，即昔時王謝堂前杏梁棲宿者，對語呢喃，當亦有華屋山丘之感矣。此作託思蒼涼，與〈石頭城〉詩皆膾炙詞壇。

（傅武光）

竹枝詞九首錄二[1]

山桃紅花滿上頭，蜀江[2]春水拍山流。花紅易衰似郎意，水流無限似儂[3]愁。

【今注】

1. 竹枝詞：古代歌曲的一種。本是四川東部的民歌，劉禹錫為朗州（今湖南武陵縣）刺史，聆聽當地民歌，覺其鄙俗，遂加以改編而成詩歌。
2. 蜀江：指長江。長江自西向東貫穿四川省，而在奉節縣進入三峽。
3. 儂：我。本吳（江蘇蘇州一帶）地方言。清聲韻學家錢大昕以為「儂」即「奴」之音轉。

【集評】

1. 宋・魏慶之《詩人玉屑》：劉夢得竹枝九章，詞意高妙，元和間誠可以獨步。道風俗而不俚，追古昔而不愧；比之杜子美夔州歌，所謂同工而異曲也。
2. 清・翁方綱《石洲詩話》：劉賓客之能事，全在竹枝詞。山谷云：「夢得竹枝九章，詞意高妙，昔子瞻嘗聞余詠第一篇，歎曰：『此奔軼絕塵，不可追也。』」又云：「夢得樂府小章，優於大篇。」極為確論。

（傅武光）

楊柳青青江水平，聞郎江上[1]踏歌[2]聲。東邊日出西邊雨，道[3]是無晴[4]還有晴。

【今注】

1. 江上：猶言江邊。
2. 踏歌：歌舞的一種。一邊唱歌，一邊踏地出聲以為節奏。
3. 晴：與「情」字諧音雙關。此為民歌特色之一。

【集評】

1. 明・周珽《唐詩選脈會通評林》：起興於楊柳、江水，而借景於東日西雨，隱然見唱歌、聞歌，無非情之所流注也。

2. 清・黃生《唐詩摘鈔》：此以晴字關情字，其源出於〈子夜〉、〈讀曲〉。

3. 清・俞陛雲《詩境淺說》：此首起二句則以風韻搖曳見長，後二句言東西晴雨不同，以晴字借作情字，無情而有情，言郎踏歌之情費人猜想。雙關巧語，妙手偶得之。

（傅武光）

楊柳枝詞 [1]

城外春風吹酒旗，行人揮袂[2]日西時。長安陌上無窮樹，唯有垂楊管別離。

【今注】

1. 楊柳枝詞：詠楊柳的詩歌。古樂府詩題多以歌、謠、詞、曲、吟、引為名。以詞為名者，如漢武帝〈秋風詞〉。
2. 揮袂：揮袖。指揮手道別。袂，音ㄇㄟˋ，衣袖。

【集評】——

近世・高步瀛《唐宋詩舉要》：〈竹枝〉非詠竹，以各首相次取象於竹

　　枝。而〈楊柳枝詞〉則詠柳也。

（傅武光）

【作者】

白居易（傳略見卷二・七言古詩〈長恨歌〉）

後宮詞[1]

淚盡羅巾[2]夢不成，夜深前殿按歌聲。紅顏[3]未老恩先斷，斜倚熏籠[4]坐到明。

【今注】

1. 後宮詞：詠後宮嬪妃的詩歌。詞，古樂府詩題名，如〈秋風詞〉。
2. 淚盡羅巾：淚水沾濕了整片羅巾。羅巾，柔軟的絲巾。
3. 紅顏：年輕美麗的容顏。
4. 熏籠：用以熏衣物的竹籠。

【集評】

近世・黃振民《歷代詩評解》：此寫宮怨。前聯以映襯法寫宮人失寵之痛。後聯上句未老恩斷，係透過一層寫法。意謂未老尚且如此，後日又何以堪？下句「坐到明」遙與前聯上句「夢不成」相接，意思混融一片。

（傅武光）

暮江吟[1]

一道殘陽[2]鋪水中，半江瑟瑟[3]半江紅。可憐[4]九月初三夜，露似珍珠月似弓。

【今注】

1. 暮江吟：詠日暮江景的詩歌。吟，古樂府詩題名，如〈白頭吟〉。
2. 殘陽：夕陽餘暉。
3. 瑟瑟：珍寶名，其色碧綠，故以瑟瑟代指碧色
4. 可憐：可愛。

【集評】

明・楊慎《升菴詩話》：瑟瑟，珍寶名，其色碧，故以瑟瑟影指碧字。
　　此言殘陽照江半紅半碧耳。

（傅武光）

【作者】

元稹（傳略見卷五‧七言律詩〈以州宅夸於樂天〉）

梁州夢 [1]

夢君同遶曲江頭[2]，也向慈恩[3]院院遊。亭吏呼人排去馬，忽驚身在古梁州。

【今注】

1. 梁州夢：在梁州作的夢。梁州，舊治在今陝西南鄭縣東。
2. 曲江頭：曲江邊。曲江，即曲江池。在今陝西西安市東南。
3. 慈恩：指慈恩寺。舊寺在陝西長安東南曲江北。宋時已燬，僅存雁塔。今寺為近代新建，在西安市南郊。唐貞觀 28 年，李治（高宗）為太子時，為母后長孫氏建立，故名慈恩寺。全盛時，寺有十餘院，室 1897 間，僧 300 人。

【集評】

近世‧高步瀛《唐宋詩舉要》：本題下注曰：「是夜宿漢川驛，夢與杓直（李建字）、樂天同遊曲江，兼入慈恩寺諸院，俛然而寤，則遞乘及階，郵吏已傳呼報曉矣。」

（傅武光）

【作者】

賈島（傳略見卷四·五言律詩〈憶江上吳處士〉）

渡桑乾[1]

客舍并州已十霜[2]，歸心日夜憶咸陽[3]。無端更渡桑乾水[4]，卻望[5]并州是故鄉。

【今注】

1. 此詩題目，或作《渡桑乾》，或作《旅次朔方》。在許多詩集中，這首詩都歸在賈島名下，其實恐是劉皂所作。據李建崑《賈島詩集校注》校云：「本詩又見《全唐詩》四七二《劉皂集》，題作《旅次朔方》。蕭穆《敬孚類稿》卷六《跋盧抱經手校賈浪仙集》曰：『何云此詩見《元和御覽集》中，作劉皂，愨士選進，當元和之初。賈，范陽人，亦不應作更渡桑乾、卻望并州是故鄉之語。』考證甚詳，可參考。
2. 并州：今山西太原市。
3. 咸陽：指唐代之長安。高步瀛注：「咸陽即指長安，今長安東渭城故城，即秦所都咸陽也。」
4. 無端更渡桑乾水：無端，沒來由。更渡，再渡。桑乾水，古稱漯水。今稱盧溝河，俗名渾河。源出山西馬邑縣北雷山陽之洪濤泉，挾朔應、山陰、大同諸縣之水，東走河北，至天津之浦口，入北運河，東留至三叉河口，與南運河同入沽河。
5. 卻望：回望。

【集評】

1. 宋‧趙蕃、韓淲輯，謝枋得、胡次焱注《注解選唐詩》：「久客思鄉，人之常情。旅寓十年，交游歡愛，與故鄉無殊，一旦別去，豈能無依依眷戀之懷？渡桑乾而望并州，反以為故鄉，此亦人之至情也。非東西南北之人，不能道此。」

2. 明‧李攀龍輯，葉羲昂直解《唐詩直解》：兩種客思，熔成一團說。

3. 明‧邢昉《唐風定》：韻高調逸，意參盛唐。

4. 清‧劉邦彥《唐詩歸折衷》：敬夫云：自傷久客，用曲筆寫出。

5. 清‧吳喬《圍爐詩話》：景同而語異，情亦因之而殊。宋之問《大庾嶺》云：「明朝望鄉處，應見隴頭梅。」賈島云：「無端更渡桑乾水，卻望并州是故鄉。」景意本同，而宋覺優游，詞為之也。然島句比之反為醒目，詩之以日趨於薄也。

6. 清‧黃生《唐詩摘鈔》：咸陽即故鄉，客并州非其志也，況渡桑乾乎？在并州且憶故鄉，今渡桑乾，望并州已如故鄉之遠，況故鄉更在并州之外乎？必找此句，言外意始盡。就可不歸，復而遠適，語意殊悲怨。後人不知故鄉即咸陽，謬解可笑。

7. 清‧周容《春酒堂詩話》：閬仙所傳寥寥，何以為當時推重？「客舍并州」一絕，結構筋力，故應值金鑄耳。

8. 清‧王敬美（世懋）《藝圃擷餘》：此島思鄉作，其意恨久客并州遠隔故鄉，今非惟不能歸，反北渡桑乾，還望并州又是故鄉矣。并州且不得住，何況得歸咸陽乎？

9. 清‧沈德潛《唐詩別裁集》：謂并州且不得久住，況咸陽乎？仍是思咸陽，非不忘并州也。王敬美駁謝注甚允。

10. 清‧黃叔燦《唐詩箋注》：謝看得淺，王看得深，詩內數虛字自見，然兩層意俱有。

（張玉芳）

【作者】

張祜（傳略見卷八・五言絕句〈宮詞〉）

題金陵渡[1]

金陵津渡[2]小山樓[3]。一宿行人自可愁[4]。潮落夜江斜月裡，兩三星火[5]是瓜洲[6]。

【今注】

1. 題金陵渡：此為作者暫宿金陵渡口小山樓上，因旅夜無歡黯然成愁而作，描寫江中夜色，情景悠然。金陵渡，當指潤州（江蘇鎮江）之西津渡。鎮江，即京口，唐時亦稱金陵。唐・李紳有〈卻到金陵登北固亭〉詩，宋・王楙《野客叢書》：「《張氏行役記》言甘露寺在金陵山上，趙璘《因話錄》言李勉至金陵，屢贊招隱寺標致，蓋時人稱京口亦曰金陵。」都可為證。
2. 津渡：渡口。
3. 小山樓：旅人宿處。
4. 自可愁：自然生愁。
5. 星火：形容隔江遠望中之點點燈火。
6. 瓜洲：在揚州（江蘇江都縣南）長江邊上，與京口隔岸相對。宋・王安石〈泊船瓜洲〉即云：「京口瓜洲一水間。」

【集評】

1. 清・宋顧樂《唐人萬首絕句選評》：情景悠然。
2. 清・潘德輿《養一齋詩話》：吾獨惜以承吉之才，能為「晴空一鳥

渡，萬里秋江碧」、「河流出郭靜，山色對樓寒」、「海明先見日，江
白迥聞風」、「此盤山入海，河繞國連天」、「仰砌池光動，登樓海氣
來」、「風帆彭蠡疾，雲水洞庭寬」、「人行中路月生海，鶴語上方星
滿天」、「潮落夜江斜月裡，兩三星火是瓜州」諸句，可以直跨元、
白之上，而竟為微之所短，又為樂天所遺也。

（李欣錫）

【作者】

杜牧（傳略見卷四・五言律詩〈題揚州禪智寺〉）

江南春絕句 [1]

千里 [2] 鶯啼綠映紅，水村山郭 [3] 酒旗 [4] 風。南朝 [5] 四百八十寺 [6]，多少樓臺煙雨中 [7]。

【今注】

1. 江南春絕句：謂以絕句短章歌詠江南春天的特色。
2. 千里：形容面積遼闊。
3. 山郭：山城。
4. 酒旗：古代酒店的招牌。用布掛於竿頂，懸在店門前，以吸引客人。
5. 南朝：東晉以後，長江之南的四個王朝宋、齊、梁、陳，皆建都於長江之南的建康（今南京），史稱「南朝」。
6. 四百八十寺：指佛寺眾多。
7. 煙雨：如煙霧般的細雨。

【集評】

1. 清・黃生《唐詩摘鈔》：曰「煙雨中」，則非真有樓臺矣，感六朝遺跡之湮滅，而詩特不直說。
2. 清・何文煥《歷代詩話考索》：升庵謂：「千應作十。蓋千里已聽不著看不見矣，何所云『鶯啼綠映紅』邪？」余謂即作十里，亦未必

盡聽得著，看得見。題云「江南春」，江南方廣千里，千里之中，
鶯啼而綠映焉。水村山郭，無處無酒旗，四百八十寺，樓臺多在烟
雨中也。此詩之意既廣，不得專指一處，故總而命曰「江南春」。
詩家善立題者也。

（李嘉瑜）

赤壁[1]

折戟[2]沉沙[3]鐵未銷，自將[4]磨洗認前朝[5]。東風[6]不與周郎[7]
便，銅雀[8]春深鎖二喬[9]。

【今注】

1. 赤壁：山名，因赤壁之戰而著稱。漢獻帝建安 13 年（208），孫權與劉備聯
   軍大敗曹操於此，確立三國鼎立的形勢。其發生地歷來有眾多說法，主要者
   有二：一是今湖北省武昌縣西赤磯山。另一說則為今湖北省浦圻縣西北赤壁
   山。
2. 戟：ㄐㄧˇ，兵器名，是戈與矛的合體。
3. 沉沙：沉埋於沙土中。
4. 自將：拿取。自，助詞。
5. 前朝：過去的朝代，此指三國時期。
6. 東風：春風。
7. 周郎：周瑜。
8. 銅雀：即銅雀臺，為曹操建於魏都鄴城（今河南臨漳）的高臺，樓頂置大銅
   雀，展翅欲飛，故稱。
9. 二喬：大喬、小喬姊妹之合稱。《三國志·吳書·周瑜傳》：策欲取荊州，以
   瑜為中護軍，領江夏太守，從攻皖，拔之。時得喬公兩女，皆國色也。策自
   納大喬，瑜納小喬。

【集評】

1. 宋・許顗《彥周詩話》：杜牧之作〈赤壁詩〉，……意謂赤壁不能縱火，為曹公奪二喬置之銅雀臺可也。孫氏霸業繫此一戰，社稷存亡、生靈塗炭都不問，只恐捉了二喬，可見措大不問好惡。

2. 宋・謝枋得《唐詩絕句注解》：后二句絕妙，眾人詠赤壁，只善當時之勝，杜牧之詠赤壁，獨憂當時之敗。此是無中生有，死中求活，非淺識可到。

3. 明・胡應麟《詩藪》：晚唐絕「東風不與周郎便，銅雀春深鎖二喬」，「可憐夜半虛前席，不問蒼生問鬼神」，皆宋人議論之祖。

4. 清・黃叔燦《唐詩箋注》：「認」字妙，懷古情深，一字傳出，下二句翻案，亦從「認」字生出。

5. 清・何文煥《歷代詩話考索》：詩人之詞微以婉，不同論言真遂也。牧之之意，正謂幸而成功，幾乎國家不保。彥周未免錯會。

（李嘉瑜）

泊秦淮 [1]

煙籠 [2] 寒水月籠沙，夜泊秦淮近酒家。商女 [3] 不知亡國恨，隔江猶唱後庭花 [4]。

【今注】

1. 泊秦淮：停船在秦淮河畔。泊，停船靠岸。秦淮，水名，橫貫南京城而入於長江，沿岸皆歌樓舞榭，河上畫舫遊艇穿梭，極富聲色，從六朝起即為金陵

勝地。

2. 籠：遮住、覆蓋。

3. 商女：賣唱的歌女。

4. 後庭花：即陳後主所作的〈玉樹後庭花〉樂曲，後成為亡國之音的代稱。此
　 處商女所歌者，未必是〈玉樹後庭花〉，而是泛指亡國之音。葛立方《韻語
　 陽秋》：主與倖臣各製歌詞，極於輕蕩。男女倡和，其音甚哀。

【集評】

1. 清·沈德潛《唐詩別裁集》：絕唱。

2. 清·李鍈《詩法易簡錄》：首句寫秦淮夜景，次句點明夜泊，而以
　 「近酒家」三字引起後二句。「不知」二字，感慨最深，寄託甚
　 微。通篇音節神韻，無不入妙，宜沈歸愚嘆為絕唱。

（李嘉瑜）

寄揚州韓綽判官 [1]

青山隱隱[2]水迢迢[3]，秋盡江南草未凋。二十四橋[4]明月夜，玉
人[5]何處教吹簫。

【今注】

1. 寄揚州韓綽判官：韓綽，生平不詳，唐文宗大和年間杜牧在淮南節度使牛僧
　 孺幕中任職時，似與韓綽共事。杜牧另有〈哭韓綽詩〉。判官，唐代的職官
　 名，為輔佐節度使、觀察使的官吏。

2. 隱隱：不清楚、不明顯的樣子。

3. 迢迢：遙遠的樣子。

4. 二十四橋：揚州的名勝，清《一統志》：古二十四橋在甘泉縣西門外。在今

揚州瘦西湖。

5.玉人：美人。

【集評】

1. 清・黃叔燦《唐詩箋注》：「十年一覺揚州夢」，牧之於揚州繾綣久矣。「二十四橋」二句，有神往之致，借韓以發之。

2. 清・宋顧樂《唐人萬首絕句選》：深情高調，晚唐中絕作，可以媲美盛唐名家。

（李嘉瑜）

贈別[1]二首錄一

多情卻似總無情，唯覺尊[2]前笑不成。蠟燭有心還惜別，替人垂淚[3]到天明。

【今注】

1.贈別：送別而贈詩，以為紀念。
2.尊：同「樽」，酒器。
3.垂淚：流淚。

【集評】

1. 宋・張戒《歲寒堂詩話》：杜牧之云：「多情卻是總無情，惟覺樽前笑不成」，意非不佳，然而詞意淺露，略無餘蘊。

2. 清・黃叔燦《唐詩箋注》：曰「卻似」，曰「惟覺」，形容妙矣。下卻借蠟燭托寄，曰「有心」，曰「替人」，更妙。宋人評牧之詩：

「豪而艷，宕而麗」，其絕句於晚唐尤為出色。

（李嘉瑜）

金谷園 [1]

繁華事盡逐香塵[2]，流水無情草自春。日暮東風怨啼鳥，落花猶似墜樓人[3]。

【今注】

1. 金谷園：為西晉石崇的庭園別墅，在今洛陽西北金谷澗。
2. 逐香塵：隨著塵灰消散。香塵，沉香屑。《拾遺記》：石季倫屑沉水之香如塵末，布象床上，使所愛者踐之。
3. 墜樓人：指石崇的愛妾綠珠，為石崇墜樓而死。

【集評】

1. 清·宋顧樂《唐人萬首絕句選》：落句意外神妙，悠然不盡。
2. 清·俞陛雲《詩境淺說·續編》：前三句景中有情，皆含憑弔蒼涼之思。四句以花喻人，以「落花」喻「墜樓人」，傷春感昔，即物興懷，是花是人，合成一淒迷之境。

（李嘉瑜）

【作者】

李商隱（傳略見卷四・五言律詩〈落花〉）

夜雨寄北[1]

君問歸期未有期，巴山[2]夜雨漲秋池。何當[3]共翦西窗燭[4]，卻話巴山夜雨時。

【今注】——✦

1. 夜雨寄北：此為李商隱身在巴山寄給妻子的詩。
2. 巴山：泛指四川之山嶺。巴，四川東部的古國名。
3. 何當：何日；何時。
4. 翦燭：剪去燭蕊，讓燭火更加明亮。

【集評】——✦

1. 清・黃叔燦《唐詩箋注》：滯跡巴山，又當夜雨，卻思剪燭西窗，將此夜之愁細訴，更覺愁緒纏綿，倍為沉摯。

2. 清・楊逢春《唐詩繹》：首是寄詩緣起，一句內含問答。二寫寄詩時景，時、地俱顯。三、四於寄詩之夜，預寫歸後追敘此夜之情，是加一倍寫法。

3. 清・俞陛雲《詩境淺說・續編》：清空如話，一氣循環，絕句中最為擅勝。此與「客舍并州已十霜」詩，皆首尾相應，同一機軸。

（李嘉瑜）

常娥[1]

雲母屏風[2]燭影深，長河[3]漸落曉星沉。常娥應悔偷靈藥，碧海青天[5]夜夜心[6]。

【今注】

1. 常娥：即姮娥、嫦娥。
2. 雲母屏風：以雲母裝飾的屏風。雲母，一種質地柔韌，色擇半透明的礦石。
3. 長河：指銀河。
4. 偷靈藥：指嫦娥偷藥事。事見《淮南子·覽冥訓》：羿請不死之藥於西王母，姮娥竊以奔月。
5. 碧海青天：像碧海般無邊無際的天空。
6. 夜夜心：夜夜悔恨的心。

【集評】

1. 清·姚培謙《李義山詩集箋注》：此非詠嫦娥也。從來美人名士，最難持者末路，末二語，警醒不少。
2. 清·沈德潛《唐詩別裁集》：孤寂之況，以「夜夜心」三字盡之。士有爭先得路而自悔者，亦作如是觀。

（李嘉瑜）

憶住一師 [1]

無事[2]經年別遠公[3]，帝城[4]鐘曉憶西峰[5]。爐煙銷盡寒燈晦，童子開門雪滿松。

【今注】

1. 住一師：一作「匡一師」。馮浩《玉谿生詩集箋注》：《北夢瑣言》一云「王屋匡一上人」，一云「王屋山僧匡一」，疑此即其人。
2. 無事：無端；沒有緣由。
3. 遠公：東晉高僧慧遠，此借指住一。
4. 帝城：指長安。
5. 西峰：慧遠所居的東林寺，在廬山西北麓，此借指住一所居的寺院。

【集評】

1. 清・姚培謙《李義山詩集箋注》：經年帝城，軟塵十丈，豈知西峰別一境界哉！
2. 清・屈復《玉溪生詩意》：三、四西峰之景如此，無事而別，能無相憶？
3. 清・馮浩《玉谿生詩箋注》：田蘭芳曰：「不近不遠，得意未可盡言。」

（李嘉瑜）

賈 生 [1]

宣室求賢訪逐臣，賈生才調[4]更無倫[5]。可憐夜半虛[6]前席[7]，不問蒼天問鬼神。

【今注】

1. 賈生：即賈誼。生，自漢以來，儒者皆稱「生」，為先生之意。《史記・屈原賈生列傳》：後歲餘，賈生徵見，孝文方受釐，坐宣室。上因感鬼神事，而問鬼神之本。賈生因具道所以然之狀。至夜半，文帝前席。既罷，曰：「吾久不見賈生，自以為過之，今不及也。」
2. 宣室：西漢未央宮前的正室，此指朝廷。
3. 訪逐臣：訪召被貶謫的臣子。訪，徵訪。逐臣，此指賈誼。漢文帝時賈誼曾被貶為長沙王太傅。
4. 才調：才氣。
5. 無倫：無與倫比。
6. 虛：枉費。
7. 前席：古人席地而坐，談話時常不自覺的傾身向前，以接近談話的對象。

【集評】

1. 清・何焯《三體唐詩》：賈生前席，猶為虛禮，況無宣室之訪逮耶？自傷更在言外。
2. 清・紀昀《玉溪生詩意》：純用議論矣，卻以唱嘆出之，不見議論之跡。

（李嘉瑜）

【作者】

溫庭筠（傳略見卷五‧七言律詩〈過陳琳墓〉）

瑤瑟[1]怨

冰簟[2]銀床[3]夢不成，碧天如水夜雲輕。雁聲遠過瀟湘[4]去，十二樓[5]中月自明。

【今注】

1. 瑤瑟：裝飾美玉的瑟。
2. 冰簟：清涼如冰的簟席。簟，音ㄉㄧㄢˋ，竹編的牀席。
3. 銀床：以銀裝飾的床。
4. 瀟湘：瀟水與湘水的合稱，此泛指兩水流經之地。
5. 十二樓：原為神話傳說中仙人所居之地，此指彈奏者清淨華貴的居處。

【集評】

1. 宋‧謝枋得《唐詩絕句注解》：此詩鋪陳一時光景，略無悲愴怨恨之辭，枕冷衾寒，獨寐寤嘆之意，在其中矣。

2. 清‧胡本淵《唐詩近體》：通篇布景，正以含渾不盡為妙。

3. 清‧俞陛雲《詩境淺說‧續編》：通首純寫秋閨之景，不著跡象，而自有一種清怨。首句「夢不成」略露閨情，以下由雲天而聞雁，而南及瀟湘，漸推漸遠，懷人者亦隨之神往。四句仍歸到秋閨，剩

有亭亭孤月，留伴妝樓，不言愁而愁與秋霄俱永矣。飛卿以詩人而兼詞手，此詩高渾秀麗，作詞境論，亦五代馮、韋之先河也。

（李嘉瑜）

【作者】

趙嘏，字承祐，山陽（今河南修武）人。唐武宗會昌 4 年（844）進士。宣宗時，為渭南（今陝西渭南縣）尉，卒。

江樓感舊 [1]

獨上江樓思渺然 [2]，月光如水水如天。同來望月人何處？風景依稀 [3] 似去年。

【今注】

1. 江樓感舊：此詩寫「物是人非」之感，題材雖老，而屬辭彌新。
2. 渺然：悠遠的樣子。
3. 依稀：彷彿。

【集評】

1. 宋・尤袤《全唐詩話》：嘏曾有詩曰：「早晚粗酬身事了，水邊歸去一閒人。」果卒於渭南尉。

2. 明・李攀龍選；日本・森大來評選《唐詩選評釋》：趙嘏為詩贍美而多興味，杜樊川愛其早秋詩「長笛一聲人倚樓」之句，吟歎不已，人因目為「趙倚樓」。本篇寫物是人非之歎，「渺然」二字牢蓋全篇。月光、水光，風景依稀，舉映眼觸懷者，無所不到。以「獨上」、「同來」等字為關鎖，尤覺神韻天然。

（傅武光）

【作者】

鄭谷，字守愚，袁州宜春（今江西宜春）人。唐僖宗光啟 3 年（887）進士。授京兆鄠縣（今陝西戶縣）尉，遷右拾遺、補闕。昭宗乾寧 4 年（897），為都官郎中，詩家稱鄭都官。未幾歸隱，卒。

席上貽[1]歌者

花月樓臺近九衢[2]，清歌一曲倒金壺[3]。坐中亦有江南客，莫向春風唱鷓鴣[4]。

【今注】

1. 貽：ㄧˊ，贈送。
2. 九衢：四通八達的道路。九，最大的數目，代表多。衢。音ㄑㄩˊ，四面通達的道路。
3. 金壺：酒器、酒壺。
4. 鷓鴣：ㄓㄜˋ ㄍㄨ，曲名，肖鷓鴣之聲。鷓鴣，鳥名，形似母雞，背毛有紫赤浪紋，胸腹有白圓點，似真珠。俗象其鳴聲曰「行不得也哥哥」。

【集評】

1. 清·翁方綱《石洲詩話》：鄭都官以〈鷓鴣〉詩得名，今即指「煖戲烟蕪」云云之七律也。此詩殊非高作，何以得名於時？鄭又有〈貽歌者〉云：「坐中亦有江南客，莫向春風唱鷓鴣。」此雖淺，

然較彼詠鷓鴣之七律卻勝。

2. 近世・夏敬觀《唐詩說》：谷幼即能詩，名盛唐末，司空圖許為一代風騷主。《四庫提要》謂谷以鷓鴣詩得名，至有鄭鷓鴣之稱，而此詩格調卑下。至其他作，則往往於風調之中，讀饒思致，汰其膚淺，擷其精華，固亦晚唐之巨擘。

（傅武光）

【作者】

陳陶（804～874），字嵩伯，劍浦（今福建漳州）人。嘗舉進士不第，而屢入幕僚。恣遊名山，自稱「三教布衣」。後隱居於洪州西山（今江西南昌），種柑橙為生。《唐才子傳》評其詩「無一點塵氣。於晚唐諸人中，最得平淡。」今《全唐詩》存詩兩卷。

隴西行[1]四首錄一

誓掃[2]匈奴不顧身，五千貂錦[3]喪胡塵。可憐無定河[4]邊骨，猶是春閨[5]夢裡人。

【今注】

1. 隴西行：屬《樂府詩集・相和歌辭・瑟調曲》，又名〈步出夏門行〉，內容多言「辛苦征戰，佳人怨思」。
2. 掃：消滅。
3. 貂錦：戴貂皮帽著錦袍，原指漢代羽林軍的服飾，借指兵士。
4. 無定河：源出內蒙古，在陝西注入黃河。其流經漢代的匈奴領地，因潰沙急流，深淺不定，故名。
5. 春閨：女子的臥房。

【集評】

1. 明・謝榛《四溟詩話》：「可憐無定河邊骨，猶是深閨夢裡人。」此語悽婉味長。

2. 明·江盈科《雪濤小書》：唐人題沙場詩，愈思愈深，愈形容愈淒
   慘。其初但云「憑君莫話封侯事，一將功成萬骨枯。」則愈悲矣，
   然其情尤顯。若晚唐詩云「可憐無定河邊骨，猶是深閨夢裡人。」
   則悲慘之甚，令人一字一淚，幾不能讀。

（李嘉瑜）

【作者】

韋莊 （836～910），字端己，京兆杜陵（今陝西西安）人，唐昭宗乾寧元年（894）進士，中第之前，曾漫游各地。後入蜀依附王建，掌書記。王建據蜀稱帝，蜀開國制度皆莊所定，累官吏部尚書，同平章事。有詩集《浣花集》。

臺城[1]

江雨霏霏[2]江草齊[3]，六朝[4]如夢鳥空啼。無情最是[5]臺城柳，依舊煙籠[6]十里隄。

【今注】

1. 臺城：一名苑城，東晉建康宮遺址，在今南京市玄武湖畔。
2. 霏霏：雨絲盛密的樣子。。
3. 江草齊：江邊野草長得很茂盛。齊，平，指草長得一般高。
4. 六朝：三國吳、東晉和南北朝的宋、齊、梁、陳，相繼建都於建康（今南京），史稱六朝。
5. 最是：正是。
6. 籠：覆蓋。

【集評】

1. 清・宋顧樂《唐人萬首絕句選評》：韋莊七絕，意必工整，語多圓警，格調復極自然，晚唐之後勁也。

2. 清‧馬時芳《挑燈夜話》：韋端己〈臺城〉，賦淒涼之景，想昔日盛時，無限感慨都在言外，使人思而得之。

（李嘉瑜）

【作者】

歐陽脩（傳略見卷一‧五言古詩〈送唐生〉）

豐樂亭遊春[1]三首錄一

綠樹交加[2]山鳥啼，晴風蕩漾落花飛。鳥歌花舞太守醉[3]，明日酒醒春已歸。

【今注】

1. 豐樂亭位在滁州（今安徽滁縣）西南，背靠豐山，下臨幽谷泉，為慶曆 6 年（1046）歐陽脩任滁州太守時所修建。7 年暮春，歐陽脩來此遊賞，寫下〈豐樂亭遊春〉紀遊詩，此組詩共三首，這是第一首。本詩主寫詩人遊春之樂，全用白描，不用典故，前二句寫景，極力描寫早晨鳥啼花飛、晴風山青的暮春景色。後二句抒情，寫出太守盡情遊春，如癡如醉，而明日酒醒春已歸，頗有惜春之情，傳達出歐陽脩徜徉山水之中的豁達胸襟。
2. 交加：指樹木錯雜成蔭。
3. 太守醉：太守，歐陽脩自指。《年譜》：「慶曆六年（1046），公年四十，自號醉翁。」歐陽脩〈醉翁亭記〉：「太守與客來飲於此，飲輒醉，而年又最高，故自號曰『醉翁』也。」太守，漢代一郡的長官，宋代改郡為府或州，然仍習慣稱呼知府、知州為太守。

（賴麗娟）

【作者】

王安石（傳略見卷三・七言古詩〈明妃曲〉）

北山 [1]

北山輸綠漲橫陂[2]，直塹回塘灩灩時[3]。細數落花因坐久[4]，緩尋芳草得歸遲[5]。

【今注】

1. 北山，即鍾山，又名紫金山，在今南京市東北。山勢險峻，如龍盤虎踞，主峰高 448 公尺。元豐 7 年（1084）7 月，蘇軾由黃州授汝州團練副使，本州安置，路過金陵，與王安石相見，二人詩書交流，甚歡。蘇軾〈次荊公韻四絕〉其三即和本詩（事見本詩集評），可知〈北山〉詩的寫作不應晚於是年。本詩表面描繪綠水滿塘的豔冶春景，寄懷詩人隱居鍾山時悠閒容與之樂。其實暗寓變法革新遭遇挫折，而罷相閒居金陵，無所事事，無所用心，表面顯得閒適自在，從容自若，內心卻是百般無聊。全詩在觀水、惜花、探芳中隱喻其對前景的感慨惆悵，時光消逝，志業未竟，期望復用而不遇的苦悶。詩中取景別緻，敘事簡約，表情深曲，用語精整，所以取得極高藝術境界。歷代詩評家對其「細數落花因坐久，緩尋芳草得歸遲」，借景寫情，自然細膩，能狀閒適優游之態而用意深刻，讚不絕口，是其「半山體」的代表作。

2. 北山輸綠漲橫陂：鍾山把它清澈翠綠的泉水注滿山塘。橫陂，長長的水塘。陂，音ㄆㄧˊ，蓄水池。

3. 直塹回塘灩灩時：直的溝塹和彎曲的池塘也都碧波蕩漾。直塹，直的溝渠。回塘，曲折的水池。灩灩，微波動蕩、水光浮動的樣子。

4. 細數落花因坐久：我心情悠閒，索性細數著落花，因此不知不覺的坐了很

久。因，因此；因而。

5. 緩尋芳草得歸遲：沿路上我慢慢地尋訪香草，悠哉的走走停停，結果很晚才回到家。芳草，香草。得，得到；可以。

【集評】

1. 宋‧葉夢得《石林詩話》卷上：王荊公晚年詩律尤精嚴，造語用字，間不容髮。然意與言會，言隨意遣，渾然天成，殆不見有牽率排比處。如「含風鴨綠鱗鱗起，弄日鵝黃裊裊垂」，讀之初不覺有對偶。至「細數落花因坐久，緩尋芳草得歸遲。」但見舒閒容與之態耳。而字字細考之，若經檃括權衡者，其用意亦深刻矣。

2. 宋‧潘子真《潘子真詩話‧東坡和荊公詩》：東坡得請宜興，道過鍾山，見荊公。時公病方愈，令坡誦近作，因為手寫一通，以為贈。復自誦詩俾坡書以贈己，仍約坡卜居秦淮。故坡和公詩（編者案：即〈次荊公韻四絕〉其三）云：「騎驢渺渺入荒陂，想見先生未病時。勸我試求三畝宅，從公已決十年遲。」

3. 宋‧吳可《藏海詩話》：「細數落花因坐久，緩尋芳草得歸遲」。「細數落花」、「緩尋芳草」其語輕清。「因坐久」、「得歸遲」則其語典重，以輕清配典重，所以不墮唐末人句法中，蓋唐末人詩輕佻耳。

4. 宋‧吳曾《能改齋漫錄》卷八：前輩讀詩與作詩既多，則遣辭措意，皆相緣以起，有不自知其然者。荊公晚年閒居詩云：「細數落花因坐久，緩尋芳草得歸遲。」蓋本於王摩詰「興闌啼鳥喚，坐久落花多。」而其辭意益工也。徐師川自謂：「荊公暮年金陵絕句之妙傳天下。其前二句與渠所作云：『細數李花那可數，偶行芳草步因遲。』偶似之邪？竊取之邪？善作詩者，不可不辨。」予嘗以為王因於唐人，而徐又因於荊公，無可疑者。但荊公之詩，熟味之，可以見其閒適優游之意。至於師川，則反是矣。（編者案：南宋吳開《優古堂詩話》所錄亦同。）

5. 宋‧胡仔《苕溪漁隱叢話‧前集》卷三十六引《三山老人語錄》：荊公詩云：「細數落花因坐久，緩尋芳草得歸遲。」六一居士詩

云：「靜愛竹時來野寺，獨尋春偶過溪橋」。二公皆狀閑適，荆公之句為工。

6. 近世・陳衍《石遺室詩話》卷十四：宋人寫景句，膾炙人口者，如……，荆公之「細數落花因坐久，緩尋芳草得歸遲」，詩中皆有人在，則景而帶情者矣。

（賴麗娟）

寄蔡天啟[1]

杖藜[2]緣塹[3]復穿橋，誰與高秋共寂寥[4]？佇立東岡一搔首[5]，冷雲衰草暮迢迢[6]。

【今注】

1. 本詩寫作於元豐 4 年（1081）秋，王安石時在金陵鍾山。詩中藉由描寫幽冷的秋色，反映出他晚年處境寂寥卻超然物外的心境。全詩既不用典，也無議論，純用白描，塑造出詩人襟懷高潔的形象。蔡天啟，即蔡肇（？-1119），宋潤州丹陽人，蔡淵之子，能文，擅長詩歌。初事王安石，備見器重，據《王直方詩話》載：「蔡天啟初見荆公，荆公坐間偶言及盧仝〈月蝕詩〉，人難有誦得者，天啟誦之終篇，遂為荆公所知。」神宗元豐 2 年（1079）進士，為明州司戶參軍、江陵推官。哲宗元祐中，又從蘇軾游，聲譽益顯。
2. 杖藜：指拄著藜杖行走。藜，野生植物，莖堅韌，可為杖。
3. 緣塹：順著溝壕走。緣，沿著。塹，溝壕。
4. 誰與高秋共寂寥：指在一片寂靜中，誰能摒棄思慮，和天高氣爽的秋天契合無間？寂寥，寂靜無聲。高秋，深秋；天高氣爽的秋天。
5. 佇立東岡一搔首：我久立在東岡上搔著頭髮。佇立，久立。東岡，又名白土岡。搔首，用手搔頭，指焦急或有所思的樣子。

6. 冷雲衰草暮迢迢：陰冷的雲，枯黃的草，傍晚時分無邊無際的向遠方伸展。
衰草，枯草。迢迢，遙遠的樣子。

【集評】

宋·李壁《王荊文公詩注》卷四十二：劉賓客詩：「人道逢秋轉寂寥，
我言秋日勝春朝。晴空一鶴排雲上，便引詩情到碧霄。」兩詩相
似，亦相角也。余友楊方子直嘗哦公此詩，以為奇。

（賴麗娟）

書湖陰先生壁[1]二首

茅檐長掃靜無苔，花木成畦手自栽[2]。一水護田將綠繞[3]，兩山
排闥送青來[4]。

桑條索漠[5]柳花繁，風斂餘香暗度垣[6]。黃鳥[7]數聲殘午夢，尚
疑身在半山園[8]。

【今注】

1. 本詩是元豐 7 年（1084）春天，王安石退居金陵時題鄰居楊驥宅壁的作品，
寫山中鄰居初夏景色，曲折地表達作者觀賞自然的怡悅之情。第一首著重視
覺的描繪，由近而遠，從茅檐到花畦，再到綠水青山。第二首著重嗅覺與聽
覺的摹寫，由室外而屋內，從桑柳飄香到庭院，再到鳥聲入耳，迴旋反復，
妙機天然。第一首表面上盛讚楊驥居住環境的幽靜與秀美，其實深刻反映出
主人與世無爭、恬淡自得的人品。第二首寫王安石在楊驥家午休時所見桑

柳、所聞花香、所聽鳥鳴，令詩人誤以為置身自己家中，足見他和楊驥交情之深。湖陰先生即楊驥，字德逢，湖陰是其號，為王安石在江寧半山園的鄰居，也是他常來往的朋友。安石〈示德逢〉：「先生貧敝古人風，緬想柴桑在眼中。」可見湖陰先生如陶淵明一樣是有學問又有品格的高士。本詩是題壁詩，為何要題楊驥宅壁，乃有本事，據《王直方詩話》載：「丹陽陳輔每歲清明過金陵上冢，事畢，則過蔣山，謁湖陰先生，歲率為常。元豐辛丑（4年，1081）、癸亥（6年，1083）兩歲，訪之不遇，因題一絕於門，云：『北山松粉未飄花，白下風輕麥腳斜。身似舊時王謝燕，一年一度到君家。』湖陰歸見其詩，吟賞久之，稱於荊公。荊公笑曰：『此正戲君為尋常百姓耳。』湖陰亦大笑。蓋古詩云：『舊時王謝堂前燕，飛入尋常百姓家。』」王安石此次題壁，大致與陳輔題詩於門出於同一興致。故《王直方詩話》又云：「荊公金陵嘗指壁上所題兩句云：『一水護田將綠繞，兩山排闥送青來。』」可見此聯王安石得意之作。

2. 「茆檐長掃靜無苔」二句：是說因主人湖陰先生勤勞，所以庭院很潔淨、淡雅，景致優美。茆檐，本指茅屋，此代指庭院。茆，音ㄇㄠˊ，通「茅」。檐，通「簷」。長掃，經常打掃。畦，古代用作田地的量詞，一般指長條型的田地；這裡是指分割整齊的花圃。手自栽，親自栽種。

3. 一水護田將綠繞：屋外的一溪碧水曲曲折折的環繞，像護衛著農田般，似乎對人懷有特別的深情。這裡將水擬人化。護田，護衛著水田。將，把。綠，指綠水。

4. 兩山排闥送青來：指湖陰先生的住處，雖然屋舍簡樸，但卻可看到兩面青山闖開門戶，將蒼翠的山色送到眼前來，這裡將山擬人化。排闥，硬是推開門，指闖進門來的意思。闥，音ㄊㄚˋ，門。

5. 索漠：即索寞，荒涼蕭索的樣子。

6. 風斂餘香暗度垣：斂，收；聚集。垣，圍牆。

7. 黃鳥：指金絲雀，牠的叫聲悅耳。

8. 半山園：王安石罷相後，在鍾山山麓所築的園宅。宅在金陵白下門外七里，又距離鍾山七里遠，乃由金陵城到鍾山的一半路程，故稱半山。王安石〈示元度〉：「今年鍾山南，隨分作園圃。」就是指半山園而說的。

【集評】

1. 宋・惠洪《冷齋夜話》卷五：造語之工，至于荊公、東坡、山谷，盡古今之變。荊公曰：「江月轉空為白晝，嶺雲分暝與黃昏。」又

曰：「一水護田將綠繞，兩山排闥送青來。」東坡〈海棠〉詩曰：
「只恐夜深花睡去，高燒銀燭照紅妝。」又曰：「我攜此石歸，袖
中有東海。」山谷曰：「此皆謂之句中眼，學者不知此妙語，韻終
不勝。」

2. 宋・葉夢得《石林詩話》卷中：荊公詩用法甚嚴，尤精於對偶。嘗
云：用漢人語，止可以漢人語對；若參以異代語，便不相類。如
「一水護田將綠繞，兩山排闥送青來」之類，皆漢人語也。此法惟
公用之不覺拘窘卑凡。

3. 宋・吳曾《能改齋漫錄》卷八〈沿襲〉：荊公詩云「一水護田將綠
繞，兩山排闥送青來。」蓋本五代沈彬詩：「地隈一水巡城轉，天
約群山附郭來。」彬又本唐許渾「山形朝闕去，河勢抱關來」之
句。（編者案：南宋吳開《優古堂詩話》所錄亦同）

4. 宋・葛立方《韻語陽秋》卷二：……荊公詩用法之嚴如此，然「一
水護田將綠繞，兩山排闥送青來」之句，乃以樊噲排闥事對護田，
豈護田亦有所出邪？有好事者為余言，一日，有人面稱公詩，謂
「自喜田園安五柳，但嫌尸祝擾庚桑」。以為的對。公笑曰：「伊但
知柳對桑為的對，然庚亦是數，蓋以十日數之也。」余謂荊公未必
有此意，使果如好事者之說，則作詩步驟亦太拘窘矣。

5. 宋・王楙《野客叢書》卷二十四：前輩用事貴出處相等，傳注中用
事，必以傳注中對，此如荊公詩「一水護田將綠繞，兩山排闥送青
來」，「護田」「排闥」皆西漢語也。

6. 清・吳喬《圍爐詩話》卷五：山谷「春將國豔熏花色，目借黃金映
水紋」，介甫之「一水護田將綠繞，兩山排闥送青來」，皆有斧鑿
痕。

7. 近世・高步瀛《唐宋詩舉要》卷八本詩案語：此不過摘字，與《漢
書》原意無關，亦蓋偶合耳。石林所稱，實皮膚之見，此詩佳處決
不在此。《韻語陽秋》（卷二）謂以樊噲排闥事對護田，豈護田亦有
所出邪？蓋以〈西域傳〉所言護田與此詩無關耳。又謂有人稱「五

柳」「庚桑」為的對，荊公謂「庚」亦是數，乃好事者之說，荊公
未必有此意。其說是也。《能改齋漫錄》（卷八）謂此蓋本五代沈彬
詩：「地隈一水巡城轉，天約群山附郭來。」又本許渾詩：「山形朝
闕去，河勢抱關來。」案：此亦句法偶同耳，未必有意效之也。

（賴麗娟）

【作者】

蘇軾（傳略見卷一・五言古詩〈寒食雨〉）

東欄梨花 和孔密州五絕之一[1]

梨花淡白[2]柳深青，柳絮飛時花滿城。惆悵東欄一株雪[3]，人生看得幾清明？

【今注】

1. 孔密州：指孔道輔，孔子 45 世孫。曾官密州（今山東高密）知州，故稱。
2. 梨花：一般是純白色。南朝梁蕭子顯〈燕歌行〉：「洛陽梨花落如雪，河邊細草細如茵。」
3. 一株雪：底本作「二株雪」，集甲、施本、類本作「一株雪」。查慎行《初白庵詩評》卷中：（「惆悵東南二株雪」二句）「二」，意當作「一」。

【集評】

1. 宋・陸游《老學庵筆記》卷十：東坡絕句云：「梨花淡白柳深青，……」紹興中，予在福州，見何晉之大著，自言嘗從張文潛遊，每見文潛哦此詩，以為不可及。余按，杜牧之有句云：「砌下梨花一堆雪，明年誰此憑欄干。」東坡固非竊牧之詩者，然竟是前人已道之句，何文潛愛之深也，豈別有所謂乎？聊記之以俟識者。
2. 明・俞弁《逸老堂詩話》卷下：「梨花淡白柳深青，……」陸放翁謂東坡此詩，本杜牧之「砌下梨花一堆雪，明年誰此憑欄干」。余

愛坡老詩渾然天成，非模仿而為之者，放翁正所謂「洗瘢索垢」者矣。

3、清高宗《唐宋詩醇》卷三十五：濃至之情，偶於所見發露，絕句中幾與劉夢得爭衡。

4. 清·潘德輿《養一齋詩話》卷九：愚按坡公此詩之妙，自在氣韻，不謂句意無人道及也。且玩其句意，正是從小杜詩脫化而出，又拓開境地，各有妙處，不能相掩，放翁所見亦拘矣。……予又考坡公七絕甚多，而合作頗少。其高才博學，縱橫馳驟，自難為弦外之音。「梨花淡白」一章，允屬傑出。文潛所賞，足稱隻眼。

5. 清·俞樾《湖樓筆談》卷五：此詩妙絕，而明郎仁寶（瑛）以為既云「淡白」，又云「一株雪」，恐重言相犯，欲易「梨花淡白」為「桃花爛漫」。此真強作解事者。首句「梨花淡白」即本題也，次句「花滿城」正承「梨花淡白」而言，若易首句為「桃花爛漫」，則「花滿城」當屬桃花，與「惆悵東欄一株雪」，了不相屬，且是詠桃花，非復詠梨花矣。此等議論，大是笑柄。

6. 清·趙克宜《角山樓蘇詩評注彙鈔》卷六：辭句雖與小杜略同，而筆意淒婉欲絕。張文潛愛之誠是。

（邵曼珣）

惠崇春江晚景[1]二首錄一

竹外桃花三兩枝，春江水暖鴨先知。蔞蒿[2]滿地蘆芽[3]短，正是河豚[4]欲上時。

【今注】

1. 元豐 8 年（1085）12 月作於汴京。惠崇，福建建陽人（一說淮南人）。北宋著名畫家、僧人，即歐陽脩所謂「九僧」之一。他能詩善畫，特別是畫鵝、雁、鷺鷥、小景尤為拿手。《春江晚景》是他的畫作，共兩幅，一幅是鴨戲圖，一幅是飛雁圖。
2. 蔞蒿：生長在窪地的草，花淡黃色，剛生時柔嫩香脆，可以吃。據說可使河豚肥，又是魚羹佐料，且能解毒。
3. 蘆芽：蘆葦的幼芽，可食用。
4. 河豚：魚的一種，古謂之「鮐」，肉味鮮美，但是卵巢和肝臟有劇毒。產於海，每年春天逆江而上，在淡水中產卵。上，指魚逆江而上。

【集評】

1. 宋・胡仔《苕溪漁隱叢話》前集卷三十一〈梅聖俞〉：東坡詩云：「竹外桃花三兩枝……」此正是二月景致。是時河豚已盛矣，但「欲上」之語，似乎未穩。

2. 清・王士禛《漁洋詩話》卷中：坡詩「蔞蒿滿地蘆芽短，正是河豚欲上時」，非但風韻之妙，蓋河豚食蒿蘆則肥，亦如梅聖俞之「春洲生荻芽，春岸飛楊花」，無一字泛設也。

3. 清・李翊《題毛西河詩話後》：漁洋昭代妙稱詩，唐宋源流辨不疑。畢竟東坡新好句：「春江水暖鴨先知。」

4. 清・紀昀《蘇文忠公詩集》卷二十六：此為名篇，興象實為深妙！

5. 清・王文濡《宋元明詩評注讀本》卷四：絕妙風景。老饕見之，饞涎欲滴。

（邵曼珣）

贈劉景文[1]

荷盡已無擎雨蓋[2]，菊殘猶有傲霜枝。一年好景君須記，最是橙黃橘綠[3]時。

【今注】

1. 元祐 5 年（1090）10 月作於杭州。劉景文，劉季孫（1033～1092），字景文，祥符（河南開封）人。篤志好學，仕至文思副使，後知隰州卒。博通史傳，性好異書古文石刻，仕宦所得祿賜盡於藏書之費，有書三萬軸，畫百幅。劉景文的父親劉敍是北宋的將軍，他豪放的個性與家學有關，因此蘇軾稱他為「慷慨奇士」。
2. 擎雨蓋：指荷葉。擎，向上托舉。
3. 橙黃橘綠：橙熟橘子綠應該是初冬的季節。

【集評】

1. 宋・胡仔《苕溪漁隱叢話》後集卷十：「天街小雨潤如酥，草色遙看近卻無。最是一年春好處，絕勝煙柳滿皇都。」此退之〈早春〉詩也。「荷盡已無擎雨蓋……」此子瞻初冬詩也。二詩意思頗同而詞殊，皆曲盡其妙。
2. 明・李日華《紫桃軒雜綴》卷二：韓昌黎以一年好處在草色有無間，則初春時也。蘇東坡又以為「橙黃橘綠時」，唐人則以為在「新笋晚花時」，大抵各有會心，不容互廢耳。
3. 清・汪師韓《蘇詩選評箋釋》卷五：淺語遙情。
4. 清・王文誥《蘇軾詩集》卷三十二：此是名篇，非景文不足以當之。景文忠臣之後，有兄弟六人皆亡，故贈此詩。

5. 近世・高步瀛《唐宋詩舉要》卷八：或以此詩與韓退之〈早春呈水部張員外〉詩相似，徒以「最是一年春好處」句偶近耳。其意境各有勝處，殊不相同也。

（邵曼珣）

澄邁驛通潮閣 [1] 二首錄一

餘生欲老海南村，帝遣巫陽招我魂[2]。杳杳[3]天低鶻沒處[4]，青山一髮[5]是中原。

【今注】

1. 元符3年（1100）6月，蘇軾離開儋州赴廉州，途中經澄邁縣時作。澄邁：在今海南島北端，北臨瓊州海峽。驛，驛站，古代供傳遞公文的人或來往官員換馬及休息的地方。通潮閣，一名通明閣，在澄邁縣西。
2. 帝遣巫陽招我魂：意謂自覺衰老將死。依稀覺得天帝已派巫陽來招我的魂了。帝，指天帝。巫陽，古代女巫名。《楚辭・招魂》：「帝告巫陽曰：『有人在下，我欲輔之。魂魄離散，汝筮予之。』」（巫陽）乃下招曰：「魂兮歸來！」
3. 杳杳：深遠、幽暗貌。
4. 沒處鶻：鶻鳥被海浪淹沒（其實是低於海平面、消失看不見）的地方。鶻，音ㄏㄨˊ，《玉篇》言班鳩也。《爾雅・釋鳥》鶻鳩，鶻鵃。《注》似山雀而小，短尾，青黑色，多聲，江東呼為鶻鵃。
5. 青山一髮：意謂遠山連綿，細如髮絲。

【集評】

1. 宋・胡仔《苕溪漁隱叢話》後集卷二十：〈澄邁驛通潮閣〉詩云：

「杳杳天低鶻沒處，青山一髮是中原。」〈伏波將軍廟碑〉文：「南望連山，若有若無，杳杳一髮耳。」皆兩用之。其語倔奇，蓋得意也。

2. 清・汪師韓《蘇詩選評箋釋》卷六：羈望深情，含蘊無際。

3. 清・紀昀評《蘇文忠公詩集》卷四十三：末二句神來之筆。

4. 清・趙克宣《角山樓蘇詩評注彙鈔》卷二十：意極悲痛，佳在但作指點，不與說盡。

5. 清・施補華《峴傭說詩》：東坡七絕亦可愛，然趣多致多，而神韻卻少。「水枕能令山俯仰，風船解與月徘徊」，致也。「小兒誤喜朱顏在，一笑那知是酒紅」，趣也。獨「餘生欲老海南村，帝遣巫陽招我魂。……」則氣韻兩到，語帶沉雄，不可及也。

6. 近世・陳衍《宋詩精華錄》卷二：虞伯生〈題畫〉詩云：「青山一髮是江南」，全套此詩。

（邵曼珣）

【作者】

黃庭堅（傳略見卷一‧五言古詩
〈子瞻詩句妙一世乃云效庭堅體次韻道之〉）

題伯時畫嚴子陵釣灘[1]

平生久要劉文叔[2]，不肯為渠作三公[3]。能令漢家重九鼎[4]，桐江波上一絲風[5]。

【今注】

1. 題伯時畫嚴子陵釣灘：這是一首題畫詩。題在李公麟所畫的〈嚴子陵釣灘圖〉上。伯時，北宋著名畫家李公麟，字伯時，舒州（今安徽懷寧）人，晚年隱居龍眠山，號龍眠居士。嚴子陵釣灘，在今浙江桐廬南桐廬江（又稱富春江）邊。嚴子陵，即嚴光，字子陵，東漢會稽餘姚（今浙江餘姚）人。少時與光武同游太學，及光武即帝位，遣使聘之，使者三次往返而後勉強應命。光武請為諫議大夫，不肯答應，歸而躬耕於富春山，垂釣於富春江。後人名其釣處為嚴陵瀨。

2. 平生久要劉文叔：平生和劉文叔是好朋友。平生久要，即「久要不忘平生之言」的縮語，見《論語‧憲問》，意謂不忘少小所許下的長久的約定。要，音義同「邀」，約。劉文叔，即劉秀。文叔，其字。即位為光武帝。

3. 三公：指高官。西漢以丞相、御史大夫、太尉為三公；東漢以太尉、司徒、司空為三公。實際上，光武請嚴光做的是諫議大夫，而非三公，特因押韻而用之。

4. 重九鼎：謂使政權穩固、國祚縣長。九鼎，象徵政權。相傳禹定天下，分為

九州，鑄九鼎以為象徵。夏亡，九鼎入商；商亡，入周。春秋時，楚莊王曾率兵至成周，問鼎之輕重。

5. 桐江：即桐廬江，又稱富春江。其下游稱錢塘江。

6. 一絲風：指隱居垂釣不在意功名的風範。此用為雙關語，一絲，原指釣絲；風原指江上的清風。

【集評】

金・王若虛《滹南詩話》：山谷〈題嚴溪釣灘〉詩云：「能令漢家重九鼎，桐江波上一絲風。」說者謂，東漢多名節之士，賴以久存，跡其本原，正在子陵釣竿上來。

（傅武光）

雨中登岳陽樓望君山[1] 二首

投荒萬死鬢毛斑[2]，生出瞿塘灩澦關[3]。未到江南先一笑，岳陽樓上對君山。

【今注】

1. 雨中登岳陽樓望君山：此詩作於宋徽宗崇寧元年（1102），庭堅 58 歲。岳陽樓，在今湖南岳陽縣城西門上，高三層，下瞰洞庭湖。始建於唐朝。君山，又名湘山，在洞庭湖中，相傳為湘君之所遊處，故名。

2. 投荒萬死鬢毛斑：放逐在蠻荒之地，經歷種種磨難，鬢髮都斑白了。投荒，置身蠻荒之地。萬死，屢次瀕臨死亡；形容經歷許多險難。斑，斑駁，指鬢髮花白。庭堅於宋哲宗紹聖元年（1094），50 歲貶為涪州（今四川涪陵）別駕、黔州（今四川彭水）安置後，又歷貶戎州（今四川宜賓）、舒州（今安徽潛山），皆在蠻荒之地，故云。

3. 生出瞿塘灩澦關：從危險的瞿塘峽灩澦堆的生死關口生還。瞿塘，長江三峽第一峽，又名廣溪峽、夔峽，峽口在四川奉節白帝城邊。灩澦，聳立在瞿塘峽口中央的岩石堆，往來船隻很容易觸碰翻覆，自古以來，即為危險的關口。中共建政後，已將它炸毀。

（傅武光）

滿川風雨獨憑欄，綰結湘娥十二鬟[1]。可惜不當湖水面，銀山[2]堆裏看青山。

【今注】

1. 綰結湘娥十二鬟：謂君山髣髴是湘娥頭上梳理的 12 個環形髮髻。綰，音ㄨㄢˇ，旋繞打結。湘娥，即湘君，湘水之神。傳說舜帝二妃死於湘水，遂成湘水之神。鬟，音ㄏㄨㄢˊ，環狀的髮髻。君山狀如 12 螺髻，故云。
2. 銀山：指波浪。

【集評】

1. 明·俞允文《名賢詩評》：粹然謂山谷此詩實用劉禹錫、應陶詩中語翻案也。今附于左：劉禹錫〈望洞庭〉：「湖光秋月兩相和，潭面無風鏡未磨。遙望洞庭山水色，白銀盤裏一青螺。」應陶〈望君山〉：「風波不動影沈沈，翠色全微碧色深。應是水仙梳洗罷，一螺青黛鏡中心。」
2. 清·王文濡《宋元明詩評注讀本》：極意寫生還之樂。

（傅武光）

【作者】

陸游（傳略見卷三・七言古詩〈長歌行〉）

秋風亭拜寇萊公遺像二首[1]

江上秋風宋玉[2]悲，長官手自葺茅茨[3]。人生窮達[4]誰能料？蠟淚成堆又一時[5]。

【今注】

1. 秋風亭拜寇萊公遺像：此詩為1170年陸游46歲時所作。當時被派往夔州當通判，溯長江而上，途經湖北巴東縣而作此詩。秋風亭，在今巴東縣治西，為宋寇準所建。寇萊公，即寇準（961～1023），宋下邽（今陝西渭南縣）人。太宗時成進士，真宗時為相，封萊國公。
2. 宋玉：戰國時楚人。為辭賦大家。《漢書・藝文志》著錄16篇，今多亡佚。傳世作品以〈九辯〉最著名。其首章云：「悲哉！秋之為氣也，蕭瑟兮草木黃落而變衰。」故本詩以宋玉悲秋起筆。
3. 長官手自葺茅茨：縣長親自蓋了這座茅草亭子。長官，指當時巴東縣知縣，即寇準。葺茅茨，用茅草覆蓋屋頂。葺，音ㄑㄧˋ，又音ㄐㄧˊ。茅茨，茅屋。茅，植物名，禾本科，多年生草本。茨，音ㄘˊ，用茅草蓋的屋頂。
4. 窮達：困窘和發達。
5. 蠟淚成堆又一時：豪侈的生活已成過去了。蠟淚成堆，指奢華的生活。史載寇準家生活奢侈，連廁所都點很多蠟燭，以致蠟淚成堆。蠟淚，蠟燭點燃後因熱熔解而流下的蠟脂，狀如眼淚，故稱。又一時，表示已成過去，一切成空。

（傅武光）

豪傑何心後世名[1]？才高遇事即崢嶸[2]。巴東詩句[3]澶州策[4]，信手拈來[5]盡可驚。

【今注】

1. 豪傑何心後世名：傑出的人物那是有心追求後世的名聲呢？豪傑，出眾的人物。豪，才德高出於千人之上的人。傑，才德高出於萬人之上的人。
2. 崢嶸：ㄓㄥ ㄇㄨㄥˊ，高峻的樣子。比喻超越尋常。
3. 巴東詩句：指寇準 19 歲在巴東縣做縣長時所作的詩。詩云：「野水無人渡，孤舟盡日橫。」意謂自己才堪大用，足以渡人；但卻閒置於鄉野。
4. 澶州策：指宋朝與契丹訂立「澶淵之盟」的計策。1004 年契丹大舉入侵，寇準力勸宋真宗御駕親征，結果獲勝，與契丹訂下「澶淵之盟」，宋朝因此轉危為安。
5. 信手拈來：隨手取來。表示取得輕鬆，毫不費力。拈，音ㄋㄧㄢˊ，用拇指與食指夾取。

【集評】

宋·葛立方《韻語陽秋》：寇忠愍少知巴東縣，有「野水無人度，孤舟盡日橫」之句，固以公輔自期矣。奈何時未有知者。

（傅武光）

東關二首[1]

天華寺[2]西艇子橫[3]，白蘋[4]風細浪紋平。移家只欲東關住，夜夜湖中看月生。

煙水滄茫[5]西復東，扁舟又繫柳陰中。三更酒醒殘燈在，臥聽蕭蕭[6]雨打篷[7]。

【今注】

1. 東關：在今浙江紹興鏡湖之東。
2. 天華寺：又名天花寺。在今浙江紹興鏡湖之東。
3. 艇子橫：船夫把船橫靠著岸邊。艇子，船夫。艇，音ㄊㄧㄥˇ，小船。
4. 白蘋：植物名。又名馬屎花。蘋之大者，葉正四方，根生水底，葉鋪水上，五月開白色花，故名。
5. 滄茫：遼遠空闊，視野迷茫的樣子。
6. 蕭蕭：雨聲。
7. 篷：舟上用以遮蔽風雨、日光的棚子。

【集評】

近世‧黃振民《歷代詩評解》：此寫東關鏡湖之美。前首寫湖上望月之佳，後首寫臥聽雨聲之妙。

（傅武光）

秋晚思梁益舊遊[1]三首錄二

憶昔西行萬里餘，長亭[2]夜夜夢歸吳[3]。如今歷盡風波惡，飛棧[4]連雲是坦途。

滄波極目[5]江鄉恨，衰草連天塞路愁。三十年間行萬里，不論南北怯登樓。

【今注】

1. 梁益舊遊：在梁州和益州的舊時遊蹤。陸游在 1170 年到 1178 年（46 歲到 54 歲）之間都在陝南和四川一帶做官。梁，指梁州，州治在今陝西南鄭縣。益，指益州，州治在今四川成都市。

2. 長亭：即驛站。古時專供傳遞文書者或出差官吏中途住宿、補給、換馬的處所。每 10 里置一驛，謂之長亭。每 5 里置一驛，謂之短亭。

3. 吳：指古代吳國地區。無論是指春秋時代的吳國，或三國時代的吳國，都轄有現今的江蘇和浙江地區。這裡泛指陸游的家鄉浙江東部。

4. 飛棧：高高的棧道。棧，音ㄓㄢˋ，在山崖巖壁架木為路。

5. 極目：窮盡目力眺望遠方。

【集評】

清高宗《唐宋詩醇》：觀遊之生平，有與杜甫類者，少歷兵間，晚棲農畝，中間浮沉中外，在蜀之日頗多，其感激悲憤，忠君愛國之誠，一寓於詩，酒酣耳熱，跌蕩淋漓，至於漁舟橋徑，茶枕爐熏，或雨或晴，一草一木，莫不歌詠以奇其意。

（傅武光）

示 兒 [1]

死去元 [2] 知萬事空，但 [3] 悲不見九州同 [4]。王師 [5] 北定中原日，家祭無忘告乃翁 [6]。

【今注】

1. 示兒：此詩作於 1209 年，陸游 85 歲，為臨終的絕筆詩。

2.元：音義同「原」。

3.但：只。

4.九州同：國家統一。九州，禹定天下，分天下為九州，後為整個中國的代
　稱。同，指「書同文，車同輪，行同倫」，表示全國統一。

5.王師：指國軍。原指周朝天王的軍隊，是代天討伐的正義之師。

6.乃翁：你的爸爸。

【集評】

1. 明・徐伯齡《蟫精雋》：矍鑠哉此老！可謂沒齒不忘朝廷者矣。較
　之宗澤三躍渡河之心，何以異哉！

2. 明・胡應麟《詩藪》：忠憤之氣，落落二十八字間。林景熙收宋二
　帝遺骨，樹以冬青，為詩記之，復有歌題放翁卷後云：「青山一髮
　愁濛濛，干戈況滿天南東。來孫卻見九州同，家祭如何告乃翁！」
　每讀此，未嘗不為滴淚也。

3. 清・黃子雲《野鴻詩的》：務觀於宋，亦可稱正始；惜其流於淺
　弱，而無高渾磊落之氣。至臨終詩云：「王師北定中原日，家祭無
　忘告乃翁」二語，可謂庸中佼佼者。

4. 清・洪亮吉《北江詩話》：人之將死，其言也善，蓋死生之際，亦
　天良激發之時。宋陸務觀、近時吳偉業皆詩中大作家也。陸臨終詩
　云云，人悲之，人復敬之。吳臨終填〈賀新涼〉一闋云云，人悲
　之，人無惜之者，則名義之繫人，豈不重乎！

（傅武光）

通識教育叢書・通識課程叢刊 0202001

唐宋詩舉要精選今注

主　　編　傅武光

總 編 輯　張晏瑞

責任編輯　吳家嘉、游依玲

發 行 人　林慶彰

總 經 理　梁錦興

總 編 輯　張晏瑞

編 輯 所　萬卷樓圖書股份有限公司

　　　　　臺北市羅斯福路二段 41 號 6 樓之 3

　　　　　電話　(02)23216565

　　　　　傳真　(02)23218698

發　　行　萬卷樓圖書股份有限公司

　　　　　臺北市羅斯福路二段 41 號 6 樓之 3

　　　　　電話　(02)23216565

　　　　　傳真　(02)23218698

　　　　　電郵　SERVICE@WANJUAN.COM.TW

香港經銷　香港聯合書刊物流有限公司

　　　　　電話　(852)21502100

　　　　　傳真　(852)23560735

ISBN 978-957-739-773-7

2021 年 9 月初版三刷

2012 年 11 月初版

定價：新臺幣 780 元

如何購買本書：

1. 劃撥購書，請透過以下郵政劃撥帳號：

　帳號：15624015

　戶名：萬卷樓圖書股份有限公司

2. 轉帳購書，請透過以下帳戶

　合作金庫銀行　古亭分行

　戶名：萬卷樓圖書股份有限公司

　帳號：0877717092596

3. 網路購書，請透過萬卷樓網站

　網址 WWW.WANJUAN.COM.TW

大量購書，請直接聯繫我們，將有專人為

您服務。客服：(02)23216565 分機 610

如有缺頁、破損或裝訂錯誤，請寄回更換

國家圖書館出版品預行編目資料

唐宋詩舉要今選今注 / 傅武光主編. -- 初版. -
- 臺北市：萬卷樓, 2012.11

　面；　公分. -- (通識教育叢書)

ISBN 978-957-739-773-7(平裝)

831.4　　　　　　　　　　101022068